漢文學과 漢文教育

下

보고사

漢文學과 漢文敎育(下) 目次

제7부 地域社會와 文化

漢文學과 漢文敎育(上) 目次

제3부 漢詩論

漢詩의 詩韻

글(文)을 흔히 散文과 韻文으로 나누는데, 韻文이란 일정한 간격으로 일정한 위치에 동일한 韻을 반복하여 넣은 글을 말한다.

한시는 上古시대의 詩經詩로부터 후대의 모든 시에 이르기까지 韻을 달지 않은 시가 거의 없으며 漢詩에 韻을 다는 것은 시를 지을 때 반드시 준수해야 할 기본 요소의 하나이고, 押韻을 통하여 聲調的 諧和를 도모하여 聲音回環的美를 드러내고, 韻이 달린 곳에서 하나의 節奏單位와 意味單位가 완성되는 것이 원칙이다.

Ⅰ. 韻의 意義

모든 한자의 字音은 聲部(聲母)와 韻府(韻母)로 이루어져 있다. 韻母를 中國音으로는 韻頭, 韻腹, 韻尾의 三部分으로 나눌 수 있으니, 예를 들면, '廣' guang의 聲部(聲母)는 g이고 韻府(韻母)는 uang이다. 이 韻母 uang을 다시 세분하면 u는 韻頭, a는 韻腹, ng는 韻尾이며, '瓜' gua의 韻母 ua 가운데 u는 韻頭, a는 韻腹이고, 이 字에서는 韻尾가 없으며, '加' ga의 韻母 a는 韻腹으로 이 字에는 韻頭와 韻尾가 없고 韻腹만 있는 것이다. 즉 每個 韻母중 韻腹은 모두 있으나 韻頭와 韻

尾는 있을 수도 있고 없을 수도 있는 것이다.

　우리나라에서는 흔히 字音가운데 聲部를 初聲이라 하고, 韻府는 中聲과 終聲으로 나누기도 한다. 예를 들면 '公'자의 음 '공'에서 'ㄱ'은 聲母로서 이를 初聲이라 하고, 'ㅗ'와 'ㅇ'은 韻母로서 이 가운데 'ㅗ'는 中聲이고, 'ㅇ'은 終聲이며, 이와 같이 聲母가 앞에 있고 韻母가 뒤에 있게 된다. 이런 예를 몇 가지 들어보면,

聲韻　　漢字	聲母 初聲	韻母 中聲	韻母 終聲	聲調
東	ㄷ	ㅗ	ㅇ	平聲
公	ㄱ	ㅗ	ㅇ	平聲
夢	ㅁ	ㅗ	ㅇ	平聲
洪	ㅎ	ㅗ	ㅇ	平聲
動	ㄷ	ㅗ	ㅇ	上聲
送	ㅅ	ㅗ	ㅇ	去聲

　이렇게 된다. 이 가운데 앞에 제시한 여섯 字의 音을 보면 聲母(初聲)는 ㄷ ㄱ ㅁ ㅎ ㄷ ㅅ으로 각기 다르나 韻母(中聲과 終聲)는 모두 'ㅗ'와 'ㅇ'(옹)으로 동일하다. 이렇게 韻母가 동일하고 聲調(平聲, 上聲, 去聲, 入聲 등 4개의 聲調로 크게 구분함) 또한 같은 字들, 즉 모두 平聲字이거나 모두 上聲字이거나 모두 去聲字이거나 모두 入聲字인 것들을 同韻字라고 한다. 위의 東, 公, 夢, 洪 등 네 자는 韻母가 동일하고 聲調도 모두 平聲이므로 同韻字이나, '動'과 '送'은 이들과 韻母는 비록 동일하나 '動'은 上聲字이고 '送'은 去聲字이므로 위의 네자와 同韻字가 될 수 없는 것이다.

　한시의 押韻이란 한 首의 시 속에 同韻字를 두 字 혹은 그 이상 동일 위치에 쓰는 것을 말하며, 한시에서는 일반적으로 이를 句尾(句脚)에 쓰므로 이 부분을 韻脚이라 부르고 이곳에 압운하는 것을 脚韻한다

한다. 한 수의 시를 예를 들어 살펴보면,

大洞江

　　　　鄭知常

雨歇長堤草色多
送君南浦動悲歌
大洞江水何時盡
別淚年年添綠波

　이 시 起句의 末字 '多'와 承句의 末字 '歌'와 結句의 末字 '波'가 모두 平聲字이고 韻母가 모두 'ㅏ'(아)인 同韻字들이므로(세 字 모두 歌韻에 속하는 자들임) 이 자들로 押韻한 것이다.

　韻書에 同韻으로 되어있는 字들 가운데 우리의 漢字音으로는 韻母가 약간 다른 字들도 있다. 이런 현상은, 첫째, 운서가 중국에서 편찬된 것이며(우리나라에서 편찬된 것도 중국의 운서를 기준으로 하였다.) 한자의 音이 中國音과 우리 음이 다른 경우가 있어서 야기된 것이고, 둘째, 운서가 편찬된 이후 후대에 자음이 변하였으나 운서에 이를 반영하지 않고 그대로 두어서 야기된 현상이기도 하다. 한시를 지을 때 古體詩나 近體詩는 口語로 押韻하거나 변화된 字音에 맞추어 압운해서는 안되고, 비록 현대의 字音이 韻母에 차이기 있다 해도 운서에 의거하여 압운하는 것이 원칙이다.

　또한 운서에는 각기 다른 韻目으로 구분되어 있으나 그 차이점을 알 수 없는 것들도 있다. 예를 들면, 平聲의 東韻과 冬韻, 支韻과 微韻, 寒韻과 刪韻, 歌韻과 麻韻 등이 이런 것들이다. 이들도 또한 처음 운서를 편찬할 당시에는 韻母가 서로 상이하여 각기 별도의 韻目으로 나누어 놓은 것이나, 후대에 字音이 변하여 그 차이를 알 수 없게 된 것이다. 한시를 지을 때에 비록 현대의 한자음으로는 韻母가 같다 해도 韻目表上 다른 韻目에 속해있는 字들은 함께 押韻할 수가 없으며, 그와 반대로 현재의 한자음으로는 韻母가 다르다 해도 韻目表上 同日韻에 속해 있으면 함께 押韻할 수가 있다. 즉 한시를 지을 때에는 현대의 한자음에 맞추어 押韻해서는 안되고 韻書에 맞추어 압운을 해야 한다.

唐代 이후의 시인들은 시를 지을 때 韻書에 의거하여 押韻하였다. 古人들이 이른바 官韻이라 칭한 것은 朝廷에서 頒布한 韻書를 말하며, 이런 韻書가 唐代에는 口語와 대체로 일치하였으므로 운서에 맞추어 押韻하는 것이 비교적 합리적이었다. 그러나 宋代 이후 語音의 변화가 많아져서 韻書에 맞추어 押韻한 것 가운데 오늘날 현대의 한자음을 기준으로 하여 살펴보면 불합리한 것도 있게 된 것이다. 그러므로 현대의 語音을 기준으로 하여 古人들이 지은 시의 押韻의 好와 不好를 논하는 것은 합당한 일이 아니다.

시에 押韻을 하는 목적은 聲韻的 諧和를 도모하기 위해서이다. 즉 聲調와 韻母가 동일한 字(韻字)들을 동일한 위치에 중복적으로 넣어서 聲音回環的美를 이룩하고자 하는 것이 압운의 목적이다.

시인들이 시에 압운할 때에 근거로 삼는 책이 韻書이며, 운서에서 同用할 수 있다고 밝힌 字들이 곧 同韻字들이다.

元末에 이르러 同用할 수 있는 韻目이 106個로 압축 정리되었으며, 이를 平水韻이라 했고, 明·淸代에는 詩韻이라 하였다.

어느 字가 어느 韻에 속하는가는 어떻게 알 수 있는가. 形聲字 가운데 聲部가 동일한 字들은 대체로 同韻에 속한다. 예를 들면, '今'자가 侵韻에 속하므로 '今'이 聲部를 이루는 자들인 吟, 琴, 衾 등도 모두 侵韻에 속한다. 그러나 이러한 類推法은 언제나 타당한 것이 아니어서 '亥'가 聲部인 '孩'와 '該'는 灰韻에 속하고 '骸'는 佳韻에 속해 있다. 그

러므로 어느 字가 어느 韻에 속하는가를 알려면 字典이나 韻書를 찾아
보는 방법밖에 없다.

　시인이 시를 지을 때에 압운할 운을 미리 지정해 주거나 제한하는
경우도 있다. 이를 限韻이라 하며, 이에는 科擧試驗場에서 韻을 지정
하는 試場的 限韻과 시인들이 모여서 함께 시를 지을 때 운을 미리 지
정하고 그 운으로만 짓도록 하는 詩人雅集的 限韻이 있다. 限韻을 그
성질상으로 나누어보면 운은 제한하되 압운할 字는 제한하지 않는 限
韻不限字와 운은 물론이고 字까지 지정하는 限韻兼限字로 2분할 수
있고, 限韻兼限字의 방법에는 1개자만 限定하고 나머지 韻脚의 압운
은 자유롭게 맡기는 방법과 모든 韻脚의 운자를 모두 미리 지정하는
두 가지 방법이 있다.

　시인이 모여서 시를 지을 때에 서로 一唱一和하는 경우가 있는데 이
를 和詩라고 하였으며, 처음에는 상대방이 지은 原詩의 운과는 무관하
게 시를 지었으나, 唐代에 이르면 상대방이 지은 시의 原韻에 맞추어
시를 짓는 풍조가 생겨서 宋代 이후의 和詩는 대부분 原韻을 따라 지
었으며, 이를 和韻이라 한다. 그후 古人이 지은 某詩의 韻을 그대로
넣어 짓기도 하였는데 이렇게 타인의 시에 和韻하는 것을 次韻 또는
步韻이라고도 한다.

　한편 시를 지을 때 한 首의 시로는 성이 차지 않으면, 자신이 지은
시의 운을 거듭 그대로 넣어 여러 수의 시를 짓기도 하는데, 이렇게 지
은 두 번째 시를 再疊이라 하고 세 번째 지은 시를 三疊이라 한다. 三
疊이라는 용어에는 다른 의미도 있으니, 王維가 지은 七言絶句「送元
二使安西」詩 '渭城朝雨浥輕塵 客舍靑靑柳色新 勸君更進一杯酒 西
出陽關無故人'의 結句를 한번만 읊어서는 친구와의 석별의 정을 다 표
현할 수가 없어서 연이어 세 번 읊는 것을 三疊이라 칭하기도 한다.

한시의 韻을 隋唐代에 정리된 切韻 206韻과 이것이 압축되어 이루어진 詩韻 106韻을 聲調別로 表로 정리한 것이 다음에 제시한 韻目表이다.

韻 目 表

攝*	通·獨用*	平 聲*		上 聲		去 聲		入 聲	
通	獨	東	東	董	董	送	送	屋	屋
	通	冬鍾	冬	腫	腫	宋用	宋	沃燭	沃
江	獨	江	江	講	講	絳	絳	覺	覺
止	通	支脂之	支	紙旨止	紙	寘至志	寘		
	獨	微	微	尾	尾	未	未		
遇	獨	魚	魚	語	語	御	御		
	通	虞模	虞	姥	虞	遇暮	遇		
蟹	獨	齊	齊	薺	薺	霽祭	霽		
	獨					泰	泰		
	通	佳皆	佳	蟹駭	蟹	卦怪夬	卦		
	通	灰咍	灰	賄海	賄	隊代廢	隊		
臻	通	眞諄臻	眞	軫準	軫	震稕	震	質術櫛	質
	通	文殷	文	吻隱	吻	問焮	問	物迄	物
	通	元魂痕	元	阮混很	阮	願恩恨	願	月沒	月
山	通	寒桓	寒	旱	旱	翰換	翰	曷末	曷
	通	刪山	刪	潸産	潸	諫襉	諫	黠鎋	黠
	通	先仙	先	銑獮	銑	霰線	霰	屑薛	屑
效	通	蕭宵	蕭	篠小	篠	嘯笑	嘯		
	獨	肴	肴	巧	巧	效	效		
	獨	豪	豪	皓	皓	號	號		
果	通	歌戈	歌	哿果	哿	箇過	箇		
假	獨	麻	麻	馬	馬	禡	禡		
宕	通	陽唐	陽	養蕩	養	漾宕	漾	藥鐸	藥
梗	通	庚耕清	庚	梗耿靜	梗	映諍勁	敬	陌麥昔	陌
	獨	青	青	拯等	迥	徑證嶝	徑	錫	錫
曾	通	蒸登	蒸					職德	職
流	通	尤侯幽	尤	有厚黝	有	宥候幼	宥		
深	獨	侵	侵	寢	寢	沈	沈	緝	緝
咸	通	覃談	覃	感敢	感	勘闞	勘	合盍	合
	通	鹽添嚴	鹽	琰忝儼	琰	豔㮇釅	豔	葉怗業	葉
	通	鹽添嚴	鹽	琰忝儼	琰	豔㮇釅	豔	葉怗業	葉
16		(57)	30	(55)	29	(60)	30	(34)	17

계 (206) 106

※. '攝'은 유사한 韻들을 병합한 것으로 이를 16類로 나눌 수 있다.

※. '通·德用'의 通은 서로 융통하여 押韻할 수 있었던 운이고, 獨은 다른
   운과 통용되지 않는 운이다.
※. 平聲 57韻, 上聲 55韻, 去聲 60韻, 入聲 34韻 등 206운 가운데 유사한
   것들이 唐, 宋, 元대를 거치면서 통합되어 元末에 平聲 30韻, 上聲 29
   韻, 去聲 30韻, 入聲 17韻으로 압축되었다.

Ⅱ. 韻語의 起源 및 그 變遷

韻語란 시의 일정한 위치에 같은 韻目에 속하는 韻字 押韻한 언어
를 말한다. 시에 압운을 하는 일은 언제 시작되었는가. 詩歌는 일반인
이 상상하는 것보다 훨씬 이전부터 있어 왔고, 또한 일찍부터 韻語로
되어 있었다. 그 후 문자가 창제된 이후에는 韻文과 散文은 동시에 지
어졌고, 韻語는 문자가 있기 이전부터 있어온 것이다.
한문으로 지어진 詩歌 중 가장 오래된 것으로 堯帝時에 있었다는 康
衢歌와 擊壤歌를 살펴보자.

康衢歌
立我蒸民 莫非爾極
不識不知 順帝之則 『列子』「仲尼篇」

擊壤歌
日出而作 日入而息
鑿井而飮 耕田而食
帝力何有於我哉 『帝王世紀』

이 시들이 틀림없이 堯帝時의 民歌라고 볼 수는 없겠지만, 擊壤歌

의 用韻이 古韻 '之部'에 해당하는 息, 食, 哉로 되어 있는 것으로 보아 아무리 늦게 잡아도 戰國時代 이후의 노래라고는 볼 수는 없으며, 康衢歌에서 極, 則으로 압운한 것이나, 擊壤歌에서 息, 食, 哉 등 古韻으로 압운을 한 것으로 보아 중국의 시가는 초기부터 압운이 되어 있었음을 알 수 있다.

또한 舜임금이 지었다 하는 '南風歌'의,

> 南風之薰兮
> 可以解吾民之慍兮
> 南風之時兮
> 可以解吾民之財兮 『孔子家語』 및 『尸子』

에도 '薰'과 慍, 時와 財 등 古韻으로 압운이 된 것으로 보아 上古시대에 지어진 시임이 확실하다. 이들 노래가 비록 堯·舜時代부터 口傳되어 오던 民歌가 후대에 文字化된 것이라 해도, 이를 통하여 韻語의 기원이 매우 오래된 것임은 충분히 증명이 된다. 이 시의 每句 末字는 모두 '兮'字로 되어 있으나, 이는 虛字이므로 '兮'字 바로 앞에 있는 字들이 韻이 되는 것이다.

한편 가장 오래된 詩歌集인 『詩經』에 수록된 시들이 모두 押韻이 되어 있는 것으로 보아도 詩歌의 발생과 韻語의 사용이 동시에 이루어졌음이 증명된다. 上古時代에는 후대보다 오히려 韻語가 더욱 빈번하게 사용되었으니, 『老子』는 문장이 모두 韻文으로 되어 있고, 『荀子』『莊子』『列子』『呂氏春秋』『淮南子』 등도 일부가 운문으로 되어 있다. 또한 수많은 嘉言이나 格言 및 俗諺이 대부분 운문으로 되어 있으니, 예를 들면 『孟子』「滕文公上」에 放勳(堯)의 말을 인용하여, '勞之來之 匡之直之 輔之翼之 使自得之 又從而振德之'라 하였는데, 이곳에 쓰인 來, 直, 翼, 得, 德 등이 古韻으로는 同韻에 속하고, 『左傳』 「文公17年條」의 ‘畏首畏尾 身其餘幾’나 『孟子』 「公孫丑」의 ‘雖有知 慧 不如乘勢 雖有鎡基 不如待時’ 등도 모두 韻語를 사용한 운문이다.

詩歌 및 기타 韻文에서의 用韻의 基準은 시대가 변함에 따라 몇 차 례의 변화를 겪었으니, 이를 크게 세 시기로 나눌 수 있다.

제 1기는 상고시대부터 唐代 이전까지로 완전히 口語에 의하여 압운 하던 시기이고, 제 2기는 唐代부터 五四運動 이전까지로서 韻文의 압 운을 韻書에 의거하던 시기로, 다만 詞曲 및 俗文學 작품은 口語에 의 거하여 압운하여도 용인이 되었으며, 제 3기는 오사운동 이후의 시기로 舊體詩(古詩, 近體詩 등)를 제외하고는 모두 제 1기의 氣風으로 되돌아 가 다시 口語를 표준으로 삼게 되었다.

韻語의 變遷에 대하여 보다 상세히 살펴보면, 제 1기는 當時의 口語 에 의거하여 압운하던 시기로, 古今의 語音이 같지 않으므로 上古의 詩歌를 읽을 때는 압운한 字의 당시의 古音을 알아야 韻脚의 諧和를 느낄 수 있게 된다.

漢代에 이르러서도 用韻에 관한 규제가 없어서, 압운할 때에 韻字의 音이 유사하기만 하면 되었지 완전히 일치하기를 요구하지 않았으며, 當時의 口語로 押韻을 하거나 上古時代의 古韻을 模倣하여 압운을 하는 것이 모두 허용되었다.

그러나 六朝時代에 이르면 用韻에 관한 규제가 점차 엄격해지기 시 작한다. 이 시대에 이르러 비로소 韻書가 간행되기 시작하며, 이때에 간행된 李登의 『聲類』, 呂靜의 『韻集』, 夏侯該의 『韻略』 등은 押韻의 표준으로 삼기 위하여 지어진 것이다. 그러나 이들 韻書들이 私家의 書 에 불과하였으므로 시인들로 하여금 강제로 이를 따르게 할 방법이 없 었으며, 단지 시인들이 시를 지을 때에 참고하는 서적이 불과하였다.

隋代에 이르러서는 후대 韻書의 準繩이 될 陸法言의『切韻』이 간행된다. 그러나 당시에는 이『切韻』도 六朝時代의 운서들과 같은 私家의 書에 불과하였으므로 이들과 동일한 운명에 처하였었다.

唐代에 이르러서는 이『切韻』이『唐韻』으로 개칭되어 官書化하였으며, 開元 天寶 이후부터는 시를 지을 때 반드시 따라야할 압운의 標準書가 되었으니, 그 이유는 이것이 科擧 功令詩의 압운의 準繩이 되었기 때문이었다. 즉 科擧 試帖詩는 반드시 唐韻에 따라야 하였고, 이에서 벗어난 자로 압운을 하면, 시의 내용이 아무리 훌륭해도 합격되지 못하였다.『切韻』에는 韻目을 206개로 나누어 놓았고, 이를 音이 유사한 2~3개 韻씩을 同用할 수 있게 하였으므로 이렇게 묶어보면 실재로는 112개 韻으로 나눌 수 있었다.

宋代에 이르러서는『唐韻』을 다시『廣韻』이라 칭하고, 그 가운데 平聲 文韻과 欣韻, 上聲 吻韻과 隱韻, 去聲 問韻과 焮韻, 入聲 物韻과 迄韻을 同用할 수 있게 하여 112개 韻目을 108개로 壓縮하였다.

元末에 이르러서는 206운의 흔적은 거의 消滅되었고, 逈韻과 拯韻, 徑韻과 證韻을 다시 합하여 106운이 되었으며, 이 106운을 이른바 詩韻이라 하여 오늘날까지도 시를 지을 때 압운의 標準으로 삼고 있는 것이다.

宋代와 元代에 널리 유행하였던 詞와 曲은 科擧 試驗과는 무관한 詩形으로, 用韻時에 제약을 받지 않으므로, 口語로 압운하는 것이 허용되었으며, 詞가 압운의 구속을 받지 않는 시라 하여 이를 '詩餘'라 칭하기도 하고, 曲을 '詞餘'라 칭하기도 하였다.

1919년 五四運動이 일어난 이후 널리 지어진 新詩(이를 新體詩 또는 白話詩라고도 칭함)는 운서의 속박에서 벗어나 현대의 口語로 압운의 표준을 삼고 있으며, 구어는 北京語를 기준으로 하고 있다. 그러나 모든 시인들이 다 北京語를 압운의 표준으로 삼는 것은 아니고 일부 시인들은 자기 고장의 方言에 맞추어 압운을 하는 경우도 있다.

Ⅲ. 韻脚의 音響과 情感

韻脚의 音響은 각기 독특한 특색을 가지고 있어서 이를 활용하면 情感을 적절히 드러낼 수가 있다. 韻脚이란 同韻의 字를 句末에 重疊的으로 布置한 곳을 말하며, 이런 방법을 통하여 시의 和聲을 조성하는 것이다. 그러나 韻脚의 功用이 歌詠에 편리하고 聲調의 諧和를 통하여 듣는 사람이 美感을 느끼게 할뿐만이 아니요, 운각의 音樂的 功用이 시의 情境을 補助할 수 있음에도 유의하여야 한다. 즉 한시에 쓰여진 韻字가 가지고 있는 音響이 시에서 표현하고자 하는 情境과 조화를 이루면 지극히 미묘한 詩境을 絶妙하게 發顯할 수 있게 된다. 이렇게 情境에 맞는 音響을 가진 韻으로 압운하는 것을 '隨情押韻'이라 하였고, 이의 能手가 바로 杜甫였다. 그는 만년에 이르러 시의 聲調가 情感과 諧合하게 되었다고 스스로 말하기도 하였으나, 이를 구체적으로 설명하거나 사례를 들어놓은 것이 없어서, 後人들이 그러한 경지를 깨닫는데는 각종 詩話書에 단편적으로 열거해 놓은 기록에 의거할 수밖에 없는 실정이다.

淸代의 周濟는,「宋四家詞選目錄序論」에서,

東, 眞韻 寬平, 支, 先韻 細膩, 魚, 歌韻 纏綿, 蕭, 尤韻 感慨, 各有聲 ·
響 莫草草亂用

이라고 하여, 韻脚과 情感의 관계에 대하여, 東韻과 眞韻은 너그럽고 평온한 정감의 표현에 적합하고, 支韻과 先韻은 섬세하고 부드러운 정감의 표현에 적합하며, 魚韻과 歌韻은 얽혀있는 사랑과 근심의 정감을 나타내는데 적합하고, 蕭韻과 尤韻은 慷慨한 느낌의 정감을 표현하는 데 적합해서, 이들 운이 각각 고유한 성향이 있으므로 함부로 亂用해서는 안된다고 하였다.

역시 淸代의 仇兆鰲는『杜詩詳註』卷 8에서,

> 入蜀諸章 用仄韻居多 蓋逢險峭之境 寫愁苦之詞 自不能平緩之調也

라 하여, 비록 韻을 平韻과 仄韻으로 2분하여 포괄적으로 설명하였지만, 이를 통하여도 聲과 情, 즉 韻調와 詩情 사이에는 지극히 미묘한 相關關係가 있음을 알 수 있다. 즉 險嶕한 처지를 당하여 愁苦로움을 悽絶 切實하게 표현하려면 平緩한 韻調인 平聲韻을 써서는 안되고 短促한 仄聲韻으로 압운하여야 한다고 하면서 杜甫가 安祿山의 난을 당하여 蜀땅으로 피란하여 困苦를 겪을 때에 지은 시들이 대부분 仄韻詩로 되어 있는 것이 바로 이 때문이라고 하였다.

우리나라 朝鮮朝의 여항시인 魚無迹의「流民嘆」을 보면 시의 시작 부분에 '蒼生難蒼生難 年貧爾無食 我有濟爾心 而無濟爾力 …'이라 하여, 仄韻 가운데도 가장 短促한 入聲韻으로 압운하여 蒼生들의 괴로움을 短促한 韻으로 외치고 있으며, 바로 이런 押韻技法이 시의 聲調와 情感을 일치시킨 하나의 예로 볼 수 있다.

근대에 이르러 일부 문학비평가들이 韻脚의 音響과 情感의 관계에 유의하여, 傅庚生은『中國文學欣賞擧隅』에서『詩經』「王風」'黍離'의 韻脚 '苗(蕭韻) 搖(蕭韻) 悠(尤韻) 求(尤韻)'을 예로 들어, 이 운들이 哀遠의인 情緒를 드러내는 데 도움을 주고 있다고 하였고, 蕭滌非는「杜詩的韻律和體裁」라는 글에서, 平聲韻 가운데 東, 冬, 江, 陽韻에 속한

자들은 歡樂開朗的 情緒의 表達에 적합하고, 尤, 幽, 侵, 覃韻에 속한
자들은 우수적 情緒의 表達에 적합하다고 하면서, 杜甫의 「春望」과 「聞
官軍收河南河北」 등 두 수의 시를 대조하여 전자는 侵韻으로 압운하
여, 안녹산의 반군에게 함락된 長安에 淪陷되었을 때의 憂愁를, 후자는
陽韻으로 압운하여 失土를 수복하였을 때의 기쁨을 나타내어, 두 首의
시 모두 韻調와 情調가 완전한 조화를 있음을 밝혀 놓았다. 杜甫가 侵
韻으로 지은 '出師未捷身先死 長使英雄淚滿襟'의 「蜀相」의 시나, 覃
韻으로 지은 '花近高樓傷客心 萬方多難此登臨'의 「登樓」시 등이 哀傷
的 情感을 드러낸 시임도 이를 증명한다.

그러나 傅庚生과 蕭滌非 양인의 연구는 인간의 정서를 喜와 悲로
크게 나누어 대비하는데 그치고 韻脚의 音響과 시의 情感과의 奧妙한
관계를 그 이상 탐구하지 않았다.

清代의 훈고학자 劉師培는 同韻字들은 뜻도 대체로 相近함을 밝히
면서, 『正明隅論』에 각 類의 字들의 특징을 다음과 같이 밝혀 놓았다.

之類的 字 : 多有 '由下上騰' '挺直'的 意義
支類, 脂類的 字 : 多有 '由此施彼' '平陳'的 意義
歌類, 魚類的 字 : 多有 '侈陳於外' '擴張'的 意義
侯類, 幽類, 宵類的 字 : 多有 '曲折有稜' '隱密斂縮' 兩種的 意義
蒸類的 字 : 多有 '進而益上' '凌踰'的 意義
耕類的 字 : 多有 '上平下直' '虛懸'的 意義
陽類, 東類的 字 : 多有 '高明美大'的 意義
侵類, 東(冬)類的 字 : 多有 '衆大高闊' '發舒'的 意義
眞類, 元類的 字 : 多有 '抽引上穿' '聯引'的 意義
談類的 字 : 多有 '隱暗狹小' '不通'的 意義

상기 各類의 韻目에 속한 자들은 古韻部를 기준으로 하여 분류한

것으로, 古韻部를 16部로 나누고, 每部의 平聲韻으로 上, 去, 入聲韻
도 統轄하게 한 것이므로, 이 10行의 條例가 粗略하게 나마 中國의 字
音과 情感과의 관계를 모두 포괄한 것이라고 할 수 있다.

지금까지 기술한 바와 같이 押韻字의 音響이 시의 情感발현과 밀접
한 관계가 있으므로 한시를 짓거나 硏究하고 鑑賞할 때에는 이에도 유
의하여야 한다.

IV. 韻脚의 疏密과 情感

韻脚의 疏密이란 한 수의 시속에서의 韻脚 상호간의 거리의 길고
짧음을 말한다. 거리가 짧으면 節奏가 密해지고 거리가 길면 節奏가
疏해진다. 시에 韻脚을 疏하게 하느냐 密하게 하느냐에 따라 각기 다
른 情節氣雰을 烘托해 낼 수 있으므로 한시를 연구하고 감상할 때에는
韻脚의 疏密과 情緒의 發顯과의 상관관계에도 관심을 갖지 않을 수
가 없다.

한시에서 押韻이 最密한 시는 句中有韻의 시이다. 이런 시는 한 句
속에 韻이 두 번 押韻된 것으로, 『詩經』중의 '日居月諸'는 居와 諸가
韻字이고, '婉兮變兮'는 婉과 變이 운자이다. 이러한 句中有韻의 시는
후대에 이르러서는 지어진 예가 거의 없다. 그 다음이 句句押韻의 시
이다. 七言古詩의 嚆矢라 하는 柏梁臺詩를 비롯하여 六朝時代 이전
의 칠언시는 대부분이 句句押韻의 시였고, 후대에 이르러서도 칠언고
시 가운데는 每拘有韻의 시가 많이 지어졌다. 예를 들어보면, 鄭道傳
의 「公州錦江樓詩」에,

君不見 賈傅投書湘水流
翰林醉賦黃鶴樓
生前轗軻不足憂
逸氣凜凜橫天秋…

라 하여, 매구 句末에 압운을 하였으며, 압운자인 流, 樓, 憂, 秋가 모두 尤韻에 속하는 字들이다.

그 다음에 四句三韻의 시로 이는 제 1구, 제 2구와 제 4구에 押韻을 한 시이다. 이런 압운 형식은 首句入韻의 관계 때문에 형성된 것이거나, 혹은 古體詩의 轉韻詩에 往往 제 1구에 入韻을 하여 형성된 것에 불과하므로, 이들은 응당 偶韻 혹은 隔句押韻으로 보고 별도의 詩型으로 보지 않는 것이 타당하다.

그 다음이 隔句押韻의 시이다. 이는 奇句에는 押韻을 하지 않고 偶句에만 압운을 하는 것으로 한시 가운데 가장 일상적으로 볼 수 있는 시가 바로 이런 형식으로 지은 것이다. 近體詩 중에서 비록 제 1구에 押韻한 시가 많이 있으나 이는 韻의 수에 넣지 않으므로, 近體詩는 모두 隔句押韻의 시로 볼 수 있다. 그러므로 한시는 대부분 隔句押韻의 시이고, 그 다음으로 常見되는 시가 每句有韻의 시이다.

그 외에 兩韻隔押의 시도 있으니, 이는 奇句는 奇句끼리 같은 운으로 押韻을 하고 偶句는 偶句끼리 같은 운으로 압운을 하는 것으로, 이를 交韻이라고도 칭한다. 『詩經』의 '我心匪石 不可轉也 我心匪席 不可卷也'에서 제 1구의 '石'과 제 3구의 '席', 제 2구의 '轉'과 제 4구의 '卷'이 각기 압운이 된 부분으로, 이러한 형식은 후대에는 지어진 용례가 극히 희소하다. 이 시 偶句의 末字는 모두 '也'자로 이는 虛字이므로 '轉'과 '卷'이 운자가 되는 것이다.

韻脚이 가장 疏한 것은 3.4句~5.6句만에 한번 押韻하는 것으로 情形

은 宋代 이후의 慢詞에만 있고 시에서는 거의 찾아볼 수 가 없다.

시에서 句中有韻의 情況은 漢代의 詩歌 중에는 흔히 나타나며, 後人의 擬古的 詩에도 이를 모방한 것이 있다. 黃庭의 『古詩平仄集說』에

漢代 七言歌謠를 살펴보면, 한 句가 上四 下三으로 되어있고, 제 4자와 제 7자에 押韻을 한 '關西夫子楊伯起' 같은 類가 이루 헤아릴 수 없을 정도로 많다. 그러므로 句마다 운을 단 것에는 제 4자가 바로 語調와 音律의 停頓 轉折處가 되므로 이를 소홀히 할 수가 없다. 蘇軾의 「書韓幹牧馬圖詩」의 「相見開元天寶年 八方分屯隘秦川」에는 元字와 屯字가 入韻處로 通篇을 領起하여 音節이 매우 옛스럽다.(案漢時七言歌謠上四下三 四七字相爲韻 如'關西夫子楊伯起'之類 不可勝數 故句句用韻者 第四字 正開展頓宕處 不可忽也 蘇軾書韓幹牧馬圖詩 '相見開元天寶年 八方分屯隘秦川' 元字屯字入韻 領起通篇 音節極古)

하였는데, 黃庭의 이 말은 句中有韻이 漢代의 七言歌謠에는 상용하는 형식이었음을 지적한 것으로, '關西夫子楊伯起'라는 구의 子와 起가 古韻으로 同韻이고, 이곳에 예시한 蘇軾의 시구 중 제 4자에 쓴 元과 屯 및 제 7자의 年과 川이 모두 同韻이라는 것이다. 이러한 句中有韻的 句는 韻脚이 가장 密集되어 있어 이런 형식으로 이루어진 句는 急促的 효과를 자아내기에 용이한 압운방식이다.

즉 韻脚이 密集해 있을수록 迫促的인 情境을 표현하기에 용이하므로, 이에 가장 적합한 것이 句中有韻의 시이며, 이와는 반대로 3~4句 또는 5~6句 만에 한 번 압운한 「慢詞」는 시의 기세를 가장 舒緩하게 표현한 압운방식이라 할 수 있다.

Ⅴ. 近體詩의 用韻

근체시의 用韻法은 매우 엄격해서 平聲으로 押韻함이 원칙이고, 시가 아무리 길어도 韻目表上 同韻에 속하는 同韻字만으로 압운하여야 하며 이를 '一韻到底'라고 한다. 즉 近體詩는 음이 유사한 隣韻을 융통해 압운하는 通韻이나 중간에 운을 바꾸는 轉韻(이를 換韻이라고도 한다)이 허용되지 않는다.

각종 韻書에서 各 韻目이 包括하고 있는 字들의 數는 일정하지 않아서, 어떤 운은 포괄하고 있는 자수가 매우 많고, 어떤 운은 매우 적다. 포괄하고 있는 자수가 많은 운을 寬韻이라 하고 적은 운을 窄韻이라 하는 바, 寬韻으로 압운하여 시를 짓기는 비교적 용이하고, 窄韻으로 압운하여 시를 짓기는 어렵게 된다. 그러나 文才가 있는 시인들은 때때로 일부러 窄韻으로 압운하여 시를 짓기도 하며, 시운을 寬窄의 정도에 따라 아래와 같이 4분할 수 있다. (平韻으로 仄韻을 포괄함)

1) 寬韻 : 支 先 陽 庚 尤 東 眞 虞
2) 中韻 : 元 寒 魚 蕭 侵 冬 灰 齊 歌 麻 豪
3) 窄韻 : 微 文 刪 靑 蒸 覃 鹽
4) 險韻 : 江 佳 肴 咸

寬窄의 정도를 나타낼 때 平韻으로 仄韻을 포괄한다는 것은 平聲 支韻이 寬韻이면 같은 攝에 속하는 上聲 紙韻과 去聲 寘韻도 寬韻이고, 平聲 江韻이 險韻이면 같은 攝에 속하는 上聲 講韻과 去聲 絳韻 및 入聲 覺韻도 險韻이라는 의미이다.

이런 분류법은 다소 武斷的이라고도 할 수 있으니, 窄韻인 微, 文, 刪韻은 字數는 비록 적으나 이에 속하는 자들 가운데 시에 흔히 쓰이는 詩語가 매우 많아서 시인들이 즐겨 압운하는 韻目들이다.

시인들이 압운할 때에 一韻到底法을 쓰면서 한 두 곳에 음이 유사한 隣韻字로 압운한 것을, 本韻에서 벗어난 자로 압운을 하였다 하여 이를 出韻 또는 落韻이라 한다. 出韻은 近體詩에서 크게 꺼리는 것으로, 科擧 功令詩에 만약 出韻한 시를 지으면 詩意가 아무리 뛰어나도 합격이 되지 않았다. 그러나 일부 유명한 詩人들이 지은 시 가운데 出韻詩가 더러 있는데, 이는 近體詩를 지으면서 古體詩를 지을 때 허용되는 通韻의 기법을 일부 받아들여 古風的 寬韻으로 압운한 것으로, 蘇軾은 이런 시를 '古風式的 律詩'라고 칭하였다.

近體詩는 平韻으로 압운함이 원칙이어서, 仄韻으로 압운한 시는 매우 희소하다. 仄韻 近體詩는 古風(古體詩)과 유사하며, 仄韻으로 압운한 律詩hk 絶句는 근체시와 고체시의 交界處에 위치한 시형으로 보아 이를 '入律的 古風'이라 칭하기도 하였다.

이미 말한 바와 같이 近體詩는 반드시 一韻到底이어야 하고 通韻이 허용되지 않으나, 단 首句에 用韻을 할 때는 음이 유사하고 韻目表上 인접해 있는 隣韻으로 압운하는 것이 허용된다. 錢大昕의 『十家齋養新錄』에는 '五七言近體詩第一句 借用旁韻 謂之借韻'이라 하여, 이를 借韻이라 하였다.

首句는 본래 압운을 하지 않아도 되는 곳이므로, 비록 압운을 하였다 해도 운의 숫자를 헤아릴 때 이를 운의 수에 넣지 않는다. 즉 首句에 入韻을 하였건 하지 않았건 律詩는 四韻詩라 하고 絶句는 二韻詩라 한다. 그러므로 首句는 入韻을 할 때도 어느 정도 자유를 주어 本韻을 넣거나 隣韻을 넣는 것이 모두 허용되었다. 近體詩의 수구에 隣韻을 쓰는 풍조는 盛唐代에 생겨서 中, 晚唐代부터 하나의 풍조를 이루었고, 宋代에 이르면 隣韻으로 압운한 시가 本韻으로 압운한 시보다 더욱 많을 정도로 보편화되었다.

首句에 인운으로 入韻하는 것을 '襯韻'이라 하며, 襯韻할 수 있는 韻群을 몇 개의 류로 나눌 수 있고, 이들 類만이 친운이 가능하고 시인이 임의로 襯韻할 수 있는 것이 아니다. 首句에 친운이 가능한 이른바 隣韻은 江과 陽, 佳와 麻, 蒸과 侵 등 매우 드물게 보이는 特例 외에는 대체로 시운 韻目表의 次序에 의거하여 排列이 서로 가깝고 音이 유사한 것들로 이루어져 있다. 이러한 隣韻을 크게 8類로 나눌 수 있으니, 1) 東 冬, 2) 支 微 齊, 3) 魚 虞, 4) 佳 灰, 5) 眞 文 元 寒 刪 先, 6) 蕭 肴 豪, 7) 庚 靑 蒸, 8) 覃 鹽 咸 등이 이것으로, 이를 隣韻 8類라 한다.

近體詩의 首句入韻에 대한 상기 기술을 정리하여 보면, 두 가지로 요약될 수 있으니, 첫째, 近體詩는 通韻이 허용되지 않으나 首句만은 隣韻으로 압운할 수가 있고, 둘째, 首句에 隣韻을 쓸 때에도 本節에 들어 놓은 同類의 운에 限定하여 쓸 수 있을 뿐이요 임의로 쓸 수 있는 것은 아니다.

Ⅵ. 古體詩의 用韻

古體詩의 用韻은 近體詩에 비하여 비교적 자유로운 편이다. 고체시의 용운은 한 수의 시에 한 운만을 쓴 一韻到底나, 韻目表上 인접해 있고 음이 유사한 몇 개의 운을 혼용하여 압운한 通韻이나, 중간에 운을 몇 차례 바꾸어 압운한 轉韻(換韻)이 모두 가능하다. 이런 몇 가지 押韻法을 하나하나 구체적으로 설명하면 다음과 같다.

唐代에 지어진 古體詩의 과반수가 用韻에 本韻만으로 압운한 一韻

到底의 시들이다. 이를 平韻古風과 仄韻古風으로 나누어 살펴보면, 平韻古風은 압운할 때에 근거로 삼는 韻部가 近體詩와 일치하며, 仄韻古風도 詩韻을 표준으로 하여 압운하는 것이 원칙이다. 近體詩는 平韻으로 압운함이 일반적이므로 仄韻으로 압운한 시는 대부분 古體詩이다.

仄韻古風은 仄韻에 속하는 자의 수가 비교적 적어서 압운하기가 어려우며, 本韻만을 써서 一韻到底로 압운함이 원칙이었으므로 平韻으로 압운하여 시를 짓기보다 훨씬 어려운 일이었다.

通韻을 한 古風은 押韻字의 범위를 넓히고 속박을 적게 받고자 해서가 아니라, 古詩를 모방하고자 하는 심리 때문에 이루어진 것이다. 古韻은 唐韻과 달랐으니, 이는 시대의 변화에 따라 語音이 변하였기 때문이었다. 그러나 唐代의 시인들은 생각하기를 古今의 韻部는 동일한데 古人들이 韻部가 다른 隣韻은 융통하여 압운하였다고 여겨서(사실은 古韻으로는 隣韻이 아니고 동일한 韻部에 속해 있었으므로 압운한 것임을 모르고) 古人들의 이런 風潮를 모방하여 시를 지은 것이 通韻이 된 것이다.

隣韻을 相通하는 通韻도 임의로 통운할 수 있는 것이 아니고 일정한 한계가 있어서, 獨用만이 가능한 운과 通韻이 가능한 운을 대체로 15부로 대별할 수 있으며, 이를 제시해보면 다음과 같다.

通韻 15部
 1. 歌部 : 平聲 歌, 上聲 哿,. 去聲 箇.
 2. 麻部 : 平聲 麻, 上聲 馬, 去聲 禡.
 3. 魚部 : 平聲 魚, 上聲 語, 去聲 御.
            平聲 虞, 上聲 麌, 去聲 遇.
 4. 支部 : 平聲 支, 上聲 紙, 去聲 寘.

　　　　　平聲 微, 上聲 尾, 去聲 未.

5. 齊部 : 平聲 齊, 上聲 薺, 去聲 霽.

6. 佳部 : 平聲 佳, 上聲 蟹, 去聲 卦.
　　　　　平聲 灰, 上聲 賄, 去聲 泰, 隊.

7. 蕭部 : 平聲 蕭, 上聲 篠, 去聲 嘯.
　　　　　平聲 肴, 上聲 巧, 去聲 效.
　　　　　平聲 豪, 上聲 晧, 去聲 號.

8. 尤部 : 平聲 尤, 上聲 有, 去聲 宥.

9. 陽部 : 平聲 陽, 上聲 養, 去聲 漾, 入聲 藥.

10. 庚部 : 平聲 庚, 上聲 梗, 去聲 敬, 入聲 陌.
　　　　　平聲 靑, 上聲 迥, 去聲 徑, 入聲 錫.

11. 蒸部 : 平聲 蒸, 上聲 拯, 去聲 證, 入聲 職.

12. 東部 : 平聲 東, 上聲 董, 去聲 送, 入聲 屋.
　　　　　平聲 冬, 上聲 腫, 去聲 宋, 入聲 沃.
　　　　　平聲 江, 上聲 講, 去聲 絳, 入聲 覺.

13. 眞部 : 平聲 眞, 上聲 軫, 去聲 震, 入聲 質.
　　　　　平聲 文, 上聲 吻, 去聲 問, 入聲 物.
　　　　　平聲 元, 上聲 阮, 去聲 願, 入聲 月.
　　　　　平聲 先, 上聲 銑, 去聲 霰, 入聲 屑.
　　　　　平聲 刪, 上聲 吻, 去聲 諫, 入聲 詰.
　　　　　平聲 寒, 上聲 旱, 去聲 翰, 入聲 曷.

14. 侵部 : 平聲 侵, 上聲 寢, 去聲 沁, 入聲 緝.

15. 咸部 : 平聲 覃, 上聲 感, 去聲 勘, 入聲 合.
　　　　　平聲 咸, 上聲 豏, 去聲 陷, 入聲 洽.
　　　　　平聲 鹽, 上聲 儉, 去聲 豔, 入聲 葉.

　이렇게 四聲 106운을 15부로 나누어 보면 1, 2, 5, 8, 9, 11, 14부는 압
운을 할 때에 獨用만이 가능하고 절대로 다른 운과 相通할 수 없는 部
들이며, 3, 4, 6, 7, 10, 12, 13, 15부 등 8개부만이 通用이 가능한 部들이

고, 相通의 범위가 가장 廣範한 것이 제 13부에 속하는 眞, 文, 元, 寒, 刪, 先韻 및 質, 物, 月, 曷, 黠, 屑韻 등임도 알 수 있다. 近體詩의 首句에 隣韻을 쓸 때에도 대체로 이 기준을 準用하도록 되어 있으며, 古體詩에 通韻을 할 때에는 상기 8개부의 운들만이 가능한 것이다.

古體詩의 通韻法에는 偶然出韻, 主從通韻, 等立通韻의 세 종류가 있다. 偶然出韻이란 시 全篇에 어느 하나의 운을 쓰면서 단 일개 韻脚만 出韻이 된 것을 말하며, 작가가 전혀 通韻할 뜻이 없었는데 古風이기 때문에 이런 융통성이 허용된다고 생각해서 지은 것이다. 主從通韻이란 한 수의 시에 '甲'韻의 韻目에 속한 운을 위주로 압운하면서 소수의 '乙'韻의 韻目에 속한 운자를 섞어 압운한 것이다. 等立通韻이란 압운한 兩個 韻의 자수가 대체로 대등한 것을 말한다.

通韻을 또한 兩韻相通과 三個韻以上相通으로 나눌 수도 있으며, 三個韻以上相通도 이를 偶然出韻, 主從通韻, 等立通韻으로 다시 나눌 수 있다.

通韻을 할 때에도 平聲은 같은 部의 평성끼리, 上聲은 상성끼리, 去聲은 거성끼리, 入聲은 입성끼리만 통운할 수 있고, 聲調가 다른 운과의 通韻은 원칙적으로 허용되지 않는다. 다만 四聲 가운데 上聲韻과 去聲韻이 자수가 가장 적기 때문에 시인들이 같은 部에 속한 上聲字와 去聲字를 혼용하여 通押하는 사례가 더러 있었다. 上聲字와 去聲字는 流動的이고, 어떤 자는 上聲과 去聲의 兩音으로 읽기도 하므로, 이런 情況도 上去通押이 이루어진 하나의 원인이 되었다. 上聲과 去聲으로 兩讀할 수 있는 자들 가운데는 聲調에 따라 뜻이 달라지는 경우도 있으니, 이런 예를 들어보면, '重'을 上聲으로 읽으면 '무겁다'는 뜻의 형용사가 되고 거성으로 읽으면 '다시'라는 뜻의 부사가 되며, '樹'를 上聲으로 읽으면 '세우다'라는 뜻의 동사가 되고 去聲으로 읽으면 '나

무'라는 뜻의 명사가 되므로 압운할 때에는 이런 의미의 변화에도 유의
하여야 한다.

古體詩를 지을 때에는 한 수의 시에 처음부터 끝가지 하나의 운으로
압운하는 一韻到底法 외에 중간에 운을 바꾸는 轉韻法도 흔히 쓰이며,
이런 풍조는 詩經詩부터 이미 있어온 것이다. 轉韻을 一名 換韻이라
고도 하는 바, 換韻의 방법은 매우 다양해서 두 句만에 한번 환운을 하
기도 하고 네 구나 여섯 구만에 한번 환운하기도 하며, 어떤 경우에는
십여 구만에 한번 환운하기도 한다. 換韻을 할 때에 兩個의 平聲韻을
連用하기도 하고, 兩個의 仄聲韻을 連用하기도 하며, 平聲韻과 仄聲
韻을 교체하여 압운하기도 한다.

近體詩가 널리 유행한 盛唐代 이후에 지어진 轉韻詩는 倣古的 古
風과 新式的 古風의 두 종류로 크게 나눌 수 있다. 倣古的 古風이란
환운시에 어떤 형식의 구애도 받지 않고 필요에 따라 자유로이 換韻한
古風을 말하며, 新式的 古風이란 환운의 거리와 韻脚의 聲調에 일정
한 규칙이 있는 古風을 말한다.

倣古的 古風은 근체시 형성 이전에 지어진 古體詩와 동일하게 詩句
의 平仄이 律句와 다르며, 이런 형식으로 지어진 시는 五言古詩에 특
히 많다.

唐代 이후에 지어진 七言古詩 가운데 句句用韻詩 이외에는 많은
구가 平仄上 律句와 유사하여 唐代 이전에 지어진 古詩의 格調와는
큰 차이가 있으며, 특히 長短句는 대다수가 轉韻詩로 되어있다.

倣古的 古風과 新式的 古風 사이에 裁然한 구분이 있는 것은 아니
나, 다만 전형적인 신식 古風은 첫째, 平仄에 入律된 곳이 많고, 둘째,
대체로 4구 또는 8구만에 한번씩 換韻을 하며, 셋째, 平聲韻과 仄聲韻
을 遞用하고, 넷째, 轉韻을 할 때마다 轉韻하는 첫째 구에도 入韻을

하는 것이 일반적인 경향이었다. 그러나 어떤 古風은 둘째의 조건은 갖추었으나 셋째를 가추지 않았고, 또 어떤 古風은 셋째는 갖추었으나 둘째를 갖추지 않은 것도 있으니 이런 시는 倣古的 古風과 新式的 古風의 交界處에 위치한 시라 할 수 있다. 轉韻을 한 시는 唐代 이후에 널리 지어졌고, 七言 및 雜言詩에 轉韻詩가 특히 많으며, 五言詩에는 전운을 한 경우가 매우 드물다.

一韻到底로 이루어진 시가 情感의 변화가 적고 波瀾도 적어서 平蕪一望한 詩가 되기 쉬운데 반하여, 轉韻을 한 시는 전운을 할 때마다 의미도 一轉하여 韻과 意가 雙轉하는 것이 원칙이다. 특히 불규칙적으로 隨意換韻한 시는 長短, 疾徐, 疏密, 多寡, 輕重 등을 情感과 景物에 따라 자유롭게 변화시켜 創意力을 활발하게 顯示할 수 있게 되며, 換韻의 距離와 韻脚의 聲調를 규칙에 맞게 換韻한 시는 평범에 빠질 우려도 있게 된다.

VII. 結 語

본장에서는 漢詩 詩韻의 의의 및 押韻法과 詩韻의 기원 및 시대에 따른 變遷을 고찰하고, 韻脚의 音響과 韻脚의 疏密이 시의 情感과 어떤 관계가 있는가를 살펴보았으며, 近體詩와 古體詩의 運用法에 대하여도 아울러 考究하였다.

본장에서 고찰한 내용을 要約 整理하여보면 다음과 같다.

한시는 句脚에 同韻字로 압운하는 것이 원칙이다. 同韻字란 韻部가 동일하고 聲調도 동일한 자들을 칭하며, 押韻이란 한 수의 시 속에 同韻字로 同一 位置에 2회 이상 쓰는 것을 말한다. 한시에서는 일반적으

로 句尾(句脚)에 押韻을 하므로 압운한 부분을 韻脚이라 부르고, 이곳
에 압운한 것을 韻脚이라 한다.

唐代 이후에는 시를 지을 때 韻書에 의거하여 押韻을 하였으며, 韻
書의 韻目은 최종적으로 106개 韻으로 壓縮 整理되었고, 시를 지을 때
는 운서에 同韻字로 되어 있는 자들을 同一한 位置에 반복적으로 布
置하여 '聲音回換的 美'를 도모하였다.

漢語에서 韻語의 起源은 매우 오래된 것으로 文字가 발명되기 이전
부터 있었던 것으로 보아야 하며, 가장 오래된 詩歌集인 『詩經』에 수
록된 시들이 모두 압운이 되어 있는 것을 통하여도 韻語의 기원이 長
久한 것임을 알 수 있다.

이러한 詩韻들은 六朝時代부터 체계적으로 정리되기 시작하여, 隋
代 陸法言의 『切韻』에 이르러 206韻으로 정리되었고, 그 후 유사한 韻
目들이 계속 통합되어 元代에 이르러서 106개 운으로 압축되었으며,
이 106개 운을 '詩韻'이라 칭하고, 近體詩와 古體詩를 지을 때 이 106
개 운이 압운의 기준이 되었다.

이 106개 운의 音響은 각기 독특한 특색을 가지고 있어서, 압운을 할
때에 이를 활용하면, 情感을 보다 적절하게 드러낼 수 있게 된다. 예를
들면, 寬平한 情感을 드러내고자 할 때는 東韻이나 眞韻으로 압운을
함이 적절하고, 섬세하고 부드러운 정감은 支韻이나 先韻이, 얽히고 섞
힌 정감은 魚韻이나 歌韻이, 感慨한 정감은 蕭韻이나 尤韻으로 압운
함이 적절하며, 險峭之境이나 愁苦之意를 표현하는 데는 平聲韻보다
仄聲韻이 적절하다.

한 수의 시 속에서 韻脚과 운각 사이의 거리의 길고 짧음을 韻脚의
疏密이라고 하며, 韻脚의 疏와 密에 따라 情感에 차이가 발생하므로,
韻脚의 疏와 密을 통하여 각기 다른 情節氣分을 그려낼 수가 있게 된

다. 한시에서 압운이 最密한 것이 句中有韻으로 이는 一句中 句中과 句末에 운을 두 번 압운한 것이고, 그 다음이 隔句押韻의 시로서 六朝時代 이전의 七言詩는 모두 每句有韻의 시이었다. 그 다음이 四句三韻의 시이고, 그 다음이 隔句押韻의 시이며, 가장 疏한 것은 3.4구~5.6구만에 한 번 압운한 시이고, 奇句와 偶句에 각기 다른 두 가지 운을 隔押(交韻)한 시도 종종 발견된다.

漢詩와 平仄

　漢詩 韻律의 三要素를 音數律, 音調律, 押韻律이라 한다. 그 가운데 音調律은 세계의 각종 문자 중 漢字에만 있는 독특한 聲調를 한시에 援用한 것이다. 즉 漢詩를 구성하고 있는 漢字 한 자 한 자가 가지고 있는 독특한 聲調(平仄)의 對立과 調和를 통하여 漢詩의 意境과 主題를 보다 효과있게 표현하고 한시의 聲調的 藝術美, 즉 音樂的 美感을 발현할 수 있도록 하기 위한 平仄의 格律이 音調律이다.

　중국 六朝時代부터 시인들이 한자 每字의 聲調를 통하여 시의 音樂聲을 드러내는데 用心하여, 盛唐代부터는 이것이 하나의 格律로 化하였으니, 平仄과 格律을 준수하여 지은 시가 바로 近體詩이고, 平仄格律를 준수하지 않은 시가 古體詩였다. 그러나 근체시가 형성된 이후에 지어진 古體詩는 근체시의 영향을 받아 聲調的 美感을 전적으로 무시하고 짓지는 않았으며, 근체시가 형성된 이후에 지어진 모든 型의 시들이 모두 平仄의 調和 즉 聲調的 조화를 완전히 무시할 수 없게 되어, 정도의 차이는 있으나 고체시를 비롯한 詞와 曲까지도 平仄의 調和에 유의하게 되었다.

　이렇게 한자 每字가 지니고 있는 독특한 聲調(四聲 및 이를 簡化한 平仄)의 調和와 對立을 통하여 발현한 한시의 音樂性이 현대에는 제대로 전승하지 못하여, 안타깝게도 우리의 선현들이 개척해 놓은 藝術領域中의 한 부분을 제대로 이해하고 전수 받을 수 없게 된 것이 오늘의 현실이다.

본장에서는 近體詩와 古體詩를 구분하는 核心的인 基準이 되는 한시의 音調律, 즉 平仄 格律의 형성 과정과 근체시의 平仄格律을 중점적으로 고찰하여, 비록 漢詩의 聲調的 藝術美를 완벽하게 이해할 수는 없다 해도, 音調律의 이해를 통하여 적어도 한시의 2대 유형인 近體詩와 古體詩를 구별할 수 있도록 하고, 한시의 聲調的 아름다움을 부분적으로나마 감상할 수 있도록 하는 데에 논의의 초점을 맞추었다.

I. 四 聲

한시의 表現 工具인 漢字는 자수로는 5만자에 가까우나 音數로는 4백 수십음에 불과하다. 즉 4백 수십종의 음으로 5만여자의 한자를 표현하다 보니 同音異字가 어떤 경우에는 수백자에 이르기도 하며, 이는 한자가 表意文字로 출발하였기 때문에 야기되는 피할 수 없는 현상이기도 하다.

이렇게 의미가 다른 수많은 자들을 同一한 音으로 읽음으로 하여 야기되는 곤란을 해소하고 同音異字의 의미를 구별할 수 있도록 하기 위하여, 字音의 聲調를 달리하여 발음하는 방법이 古代부터 널리 쓰여졌다. 즉 동일한 음을 가진 자들을 각기 高低 長短 升降 등을 다르게 하여 意味를 구분하는 방법이 널리 쓰여진 것이다. 그러나 이러한 방법이 처음에는 習慣的으로 쓰여졌을 뿐이고 體系的으로 정리된 일이 없으므로, 地方에 따라서도 각기 다르고, 時代의 변화에 따라서도 달라지게 되었다.

그 후 印度에서 발원한 佛敎가 西域을 거쳐 들어오고, 印度유럽어 계통의 屈折語인 산스크리트어로 쓰여진 佛經을 漢譯하고 리듬에 맞추어 讀經을 하면서, 梵語(sanskrit)의 聲調에 자극을 받아, 한자의 音, 즉 소리에 관심을 가지고 이를 체계적으로 연구하기 시작하였다.

先秦時代에 字音을 四聲으로 나눌 수 있는지의 여부는 확실하게 규명된 일이 없고, 학자에 따라서 說이 구구하지만, 이 시대에는 平聲과 入聲만 있었다는 설이 가장 유력하며, 漢魏代에 이르면 字音이 四聲으로 分化되었으나, 四聲의 명칭은 아직 정해지지 않았고, 시인들은 聲調를 宮(上平) 商(下平) 角(入聲) 徵(上聲) 羽(去聲)의 五音으로 나누어 썼으며, 魏代부터 字音의 聲調에 관한 연구가 시작되어, 이때에 李登이 『聲類』를 짓게 되었다.

그 후 晉代에 平聲, 上聲, 去聲, 入聲 등 四聲의 명칭이 정해졌고, 이를 문장이나 시에 적절하게 遞用하면 聲調的 美感을 드러낼 수 있으며, 시의 句末에 字音이 韻部와 聲調가 동일한 자로 押韻하여 하나의 意味單位와 節奏單位를 완성하고, 이를 통하여 聲調的 藝術美를 발휘할 수 있음을 알게 되어, 晉代에는 이를 체계화한 張諒의 『四聲韻林』28권과 呂靜의 『韻集』 등이 편찬되었고, 齊, 梁代에는 周顒의 『四聲切韻』과 沈約의 『四聲譜』가 편찬되었다.

그러나 이들 韻書는 현재 전해지지 않고 있어 그 내용을 정확히 알 수 없으며, 현재 推察할 수 있는 것은 隋代 陸法言이 撰한 『切韻』부터이다.

『切韻』은 平聲 57개운, 上聲 55개운, 去聲 60개운, 入聲 34개운 등 四聲 206운으로 나누어 모든 한자를 이에 소속시켜 놓았으며, 실재로 作詩할 때에는 韻目表上 隣接해 있고 음이 類似한 韻을 2~3개 운씩 同用할 수 있게 하였으므로, 同用할 수 있는 운들을 묶어서 계산하면

112개 운이 되었다. 이『切韻』을 唐代에는『唐韻』이라 개칭하였고, 宋代에는『廣韻』이라 개칭하고 음이 유사한 수개 운을 다시 倂合하여 108개 운으로 압축하였고, 元代에는 다시 平聲 30운, 上聲 29운, 去聲 30운, 入聲 17운 등 106개 운으로 압축하여, 이것이 이른바 詩韻이라는 명칭으로 現今까지도 漢詩 押韻의 標準으로 통용되고 있는 것이다.

唐 開元 天寶年間부터는 과거시험을 볼 때에 짓는 科詩 가운데 이 운서에 맞추어 押韻하지 않은 것은 내용이 아무리 좋은 시라 해도 不合格이 되었으므로, 이때부터 이 韻書는 시를 지을 때 모든 사람이 반드시 따라야 할 押韻의 準繩이 되었다.

四聲이란 무엇인가. 四聲이란 모든 한자 每字의 字音이 지니고 있는 독특한 聲調를 유사한 韻母끼리 歸納的으로 統合하여 4개의 聲調로 大別해 놓은 것이다. 바꾸어 말하면 모든 한자의 자음은 반드시 平聲, 上聲, 去聲, 入聲中의 하나에 속해 있다는 것이다.

梁代의 周捨는 天子聖哲의 4개자로, 釋 重公은 天保寺刹로, 劉孝綽은 天子萬福의 4개자로 平, 上, 去, 入 四聲의 聲調를 설명하였고, 唐代의『元和韻譜』에는 四聲에 대하여 '平聲哀而安 上聲厲而去 去聲淸而遠 入聲直而促'이라 하였으며,『康熙字典』에는 각 聲調의 특징에 대하여, '平聲平道莫低仰 上聲高呼猛烈强 去聲分明哀遠道 入聲短促急收藏'이라고 설명하였고, 후인들은 또한 사성의 특징에 대하여 '平聲和暢, 上去聲纏綿, 入聲迫切'이라고 설명하기도 하였다.

즉 平聲은 음의 높낮이가 없는 긴소리(長調, 不升不降調)이고, 上聲은 頭音이 輕하고 尾音이 높은 尻上之聲(短調, 升調)이며, 去聲은 頭音이 明하고 尾音이 輕한 尻下之聲(短調, 降調)이고, 入聲은 短促한 소리로 音의 尻를 呑한 聲(促調)인 것이다. 이들 四聲의 音響的 效果가 각기 달라서, 이를 적절히 배합하여 시를 이루면 詩的 情緖를 보다

適宜하게 발현할 수 있게 되므로 '鍊字貴響'이라는 口訣이 생긴 것이다.

　字典에서 每字의 聲調를 표시하기 위하여 사각형의 四隅에 点 또는 圈을 가하는 發圈法이 행해지게 되었으니, 平聲字는 四角形의 左下에, 上聲字는 左上에, 去聲字는 右上에, 入聲字는 右下에 圈点을 찍어서

上聲	
------	------	去聲
平聲		入聲

이렇게 표시하기도 하였다. 예를 들면, 字典에 쓰인 天자 밑의 □은 '天'자가 平聲으로 先韻에 속함을 표시한 것이고, '子'자 밑의 □는 '子' 자가 上聲으로 紙韻에 속하는 자임을 표시한 것이며, 萬자 밑의 □은 '萬'자가 去聲으로 願韻에 속함을 표시한 것이고, 福자 밑의 □은 '福' 자가 入聲으로 屋韻에 속하는 자임을 표시한 것이다.

　한자의 聲調에 관심을 가지고 이를 연구하기 시작한 六朝時代부터 문인들이 詩나 散文을 지을 때, 매자의 聲調에 유의하여 音樂的 諧和에 用心하게 되었다. 聲調의 諧和에 用心한 散文이 六朝時代에 騈儷文으로 발전하였고, 韻文은 盛唐代에 이르러 律詩(近體詩)로 발전한 것이다.

　한자 한 자 한 자가 각기 四聲中 어느 聲調에 속하는가를 구별하는 것은 결코 쉬운 일이 아니다. 현대의 中國 語音은 수백년 전에 지어진 韻書와는 매우 다르게 변하여, 많은 지방에서 入聲이 消滅되었고, 平聲은 陰平聲(上平聲)과 陽平聲(下平聲)으로 분화되었다. 과거 韻書에 쓰인 上平聲과 下平聲은 平聲字의 수가 많아서 상하 兩卷에 나누어 수록한 것을 표시한 것으로, 平聲 上卷, 平聲 下卷의 의미일 뿐 聲調의 차이는 없었으므로, 현대 中國 語音에서 말하는 陰平聲 陽平聲과는 다른 것이다. 현대의 陰平聲(上平聲)은 음의 升降이 없이 平坦하면서 높은 調이고 陽平聲(下平聲)은 낮은 음으로부터 높은 음으로 上升

하는 調이다. 그러므로 비록 중국인이라 해도 어느 자가 어느 聲調에 속하는가를 알기가 어렵게 되었다.

어느 자가 어느 聲調에 속하는가를 아는 방법은 한 자 한 자 字典을 찾아서 聲調를 알아보는 수밖에 없다. 다만 入聲 만은 쉽게 알 수 있으니, 字音에 ㄱ, ㄹ, ㅂ, 받침이 있는 자 만이 모두 入聲字이기 때문이다. 그래서 先人들은 入聲字를 아는 방법으로 이 받침이 들어간 口訣을 지어 '국, 술, 밥' 또는 '떡, 술, 밥'이라 표시하기도 하였다.

詩나 文의 創作에 四聲을 遞用하는 것은 지나치게 까다롭고 번거로우며 主題를 適切하게 드러내는 데 오히려 장애가 되기도 하고, 그렇다고 每字가 지니고 있는 聲調를 무시하게 되면 音樂性이 沮喪되게 된다. 그래서 繁과 簡을 折衷하면서 聲調의 美도 드러낼 수 있게 하기 위하여 四聲을 平聲과 仄聲으로 二分하여 사용하게 되었으니, 平調이면서 長調인 平聲과 升調, 降調, 促調이면서 短調인 仄聲으로 二分하여 쓰게 된 것이다. 즉 平聲이 字音의 韻頭와 韻尾에 변화가 없는 平調라면 仄聲은 자음의 韻頭와 韻尾가 올라가거나 내려가는, 즉 變化가 있는 不平調라 할 수 있으며, 平仄의 對偶는 平調의 字와 不平調의 字와의 對偶인 것이다.

Ⅱ. 四聲 및 平仄과 漢詩

六朝時代부터 初唐代까지 시인들이 시를 지을 때 四聲을 적절히 配合하여 聲調的 美感을 나타내었고, '一句之中 四聲遞用'을 藝術的 最高峰으로 여겼으니, 이렇게 지은 시 한 수를 例示하면 다음과 같다.

和晉陵陸丞早春游望

杜審言

獨有宦游人	偏驚物候新
(入上去平平	平平入去平)
雲霞出海曙	梅柳度江春
(平平入上去	平上去平平)
淑氣催黃鳥	淸光轉綠蘋
(入去平平上	平平上入平)
忽聞歌古調	歸思欲沾巾
(入平平上去	平去入平平)

이 시는 每句 중에 四聲이 모두 갖추어지도록 강구하여 聲調的 美感을 最高度로 발휘하였다. 이 시의 제 1, 3, 5, 7구는 四聲이 고루 쓰였고, 제 2, 4, 6, 9구는 仄聲字가 2개자뿐이므로 四聲이 모두 쓰이지는 못하였으나 2개 이상의 上聲이나 去聲 또는 入聲을 連用한 곳이 한 곳도 없으며, 8개구 가운데 聲調가 완전히 동일한 구가 하나도 없어서 聲調의 면에서는 '錯綜變化之妙'를 최고도로 발휘한 시라 할 수 있다.

그러나 聲調의 極端的인 諧和를 講究하는 일이 시인들에게는 받아들이기 어려운 속박이 되므로, 위에 예시한 시 같은 것은 많은 시를 짓다보면 우연히 한 두 수 나올 수 있는 것일 뿐이며, 매수마다 이와 같이 짓기는 불가능하다. 그 때문에 '四聲·八病(平頭, 上尾, 蜂要, 鶴膝, 大韻, 小韻, 傍紐, 正紐)'으로 상징되는 六朝的 韻律論이 '平仄·近古'로 상징되는 唐代的 韻律論으로 이행하게 되었으니, 그 이유는 첫째, 四聲을 단위로 한 聲調의 組合은 지나치게 세밀하고 실용성이 부족하며, 둘째, 四聲의 區分은 相互 不可缺的인 것이 아니고 個別的인 槪念의 집합에 불과하기 때문이었다.

四聲에 비하여 平仄은 細(繁)와 粗(簡)의 中庸을 취한 實用的인 韻

律 單位로, 시인이 시를 지을 때에 平仄의 조화를 도모하도록 한 것은
그들에게 지나친 속박도 가하지 않으면서 聲調의 調和도 이룰 수 있게
한 것이며, 한시에서의 平仄의 相互 不可缺的이면서 相關的(correlative)
인 조합이어서, 漢語 본래의 對偶的 성격을 적절히 드러내는 韻律單位
이다. 즉 平仄의 관계는 非相關的인 四聲과는 달리 相關的으로 二分
한 것으로 '平'은 필연적으로 '仄'을 의식하고, '仄'은 필연적으로 '平'을
의식하는 相互依存的, 相互不可缺的인 관계인 것이다.

　'平聲對 仄聲'이라는 相互依存的 二分化는 對偶構成을 편리하게 하
고 이를 촉진하는 요인이 되었다. 또한 한자 가운데 平聲字와 仄聲字
의 비율을 보면, 『廣韻』에 수록된 한자 중에는 平聲字가 9,847자이고,
仄聲字가 15,638자(上聲字 4,821, 去聲字 5,386, 入聲字 5,481)이며 『禮部
韻略』에는 平聲字가 3,746字, 仄聲字가 5,844字(上聲字 2,034, 去聲字
2,215, 入聲字 1,595)로 되어 있어서 平聲字와 仄聲字가 字數에 있어서
도 대체로 4:6 정도로 균형을 이루고 있어, 이것도 시를 지을 때 平仄
의 對偶를 용이하게 하는 요인이 되었다.

　이러한 平仄의 對偶는 운율상의 配列方法으로 '平平 仄仄' 또는 '仄
仄 平平'이라는 '平平'과 '仄仄' 각 二字를 소단위로 한 對偶的 配列을
기본으로 한다. 이는 漢語의 기초리듬인 '二音節 一拍'의 節奏單位가
'平仄'이라는 聲調單位와 결합하여 漢詩의 音樂聲을 제고시킬 수 잇기
때문이다.

Ⅲ. 近體詩의 平仄

　전술한 바와 같이 한시의 節奏單位는 '二音節 一拍'으로 두 자가 한

拍子를 이루고 있다.

초기의 漢詩인 詩經詩가 四言句 위주로 되어 있는 것은 곧 2박자 위주의 시라는 의미도 된다. 한시의 기본은 四言二拍의 시로, 한시의 聲調的 美를 터득한 후에는 每句가 '平平/仄仄' 또는 '仄仄/平平'으로 한 박자가 平聲이면 다음 박자는 仄聲이고, 한 박자가 仄聲이면 다음 박자는 平聲이 되어 平聲拍子와 仄聲拍子가 遞換하는 것이 기본 원칙이었다.

그러나 四言句 위주의 漢詩는 지나치게 간결하고 단조로우며, 句末에 休止符가 없어 音樂性이 떨어지는 결함이 있으므로 후대에는 淘汰되어 作詩의 예가 희소하게 되었다.

漢代부터는 五言詩와 七言詩가 발생하면서 후대에는 이 두 詩型이 漢詩의 주조를 이루게 되었고, 唐代 이후 한시에 平仄의 格律을 엄격히 준수하는 近體詩가 등장하였으므로, 本節에서는 한시의 平仄을 五言近體詩와 七言近體詩 위주로 고찰하고자 한다.

1. 五言 近體詩의 平仄

五言句는 四言句에 한 자가 덧붙여진 것이므로, 近體詩 五言句의 平仄은 다음과 같은 4種이 있게 되었다.

1) '平平 仄仄'의 四言句를 仄脚의 五言句로 바꾸는 경우 중간에 平聲字 한 자를 끼워 넣어(以平隨平) '平平平 仄仄'이 되게 한다. 이는 仄脚을 그대로 두어 平起仄收(平頭仄脚)가 되게 한다.

2) '平平 仄仄'의 四言句를 平脚의 五言句로 바꾸는 경우 句末에 平聲字 한 자를 덧붙여서(以平隨仄) '平平仄仄平'이 되게 한다. 이는

仄脚을 平脚으로 바꾸어 '平起平收'(平頭平脚)가 되게 한 것이다.

3) '仄仄 平平'의 四言句를 平脚의 五言句로 바꾸는 경우 중간에 仄聲字 한 자를 끼워 넣어(以仄隨仄) '仄仄仄平平'이 되게 한다. 이는 平脚을 그대로 두어 仄起平收(仄頭平脚)가 되게 한 것이다.

4) '仄仄 平平'의 四言句를 仄脚의 五言句로 바꾸는 경우 句末에 仄聲字 한 자를 덧붙여서(以仄隨平) '仄仄平平仄'이 되게 한다. 이는 平脚을 仄脚으로 바꾸어 仄起仄收(仄頭仄脚)가 되게 한 것이다.

五言句의 平仄格式은 이 4種이 그 全部로서, 이를 읊을 때는 二音節을 一拍으로 하고, 平聲은 대체로 仄聲보다 2배 길게 읊는다. 이를 각 聲調의 길이에 따라 표시해 보면 다음과 같다.

```
仄仄平平仄 : 仄  仄  ‖ 平    平    |  仄*
平平仄仄平 : 平    平    ‖ 仄  仄  | 平  *
平平平仄仄 : 平    平    ‖ 平  仄  | 仄*
仄仄仄平平 : 仄  仄  ‖ 仄 平    | 平  *
```

이 4種의 句式으로 이루어진 五言律詩의 平仄格式을 살펴보면, 仄起式과 平起式으로 大別할 수 있고, 이를 다시 首句入韻詩와 首句不入韻詩로 구분할 수 있으며, 仄起式과 平起式을 구분하는 기준은 首句 第2字의 平仄이다. 즉 首句 제 2자가 平聲字면 平起式이고 仄聲字이면 仄起式인 것이다.

五言律詩의 仄起式 首句不入韻 平仄格式은 다음과 같다.

```
仄仄平平仄
平平仄仄平
平平平仄仄
```

仄仄仄平平
仄仄平平仄
平平仄仄平
平平平仄仄
仄仄仄平平

만약 이를 首句入韻의 平仄格式으로 하려면, 首句의 末字와 제 3자의 平仄을 互換하여 首句를 '仄仄仄平平'으로 바꾸고, 나머지 7개구는 그대로 두면 된다.

五言律詩 仄起式 首句不入韻詩와 首句入韻詩 각각 한 수씩을 예시하면 다음과 같다.

五言律詩 仄起式 首句不入韻詩

獨坐

徐居正

獨坐無來客　空庭雨氣昏
(仄仄平平仄　平平仄仄平)
魚搖荷葉動　鵲踏樹梢飜
(平平平仄仄　仄仄仄平平)
琴潤絃猶響　爐寒火尙存
(平仄平平仄　平平仄仄平)
泥途妨出入　終日可關門
(平平平仄仄　平仄仄平平)

(이 시는 '琴' '終' 두 자만이 平仄格式에 不合하고 나머지 자들은 모두 격식에 맞는다.)

五言律詩 仄起式 首句不入韻詩

送褒別將之安西

高適

絶域眇難躋　　悠然信馬蹄
(仄仄仄平平　　平平仄仄平)
風塵經跋涉　　搖落怨暌携
(平平平仄仄　　平仄仄平平)
地出流沙外　　天長甲子西
(仄仄平平仄　　平平仄仄平)
少年無不可　　行矣莫凄凄
(仄平平仄仄　　平仄仄平平)

(이 시는 '搖' '少' '行' 세자만이 平仄格式에 不合하고 나머지 모두 격식에 맞는다.)

五言絶句나 五言排律의 仄起式 平仄格式은 상기 五言律詩 仄起式 平仄格式을 半으로 줄이거나 또는 그 이상 늘려서 반복한 것에 불과 하므로 부연 설명을 생략한다.

五言律詩의 平起式 平仄格式은 다음과 같다.

平平平仄仄
仄仄仄平平
仄仄平平仄
平平仄仄平
平平平仄仄
仄仄仄平平
仄仄平平仄
平平仄仄平

만약 首句에 入韻을 하려면 首句의 末字와 제 3자의 平仄을 互換하여 수구를 '平平仄仄平'으로 바꾸고 나머지 7개구는 그대로 두면 된다.
또한 五言絶句와 五言排律의 平起式 平仄格式도 위에서 설명한 바와
같이 五律의 半減이나 增加에 불과할 뿐이다.

　　平起式 首句不入韻의 형식으로 이루어진 五言律詩 한 수를 예시하
면 다음과 같다.

春日登樓懷歸

寇準

高樓聊引望	杳杳一川平
(平平平仄仄	仄仄仄平平)
野水無人渡	孤舟盡日橫
(仄仄平平仄	平平仄仄平)
荒村生斷靄	古寺語流鶯
(平平平仄仄	仄仄仄平平)
舊業遙清渭	沈思忽自驚
(仄仄平平仄	平平仄仄平)

　　지금까지 五言 近體詩의 平仄格式에 대하여 살펴보았다. 오언 근체
시는 仄起式을 正例로 보고 平起式을 變例로 보며, 首句 入韻 여부는
首句 不入韻을 正例로, 入韻을 變例로 본다. 正例와 變例의 基準은
唐代에 지어진 五言 近體詩 가운데 더 많은 쪽을 正例로 보았고 적은
쪽을 變例로 본데 불과하며, 詩의 優劣과는 관계가 없는 것이다.

2. 七言近體詩의 平仄

　　平仄의 格律을 기준으로 살펴보면, 七言句는 五言句의 頭節의 聲調
와 반대가 되는 성조를 지닌 2개자가 첨가되어 頂節을 이룬 것으로 보

면 된다. 七言句 역시 二言을 一拍으로 하고, 平聲은 仄聲보다 2배 길게 읊는다.

이를 平聲과 仄聲의 길이에 따라 표시해보면 다음과 같다.

平平仄仄平平仄 : 平　　平　｜仄　仄　‖　平　　平　　｜仄*
仄仄平平仄仄平 : 仄　仄　｜平　　平　　‖　仄　仄　｜　平　*
仄仄平平平仄仄 : 仄　仄　｜平　　平　　‖　平　仄　｜　仄*
平平仄仄仄平平 : 平　　平　｜仄　仄　‖　仄平　｜　平　*

즉 五言 仄起式이 七言으로 바뀌면 平起式이 되고, 五言 平起式이 七言으로 바뀌면 仄起式이 된다. 이를 예시하면 다음과 같다.

	五言
平平	仄仄平平仄
仄仄	平平仄仄平
仄仄	平平平仄仄
平平	仄仄仄平平
平平	仄仄平平仄
仄仄	平平仄仄平
仄仄	平平平仄仄
平平	仄仄仄平平

七言

이것이 七言 平起式 平仄格式이다.(首句 入韻의 경우에는 首句의 末字와 제 5자의 平仄을 互換하여 수구를 平平仄仄仄平平으로 하고 그 외의 구는 그대로 둔다.)

"平起式으로 지어진 七言律詩 한 수를 예시하면 다음과 같다.

使次安陸寄友人

劉長卿

新年草色遠萋萋　　久客將歸失路蹊

(平平仄仄仄平平　　仄仄平平仄仄平)
　暮雨不知滇口處　　春風只到穆陵西
(仄仄仄平平仄仄　　平平仄仄仄平平)
　城孤盡日空花落　　三戶無人白鳥啼
(平平仄仄平平仄　　平仄平平仄仄平)
　君在江南相憶否　　門前五柳幾枝低
(平仄平平平仄仄　　平平仄仄仄平平)

(이 시는 不, 三, 君 세 자만 平仄格式에 不合한다.)
　七言 仄起式의 平仄格式도 역시 五言 平起式의 平仄格式 앞에 반대되는 聲調 2개字를 덧붙인 것이다. 이를 예시하면 다음과 같다.

五言

仄仄	平平平仄仄
平平	仄仄仄平平
平平	仄仄平平仄
仄仄	平平仄仄平
仄仄	平平平仄仄
平平	仄仄仄平平
平平	仄仄平平仄
仄仄	平平仄仄平

七言

　七言律詩 仄起式 역시 首句에 入韻을 할 경우에는 首句의 末字와 제5字의 平仄을 互換하고 그 외의 구는 그대로 두면 된다. 仄起式으로 이루어진 七言律詩 한 수를 예시하면 다음과 같다.

題李處士幽居

　　　　　　　　溫庭筠
　水玉簪頭白角巾　　瑤琴寂歷拂輕塵
　(仄仄平平仄仄平　　平平仄仄仄平平)

濃陰似帳紅薇晚　　細雨如煙碧草新
(平平仄仄平平仄　　仄仄平平仄仄平)
隔竹見籠疑有鶴　　捲簾看畵靜無人
(仄仄仄平平仄仄　　平平仄仄仄平平)
南窓自有忘機友　　谷口徒稱鄭子眞
(平平仄仄平平仄　　仄仄平平仄仄平)

(이 시는 頸聯 出句 제 3자인 '見'만이 平仄格式에 不合할뿐이고, 그 외
에는 모두 格式에 합치된다.)

　七言律詩는 五言律詩와는 반대로 平起式이 正例이고 仄起式이 變
例이며, 首句入韻 문제도 역시 五言律詩와는 반대로 首句入韻이 正
例이고 不入韻이 變例이다. 首句에 入韻하는 것은 매구마다 압운하던
七言古詩의 餘習이 七言律詩에 잔존한 것이고, 이것이 五言詩에도 영
향을 미쳐서 五言近體詩도 首句에 押韻을 하는 경우도 있게 되었으나,
그 빈도는 七言보다 적으며, 七言近體詩는 首句에 入韻을 한 시가 入
韻하지 않은 시보다 더 많고 五言近體詩는 더 적어서 正例와 變例가
서로 반대가 된 것이다.

3. 五, 七言詩의 節奏單位와 意味單位

　상술한 바와 같이 한시는 2音節(2개자)이 1拍子를 이루고 있다. 즉
四言詩는 每句 2拍子의 시이고, 五言詩는 句末에 반박자분의 休止符
가 있는 것으로 보아 3拍子의 시가 되며, 七言詩 역시 句末에 半拍子
分의 休止符를 인정하여 4박자의 시로 보고 있다.

즉 五言詩는 ˙0 0 ‖ 0 0 0 *
　　　　　　1拍　　　1拍　1拍으로,

七言詩는 ˙0 0 0 0 ‖ 0 0 0 *
　　　　　　1拍　1拍　　　1拍　1拍으로 보는 것이다.

(*표는 休止符의 표시임)

句末의 休止符는 한시를 吟詠할 때에 音樂性을 증가하여 詩想의 적절한 표현에 기여하는 바가 크기 때문에, 句末 休止符의 音樂的 妙味(節奏美)를 알게 된 이후에는 四言句나 六言句 등 半拍子分의 休止符를 붙일 수 없는 形式의 시들은 淘汰되어 이를 짓는 경우가 극히 稀少하게 되었다.

五言句는 吟詠할 때에 2개자를 한 박자로 읊은 후 잠깐 쉬었다가 3개자(休止符 포함 2박자)를 2박자로 읊는다. 즉 五言句는 上一拍(2개자) 下二拍(3개자)의 시구로 上部가 가볍고 下部가 무거운 頭輕脚重이 되어 安定感을 느끼게 하는 시구이다.

七言句는 吟詠할 때에 4개자를 2박자로 읊은 후 잠깐 쉬었다가 3개자(休止符 포함 2박자)를 역시 2박자로 읊는다. 즉 七言句는 上二拍 下二拍의 詩句로 상부와 하부가 모두 2박자로 되어 있으나 音節數로는 上部가 4음절(4개자) 下部가 3음절(3개자)로, 五言句와는 반대로 상부가 무겁고 하부가 가벼운 頭重脚輕이 되어 五言句에 비하여 安定感은 떨어지나 律動感을 표현하기에는 보다 적절한 형식의 시구이다.

이렇게 奇數拍(3拍)인 五言詩와 偶數拍(4拍)인 七言詩가 漢詩의 代表的인 兩大 詩型으로 정립된 것도 두 시형이 각기 지닌 특징 때문으로 보아야 한다.

五言詩와 七言詩의 이러한 節奏 單位는 每句의 意味單位와도 대체로 一致한다. 즉 上一拍 下二拍의 五言句는 意味에 있어서도 上二字

가 하나의 意味單位를 이루고 下三字가 또 다른 하나의 意味單位를
이루는 것이 상례이며, 七言句에 있어서도 上四字와 下三字가 각기 하
나의 意味單位를 이루는 것이 常例이다. 이를 예시하면 다음과 같다.

```
        意味單位        1            1      (2字 : 3字)
                     秋風         唯苦吟*
拍    子              1         1   1
                    上1拍        下2拍  (2字 : 3字)


        意味單位        1            1      (4字 : 3字)
                   雨歇長堤        草色多*
拍    子            1   1        1   1
                    上2拍        下2拍  (4字 : 3字)
```

그러나 節奏單位와 意味單位가 반드시 일치하는 것은 아니다. 節奏
單位와 意味單位가 일치하지 않는 경우도 흔히 있으니, 이러한 變例를
예시해 보면 다음과 같다.

```
意味單位    1         1    (1字 : 4字)        1         1    (1字 : 4字)
           山隨     平野盡*                  江入      大荒流*
拍    子    1        1   1                   1        1   1
           上1拍     下2拍  (2字 : 3字)        上1拍     下2拍 (2字 : 3字)


意味單位    1              1    (2字 : 5字)
           別淚年年     添綠波*
           1   1        1   1
           上2拍         下2拍   (4字 : 3字)


意味單位    1              1    (5字 : 2字)
           中天月色     好誰看*
拍    子    1   1        1   1
           上2拍         下2拍   (4字 : 3字)
```

즉 五言句의 節奏單位는 언제나 上1拍(2자) : 下2拍(3자)이지만 意味

單位는 節奏單位와 一致하는 上2자 : 下3자의 常例 외에 1자 : 4자, 3
자 : 2자, 4자 : 1자, 5자 一貫 등의 變例들이 있고, 七言句도 節奏單位
는 언제나 上2拍(4자) : 下2拍(3자)이지만, 意味單位는 1자 : 6자, 2자 :
5자, 3자 : 4자, 5자 : 2자, 6자 : 1자, 7자 一貫 등의 變例들이 있다.

　이렇게 節奏單位와 意味單位가 不一致하는 경우에도 이를 吟詠할
때는 節奏單位에 맞추어 吟詠한다. 즉 五言은 2자 : 3자, 七言은 4자 :
3자로 吟詠하는 것이 原則이다.

　五言詩와 七言詩 속에서 하나의 節奏單位와 意味單位가 되어, 하
나의 整體를 형성하는 每句 下三字(三字尾)의 平仄을 보면 古體詩와
近體詩가 확연하게 구별된다. 즉 近體詩의 三字尾는 '平平仄', '平仄
仄', '仄平平'의 4種으로 平仄이 이루어져 있고, 古體詩의 三字尾는 다
수의 구가 '仄仄仄', '平平平', '仄平仄', '平仄平'의 4種으로 平仄이 이루
어져 있다. 近體詩가 형성된 이후에 지어진 古體詩는 이와 같이 의도
적으로 近體詩의 三字尾의 平仄과는 聲調를 다르게 하고자 노력하였
음을 알 수 있으나, 古體詩 三字尾의 이런 경향을 하나의 格律로 보기
보다는 근체시와 聲調를 다르게 하려는 하나의 風潮로 보아야 한다.

Ⅳ. 近體詩의 平仄格律

　近體詩를 一名 律體라 하고 古體詩를 非律體라 한다. 近體詩를 律
體라고 할 때 律體를 이루는 韻律의 核心이 바로 平仄의 格律이다.

　近體詩 平仄의 格律을 한 句 안에서의 平仄格律, 한 聯 出句와 對
句 사이의 平仄格律, 上下 兩聯 사이의 平仄格律 등으로 나누어 살펴
보면 다음과 같다.

1. 句中의 平仄格律

누차 언급한 바와 같이 漢詩에서는 二音節(二個字)이 하나의 節奏單位(1拍子)가 되고 五言句의 제 5자나 七言句의 제 7자는 한 자가 하나의 節奏單位(1拍子)가 된다.

각 音節單位의 名稱은 五言句 제 1, 2자를 頭節, 제 3, 4구를 腹節, 제 5자를 脚節이라 부르고, 七言句는 五言句 앞에 2개자가 添加된 것으로 보아 이를 頂節이라 칭한다. 즉 五言句는 頭節, 腹節, 脚節 등 3개의 節奏單位로 이루어져 있고, 七言句는 頂節, 頭節, 腹節, 脚節 등 4개의 節奏單位로 이루어져 있으며, 句末 즉 脚節를 제외한 모든 節은 2개자로 이루어져 있고, 이 2개자의 중심은 每節의 둘째 자에 있으므로 脚節을 제외한 각 절의 제 2자를 그 節의 節奏點이라 한다. 즉 七言句 제 2자가 頂節의 節奏點이고, 七言句 제 4자와 五言句 제 2자가 頭節의 節奏點이며, 七言句 제 6자와 五言句 제 4자가 腹節의 節奏點이고, 七言句와 五言句의 末字가 脚節의 節奏點이 된다.

한 句 속에서의 平仄은 한 節이 平聲拍子이면 다음 절은 仄聲拍子이고, 또 그 다음 절은 平聲拍子로 每 拍子의 平仄이 서로 사이를 두고 계속 바뀌는 것이 원칙이며, 이를 句中平仄相間이라 한다.

즉 七言句의 平仄이 '平平仄仄平平仄'이거나 '仄仄平平仄仄平'
　　　　　　　　　　頂節 頭節 腹節 脚節　　　　　頂節 頭節 腹節 脚節
이면, 句中의 平仄이 완벽하게 相間이 된 것이다.

七言句의 平仄이 '仄仄平平平仄仄'이거나 '平平仄仄仄平平'인
　　　　　　　　　頂節 頭節 腹節 脚節　　　　　頂節 頭節 腹節 脚節
경우는 腹節과 脚節의 節奏點이 동일한 仄聲이거나 동일한 平聲이 되지만, 兩節의 聲調가 완전히 일치하지 않으므로 허용이 되는 것이다.

시를 지을 때 每句 每字를 모두 平仄의 格律에 맞추어 짓도록 요구하는 것은 시인에게 받아들이기 어려운 束縛이 된다. 이에 節奏點에 해당하는 곳은 平仄의 律을 엄격히 준수하되 非節奏點에 해당하는 곳은 平仄의 제약을 가하지 않게 되어 '一三五不論' '二四六分明(二四不同, 二六對)'이라는 口訣이 생기게 된 것이다. 이는 곧 聲調的 美도 도모하면서 作詩上의 제약을 어느 정도 풀어준 것이라 할 수 있다. 즉 '一三五不論'이란 七言句의 제 1자(頂節 上字), 제 3자(頭節 上字), 제 5자(腹節 上字)는 각 節의 節奏點에 해당하는 자가 아니므로, 이곳에는 平聲字를 넣거나 仄聲字를 넣거나 따지지 않는다(不論한다)는 뜻이며, 이를 五言句에 적용하면 '一三不論'이 된다.

'二四六分明'이란 七言句의 제 2자(頂節 下字), 제 4자(頭節 下字), 제 6자(腹節 下字)는 각 節의 節奏點에 해당되는 자이므로 平聲字를 넣을 곳이면 分明히 平聲字를 넣고, 仄聲字를 넣을 곳이면 分明히 仄聲字를 넣어야 한다는 뜻이며, 이를 五言句에 적용하면 '二四分明'이 된다.

이를 구체적으로 다시 敷衍하여, '二四不同', '二六對'라 하는데, '二四不同'이란 제 2자와 제 4자의 平仄은 같아서는 안된다는 의미이니, 즉 제 2자가 平聲이면 제 4자는 仄聲이어야 하고, 제 2자가 仄聲이면 제 4자가 平聲이어야 한다는 것이고, '二六對'란 제 2자와 6자는 正對가 되어 같은 聲調이어야 한다는 것이다. 즉 제 2자가 平聲이면 제 6자도 平聲이어야 하고, 제 2자가 仄聲이면 제 6자도 仄聲이어야 한다는 것이다. 이는 곧 한 句의 節奏點들이 正-反, 또는 正-反-正의 整然한 對應關係로 되어야 한다는 것이다. 참고로 이러한 詩句를 예시하면 다음과 같다.

林 亭 秋 已 晩　　騷 客 意 無 窮
　仄　　仄　　　平　　〔正-反〕

空 山 落 木 雨 蕭 蕭　　相 國 風 流 此 寂 廖
　平　仄　平　　仄　平　仄〔正-反-正〕

　七言句의 '一三五不論' '二四六分明'을 五言句에 適用하면 '一三不
論' '二四分明'이 된다. 이 口訣 속에 七言句의 末字(제 7자)와 五言句
의 末字(제 5자)에 언급이 없는 것은 이 字의 平仄은 句中의 어느 자보
다도 더욱 분명히 해야할 부분이기 때문이다. 즉 한 구 가운데 平仄이
가장 분명해야 할 부분이 한 節奏가 끝나는 句末字(脚節)이고, 그 다음
이 句中에서 小節奏가 끝나는 五言 제 2자와 七言 제 4자이다.

2. 一聯中 出句와 對句間의 平仄格律(對法)

　근체시에서 2개구를 한 단위로 하여 偶句 句末에 압운을 하고, 하나
의 의미와 음악적 節奏가 완성되는데 이러한 2개구를 聯이라 한다. 그
러므로 律詩는 4個聯으로 이루어진 시이고 절구는 2個聯, 排律은 5個
聯 以上으로 이루어진 시라 할 수 있다.
　한 聯을 이루는 2개의 구 가운데 上句를 出句라 하고 下句를 對句
라고 칭하는 바, 출구와 대구의 平仄은 동일한 위치에 있는 모든 자들
이 서로 반대가 되는 것, 즉 字字相對가 원칙이다. 즉 출구가 '平平仄
仄平平仄'이면 대구는 '仄仄平平仄仄平'이 되고, 출구가 '仄仄平平平
仄仄'이면 대구는 '平平仄仄仄平平'이 되는 것이 원칙이다. 오언절구도
이와 동일하다. 이를 출구 평측과 대구 평측의 相對(反對)라 한다.
　그러나 출구와 대구간의 字字相對의 원칙은 완벽하게 지켜질 수 가

없다. 즉 '一三五'는 不論이므로 칠언구의 제 1, 3, 5자와 오언구의 제 1, 3자는 출구와 대구간에 평측이 반대가 되지 않는 경우가 있게 된다. 首句入韻의 경우에는 首聯 출구와 대구의 末字(七言 제 7자, 五言 제 5자)도 성조가 동일하게 되어 반대가 되지 않게 된다. 또한 每句의 평측 격률 중 칠언 仄頭仄脚(仄仄平平仄仄)이나 오언 平頭仄脚(平平平仄仄)은 腹節(칠언 제 5, 6자, 오언 제 3, 4자) 兩字의 平仄을 互換하여 [仄仄平平仄平仄]또는 [平平仄平仄]으로 하는 특수형식도 있으므로 그 대구가 되는 [平平仄仄仄平平]이나 [仄仄仄平平]과는 칠언 제 6자 및 오언 제 4자의 평측도 서로 반대가 되지 않는 경우가 생기게 된다.

이런 모든 경우를 적용한다 해고 한 연 출구와 대구의 칠언 제 2자와 4자 및 오언 제 2자는 반드시 서로 반대가 되는 바, 이는 곧 오언과 칠언 출구와 대구의 제 2자는 반드시 평측이 반대가 되도록 해야 하는 것이므로, 이렇게 된 聯을 對가 이루어졌다고 하고 그렇지 않은 聯은 失對가 된 聯이라고 한다. 이와 같이 每句 출구와 대구 제 2자의 성조는 반드시 서로 반대가 되도록 해야 하는 평측 격률을 對法 또는 反法이라 하며, 근체시에서는 이 격률을 위반한 失對를 詩病으로 보아 크게 꺼리는 바이다.

3. 上下聯間의 平仄格律(黏法)

上述한 對法이 한 聯 안에 있는 出句와 對句 사이의 平仄格律이라면, 이곳에서 설명할 黏法은 上聯과 下聯 사이의 平仄格律이라 할 수 있다.

黏이란 上聯 對句 제 2자와 下聯 出句 제 2자의 성조(平仄)가 일치하여야 함을 말한다. 이것이 일치하면 黏이 이루어졌다고 하고 일치하지 않으면 失黏하였다고 하여, 이것 역시 평측의 격률을 위배한 詩病으로 본다.

한편 上聯 對句 제 2자와 下聯 出句 제 2자의 聲調가 일치한다 해도 이 두 구의 平仄이 완전히 일치해서는 안된다. 즉 점은 이루되 두 구의 平仄이 서로 重複되어서는 안된다는 것으로, 만약 중복이 되면 성조가 단조로워져서 音樂性이 떨어지기 때문이다.

지금까지 설명한 평측 격률을 시를 통하여 살펴보면 다음과 같다.

[一三五不論]

上聯	(出句)	雨	歇	長	堤	草	色	多 ┐
			仄		平		仄	├ 對
	(對句)	送	君	南	浦	動	悲	歌 ┘
			平		仄		平	
下聯	(出句)	大	同	江	水	何	時	盡 ┐
			平		仄		平	├ 對
	(對句)	別	淚	年	年	添	綠	波 ┘
			仄		平		仄	

(二四分明)

(二六對)

[二四六分明]

지금까지 설명한 바와 같이 근체시 가운데 어느 시가 平起式이냐, 仄起式이냐를 따지거나 對 및 黏을 따지는 기준이 되는 자가 모두 제 2자임은 매구의 제 1자는 평측을 不論해도 되는 자이기 때문이다.

4. 平仄의 禁止條件

한 句 內에서의 平仄格律인 二四不同, 二六對나, 한 聯 出句와 對句 사이의 平仄格律인 對法 및 上下 兩聯 사이의 平仄格律인 黏法 등을 근체시 平仄格律의 준수조건이라 하며, 이 외에, 평측상의 금지조건이 두 가지 있으니, 이것이 孤平과 三平調(下三平)이다.

孤平이란 평성 한 자가 양쪽의 측성 사이에 끼어 있는 것을 말한다. 특히 每節의 節奏點이 고평이 되면 聲調的 美感이 약화되기 때문에 고평을 크게 꺼리는 바이니, 예를 들면, 五言 '平平仄仄平'구나 七言 '仄仄平平仄仄平'구에서 一三五不論이라는 口訣만 믿고 五言 첫째자나 七言 셋째자의 성조를 仄聲으로 바꾸어, '仄平仄仄平' 또는 '仄仄仄平仄仄平'이 되게 하면, 이 구 상반부의 小節奏點인 五言 둘째나 七言 넷째자(모두 頭節의 절주점임)가 孤平을 犯하게 되며, 근체시에서는 이런 현상이 야기되는 것을 禁忌로 여긴다.

孤平과 함께 근체시에서 禁忌視하는 것이 三平調(下三平)이다. 三平調란 五言句나 七言句의 下半部 3자(五言 제 3, 4, 5자, 七言 제 5, 6, 7자)가 모두 平聲이 된 것을 말한다. 近體詩의 五言句는 上部 2자와 下部 3자가, 七言句는 上部 4字와 下部 3字가 각기 하나의 작은 意味單位와 節奏單位를 이루는 것이 원칙이다. 그 가운데 下3字(拍子로는 2박자가 된다.) 즉 下半部 2拍子가 모두 聲調이거나 모두 仄聲이 되면, 聲調가 弛緩되어 단조로워지고 음악성이 떨어지게 되므로 이런 현상이 야기되는 것을 꺼리는 것이다. 그 가운데 특히 三平調 만을 禁忌視하고 三仄調는 크게 꺼리지 않는 이유는 仄聲들 속에는 서로 다른 聲調(上聲, 去聲, 入聲)가 內在해 있어 聲調的 單位性이 三平調보다는 덜하기 때문이다.

이와 같이 고평과 삼평조를 禁止하다 보면 一三五不論이라는 口訣이 어느 때나 合當한 것이 아님이 드러난다. 즉 一, 三, 五자의 平仄을 不論하다가 孤平이나 三平調를 犯해서는 안되므로, 고평이나 삼평조를 범하지 않는 범위 내에서만 不論이 허용되는 것이다.

한편 二四六分明(二四不同, 二六對)에도 예외가 있으니, 上述한 平仄의 特殊形式(五言 '平平仄平仄'이나 七言 '仄仄平平平仄仄'의 腹節 兩個字를 互換하여 '平平仄平仄'이나 '仄仄平平仄平仄'으로 하거나, 또는 五言 '仄仄平平仄'이나 七言 '平平仄仄平平仄'의 腹節 下字의 聲調를 바꾸어 '仄仄平仄仄'이나 '平平仄仄平仄仄'으로 한 형식)에서는 二四不同 二六對의 口訣이 適用되지 않는 경우도 있으며, 每聯의 出句는 孤平이 허용되는 경우도 있음을 유의하여야 한다.

漢詩 平仄의 각종 격률에는 이와 같이 일부 예외가 허용되는 바, 이러한 예외들은 오히려 한시 평측의 多樣化에 寄與하는 側面도 있는 것이다.

5. 拗와 拗救

한시를 지을 때 내용도 훌륭하고 음악성도 뛰어나도록 하는 것이 이상적이다. 그러나 어떤 경우에는 내용에 충실하다 보면 음악성이 떨어지고 음악성에 충실하다 보면 내용이 沮喪되는 상황이 벌어지기도 한다. 이런 경우에는 내용을 살리고 음악성을 희생시키는 것이 원칙이므로 때로는 近體詩의 어느 한 부분이 平仄의 格律에 위배되게 지어지기도 한다.

또한 시를 지을 때 聲調를 더욱 奇掘하게 하기 위하여 근체시의 일부분을 고의로 평측의 격률에 맞지 않도록 常格을 벗어난 破格으로 짓는 경우도 있다.

이와 같이 근체시 일부분이 평측격률에 맞지 않는 것(不合平仄格律)을 拗라고 한다. 즉 近體詩의 遵守條件인 二四不同, 二六對, 黏法, 反法 등을 위배하였거나 禁止條件인 孤平이나 三平調를 범한 것이 拗이다.

拗는 근체시의 관점에서 보면 일종의 결함 즉 詩病을 범한 것이므로, 대체로 그 결함을 해소하거나 減殺시키기 위한 조치를 취하기도 하는데, 이를 拗救라 한다.

近體詩에서 孤平을 범하게 되면 거의 반드시 이를 해소하기 위한 조치를 취하므로, 拗救는 주로 孤平을 해소하는데에 중점을 두게 되었으며, 요구의 방법으로는 本句自救, 對句相救, 本句自救而對句相救 등 3種의 방법이 쓰여졌다.

本句自救란 한 句의 첫 자가 平聲에 해당하는데 仄聲字를 썼으면 仄聲에 해당하는 셋째자에 平聲字를 넣는 것이다. 즉 七言 제 1자가 평성에 해당하는데 측성자를 썼으면 측성에 해당하는 제 3자에 평성자를 써서 제 2자가 孤平을 범하지 않도록 구제하거나, 이와 반대로 七言 제 1자가 측성에 해당되는데 평성자를 썼으면 평성에 해당하는 제 3자에 측성자를 넣는 것으로, 예를 들면,

'夜鐘殘月雁歸聲'(高適「夜別韋司士」)의 구는 본래 '平平仄仄仄平平' 形式의 句인데 첫째 (仄平平仄仄平平)자에 측성인 夜를 써서 둘째자 鐘이 孤平이 되자 셋째자에 평성자인 殘을 넣어 둘째자의 孤平을 구제하여, 평측이 '仄平平仄仄平'이 되게 한 것이다. 이 구의 상대가 되는 出句는 본래 '仄仄平平平仄仄'의 구인데 이 對句의 평측이 對를 맞추어 '平仄仄平平仄仄'으로 하여, 出句와 對句가 '平仄仄平平仄仄' '仄平平仄仄平平'이 되도록 한 사례가 많으며, 이런 형식의 聯은 正格의 聯과 대등할 정도로 빈번히 쓰여서, 이런 聯도 별도의 正格으로 보아 拗救로 보지 않는 견해도 있다.

七言 '仄仄平平仄仄平'이나 五言 '平平仄仄平'의 구에서, 七言 제 3 자나 五言 제 1자는 平聲에 해당되는데 이곳에 부득이 측성자를 쓰게 되면 七言은 '仄仄仄平仄仄平'이 되고 五言은 '仄平仄仄平'이 되어 七言 제 4자나 五言 제 2자가 孤平을 범하게 된다. 이런 경우 仄聲 자리 인 七言 제 5자나 五言 제 3자에 平聲字를 써서 七言은 '仄仄仄平平仄平' 五言은 '仄平平仄平'으로 하여 孤平이 해소되도록 하는 것도 本句自救의 한 방법이다.

對句相救란, 한 聯에서 만약 七言 출구 제 3자나 五言 제 1자가 평성 자리인데 측성자를 썼으면 본래 측성 자리인 七言 대구 제 3자나 五言 대구 제 1자에 평성자를 써서 出句의 결함을 보완해 주는 것이다. 예를 들면,

'遠山籠宿霧 高樹影朝暉'(元稹 「早歸」)는 본래

(仄平平仄仄 平仄仄平平)

'平平平仄仄 仄仄仄平平' 형식의 구인데 平聲 자리인 出句 제 1자 에 측성자인 '遠'을 넣었으므로 측성자리인 對句 제 1자에 평성자인 '高'를 넣어 出句의 결함을 對句로 補完한 것으로, 이런 것이 對句相救이다.

本句自救而對句相救는 本句自救의 방법과 對句相救의 방법을 병용한 것으로 본절에서는 이를 별도로 예시하지 않겠다.

Ⅴ. 古體詩의 平仄

지금까지 제 3절과 제 4절에서는 近體詩의 平仄格律에 대하여 살펴 보았다. 평측을 기준으로 하여 살펴보면 古體詩(一名 古風이라 칭한다)

는 平仄의 格律을 준수하지 않아도 되는 일종의 自由詩라 할 수 있다. 그러나 한시의 聲調的 藝術性을 깨달아서 근체시의 평측격률이 이루어진 이후에 지어진 고체시는 비록 근체시의 격률을 준수하지 않는다 해도 성조적 예술성을 완전히 무시할 수는 없게 되어, 한 句 전체가 평성자이거나 측성자로 이루어진 시구는 거의 없게 되었으며, 四平調나 五平調 등도 피하게 되었다.

한 편 한 구 속에서 하나의 작은 整體를 이루는 三字尾(下三字)에는 근체시와 대비되는 별도의 平仄의 傾向이 형성되어 '仄仄仄' '平平平' 또는 '仄平仄' '平仄平' 등의 성조로 이루어진 구를 즐겨 썼다. 그러나 이것은 古體詩의 平仄格律로 보기보다는, 근체시의 평측격률과는 다르게 作詩하고자 하다보니 자연스레 형성된 하나의 풍조일 뿐이라고 보아야 한다. 즉 근체시는 격률을 위반하면 하나의 詩病이 되지만, 고체시는 이런 경향을 따르지 않는다 해도 이것이 시병이 되지는 않는 것이다.

한시의 평측을 고찰해 보면 평측격률에 맞는 구와 맞지 않는 구가 섞여 있어서 이를 근체시로 보아야 할 지 명확하게 판단하기가 어려운 경우도 있다. 평측의 격률을 어느 정도까지 준수한 시를 근체시로 보고 拗가 어느 정도 이상일 때 고체시로 볼 것인가에 대한 분명한 기준이 없기 때문이다. 그렇기 때문에 古風式的 律詩 또는 入律的 古風 등의 명칭까지 생기게 되었다. 즉 대부분의 구가 근체시 평측격률의 준수조건을 준수하고 금지조건을 범하지 않으면 근체시로 보고, 이를 무시하였으면 고체시로 보아야 한다.

Ⅵ. 結 論

지금까지 한시의 평측에 대하여 살펴보았다. 四聲을 平聲과 仄聲으로 壓縮하고, 이 평측을 시에 활용하여 시의 聲調美를 높이는 것이 한시에만 있는 특징 중의 하나이다.

본장에서는 평측의 형성과정에 대하여, 同音異字가 극히 많은 한자를 언어생활에서 구별할 수 있도록 하기 위하여 음의 고저, 장단, 액센트 등을 각기 다르게 하여 사용하게 되었으며, 이것이 사성으로 정리되었고, 이를 시에 활용하여 音樂的 美感을 드러내게 되면서 다시 相互依存的이고 不可缺的인 平仄으로 壓縮되었음을 밝혔다.

한시에서의 평측은 二音을 一拍으로 하여, 한 拍子가 평성이면 다음 박자는 측성인 平聲拍과 仄聲拍의 遞用이 기본 원칙이었고, 五言句는 上一拍 下二拍의 三拍子의 시구이고, 七言句는 上二拍 下二拍의 四拍子의 시구로, 句末 休止符의 音樂的 妙味와 한 呼吸 級間에 吟詠하기에 적합한 길이 등이 조화되어, 五言句와 七言句가 奇數拍인 三拍子와 偶數拍인 四拍子의 대표적인 시형으로 정착된 것이다.

근체시는 평측의 활용이 하나의 격률로 화하여 五言句와 七言句에 각기 기본적인 句式 4個句가 정해지고, 이 4개의 基本句式만으로 이루어진 시가 절구이고, 이 기본 구식을 반복적으로 활용한 것이 律詩와 排律이며, 聲調的인 美를 기준으로 하여 살펴보면 바로 이렇게 지은 近體詩가 藝術的 最高峰에 이른 것이므로, 그 이후에는 이 보다 더 좋은 시형이 이루어질 수 없어서, 盛唐代에 이루어진 近體詩가 그 후 千수백년간 변함없이 한시의 기본 시형으로 지속된 것이다.

近體詩의 平仄格律은 첫째, 한 구 안에서는 '句中平仄相間'이라 하여 平聲拍과 仄聲拍이 遞換되었고, 每節의 節奏點과 非節奏點의 비

중을 달리하여 이를 口訣化 한 것이 一三五不論과 二四六分明(二四不
同, 二六對)이다. 즉 一三五不論(五言은 一三不論)이란 七言句 每節의
節奏點이 아닌 첫째 자와 셋째 자와 다섯째 자는 평성자가 들어갈 자
리에 측성자를 넣거나 측성자가 들어갈 자리에 평성자를 넣어도 가하
다는 것으로, '不論'이란 즉 '平仄을 따지지 않는다'는 의미이다. 二四六
分明(五言은 二四分明)이란 七言 每句 各節의 節奏點이 되는 둘째 자
와 넷째 자 여섯째 자의 평측은 분명해야 한다는 것으로, 평성자리에는
분명히 평성자를 넣고 측성자리에는 분명히 측성자를 넣어야 한다는
것이다. 이를 보다 구체화한 것이 二四不同 二六對이며, 二四不同이
란 每句의 제 2자와 제 4자의 평측이 동일해서는 안된다는 것으로 반
드시 반대가 되어야 함을 말하고, 二六對란 제 2자와 제 6자는 평측이
正對(일치)가 되어야 한다는 것이다. 이는 곧 한 句의 포인트가 되는 節
奏點이 '正-反' 또는 '正-反-正'의 整然한 對偶關係로 되어야 함을 의미
한다. 이 구결에 五言의 제 5자와 七言의 제 7자가 빠진 것은, 이들이
句末에 위치하여 한 구의 핵심이 되는 자이고 한 구의 절주가 완료되는
자리여서, 제 2, 4, 6자 보다도 더욱더 분명해야 할 자리이므로 上記 口
訣에서 빼놓은 것이다.

둘째, 한 聯에서의 出句와 對句의 평측관계는 字字相對가 원칙이나
자자상대가 안될 경우에라도 七言 제 2자와 제 4자, 五言의 제 2자는
반드시 相對(反對)가 되어야 하며, 이를 對法이라 칭하고 이를 위배하
면 失對하였다 하여 근체시의 결함(詩病)으로 보았다.

셋째, 上聯과 下聯間의 平仄關係는 上聯 對句 제 2자와 下聯 出句
제 2자의 聲調가 一致하도록 하고 이를 黏法이라 칭하였고, 이를 위배
하면 失黏이라 하여 역시 詩病으로 보았다. 그러나 上聯 對句와 下聯
出句의 平仄이 모두 완전히 일치하게 짓는 것은 피하였으니, 이는 聲

調的 單調性을 피한 것으로 보아야 한다.

넷째, 近體詩의 詩句는 孤平과 三平調를 禁하였으니, 양쪽 측성 사이에 평성 한 자가 끼어 있는 孤平은 聲調의 流麗한 흐름을 沮喪하기 때문에 금한 것이고, 三平調(下三平)는 詩句의 下半部 2拍이 모두 평성자로 이루어진 것으로 이렇게 되면 聲調가 單調로워지고 弛緩되어서 역시 음악성이 떨어지기 때문에 금한 것이다.

古體詩도 近體詩가 형성된 이후에 지어진 것은 근체시의 영향을 받아 성조의 조화에 유의하게 되어, 入律的 古風 또는 古風式 律詩 등이 등장하였으나, 기본적으로는 성조적 격률의 제약을 받지 않는 자유시가 고체시이므로, 고체시에는 作詩者가 준수해야 할 平仄의 격률은 없다고 보아야 하며, 고체시의 평측에 일부 공통점이 있다 해도 이는 하나의 傾向일 뿐이요 律이 아닌 것이 근체시와 다른 점이다.

지금 비록 우리의 선현들이 이룩해 놓은 한시에서의 聲調的 藝術美를 전수하고 활용할 수는 없다 해도, 이를 이해하지 못하면 근체시와 고체시를 구별할 수 없게 되므로, 한시를 공부하는 사람이라면 반드시 近體詩의 平仄格律은 熟知하여야 하리라 본다.

漢詩의 리듬과 句型

(리듬의 根源性과 詩型의 變遷)

Ⅰ. 序

詩歌가 어떤 言語로 이루어져 있든지, 모든 詩歌를 이루고 있는 共通的이고 不可缺的인 要素는 「抒情」과 「韻律」에 있다.

본고에서는 詩歌의 그러한 불가결의 요소가 되는 廣義의 韻律性 속에서, 가장 기본적이고 불가결한 요소로 보이는 리듬(節奏)의 문제가 한시에는 어떻게 발현되었는가를 고찰해보고자 한다.

그것은 漢詩를 구성하고 있는 漢語가 리듬성이 가장 현저한 언어이고, 그 때문에 한시가 定型詩(近體詩)와 非定型詩(古體詩)를 가릴 것이 없이 모두 明瞭한 리듬을 內在하고 있으므로, 漢詩의 리듬에 관한 연구는 매우 중요한데도, 이 분야의 연구가 현재까지 별로 눈에 뜨이지 않는다.

본고에서는 漢詩의 리듬論에서 필요로 하는 세 가지 점을 검토 확인하고, 그것을 통해서 四言, 五言, 七言, 雜言 등의 중요한 詩型을 중심으로 리듬의 諸問題를 系統的으로 고찰하고자 한다.

Ⅱ. 音節리듬과 拍節리듬

일반적으로 리듬, 멜로디, 하모니로 이루어진 「音樂의 三要素」가운데 리듬이 가장 기본적이고 근원적인 要素라고 한다. 그와 동일하게 音數律, 押韻律, 音調律의 三要素로 이루어진 詩의 「音律의 三要素」에 있어서도 리듬(節奏性)을 드러나게 하는 音數律이 가장 기본적인 요소라고 보고 있다.

또한 멜로디나 하모니가 없는 音樂(예를 들면 드럼 音樂)은 있을 수 있지만 리듬적 요소가 없는 음악은 원칙적으로 존재할 수가 없다. 이와 同樣으로 押韻이나 규정된 平仄이 없는 詩歌는 있으나, 詩句(詩行) 자체 및 詩句(詩行) 相互間에 존재하는 「音聲의 數量的 呼應에 기초한 律動性」이 없는 詩歌는 原則的으로 存在할 수가 없다.

漢語는 每字가 一個의 音節로 되어 있으며, 그렇기 때문에 漢詩 詩句의 字數가 곧 詩句의 音節數가 된다. 즉 字數와 音數가 동일하다. 西洋에서도 詩句의 音數를 매우 重視하여 英詩는 每行이 8個音~10個音이며 프랑수 詩는 往往 12個音에 이르기도 한다. 엄격히 말하면 西洋詩 속에서 「句」를 論하는 것은 합당하지 않고, 「行」만을 論할 수 있으며, 每句가 반드시 一行이 되는 것은 아니고 (句가 완성되지 않았는데도 다시 一行이 시작되는 것을 『跨行』-enjambement-이라 함), 每行이 또한 반드시 一句를 이루는 것도 아니다. 漢詩에서 每行의 마지막 一個 音節에만 押韻을 하는 것이, 西洋의 詩論에서 「句」를 論하는 것이 아무런 의의도 없는 所以이다. 漢詩의 押韻은 모두가 句末에 있으며, 『跨行』이 없고, 비록 두 句를 합쳐야만 하나의 의미가 완성되는 예가 있다 해도, 漢人의 심리에 의거하면 이를 그대로 兩句로 만들어서 보게 되므로, 이것이 漢詩를 「句」를 단위로 하여 논하게 되는 이유가 된다.

　漢詩의 리듬문제를 고찰할 때에 첫 번째로 필요한 前提는 詩句의 音節리듬과 押韻리듬의 관계를 명확히 하는 데 있다.

　일반적으로 「五言詩」 「七言詩」라고 말하는 경우 五나 七이라는 數가 字數에 있다는 것은 말할 필요도 없다. 이 경우 漢詩의 表記에는 漢字가 가지고 있는 一字 一音節의 性格 때문에 字數가 바로 音節數를 표하고 있는 것이다. 그러므로 四言詩의 一句는 四音節이고 五言詩는 五音節, 七言詩는 七音節이 되는 것이다. 그 때문에 漢詩의 리듬은 視覺的으로 이해하기가 쉬운 상태에 있다고 할 수 있다.

　이와 같이 漢詩의 音律構造의 基礎的인 部分에는 그 一音節(一字)을 한 단위로 하는 리듬이 존재하고, 이 「一字一音節性」이 각종 詩型의 리듬의 素材를 형성하는 기반이 되기도 한다. 이 基礎的 리듬을 그 性質上 「音節의 리듬」(音節數의 리듬)이라 부른다.

　이와는 대조적으로 실제로 詩歌를 읊을 때에는 몇 개의 音節을 결합한 「拍」을 單位로 한 리듬에 맞추어 읊게 되고, 漢詩의 경우에는 原則的으로 二音節이 結合하여 一拍을 이루고 있으며, 이를 「拍節의 리듬」(拍節數의 리듬)이라 부른다.

　더욱 구체적으로 말한다면, 「呦呦鹿鳴」(小雅 「鹿鳴」)이라는 詩句를 四個의 音節로 읊는 것이 音節리듬이고, 二個의 拍子로 읊는 것이 拍節리듬이다. 구조적으로 본다면 漢詩의 리듬은 「一字一音」의 「音節리듬」의 기초위에 「二字一拍」의 「拍節리듬」이 律動하고 있다고 볼 수 있다. 兩者는 密接한 관련을 가지고 있어서 兩者를 一括하여 「韻律의 리듬」으로 보는 것이 타당하다.

　詩歌의 리듬은 그 基調가 拍節의 리듬에 있고, 拍節리듬에서 보다 명확한 律動感이 작용하고 있으며, 이러한 觀點을 度外視한 리듬論은 表層的인 檢討에 불과할 뿐이다.

Ⅲ. 韻律의 리듬과 意味의 리듬

漢詩의 리듬 문제를 고찰할 때에 두 번째로 필요한 전제는 韻律上의 리듬과 意味上(槪念上)의 리듬과의 關係를 명확하게 하는 데 있다.

詩歌의 構造 속에 韻律上의 리듬이 분명히 존재한다는 것은 말할 필요도 없다. 그리고 詩句는 또한 意味上 槪念上의 리듬을 갖추고 있다. 이런 현상은 原則的으로 散文도 동일하며, 리듬을 表現性의 不可缺의 要素로 하는 詩歌에 있어서는 이 兩者의 식별이 매우 중요하다.

言語表現의 자연스런 모습은 韻文에 있어서나 散文에 있어서나 基本的으로는 韻律의 리듬과 意味의 리듬이 合致되는 것이다. 그러나 兩者가 합치되지 않는 경우, 특히 定型性이 강한 漢詩에 있어서 兩者가 합치되지 않는 경우 그곳에는 보다 명확한 拍節의 리듬이 律動하고 있기 때문에, 양자의 리듬이 보다 鮮明하게 드러나게 된다.

(예를 들면, 「○○○○○*」의 韻律 리듬을 가진 五言詩에 있어서 「靑山橫北郭*」

　　　　　2　2　2　　　　　　　　　　　　　　　　　　2　1　2　1

이라는 意味의 리듬이 配置되어 있는 경우)『이 곳의 *는 반박분의 휴지부호임』

리듬論에서 가장 중요한 것은 이런 두 가지의 리듬의 合致와 不合治가 惹起하는 表現의 여러 樣相과 그 效果를 詩的 리듬의 實態에 입각하여 제대로 이해하고 그 妙味를 享受하는데 있다. 아울러 詩型에 따라 달라지는 리듬의 여러 모습이 各種 詩型의 존재 이유가 되기도 한다. (이런 의미에는 明 胡震亨 「唐音癸籤」에 있는 「五言詩에 존재하는 二三形式」과 「七言詩에 존재하는 四三形式」의 意味構造도 破格樣式을 통해서 적극적인 존재이유를 가지게 된다고 보았으며, 한편, 空海의 「文鏡秘府論」속의 「文 二十八種病」에는 「第 十九 長撷腰病;二, 一, 二의 句만으로 한 首 전체가 이루어 진 詩」와 「第 二十 長解鐙病;二, 二, 一의 句만으로 한 首 全體가 이루어진 詩」가 모두 詩病으로 지적되어 있다. 이것은 五言詩의 下三字에 있어서 意味의 리듬과 韻律의 리듬의 완전한 一致(長解鐙)와 완전한 不一致(長撷腰)를 모두 피하여야 한다는 견해로, 이는 리듬의 多樣化에의 自覺的인 希求로 매우 注目할 만한 견해이다.)

VI. 朗讀리듬과 歌唱리듬

한시의 리듬의 문제를 고찰할 때에 세 번째로 필요한 전제는 朗讀(讀書)의 리듬과 歌唱(樂曲)의 리듬과의 관계를 명확히 하는 데 있다.

「詩經」三百篇이 기본적으로는 樂歌였고, 「楚辭」도, 古謠諺도, 漢代의 樂府도 본래 樂歌로서의 성격이 강하였다. 그러므로 그 리듬이 樂曲의 리듬에 큰 영향을 받았다고 보는 것이 자연스러운 일이다. 물론樂曲의 리듬과 詩歌 自體의 리듬 사이에는 어떤 對應關係가 존재한다는 것이 다수의 견해이다. 그것은 오늘날의 樂曲과 歌辭의 관계를 보더라도 분명하게 드러난다.

그러나 이런 사실을 근거로 하여 판단해 보아도 漢詩의 리듬論을 고찰하는 데는 양자를 기본적으로 별개의 것으로 취급하는 것이 不可缺하며, 詩歌는 詩歌 自體의 리듬을 가지고 論하지 않으면 안 된다.

詩歌 자체의 리듬은 朗讀리듬이 음독과 묵독을 포괄한 讀書의 리듬임을 기준으로 하여 고찰하여야 하며, 여기에는 두 가지 이유가 있다.

첫째, 시가는 歌辭로 歌唱되는 경우도 있고, 場面이나 情況에 맞추어 朗讀되거나 默讀되는 경우도 있다. 예를 들면, 「子貢曰 "「詩」云 '如切如磋 如琢如磨' 其斯之謂與" 子曰 "賜也 始可與言詩已矣 告諸往而知來者"」(「論語」學而)라 한 日常 會話 中에서 詩를 引用한 경우 그

詩句가 반드시 해당 樂曲의 리듬과 멜로디에 맞추어 歌唱되었다고 보기보다는 朗讀(讀書)의 리듬에 맞추어 朗誦되었다고 보는 것이 보다 자연스럽다. 더구나 「詩歌」가 반드시 「樂曲의 歌辭」인 것은 아니고 「樂曲의 歌辭」가 반드시 詩歌로 되어 있는 것도 아니다. 歌辭로서 亨受되었던 작품이 樂曲을 떠나서 詩的 亨受의 대상이 되었다는 것은 그 작품이 내용 위주로 변모한 것이 가장 주된 이유일 것이다. 文學史的으로 보아도 歌辭中心으로 되어 있던 古代 詩歌가 魏晉 이후에 徒詩중심으로 移行한 것이, 突然히 轉換된 것은 아니고, 분명히 이러한 歌辭的 作品과 徒詩(非歌唱詩)를 亨受하는 情況이 오랫동안 並存하다가 이루어 진 결과로 보아야 할 것이다.

둘째, 詩歌 자체의 리듬을 朗讀의 리듬으로 보는 두 번째 이유는 모든 언어에 공통된 「發音의 可變性과 리듬의 不變性」의 原理가 이 경우에도 論據로서 正當하고 有效하기 때문이다. 詩經 楚辭와 隋唐의 詩歌를 읽는 發音이 上古音-中古音-近世音-現代音으로 크게 변화되었다는 것은 말할 것도 없다. 또한 같은 시대에 있어서도 지역에 따라 發音의 차이가 크다는 것은 오늘날의 각 지방 方音에 비추어 보아도 분명해진다.

이에 대하여 文章에 內在한 리듬(節奏)은 歷史的으로나 地域的으로나 原則的으로는 변화가 없이 일정하게 되어 있다. 더구나 四言, 五言, 七言이라는 定型의 詩句에 있어서는 朗讀의 리듬이 一定하였다는 것은 전혀 의심할 여지가 없다.

漢詩의 리듬論이 朗讀 리듬에 基礎하여 이루어 진 것은 이런 이유 때문이다.

일반적으로 漢詩는 四言에서 五言으로, 이에서 다시 演變하여 七言이 되었다고 보고 있다. 그러나 漢詩 詩句의 字數는 적게는 二言에서

많게는 十一言에 이르기도 하지만, 四言보다 적거나 七言보다 많은 詩
句는 우연히 四言詩나 五言詩 혹은 七言詩속에 揷入된 것일 뿐이고,
全篇을 一律로 二言 혹은 三言을 쓰거나 九言 혹은 十一言을 쓴 것은
매우 稀少하다.

1. 四言詩

歷史的으로 볼 때에 四言詩는 漢詩의 詩型 가운데 가장 오래된 것
이고 가장 基本的인 것이라고 할 수 있다. 그것은, 첫째, 現存 最古의
詩集인 「詩經」의 詩句가 四言을 기본으로 하고 있고, 둘째, 文言이나
白話를 막론하고 漢語 리듬의 기초 단위가 二音節로 되어 있으며, 成
句 成語의 대부분이 이것을 二倍로 확대한 四字句(四字格)로 이루어
진 것으로 볼 때에 이는 의문의 여지가 없다.

더구나 二音節一句의 「二言句」가 지나치게 단순하여 안정된 詩句
로 성립될 수 없는 이상, 이를 重複한 四言句가 詩句의 기본이 된 것
은 필연적인 결과라고 할 수 있다. 그 때문에 그 리듬이 고대의 시 이
래로 일관되게 보존되어 온 것이다.

> 桃之夭夭 灼灼其華 之子于歸 宜其室家 (詩經 周南 「桃夭」)
> 對酒當歌 人生幾何(魏 曹操 「短歌行」)
> 靄靄停雲 濛濛時雨(晉 陶潛 「停雲」)
> 八音斯奏 三獻畢陳 寶祚惟永 暉光日新(初唐 魏徵 「壽和」)

위에 例示한 「詩經」의 「桃夭」부터 唐詩인 「壽和」에 이르기까지 時

代나 作者나 題材가 다르면서도 리듬에 있어서는 완전히 同一함이 확인된다.

四言詩의 리듬은 原則的으로 한 句의 第2字와 第4字가 節奏點(리듬의 强調點)이 되고, 따라서 한 句가 「ㅇㅇㅇㅇ」와 같이 上下로 二分되어, 한 首 全體의 拍節리듬은, 「ㅇㅇㅇㅇ, ㅇㅇㅇㅇ......」와 같이 二字一拍의 二拍子가 基調를 이루고 있다.

리듬의 性格으로는 句中의 節奏點과 句末의 節奏點과의 사이에 韻律上 構造上의 差異가 있기는 하나, 대체로 均質的이고 變化가 적게 된다.

물론 視覺的으로나 內容的인 判斷으로 句末의 詩句와 詩句 사이에 보다 큰 人爲的인 休止를 넣어서 읽기도 하나 그것은 韻律構造에 本來的으로 內在한 것과는 다르므로 한 首 전체의 리듬에서의 均質性이 이 때문에 좌우되지는 않는다.

이러한 四言詩의 均質性은 表現感覺上의 장점으로 安定感, 重厚함, 簡潔性 등을 나타내는 데 적합한 점을 들 수 있고, 단점으로는 平板함, 單純함 등을 들 수 있다. 四言詩가 漢語의 言語構造로 가장 안정된 것이기는 하나 그 때문에 지나치게 單純明快해져서 古代詩歌史 以外에는 中心的인 詩型으로 자리잡을 수가 없었던 것이다.

魏晉 以後의 詩歌史에서 이 詩型이 쓰여진 것은 晉 束晳의 「補亡詩 六首」, 陸雲의 「贈鄭曼季 四首」, 鄭豊의 「答陸士龍 四首」와 唐 顧況의 「上古之什 補亡訓傳 十三章」에서와 같이 직접 詩經의 補遺에 뜻을 둔 것이거나, 古代風의 內容, 詩風, 表現感覺 등을 意圖的으로 드러내려 한 것이 대부분이다. 初唐 魏徵의 「壽和」가 가장 正統的, 傳統的인 宮廷樂府라는 「郊廟歌辭」에 속한 樂章으로, 리듬과 內容에

도 이런 傾向이 반영되어 있다.

2. 五言詩

일반적으로 五言詩가 李陵과 蘇武의 贈答詩에서 시작되었다고 보는데, 이는 바꾸어 말하면 西漢時代에 시작되었다는 말이다. 古詩 十九首도 枚乘이 지었다고 보기도 하는데, 그렇게 본다면 이것도 西漢時代에 시작되었다는 말이 된다. 다만 李陵 蘇武의 贈答詩는 僞託으로 보아야 하고, 古詩 十九首도 枚乘의 作이 아니라 한다. 이렇게 본다면 全篇이 五言으로 이루어 진 五言詩는 東漢時代에 나왔다고 보아야 하며, 이는 대략 西紀1~2世紀 사이에 해당한다.

五言詩의 최초의 作家群이라는 建安七子가 後漢末에 배출되었고, 七言詩의 창작이 이보다는 훨씬 앞선다는 것도 분명한 사실이다.

五言의 詩句는 초기에는 四言句의 變形으로 個別的으로 발생하였다. 그것은 「詩經」의 전체적인 四言詩型에 五言句가 個別的으로 混在해 있다는 점에서도 그 구체적인 흔적을 발견할 수 있다. 예를 들면,

> 在南山之側(召南 「殷其雷」)
> ⌣
> 恐育恐育鞠(邶風 「谷風」)
> ⌣

에서는 「南山之側」이라는 四字句의 위에 「在」한 字를 덧붙인 것이고, 또 「育恐育鞠」이라는 四字句 위에는 「恐」자 한 자를 덧붙여서 각기 五言句로 만든 것이다. 한편

　　俟我於城隅 匪女之爲美(邶風「靜女」)

　　何以穿我屋(召南「行露」)

등은 四言句 속에 한 字를 揷入한 것이며,

　　旄丘之葛兮(邶風「旄丘」)

　　維其有章矣(小雅「裳裳者華」)

등은 사언구 句末에 한 자를 加한 것으로 볼 수 있다. 그리고 여기에
는「於」「之」「以」「兮」「矣」「乎」「而」「也」등의 虛字를 添加하
여 五言句를 이룬 것으로, 실제 句中의 리듬으로는 第1拍이 第2拍에
가볍게 添加되어 四言句와 同樣으로 읽혀지는 일이 많았다고 보여진
다. 물론「詩經」가운데도,

　　禹敷下士方*(魯頌「長發」)

　　誰謂雀無角*(召南「行露」)(*은 一字分의 休止, 즉 半拍分의 休止符임)

등은 後世의 전형적인 五言詩句와 같은 구조로 되어 있다. 그러나 전
체적으로 절대 다수의 四言句를 기조로 하는「시경」의 리듬속에서 여
기에 있는 오언구들을 명확한 五言詩의 拍節리듬으로 읽는 일은 매우
곤란했다고 보여진다. 五言句가 五言句로서의 독자적인 리듬을 확립
한 것은 漢末 魏晉 이후, 즉 五言詩가 盛行한 以後의 일이라고 보아
야 한다.

迢迢牽牛星*
˘　˘　˘

皎皎河漢女*
˘　˘　˘

纖纖擢素手*
˘　˘　˘

札札弄機杼*(「古詩十九首 其十」)

清時難屢得*
˘　˘　˘

嘉會不可常*
˘　˘　˘

天地無終極*
˘　˘　˘

人命若朝霜*(魏 曹植 「送應氏」其二)
˘　˘　˘

上記 두 首는 後漢～魏晉을 대표하는 五言詩의 作例라 할 수 있으며, 리듬의 구조로는 아래에 열거한 唐代의 詩와 완전히 동일하다. 다만 平仄을 포함한 韻律의 구조 전체로는 아직 唐代의 詩에 도달하지 못하였다. 리듬의 先行性, 根源性은 이 점에서도 단적으로 드러난다.

春望
　　　(盛唐 杜甫)

國破山河在*
˘　˘　˘

城春草木深*
˘　˘　˘

感時花濺淚*
˘　˘　˘

恨別鳥驚心*
˘　˘　˘

烽火連三月*
˘　˘　˘

家書抵萬金*
˘　˘　˘

白頭搔更短*

渾欲不勝簪*

　지금까지 살펴본 내용을 토대로 五言詩의 리듬에 대하여 다음과 같이 정리할 수 있다. 첫째, 一句가 五字로 되어 있다. 둘째, 原則的으로 第2字 第5字가 節奏點이 되고, 또한 上下로 「ＯＯＯＯＯ」으로 二分되고, 下三字는 또한 보다 작은 節奏點(第4字)이 있어서 「ＯＯＯ」로 細分된다. 句

2　　1

末 第5字의 뒤에는 一字分(1/2拍)의 休拍이 들어 있는 것으로 보아야 하므로 한 首 전체의 拍節리듬으로는 「ＯＯＯＯＯ*,ＯＯＯＯＯ*……이라는 3拍子가 基調가 된다.

　五言詩의 리듬論에서 검토해야 할 첫째 문제는 이 三拍子의 문제이다. 五言詩의 基調리듬이 三拍子로 되어 있다는 것은 漢詩 詩型의 중심이 四言 - 五言 - 七言으로 시대적으로 변천하게 된 이유를 설명하는 데도 도움이 된다.

　또한 지금까지의 선행 연구에 詩句의 字數를 기조로 한 音節數의 리듬을 論한 것은 많으나 二字를 一拍으로 한 拍子數를 論한 경우는 매우 稀少하다.

　五言詩의 리듬論에서 검토해야 할 둘째 문제는 五言 詩句가 「ＯＯＯＯＯ」으로 크게 二分된 경우 下半部의 三字 「ＯＯＯ」의 리듬 문제에 있다. 이 三字는 韻律的으로는 「ＯＯＯ」로 끊기고 句末의 半拍의 休止와 아울러서 二拍을 이루고 있으며, 意味的으로는 여러 가지 다양한 樣相을 惹起하고 있다.

具體的으로 上揭 作例를 토대로 하여 살펴본다면「迢迢牽牛星*」이나
「國破山河在*」 등은 韻律的으로도 意味的으로도「2 2 1」로 끊기는 것이
분명하지만「纖纖擢素手*」나「感時花濺淚*」「烽火連三月*」에 있어서
는 韻律的으로는「2 2 1」로 끊기지만 意味的으로는「2 1 2」로 끊는
것이 자연스럽다.

　여기에서는 韻律의 리듬과 意味의 리듬 사이에 一音節(半拍)의 差異
가 발생하고, 실제의 朗讀에 當해서는 意味의 리듬에 영향을 받아서 韻
律의 리듬이 어느 정도 변화하여 微妙한 리듬의 變相을 보이는 경우가
흔히 있다. 가장 보편적으로는「擢-素手」,「花-濺淚」,「連三月」 등에서
는 第三者가 長音化하여 읽히게 되는 것이 일반적이며 , 때로는 句末의
休拍이 第三字의 뒤로 옮겨져서「○○○*○○」에 가까운 형태로 읽기도
한다. 이런 경우「……擢素手, ……弄機杼」「……連三月, ……抵萬金」
등에서는 意味的으로 보다 명확한「……1 2」로 끊는 쪽이 休拍의 移
行이 발생하기 쉽게 하며, 이는 意味上의 斷續의 정도가 影響力의 정
도와 比例하는 것이 당연한 현상임을 나타낸 것이다.

　五言詩의 리듬論에서 檢討해야 할 셋째 問題는, 句中에 있는 奇偶
對比의 문제이다. 이 詩型은 上一拍 下二拍의 리듬을 基調로 하고 있
어서, 一句 自體內에 奇數와 偶數의 對比感覺을 下位 리듬으로 內在
하고 있다. 奇偶對比의 感覺은 또한 陰陽對比의 感覺이라고 말할 수
도 있다. 字數 (音節數)로는「上二(偶) 下三(奇)」으로 二分된 句가 拍
數로는「上一(奇) 下二(偶)」로 奇偶의 配置가 거꾸로 된 것도 興味있
는 일이고, 이 한 句 가운데 있는 奇數 偶數의 對比感覺은 主要 詩型

에 속하는 四言詩나 七言詩에는 없는 것으로, 五言詩 리듬의 構造上의 特色의 하나이며, 이에 유의할 필요가 있다고 본다.

지금까지 살펴 본 바를 종합해 본다면 五言詩에 있는 基調 리듬에서의 三拍子는 一元的 均質的인 三拍子는 아니고, 아래에 열거한 네 가지를 요인으로 한 多元的 複合的인 三拍子라고 보아야 할 것이다.

1) 一句 五字가 크게 「ㅇㅇㅇㅇ」으로 二分되고, 下三字가 또한 「ㅇㅇㅇ」
$$\underset{2}{\smile}\ \underset{3}{\smile} \qquad\qquad \underset{2}{\smile}\ \underset{1}{\smile}$$
로 細分되므로 一句中에 大小(또한 强弱과 長短)의 차이를 가진 節奏點이 並存하고 있는 점.

2) 句末에 休拍이 있어서 句中의 節奏點과 句末의 節奏點이 韻律的 構造的으로 다르게 되어 있는 점.

3) 下半의 三字가 韻律의 리듬과 意味의 리듬에 차이가 있어서 多樣한 리듬의 變相을 보이고 있는 점.

4) 「上一拍 下二拍」을 基調로 하고 있기 때문에 한 句 自體 속에 奇數와 偶數의 대비감각이 하위 리듬으로 내재하고 있는 점.

이를 四言詩의 기조인 「均質的인 二拍子의 리듬」과 비교해 보면 五言詩의 리듬에는 四言詩와는 다른 다양한 차이와 변화를 內含하고 있다고 보아야 할 것이다.

3. 七言詩

七言句 역시 「詩經」에도 散見된다. 「詩經」에 있는 七言句를 例示

해보면 다음과 같다.

> 還予授子之粲兮(鄭風「衣」)
> 胡取禾三百廛兮(魏風「伐檀」)

그러나 이것은 雜言의 詩句 가운데 임의로 偶然히 배치된 七言句로 보아야 하며, 그 리듬도「還-予授-子之-粲兮」「胡取-禾-三百-廛兮」로 되어 있어 散文的인 모습을 보여주고 있다.

또한「楚辭」에 助字(兮)를 同伴한 七言句가 頻出하는 것은 주지하는 바와 같고, 한 首 全體가 七言으로 통일된 作例로는 秦末 漢初의 項羽의 作이라는「垓下歌」가 있다.

> 力拔山兮氣蓋世
> 時不利兮騅不逝
> 騅不逝兮可奈何
> 虞兮虞兮奈若何

이「垓下歌」의 리듬이「上四字 下三字」로 되어 있어서, 一句가 모두「ｏｏｏｏ ｏｏｏ」으로 크게 二分되는 점은 後世의 七言詩와 동일하다.

4　　3

그 밖에 荊軻의「易水歌」"風蕭蕭兮易水寒", 漢 高祖의「大豊歌」"大風起兮雲飛揚", 武帝의「天馬歌」"天馬來兮從西極", 同「瓠子決兮將奈何」, 同「秋風辭」"秋風起兮白雲飛", 等도 八句 이상의 長詩로서,「兮」를 포함한 七言詩의 리듬으로 통일된 초기의 작품들이다. 한편 이들 시의 押韻은 每句韻(換韻 또는 一韻到底)으로 되어 있다. 일반적으로 이들을 楚調, 楚辭系의 노래라고 보는 것은「兮」자를 頻用하였을 뿐만 아니라 七言句의 上下가 중간의 虛字로 맺어져 있는 일종의 '中折'의 構造를 가지고, 「楚辭」의 七言句와 유사한 表現感覺을 느끼게 하고 있기 때문이다. 直接的인 繼承關係에는 異說이 있지만, 魏 文帝 曹丕의 「燕行歌 三首」는 중간의 兮를 實字로 바꾸고 實質的인 洗鍊된 七言詩로 발전한 것이다.

또한 漢 武帝代에 지었다는 「栢梁臺聯句」(七言 二十六句, 一韻到底)가 그 성립에 관하여 異論이 많지만, 魏晉까지의 七言詩의 作品群과 동일하게, 첫째, 「○ ○ ○ ○ ○ ○ ○」의 構造를 가지고, 둘째, 楚調와 直接

$$\underset{2}{\underbrace{\qquad}}\,\underset{2}{\underbrace{\qquad}}\,\underset{3}{\underbrace{\qquad}}$$

的인 聯關이 없다는 두 가지 조건을 충족한 長篇의 作例로 매우 주목할 만한 것이다.

이를 근거로 하여 살펴본다면, 七言詩의 起源이 五言詩보다 빠른 듯하며, 아무리 늦게 잡아도 五言詩와 같은 시기로 볼 수 있으니, 이는 매우 괴이한 일이다. 우리는 여기에서 매우 중요한 문제 하나를 살펴보아야 한다. 원래 韻文의 要素는 「句」에 있지 않고 「韻」에 있는 것이다. 韻脚이 있는 곳에서 韻文의 한 節奏가 완료되었다고 보아야 하므로, 韻脚이 없으면 비록 句를 이루었다 해도 詩의 節奏가 완성된 것이 아니다. 이런 이론에 근거하여 韻脚이 있는 곳에서 한 句가 종결된 것으로 보아야 하며, 이를 西洋詩에 비교한다면 곧 一行의 終結이 되는 것이다. 이렇게 본다면 隔句爲韻으로 된 古詩十九首는 十個字로 한 句가 이루어졌다고 할 수도 있다. 예를 들어,

涉江采芙蓉　蘭澤多芳草
采之欲遺誰　所思在遠道
還顧望舊鄉　長路漫浩浩
同心而離居　憂傷以終老

이 詩는 十個字만에 한 번씩 押韻이 되어 있다.

그 후 六朝時代 宋 鮑照의「代白紵舞歌詞 四首」「擬行路難 十八首」, 湯惠休의「白紵歌」「秋思引」등의 七言詩 作例를 포함해서 晉宋代 까지는 七言의 作例가 매우 稀少하다. 七言詩가 四言詩 五言詩 다음으로 어느 정도 多作되어진 것은 六朝의 末期인 梁陳期에 들어와서이다. 이를 근거로 살펴본다면 隔句有韻의 眞正한 七言詩(唐代의 七言詩와 같은 常禮)는 南北朝時代에 시작된 것으로 보아야 하니, 이는 대략 西紀 5世紀에 해당한다. 그 후 七言詩가 五言詩 以上으로 유행을 보인 것은 初唐과 盛唐을 지난 中唐 이후의 일이다.

한편 西洋詩는 보통 每行이 8個音～12個音이고, 漢詩의 每句는 사언～七言이므로 이를 비교해보면 西洋詩의 音節數가 漢詩의 音節數보다 긴 듯하다. 그러나 실제로는 이와 반대가 된다. 만약 一行과 一韻을 대등하게 본다면 隔句韻으로 이루어 진 漢詩는 四言詩는 곧 八個音이 一行이 되고, 五言詩는 十個音, 七言詩는 十四個音이 一行이 되어 七言詩의 音節數가 西洋 十二音詩의 音節數에 비하여 더 긴 것이 된다.

韻律論的으로 볼 경우 七言詩는 또한, 1)押韻律(押韻)이라는 점에서 每句韻으로 되어 있는 舊手法의 七言詩와 隔句韻으로 되어 있는 新手法의 七言詩로 명확하게 二分된다. 後者는 또한 音調律(平仄)을 기준으로 해서 近體詩와 古體詩로 二分된다. 이에 대하여, 2)리듬論을 기초로 한 音數律(字數), 즉 音節數(字數, 즉 音節數)의 관점에서는「詩經」의 特殊한 七言句를 제외한다면,「楚辭」의 七言句와「楚辭」系의 七言詩를 포함하여 新舊(近古)의 차가 비교적 적어서, 대부분이 上四下三의 構造로 되어 있다. 리듬의 先行性과 根源性은 이 點에서도 드러난다. 이런 點을 보다 명확하게 하려면, 時代的으로 對照的인 漢代

와 唐代의 作品을 가지고 살펴보는 것이 좋다.

天馬歌
                     (漢 武帝)

天馬來兮從西極* (*이는 韻律의 리듬임) (以下 同)
‿   ‿   ‿   ‿

經萬里兮歸有德*
‿   ‿   ‿   ‿

承靈威兮降外國*
‿   ‿   ‿   ‿

涉流沙兮四夷服*
‿   ‿   ‿   ‿

送元二使安西
                     (盛唐 王維)

渭城朝雨浥輕塵*
‿   ‿   ‿   ‿

客舍青青柳色新*
‿   ‿   ‿   ‿

勸君更進一杯酒*
‿   ‿   ‿   ‿

西出陽關無故人*
‿   ‿   ‿   ‿

以上을 통하여 七言詩의 리듬은 다음에 열거하는 내용으로 되어 있음을 알 수 있다. 첫째, 一句가 七字로 되어 있다. 둘째, 原則的으로 第四字가 節奏點이고 ,또한 以下로 「0 0 0 0 0 0 0」으로 二分된다. 아울러

$$\underset{4}{\underbrace{}}\ \underset{3}{\underbrace{}}$$

보다 작은 節奏點에 있어서는 上의 四字가 「0 0 0 0」로, 下의 三字가

$$\underset{2}{\smile}\ \underset{2}{\smile}$$

「0 0 0」로 세분된다. 구말 第 七字의 뒤에 一字分(1/2拍)의 休拍이 들어

$$\underset{2}{\smile}\ \underset{1}{\smile}$$

있고, 한 首 全體의 拍節 리듬으로는「0 0 0 0 0 0 0*, 0 0 0 0 0 0 0*,

........」이라는 四拍子가 基調를 이루고 있다.

七言詩 리듬의 諸性格 가운데, 1)句末에 있는 半拍分의 休止와, 2)
下三字에 있는「韻律의 리듬」과「意味의 리듬」의 差異라는 두 가지
점에 關해서는 五言詩의 境遇와 전적으로 동일하다. 七言詩만이 가지
고 있는 特徵으로는, 3)一句 가운데 큰 節奏點이 하나이고, 작은 節奏
點이 두 개이며, 4)上四字 속에도 韻律의 리듬과 意味의 리듬 사이에
差異가 있다는 이 두 가지 점을 들 수 있다.

前者인 3)에 대하여는 특별히 論할 것이 없고, 後者인 4)는 例를 들
어보면, 前漢의「天馬歌」의「........經萬里兮歸有德, 承靈威兮降外國,
......」이라고 노래하는 경우가 초기의 작품에는 드물지가 않으나, 魏晋
以後부터 唐代에 이르기까지의 作品에는 作例가 매우 드물다. 그렇게
稀貴한 한 首를 예시해보자.

雜詩

(唐 無名氏)

近寒食雨草凄凄*
著麥苗風柳映堤*
早是有家歸未得*
杜鵑休向耳邊啼*

이 詩는「全唐詩」에 收錄된 雜詩 十九首 가운데 第十三首이다. 이
곳에서는「寒食」「麥苗」가 上四字의 中間에 위치해서,「近寒食雨.....,
著麥苗風.....」이라는 명확한 折分音(syncopation)的인 효과를 드러내고
있다. 그것들의 下三字에 있어서도,「....草凄凄*, ...柳映堤*」와 同樣
의 구문을 가지고 있으므로, 第一, 二句를 韻律의 리듬에 맞추어 읽는

경우에는 의미의 리듬과의 사이에 발생하는 折分音的인 效果가 극도로 細微하게 되어 있다. 初期의 楚辭系 作品을 제외하면, 上四字에 있는 이런 종류의 作例는 극히 稀少한 예에 불과하다. 典型的인 七言詩에 있는 「上四下三」의 下位區分에 있어서는 上四字에 있는 「0 0 0 0」의 리듬이 下三字에 있는 「0 0 0*」의 리듬보다는 보다 명확한(보다 安定된) 性格의 拍節區分을 가지고 있다고 보는 것이 妥當하다. 이것은 아마도 上半部의 二拍이 文字로나 리듬으로나 四字四音節의 안정된 구조로 되어 있는 데 대하여 下半部의 二拍은 文字로는 三字 三音節分으로 되어 있으나 리듬으로는 四音節分으로 되어 있어서 相對的으로 不安定한 構造로 되어 있기 때문으로 보여진다.

한편 初期 楚辭系의 上半에, 「0 0 0 兮....」의 型이 많은 것은, 中間의 兮가 文字나 音節로는 분명히 一字分을 점하고 있지만, 意味的으로는 句末의 休止와 같은 '제로(0)와 다를 것이 없기 때문에 上半四字도 下半三字와 同樣의 相對的으로 不安定한 構造로 되어 있다고 할 수 있다. 또한 이런 의미를 가진 楚調의 七言詩는 리듬論的으로도 形成過程에서의 特殊性을 어느 정도 가지고 있다고 본다.

지금까지 考察한 것으로 明白히 알 수 있는 것은 楚調를 제외한 狹義의 七言詩는 拍節리듬으로는 上下 各 二拍으로 크게 二等分되어 있지만, 意味構造로는 보다 안정된 上二拍과 보다 不安定한 下二拍으로 二分되어 있다는 점이다. 위에 들어 놓은 唐代 無名氏의 「雜詩」(近寒食雨草凄凄)를 拍節리듬에 맞추어 읽는 경우 折分音的으로 보다 鮮明한 효과를 보이는 것은 이 安定된 二拍을 가지고 韻律의 리듬과 意味의 리듬이 明確하게 半拍(一字)分의 差異를 보여주고 있기 때문으로 보아야 한다.

4. 三言詩

漢詩史를 通觀하여 보면, 三言詩는 創作된 예가 매우 드물다. 더구나 한 首 全體를 三言으로 統一한 作品은 매우 稀少하며 이런 情況은 六言詩와도 類似하다. 일반적으로 「三言」의 作例를 고찰하는 경우, 「股肱喜哉 元首起哉 百工熙哉」「『尙書』益稷」에 있는 바와 같이 特定의 助字를 加한 四言句까지를 실질적인 三言詩로 취급하는 경우가 적지 않다. 리듬論의 立場에서는 音調를 整理하기 위한 助字를 實質的으로 한 字(一言)로 취급해야 한다고 보기도 한다. 이 점은 四言 五言 등의 리듬論에 있어서도 동일한 면이 있다.

三言句의 作例는 일찍이 「詩經」에도 보인다.

螽斯羽
詵詵兮(周南 「螽斯」 第一章)

江有汜
之子歸
不我以
不我以
其後也悔 (召南 「江有汜」 第一章).

한 首 全體가 三言句로 統一되어 있는 作品은 「詩經」과 「楚辭」에는 없고, 「江有汜」는 三章으로 되어 있고 章마다 五句로 되어 있으며, 各 章의 第四句 까지는 三言句로 이루어 진 稀貴한 作例에 속한다.

이와는 對照的으로 漢代에는 高祖의 愛姬인 唐山夫人의 作이라고 전해오는 「安世房中歌」가운데 「安其所」「豊草蔓」「雷震震」을 비롯하여 이런 式으로 되어 있는 동일계의 시들이 계속 지어졌다.

天馬
太一況
天馬下
霑赤汗
沫流赭
志俶儻
精權奇
籋浮雲
晻上馳
體容與
迣萬里
今安匹
龍爲友(郊廟歌辭「漢郊祀歌 十九首」其十「天馬 二首」.

　이 詩는 三言 十二句로 四句마다 換韻을 한 隔句韻의 形式으로 되
어 있다. 「天馬」의 둘째 首도 같은 形式의 三言 二十四句로 四句마다
換韻을 하였다.
　한편 「漢郊祀歌」에는, 其一 「鍊時日」以下 其 十五 「華燁燁」, 其
十六 「五神」, 其 十七 「朝隴首」, 其 十八 「象載瑜」, 其 十九 「赤蛟」
등 모두 같은 形式의 三言詩가 收錄되어 있다. 또한 廣川王 劉去의
作이라는 「歌, 二首」의 其一 「背尊章」(其 二 「愁莫愁」는 七言句가 混
合되어 있음)도 宮廷樂府가 아닌 三言詩라는 點에서 留意할 만하다.
　이 以後의 三言詩의 系譜를 年代順으로 살펴보면, 두 종류의 흐름
이 分明하게 感知된다.
　그 가운데 하나는 「王世容歌」 「河內謠」 「順帝末京都童謠」 「京兆爲
李變謠」 「會稽童謠」 「會稽民爲徐弘歌」 「泰始中謠」 「洛中童謠 二首」
등의 雜歌謠辭系의 動搖 歌謠의 類이고, 다른 하나는 「楚之平」 「炎

精缺」「靈之祥」「賢首山」「昭夏, 降神, 送神」 등의 鼓吹曲辭,郊廟歌
辭系의 宮廷樂府의 類이다.

이 가운데 後者는 各 王朝의 宮廷樂府이고, 唐代까지 分明하게 系
譜를 가지고 繼承되었으며, 唐朝의 宮廷樂府에도 「封泰山樂章, 豫和
六首」「享太廟樂章, 永和 三章」「祀九宮貴神樂章, 亞獻 終獻」「釋
奠武成王樂章, 迎俎酌獻」「鼓吹鐃歌, 晋陽武」等等 一連의 作例를
볼 수 있다.

武后享淸廟樂章, 十首 第一
建淸廟
贊玄功
擇吉日
展禋宗
樂已變
禮方崇
望神駕
降仙宮(「全唐詩」 卷 十三, 郊廟歌辭)

이상의 고찰을 통하여 三言詩의 리듬에 대하여 정리하여보면, 첫째,
一句가 三字로 되어 있고 둘째, 四言以上의 句에 있는 것과 같은 명확
한 형은 없지만 원칙적으로 第 二字가 小 節奏點(五, 七言句의 下三字
에 존재하는 것과 同種)이 된다. 셋째, 句末 第 三字의 뒤에 一字分(1/2
拍)의 休拍이 들어있으므로 一首 전체의 拍節리듬은 「ㅇㅇㅇ*, ㅇㅇ
ㅇ*……」이라는 二拍子가 基調를 이룬다. (句末 半拍의 효과에 있어서는
五言이나 七言과 동일함).

句末에 半拍(一字)분의 休止가 존재한다는 面에서는 三言詩의 리듬
이 四言詩보다도 變化가 豊富하다고 할 수 있다. 그런데도 三言詩가

重要 詩型으로 定着하지 못한 것은 三字 一句라는 單位가 意味表出의 單位로는 지나치게 짧아서, 抒情을 暢達할 수가 없기 때문이었다. 三言句로 이루어진 系譜가 政治的, 社會的 또는 宗敎的인 童謠 諺謠 類와 儀禮歌, 宗敎歌의 類로 限定되어 있고, 離別, 望鄕, 閨怨 등 抒情詩에 屬하는 것이 전혀 없다는 사실이 이런 推定을 증명하고 있다.

5. 六言詩

六言詩의 用例는 비록 小數이기는 하나 「詩經」에도 보인다.

政事一埤益我(邶風「北門」)

曷月予還貴哉(王風「揚之水」)

竝驅從兩肩兮
揖我謂我儇兮(齊風「還」)

行役夙夜無已(魏風「陟岵」)

이들 어느 것이나 부분적인 用例이고, 意味의 斷續도 가지각색이며, 一定한 拍節리듬을 갖는 데까지는 이르지 못하였다.

이에 대하여 「楚辭」에는 (일반적으로 六言句가 主體로 되어 있다고 할 정도로)한 首의 太半이 六言句로 된 作例도 보인다. 그러나 六言句로 全篇이 統一된 것은 없다. 예를 들면, 「九歌」의 其一 「東皇太一」은 十五句中 十三句가 六言으로 되어 있고, 其二 「雲中君」은 三十八句中 二十八句가 六言으로 되어 있다.

君不行兮夷猶

蹇誰留兮中洲(九歌「湘君」)

에 있어서 第一字가 작은 節奏點이 되어 「○○○兮○○」의 리듬을 基本

$$\underset{1}{\smile}\underset{2}{\smile}\underset{1}{\smile}\underset{2}{\smile}$$

으로 하고 있고(「兮」대신 「以」「而」를 쓴 경우도 있음), 반대로,

辛夷楣兮葯房

················

九疑繽兮並迎 　(九歌「湘夫人」)

에서는 「○○○兮○○」의 리듬으로 되어 있는 바, 이런 경우는 例外的이

$$\underset{2}{\smile}\underset{2}{\smile}\underset{2}{\smile}$$

라는 점이다. 이것은 後世의 狹義의 六言詩의 拍節리듬과 비교할 때
에 현저하게 異質的이며, 楚賦的인 리듬은 辭賦的인 특색을 띠고 있
다고 할 수 있다.(이런 일은 「兮」의 아래에 있는 二字를 三字로 한 七言句
에 있어서도 同樣으로 지적할 수가 있음)

이런 점을 거쳐서 漢代 以後에 지어진 六言詩를 보면, 「○○○兮○○」

와 「○○○兮○○」의 리듬을 並用한 辭賦系의 六言詩와 「○○○○○○」의

리듬을 專用한 非辭賦系의 六言詩가 어느 정도 각자의 系譜를 유지
하면서 지속되다가 차츰 非辭賦系의 리듬으로 統一되었음을 알 수 있
다. 예를 들면, 「漢詩」(卷 二)에 收錄된 六言詩 가운데 초기의 作例로
孔融의 「六言詩, 三首」(一韻到底, 每句韻)는 모두 後者의 예로 되어
있고, 曹丕의 三首 가운데 「寡婦」(一韻到底, 隔句韻)는 前者의 예이고
「黎陽作」「令詩」(모두 一韻到底, 每句韻)는 後者의 예에 속한다.

寡婦

霜露紛兮交下

木葉落兮淒淒

....

守長夜兮思君

魂一夕兮九乖 (「魏詩」 卷四)

令詩

喪亂悠悠過紀

白骨縱橫萬里

哀哀下民靡恃

吾將以時整理

復子明辟致仕 (同前)

이 以後 時期의 작품으로는 嵆康의 「六言 十首」(其 一과 二는 一韻
到底 隔句韻, 그 외에는 一韻到底 每句韻)와 陸機의 「董逃行」(換韻 每
句韻)을 非辭賦系 六言詩의 例로 들 수 있다. 그 외에 湛方生의 「遊
園詠」(換韻 隔句韻)은 「兮」의 부분을 「之, 以, 而」 等의 助字로 바꾸
어 놓은 辭賦系 六言詩를 주제로 한 作例이고, 傅玄의 「歷九秋篇, 董
逃行」(換韻 隔句韻)은 辭賦系와 非辭賦系의 句를 섞어 지은 六言詩의
作例라 할 수 있다. 또한 陸機의 「上留田行」(換韻 隔句韻)은 第一句
만 辭賦系의 句로 되어 있다.

그러나 어느 쪽이든 六言詩의 作例가 六朝 後半에는 거의 보이지
않으며, 이런 점에서는 三言詩보다도 더욱 더 脈이 斷絶되었다고 할
수 있다. 그러나 이것이 어쨌든 특정 장르로 성립되었다고 보는 것이
唐代에 어느 정도 作品群이 존재하였기 때문이다.

　唐代의 六言詩로 가장 이름이 높은 것은 王維의 「田園樂 七首」가 있
으며, 宋 洪邁의 「萬首唐人絕句」(卷 百一)에는 이 詩를 卷頭로 하여
韓翃(二首) 韋應物(二首)....郞士元(一首) 등 計 十七人 38首의 六言絕句
를 收錄해 놓았다. 한편 明 徐師曾의 「詩體明辨」(卷 十四)에는 王維, 盧
綸, 韓翃, 周賀 등 四人이 지은 六言律詩 各 一首씩이 登載되어 있다.

發越州赴潤州, 使院留別鮑侍御

劉長卿

對水看山別離
孤舟日暮行遲
江南江北春草
獨向金陵去時　（「全唐詩」卷 一五一）

　六言詩의 作者로는 絕句 三首와 律詩 二首를 지은 劉長卿을 비롯
하여 王維와 張說(絕句 六首 律詩 二首를 지음) 등을 들 수 있다.
　唐代의 六言詩는 원칙적으로 「○○○○○○」의 리듬을 가지고 있다.
(但 韓偓의 「六言 三首 其二」의 冒頭 二句 「一燈前雨落夜 三月盡草靑時」
는 「三 三」「一燈전·雨落夜·」의 四拍리듬으로 되어 있다고 볼 수 있다.) 六
朝 以前의 六言句가 「○○○兮○○」라는 辭賦系 六言句의 리듬을 倂
用하였다고 본다면 六言句의 試行錯誤의 결과가 이 「222」의 리듬으로
結實되었음이 분명해진다. 또한 초기의 非辭賦系의 작품에는 每句韻
이 대부분이고, 辭賦系의 작품은 隔句韻이 대부분임을 고려해 본다면
唐代의 六言詩는 리듬의 面에서는 非辭賦系의 影響을, 押韻의 面에서
는 辭賦系의 영향을 받았다고 할 수 있다.
　이런 점을 통하여 六言詩의 基本的인 리듬은 다음과 같이 要約할
수 있다. 첫째, 一句가 六字로 되어 있다. 둘째, 原則的으로 第四字가

節奏點이 되고 上下로 「0 0 0 0 0 0」로 二分된다. 또한 第二字가 下位 區分法인 節奏點이 되므로 한 首 全體로는 「0 0 0 0 0, 0 0 0 0 0 0. ……」의 二字一拍의 三拍子가 基調를 이루고 있다. 한 편 唐代의 典型的인 六言詩에는 第二字와 第四字의 節奏點의 크기가 거의 同一하므로 句末의 休拍이 없는 것과 더불어 上中下로 三分되고 變化가 적은 均質的인 三拍子로 보는 것이 타당하다.

그것은 그렇다 하고 이런 경우,

徒引領兮入方 竊自憐兮孤棲 (曹丕 「寡婦」)
　1　2　1　2　　1　2　1　2
　　4　　2　　　4　　2

로 된 切分音的인 변화를 內含하고 있던 辭賦系 六言의 「四二」의 리듬이 무엇 때문에 소멸되었는가는 六言詩의 리듬論에서 매우 흥미있는 문제라 할 수 있다 그것은 아마도 「兮」로 대표되는 特定의 助字가 一般의 文字로 변화되는 과정에서 助字를 가진 「四二」의 二分法이 리듬의 밸런스의 面에서 不安定하다고 느꼈기 때문으로 보인다. 그렇지만 唐代 六言詩가 「222」의 均質的 리듬으로 통일된 것은 五言과 七言의 多彩롭고 多樣한 리듬에 비해서 單調로움이 너무 지나게 되었으며, 이를 피하고자 唐代的인 「222」의 構造를 「42」로 읽는다면 (句末의 一字의 缺落으로)읽기에 껄끄러운 七言詩와 같은 느낌이 나게 되고, 반대로 「24」로 읽는다면(句末의 休拍이 缺落되어) 이것 역시 껄끄러운 五言詩같은 느낌을 갖게 될 것이다.

이런 점으로 보아도 六言詩가 盛行하지 못한 이유가 명확해지며 이와 아울러 詩歌의 리듬에서 '休拍'의 존재가 얼마나 중요한 것인가도 확인이 된다. 이 점에 대하여 예를 들면,「六言詩 聲促調板 絶少佳什」
(淸 錢木菴「唐音審體」)이라는 말에서, 1) 各種 句形에 관계되는「休拍」
의「有無」와, 2)「拍節리듬」에서의「三拍子, 四拍子」등 리듬論上의
核心 槪念이 窮究되지 않았던 시기의 주장이라는 점에서도 매우 興味
있는 일이라 할 수 있다.

Ⅴ. 五言詩 先行의 要因

本章에서는 五言詩가 七言詩보다 먼저 盛行한 이유에 대하여 考察
하고자 한다. 바꾸어 말하면, 五言詩보다 먼저 發生한 七言詩가 무엇
때문에 六朝의 後期에 이르러서야 비로소 主要 詩型의 하나로서의 지
위를 얻게 되었는가 하는 문제이다.

七言詩가 漢語가 가지고 있는 抒情의 그릇으로 本質的으로 不適切
한 것이라면 문제는 다르지만, 결과적으로는 五言과 함께 中國 古典詩
의 二大 分野를 이룰 정도로 높은 適性을 갖추고 있는 것이 분명한 이
상 後漢부터 齊梁에 이르는 數百年間의 讀壇이, 이미 존재하고 있던
七言의 系譜에는 冷淡하였고, 徹底하게 五言詩 偏重의 情況을 보인
사실은 생각할수록 不可解한 현상이었다고 말할 수 있다.

이 점에 관한 先行의 諸論에는,「五言詩 橫行의 時勢에 壓倒되었던
結果」때문이었다는 방향으로 槪括的으로 말한 것이 많으며, 약간의 內
面的인 考察을 加한 것으로는 다음에 指摘하는 것이 注目할 만하다.

四言簡質 句短而調未舒 七言腐靡 文繁而聲易雜 折繁簡之衷 居文質
之要 蓋莫尙於五言 故三代而下 兩漢以還 文人藝士 平生精力 (明 胡應
麟「詩藪」內編 卷二 古體中, 五言)

七言雖早已有人用之於詩　但幷未能流行起來　未能流行起來的原因
我想一是兩漢的那些　「七言」中佳製太少除張衡的「四愁詩」外少流傳人
口　因而不曾引起多數人做作　二是　七言歌　謠在漢詩不曾　有一首被採入
樂府　沒有音樂的力量來　助他傳播　自然難於普遍　後者　應是最主　要的
原因 (余冠英「七言詩起源新論」「漢魏六朝詩論叢」所收)

前者는, 五言詩가 四言, 七言에 比하여 繁間과 文質의 中庸을 얻었
기 때문에 성행하였다고 하였다. 그렇다면 무엇 때문에 그와 같이 '腐
靡한' 七言이 六朝 後期 以後에는 五言과 나란히 盛行하였는가가 疑
問으로 남는다. 後者는, 漢代의 七言詩에는, 1)佳作이 적었고, 2)樂府
에 採入된 것이 없었으므로 一般에 繼承 普及되지 않았다고 하였다.
이것은 要因이라고 보기보다는 오히려 一因이라고 보는 것이 妥當할
것이다. 이는 무엇 때문에 漢代의 七言은 佳作이 적었고, 樂府에 採入
되지 않았는가 하는 보다 基本的인 原因을 밝혀 놓지 못하였다. 이러
한 先行의 諸說을 包括하는 五言詩 先行의 要因으로는 五言詩와 七
言詩가 가지고 있는 拍節리듬의 差異 - 특히 四言리듬과의 관계의 差
異를 지적하고 싶다.

전체적인 拍節 리듬을 基準으로 하여 볼 경우 五言詩는 三拍子를
기준으로 하고 있어서 二拍子를 基準으로 하는 四言詩와 本質的으로
異質的인 關係에 있다. 이와 반대로 七言詩는 四拍子를 基調로 하므
로 四言詩의 리듬에 대해서 共通性과 同質性이 높다. 곧,

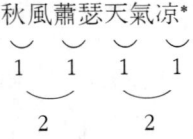
草木搖落露爲霜*　　(曹丕「燕歌行」)

라는 七言句의 四拍子의 리듬은,

對酒當歌　人生幾何
⌣　⌣　⌣　⌣
1　　1　　1　　1
　⌣　　　⌣
　2　　　2

譬如朝露　去日苦多　（曹操「短歌行」）

라는, 四言 二句의 四拍子의 리듬과의 사이에 그 構造에 있어서 어느 정도의 共通點이 인정된다.

　그것은 또한 1)兩者가 함께 全體的으로 四拍子로 되어 있고, 2)그 四拍子가 兩者가 共通으로 上二拍 下二拍으로 나눌 수 있는 點 등이 직접적인 共通點으로 보인다. 더욱이 3)四言詩가 古來로부터 隔句韻을 原則으로 하였던 데 대하여 魏晉頃까지의 七言詩는 每句韻으로 되어 있었으므로 四言 二句와 七言 一句가 共通的으로 모두 四拍子의 맨 뒤에 韻字가 押韻되었던 것으로 볼 수 있으며, 이렇게 본다면 兩者의 共通性이 매우 높다고 할 수 있다. 단 兩者가 서로 다른 점은 넷째 拍子의 뒤에 一字分(1/2拍)의 休拍이 있는가 없는가 라는 점에 있다.

　이를 통하여 보아도 四言詩가 社會的으로 盛行하고 있는 限 七言詩 - 물론 每句韻의 七言詩 - 가 리듬론으로는 多作되어져야 할 필요가 없었다고 말할 수 있다. 더구나 가장 중요한 拍節리듬을 기준으로 하여 살펴본다면 共通性과 同質性이 높기 때문에 相補的인 기능을 가지고 있었다고 본다. 그 위에 또 句末에 休拍을 가지고 있다는 獨自性(四言詩에 對한 獨自性)은 五言詩의 存在를 가지고 相對化 할 수 있는 것이다. 七言詩가 七言詩만이 가지고 있는 存在理由를 보이는 것은 그 동안에는 더욱 困難하였다고 할 수 있다.

　이에 對하여 五言詩는 三拍子를 基調로 하고 있으므로 二拍子를 基調로 한 四言詩와는 本質的으로 다른 리듬감을 드러내고 있다. 三拍子와 二拍子의 相違는 다만 一拍의 多寡만으로 歸着되는 것이 아니다. 兩者는 奇數拍의 基本形과 偶數拍의 基本形이라는 가장 對比的인 리듬들이라고 말할 수 있다. 더구나 五言詩는 四言詩에 對하여 리듬論的으로 不可缺의 相補性은 없다고 할 수 있다. 五言詩 先行의 要因은 무엇보다도 여기에 있다고 보아야한다. (以上 第一要因)

　그 위에 또 五言詩는 上一拍 下二拍을 基調로 하고 있어서 한 句 自體內에 奇數(陽)와 偶數(陰)의 對比的인 感覺을 內包하고 있다. 陰陽五行說이나 易의 八卦을 引用할 것도 없이 陰陽(奇偶)의 對比感覺은 古代~中世의 中國의 知識人이라면 거의 生理的이라 할 정도로 體質化한 밸런스 感覺이었던 것이다.

　五言詩에 內在한 奇偶 對比의 下位 리듬이 偶偶對比의 七言詩 以上으로 魅力을 가지고 있다고 보는 것은 - 비록 그것이 많은 경우 潛在的인 充足感이라 할지라도 - 歷史的으로는 納得하기 쉬운 結果였다고 할 수 있다. (以上 補助要因)

　以上 두 가지의 사실을 綜合하여 살펴본다면, 漢 魏 六朝詩史에 있어서 五言詩가 壓倒的인 流行을 보인 것은 必然的인 결과였다고 할 수 있다. 이 경우 壓倒的으로 五言詩 중심으로 이행된 魏晋時代가 때마침 樂府, 樂歌에서 徒詩, 朗誦詩로 移行하는 시기에 해당되는 것은 매우 주목할 만한 일이다. 그것은 또한 詩型變遷의 要因에서부터 詩型相互間의 朗讀리듬의 差異가 決定的인 役割을 하였다는 것이 文學史의 큰 흐름속에서 증명되는 것이다.

VI. 칠언시 성행의 전제

漢魏 六朝時期에 五言詩가 盛行한 原因을 살펴보았으므로, 다음으로는 六朝末~唐代의 七言詩의 盛行에 어떤 前提가 필요하였는가 하는 것도 이를 바탕으로 糾明할 수 있다.

이를 四言詩와의 관계를 가지고 말한다면 七言詩의 漸增이 四言詩의 漸減과 相互 呼應하는 상태에 있었다는 사실이 주목되는 점이다. 漢魏六朝期에 있어서 五言詩가 주류를 이루고 있었다는 사실은 더 말할 필요도 없지만, 이 시기의 詩歌의 全 作品을 通觀해 본다면 이른바 三曹의 시대까지는 말할 것도 없고, 각 王朝의 郊廟歌辭, 燕射歌辭, 舞曲歌辭類를 중심으로 應詔, 應敎類와 公的인 贈答詩 등은 四言詩의 作例가 꽤 많았다는 것을 알 수 있다. 더구나 이 시기에 있어서 二拍子, 四拍子의 偶數리듬은 散見되는 七言詩보다도 분명히 전통적인 四言詩로 충족이 되었다고 할 수 있다. 또한 그때까지는 七言詩도 대부분이 每句韻의 舊手法으로 지어졌으며, 新手法이라 하는 隔句韻의 七言詩가 多數를 점하게 된 것은 七言詩 자체가 多作되어진 六朝末期 以後의 현상이라고 할 수 있다.

이는 또한 七言詩가 流行한 것은, 1)四言詩의 作例가 漸減하면서 七言詩의 四拍리듬이 보다 명확한 존재 이유를 가지게 되었다는 점. 2) 七言詩의 每句韻이 隔句韻으로 變하면서 「七言一句」와 「四言二句」의 同質性이 弱化된 點. 이 두 가지의 變化가 前提되어 七言詩가 점차 多作되었음을 알 수 있다. 바꾸어 말하면, 이런 두 가지 變化가 나타난 六朝期를 經過하면서 七言詩는 비로소 本格的인 存在 理由를 갖게 되었고, 五言詩와 나란히 二大 詩型으로 발전하였다고 할 수 있다.

그러면 이 두 가지의 變化는 무엇 때문에 發生하였는가.

VII. 四言詩 漸減의 要因

첫 번째의 變化인 四言詩 漸減의 要因은 總體的으로 四言 리듬의 單調로움을 가지고 설명할 수 있으며 單調性의 核心은 四言이 句末에 半拍의 休止를 갖지 않은 데 있다.

韻律上의 效果를 기준으로 하여 고찰할 경우 句末에 半拍(一字分)의 休拍이 존재한다는 것은, 1) 句末의 一字(五言의 第五字, 七言의 第七字)의 音響을 (리듬의 全體的인 흐름을 變化시키지 않고 그대로) 一字分(半拍)만큼 延長시키며, 2) 全體的인 音聲의 흐름을 句末의 一字分 정도로 斷折하는, 이 두 가지의 表現을 可能하게 한다. 그것은 最後의 一字의 印象을 특별히 두드러지게 하여 餘韻 餘情의 效果를 깊게 하는 효과를 나타내기가 쉽게 한다. 또한 句末의 休拍의 存在는, 3) 句中의 節奏點(五言의 第二字, 七言의 第四字)과 句末의 節奏點(五言의 第五字, 七言의 第七字)과를 異質의 構造로 만들어서 한 首 전체의 리듬이 多樣化 立體化하게 하고, 節奏點이 一拍(二音節)中의 「前半(第一音節)」에 있기도 하고(句末의 경우), 「後半(第二音節)」에 있기도 한 (句中의 경우)이런 二重의 構造로 형성되어 절주점 자체도 다양화하게 된다.

四言詩와 六言詩는 句末에 休拍이 없는 詩型이지만, 句末의 한 字를 意識的으로 延長하기도 하고 短縮하기도 하는 일은 가능하다. 그러나 그것은 韻律構造 自體에 內在한 延長이나 斷絕은 아니므로 句末의 休拍에서 발생하는 表現效果와는 本質的으로 차이가 있게 된다.

이를 근거로 하여 四言詩가 漸減된 요인을 살펴본다면, 첫째, 五言詩의 형성 발전으로 句末 休拍의 表現效果를 알게 된 後漢~魏晉의 詩人들이 四言(二拍)리듬의 單純, 單調로움에서 「異質의 奇數拍」(三拍)과 「句末의 休拍」을 아울러 갖춘 五言詩型에 일제히 몰두한 것이

四言詩 漸減의 요인이 되었다고 할 수 있다.

둘째, 이미 五言詩(三拍)의 奇數 리듬에서 句末 休拍의 효과를 알게된 宋齊~唐初의 詩人들이 奇數 리듬에 있는 것과 동일하게 偶數 리듬에 있어서도 句末 休拍의 快適함을 추구하게 되어 - 三言詩(二拍, 句末休拍이 있음)가 지나치게 短促하고 意味的, 韻律的으로 不適切한 이상 - 七言詩(四拍, 句末休拍이 있음)를 가지고 이를 충족시키고자 한 것은 필연적인 결과였다고 할 수 있다.

Ⅷ. 七言詩 隔句韻化의 要因

두 번째의 變化인 七言詩의 隔句韻化의 要因은, 總體的으로는 五言詩의 影響이라고 할 수 있다.

원래 七言詩가 每句韻을 常態로 해서 형성된 것은 一句가 四拍 七字로서 定型의 詩句로는 가장 길고, 그 가운데 每句韻으로 되어 있는 것이 번거롭다는 느낌을 주지 않고 오히려 安定된 充足感을 드러내기가 쉽다는 데 있다. 그런 每句韻의 방식이 매우 철저하게 隔句韻(第一句 押韻의 作例를 포함하여)의 방식으로 轉換된 것은 일단 시험을 해 본 새로운 방식이 每句韻的인 充足感 以上의 表現效果를 발생한다는 것을 많은 사람들이 이해하였기 때문으로 보아야 한다.

현재 七言 隔句韻의 作例는 劉宋 鮑照의 「擬行路難」에서 시작되었다고 보는 것이 보통이다. 그러나 보다 일찍 지어진 것으로 晋末 宋初 王韶之의 「詠雪, 離合」을 들 수 있다.

> 霰先集兮雪乃零
> 散輝素兮被簷庭
> 曲室寒兮朔風厲
> 州陸涸兮群籟鳴

이는 第4字分에 「兮」를 넣은 楚調의 七言詩이고, 「零,庭,鳴」이라 押韻한 방식이 後代의 七言 隔句韻의 類型의 하나로 볼 수 있다. 王韶之(字 休泰, 390 ~445)의 生沒年이 鮑照보다 약 1世代가 빠르므로, 그가 지은 「詠雪이 鮑照가 지은 「擬行路難」보다 먼저 지어진 것으로 보아야 한다. 이렇게 본다면 무조건 「擬行路難」을 七言 隔句韻의 鼻祖로 보는 것은 적절하지 않다.

이와는 별도로 明 臧懋循의 「詩所」(卷 50)에는 謝靈運의 七言 隔句韻인 「法門頌」을 수록해 놓았다. 이 詩는

> 出不自戶將何由
> 行不以法欲焉修

로 시작되는 七言 十句形式으로, 第1句를 除外하고는 偶數句에만 押韻하였다. 이를 七言 隔句韻의 例로 보아도 되며, 이 또한 「擬行路難」에 先行하는 作品이다.

鮑照의 「擬行路難, 十八首」 속에 엄밀하게 七言 隔句의 類型을 採擇한 것은, 「其一」 「其二」 「其三」 「其十二」의 四首뿐이다. 또한 이에 準한 「其十一」 「其十七」 等의 作까지 포함하여, 이 連作이 빠른 시기의 七言 隔句韻의 作品群이라는 것의 疑心의 여지가 없다.

五言詩가 壓倒的으로 盛行하던 風潮속에서 그 五言詩가 原則的으로 隔句韻으로 되어 있는 이상, 七言詩가 發生 初期에는 每句韻으로 되어 있었다 하더라도, 같은 隔句韻으로 시험삼아서라도 지어보는 일

이 전혀 없게 된다면 이것이야말로 오히려 이상한 일이다. 그러므로 그 것의 試行과 定着은 古典詩歌史의 흐름에 기초하여 말한다면, 七言詩 의 聲律化 格調化의 一環으로 보아야 한다.

周知하는 바와 같이 沈約, 謝朓, 王融, 周顒 등에 의하여 推進된 聲 律 重視의 文學運動을 '永明體'라 呼稱하고 있으며, 이는 齊의 武帝 (蕭賾)의 永明年間(483~93)을 중심으로 한 운동이고, 王韶之, 謝靈運, 鮑照 등은 이보다 半世紀쯤 후에 활동한 사람들로서, 그들이 지은 시 가 主로 五言詩였다는 것은 말할 것도 없다.

그리고 그들이 관심을 두었던 聲調區分인 四聲(平上去入), 五音(宮 商角徵羽)의 觀念은 – 이미 이전에 魏 李登의 「聲類」十卷과 晋 呂靜 의 「韻集」五卷이 宮商角徵羽의 五音(五聲)을 가지고 분류하였다는 견해가 밝혀졌음 – 魏晋時代까지 거슬러 올라갈 수 있다. 이런 韻書類 의 編纂 자체가 상징하는 聲韻 聲調에의 관심은 五言詩의 韻律構造 를 중심으로 하였지만, 당연히 七言詩도 그 대상에 포함하였으며, 이른 바 聲律論, 韻律論으로 점차 형성되어 갔다고 할 수 있다.

七言詩의 聲律化는, 1) 對句的 手法의 多用化 – 2) 「二句一聯」觀念 의 明確化 – 3) 上下 二句間에 있어서 句末(그리고 句中)의 聲調의 對 照化라는 일련의 관심의 결과이다. 그리고, 「對句的 手法」의 多用을 통하여 「二句 一聯」의 觀念이 「隔句韻」의 手法으로 명확화 되었으며, 특히 每句韻에서 隔句韻으로의 轉化에 直接的으로 작용한 것이 3)에 있었다는 것은 말할 것도 없다.

원리적으로 보면, 押韻의 효과는 特定의 個所에 共通의 韻이 反復 되는 것을 통하여 발생하는 음악적 充足感에 있다. 이는 拍節리듬의 反復을 가지고 가장 잘 나타낼 수 있고, 押韻의 反復은 그 反復을 통한 充足感과, 詩歌의 定型性을 支撐하는 큰 기둥이 된다.

그리고 押韻의 효과는 非押韻의 句末과의 對比를 통하여 더욱 鮮明하게 나타난다. 異和感이 동시에 선명하게 작용하는 이런 手法은 그 후 많은 作例를 남기게 되었다. 물론 이런 경우 新鮮함의 根源은 四拍, 七字, 七音節의 長句를 隔句韻으로 한 데 있다. 四拍 七音節의 七言詩는 漢語의 리듬에 있어서 每句韻으로 하는 것이 비교적 자연스럽지만, 보다 人爲的으로 操作한 隔句韻이 一種의 意表를 찌르는 新鮮함을 가지고 있다고 볼 수 있다. 이것은 또한 隔句韻化가 말하자면 七言詩의 格調化와도 연결된다는 의미도 된다.

이미 지적한 바와 같이 七言의 形式은 前漢 司馬相如의「凡將論」및 史游의「急就篇(章)」같은 童蒙의 自習書類나 민간의 歌謠, 諺謠의 類에 많이 쓰여졌다.

鐘磬竽笙筑坎侯(「凡將論」,「藝文類聚」卷四十四「箜篌」所引)

急就奇觚與衆異
羅列諸物名姓字
分別部居不雜厠
用日約少誠快意(「急就篇」, 冒頭)

車如鷄栖馬如狗
疾惡如風朱伯厚(「三府爲朱震諺」,「後漢書」陳蕃傳)

「凡將論」은 현재 몇 條의 逸文만이 잔존해 있으며, 元帝 시대의 史游가 '이를 敬慕하고 이와 유사한 내용을 擴充하여,「急就篇」을 지었다는 記錄(顔師古「急就篇註序」)로 보아, 이것이 急就篇과 같은 종류의 童蒙小學書였음을 알 수 있다. 이런 종류의 口訣의 文體는 記憶과 讀

解에 편리하고, 該當 言語의 리듬과 韻律도 平易한 경향을 더욱 현저하게 가지고 있었다고 보아야 한다.

七言詩의 通俗性을 直接的으로 指摘한 評語로는 西晋 傳玄의 「擬四愁詩序」의

張平子 作「四愁詩」體小而俗 七言類也 聊擬而作之

라 한 것을 들 수 있다. 後漢 張衡의 손으로 된 每句韻의 七言詩「四愁詩 四首」의 連作을「體小해서 俗되다」라고 보았으면서도, 자신도 똑같은「我所思兮在00」의 리듬으로 四首의 連作을 試圖하였을 때의 指摘이다. 또한 鮑照가 七言詩를 적극적으로 詩作하였으면서도「頗傷淸雅」「險俗」「動俗」등의 평어로 七言詩를 批評한 것도 이 점과 관련해서 유의해야 할 것이다.

대체로 漢詩 리듬(節奏)의 雅俗을 고찰할 때에「詩經」에 직렬된 四言詩가 가장 古雅하고, 五言詩가 그 다음이고, 七言詩가 가장 通俗的이라고 보는 것은 역대의 詩論의 공통된 인식이다. 이러한 리듬의 여러 형식(中心的 要素와 音數律)은 그 위에 古詩, 絶句, 律詩, 排律이라는 古體와 近體의 諸形式(中心的 要素와 音調律)과 결합하여 四言古詩, 五言古詩, 七言古詩, 雜言古詩, 五言絶句, 七言絶句, 六言絶句, 五言律詩, 七言律詩, 五言排律, 七言排律 등 11종의 詩型을 構成하고, 各各의 詩型에 特有의 傾向性(表現機能)을 드러내고 있다.

이러한 詩型들의 表現機能은, 첫째로는 그 詩型이 歷史的으로 어떤 문학의 場面에 많이 쓰였는가 - 예를 들면 五排는 科學의 場에서, 七絶은 酒宴의 場에서, 四古는 宮廷祭祀의 場에서 - 라는 社會的인 條件에도 영향을 받았으며, 보다 基本的으로는 各各의 音律形式에 內在

한 自體의 性格에 따라서 결정되었다. 그러므로 그 韻律形式의 根本을 이루는 것이 다름 아닌 리듬(節奏)에 있고 押韻과 平仄에 있는 것이 아니라는 사실은 再論할 필요도 없다고 본다.

이러한 의미를 가지고 從來의 四言, 五言, 七言의 雅俗感覺을 再檢討하여 보면 四言이 가장 古雅하다는 감각은 그것이 1)「詩經」으로 代表되는 "經"的 世界와 직결되어 있다는 社會的인 條件과, 2)二拍子의 偶數리듬을 가졌고, 3)그 위에 句末에 休拍이 없다는 韻律形式이 韻律形式 自體로서 單調롭고 重厚한 安定感을 드러내기 쉽다고 認識된 데에 연유한 것이다.

그리고 문제를 五言詩와 七言詩의 雅俗感覺에 限定하여 考察할 경우, 五言이 보다 일찍부터 古典詩歌史의 中心的 地位를 占하고 있었고, 唐代에는 科學의 試帖詩로서 오로지 이 리듬이 쓰인 점과, 七言이 그런 歷史를 갖지 못했다는 점을 社會的 條件의 差異로 지적될 수 있다.

한편 보다 基本的인 韻律形式 自體의 異同으로는 다음 사항을 살펴보는 것이 安當하다.

五言은, 音節의 리듬으로는 「上二下三」으로, 拍節의 리듬으로는 「上一下二」로 각각 二分된다. 어느 쪽이든 上部가 가볍고, 下部가 무겁다. 특히 詩歌의 리듬으로 가장 有機的으로 律動하는 拍節리듬이 三拍子로 되어 있으면서 「一對二」의 關係가 지속되고 있으며, 이 때문에 頭가 輕하고 脚이 重한 安定된 律動感이 한 首 全體의 基調가 된다.

이와는 대조적으로 七言에는 音節의 리듬은 「上四下三」으로 拍節의 리듬은 「上二下二」로 각각 二分된다. 이 경우 拍節數로는 上下가 고르게 되어 있으나 실제의 音響인 音節數로는 「上四下三」으로 上部가 무겁다는 점이다(이 점은 五言에 있는 上輕下重의 構造가 拍節數로나 音節數로나 上下가 不均等하게 되어 있는 것과는 분명히 다르다.) 이 때문에 四音節의 語音과 三音節의 語音이 二拍이라는 같은 길이의 時間帶속에 속에서 比較되고 있고 上部의 무거움이 下部의 가벼움과 對比되어, 比喩해서 말한다면 頭의 重함과 脚의 輕함을 통하여 드러내는 輕快하고 流麗한 律動感이 한 首 전체의 基調를 이루게 된다.

이 리듬은, 1) 전체가 四拍子로 되어 있는 점, 2) 句末에 休拍이 있어서 리듬의 齒切이 쉬운 점, 3) 平均的 템포로 朗讀, 朗唱함에 있어서 대체로 한 呼吸에 상당하는 점 등에서 中國語의 리듬 혹은 音數律의 構造에서 가장 暢達하고 順口한 것으로 보인다. 民間의 口頭韻文인 이른바 "順口溜"가 原則的으로 四拍의 형식으로 되어 있는 점도 이런 이유 때문이다.

그런 까닭에 七言句의 리듬은 매우 暢達, 順口하기 때문에 자칫하면 平易하고 通俗的인 느낌을 가지기 쉽게 된다. 그것은 格調化하고 五言에 準한 古典詩型으로까지 높여 높은 것은 어떤 人爲的인 造作을 통해서 한 것으로, 그 造作이란 바로 脚韻의 隔句韻化이었던 것이다. 그것은 또한 「格調있는 五言詩」와 共通의 押韻形式을 갖는 것이 七言詩의 格調化를 促進시키게 되었다는 뜻도 된다.

漢語의 音數律構造에서 본래부터 가지고 있는 暢達하고 順口한 性格을 간직하고 있는 七言詩가 五言詩의 영향을 받아 「隔句韻化」-「聲律化」-「格調化」로의 一連의 變化를 實現하였던 때에 그것은 必然的으로 盛行할 수밖에 없었던 것이다.

Ⅸ. 雜言詩

漢詩나 西洋詩를 가릴 것이 없이 每句나 每行의 音數가 같은 것이

正體가 되고, 音數가 같지 않은 것(長短句)이 變體가 된다. 漢詩의 長短句는 그 來源이 매우 오래된 것으로 詩經에도 흔히 나타난다. 唐代 이후에 지은 雜言詩는 대체로 두 종류로 나눌 수 있으니, 그 중 하나는 七言가 다수를 점하고 소수의 五言 혹은 三言이 섞인 三七雜言, 五七雜言, 三五七雜言 등이고, 다른 하나는 대체로 七言句가 중심이 되고 三言, 四言, 五言, 六言, 심지어 적게는 二言, 많게는 八言, 九言, 十一言에 이르기까지 섞여 있어서 그야말로 錯綜變化의 묘를 극도로 발휘한 錯綜雜言으로, 이는 有韻的 散文이라 칭할 만한 것이다. 雜言詩는 대체로 篇中 다수의 句가 七言이므로 수많은 詩集들 가운데 「雜言」의 項目을 별도로 설정하지 않고 上記 兩種의 雜言詩를 一律的으로 모두 「七言」의 類目에 소속시켜 놓았다.

雜言詩는 句의 長短에 구속을 받지 않기 때문에 奔放하고 씩씩한 느낌을 주게 된다. 雜言詩를 가장 잘 지었던 詩人이 李白으로, 그는 詩 속에서 散文的 語法을 구사하여 독자로 하여금 더욱 새로움을 느끼게 하며, 이런 詩는 齊言詩인 五, 七言 古體詩와는 완전히 다른 詩體로서, 雜言詩의 이런 特性때문에 詩經詩에서 시작하여 근대에 이르기까지 계속 지어졌던 것이다.

이러한 雜言詩는 用韻, 平仄, 語法 등에 束縛을 받는 일이 거의 없는 자유로운 詩歌이므로 활발한 旋律을 발현하여 독자로 하여금 規則的인 詩句로 이루어져서 변화가 거의 없는 詩와는 전혀 다른 느낌을 갖게 한다.

「雜言」의 詩歌 속에서 어느 곳은 길게 하고 어느 곳은 짧게 하며 이러한 長句와 短句 사이에 어떤 銜接이 있는가에 대하여는 前人 가운데 설명을 한 사람이 거의 없으며, 다만 音律에 通曉한 詩人의 詩 가운데 그들이 講究한 原則이 들어 있을 뿐이다. 李白이나 岑參의 시를 보면 句型의 長短의 變化가 景物과 人情을 模擬하여 표현하는 것과 매우 微妙한 관계가 있음을 感知할 수 있다. 句型의 長短으로 景物을 模擬한 李白의 「東山吟」을 살펴보자.

攜妓東士山, 悵然悲謝女, 我妓今朝如花月, 他妓古墳荒草寒,……

彼亦一時此亦一時, 浩浩洪流之詠何必奇!

이 詩는 먼저 五言句를 쓰고 다음에 七言句를 썼으며, 結尾處에는 八言句와 九言句를 써서, 句의 字數가 늘어나는 것이 感慨가 점차 激宕해지는 것과 調和를 이루고 있다. 「彼亦一時此亦一時」의 八言句는 밀려오는 감흥의 一波一波를 느낄 수 있게 하고, 마지막의 「浩浩洪流之詠何必奇」는 九言句로서 洪流의 浩蕩함을 상징하고 있다. 이런 類의 技巧는 곧 字句의 길이로써 景物의 範疇의 크기를 표현한 것으로, 이는 즉 字句의 節奏로써 景物을 模擬하는 節奏로 삼은 것이다. 李白이 지은 다른 詩에는 「蜀道之難難於上靑天」이라는 九言句로 蜀道의 높고 멀고 오르기 어려움을 표현하였으며, 岑參의 「優鉢羅花歌」도 長短句의 雜言詩로 그 가운데 「吾竊悲陽關道路長」의 句는 특별히 八言의 長句를 써서 道路의 長遠함을 표시하였다. 그 후 李後主도 「恰似一江春水向東流」라는 九言句로써 愁情이 끊임없이 흐르는 春江처럼 다함이 없음을 표현하였다.

歌와 詞는 대체로 句의 字數가 일정하지 않은 長短句로 되어 있어서 摹情과 寫物에 청신한 느낌을 갖게 한다. 이런 예로 岑參의 「蜀葵花歌」를 보면 다음과 같다.

昨日一花開, 今日一花開
今日花正好, 昨日花已老

　　人生不得恒少年, 莫惜牀頭沽酒錢
　　請君有錢向酒家, 君不見蜀葵花

　이 한 首의 短歌는 처음 네 句에「昨, 今」「今, 昨」이라고 거듭 써
서, 한 번 꽃이 피고 한 번 꽃이 지는 景象을 표현하였다. 이 詩는 全
首가 八句로 그 가운데 前半 四句는 五言이고 後半 四句는 七言으로
하는 것이 균형이 맞는데 結尾處에「君不見」을 포함한 六言句를 써서
畸零句와 같은 느낌을 갖도록 하였다. 이런 畸零的 감각은 蜀葵花의
주제를 더욱 강화하는 효과를 가져올 뿐 아니라 꽃떨기가 떨어져서 흩
날린다는 의미와도 조화를 이루고 있다.
　또한 全唐詩에 수록된 戴叔倫의「轉應詞」는「邊艸─ 邊艸─ 邊艸
盡來共老!」라 하여,「邊艸」를 세 차례나 거듭 반복하여 邊方의 풀이
하늘에 잇닿은 地平線까지 無窮無盡하게 연이어 있음을 드러내었다.
그리고 두 구가 二字一句로 되어 있어서 이렇게 短促하고 跳動的인
節奏로써 邊方의 풀들이 한 무더기 한 무더기 떨기 지어 자라는 景物
을 구체적으로 그려내었다.
　다시 李白의「蜀道難」을 보자. 이 詩는 완전히 의도적으로 長句와
短句를 안배하고 이를 통하여 평탄함이 없이 높았다 낮았다 하는 험준
한 山路를 그려내었다.

　　噫吁嚱 危乎高哉!　　3　4　(7)
　　蜀道之難, 難於上靑天!　　4　5　(9)
　　蠶叢及魚鳧　開國何茫然!　　5　5　(10)
　　爾來四萬八千歲, 不與秦塞通人煙!　　7　7　(14)
　　西當太白有有鳥道, 可以橫絶峨眉賞!　　7　7　(14)
　　地崩山摧壯士死, 然後天梯石棧相鉤連!　　7　9　(16)
　　上有六龍回日之高標, 下有衝波逆折之回川!　　9　9　(18)

黃鶴之飛尙不得過　猿猱欲渡愁攀援!　8　7　(15)

靑泥何盤盤　百步九折縈巖巒!　5　7　(12)

捫參歷井仰脅息　以手撫膺坐長嘆!　7　7　(14)

問君西遊何時還　畏道巉巖不可攀!　7　7　(14)

但見悲鳥號古木　雄飛雌從繞林間!　7　7　(14)

又聞子規啼夜月　愁空山!　7　3　(10)

蜀道之難難於上靑天　使人聽此凋朱顔!　9　7　(16)

連峯去天不盈尺　枯松倒掛倚絶壁!　7　7　(143)

飛湍瀑流爭喧　砯崖轉石萬壑雷!　7　7　(14)

其險也如此　嗟爾遠道之人胡爲乎來哉!　5　11　(16)

劍閣崢嶸而崔嵬　一夫當關萬夫莫開!　7　8　(15)

所守或非親　化爲狼與豺!　5　5　(10)

朝避猛虎　夕避長蛇!　4　4　(8)

磨牙吮血　殺人如麻!　4　4　(8)

錦城雖云樂　不如早還家!　5　5　(10)

蜀道之難難於上靑天　側身西望長咨嗟!　9　7　(16)

이 詩는 한 首 全體가 蜀道의 높고 險峻해서 오르기 어려움을 그리면서, 字數가 많은 句와 적은 句를 엇갈리게 배열하여 蜀道中의「地無三尺平」的 景象을 드러내었다.

起首의「噫 - 吁 - 嚱 - 危乎 - 高哉!」는 發聲上으로 매우 껄끄러워서 끊기고 꺾이게 읽을 수밖에 없으며, 이러한「語勢」로 詩를 시작한 것은 山勢의 높고 험준하고 위험함을 그리기 위해서였다. 이어서「蜀道之難難於上靑天」이라는 九字로 된 長句를 잇대어 놓은 것은 또한 蜀道의 長遠하고 迂迴함을 드러내기 위해서이며「難」자를 연이어 두 번 쓴 것도 艱難한 뜻을 더욱 강화하기 위해서였다.

그 후 二句 十字에서 十四字 十六字 十八字로 점차 增加하다가 十五字 十二字로 漸減되고 다시 十四字로 되어, 문득 올라가다가 문득

내려가는 방법을 구사하여 崎嶇하고 不平함을 드러내었으며, 그후 우
연히 들어간 듯한 규칙적인 七言句를 통하여 森然한 嚴肅美를 표현하
기도 하였다. 다만 규칙적인 七言詩句 속에서도 轉韻을 해서 變化를
드러내었으니, 예를 들면 「尺, 壁」 등은 入聲인 陌韻이고 「廛, 雷」 등
은 平聲인 灰韻으로 이러한 押韻의 變化를 통하여 聽覺上으로 惕厲
警戒的인 감각을 느낄 수 있도록 하였다.

그 뒤에 十一字의 長句로 깊고 깊은 歎息을 吐出하였고, 後半에 이
르면 감정이 더욱 격동하도록 하기 위하여 句型의 長短이 前半部와는
또 다르게 하여 句型이 짧아질수록 拍節은 더욱 緊迫해져서 七言 八
言에서 五言 四言으로 내려왔다가 結尾處에 이르면 다시 「蜀道之難
難於上靑天」의 九言長句로 收束을 하고 詩行中에 「難----難----」의 歎
息聲이 반복되도록 하였다.

한 篇의 詩 속에 있는 句型의 변화도 매우 다양해서 어떤 것은 「九
言 七言」「八言 七言」의 句가 合成되어 한 聯을 이루기도 하고, 前半
部에서는 「七, 九」「八, 七」로 造成하기도 하였으며 十個字로 두 句
를 造成할 때도 어떤 것은 「五, 五」로 어떤 것은 「七, 三」으로 하여
이렇게 많은 변화를 통하여 崎嶇하고 不平한 蜀道를 適宜하게 그려낸
것이다.

以上에서 記述한 바와 같이 크게는 山川에서 적게는 花草에 이르기
까지 모두 句型의 長短을 통하여 景物을 상징하였다. 감정의 模擬도
句型의 長短을 통하여 그려내었으니, 감정이 激動할 때는 長句와 短
句를 섞어, 써서 詩句가 平衡을 이루거나 均秤이 이루어진 형식을 파
괴하여 激動的 感情을 드러내었고, 長短句와 섞여 있고 변화가 많은
句型속에 規則的인 詩句을 섞어 넣어서 嚴肅하고 深刻한 感情을 表
出하기도 하였다.

參差的 句型中에 規則的인 詩句를 일부 섞어 쓴 詩로는 앞에 실어 놓은 「蜀道難」을 한 예로 들 수 있다. 이와 對照的으로 規則的인 詩句中에 長句와 短句를 일부 섞어 놓은 것도 많이 있으며, 李白의 「將進酒」篇 중간에 「岑夫子, 丹邱生, 將進酒, 杯莫停, 與君歌一曲, 請君爲我傾耳聽!」이라 한 곳과 結尾處에, 「五花馬, 千金裘, 呼兒將出換美酒, 與爾同鎖萬古愁!」라 한 두 곳이 이 詩 全篇中의 二個의 高潮處로서 李白은 이곳에 三言 또는 五言의 短句를 써서 短促한 音節로 平衡的이고 規則的인 句型을 파괴하고, 또 「呼告」的 手法을 써서 呼告의 대상이 人이든 物이든 眼前에 있든 멀리 떨어져 있든 관계하지 않았고, 직접 그들을 불러 호소하는 형식으로 奔放하고 激越한 감정이 잘 드러나도록 하였다.

李白의 「將進酒」에는 감정이 激越하게 할 곳에 短句를 連用하였는데, 杜甫의 「茅屋爲秋風所破歌」에는 이와 반대로 急劇한 감정을 드러낼 곳에 長句를 썼다. 즉 「安得廣廈千萬間, 大庇天下寒士俱歡顔, 風雨不動安如山! 嗚呼! 何時眼前突兀見此屋? 吾廬獨破受凍死亦足!」이라 하여 三個의 九言句를 쓰고 또한 「嗚呼!」라는 感歎詞를 끼워넣어 이를 통하여 高放 激湧한 意氣를 잘 드러내었다. 李白은 三言句를 써서 激越한 性情을 표현하였고, 杜甫는 九言句를 써서 揚厲한 意氣를 표현하였으니, 우리는 이를 통하여 短句나 長句를 參雜하여 詩를 지으면, 平易하고 規則的인 七言句型으로는 표현하기 어려운 정서의 激宕함을 특별히 잘 드러낼 수 있음을 알게 된다.

X. 結 語

漢詩史에 등장하는 중요한 詩型의 변천에 관하여는 지금까지의 고찰을 통하여 다음과 같이 정리할 수 있을 것이다.

1) 漢語 리듬의 基礎單位가 二音節에 있기 때문에 최초에는 四言詩(四音節, 二拍子)가 詩歌의 中心的인 지위를 占하였다.(上古~戰國末)

2) 리듬의 多樣化 및 異質的인 리듬의 對比, 竝存 등이 필요하게 되어 七言詩(四拍子, 偶數拍)보다도 五言詩(三拍子, 奇數拍)가 보다 일찍 多作의 시기를 맞이하였다.(~漢末, 三國)

3) 四言詩와 五言詩가 竝存하는 과정에서 句末休拍의 표현효과를 自覺, 體得하면서 완전히 五言詩 중심의 事態로 변하였다.(~六朝 中期)

4) 奇數의 리듬뿐이 아니라 偶數리듬에 있어서도 句末 休拍의 效果를 가진 韻律이 요청되어 隔句韻化하고 聲律化 格調化한 七言詩가 五言詩와 對等하게 多作되었다.(~中唐)

5) 五言과 七言이 첫째, 句末에 休拍을 가지고 있는 점, 둘째, 奇數拍(三拍子)과 偶數拍(四拍子)의 代表的 리듬이 된 점 등으로 인하여 漢詩의 二大 詩型으로 定着되었다.(~現代)

6) 雜言詩는 句의 長短 用韻 平仄 語法 등에 어떤 拘束도 받지 않는 自由詩로서 自由奔放하고 激宕한 感情을 표현하는 데 適合한 特殊한 詩型이기 때문에 詩經詩에서 시작하여 近代에 이르기까지 계속 창작되었다.

이런 내용을 종합하여 본다면 漢詩史에 있어서의 중요한 變化와 展開는 例外없이 리듬의 문제에서 起因하였고, 이와 관련이 있다는 것이 분명해진다. 이를 근거로 하여 리듬이야말로 "韻律의 三要素" 가운데 가장 根本이 된다는 점도 다시 한 번 확인할 수 있게 된다.

近體詩와 對仗[*]

Ⅰ. 序言

漢詩의 二大特性으로 흔히 강한 政治性과 對偶性을 든다. 이 二大 特性중 漢詩의 對偶性은 다른 어느 문자로 지은 詩歌보다도 현저하게 발달했으며 言語 文字의 차원에서부터 思考 發想의 차원에 이르기까 지 명확하게 一貫한 총체적인 특색이라 할 수 있다.

漢文學에 있어서의 對偶는, 詩는 물론이고 散文에도 다른 어느 문 학보다도 현저하며, 대우가 이렇게 발달한 요인과 효과, 對偶表現의 본 질 등에 관한 고찰은 漢詩의 이해를 위하여 필요 불가결한 일이며, 특 히 對偶的 요소가 완벽하게 발현된 近體詩가 詩歌史上 中心的 장르 로 확립된 것은 필연적인 결과이고 매우 상징적인 일이므로 漢詩의 對 偶性이 완벽하게 발현되어 그 예술적 미감을 극도로 발휘한 근체시에 서의 대우에 관한 考究는 한시의 이해를 위하여 필수적인 일이다.

이에 본고에서는 대우가 그렇게 발달하게 된 요인과 한시에 있어서 의 對偶의 諸相을 살펴보고 그 가운데도 특히 對偶가 하나의 格律로 확립된 근체시에 있어서의 대우의 樣相을 중심적으로 고찰해 보고자 한다.

---

* 『漢文敎育硏究』 第13號. 韓國漢文敎育學會. 1999. 6. 發表 論文

Ⅱ. 對偶發達의 原因

漢詩는 일반적으로 押韻이 된 곳에서 하나의 音樂的인 節奏가 끝나고, 하나의 의미 단위도 완성이 된다. 한시는 隔句押韻이 원칙이므로 한시의 형식이나 내용을 고찰할 때에는 二個句를 하나의 단위로 하게 되며, 이를 聯이라 부른다. 한 聯 속에서의 上句를 出句, 下句를 對句라 칭하고, 한 聯에서의 出句와 對句는 字數, 平仄, 句末에 押韻한 句와 非押韻句, 意味, 文法構造, 字音 등이 서로 相對가 되어 짝을 이루고 있다.

本攷에서는 이러한 相對를 모두 포괄한 명칭을 對偶라 하고, 그 가운데 意味, 文法構造, 字音 등의 對偶만을 中國 王力의 견해에 의거하여 對仗이라 칭하기로 한다.[1]

對仗이란 言語的 排偶(짝지어 안치, 배열함) 또는 騈儷(두 구씩 짝지어 놓음)를 뜻하며, 對仗의 "仗"은 儀仗隊에서 유래한 것으로 儀仗隊의 본 뜻은 唐나라 때에 궁성을 지키는 군사를 일컫는 것이었다. 이들은 반드시 2人씩 짝을 지어 행동하였으므로 둘씩 서로 상대가 되는 어구를 對仗이라 칭하게 된 것이다.[2]

言語的 排偶는 언어가 생긴 이래로 어느 언어에서나 계속 있어 왔으며, 허다한 人事와 物情이 天然的으로 서로 짝을 이루고 있으므로 古今이나 中外를 막론하고 모두 허다한 排偶的 언어를 가지고 있다.

그러나 다른 언어에 비하여 漢語的 騈語가 비상하게 整齊 發達하였으니, 그 이유를 漢語의 성격에서 찾아보면 다음과 같다.

첫째, 漢語는 一語가 一音 一字로 되어있는 單音語가 기조를 이루

---

1) 王力, 『詩詞格律』 中華書局, 北京, p.10 參照
2) 王力, 『韓語詩律學』. pp.7~8 參照

고 있다. 이 '一語一音一字性'은 서로 對仗이 된 "語와 語", "句와 句"가
意味的 聽覺的 視覺的으로 同一位置에서 同量을 이룰 수 있게 한다.
예를 들면 '天高日月明 地厚草木生'에서 出句의 天과 對句의 地는 각
각 一語一音一字로 每句의 첫째 자는 동일 위치에서 對仗을 이루고
있다. 이를 우리말로 바꾸면 '하늘'은 二個音, '땅'은 一個音이 되어 音
數의 균형이 맞지 않게 되고, 영어 어휘인 'sky'와'ground'로 바꾸어도 每
語의 音數가 각각 三個音과 四個音이 되어 音數가 동일하지 않게 된
다. 이렇게 세계의 다른 어느 언어와도 다른 漢語의 單音語的 성격은
산문과 운문을 가릴 것 없이 騈語의 비상한 발달을 초래하게 된 근본
원인이 있다.

　漢語의 강한 節奏性과 聲調性도 對仗의 발달을 촉진하는 요인이 되
었다. 漢語는 대체로 二音(二字)을 一拍子로 하고 五言句나 七言句는
句末에 半拍分의 休止符가 있는 것으로 인정하여 五言句는 三拍子,
七言句는 四拍子의 詩句로 보며, 上述한 漢語의 同量 同位性은 音調
律(平仄)的으로도 對偶化할 수 있는 유효한 조건이 된다. 즉 出句와
對句의 내용상의 대장은 兩句의 同量의 박자 및 聲調的 和諧와 맞물
려 詩的 감흥을 제고하는 역할을 하고 있다. 즉 漢語의 강한 節奏性은
청각적 차원에서의 대우표현인 '音節리듬'(每句의 字數)과 '拍節리듬'의
同量 同位性을 보다 명확하게 해주고, '一語一音一字性'이 강한 節奏
性으로 보다 명확하게 立體化되고, 대우표현을 더욱 유효하게 한다.

　둘째, 漢語의 孤立語的 성격과 漢字의 一字多義性 및 漢詩의 典故
愛好性이 對仗의 발달을 더욱 촉진하였다. 助詞의 결핍, 活用이나 格
變化의 不存在 등을 특징으로 하는 漢語의 孤立語的 性格은 意味가
語順에 의하여 결정될 수밖에 없게 한다. 예를 들면,

　　我讀書 : 내가(I) 책을 읽는다.
　　我讀書 : 나의(my) 책을 읽는다.
　　贈書我 : 나에게(me) 책을 주다.

　이곳에서는 동일한 '我'字가 문장 속에서의 위치에 따라 주격이 되기
도 하고 소유격이 되기도 하고 목적격이 되기도 한다. 이와 같은 어순
에 의한 의미의 결정은 그 자체가 명료하지 못하고 모호한 면이 있는데
이에 덧붙여서 詩에서는 押韻이나 平仄 때문에 語順마저 바뀌는 경우
가 많으므로 의미는 더욱 모호하게 된다.

　漢字의 一字多義性은 한자가 표의문자인 이상 근원적으로 피할 수
없는 일이다. 세상의 事와 物은 이루 헤아릴 수 없이 많은데 이를 모두
別個의 字로 하나 하나 표현한다면 漢字는 數億字가 되어도 모자랄
것이다. 이에 한 字가 많게는 수십가지의 의미를 가지기도 하므로 詩
에 쓰인 자가 그 가운데 어느 의미로 쓰였는가가 모호하여 이것도 한시
의 불명료성을 촉진하는 이유가 된다.

　漢詩의 典故 愛好性도 의미전달의 기능을 제약하는 요인의 하나이
다. 詩에서 한정된 字數로 풍부한 내용을 표현하려면 典故를 縮約하여
用事하는 경우가 있게 되는데, 일반인이 흔히 접하기 어려운 幽經 僻典
에 수록된 故事를 인용하게 되면 독자가 이를 이해하기 어렵게 된다.

　즉 漢語의 孤立語的 성격, 一字多義性, 漢詩의 典故愛好性 등 때
문에 의미 전달 기능이 제약을 받게 되고 이로 인하여 야기된 의미의
模糊性을 漢語의 一語一音一字性과 강한 節奏性 및 聲調性 등으로
보완하여 의미를 明瞭하게 하는 相互作用의 시스템이 對仗표현이다.
즉 漢語의 單音語的 성격이 강한 節奏性 및 聲調性 등은 對仗 구성
의 適性條件이고, 孤立語的 性格과 一字多義性, 典故愛好性 등은 對
仗을 필요하게 하고 對仗의 발달을 促進시키는 促進條件인 것이다.

셋째, 古來로부터 東洋人의 의식을 지배하는 陰陽二元論的 世界觀도 對仗의 발달을 촉진시킨 요인이 되었다. 陰과 陽은 서로 對立하면서도 상대를 필요로 하듯이, 異質 내지 反對의 것을 並列하고 그것의 對照反映을 통하여 하나의 새로운 세계를 창출하는 것이 對仗표현의 核心이라 할 수 있다.

이와 같은 漢字 · 漢語 · 漢詩의 특성과 동양문화권의 陰陽思想 등이 어우러져 형성된 對仗的 표현이 漢詩에 특별히 현저하게 나타나고 近體詩에서는 반드시 준수해야 할 하나의 格律로 固定化 되었다.

Ⅲ. 對仗의 本質

漢詩는 대체로 二個句를 一聯으로 하여 上句(出句)와 下句(對句) 사이에 對偶性이 선명하게 드러나도록 짜여져 있다.

한 聯의 出句와 對句간에 이루어진 對偶要素는 1)字數(音節數), 2)字義, 3)文法構造(品詞的, 文法的 관계) 4)平仄, 5)字音(雙聲, 疊韻 등) 6)字形(偏傍 등) 각면에 미치고, 이를 組合한 句와 句 사이에 총합적인 對偶가 형성되는 것이다.

이곳에 摘示한 1)~6)의 순서는 중요성의 순서도 된다. 즉 1), 2), 3)은 모든 漢詩 對偶의 필수조건이고 4)는 近體詩만의 필수조건이며 5)와 6)은 어느 詩型에서도 필수는 아니다. 특히 6)은 특수한 예일 뿐이다.

例를 들어보면, 雜言古詩인 杜甫의 '兵車行'의 "或從十五北防河 便至四十西營田"은 단순히 1)-3)만을

(平 仄 平平 仄仄 平平)

충족시켰을 뿐이고, 近體詩인 盧綸의 '長安春望'의 한 聯 "川原繚繞浮雲外 宮闕參差落照間"은 1)-3)의

(平 仄 平仄 仄 平 仄平)

조건 외에 4)평측상의 대우 대응(二四不同, 二六對, 上下句간의 平仄 相對, 句末押韻과 非押韻의 대응 등)을 엄밀히 준수하였으며, 5)의 繚繞와 參差라는 첩운과 쌍성의 대비를 대우의 중핵에 두어 한시의 대우성을 극명하게 드러내었다.

　이러한 대우요소들 가운데 1)字數와 4)平仄은 音節과 聲調의 대우이고, 2)字意 3)文法構造 등의 대우는 내용상의 대우라고 할 수 있다. 이 가운데 漢詩나 詞에서의 내용상의 대우인 2), 3)과 5)字音의 대우를 對仗이라 칭한다.

　對仗이란 한 聯의 出句와 對句 간에 異質 또는 反對가 되는 사물의 對照 反映을 통하여 하나의 새로운 世界를 창조해내는 것으로, 출구와 대구 사이의 對仗이 영원히 대립하거나 평행선을 달리는 것이 아니라, 하나로 綜合되어 表現에 있어서의 自己完結을 이루는 것이 그 본질이다.

　아울러 漢詩는 漢語의 孤立語的 성격, 一字多義性, 典故愛好性, 險僻한 用事 등으로 인하여 難解模糊해 질 개연성을 지니고 있으며 이런 부분이 對仗形成을 통하여 격단으로 明瞭化되는 것도 漢詩에서 對仗을 즐겨 쓰는 이유의 하나이다.

　일반적으로 언어표현으로 쓰여진 『甲』이라는 하나의 어휘가 단독으로 (甲만으로) 쓰여진 경우, 그 표현범위는 가장 명확한 中心部分부터 불명확한 周邊部까지 확장되어 不確定 不限定的인 표현이 된다. 이에 대하여 두 개의 언어표현인 『甲』과 『乙』이 『甲』對『乙』이라는 관계로 대우적으로 된 경우 甲의 표현 범위는 乙과 관계있는 부분으로 限定되고 乙의 표현범위도 甲과 관계있는 부분으로 한정된다. 즉 甲對乙의

구조에서는 甲과 乙이 共有한 부분으로 표현범위가 한정된다.

예를 들어보면 "浮雲遊子意"가 單獨의 散句라면, 이곳에 쓰인 "浮雲"이라는 어휘가 1)하늘에 떠 있는 구름, 2)세속에 초연한 고결한 인물, 3)정처없이 떠도는 不動感, 4)어디에도 얽매이지 않는 자유로움, 5)천자의 총명을 가리는 奸臣 가운데 어느 의미로 쓰였는지 분명히 알 수 없게 된다. 그러나 이에 "落日故人情"이라는 句가 짝을 이루게 되면, '浮雲'의 표현내용은 '落日'과의 사이에 共有된 '不安定, 寂寞' 등의 감정으로 限定되고, 이에 이어지는 '遊子意'와 '故人情'의 대응관계가 규정한 표현범위로 더욱 한정되어, 3)의 의미인 '정처없이 떠도는 부동감'의 상징으로 쓰였음이 분명해진다. 이것이 곧 對仗의 본질인 表現의 自己完結性이고, 對仗을 통하여 模糊한 표현의 明瞭化를 기할 수 있는 하나의 예가 되는 것이다.[3]

중국에서 對仗論을 최초로 제시한 사람이 六朝시대의 劉勰이다. 그는 『文心雕龍』에서,

만약 文辭가 그 짝을 잃으면 여행을 하는데 친구가 없는 것과 같다.[4]

하고, 麗辭篇에서는,[5]

조물주가 형체를 부여할 때에 문체는 반드시 한 쌍으로 했고, 오묘한 이치가 작용할 때에도 매사를 고립되게 하지 않았다. 대체로 마음에 文辭가 떠오르고 온갖 생각을 마름질 할 때에 높고 낮음이 서로를 필요로 해서 자연히 對를 이루게 한다. 堯舜 시대에는 문사를 극도로 꾸미지는 않

---

3) 松浦友久. 『中國詩歌原論』. 大修館書店. 東京. pp. 259-261

4) 劉勰저, 范文瀾註, 『文心雕龍註』下冊. 商務印書館. p.571. 「章句 第三十四」 "若辭失其朋 則 羈旅而無友"

5) 이곳에 쓰인 '麗辭'는 騈儷之辭(짝지은 文辭)의 뜻으로 쓰인 것임.

았지만 皐陶의 贊에 이르기를 (對偶하기를)"죄가 의심스러우면 가벼운 형
벌을 가하고 공이 의심스러우면 중한 상을 준다. 「罪疑唯輕 功疑唯重」"
하였고, 益은 謨에 서술하기를 "가득하면 덜리움을 초래하고 겸손하면 덧
붙임을 받게 된다. 「滿招損 謙受益」"하였는데, 이런 글들이 어찌 짝을 이
루는 말을 일부러 쓰려 한 것이겠는가. 자연스레 대우가 된 것일 뿐이다.
易의 文言 繫辭는 성인의 오묘한 생각을 기록한 것인데 乾卦의 四德을
서술한 것이 句마다 서로 맞물려 있고, 龍과 虎가 서로 감응하여 字마다
서로 짝을 이루고 있으며, (중략) 비록 句字가 혹 다르다 해도 짝을 이룬
뜻은 한가지이다. 詩人들이 詩 三百篇을 짓거나 大夫들이 朝聘應待之辭
를 지을 때에 奇와 偶가 알맞게 變化한 것이 억지로 짝을 맞춘 것이 아니
라 자연히 이루어진 것이다.(중략) 그러므로 짝을 이룬 文體에는 무릇 四
對가 있게 되었으니, 言對는 易하고 事對는 難하며, 反對는 優하고 正對
는 劣하다. 言對란 어휘를 한 쌍으로 나란히 늘어놓은 것이고, 事對란 사
람이 체험한 사실을 竝擧한 것이다. 反對란 理致는 다르되 趣向은 合致
되는 것이고, 正對란 事案은 다르지만 뜻은 같은 것이다.(중략) 이 때문에
言對에서 아름답게 여기는 것은 그 귀함이 精巧에 있고, 事對에서 于先
으로 여기는 바는 힘씀이 充當함에 있다. 만약 두 가지 일이 짝을 이루었
는데 優劣에 均衡이 맞지 않으면 한 수레를 끄는 두 필의 말이 左驂은 千
里馬이고 右服은 노둔한 말인 것과 같으며, 文章에 들어놓은 사실이 혹
孤立되어 對偶가 안되면 이는 夒라는 외발 달린 짐승이 기우뚱거리며 가
는 것과 같다.6)

---

6) 註 4)와 같은 책, pp.588~589.「麗辭 第 三十五」
造化賦形 支體必雙 神理爲用 事不孤立 夫心生文辭 運裁百慮 高下相須 自然
成對 唐虞之世 辭未極文 而皐陶贊云 罪疑惟輕 功疑惟重 益陳謨云 滿招損
謙受益 豈營麗辭 率然對耳 易之文繫 聖人之妙辭也 乾書四德 則句句相衝 龍
虎類感 則字字相儷 (中略) 雖句字或殊 而偶意一也 至於詩人偶章 大夫聯辭
奇偶適變 不勞經營 (中略) 故麗辭之體 凡有四對 言對爲易 事對爲難 反對爲
優 正對爲劣 言對者 雙比空辭者也 事對者 竝擧人驗者也 反對者 理殊趣合者
也 正對者 事異義同者也 (中略) 是以言對爲美 貴在精巧 事對所先 務在充當

하여, 天理의 발현 자체가 天然的으로 相配가 되어 있으므로 문장에 대우를 쓰는 것은 지극히 당연하고 자연스러운 일이라 하고, 이 때문에 書經, 易經, 詩經, 春秋 등에 대우를 즐겨 썼으며, 대우가 안된 문장은 마치 夔라는 외발짐승이 기우뚱거리며 걷는 것과 같아서 流麗한 글이 될 수 없다고 하였다. 한편 對偶를 四種으로 구분하여, '具體的인 典故의 유무'를 기준으로 言對와 事對를 對比하고, '記述內容의 方向性'을 기준으로 正對와 反對를 對比하였으며, 言對는 쉽고 事對는 어려우며, 正對는 劣하고 反對는 優하다 하였다. 한편 正對와 反對에 대한 예시에서,

> 仲宣의 '登樓賦'에, "종의는 감옥에 갇히자 초나라 노래를 奏했고, 장석은 현달해지자 월나라 곡조를 읊었다"하였는데 이것이 反對의 類이다. 孟陽의 '七哀'에 "漢 高祖는 枌楡를 생각했고, 光武帝는 白水를 생각했다." 하였는데 이것이 正對의 類이다.(중략) 감옥에 갇히었거나 현달해졌거나 뜻을 같이한 것이 反對가 優한 所以이고, 함께 귀해져서 같은 생각을 가진 것이 正對가 劣한 所以이다.[7]

하여, 정대와 반대를 對比하여 말하면서, 反對는 '사안의 내용은 다르지만 趣向은 합치되는 것'으로, 楚의 樂人 鍾儀가 晉에 있을 때 幽閉되자 故國을 그리워하며 楚曲을 奏했고, 越의 細人 莊舃은 楚에서 벼슬하여 顯達해졌으나 故國을 잊을 수 없어 越나라의 聲調로 읊었다는

若兩事相配 而優劣不均 時驥在左驂 駑爲右服也 若夫事或孤立 莫與相偶 是夔之一足 趻踔而行也

7) 같은 책 p.589
仲宣登樓云 鍾儀幽而楚奏 莊舃顯而越吟 此反對之類也 孟陽七哀云 漢祖想枌楡 光武思白水 此正對之類也(中略) 幽顯同志 反對所以委優也 竝貴共心 正對所以爲劣也

예를 들어 幽閉와 顯達이라는 事案은 서로 반대가 되지만 고국을 그리워해서 演奏歌吟한 趣向은 합치한다고 하였다. 正對는 '事跡은 다르지만 의미하는 바는 같은 것'으로, 漢 高祖가 고향 땅 枌楡를 생각했고 後漢 光武帝가 고향 땅 白水를 생각했다는 예를 들어, 高祖와 光武帝의 事跡은 다르지만 나라를 새로 세운 天子가 고향을 생각했다는 의미는 같다고 하였다.

이는 幽와 顯이라는 對照的인 처지가 懷鄕의 念을 일으키게 한 反對的 구성이 優하고, 함께 貴顯을 極한 天子라는 동일 정황이 懷鄕의 念을 共有하게 하였다는 正對的 구성은 劣하다고 본 것으로, 反對는 '反의 요소를 含한 공통성' 때문에 변화가 풍부한 대장이고 正對는 '正(順)의 요소만으로 이루어진 공통성' 때문에 평범해지기 쉬운 대장으로 본 것이다.

즉 反對란 上과 下, 遠과 近, 尊과 卑, 善과 惡처럼 相反되는 것으로 대장을 한 것이다. 그러나 相對的 對極的인 것은 相互 依存的이고 相互 不可缺的인 것이기도 하다. 上과 下는 位置, 遠과 近은 距離, 尊과 卑는 身分, 善과 惡은 道德이라는 엄밀한 공통성을 전제로 성립되는 것이며, 一句中 어느 부분을 對仗의 軸으로 하느냐에 따라 反對가 되기도 하고 正對가 되기도 한다. 上記 文心雕龍에 반대의 예로 제시한 "鍾儀幽而楚奏 莊舃顯而越吟"에서 幽閉와 顯達을 軸으로 한다면 반대가 되지만 楚奏와 越吟 또는 鍾儀와 莊舃을 축으로 한다면 音樂에 托한 望鄕의 情이라는 공통 요소와 人名과 地名의 並列的 배치가 모두 正對에 속하게 된다.

이는 對仗에 있어서 正對이든 反對이든 양자가 표현 범위를 規定하고, 표현에 있어서의 自己完結을 이루는 것이 그 本質임을 증명하는 것이라 할 수 있다.[8]

Ⅳ. 近體詩와 對仗

對仗은 近體詩에만 있는 것이 아니고 古體詩에도 對仗을 하는 경우가 있다. 그러나 고체시의 대장은 어떤 格律이나 規制가 없는 자유로운 것이다. 고체시는 일반적으로 대장을 강구하지 않으며, 만약 대장을 하는 경우가 있다 해도 修辭상 필요해서일 뿐이요, 格律上의 요구 때문은 아니다. 몇 수의 古詩를 예로 들어 보면, 杜甫의 '歲宴行'처럼 상당히 긴 長篇詩도 全篇 어디에도 대장을 한 곳이 없으며, 岑參의 '白雪歌'에는 1개소에만 대장을 하였으니 곧 "將軍角弓不得控 都護鐵衣冷難着"이라 한 부분으로 이 또한 일종의 覓對일 뿐이다.

아울러 주의할 점은 고체시의 대장과 근체시의 대장은 아래에 열거한 두 가지가 서로 다르다는 점이다.

1) 近體詩는 同字로 대장하는 것이 허용되지 않는데 古體詩에는 허용이 된다. 杜甫의 '石壕吏'에 "老翁踰墻走 老婦出門看"이라 하여 兩句의 第1字에 '노'자를 같이 쓴 것이 그 예이다.

2) 近體詩에는 대장과 함께 平仄의 相對도 요구하는데, 고체시는 평측의 상대를 요구하지 않는다. 예를 들면 白居易의 '傷宅'·"攀枝摘櫻桃 帶花移杜丹"에서 출구와 대구의 제2자 '枝'와 '花'가 모두 平聲이고 제5자 '桃'와 '丹'도 모두 평성이며, 上記 '白雪歌'"將軍角弓不得控 都護鐵衣冷難着"의 출구와 대구의 제4자는 모두 평성이고 제7자도 모두 측성으로 平仄의 相對가 이루어지지 않았다.

옛 詩人들이 근체시에 대장을 할 때는 정교함「工」을 추구하였고, 고체시에 대장을 할 때에는 소박함(拙)을 추구하였다. 拙은 高古함과 관계가 있는 것으로, 반드시 拙을 추구하였기보다는 실은 순수하게 自然

---

8) 註3과 같은 책. pp.247~265 참조

에 맡긴 것일 뿐으로 어떤 규제도 받지 않았다고 봄이 타당할 것이다.[9]

고체시의 각 시형은 句型·句數·押韻形式 등의 不確定「예를 들면 齊言과 雜言, 偶數句와 奇數句, 每句韻과 隔句韻, 一韻到底格과 換韻格 등」 때문에 고체시형 상호간의 對仗性에 관한 비교가 불가능하다. 다만 대체적인 경향은 격구운으로 지어진 齊言詩에 대장성이 비교적 강하고, 每句韻의 七言 奇數句나 隔句韻의 雜言 偶數句로 된 시는 대장성이 상대적으로 약한 편이다.

作詩에서의 대장 법칙도 시대가 지나면서 점차 엄밀해져서 近體詩에 이르면 반드시 준수해야 할 하나의 격률로 化하게 된다. 이렇게 격률화한 近體詩의 대장법칙을 律詩·排律·絶句 등 근체시의 시형별로 살펴보면 다음과 같다.

1. 律詩의 對仗

漢詩의 특징의 하나가 강한 대우성이며, 漢詩 諸詩型 가운데 대우성이 가장 강한 것이 律詩와 排律이다.

대장은 율시의 必要條件으로 首兩句(首聯)와 末兩句(尾聯)를 제외하고는 모두 대장을 하는 것이 원칙이다. 이런 원칙은 齊梁代의 詩부터 점차 이러한 경향을 띠다가 盛唐代에 이르러 하나의 격률로 굳어졌다.

즉 율시는 수련과 미련을 제외한 중앙 2개 聯의 각련 대구간에 대장을 하고, 수련과 미련의 각 구는 산구로 하며, 산구로 된 수미양련이 대장을 한 중앙의 2개 聯(함련과 경련)을 축으로 하여 상호 대우적으로 가능하도록 짜여져 있다. 이를 도형으로 표현해 보면,

---

9) 주 1과 같은 책 pp. 63-64 참조

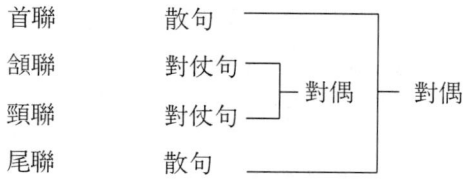

이렇게 된다. 이런 시형으로 지어진 오언율시와 칠언율시 한 수씩을 예
시해 보면 다음과 같다.

花石亭

李珥

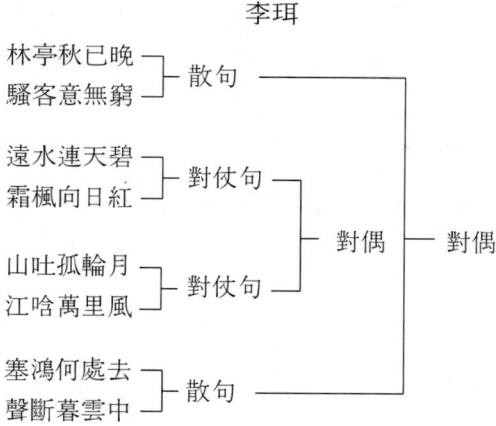

邊山蘇來寺

鄭知常

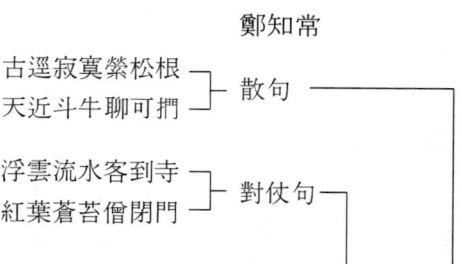

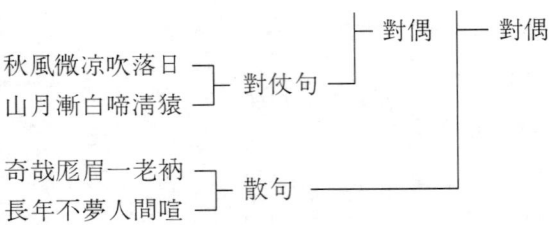

이렇게 中兩聯에 대장을 하는 것이 律詩 대장의 常規이지만 대장을
하지 않아도 되는 首聯이나 尾聯에까지 대장을 한 경우도 있으며, 이
를 富的對仗이라 칭한다.

　首聯은 對仗을 해도 좋고 하지 않아도 좋은 곳으로, 수련에 대장을
했다 해서 中兩聯의 대장을 줄일 수 있는 것은 아니므로, 수련에 대장
을 한 시는 三個聯에 대장을 한 富的對仗이며 이런 형식의 시는 七律
보다 五律에 많다. 그 이유는 七律은 首句入韻이 원칙이어서 수련에
대장을 하기가 용이하지 않고 五律은 首句不入韻이 원칙이어서 대장
이 용이하기 때문이다. 수련에 대장을 한 시를 들어보면 다음과 같다.

恨別

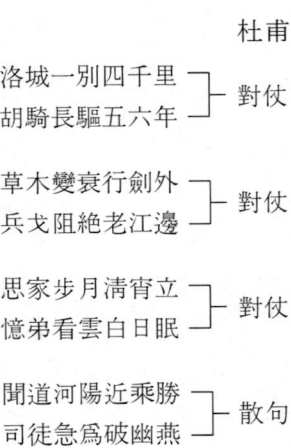

尾聯에서는 대장을 하지 않는 것이 일반적인 경향이다. 미련은 한 수의 시의 結束을 해야 하는 부분이므로 대장에 적합하지 않아서이다. 그러나 예외로 尾聯에 대장을 한 시도 일부 있으니, 杜甫의 '聞官軍收河南河北'시의 尾聯 "卽從巴峽穿巫峽 便下襄陽向洛陽"을 미련 대장의 예로 들 수 있을 것이다.

富的對仗과는 반대로 中兩聯 가운데 一個聯에는 대장을 하지 않는 貧的對仗도 있으며, 이런 單聯的 대장은 頸聯에만 대장을 하고 頷聯에는 대장을 하지 않는 것이 일반적인 경향이다. 이런 예를 들어 보면, 다음과 같다.

塞下曲(第一)

李白

五月天山雪
無花只有寒 ┤ 散句

笛中聞折柳
春色未曾看 ┤ 散句

曉戰隨金鼓
宵眠抱玉鞍 ┤ 對仗

願將腰下劍
直爲斬樓蘭 ┤ 散句

이러한 富的對仗이나 貧的對仗으로 이루어진 율시는 대장의 格律上으로는 正例가 아닌 變例라고 볼 수 있다.

2. 排律의 對仗

율시의 모든 격률을 준수하면서 10구 이상으로 이루어진 시가 排律이다. 排律의 '排'는 '펼쳐 놓다. 늘여 놓다'의 뜻으로, 8구로 된 律詩를 더 늘여 놓은 것이 排律이며, 이를 一名 長律이라고도 한다.

배율은 율시와 동일하게 首聯과 末聯에는 對仗을 하지 않고 중간의 聯들은 모두 대장을 하는 것이 원칙이다. 이런 관점에서 보면 배율이란 '율시의 대장하는 부분을 늘여 놓은 시'라고도 할 수 있다.

배율은 대부분이 五言排律이므로 首句不入韻詩가 많고, 그러므로 首聯對仗이 용이하여 수련에 대장을 한 배율이 正例와 비등할 정도로 많으며, 末聯은 結束을 要하는 곳이기 때문에 대장을 한 예가 극히 희소하다.

수련과 말련을 제외하고 중간의 諸聯에 대장을 한 배율을 예시하면 다음과 같다.

守睢陽詩

張巡

接戰春來苦 ┐
孤城日漸危 ┘ 散句

合圍侔月暈 ┐
分守若魚麗 ┘ 對仗

屢厭黃塵起 ┐
時將白羽麾 ┘ 對仗

裹創猶出陣 ┐
飲血更登陴 ┘ 對仗

忠信應難敵
堅貞諒不移 ┐ 對仗

無人報天子
心計欲何施 ┐ 散句

3. 絕句의 對仗

絕句는 句數와 字數가 律詩의 半으로, 絕句의 意義는 律詩의 의의처럼 분명하지가 않다. 즉 율시의 반을 截取하여 이루어진 시이므로「截과 絕을 同意로 보아」絕句라 하였다는 견해와,[10] 漢詩에서 黏·對·聯·韻 등을 모두 갖추려면 최소한 4句가 필요하므로 한시를 이루는데 '絕對的으로 필요한 최소한의 句'로 이루어진 시를 絕句라 한다고보는 견해가 있다.[11]

本攷에서는 율시의 半首「兩聯」를 截取하여 이루어진 시가 絕句라는 설에 의거하여 절구의 대장을 살펴보고자 한다. 율시의 반을 절취하여 절구를 이루는 방법은 下記 4종을 상정할 수 있다.[12]

---

10) 施補華. 『峴傭說詩』. 王力 『韓語詩律學』 p.34에서 재인용
　　絕句 槪截律詩之半 或截首尾兩聯 或截前半首 或截中二聯而成
11) 董文渙 『聲調四譜』. 王力. 『漢語詩律學』 p.34에서 재인용
　　世多謂律詩之半卽爲絕句 非也 蓋律由絕而增 非絕由律而減也. 絕句云者 單句爲句 句不能成詩 雙句爲聯聯卽生對 雙聯爲韻 韻卽生黏 句法平仄 各不相重 無論律古 黏對聯韻必四句以後備 故謂之'絕'由此遞增 雖至百韻可也 而斷無可減之理
12) 王　力. 『漢語詩律學』. pp.34~40 참조

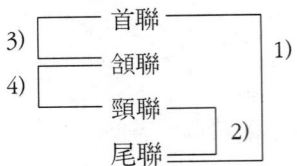

1)은 율시의 首尾兩聯을 截取하여 絶句를 이룬 것으로, 대장을 하지 않아도 되는 聯만으로 이루어졌으므로 全首에 對仗을 不用한 것이다. 이를 예시하면 다음과 같다.

閑山島夜吟

李舜臣

水國秋光暮 ┐
驚寒雁陣高 ┘ 不用對仗

憂心轉輾夜 ┐
殘月照弓刀 ┘ 不用對仗

2)는 율시의 後半首「頸聯과 尾聯」를 절취하여 절구를 이룬 것으로, 前聯은 대장을 하고 後聯은 대장을 하지 않은 것이다. 이런 류의 시를 예시하면 다음과 같다.

絶句

杜甫

江碧鳥逾白 ┐
山靑花欲然 ┘ 用對仗

今春看又過 ┐
何日是歸年 ┘ 不用對仗

3)은 율시의 前半首「首聯과 頷聯」를 절취하여 절구를 이룬 것으로, 前聯은 대장을 하지 않고 後聯은 대장을 한 것이다. 이런 류의 절구를 예시하면 다음과 같다.

秋夜雨中

崔致遠

秋風惟苦吟 ┐
世路少知音 ┘ 不用對仗

窓外三更雨 ┐
燈前萬里心 ┘ 用對仗

4)는 율시의 中兩聯「頷聯과 頸聯」을 절취하여 절구를 이룬 것으로, 兩聯 모두 대장을 한 것이다. 이런 류의 절구를 예시하면 다음과 같다.

絶句四首(第三)

杜甫

兩個黃鶴鳴翠柳 ┐
一行白鷺上靑天 ┘ 用對仗

窓含西嶺千秋雪 ┐
門迫東吳萬里船 ┘ 用對仗

지금까지 절구는 율시의 양련을 절취하여 이루어진 것이라는 전제하에 絶句의 대장에 대하여 고찰하였다. 이를 요약하면 절구는 대장을 전혀 하지 않거나 全首에 모두 대장을 하거나 前聯에만 대장을 하거나 後聯에만 대장을 하거나 모두 可하다. 이는 절구에서의 대장은 율시나 배율과는 달리 어떤 규제도 없는 완전 자유임을 나타내는 것으로, 절구에서는 대장이 필요조건이 아님을 증명하는 것이다.

V. 結 語

本攷는 漢詩의 對仗에 대하여 近體詩를 중심으로 고찰한 것이다.

對仗이란 漢詩 한 聯의 出句와 對句가 字意, 文法構造, 字音 등을 상호 유사하거나 반대가 되도록 하여 표현에 있어서의 偏在性을 지양하고 自己完結을 이루는 修辭技法이다.

本攷에서는 다른 어느 문자로 지은 詩보다도 漢詩에서 對仗이 현저하게 발달하게 된 원인을 漢字·漢語·漢詩의 차원과 思想의 차원에서 고찰하여 그 이유를 다음과 같이 밝혀 놓았다.

첫째, 漢語의 一語一音一字性은 대장이 된 語와 語, 句와 句가 意味的, 聽覺的, 視覺的으로 동일 위치에서 同量을 이룰 수 있게 하여 이것이 上下句間의 對仗을 용이하게 하며, 漢語의 강한 節奏性과 聲調性도 대장의 발달을 촉진하는 요인이 되었다고 보았다.

둘째, 助詞의 缺乏, 活用이나 格變化의 不存在 등을 특징으로 하는 漢語의 孤立語的 성격은 文章의 의미가 語順에 의하여 결정될 수밖에 없게 하는데, 漢詩는 平仄과 押韻을 강구해야 하므로 어순이 바뀌는 경우가 허다하여, 이 때문에 의미를 이해하기 어렵거나 의미가 모호해지기도 한다. 의미를 모호하게 하는 요인은 고립어적 성격 외에 一字多義性과 典故愛好性에서도 찾을 수 있다.

한자가 표의문자인 이상 하나의 의미를 별개의 字로 표현한다면 한자가 아무리 많아도 불가능하므로 한 字로 많은 의미를 나타낼 수밖에 없다. 이런 이유로 이루어진 一字多義性은 文章 속에서 그 字가 어느 의미로 쓰였는가를 알기 어렵게 하고, 漢詩에서 애용하는 用事는 典故를 축약하여 詩 속에 표현하는 일이 많으며, 일반인이 쉽게 접할 수 없는 典故로 用事를 하게 되면 이것도 漢詩를 난해하게 하고 모호하게 하는 원인이 된다.

이렇게 漢語의 孤立語的 性格과 漢字의 一字多義性 및 漢詩의 典故愛好性 등으로 인하여 모호해진 의미를 漢語의 一語一音一字性과 節奏性 및 聲調性으로 야기된 강한 對偶性으로 보완하여 의미를 格段으로 명료하게 하는 작용의 시스템이 바로 對仗으로, 이는 대장의 適性條件과 必要條件이 調和를 이룬 것이며, 이것이 대장을 발달시킨 요인인 것이다.

셋째, 우리 동양에 면면이 이어오는 陰陽 二元論的 世界觀도 對仗의 발달을 촉진하는 요인이 되었다. 음양의 대립처럼 이질적이고 대립되는 것을 二個句에 병렬하고 그것의 대조와 반영을 통하여 하나의 새로운 세계를 창출하는 것이 對仗표현의 핵심이 된 것이다.

이러한 對仗法이 詩經詩부터 발원하여 점차 定型化되다가 盛唐代의 近體詩에 이르면 반드시 준수해야 할 하나의 格律로 化하여, 對仗에서 同字를 피하고 平仄의 相對까지 講究하게 되며, 對仗의 위치는 首兩句와 末兩句를 제외한 諸聯의 出句와 對句間에 對仗을 하는 것으로 굳어졌다.

이렇게 定型化하여 하나의 格律로 굳어진 近體詩의 對仗에 관한 本攷는 근체시의 이해를 위하여 필요불가결한 것임을 밝히면서, 대장의 종류, 대장의 강구와 대장에서 기피해야 할 일 등에 대한 연구는 後攷로 미루는 바이다.

漢詩의 詩型과 表現機能

　오랜 역사를 거치면서 漢詩가 每句의 字數가 一定하냐 不一定하냐에 따라 齊言詩와 雜言詩로 나뉘어지고, 齊言詩의 경우 每句의 字數에 따라 四言詩, 五言詩, 六言詩, 七言詩로 押韻의 형식에 따라 一韻到底格과 換韻格 및 隔句韻과 每句韻의 詩로 詩의 韻律에 따라 古體詩와 近體詩로, 配樂의 여부에 따라 徒詩와 樂府 등으로 그 詩型이 나뉘어지게 되었고, 이들 個個의 詩型이 각기 獨特한 表現上의 感覺과 機能을 가지게 되었다.

　漢詩가 詩經 초사 이래로 오랜 기간 創作과 享受의 역사를 거치면서 각기 다른 詩型을 형성하였고, 이들 각 詩型이 각기 독특한 표현감각을 갖추고 있는바, 그렇게 된 요인은 무엇이고, 이는 詩歌의 表現論에서 어떤 의미를 가지는가를 연구하는 것은 漢詩의 이해를 위하여 필요한 일이다.

　한시는 文言系(廣義의 古典詩)와 白話系로 대별할 수 있고, 문언계 시가는 다시 辭賦, 詩(俠義의 古典詩), 詞, 曲, 기타(銘, 贊, 偈, 誄 등)로 나눌 수 있으며, 俠義의 古典詩는 다시 고체시와 근체시로 나눌 수 있다. 이 가운데 文言系 詩歌를 표로 제시해보면 다음과 같다.

*표는 作例가 희소한 것임

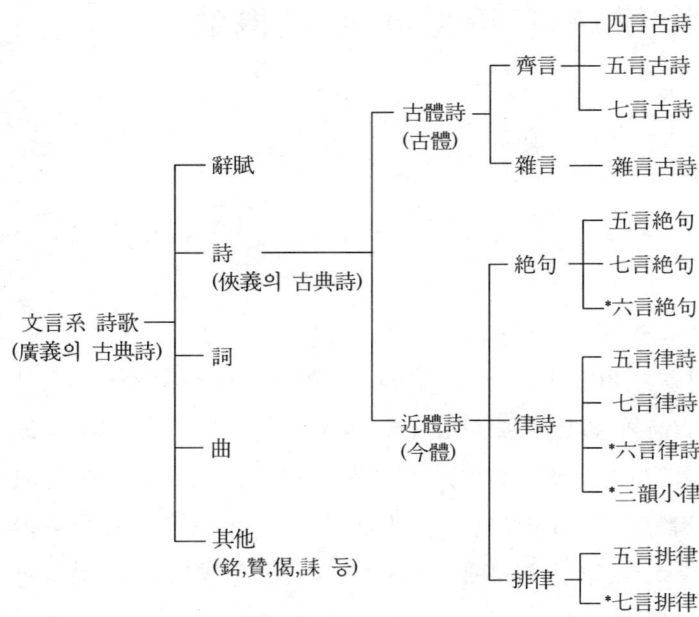

本章에서는 上記 俠義의 古典詩 가운데 가장 널리 지어진 9종의 고전시를 위주로 각 시형이 가지고 있는 표현기능의 특징을 살펴보고자 한다.

Ⅰ. 近體詩와 古體詩

古典詩는 형식상의 차이를 기준으로 크게 근체와 고체로 나눌 수 있다. 詩를 처음으로 近體와 古體로 분류한 것은 근체라는 개념이 확립된 盛唐 末期 이후부터로, 이렇게 분류된 초기에는 近體詩는 當時에 새롭게 확립되어 유행하게 된 새로운 양식의 시이었고, 古體詩는 과거부터 이어져온 舊 양식의 시를 지칭하였으나, 후대에는 시대에 다른 분

류가 아니라 樣式의 차이를 기준으로 한 분류로 바뀌었으므로 근체시
보다 늦게 지어진 고체시도 있게 된 것이다.

　近體와 古體를 구분하는 기준은 韻律上의 相違에 있다. 이곳에서
말한 운율이란 1) 句型句數 - 音數律, 2) 押韻 - 押韻律, 3) 平仄 - 音調
律을 말하며, 이 韻律의 三要素 가운데 근체와 고체를 구분하는 핵심
기준은 3) 平仄 - 音調律에 있다. 즉 근체시와 고체시는 양자가 가진
定型性(格律性)의 강약의 차이를 기준으로 하여 구분한 것으로, 근체시
는 정형성(格律性)이 강하고 고체시는 약한 편이다.

　그러면 그 定型性의 근간을 이루고 있는 것은 무엇이고, 그 결과로
형성된 表現性의 相違는 한시의 이해에 어떤 작용을 하는가 살펴보자.

　근체와 고체의 기본 성격의 차이를 「集約性 : 擴散性」, 「緊密性 : 疏
散性」 등으로 특징지을 수 있으며, 이를 律體的 均質性과 雜體的 多
樣性으로 요약할 수 있다.

　근체시는 韻律的으로 일정한 句型과 句數, 일정한 押韻形式, 일정
한 平仄格式 등 일정한 格律을 엄격히 준수해야하는 律體로서, 그 율
체의 韻律은 對偶性이 根幹을 이루고 있다. 근체시를 平仄의 차원에
서 본다면 平仄의 格律이란 '二四不同' '二六對' '反法' '黏法' 등의 必
要條件과 '孤平' '下三平(三平調)' 등의 禁止條件에 이르기까지 거기에
一貫된 原則은 平聲字와 仄聲字를 韻律構造의 要處마다 對偶가 이
루어지도록 배치하는 것이고, 이를 근간으로 하여 형성된 格律性인 것
이다.

　그 결과 근체 양식으로 된 작품들은 音調律(平仄)의 차원에서 일종
의 對偶的, 律體的 均質性을 갖게 되었다. 근체시는 한 수 전체가 平
平仄仄(또는 仄仄平平)을 기조로 한 對偶的인 音調律로 처음부터 끝까
지 一貫되어, 均質的으로 조정된 聲調(音調)로 낭송할 수 있게 되어 있

다. 즉 拍節 리듬의 節奏點(리듬의 포인트)의 平仄이 안정된 對偶的 規則性을 띠고 순차로 교체되는 점이 근체시의 특징이다.

이와 반대로 고체시에는 平仄의 배치가 극도로 편중된 非律體의 시구 및 詩聯과 準律體나 純律體의 시구 및 시련이 한 수의 시 속에 어떤 제약도 없이 섞여 있는 경우도 적지 않다. 이러한 시로 白居易의 「琵琶行」을 예시해보면 다음과 같다.

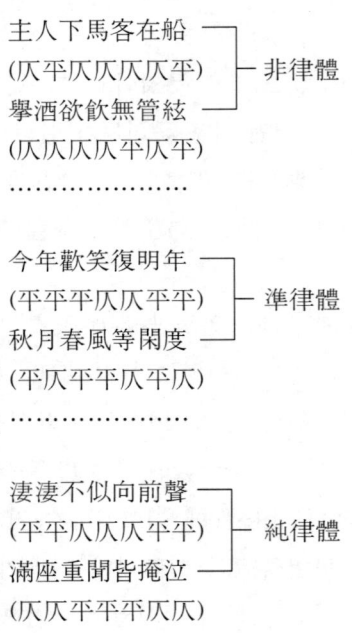

古體는 平仄의 格律을 준수하지 않은 시이다. 近體가 형성된 이후에 창작된 고체는 완전한 散體로 되어 있는 것은 아니고, 한 수의 시속에서 非律體的인 것이 主가 되고 律體的인 것이 從이 되어, 율구와 비율구가 혼재해 있어서, 근체시가 律體的 均質性을 이루고 있는데 대

하여 고체시는 雜體的 多樣性을 띠고 있다고 할 수 있다.

고체시 속에 비록 律體的인 시구가 부분적으로 섞여 있다 해도 한 수 전체로는 對偶化와 均質化가 이루어지지 않았는데 반하여, 근체시에서는 비록 비율체의 시구를 혼용하였다 해도 그 때문에 한 수 전체의 對偶的 均質性이 깨어질 우려가 있으면 救拗의 조치를 취하여 對偶的 均質性을 회복시키고 있다.

押韻律을 기준으로 하여 근체시와 고체시를 비교해보면, 근체시는 모두 隔句韻 一韻到底格으로 한정되어 있고 韻字는 平韻이 원칙으로 되어 있는데 반하여 고체시는 隔句韻과 每句韻, 一韻到底格과 換韻格, 平韻과 仄韻이 어떤 제약도 없이 자유로이 쓰여지고 있으며, 근체시처럼 隔句韻 一韻到底格의 平聲韻으로 지은 경우에도 韻目의 通押(通韻)의 범위가 넓다(근체시는 通韻을 불허함). 고체시의 이와 같은 다양한 압운법 역시 다양한 音響을 드러내는 기능을 하여 雜體的 多樣性의 발현에 일조를 하고 있는 것이다.

音數律(句型과 句數)을 기준으로 하여 근체시와 고체시를 비교해보면, 近體의 律詩와 絶句가 1) 모두 齊言 형식으로 되어 있고, 2) 五言과 七言의, 3) 八句와 四句로 한정되어, 聽覺的으로는 물론 視覺的으로도 명확한 對偶的 均質性을 드러내고 있는데 반하여, 고체시에는 1) 齊言과 雜言이 모두 허용되고, 2) 三言, 四言, 五言, 六言, 七言詩가 竝存하며, 더구나 雜言詩에는 심지어 八, 九, 十, 十一言句도 혼용하고 있고, 3) 한수의 句數도 제한이 없어서 奇數句로 이루어진 시도 적지 않다.

지금까지 고찰한 근체시와 고체시의 韻律차원의 相違가 語彙 語法의 차원에서도 同樣의 相違로 이어져서, 근체시는 韻文的인 語彙 語法으로 시 전체가 일관되어 있는데 반하여 고체시에는 散文的인 語彙

語法이 竝存하고 있다. 이런 것들이 近體의 近體的 表現感覺, 古體의
古體的 表現感覺을 드러내고 있다는 사실은 근체시는 균질성을 지향
하고 고체시는 다양성을 지향하고 있음을 증명하는 것이다.

II. 律詩와 絶句

律詩와 絶句는 모두 近體(律體)에 속하는 시형으로 韻律上의 均質
性을 공유하고 있으면서도, 律詩는 八句로 되어있고, 對偶가 不可缺하
며 拗體의 許容度가 낮은데 비하여, 絶句는 四句로 되어 있고 對偶가
불필요하며 拗體의 許容度가 높아서, 兩者가 一連의 對比性을 띠고
있다.

율시와 절구가 각기 가지고 있는 표현기능의 차이를 구체적으로 요
약하여 비교해보면 다음과 같다.

        律詩   絶句
    1) 對偶性 : 單一性
    2) 整合性 : 偏在性
    3) 完決性 : 對他性

律詩의 가장 기본적인 기능은 頷聯과 頸聯의 出句와 對句를 對偶
의 형식으로 표현하는 점에 있다. 이와는 대조적으로 絶句에서는 대우
가 不可缺한 것이 아니니, 絶句의 명수인 李白, 王昌齡, 杜甫 등이 지
은 중요한 작품에 對偶를 쓰지 않은 것이 많음이 이를 증명한다. 즉 絶
句 본래의 기본적 성격은 主題에 관련된 소재가 單一的 單線的으로
연속되는 점에 있다고 할 수 있다.

율시의 第二의 機能은 중앙에 있는 頷聯과 頸聯 二組의 對偶句를 중심으로 앞의 首聯과 뒤의 尾聯 등 각각 一聯씩의 散句까지 모두가 整然한 對應을 이루고 있어서 한 수의 시 전체가 극히 整合的인 밸런스를 띤 구조를 이루고 있는 점에 있다. 이와는 대조적으로 절구에는 表現의 중심이 되는 부분이 四個의 散句中 어디엔가에 偏在해 있기 때문에 한 수의 시 전체로는 非整合的이고 밸런스가 치우친 구조를 이루고 있다. 비록 前半이나 後半, 또는 四句 전체가 대우를 이룬 절구라 해도, 對偶가 格律化한 율시와는 표현감각이 전혀 다르다.

律詩의 第三의 機能은 대우구로 이루어진 대우구조의 본질인 「表現에 있어서의 自己完結의 機能」을 가져서, 한 수 전체가 필연적으로 自己完結的인 이미지로 맺어져 있는 점이다. 이에 대하여 절구는 單一的이고 偏在的인 이미지가 밸런스를 유지하기 위하여 對應되는 他者를 求하려는 경향을 띠고 있고, 이 때문에 전통적으로 餘情과 餘韻을 매우 중시하게 되었다.

지금까지 살펴본 바를 통하여 율시와 절구가 韻律의 차원에서는 근체시라는 동일한 성격을 띠고 있으면서도, 詩型의 차원에서는 매우 대조적이고 상반되는 상태에 있음을 알게 되었다.

즉, 율시에 나타나는 對偶性-整合性-完結性은 근체의 기본 성격인 (對偶的) 均質性과 대체로 同一線上에 있으므로, 그 때문에 근체적 성격을 가장 순수하게 띠고 있는 시형이 바로 律詩라 할 수 있으며, 율시를 「對偶觀念의 純粹形式」으로 보는 이유도 여기에 있는 것이다.

이에 반하여 絶句에 보이는 單一性-偏在性-對他性은 近體의 기본 성격인 (對偶的) 均質性과는 반대 방향에 있는 것이다. 즉 韻律 次元의 성격과 詩型 次元의 성격이 相反的으로 작용하여 이루어진 시형이 절구인 것이다. 그 결과 絶句的인 偏在性과 未完結性 (對他性) 이 절구에만 있는 독자적인 표현의 구조를 이루게 된 것이다.

Ⅲ. 絶 句

絶句에는 五言絶句와 七言絶句가 있고, 作例가 稀少하기는 하나 六言絶句도 더러 보인다. 六言絶句가 이렇게 作例가 희소한 것은 句 末에 休止符가 없어 음악성이 떨어지기 때문으로 보아야 하며, 六言絶 句의 秀作으로는 王維의 「田園樂」을 들 수 있으니 이를 예시해 보면 다음과 같다.

> 桃紅復含宿雨
> 柳線更帶朝煙
> 花落家僮未歸
> 鳥啼山客猶眠

我國人의 六言絶句 作例로는 徐居正의 『東文選』 卷22에 1首, 『續 (續)東文選』 卷10에 8首가 수록되어 있는 것을 들 수 있으며, 그 가운 데 한 首를 예시해보면 다음과 같다.

青嶂幽林圖
李淑琪

> 陸公青嶂幽林
> 置我瀟湘華陰
> 對此還思歸路
> 借吾第幾煙岑

이곳에서는 六言絶句는 論外로 하고 五言絶句와 七言絶句만을 고찰해 보고자 한다.

  절구는 絶句만의 독특한 表現機能을 가지고 있으니, 이에 대하여는
전절에서 이미 밝혀 놓았고, 俠義의 詩型으로서의 五絶과 七絶도 각기
그 성격의 차이가 있으니, 本節에서는 이를 중점적으로 살펴보고자 한다.

  漢詩의 시형 가운데 五言絶句가 最短의 시형이다. 그러면 어째서
보다 간결한 시형으로 四言絶句는 형성되지 않았을까. 古體詩型 가운
데 四言絶句를 一章으로 한 連章形式이『詩經』이래로 계속 지어졌는
데도 그 일장만으로 이루어진 시형이 독립된 시형으로 널리 지어지지
않은 것은 결코 우연이 아니다. 이점에 있어서 四言四句 16자는 五言
四句 20字보다 量的인 제약이 더욱 심했을 것임을 원인의 하나로 想定
할 수도 있으나, 보다 본질적으로는 五言句型「○○ ○○ ○*」의 유행에 있
어서「句末의 半拍分의 休止」의 表現效果, 즉 음악적 묘미를 체득한
六朝時代 시인들에게는 句末休拍의 효과를 낼 수 없는 四言句型「○○
○○」은 屈折과 餘情이 부족하여 음악성이 떨어지는 리듬이라고 보았기
때문이었다.

  이러한 사실은 육언절구가 盛行하지 않은 것으로도 증명이 된다. 四
言絶句의 不成立의 요인이 字數가 적은데 있었다면, 보다 많은 字數
로 보다 큰 표현력을 발휘할 수 있는 六言絶句 24자는 오언절구와 대
등하거나 그 이상 성행했어야 하는데, 실제로는 그 作例가 극히 희소한
것이 현실이다. 그 요인이 句末 休拍의 不在 (○○ ○○ ○○) 때문에 均質
的이고 평범한 리듬이 되어 음악성이 떨어지는데 있음은 의심의 여지
가 없다.

  이런 관점에서 본다면 四言絶句의 不成立과 六言絶句의 不盛行이
라는 두 가지 사실이 五言絶句와 七言絶句의 성행의 요인을 시사하고
있다고도 할 수 있다. 句末에 半拍의 休止가 있는 五絶과 七絶은 각

기 三拍리듬과 四拍리듬을 대표하는 最短의 詩型이 되었으며, 五言絶
句 20자의 형식은 漢語에 의거한 보편적인 서정 표현의 그릇으로 必要
最小限의 條件을 充足시킬 수 있는 簡潔化의 極限을 상징하는 시형
이 된 것이다.

한편 오절과 칠절은 단일성, 편재성, 대타성이라는 表現機能을 공유하
고 있으면서, 아래에 열거한 바와 같은 주목할 만한 차이를 보이고 있다.

1. 詩型에 따른 表現感覺의 差異

五絶은 일반적으로 七絶보다 古典的, 傳統的이고 古雅, 重厚, 莊重
한 표현에 적합한 詩型이다. 그렇게 된 원인은, 첫째, 韻律 자체에서
찾을 수 있으니, 五言詩의 拍節리듬(上一拍 下二拍의 三拍. ○○ | ○○ ○*)
이 七言詩의 拍節리듬(上二拍 하이박의 사박. ○○ ○○ | ○○ ○*)에 비하여
머리 쪽이 가볍고 다리 쪽이 무거워서(頭輕脚重) 莊重 典雅한 리듬감
을 드러내기 쉽기 때문이고, 둘째, 역사적인 원인을 들 수 있으니, 오절
과 유사한 五言 四句의 고체시가 칠절과 유사한 七言 四句의 고체시
보다 빠른 시기인 六朝 前期부터 널리 지어졌기 때문이었다.

七絶은 일반적으로 五絶과는 반대로 非古典的, 非傳統的이고 彫琢,
輕快, 華麗한 표현에 적합한 시형이다. 그 원인도 五絶과 相補的인데
서 찾을 수 있으니, 칠절의 拍節리듬이 머리 쪽이 무겁고 다리 쪽이 가
벼운 (上二拍 四音節, 下二拍 三音節) 頭重脚輕의 구조이므로 輕快한
리듬감을 드러내기에 적합하고, 七言 四句의 形式이 일반화한 시기가
五言 四句가 일반화한 시기보다 늦은 六朝 후기~唐代 초기였다는데
있다.

오절과 칠절의 표현감각의 차이와 표현기능의 공통성에 관하여 明代
의 시론가인 胡應麟도 『詩藪』卷六 「絕句」條에서 다음과 같이 흥미
있는 지적을 하였다.

五言絕은 성조가 고아하게 되기가 쉽고, 七言絕은 성조가 卑近하게 되
기가 쉽다. ……오언절은 眞切함을 숭상하고 질박함이 文飾을 이긴 것이
많으며, 칠언절은 高華함을 숭상하고 文飾이 질박함을 이긴 것이 많다.
오언절은 兩漢을 본받은 것이고 칠언절은 육조부터 일어난 것이어서 그
源流가 멀리 구별되므로 체제가 저절로 달라진 것이다. 그러나 뜻에는 마
땅히 함축이 있어야하고 시어는 세련되도록 힘써야 함에 이르러서는 二
者가 一律이다.(五言絕 調易古 七言絕 調易卑 …… 五言絕 尚眞絕 質
多勝文 七言絕 尚高華 文多勝質 五言絕 昉(倣)於兩漢 七言絕 起自六
朝 源流迥別 體製自殊 至意當含蓄 語務春容 則二者一律也)

胡應麟은 이곳에서 五絕과 七絕의 차이의 원인을 오로지 詩型 발생
의 시대적 차이에서만 찾았을 뿐이고, 보다 根源的인 韻律 자체의 원
인은 지적하지 않았다. 그러나 오절과 칠절 양 시형의 표현감각의 차이
를 「古, 眞切, 質」:「卑, 高華, 文」으로 대비하고, 意當含蓄, 語務春
容이라는 표현기능에 있어서는 양자가 일치한다고 보아, 양자의 相違
點과 一致點을 정확히 지적한 것은 주목할 만한 卓見이다.

2. 對偶句 使用頻度의 差異

對偶句 사용빈도의 차이는 絕句性의 濃淡의 문제와 관련이 있다.
즉 대우구가 보다 적게 쓰여진 시형이 絕句性이 보다 농후한 시형이라
고 할 수 있다.

絶句의 表現機能의 特徵인 單一性과 偏在性은 절구가 대우구를 필요로 하지 않는 점에서 기인한 것이며, 이점이 대우구를 필요로 하는 율시와의 차이점이다. 단 절구가 대우구를 필수로 하지는 않지만 대우구의 사용 여부는 자유이어서 절구에 '白日依山盡 黃河入海流'(王之渙 「登鸛鵲樓」)와 같이 대우구를 절묘하게 구사한 작품도 드물지 않다.

모든 한시의 공통된 특징의 하나가 강한 대우성이고, 그것이 직접적으로 대우구로 表徵되고 있는 이상 한시에서 대우구를 금지하는 시형은 존재할 수가 없으며, 절구도 그 예외가 아니다. 단 그 사용빈도에 있어서는 오절과 칠절 사이에 분명한 차이가 있으니, 일반적으로 오절에 대우구를 보다 많이 쓰는 경향이 있었다.

對偶句의 명수로 알려진 杜甫의 시로 예를 들어보면, 그가 남긴 31수의 五絶中 8할 이상이 대우구를 쓴 작품인데 반하여 100수의 七絶中에는 5할 정도만이 대우구를 사용하였다. 대우구를 적게 쓴 李白의 경우에도 69수의 五絶中 4할이 대우구를 사용한데 반하여 67수의 七絶中에는 2할 정도만이 대우구를 사용하였으며, 그 밖의 시인들도 이와 유사하였다.

이는 절구의 표현기능인 單一性, 偏在性, 對他性이 七絶에 더욱 농후하고 철저하게 드러남을 의미하는 것이다. 그러면 어째서 絶句의 絶句性이 七絶에 보다 철저하게 드러나는 것일까. 이것은 律詩의 律詩性이 七律에 더욱 철저하게 드러나는 것과도 일맥상통하는 점이다.

絶句性이 七絶에 더욱 농후하게 된 첫째 이유는, 운율자체의 원인에 있다. 一句四拍, 句末에 半拍의 休拍을 가진 七言句型은 漢語의 音數律 구조상 三言, 四言, 五言에 비하여 가장 자연스러운 暢達이 가능하여, 七言으로 이루어진 定型試는 그 밖의 句型으로 이루어진 시보다 표현상의 특색이 보다 선명하게 드러난다. 절구의 절구성과 율시의 율시성이 七言에 보다 명확하게 드러나는 근본 원인이 아마도 여기에 있는 것으로 보인다.

　다른 하나의 이유는 역사적인 원인에서 찾을 수 있다. 七絶 七律을 五絶 五律과 비교해보면 五絶 五律이 前代의 시에 영향을 받은 데 비하여 七絶 七律은 唐代의 新詩型, 新樣式으로서 白紙狀態에서 절구와 율시로서의 독자적인 성격을 형성하여 盛唐 末期頃에 그 시형이 완성된 점을 들 수 있다.

3. 表現感覺의 華實의 差異

　五絶과 七絶의「表現感覺의 華實의 差異」와「絶句性의 濃淡의 차이」는 題材의 면에서도 명백하게 드러난다. 즉 七絶의 輕快 華麗한 리듬감, 言盡而意不盡한 餘情, 餘韻의 효과는 漢詩의 諸 詩型 가운데 抒情感覺의 直切的인 표출에 가장 적합한 시형으로 성공하게 하였다. 그러므로 離別, 閨怨, 望鄕, 邊塞 등 抒情性이 강한 제재로 된 명작이 七絶에 집중되어 있는 것이 결코 우연이 아니다.

　지금까지 살펴본 五絶과 七絶의 차이점을 정리해보면, 五絶은 한시의 諸 表現 가운데 簡潔化, 簡略化의 極限을 상징하는 시형이고, 七絶은 抒情化, 情緒化의 適合性을 대표하는 시형이라 할 수 있다.

Ⅳ. 律 詩

　律詩에는 五律, 七律 외에 六言句로 이루어진 六言律詩도 일부 남아 있고, 五言과 七言 여섯 구로 이루어진 三韻 小律도 일부 전해온다.

徐居正의 『東文選』 卷 22에는 鄭夢周의 六言律詩 두 首가 수록되어 있으며, 그 가운데 한 수를 예시해보면 다음과 같다.

雨中登義城北樓
鄭夢周

聞韶郡樓佳處
避雨來登日斜
草色青連驛路
桃花爛覆人家
春愁正濃似酒
世味漸薄如紗
惆悵江南行客
蹇驢又向京華

三韻小律로는 白居易의 七言三韻小律 「自解」(『白香山詩 後集』 卷 16)와 이를 次韻한 李奎報의 「自解」(『東國李相國集 後集』 卷 2) 등을 들 수 있으며, 이를 예시해보면 다음과 같다.

自解
白居易

房傳往世爲禪客
王道前生應畵師
我亦定中觀宿命
多生債負是歌詩
不然何故狂吟詠
病後多於未病時

自解(順和)
李奎報

老境忘懷履坦夷

樂天可作我爲師
雖然未及才超世
偶爾相侔病嗜詩
較得當年身退日
類余今歲乞骸時

그러나 이런 시들은 그 作例가 극히 稀少하므로 本節에서는 율시의 대부분을 점하고 있는 五律과 七律 위주로 고찰해보고자 한다.

五律과 七律의 관계는 기본적으로 五絶과 七絶의 관계와 유사하다. 이는 양 시형이 律詩로서의 表現機能을 공유하고 있으면서, 또한 개별적인 差異도 갖고 있기 때문이며, 그 차이를 살펴보면 다음과 같다.

첫째로 시형의 相異에서 야기된 각기 독특한 表現感覺의 차이를 들 수 있으니, 이는 五絶과 七絶의 차이와 유사하다.

일반적으로 五律은 古典的, 傳統的이고 典雅, 重厚, 莊重한 느낌이 중심을 이루고 있는데 반하여 七律은 非古典的, 非傳統的(同時代的)이고 壯麗, 典麗, 暢達한 표현에 적합한 시형이다.

이와 같이 對照的인 感覺을 갖추게 된 원인이 韻律的으로 五言句型과 七言句型의 拍節리듬의 차이에 있음은 五絶 : 七絶의 경우와 동일하다. 그러나 역사적, 사회적 원인은 상황이 달라진다. 五律이 七律보다 일찍 성립되었고, 그 확대형식인 五言排律이 盛唐代 이후로 科擧試帖詩의 시형으로 역사적, 사회적으로 큰 역할을 하였는데, 이는 五律의 表現性 중에는 五絶에는 분명하지 않은 典雅함과 傳統的인 감각이 정착되었기 때문으로 보아야 한다.

둘째로「律詩性의 濃淡의 差異」를 들 수 있으니, 율시가 대우구를 中軸으로 한 整合的이고 안정된 구조로 되어있는 점은 五律과 七律이 동일하면서도 양자간에는 일정한 차이가 존재하고 있다.

이는 五律의 句型리듬이 三拍의 奇數構造로 되어있는데 반하여 七律은 四拍의 偶數構造로 되어있고, 一句 자체의 拍節리듬이 上二 : 下二로 對偶的으로 작용하고 있으므로 율시성의 근간인 대우성이 보다 완벽하게 구현되었다고 할 수 있다. 한시의 각 시형 가운데 대우성이 없는 것은 없지만, 대우성이 가장 철저한 것이 七律이다.

이 점을 더욱 부연한다면 律詩는 천지간의 萬象을 대우적인 언어표현을 통하여 整合的, 自己完結的으로 묘사하려는 생각이 직접적으로 반영된 시형이라 할 수 있으며, 더욱 흥미 있는 사실은 동양적 세계관에 현저하게 드러나는 對偶的, 整合的, 自己完結的인 思惟傾向(陰陽相對, 五行 相配, 天文과 地理의 對應 등등)이 律詩의 律詩性(表現機能)과 일치한다는 점이다. 이양자의 합치는 言語-思考-抒情의 각 형식에 일관되는 漢語的 표현경향을 드러내는 것으로, 이런 사실은 율시라는 시형이 동양인의 사고 형태를 가장 명확하게 구현한 시형임을 상징적으로 보여주는 것이다.

이것은 또한 對偶的인 언어를 가지고 整合的으로 완결한 하나의 詩的 宇宙라 할 수 있으며, 七律이라는 시형이 七言리듬이 함유하고 있는 卑俗性에도 불구하고 五律, 五排와 同樣으로 宮廷의 應製 奉和의 대표적 시형이 될 수 있었던 것도 바로 이 명확한 律詩性에 그 원인이 있다고 보는 것이다.

지금까지 살펴본 五律과 七律의 차이를 정리해보면, 五言律詩가 한시의 正統, 典雅한 표현감각을 대표한다면, 七言律詩는 壯麗, 典麗한 감각 및 명확한 對偶性을 대표하는 것으로, 그 가운데 七律은 對偶化-整合化-完結化의 極限을 상징하는 시형이라 할 수 있다.

Ⅴ. 排 律

排律은 일명 長律이라고도 하며, 율시의 對偶句 부분을 확대한 시형이다. 따라서 그 表現機能은 율시의 표현기능과 일치하므로 五言排律의 표현감각도 五言律詩의 표현감각과 동일하다. 五言排律이 五言律詩와 함께 科擧의 試帖詩 및 宮中의 應製 奉和의 시형이 된 것도 이 점을 역사가 증명하고 있는 것이다.

더욱 엄밀히 말한다면 試帖詩의 가장 중요한 시형은 五律이 아니라 五排이고, 五排 가운데도 중앙 四個聯의 對偶句를 中軸으로 前後에 각기 一聯씩의 散句를 배치한 四對十二句의 五言排律이었다. 이 시형이 五律이 가지고 있는 典雅 重厚한 표현감각을 기조로 하고 있으면서, 그 위에, 1) 中央 二對의 八句形式(五律)과 대등하게 완벽한 對偶性과 整合性을 갖추고 있고, 2) 五律보다 對偶句의 비중을 확대하여 作詩技法의 수준을 가장 객관적으로 평가하기 쉽게 한 점 등이 試帖詩의 중요한 시형이 될 수 있었던 이유인 것이다.

排律論에서 반드시 고찰해야할 문제의 하나는 어째서 七言排律이 독립된 시형으로 정착하기 못하였는가의 문제이다. 일반적으로 시형별로 분류해 놓은 고전시집 가운데 七言排律을 五言排律과 동격으로 취급한 사례는 『文體明辨』 등 型式과 樣式의 해설을 목적으로 한 典籍 이외에는 찾아 보기가 어렵다.

비록 杜甫의 「題鄭十八著作丈故居」, 白居易의 「泛太湖書事寄微之」, 杜牧의 「東兵長句十韻」, 溫庭筠의 「秘書省有賀監知章草體詩」 …… 등 비교적 저명한 七排가 있기는 하나 五排처럼 다량의 작품군은 찾아볼 수가 없다.

中唐 이후 七言律詩가 압도적으로 유행하였고 七律의 壯麗 暢達의

美는 지극히 애호하면서도, 이에 對偶句를 확대한 七排는 거의 짓지 않은 이유가 양적 확대의 곤란 때문은 아니었으니, 五排는 五十韻 百韻의 장편도 많이 있는 것으로 보아 七排의 창작이 희소했던 이유를 양적 확대의 곤란에서 찾을 수는 없는 것이다. 七排가 독립된 시형으로 정착하지 못한 최대의 원인은 七律이 定型試로서 完璧한 형태를 갖춘 점에 있다고 본다. 對偶性 - 綜合性 - 完結性이라는 律詩의 표현 기능과 壯麗, 典麗, 暢達한 七言리듬의 표현감각이 七言・八句・二對라는 七律의 형식으로 완성되어 질적으로나 양적으로나 거의 완벽한 시형을 이루었으므로, 이를 양적으로 확대하면 완벽성이 오히려 파괴되어 마이너스 효과를 초래하기 때문이었다. 이런 추측은 七言句型의 양적 확대를 통하여 雜體的 多樣性(換韻・散句・非律體 등)을 드러내는 七言古體에는 中篇은 물론 長篇도 多作되어 애독된 사리에서도 증명이 된다.

이런 관점으로 五律과 五排의 관계를 살펴보면, 五律은 拍節리듬이 非對偶的인 三拍 형식으로 되어 있고 對偶化 整合化의 정도가 七律보다는 불완전하여 改良, 演變의 여지가 있는 시형이다. 이 점이 對偶句 부분을 확대한 五排가 독자적으로 존재할 수 있는 이유가 되었으며, 對偶句가 많은 漢詩의 諸型式 속에서도 對偶化의 極限을 상징하는 시형으로 독자적인 지위를 확보할 수 있게 된 것이다.

Ⅵ. 齊言古詩

근체시 내에서의 주요 시형으로 律詩와 絶句가 서로 대비가 되듯이, 고체시 내에서는 齊言古詩와 雜言古詩가 서로 대비가 된다고 할 수 있다.

古體 韻律의 다양성을 공동의 지조로 하고 있는 齊言古詩 가운데도 四言古詩, 五言古詩, 七言古詩는 각기 독특한 표현성을 가지고 있으니, 이것이 각 시형의 독자적인 존재이유가 되는 것이다. 단 齊言古詩는 어느 것이나 음수율 속의 句數리듬에 관한 定型性, 즉 句數의 제한은 없으므로 그 차이라는 것은 오로지 音數律 속에서의 句型리듬의 차이를 가지고 규정할 수밖에 없다.

齊言古詩의 각 시형인 四言古詩, 五言古詩, 七言古詩에 대하여 하나하나 살펴보면 다음과 같다.

‖ 四言古詩 ‖

한시의 각 시형이 완성되었던 唐代 이후의 정황을 근거로 살펴본다면, 四言古詩는 명맥만 근근이 이어왔다고 할 정도로 그 작례가 희소하였다.

그러나 이 시형은 『詩經』의 대부분이 連章形式의 四言詩로 지어진 이래로 詩史上 가장 雅潤하고 規範的인 시형으로 인식되어 왔다. 즉 『文心雕龍』「明詩」第六에서 '四言正體 雅潤爲本'이라 하였고, 『詩藪』「內篇」에서 '四言 典則雅淳 自是三代風範'이라고 한 이래로 이런 인식은 변함없이 지속되어왔다.

後代의 四言詩의 창작은 이런 인식을 기반으로 크게 두 가지 이유에서 이루어졌으니, 첫째는 郊廟歌辭로 朝廷의 儀禮에 관계되는 樂府樂章의 주요 시형이 되어 豫和, 太和, 肅和, 襄和, 壽和, 舒和 등의 樂府題로 지어진 것들이고, 둘째는 시인이 고대 『詩經』의 雅淳한 詩精神의 부활을 희구하여 지은 것으로, 中唐代 顧況의 「上古之什 補亡訓傳十三章」이 그 전형적인 예이다.

　이렇게 본다면 사언고시는 古代的 規範性을 상징하는 시형이라고
할 수 있다.

‖ 五言古詩 ‖

　당대 이후의 시인들에게는 四言古詩는 확실히 古代的 規範性을 기
조로 한 理念的인 詩型이었다. 그러나 비록 고대 시가로 복귀할 뜻을
가진 시인들이라 해도 이들이 모두 四言古詩를 열심히 지은 것은 아니
었다. 예를 들면 杜甫나 白居易는 시를 지을 때에 古代 詩歌的인 政
治的 社會的 機能의 부활을 목표로 하기는 하였으나, 四言詩를 짓는
데는 별로 관심이 없었다. 더구나 ‘興寄深微 五言不如四言 七言又其
靡也’라고 四言詩를 찬양했던 李白도 四言詩는 세 수를 지은 데 불과
하며, 復古主義者였던 韓愈도 四言詩는 거의 짓지 않았다.

　句末에 休拍이 없는 四言詩의 平板한 리듬감은 이미 각종 시형의
표현감각을 체험했던 唐代의 시인으로서는 實作의 대상이 되지 않았으
므로, 四言古詩 대신 儒家的 美刺風諫을 담당할 새로운 시형을 모색
하게 되었다. 그러므로 1) 句末에 休拍이 있고, 2) 脚部가 重하여 典雅
한 리듬감을 가졌으며, 3) 旣存의 古典詩型 中에서는 四言古詩 다음
으로 오랜 전통을 가지고 있는 五言古詩를 통하여 四言古詩의 이념적
바탕이 되었던 儒家的 美刺風諫의 이념을 드러내려하였던 것이다. 陳
子昻의 「感遇三十八首」, 張九齡의 「感遇十二首」, 李白의 「古風五十
九首」, 杜甫의 「北征」과 「自京赴奉先縣詠懷」, 韓愈의 「秋懷十一首」,
白居易의 「秦中吟十首」 등이 모두 五古의 詩型을 채택한 것은 바로
이런 이유에서였던 것이다.

　즉 詩歌史上에 등장하는 각종 詩型中 五言古詩가 政治的 美刺風
諫의 기능을 가장 농후하게 간직한 시형인 것이다.

漢詩는 강한 政治性과 강한 對偶性이 二大 特色으로, 그 가운데 강한 정치성은 관리등용시험에 詩賦를 부과한 이유가 되었고, 詩歌의 중요한 포인트인 隱喩「메타포」와 寓意「알레고리」를 모두 정치적인 美刺比興으로 본 것 등이 이를 단적으로 증명한다. 이 경우 科擧차원의 정치성을 주로 五排나 五律이 담당하였는데 비하여 美刺比興 次元의 政治性은 주로 五古로 표현하였던 것이다.

결론적으로 말하면 五言古詩는 美刺比興을 통한 政治理念의 開陳 및 그와 직결된 人生論的인 言志, 述懷, 遊仙, 求道 등의 표현 즉 說理的 표현에 가장 적합한 시형이라 할 수 있다.

‖ 七言古詩 ‖

七言古詩는 일반적으로 歌, 行, 吟, 曲 등의 歌辭的인 詩題를 택한 경우가 많으므로 樣式의 차원에서는 이른바 歌行體의 작품으로 취급하는 경우가 많으며, 그 결과 歌辭系의 詩題를 쓰지 않은 七言古詩까지도 歌行體의 작품으로 보는 현상까지 생기게 되었으니, 이는 七言古詩가 歌行의 성격을 드러내기 좋은 시형이었기 때문이었다.

七言古詩를 리듬론의 관점에서 본다면, 七言句의 拍節리듬은, 1) 漢語에 내재해 있는 본래의 拍節리듬과 합치되고, 2) 句末에 半拍의 休拍을 가진 四拍構造로, 漢 詩歌의 리듬 구조상 가장 暢達하고 順口한 表現感覺을 갖추고 있다. 이는 口語的 日常的인 漢語의 卑近한 리듬감과도 상통하며, 通俗, 卑俗한 趣를 가지고 있으므로, 隔句韻化→聲律化→格調化의 과정을 거쳐 변화한 이후에도 雅正한 표현을 요구하는 과거의 試帖詩로는 채택되지 못하였다.

그러나 七言句가 漢語의 본질에 합치되는 리듬이기 때문에 中唐 이후부터는 古典詩의 주류를 접하게 되었으며, 近世 이후 白話系의 民

歌, 民謠의 拍節리듬도 대부분이 七言句의 리듬을 택하고 있다. 이는 五言句가 人工性, 人爲性이 강한 형식이므로 白話系의 시구로는 거의 쓰여지지 않는 것과 대조가 된다.

七言句의 리듬이 본래 順口 暢達한 성격을 가지고 있지만, 그 가운데도 七言古詩만이 句數, 押韻, 平仄 등 韻律上의 어떤 구속도 받지 않는 시형이므로, 七言古詩는 가장 暢達한 리듬효과를 낼 수 있는, 朗誦性이 가장 높은 시형인 것이다.

한편 歌行樣式의 본질은 실제 樂器의 伴奏나 歌唱行爲와는 관계가 없는 觀念과 이미지 차원에서의 樂曲性을 띠고 있을 뿐이다. 실제로 노래로 부르는 것이 아닌데도 歌, 行, 曲, 吟 등의 歌辭的 詩題를 쓴 것이 그 단적인 증거이고, 이런 詩題를 쓰지 않은 경우에도 七言古詩의 시형을 택하고 있는 한 朗誦 차원의 창달한 리듬감은 관념적인 악곡성을 가장 효과적으로 충족시키고 있다. 즉 1) 七言古詩에는 歌行의 詩題로 지은 작품이 많은 점, 2) 歌行題의 작품들은 대부분이 七言古詩의 시형을 택하고 있는 점, 3) 七言古詩는 歌行題를 택하지 않은 것도 歌行으로 보는 경우가 많은 점 등의 사실은 모두가 七言古詩의 朗誦的 리듬효과와 밀접한 관계가 있다.

이런 의미에서 七言歌行이라는 通稱에는 歌行과 七言리듬의 본질이 연계되어 있다고 할 수 있다. 「長恨歌」나 「琵琶行」에 드러난 流麗한 朗誦性은 七言古詩로 된 歌行體인 七言歌行體의 表現機能이 白居易라는 리듬의 명수를 만나서 十分 發揮된 예인 것이다.

Ⅶ. 雜言古詩

雜言古詩와 齊言古詩의 對應은 句型리듬에 관계되는 현상으로, 양자의 표현감각의 상위는 視覺的으로나 聽覺的으로 분명하게 드러난다.

雜言詩는『詩經』의 단계부터 이미 있어왔지만, 詩經 속의 雜言詩가 雜言詩型에 존재하는 리듬交替의 효과를 의식하고 지은 것은 아니라고 본다.

雜言古詩가 齊言古詩와 對應關係가 성립되게 된 것은, 1) 三言, 四言, 五言, 六言, 七言의 齊言詩型이 각기 성립되었고, 2) 각각의 리듬효과, 즉 朗讀에 있어서의 拍節리듬의 효과가, 3) 實感되고 理解되었기 때문으로 보아야 한다.

이와 관련된 다른 하나의 포인트로는, 4) 이미 樂府詩에 존재하는 많은 雜言詩들이 악가로서의 성격을 상실하고 徒詩化하여, 실제로는 樂府, 歌行體의 雜言古詩로서 朗讀의 리듬으로 읽혀지도록 변화한 것도 雜言古詩의 표현효과를 이해하는데 큰 역할을 하였다.

잡언고시가 音節리듬 및 拍節리듬의 교체를 통하여 형성된 獨自的 表現機能인 表現의 多樣化, 立體化의 효과는 律詩 絶句 등 近體詩에 대해서는 말할 것도 없고, 齊言古詩에 대해서도 리듬상의 明確한 獨自性을 띠고 있다.

雜言古詩의 표현성에 관한 본질적인 문제는 古體의 특성인 雜體的 多樣性이 詩型의 차원에서는 雜言古詩에 가장 분명하게 드러나며, 그것은 또한 近體의 특성인 律體的 均質性이 詩型의 次元에서는 七律에 가장 분명하게 드러나는 것과 대비가 된다. 거기에 押韻形式까지 덧붙여 말한다면, 이러한 古體性은 一韻到底格 보다는 換韻格의 雜古에 보다 철저하게 드러난다고 할 수 있다.

이 점과 관련된 다른 하나의 문제는, 전통적인 詩體別 編輯으로 이루어진 詞華集類들에는 일반적으로 雜言古詩가 七言古詩部에 통합되어 있다는 점이다. 예를 들면, 明 高棅의 『唐詩品彙』에는 典型的인 樂府系 雜言古詩들을 七言古詩部에 포함시켜 놓았다. 더구나 古詩部와 樂府部를 각기 同格으로 倂置한 『唐詩三百首』(淸 孫洙 編)에도 陳子昂의 「登幽州臺歌」, 李頎의 「古意」, 李白의 「夢遊天姥吟」 등 전형적인 樂府系 雜言古詩를 七言古詩部에 수록해 놓았다.

「雜言古詩」는 이를 두 가지로 大別할 수 있으니, 1)七言句가 대부분이고 일부 三言, 五言, 혹은 八言句가 섞인 형식, 즉 七言句 爲主로 이루어진 것과, 2)三, 四, 五, 六, 七言句 및 八言 以上의 句들이 自在로 混在한 形式, 즉 錯綜雜言으로 나눌 수 있다.

1)의 예로 岑參의 「胡笳歌送顔眞卿使赴河隴」을 보면 冒頭가 '君不聞胡笳聲最悲'의 八言句로 되어있을 뿐이고 그외에는 모두 七言句이며, 이 八言句도 最初의 三個字 「君不見」을 대체로 一拍으로 읽으므로, 리듬상으로는 사실상 歌行系의 七言古詩로 보아도 별 문제가 없는 정황이다. 舊來의 詞華集類에서 「雜古」가 「七古」의 部에 포함된 경우가 많은 것은, 雜言古詩에는 분명히 七言古詩와 리듬상의 친근성이 높은 것이 많다는 사실을 중시해서였다고 보여진다.

그러나 잡언고시에는 後者인 2)의 방향으로 구성된 것도 있으니, 李白의 「將進酒」, 杜甫의 「兵車行」 등은 상대적으로는 七言系 리듬이 많기는 하나 그 밖의 리듬도 多用한 作例이고, 李白의 「上留田」처럼 七言 이외의 리듬이 더 많은 作例(三言 四句, 四言 五句, 五言 十一句, 七言 十一句)도 꽤 많이 보인다. 더구나 이백의 「戰城南」에 보이는,

野戰格鬪死
敗馬號鳴向天悲

烏鳶啄人腸
銜飛上挂枯樹枝

와 같은 구들은 매우 이질적인 五言(三拍)의 리듬과 七言(四拍)의 리듬
이 한 聯 속에 병치되어 있기도 하다. 이런 작품의 대부분은 樂府系의
작품이고, 잡언고시라는 시형에서 리듬의 교체를 통하여 드러나는 表
現의 多樣化, 起伏化의 기능이 십분 발휘되어 있다.

즉 雜言古詩가 古體의 古體性인 雜體的 多樣性이 가장 철저하게
드러난 시형으로, 漢詩의 諸 詩型 속에서 독자적인 表現機能(存在理
由)을 보여주고 있으므로 詩經詩 이후 후대에 이르기까지 도태됨이 없
이 계속 그 생명력을 유지할 수 있었던 것이다.

VIII. 結 語

지금까지 각 節에서 설명한 내용을 요약해보면 다음과 같다.
一. 漢詩에서의 시형과 표현기능의 문제는, 韻律(句型句數, 押韻, 平
仄)과 詩型(廣義, 狹義)의 諸問題를 축으로 하여 고찰하는 것이 타당하
고, 그 가운데도 핵심은 句型리듬과 대우성에 있다고 본다. 즉 句型리
듬은 韻律의 三要素 중에서도 가장 根源的인 狹義의 리듬에 관한 문
제이고, 對偶性은 漢語의 本質的 특징에서 발생한 가장 中國的인 修
辭技法, 發想形式인 것이다.

漢詩의 詩型과 表現機能의 諸相이 이 양자의 관계를 축으로 하여
형성되었다는 사실은, 兩者의 중요성으로 보아 당연한 일이다.

二. 漢詩의 시형에 따른 表現機能은 樣式, 韻律, 廣義의 詩型, 狹義의 詩型 등 四個의 차원을 통하여 확인되는 것으로, 그 가운데도 가장 명확하게 체계적으로 인정할 수 있는 것은 廣義의 詩型 次元인 律詩 : 絶句의 차이에 있는 것이다.

이것은 이 兩者가 近體 韻律에서의 律體的 均質性을 공통의 기반으로 하면서도 形態的, 修辭的으로 명확한 對立要素를 가지고 있다는 것이다. 특히 律詩의 표현기능의 특징인 對偶性, 整合性, 完結性 등이 形態的, 修辭的으로 명확한 체계를 갖추고 있으며, 그와 相對가 되는 絶句의 표현기능도 律詩와 對應이 되는 점에서 그 客觀性이 입증된다. 덧붙여 말한다면, 近體와 古體의 문제 및 狹義의 各種 詩型이 가지고 있는 個個의 表現機能 등도 기본적으로는 律詩의 律詩性을 기준으로 하여 이와 대비가 되는 각각의 독자성인 것이다.

三. 狹義의 各 詩型이 가지고 있는 주요 표현기능은 바로 해당 시형의 개성이고, 그 시형의 존재이유인 것이다.

이미 살펴본 9種의 시형은 각기 특징적인 感覺과 機能을 가지고 있다. 그러나 예를 들면, 五絶의 簡潔, 簡略이라는 표현감각과 표현기능이 다른 시형에는 전혀 없다고 할 수는 없다. 그렇지만 시형을 단위로 하여 살펴본다면 오절이 簡潔, 簡略한 표현의 적합성에서 다른 시형과는 질적으로 판이한 代表性을 가지고 있다는 사실은 부인할 수가 없다.

이러한 표현기능이 작가나 작품에 따라서도 그 차이가 존재한다. 즉 五律의 簡潔化나 五排의 對句化는 形態的으로 분명하게 드러나지만, 七絶의 抒情化, 五古의 說理化, 七古의 朗誦化에 있어서는 분명히 이해가 되기는 하나, 그 강약과 농담은 반드시 모두 일치하는 것이 아니다. 예를 들면, 簡略을 기조로 하는 시형으로 複雜한 표현을 시도한 경우도 있고, 抒情化를 基調로 하는 시형으로 敍景에 중심을 둔 시를 짓기도 하여, 實作의 場에서는 많은 예외가 있게 마련이다. 그러나 이런 예외적인 작품의 존재가 각종 시형에 존재하는 基本的인 表現機能과 모순이 된다고 보아서는 안 된다.

문학사적으로 장구한 세월을 거치면서 형성된 各 機能이 바로 그 詩型의 特色과 個性이 되었고, 이를 작가는 물론이요 독자들도 인식하여, 시인이 시를 지을 때에도 어떤 시형으로 자신의 意境을 펼칠 것인가를 결정하는 기준으로 삼았으며, 독자들도 이를 염두에 두고 시를 이해하고 감상하였던 것이다.

漢詩와 時空

詩를 흔히 귀로 들을 수 있는 風景이요, 時間 속의 그림이라고 한다. 즉 詩는 時와 공이 교종되어 있는 예술로서 시속의 시공은 정지되어 있는 시공이 아니라 광협과 장단이 교종되는 시공이므로 시를 청각적인 풍경이요 시각적인 음악이라고도 하는 것이다.

그러므로 詩에서 時와 空이 어떻게 설계되어 있는가를 살펴보는 것은 漢詩의 이해와 감상을 위하여 매우 중요한 일이다. 한시의 소재를 이루는 것이 時와 空과 情과 理이며, 한시에서의 情과 理는 대체로 時空에 얽혀 있어서 자연적인 時空의 推移를 바탕으로 하여 홀연히 드러나기도 하고 숨어버리기도 한다. 즉 情 理는 時空의 景象에서 이탈하지 않고 時空을 투과하면서 형상화 하는 것이 일반적인 경향이다. 漢詩는 時空이 어우러진 경상을 바탕으로 하여 情이나 理를 표현하므로, 景致를 빌려서 이에 뜻을 붙인 것이라 하여 借景寄意라 일컫기도 한다.

本意에서는 漢詩에서 時와 空이 어떻게 설계되어 있으며, 이러한 시공의 설계와 意境의 表現과는 어떠한 관계가 있는가를 살펴보고자 한다.

Ⅰ. 時間의 漸縮

漢詩에서 각 句에 표현된 시간의 길이가 모두 같거나 平行을 이루는 경우는 매우 드물고, 시간이 情感的 파동과 配合이 되도록 일종의 變律를 채용하여, 때로는 한 句로 數千 數百年의 장구한 세월을 나타내기도 하고 때로는 몇 秒나 한 瞬間을 나타내기도 한다. 이러한 시간적 變律이 한수의 시속에서 느슨하고 긴 시간에서 시작하여 차츰 짧아지다가 結尾處에 이르러 더욱 急促해져서 忽然히 截斷되도록 한 것이 시간 점축의 作詩技法인 것이다. 이러한 형식은 每句가 표현하는 시간의 길이를 점차 축소시켜서, 말은 끝났지만 뜻은 아직 다 끝나지 않았을 때에 憂然히 收束을 하여 言盡而意不盡的인 情趣를 더욱 강하게 자아내게 하는 것이다. 이런 형식의 예로 賀知章의 「回鄕偶書」를 들어보자.

> 少小離家老大回
> 鄕言無改鬢毛催
> 兒童相見不相識
> 笑問客從何處來

> 어렸을 때 집을 떠났다가 늙어서 돌아오니
> 고향 사투리는 그대로 인데 내 귀밑머리만 세었구나
> 아이가 보고서 알아보지 못하고
> 웃으며 묻기를 "손님 어디서 오셨어요" 하네

이 시의 起句에서는 작자의 一生동안의 긴 시간을 표현하였고, 承句에서는 近年 이래 늙어진 모습만을 표현하였으며, 轉句에서는 아동과 작자 두 사람이 마주보고 있는 짧은 시간을, 結句에서는 마주하고 있는

어린아이가 作者인 賀知章에게 묻고 있는 한 瞬間 한 刹那를 표현하
였다. 이렇게 시간상의 길이가 차츰 줄어들어서, 일생이라는 긴 시간에
서 시작하여 점차 잔축되다가 더 이상 잔축이 불가능한 한 찰나의 迫
促한 시간으로 종결한 것이다. 만약 이시에서 어린이의 질문에 答話를
덧붙인다면 시간의 漸縮性이 破壞되고 平凡한 詩로 변하여 독자에게
강한 감동을 줄 수 없게 될 것이다.

이 詩를 자세히 분석해 보면, 每句마다 相對的이고 相反的인 素材
가 含有되어 있음을 발견하게 된다. 즉 前三句의 下三字들은 모두 앞
의 四字와 相反되도록 하여 激宕한 감정이 倍加되도록 하였으니,起句
를 보면 '少小離'와 '老大回'가 중간의 '家'字를 중심으로 字字相對가
되도록 배열하여 자연스럽게 少年時에 떠났다가 노년이 되어 돌아온
것이 상대가 되도록 하였고, 承句에서는 '鄕音無改'로 변화없는 고향을
표현하고, '鬢毛催'로 꽃다웠던 자신이 변화하여 노쇠해진 모습을 표현
하여 불변과 변화가 한 句안에서 대비가 되도록 하였다. 轉句에서는
아동과 '相見'하였으면 '相識'해야 하고 '不相見'하였으면 '不相識'함이
마땅한데도 이곳에서는 相見을 하고도 不相識하였으니, 이런 모순을
통하여 逆折的 의미를 더욱 강화시킴 것이다. 結句에서는 웃으며 묻고
있는 아이의 모습과 茫然自失하여 悽然히 서 있는 늙은이의 모습을 대
비시켜 놓고, 당연히 알아보아야 할 어린아이가 客이라 한 이 '客'字에
위의 세구에서 드러낸 '老大回'的 徒勞와 '鬢毛催'的 悲傷과 '不相識'的
感慨가 모두 집중되도록 하고, 묻는 말이 미처 끝나가도 전에 시를 憂
然히 截斷하여 千頭萬緖의 答話가 一齊히 言外에 湧出되도록 收束하
였다.

物理學에서는 壓縮力이 강하면 그에 비례하여 爆發力도 강해진다
고 한다. 이 詩에서도 結句에서 표현한 한 瞬間은 단순한 시간상의 한

순간이 아니라 일생의 徒勞와 悔恨이 壓縮된 한 순간이므로 독자에게
더욱 강한 감동을 줄 수 있는 것이며, 이런 점이 한 句 한 句 지날 때
마다 시간이 점차 축소되도록 지어진 詩의 長處라 할 수 있다.

Ⅱ. 時間의 漸長

시를 지을 때 時間의 變律을 활용하면서 시간의 漸縮的인 방법과는
相反되게, 처음에는 매우 急促한 시간의 묘사로 시작하여 점차 緩慢하
게 진행되다가 詩의 結尾處에 이르면 더욱 悠長해져서 시간의 無限性
에 이르러 結束을 한 것이 時間 漸長의 技法이다. 이는 悠遠不盡的인
韻致로 餘韻이 寥寥하도록 하는 것으로, 이렇게 지어진 시의 예로 李
白의 「黃鶴樓送孟浩然之廣陵」을 들 수 있다.

　　　故人西辭黃鶴樓
　　　煙花三月下揚州
　　　孤帆遠影碧山盡
　　　惟見長江天際流

　　　서쪽으로 떠나가는 친구 황학루에서 하직하니
　　　아지랑이 끼고 꽃피는 삼월에 양주로 떠나네
　　　외로운 돛배 먼 그림자 푸른 산에서 끝나고
　　　오직 보이는 것은 하늘가까지 이어 흐르는 장강뿐이네

이 시의 起句에서는 黃鶴樓에서 작별하는 광경을, 承句에서는 가고
자 하는 목적지와 계절을, 轉句에서는 출발해서부터 孤帆이 視野에서
사라질 때까지의 시간을, 結句에서는 長江의 悠悠히 無窮토록 흘러감

을 묘사해 놓았다. 이 詩는 시간상으로 故人과 작별하는 한 瞬間에서 시작하여 여행을 떠나는 짧은 시간이 전개되다가, 다시 외로운 돛배를 눈으로 전송하면서 그 돛배가 점점 멀어질수록 차츰 작아지다가 시야에서 사라지는 광경을 그려놓고, 다시 長江이 끊임없이 흘러서 과거로부터 현재와 미래에 이르기까지 無窮하게 끊이지 않는 境界를 그려놓았다. 시간의 漸長과 비례하여 공간도 점차 확장되었으니, 黃鶴樓라는 한 지점에서 시작하여 近波와 遠山으로 공간이 넓어지다가 하늘가까지 이어진 長江에 이르고, 다시 視野가 미칠 수 없는 無限空間으로 擴散되도록 하였다. 이렇게 時空이 접하는 詩題와 調和를 이루어서 無限한 餘韻과 餘情을 느끼게 한다.

Ⅲ. 時間의 遲와 速

詩속에서 景物과 映象이 빠르게 움직이도록 그려 놓았는가 느리게 움직이거나 정지하도록 그려놓았는가에 따라 抒情的인 효과가 현저하게 달라진다. 일반적으로 快速的인 동작은 緊張感이나 奔放함을 표현하는데 적합하여 기쁜 정감의 조성을 용이하게 하고 緩慢한 동작이나 停止된 모습을 沈思나 遺恨의 표현에서 적합하여 슬픈 정감의 조성을 용이하게 한다. 시간의 快速을 통하여 기쁜 감정을 그려낸 예로 李白의 「早發白帝城」을 들 수 있다

朝辭白帝彩雲間
千里江陵一日還
兩岸猿聲啼不住
輕舟已過萬重山

　　채색 구름 이른 아침에 백제성을 떠나서
　　천리 강릉땅에 하루만에 돌아왔네
　　양쪽 언덕의 원숭이들은 울기를 멈추지 않는데
　　가벼운 배 이미 만겹 산을 지났네.

　이 詩의 起句에서는 彩色 구름이 어려있는 白帝城이라는 一個의 지점을 그려 놓고, 承句에서는 白帝城과 江陵 등 千里사이의 二個 地點을 長江이라는 한줄기의 線으로 이어놓았다. 轉句에서는 다시 長江이라는 線의 양측에 兩岸이라는 二個의 面을 배치하여 線에서 面으로 空間을 확장하고 結句에서는 兩岸의 밖에 萬重의 산을 按配하여 하나의 立體를 이루도록 하고 尨大한 立體的 空間으로 詩를 마무리하였다. 이와 같이 점에서, 點과 點을 잇는 線으로, 線에서 面으로, 面에서 立體로, 빠른 속도로 變換하도록 하여, 한척의 輕舟가 千里의 뱃길을 화살처럼 빠르게 瞬息간에 지나면서 萬重의 산이 하나하나 빠른 속도로 등 뒤로 사라지고 兩岸에서 온갖 새들과 짐승들의 울음소리가 伴奏처럼 들려오는, 이러한 快速的인 모습과 급속히 變換하는 場景이 一種의 心驚魂動的인 快感을 자아내게 하고 있다. 時間의 進行을 停止시키거나 느리게 하여 悲劇性을 드러낸 시의 예로는 李白의 「怨情」을 들 수 있다.

　　美人捲珠簾
　　深坐顰蛾眉
　　但見淚痕濕
　　不知心恨誰

　이 詩에서는 '深坐'라는 緩慢한 동작과 '顰蛾眉', '淚痕濕'이라는 靜態的인 畵面을 통하여, 처음부터 끝까지 單一한 場景과 停止된 視點으로 緩慢한 氣分과 調和를 이루게 하고, 이것이 怨情을 奇異 佳麗하게 描寫하는데 도움을 주고 있다.

漢詩속에서 場景의 빠르게 전개되느냐 느리게 전개되느냐가 詩의 雰圍氣 造成에 어떤 영향을 미치는가에 대하여 杜甫의 「聞軍官收河南河北」을 통하여 다시 한번 살펴보자.

> 劍外忽傳收薊北
> 初聞涕淚滿衣裳
> 却看妻子愁何在
> 漫卷詩書喜欲狂
> 白日放歌須縱酒
> 靑春結伴好還鄕
> 卽從巴峽穿巫峽
> 便下襄陽向洛陽

> 검각산 밖에 홀연히 계북땅을 수복했다는 소식이 전해져서
> 처음 듣고는 눈물이 흘러 의상을 가득 적시었네
> 문득 처자를 보니 옛날의 근심걱정 어디에 남아 있는가
> 시와 편지를 아무렇게나 싸며 기뻐서 미칠 것 같네
> 한낮에 큰 소리로 노래하고 거침없이 술을 마시며
> 푸른 봄 동향인들과 함께 즐겁게 고향에 돌아갈 생각을 하네
> 곧 파협으로부터 무협을 지나
> 즉시 양양으로 내려가서 낙향을 향하리라

이 詩를 浦起龍은 杜甫가 평생 지은 시 가운데 으뜸가는 快詩라고 하고, 여덟 句로 이루어진 詩의 쾌속적인 展開가 마치 날아가는 것처럼 빠르다(八句詩 其疾如飛)고 하였다.

이詩는 杜甫가 軍官이 安史의 叛軍을 討滅하고 失地를 收復하였다

는 기쁜 소식을 傳聞한 후, 어리석은 듯, 미친 듯, 울다가, 웃다가, 처자를 보다가, 詩書을 쓰다가, 高聲放歌를 하다가, 술을 벌컥벌컥 마시다가……하는 여러 장면이 신속히 교차하도록 하여, 너무도 기뻐서 어찌할 바를 모르는 모습을 절묘하게 그려내었다. 한편 이 詩속에는 全篇에 六個의 地名이 쓰였는데, 일반적으로는 詩속에 지명을 많이 쓰면 累滯된 느낌을 주게 되므로 비평하는 사람들은 이런 詩를 貶下하여 地理書라 한다. 그러나 이 詩는 누대의 느낌을 주기는커녕 이 六個의 지명이 오히려 躍進的인 節奏를 더해주고 있다. 漢詩에서는 虛字의 頻用도 꺼리는 것인데 이 詩속에는 忽轉, 初聞, 却看, 漫卷, 卽從, 便下 등에 쓰인 忽, 初, 漫, 卽, 便 등이 모두 虛字로서, 이 詩속에는 이 虛字들이 오히려 독특한 역할을 하여,倉卒間에 驚喜하여 붓 가는 대로 直書하면서 말이 멈출 겨를이 없는 모습이 잘 드러나게 하고, 독자가 그 소리를 듣고 그 모습을 보는 듯이 느끼게 하므로 이 虛字의 頻用이 巧만을 취한 것이 아니요 意境의 적절한 발현을 위해서 의도적으로 鋪置한 것임을 알 수 있게 되며, 虛字의 교묘한 揷入을 통하여 快速을 倍加 하여 氣勝의 경지에 이르게 하고, 독자로 하여금 자기도 모르게 手舞足蹈하게 한다. 杜甫는 이 시를 통하여 地名과 虛字의 頻用 등 通常的인 禁忌를 뛰어넘는 無碍自在한 詩聖의 面貌를 若如하게 드러내고 있다.

　우리는 이 詩를 통해서도 詩속에서 景物의 變換速度가 빠르면 奔放하고 기쁜 감정을 표현하는데 적절함을 다시 한번 확인할 수 있게 된다.

Ⅳ. 時間의 壓縮

時間의 壓縮이란 시속에서 그리고자 한 사건에 소요된 오랜 세월을 詩속에 압축하여 간결하게 표현하거나, 한 刹那의 感觸이나 想像을 長 久한 역사의 懷古 속에 揷入하여 時間의 擴張을 도모하는 作詩技法 을 말한다. 이렇게 지어진 詩의 例로 元稹의「行宮」을 들 수 있다.

　　廖落古行宮
　　宮花寂寞紅
　　白頭宮女在
　　閒坐說玄宗

　　스산하게 퇴락한 옛 행궁
　　적막한 가운데 꽃만 붉게 피었네
　　할머니가 된 궁녀만 남아 있어서
　　한가히 앉아 현종에 대하여 이야기하네

이 詩의 前 三句는 모두 眼前의 景物로서, 이 광경속에는 미래는 없고 과거만 있으며, 모든 과거가 結句에 壓縮되어 있다. 비록 이 詩가 五言 四句 20字로 이루어진 短詩이지만 독자는 結句에 압축되어 있는 玄宗과 楊貴妃의 로맨스를 끝없이 想像할 수 있고 人事의 虛妄함도 느낄 수 있으므로 이를『歸田詩話』에서 “白樂天의「長恨歌」는 一百 二十句나 되지만 독자가 그 詩가 길다는 것을 깨닫지 못하게 되고, 元 稹의「行宮」詩는 겨우 四句에 지나지 않지만 그 詩가 짧다는 것을 느 끼지 못하게 되니, 이것이 그 詩들의 奧妙함, 즉 文章之妙이다.”라고 극찬하였다.

V. 空間의 擴張

空間의 擴張이란 텔레비전에서 畵面의 이동이 가까운 곳에서 먼 곳
으로, 작은 景物의 描寫에서 큰 景物의 描寫로 擴張되어 畵面의 視野
를 점차 廣闊하게 하는 것과 동일한 기법으로, 詩中의 空間을 점차 擴
張하고 이를 통하여 작은 景物과 큰 景物의 비례를 극대화하여 結束
하는 作詩 技法을 말한다. 이렇게 지어진 시의 예로 盧綸의 「塞下曲」
을 들 수 있다.

　　　鷲翎金僕姑
　　　燕尾繡鶡弧
　　　獨立揚新令
　　　千營共一呼

　　　솔개 깃에 황금 깃봉
　　　제비 꼬리같이 갈라지고 수를 놓은 장군의 깃발
　　　우뚝 서서 새 명령을 내리니
　　　모든 군영에서 한소리로 외치네

이 詩의 每句를 텔레비전에 각기 하나의 畵面으로 換置하여 나타내
어 본다면, 起句에서는 旗 끝의 황금빛 깃봉과 이를 장식한 솔개의 깃
이 화면에 가득 채웠다가 사라지고, 承句에서는 깃폭의 끝이 두 갈래로
갈라지고 깃폭의 둘레를 황금색 실로 繡놓은 將軍의 깃발이 화면을 가
득 채웠다가 사라지며, 轉句에서는 이 깃발을 번쩍 추켜들고 號令하는
將軍의 모습이 화면을 가득 채웠다가 사라지고, 結句에서는 千軍萬馬
가 일제히 외치며 자욱한 먼지를 일으키고 敵陣을 향하여 내닫는 雄壯
한 氣勢가 畵面을 가득 채우도록 하여, 渺少 美麗한 羽毛에서 시작하

여 점차 莊嚴한 軍容으로 변하다가 結句에서는 極大的으로 확장되게
하였다.

　이 詩는 이와 같이 공간을 점차 확장해 가다가 結句에 이르러 爆發
的 極大的으로 확장하여 그 氣勢가 독자를 壓倒하게 하고 强한 감동
을 느끼도록 구성한 것이다.

Ⅵ. 空間의 凝聚

　空間의 凝聚란 공간의 확장과는 반대로, 텔레비전의 畫面을 먼 곳에서
부터 시작하여 가까운 곳으로, 큰 景物의 묘사에서 시작하여 점차 작은
景物의 묘사로 축소하여 視野가 점점 細小해지게 하듯이, 詩中의 공간을
점차 凝集시켜, 마지막에는 한 공간에 凝聚한 焦點으로 정신이 집중되
도록 하는 作詩技法이다. 역시 盧22의 「塞下曲」으로 예를 들어보자.

　　月黑雁高飛
　　單于夜遁逃
　　欲將輕騎逐
　　大雪滿弓刀

　　달이 먹구름에 쌓여 있고 기러기 높이 나는데
　　오랑캐 선우는 밤에 도망쳐 숨어버렸네
　　경무장한 말을 타고 추격하고자 하나
　　큰 눈이 궁도에 가득 쌓이네

　이 詩의 起句에서는 구름에 가려 있는 달과 하늘을 나는 기러기가
높고 낮은 層次를 이룬 立體的인 天空을 描寫하였고, 承句에서는 적

군이 멀리 도망간 광활한 평원을 묘사하여 起句의 立體가 平面으로 縮小되었으며, 轉句에서는 도망간 적군을 추격하고자 하는 가까이에 있는 追逐者만을 描寫하여 空間의 視野가 承句보다 더욱 縮小되었고, 結句에서는 畵面이 追逐者가 지닌 弓刀의 雪花에 凝縮되어 空間이 하나의 點으로 縮小되도록 하였다. 이렇게 공간을 점차 縮小해가다가 마지막에는 지극히 渺少한 한 점으로 凝縮하도록 한 것은 도망간 적을 추격하려는 意志와 눈이 쌓여 추격을 어렵게 하는 環境과의 극단적인 대비를 통하여 詩的 緊張이 극적으로 增加하도록 한 것이다.

Ⅶ. 空間의 簡化

漢詩의 字數는 限定되어 있는데 그 詩속에서 描寫하고자 하는 空間 畵面은 매우 다양하고 廣大할 경우, 景物을 詩속에 빠짐없이 드러내는 것은 불가능하게 된다. 그러므로 詩人이 詩를 지을 때에 廣闊한 空間 中에서 한 두 가지의 景物을 取擇하여 單純化 固定化 시킴으로써 하나의 簡淨澄明的인 小空間만을 具體的으로 描寫하게 되는데 이런 作詩技法을 空間의 簡化라 한다. 이런 경우 시로 드러내는 空間이 적으면 적을수록 抽象性과 含蓄性은 增大하며 讀者의 抽象處도 增大하게 된다. 이렇게 지어진 시의 例로 王維의 「雜詩」를 들어보자.

君自故鄕來
應知故鄕事
來日綺窓前
寒梅着花未

그대 고향에서 왔으니
고향의 일 응당 알고 있겠지
떠나오던 날 비단 창 앞에
한매의 꽃이 피었던가 안피었던가

고향에 관한 시를 지으려 할 때에, 고향이 喚起하는 觀念은 이루 다 헤아릴 수가 없을 정도로 너무나 많다. 그런데 이 시에서는 그 가운데 지극히 渺少하고 어찌보면 엉뚱하기까지 한 '綺窓'과 '寒梅' 등 두 가지의 구체적 景物만을 取擇하고, 이렇게 簡化된 景物의 象徵과 暗示를 통하여 雅潔 閑寂的인 意趣를 適切하게 發顯하였고, 독자가 이 綺窓과 寒梅를 근거로 하여 자신의 고향에 대하여 無限한 想像의 나래를 펼 수 있도록 하고 있다.

Ⅷ. 時空의 壓縮

詩에서 時間과 空間이 壓縮되면 압축될수록 詩의 强度는 증가된다. 이는 物理學에서 '張力의 强度는 容積과 反比例한다'고 하는, 즉 壓縮된 容積이 작을수록 張力은 더욱 커진다는 원리를 詩에 적용할 수 있음을 뜻하는 것이다. 詩에서 시공이 壓縮되어 强度를 더욱 증대시킨 예로 가도의 「尋隱者不遇」를 들 수 있다.

松下問童子
言師採藥去
只在此山中
雲深不知處

> 소나무 아래에서 동자에게 물으니
> 선생님은 약캐러 가셨다 하네
> 이 산속에 계시긴 하나
> 구름이 깊어 계신 곳을 모른다네

　이 詩를 시간의 기준으로 하여 살펴보면 作者와 童子가 一問一答하는 잠깐 사이의 일을 詩化한 것으로, 스승이 약을 캐러간 것은 과거의 일이고, 구름처럼 떠다니는 스승의 종적이 어느 때에 돌아올지 알 수 없는 것은 未來의 일로, 이런 것들일 모두 마주보고 問答하는 현재에 壓縮되어 있다.

　이 시를 공간을 기준으로 하여 살펴보면, 作者와 童子가 對話를 하는 시점은 한 그루 소나무 아래일 뿐이다. 그러나 약을 캐러 간 길을 따라 한 무더기의 山에 이르고 다시 雲霧가 迷漫하여 그 넓이와 깊이를 헤아릴 수 없는 無限廣漠에 이르게 되며, 이러한 공간이 모두 소나무 아래에서 童子가 가리키는 손가락 끝에 壓縮되어 있다.

　한편 起句에서는 童子를 만났으므로 隱者를 만날 수 있을 듯한 希望을 갖게 되었다가, 承句에서는 약을 캐러 갔으므로 만날 수 없을 듯하여 失望하게 되고, 轉句에서는 이 산 속에 계시기는 하므로 다시 희망을 갖게 되었다가, 結句에서는 구름이 깊어서 만날 수 없을 듯하여 또다시 失望을 하도록 詩를 구성하여, 만날 수 있을 듯 하면서도 만나기는 어려운 隱者를 絶妙하게 그려 놓았으며, 이는 作者가 이해 할 수 있을 듯 하면서도 이해하기 어려운 隱者의 深奧한 精神世界를 形象化해 놓은 것으로 볼 수도 있다.

IX. 結 語

　지금까지 漢詩에 그려진 時間과 空間이 시속에서 어떻게 작용하는
가를 살펴보았다. 한시속에서의 시공은 자연적이고 물리적인 시공을 그
대로 그려 놓은 경우는 매우 드물고, 壓縮이나 擴張, 또는 遲速과 簡
化 등의 改造를 통하여 작자의 詩想을 적절하게 구현하였으며, 이러한
작시기법이 독자로 하여금 더욱 큰 感動과 餘韻을 느끼게 하고 있음을
밝혀 놓았다.

　漢詩를 연구하고 감상할 때에는 그 시속에서 時와 空이 어떻게 展開
되거나 變換되었는가를 정확히 파악해야 한시의 정확한 이해와 바른
감상이 가능하게 되므로, 한시에 나타나 時와 空에 대한 이해는 漢詩
의 올바른 감상과 이해의 礎石이 되는 중요한 일이다.

제4부

先賢들의 名·字·號 연구

先賢들의 名·字·號 小攷

Ⅰ. 序 言

우리의 先賢들은 自身과 他人의 이름을 매우 소중하게 여기고, 자신의 이름을 더럽히지 않고 자랑스럽게 보존하고자 노력하였으며, 名譽라는 말이 바로 이름을 자랑할 수 있게 한다는 뜻인 것이다.

특히 漢字文化圈에 속해 있는 사람들은 훌륭한 뜻이 함유된 이름을 짓고, 「顧名思義」라 하여 자신의 이름이 품고 있는 뜻을 항시 돌이켜보며 그 의미를 음미하고 그에 합당한 행동을 하고자 노력하였고, 이것이 곧 自己修養의 한 방법이 되었으므로, 이름을 소중히 여기고 이름을 높이려는 생각이 널리 퍼지게 되었다.

인간 개개인을 상징적으로 대표하는 것이 바로 개개인의 이름이므로 개개인의 이름을 존귀하게 여기는 것이 곧 그의 인격을 높이는 것으로 여기고, 이렇게 존귀한 이름을 함부로 부르는 것이 허용되지 않게 되었다. 서양에서는 "이름을 불러주면 개도 꼬리를 흔든다." 하여 자기의 이름을 불러주면, 불러준 사람이 어린이거나 아랫사람이나를 막론하고 매우 기쁘게 여기는데, 이는 동양과 서양의 관념의 차이의 일단을 드러내는 것으로도 볼 수 있다.

　　우리의 선인들은 출생하면 名을 갖게 되고 成年式인 冠禮나 笄禮時
에는 字를 짓게 되며, 號도 짓고, 功績이 있는 사람은 나라에서 死後에
諡號도 내려주고, 王이 죽으면 廟號와 陵號까지 있게 되어, 한 사람을
상징하는 稱號가 여러 종류가 있게 되었다.

　　이러한 여러 稱號 가운데 本考에서는 字와 號에 대하여 이를 짓게
된 이유는 무엇이고 이를 쓰게 된 것은 언제부터이며, 字와 號를 짓는
基準은 무엇인가 등에 대하여 살펴보고자 한다.

Ⅱ. 字 攷

1. 字를 짓게 된 이유

　　『禮記』「曲禮篇」에, '남자는 20세에 冠禮를 행하고 字를 짓는다.(男
子二十 冠而字)' '여자가 혼인을 약속하면 笄禮를 행하고 字를 짓는다.
(女子許嫁 笄而字)'라 하였고, 그 註에, '冠禮를 행하고 字를 짓는 것은
그 이름을 공경해서이다.(冠而字之 敬其名也)', '出嫁를 약속했으면 15세
에 笄禮를 행하고 그렇지 않으면 20세에 笄禮를 행하는데 이 또한 成
年이 되는 의식이므로 字를 짓는다.(許嫁則十五而笄 未許嫁則二十而笄
亦成人之道也 故字之)'라고 하였다.

　　이는 이름을 소중히 여기는 관념 때문에 成人이 된 사람의 이름을
함부로 부를 수가 없어서, 출생한 후부터 갖게 된 名 外에 누구나 부를
수 있는 별도의 칭호가 필요하게 되어 字를 지었다는 것이다.

　　우리의 선인들이 명을 얼마나 소중하게 여겼는가를 살펴보자.

　　　나무가 오래 살면 산 구렁에 우뚝 솟을 수 있고, 물이 오래 흐르면 반드

시 大海에 이를 수 있게 된다. 사람의 학문도 이와 같아서 오래도록 중단
하지 않으면 성취함이 있게 된다. 이 때문에 너의 이름을 '오랠 구「久」'자
로 하노니, 너는 이름을 돌아보고 뜻을 생각하여 감히 방종한 행동을 하
지 말며, 감히 놀기를 좋아하지 말고, 오늘 한 이치를 궁구하고 내일 한
이치를 궁구하며, 오늘 한 가지 착한 일을 행하고 내일 한 가지 착한 일을
행하며, 날마다 조심하여 비록 쉴만한 때라도 쉬지 않고 노력하면 인격과
교양이 갖추어진 훌륭한 사람이 될 수 있을 것이다. 그렇지 않으면 날마
다 퇴보하여 小人이 될 것이 틀림없으니, 너는 너의 이름이 함유한 뜻을
공경하고 이를 실현하도록 노력하라.(木之生 久則必聳于巖壑 水之流 久
則必達于溟渤 人之於學亦然 久而不已則必至于有成 名汝曰久 汝其顧
名而思義 毋敢放肆 毋敢逸遊 今日格一物 明日格一物 今日行一善 明
日行一善 日新日日 雖休勿休 則可至于成人矣 不然則日損日退 必爲小
人之歸矣 汝其敬之 汝其勉之) (河崙「名字說」.『東文選』卷 28)

  이는 河崙(1347~1416)이 아들의 이름을 「久」라고 짓고 그렇게 지은
이유를 설명하면서, 평생동안 항시 顧名思義하면서 수양에 힘써 훌륭
한 인격을 이룰 것을 당부한 것이다.

  이렇게 우리의 先人들은 이름을 매우 소중하게 여겨서 成人이 된 사
람의 이름을 함부로 부를 수가 없었고, 成人의 이름은 그의 君과 師와
父母만이 부를 수 있었을 뿐이요, 그 외의 사람이 名을 부르면 그를 蔑
視하고 冒瀆하는 것으로 생각하였다. 他人을 부를 때에 官職이나 封
爵이나 號나 字로 부르지 않고 맨 이름만을 부르거나 기록하는 것은
그를 멸시하는 것으로 여겼다. 예를 들면,『禮記』「曲禮篇」에, '諸侯가
失政을 하여 그의 領地를 잃으면 名으로 부르고 人倫을 어기고 同族
을 滅한 경우에도 名으로 부른다.(諸侯失地名 滅同姓名)' 하여, 諸侯를
名으로 부르는 것은 그를 중죄인으로 취급함을 이르는 것으로 보았다.

  이러한 敬名意識은 자기가 자신의 이름을 부르는 경우에도 그대로

적용되어, 특별히 자신을 낮추어야 할 때에 한하였으므로 아무 때나 함부로 자신을 名으로 부르지는 않았다. 『禮記』에 '자식이 부모 앞에서는 자신을 이름으로 부른다.(子於父前 則自名也)', '부모 앞에서는 자식이 자신을 이름으로 부르고, 왕 앞에서는 신하가 자신을 이름으로 부른다.(父前子名 君前臣名)' 하였다. 이와 같이 특별히 존귀한 사람 앞에서나 자신을 이름으로 부를 수 있을 정도로 소중한 것이 名이고, 출생하여 3개월이 지난 후 父가 命名해준 것이 名이므로, '君子는 父가 사망한 후에는 名을 바꾸지 않는다.(君子已孤 不更名)' 하여, 부모 사망 이후의 改名은 자식으로서 차마 해서는 안 되는 일로 생각하였다.

이와 같이 名을 尊貴하게 여기는 意識 때문에 名을 함부로 부르지 못하고, 名으로 부르는 일을 꺼려서 이를 避하게 되었으며 이를 避諱라 하였다. 名을 避諱하는 법을 보면, 『春秋』 「公洋傳」에, '春秋에서는 지위가 높은 사람, 부모 및 덕행이 훌륭한 사람의 名을 諱하였다.(春秋 爲尊者諱 爲親者諱 爲賢者諱)' 하여, 孔子가 지은 『春秋』에 어떤 사람의 名을 諱하였는가를 밝혀 놓았고, 『禮記』에는, '卒哭(喪事後 無時로 哭하는 일을 끝냄)후에는 生時에 쓰던 名을 諱하고, 글자가 다르면 字音이 같아도 諱하지 않으며, 두 字로 된 名은 그 字가 한 字씩 나올 때는 諱하지 않는다.(卒哭乃諱 禮不諱嫌名 二名不偏諱)' 하였다. 二名不偏諱의 예를 들면, 孔子의 어머님 이름이 徵在인데 「徵」자를 써야할 일이 있을 때 「在」자를 잇달아 써서는 안되고, 「在」자를 써야할 일이 있을 때 「徵」자를 잇달아 써서는 안되며, 이를 한 자씩 부르거나 읽는 것은 諱하지 않았다는 것이다. 우리 풍습에 아들이 父의 名을 말해야 할 경우 두 자를 붙여서 말하지 않고 '0字 0字'라고 말하는 것이 바로 이 二名不偏諱의 뜻에 맞게 말한 것이다.

이러한 諱法은 중국 周나라 때부터 시작되었고, 名을 지을 때 흔히 쓰이는 字로 지으면 諱하기가 어려워지므로, 자식의 名을 지을 때 國名, 官名, 山川名, 病名, 家畜名, 器物名, 日月名 등으로는 짓지 않는다고 하였으니, 이런 용어는 일상생활에 흔히 사용되는 것이어서 諱하기가 어렵기 때문이었다.

옛사람들은 대화를 할 때나 글을 지을 때에 諱해야 할 名을 諱하지 못하고 觸諱를 犯하여 困厄을 당하는 경우고 있었으므로, 旅行中 숙식을 위하여 남의 집에 들어갈 때는 그 집에서 諱해야 할 字를 미리 물어 보았다 하며, 이는 주인에게 觸諱의 죄를 범하지 않기 위해서였다. 이와 같이 諱法이 생활에 제약을 가하게 되자 朝鮮朝의 王族들은 名을 지을 때에 일상생활에서 거의 쓰지 않는 僻字로 짓거나 새로 造字하여 짓게 되었으니, 이는 백성들이 觸諱의 罪를 범하지 않고 생활할 수 있도록 하기 위한 배려였던 것이다.

지금까지 詳述한 바와 같이 名을 존귀하게 여겨서 成人의 名을 諱하고 함부로 부를 수 없게 되자, 名이 아닌 누구나 보편적으로 부를 수 있는 다른 칭호가 필요하게 되었으며, 이것이 成年式(冠禮, 笄禮) 때에 「字」를 짓게 된 근본적인 원인인 것이다.

이와 같이 名 대신 가장 보편적으로 불려지던 字가 號의 사용이 일반화된 宋代부터는 보편적인 呼稱으로서의 지위를 상실하고 字도 존귀한 대상이 되어, 아랫사람은 윗사람의 字까지 諱하게 되었고, 그 대신 號가 누구나 거리낌 없이 부를 수 있는 보편적인 稱號로 다시 등장하게 되었다.

자는 성년식인 관례를 행할 때에 짓는 것이 원칙이었고, 관례는 인생살이에서 어른이 된다는 것이 얼마나 중요한 의의를 지니는가를 일깨워주는 의식이었다.

전통사회에서는 어른과 아이를 구분할 필요가 있었고, 그 기준을 머리에다 두었다. 그래서 '머리만 크지 소견은 아이', '머리 큰 철부지'라는 속담도 있다. 成年儀式도 중점은 머리에 있었다. 남자의 冠禮는 머리를 가다듬어 冠을 쓰는 의식이고, 여자의 笄禮는 머리를 꾸며서 비녀를 꽂는 의식이다. 머리에 변화를 가함으로써 아이에서 벗어나 어른이 되는 것이라 생각했다. 바꿔 말하면 人格의 변화를 「머리」에다 그린 것이다. 이유는 간단하다. 머리는 외모(신체)를 대표하는 동시에 생각(정신)이 담긴 곳이기 때문이다. 인간에게 있어 더할 수 없는 靈妙處인 머리는 다른 통과의례에서도 그렇지만 특히 관례에서는 중심적인 역할을 한다. ......관례에서 주례(賓)는 성년이 된 젊은이(冠者)에게 세 번 각각 다른 관을 씌워 준다. 평생 쓸 수 있는 관을 한 번씩 선보이는 것인데 그때마다 축사(祝)를 해서 성년이 된 의미와 성년이 된 후 마땅히 지녀야 할 마음가짐 몸가짐을 일깨워주는 것이다.(崔根德, 「17번째 成年의 날에」, 조선일보. 1989. 5. 16)

이렇게 엄숙한 의식을 거행하면서 成年이 된 사람으로서 항시 마음에 새기고 행동으로 실천해야할 덕목이 들어있는 「字」를 지어주는 것이다. 冠禮時에 主禮(賓)는 冠者에게 字를 지어주고 다음과 같이 축사를 한다.

이미 禮儀를 갖추고 좋은 달 좋은 날에 그대에게 字를 밝게 고하노라. 이 자는 매우 아름다워 훌륭한 선비에 합당하고 축복받기에 합당하니 받아드려 기리 보존하라.(禮儀旣備 令月吉日 昭告爾字 爰字孔嘉 髦士攸宜 宜之于嘏 永受保之)

이 축사 속에 字가 함유하고 있는 뜻이 어떤 것인가가 잘 드러나 있으니, 成人으로서 훌륭한 선비가 되기 위한 人生의 指標가 字의 의미 속에 들어 있는 것이다. 이렇게 字를 중시하였으므로 字는 대부분 一生의 指標로 삼을 만한 德目이 含有된 자로 지었던 것이다.

2. 作字의 傾向

字는 일반적으로 이미 지어진 名과 연관을 지어 지었고, 名과 무관하게 짓는 경우는 드물었으므로 『淵鑑類函』에, '字는 名에 의거하여 짓는 것이니 名이 字의 本이고 字는 名의 末이다.(字依乎名 名字之本也 字名之末也)'라 하였다. 이렇게 字가 名을 근거로 해서 名의 의미와 有關하게 지어진 경우 그 相關關係를 다음과 같은 몇 가지 유형으로 나눌 수가 있다.

1) 字가 名과 글자는 다르나 의미는 동일한 경우「字異義同」

예를 들어보면, 金士衡(1333~1407)의 字 平甫는 名에 公平無私의 의미를 가진 「衡」을 썼으므로 字에도 이와 동일한 뜻을 가진 「平」을 쓴 것이고, 安景恭(1347~1421)의 字 遜甫는 名에 쓰인 「恭」字와 字에 쓰인 「遜」자가 同義語이며, 韓致亨(1434~1502)의 字 通之도 名에 쓰인 「亨」과 字에 쓰인 「通」이 同義語이다. 이와 같이 名과 字가 글자는 다르나 의미는 같은 예는 이루 다 열거할 수가 없을 정도로 빈번히 나타난다.

2) 名과 字에 같은 자를 쓰는 경우「用同字」

吉再(1353~1419)의 字 再父, 李冑(?~1504)의 字 冑之, 申光漢(1484~1555)의 字 漢之 등이 名과 동일한 자로 字를 지은 경우이다.

3) 名의 意味를 字로 擴充한 경우「意味擴充」

金汝知(1370~1425)의 字 子行은 知에는 行이 따라야 하므로 子行이

라 한 것이고, 李原(1368~1430)의 字 次山은 언덕(原)만큼 이루었으면 다음에는 山만큼 이루어야 하므로 次山이라 한 것이며, 孟思誠(1360~1438)의 字 自明은 생각(思)이 정성스러우면 이치가 저절로 밝아질 것이므로 自明이라 한 것이다. 이와 같은 방법으로 字를 지은 예도 매우 많다.

4) 名의 의미가 한 쪽으로 치우친 결함을 字로 보완한 경우「缺陷補完」

중국 韓愈의 字 退之는 名 愈가 '나아간다(過)'는 뜻이 있으므로 물러설 줄도 알아야 한다는 의미로 退之라 한 것이고, 權近(1352~1409)의 字 可遠은 가까운 쪽에 치우친 名의 결함을 字로 보완한 것으로 볼 수도 있고 「近」을 시발점으로 하여 계속 노력하면 遠大한 곳에 이를 수 있다는 의미로 可遠이라 했다고도 볼 수 있다.

5) 名이 先賢과 같을 때 字도 그대로 承襲한 경우「先賢名字承襲」

高麗의 金覲(11世紀人)은 宋나라 蘇洵이 蘇軾 蘇轍 등 文名이 높은 두 아들을 둔 것을 선망하여 자기의 아들 이름을 蘇軾 蘇轍의 이름을 따서 富軾 富轍이라 짓고, 富轍의 字는 蘇轍의 字 子由를 그대로 썼으며, 李居易(?~1412)가 字를 樂天이라 한 것도 이름이 같은 唐代의 詩人 白居易의 字가 樂天이었던 것을 그대로 承襲한 것이다.

6) 名과 字를 經傳의 同一句에서 따다 쓴 경우「摘取經傳」

安省(?~1421)의 字 日三은『論語』의 '吾日三省吾身'에서 名과 字를 따다 쓴 것이고, 柳雲(1485~1528)의 字 從龍은『周易』「乾卦」文言의 '雲從龍'에서 名과 字를 따다 쓴 것이며, 金國光(1415~1480)의 字

觀卿은 『周易』 「觀卦」 '觀國之光'에서 名과 字를 따다 쓴 것이다.

지금까지 字를 지을 때에 어떤 기준에 의해서 지었는가를 살펴보았다. 두 자로 이루어진 字중의 한 자로 흔히 쓰이는 父(보), 甫, 夫, 士, 彦, 子 {예, 平父(曺備衡), 幹甫(金連柱), 謙夫(卓愼), 士訥(金時敏), 彦施(邊以中), 子行(安知)} 등은 字에 붙이는 敬稱 美稱일 뿐 다른 의미는 없으며, 伯, 仲, 叔, 季{예, 伯牛, 叔讓, 晦叔, 震伯} 등은 兄弟의 次序를 나타내기 위하여 붙인 것이다.

Ⅲ. 號 攷

1. 號의 意義와 性格

우리의 先賢들은 本名 외에 字와 號 및 謚號 등을 가지고 있었고, 王은 이 밖에 廟號와 陵號까지 있어서 한 인간을 지칭하는 稱號가 실로 다양하였다. 이런 각종의 稱號는 그 주인공의 인격을 상징하는 것으로 생각하여 매우 소중하게 여기고, 이를 높이는 敬名意識이 형성되었으며, 顧名思義라 하여 자신의 이름이 지닌 뜻을 되돌아보고 그 의미에 맞게 처신하였는가를 항시 반성하여, 이것을 自己修養의 한 방편으로 삼았다.

名을 높여서 윗사람의 名을 아랫사람이 함부로 부를 수 없고, 冠禮를 행하고 字를 지은 이후에는 名은 君과 師와 父만이 부를 수 있는 尊貴한 것으로 여겼으며, 그 밖의 사람이 名으로 호칭하는 것은 그를 멸시하는 것으로 생각하였다.

전국시대부터 일부 인사가 자신의 명을 숨기고 호를 지어 쓰던 것을

唐代부터 일부 文人들이 모방하기 시작하였으며, 이것이 宋代에 이르러서는 士 이상의 階層 대부분이 지어 쓸 정도로 普遍化하였고, 號가 보편화하자 이제 字까지 높여서 字도 아랫사람은 부를 수 없게 되었다. 즉 號가 널리 지어지면서 字도 높여서 함부로 부를 수 없게 되었고, 字가 존귀한 대상이 되자 누구나 스스럼없이 부를 수 있는 稱號로 號가 더욱 보편화하였던 것이다.

號는 영어의 PEN NAME이나 PSEUDONYM과 유사한 것으로, 이를 雅號와 堂號로 나누기도 하는데, 雅號는 藝術家들이 詩文이나 書畵 등에 쓰는 本名 외의 優雅한 號라는 뜻으로, 號를 높여서 부르는 말이므로, 자기의 號를 스스로 雅號라 칭하는 것은 온당하지 않다. 즉 "선생님의 「雅號」는 무엇입니까?" "제 「號」는 00입니다." 식으로 쓰는 것이 온당하다. 堂號는 본래 堂宇의 名稱으로 書齋나 亭子나 別莊 등에 붙인 이름이었으나, 현재는 雅號나 堂號를 구분하지 않고 모두 號라 칭하고 있다. 廣義의 號 속에는 別號, 宅號, 諡號, 佛家의 法號 등도 포함시킬 수 있으나, 本攷에서는 일반적인 號만을 考究의 대상으로 삼고자 한다.

2. 作號의 基準

號를 지으려면 자기의 號에 어떤 의미를 담고자 하느냐가 문제가 된다. 즉 號를 통하여 나타내고자 하는 뜻이 무엇이냐에 따라 號를 몇 가지의 유형으로 분류할 수 있으며, 지금까지 지어진 많은 사람들의 號가 이러한 몇 가지의 유형에 맞게 지어졌으므로, 이 유형들을 일단 作號의 基準으로 보고 이를 살펴보고자 한다.

우리나라 사람 가운데 作號의 基準에 대하여 최초로 언급한 사람은 高麗시대의 李奎報(1168~1241)이었다. 그는,

> 옛 사람 가운데 號로써 名을 대신한 사람이 많았다. 居處하는 곳을 號로 한 사람도 있고, 그가 간직한 것을 근거로 하거나 혹은 그가 얻은 것의 내용을 號로 한 사람도 있었다. 王績의 東皐子, 杜甫의 草堂先生, 賀知章의 四明狂客, 白居易의 香山居士 같은 것은 그들이 거처하는 곳을 號로 삼은 것이고, 陶潛의 五柳先生, 鄭薰의 七松處士, 歐陽修의 六一居士 등은 모두 그들이 가지고 있던 것을 號로 한 것이며, 張志和의 玄眞子, 元結의 漫浪叟 등은 그들이 얻은 내용(즉 到達한 境地)을 號로 한 것이다.(李奎報, 『東國李相國集』 卷20, 「白雲居士語錄」)

하여, 號에는 居處하는 곳으로 호를 삼은 것, 所有하고 있는 玩好物로 호를 삼은 것, 到達한 境地로 호를 삼은 것 등이 있으며, 號를 지으려면 이 세 가지 기준 가운데 하나에 맞게 지어야 한다는 것이다. 즉 所處나 所蓄이나 所志로 호를 삼아야 한다는 것이다. 本攷에서는 이 세 가지 기준에, 作號者가 처한 處地 즉 所遇를 덧붙여서 이 네 가지를 作號의 基準으로 삼고, 하나 하나 검토해보고자 한다.

1) 所處以號

所處以號는 자신이 생활하고 있거나 인연이 있는 곳(주로 地名)으로 號를 삼은 것으로 先人들의 號 가운데 다수가 이렇게 지어진 것이다. 즉 마을 이름(村, 里, 洞, 州, 郊 등), 산 및 골짜기 이름(山, 峰, 巖, 崗, 嶽, 谷 등), 물 이름(溪, 海, 江, 湖, 浦, 洲, 川, 潭 등) 등이 들어간 號들은 대부분이 所處로 號를 삼은 것이라 할 수 있다.

예를 들면, 鄭道傳의 三峯, 李滉의 退溪와 陶山老人, 李珥의 栗谷과 石潭, 柳馨遠의 潘溪, 丁若鏞의 茶山, 朴趾源의 燕巖 등의 호들이 모두 所處로 號를 삼은 것이다.

2) 所志以號

所志以號는 자신이 지향하는 목표나, 이미 도달한 경지를 호로 삼은 것으로, 所志를 호로 한 경우 修身의 뜻을 나타내는 것이 대부분이고 隱遁이나 風流의 뜻을 나타낸 것도 산견된다.

所志로 號를 삼은 예를 들어보면,

> 白雲은 내가 본받고 싶은 것이다. 이를 본받고자하여 노력한다면 비록 그 실상에 이르지는 못한다 해도 유사하게는 될 수 있을 것이다. 대체로 구름이라는 것은 둥실둥실 한가히 떠서 산에도 막히지 않고 하늘에도 매이지 않으며 표표히 동서로 떠다니면서 행적이 얽매임이 없고 수시로 변화해서 그 始終을 알 수가 없다. 油然히 퍼지는 것은 君子가 세상에 나와 벼슬함과 같고, 斂然히 걷히는 것은 높은 뜻을 가진 선비가 은둔함과 같으며, 비를 내려서 마른 초목을 소생시킴은 仁이요, 와서도 집착함이 없고 가면서도 미련을 두는 바가 없음은 通이다. 구름의 靑, 黃, 赤, 黑色은 그 正色이 아니요, 華彩없는 白色만이 正色이다. 그 德과 色이 이와 같으니 그를 본받아 배워서, 세상에 나아가면 만물에 恩澤을 입히고, 들어와서는 마음을 비워서 그 潔白함을 지키고 그 正常에 처하여, 보아도 보이지 않고 들어도 들리지 않는 無何有의 仙境에 들어가게 된다면, 구름이 나인지 내가 구름인지 알 수 없을 것이며, 이렇게 된다면 옛 聖人이 도달한 실상에 거의 접근하게 되지 않겠는가. 或人이 묻기를, "居士라는 칭호는 무엇인가?" 하기에 대답하기를, "혹 山에 居하기도 하고 혹 집에 居하기도 하는데, 오직 道를 즐길 수 있게 된 然後에야 이를 號로 삼을 수 있는데, 나

는 집에 居하면서 道를 즐기는 사람이다." 하였다. (李奎報,『東國李相國集』卷20,「白雲居士語錄」)

하여, 李奎報가 自號를 白雲居士라 한 이유를 밝히고 있다. 즉 구름의 자유롭고 얽매이지 않음, 변화가 자유자재함, 만물에 恩澤을 입힘, 세상에 초연함, 집착하는 바가 없음 등을 戀慕하여 이를 본받고자 하였으며, 華麗한 彩色이 없는 白色이 구름의 正色이므로 號를 白雲이라 하고, 자신은 居家하면서 道를 즐기는 사람이므로 이에 居士를 덧붙여서 號를 白雲居士라 하였다는 것이다.

우리나라 性理學의 導入者 安裕는 宋의 朱子를 존경하여 그의 號 晦庵을 따서 自號를 晦軒이라 하였고, 李齊賢은 상수리나무「櫟」가 재목감이 못되어 그 때문에 天壽는 누릴 수 있듯이, 자신도 남 앞에 나서지 않고 守拙하면서 天壽나 누리고 싶다는 뜻으로 自號를 櫟翁이라 하였다.

栗谷의 母堂 師任堂 申氏는 中國 古代 周나라의 聖人 文王의 어머니 太任을 스승으로 삼아 본받겠다는 뜻으로 自號를 師任堂이라 하였고, 宋純은 "굽어보면 땅이 있고 우러러보면 하늘이 있으며 그 가운데 정자가 있어 호연한 기상이 일어난다.(俛有地 仰有天 亭其中 興浩然)"하여, 天地를 俛仰하며 浩然之氣를 기르겠다는 뜻으로 自號를 俛仰亭이라 하였다. 이와 같이 뜻한 바를 自號로 한 사례는 이루 枚擧할 수가 없을 정도로 많다.

3) 所遇以號

所遇를 號로 삼은 것은 자신이 처한 환경이나 여건으로 自號를 정한 것이다. 所遇를 號로 삼은 경우 富해졌거나 貴해졌거나 健康해진 것을

號로 삼은 경우는 매우 드물고, 늙음, 가난함, 병들음, 외로움, 허무함 등을 호로 삼은 경우가 대부분이다. 이러한 號들은 대체로 隱(예 金時習의 號 碧山淸隱), 翁(예, 申弼貞의 病翁), 叟(예, 安繼宋의 薄田耕叟), 老(예, 李淳의 野老), 夫(예, 成孝元의 漁夫), 居士(예, 金光燦의 雲水居士), 散人(예, 金叔滋의 江湖散人), 山人(예, 李資玄의 淸平山人), 布衣(예, 金宇顒의 直峯布衣), 野人(예, 安應世의 葵藿野人) 등 자신이 처한 처지를 상징하는 자가 붙어 있다.

자신의 자랑스러운 처지를 호로 삼은 예를 들어보면, 申從護는 세 차례의 과거에 모두 魁科(壯元)로 급제하였다 하여 號를 三魁堂이라 하였고, 金大有는 나이가 70이 넘었으니 壽가 족하고, 大科에 급제하여 벼슬을 살았으니 榮譽가 족하고, 자손들로부터 朝夕으로 酒肉의 供饋를 받으니 이 또한 부족하지 않다 하여 號를 三足堂이라 한 것 등을 들 수 있다.

許祕은 평생의 嗜好가 담배를 피우는 것이었고, 담배를 피워 보면 그 생산지를 알았으므로 號를 煙客이라 하였으니, 이는 자신의 嗜好를 號로 삼은 것이다.

4) 所蓄以號

所蓄以號는 가지고 있는 玩好物로 號를 삼은 것이다. 前述한「白雲居士語錄」에는 中國 陶潛의 五柳先生, 鄭薰의 七松處士, 歐陽修의 六一居士 등을 所蓄으로 號를 삼은 예로 들어 놓았다. 五柳와 七松은 각기 宅邊에 다섯 그루의 버드나무와 일곱 그루의 소나무가 있어서 이를 自號로 삼은 것이고, 歐陽修는 자신이 가진 것은 오직 一萬卷의 藏書, 一千卷의 集古錄(歐陽修가 경전을 註釋한 책), 一章의 거문고, 一局

의 바둑판, 一壺의 술과 一老人(자기 자신) 뿐이라 하여, 이 여섯 가지로 自號를 삼아서 六一居士라 하였다는 것이다.

我國人 玄若昊는 宅邊에 상록수인 松, 柏, 竹을 심고 自號를 三碧堂이라 하였으며, 崔澐은 집안에 연못 세 개가 있어서 號를 三池先生이라 하였고, 權言止는 儒城 村舍 주변에 소나무를 빽빽하게 심어놓아 俗世의 티끌 하나도 아르지 못한다 하여 自號를 萬松處士라 하였으니, 이런 號들도 所蓄으로 號를 삼은 예이다.

어떤 인물의 住居「所處」가 바뀌었거나 뜻한 바「所志」나 처한 상황「所遇」이나 玩好하는 物「所玩」이 바뀌었을 때 그에 맞는 號를 새로 짓는 일이 많았으므로 한 사람이 여러 종류의 호를 갖는 경우도 있게 되었다. 金正喜는 阮堂, 秋史, 禮塘, 詩庵, 果坡, 老果, 孼椽齋 등 많은 호를 가지고 있었고, 李奎報는 三酷好先生, 白雲居士, 止止軒, 四可齋, 自娛堂, 南軒丈老 등의 호를, 金時習은 贅世翁, 梅月堂, 淸寒子, 雪岑, 東峯, 碧山淸隱 등의 호를 가졌던 것이 그런 예에 속한다.

3. 號의 分類

國立中央圖書館을 비롯하여 여러 도서관에 우리 先人들의 號를 모아놓은 여러 종류의 『號譜』가 소장되어 있다. 이들 『號譜』들은 각종의 호를 몇 개의 屬으로 나누어 그 屬別로 정리해 놓았으며, 本攷에서도 이에 의거하여 號들을 분류해보고자 한다.

1) 屋廬之屬

屋廬之屬은 家屋名, 堂宇名 및 건물에 부속된 부분의 명칭을 호에 쓴 것들이며, 齋號(예, 三字齋號 澹簡溫齋 金鍾厚, 二字齋號 保閑齋 申叔舟 佔畢齋 金宗直, 一字齋號 益齋 李齊賢 晦齋 李彦迪 등), 堂號(예, 二字堂號 淸香堂 尹准 虛白堂 成俔, 一字堂號 西堂 金誠立 松堂 趙浚 등), 菴號(예, 二字菴號 知足菴 尹忭 退修菴 趙聖復, 一字菴號 沖菴 金淨 尤菴 宋時烈 등), 軒號(예, 二字軒號 梅竹軒 成三問 蘭雪軒 許楚姬, 一字軒號 晦軒 安裕 棟軒 尹紹宗 등), 亭號(예, 二字亭號 歸來亭 申末舟 觀瀾亭 元昊, 一字亭號 稼亭 李穀 土亭 李之菡 등), 窩號(예, 二字窩號 三省窩 洪聖輔 無悶窩 李相休 등) 등이 이에 해당하는 號들로서 號譜에 수록된 호의 약 4할 정도가 이 屋廬之屬에 속하는 호들이다.

2) 山陵巖谷之屬

山陵巖谷之屬은 땅과 관계가 있는 자를 호에 쓴 것들로서 山을 뜻하는 山, 峯, 崗, 巒 등과 언덕을 뜻하는 皐, 厓, 坡, 陵 및 암석을 뜻하는 巖, 石 등에 속하는 字가 들어간 호 들이며, 그 가운데 山號(예, 五山 車天輅 蛟山 許筠 등), 峯號(예, 龜峯 宋翼弼 重峯 趙憲 등), 巖號(예, 風巖 金叔滋 農巖 金昌協 등) 坡號(예, 陽坡 鄭太和 松坡 崔誠之 등), 石號(예, 玄石 朴世采 白石 洪茂績 등) 등이 비교적 빈번히 쓰인 것들이며, 號譜에 수록된 호의 약 1할 정도가 山陵巖谷之屬에 해당하는 號들이다.

3) 村里田野之屬

村里田野之屬은 거주지역을 나타내는 村, 里, 谷, 洞 등과 農園과 관련이 있는 園, 圃, 田, 疇 등에 속하는 자가 들어간 호 들이며, 村號(예, 陽村 權近 象村 申欽 등), 谷號(예, 大谷 成運 柏谷 金得臣 등), 圃號(예, 藥圃 鄭琢 農圃 鄭文孚 등) 등이 비교적 빈번히 쓰인 것들로서 號

譜에 수록된 호의 약 1할 정도가 이 속에 해당하는 것들이다.

4) 河海川淵之屬

河海川淵之屬은 바다, 강, 호수, 여울, 섬 등에 속하는 자로 지은 호를 모아놓은 것으로, 丹溪 河緯地, 牛溪 成渾, 白湖 林悌, 星湖 李翼, 秋江 南孝溫, 松江 鄭澈, 花潭 徐敬德 등의 호를 예로 들 수 있으며, 號譜에 수록된 호의 약 1할 정도가 이에 속하는 것들이다.

5) 其他

이 외에 天日陰陽之屬, 草木禽獸之屬, 器用之屬, 隱逸之屬, 厭世諧謔之屬 및 이들 어느 屬에도 속하지 않는 雜號 등으로 분류할 수 있는 號들이 있으나 이들에 속한 호들은 그 수가 많지 않으므로 설명을 略한다.

Ⅳ. 結 語

本攷에서는 우리의 先人들은 名을 매우 공경하는 敬名意識을 가지고 있었으며, 그 때문에 成人의 名을 함부로 부를 수가 없어서 누구나 자유롭게 부를 수 있는 字를 별도로 짓게 되었고, 宋代 이후 字까지도 높여서 아랫사람은 함부로 부를 수 없게 되자 號를 짓는 일이 보편화하였음을 살펴보고, 作字의 법칙과 경향 및 作號의 기준과 號의 종류도 살펴보았다.

이 시대를 살아가고 있는 우리들은 옛부터 전해오는 아름다운 傳統을 계승 발전시켜서 우리의 문화가 단절되지 않게 하고 主體性이 유지되도록 해야 할 역사적 사명을 띠고 있다.

青少年의 非行과 脫線이 蔓延하여 심각한 사회문제가 되고 있는 요즈음 그들이 成年에 이르면 엄숙하게 成年式을 열어주고, 平生동안 인생의 지표로 삼을만한 의미를 함유한 字를 지어주어 스스로 顧名思義하면서 自己修養에 힘쓰도록 한다면, 젊은이들이 인생을 건전하게 살아가는데 크게 도움이 될 것이고 건전한 사회를 이룩하는데도 크게 기여하리라고 본다.

한편 요사이 유명인사들을 그들의 名의 영문 두문자「initial」로 호칭하는 일이 많은데, 이렇게 무미건조한 영문 이니셜로 부르기보다는 그분들이 가지고 있는 雅號로 불러주고, 많은 사람들이 의미가 깊고 운치도 있는 號를 짓고 상호간의 呼稱에 이를 불러주며 이를 자기수양의 한 방편으로 삼는다면, 각박한 세상이 조금은 부드럽고 너그러워지리라고 보며, 이런 관점에서 보면 일부 사회단체에서 전개하고 있는「雅號 지어 부르기 운동」도 매우 意義있는 일이라고 생각한다.

先代士類의 名·字 研究

Ⅰ. 序 言

우리의 祖上들은 자신의 이름을 매우 중요시하고 소중하게 여겼으며, 이름을 더럽히지 않고 자랑스럽게 보존하고자 노력하였으며, 名譽라는 말이 바로 이름을 자랑할 수 있게 한다는 뜻인 것이다.

특히 漢字文化圈에 속해 있는 사람들은 훌륭한 뜻이 含有된 이름을 짓고 '顧名思義'라 하여 항상 자신의 이름이 품고 있는 뜻을 돌이켜보며 그 의미를 생각하고 그에 합당한 행동을 하고자 노력하였고, 이것이 곧 修身의 한 방법이었으므로 이름을 소중히 여기고 이름을 높이는 관념이 널리 퍼지게 되었으며, 인간 개개인을 상징적으로 代表하는 것이 개개인의 이름이므로 개인의 인격을 존중하는 사상은 곧 이름을 높이는 사상으로 이어져서 이름을 존귀하게 여겨 자신의 이름이나 타인의 이름을 함부로 부를 수 없게 되었다.

我國의 先人들은 出生하면 名을 갖게 되고, 成年式인 冠禮나 筓禮 後에는 字를 갖게 되며, 號도 짓고 功績이 있는 사람은 국가에서 死後에 諡號까지 내려주고 이외에도 王에게는 廟號, 陵號까지 있어서 한 사람을 상징하는 稱號가 여러 종류이었다.

先人들이 가지고 있던 여러 가지 稱號 가운데 本攷에서는 主로 '字'와 '號'에 관한 연구에 국한하여 字와 號를 짓게 된 이유는 무엇이고 字를 쓰기 시작한 것은 언제부터이며 그 경향이 어떻게 변천하였는가. 자와 호를 짓는 방법과 법칙은 무엇인가 등에 대하여 살펴보고자 한다.

Ⅱ. 字를 짓게 된 理由

禮記에, '남자는 20세에 冠禮를 행하고 字를 짓는다'[1] '여자가 혼인을 약속하면 笄禮를 행하고 字를 짓는다.'[2]하고 그 註에, '관례를 행하고 字를 짓는 것은 그 이름을 공경해서이다.'[3] '출가를 약속하였으면 15세에 笄禮를 행하고 그렇지 않으면 20세에 笄禮를 행하는데 이 또한 成年이 되는 의식이므로 字를 짓는다.'[4]라고 하였다. 이는 이름을 소중히 여기는 관념 때문에 成人이 된 사람의 이름을 함부로 부를 수가 없어서, 出生한 후부터 갖게 된 名 外에 누구나 널리 부를 수 있는 별도의 稱號가 필요하게 되어 字를 지었다는 것이다.

우리의 先人들이 名을 얼마나 소중히 여기었나를 살펴보자

나무가 오래 살면 산구렁에 우뚝 솟을 수 있고, 물이 오래 흐르면 반드시 바다에 이를 수 있게 된다. 너의 이름을 '오랠 구(久)'로 하노니, 너는 이름을 돌아보고 뜻을 생각하여 감히 방종한 행동을 하지 말며, 감히 놀기를 좋아하지 말고, 오늘 한 이치를 궁구하고 내일 한 이치를 궁구하며,

---

1) 『禮記』1, 「曲禮 上」. '男子二十 冠而字'
2) 같은책, 같은 곳. '女子許嫁 笄而字'
3) 같은책, 陳澔의 集說. '冠而字之 敬其名也'
4) 같은책, 같은곳. '許嫁則十五而笄 未許嫁則二十而笄 亦成人之道也 故字之'

오늘 한 가지 착한 일을 행하고 내일 한 가지 착한 일을 행하며, 날마다 조심하여 비록 쉴만한 때라도 쉬지 않고 노력하면 인격과 교양이 구비된 훌륭한 사람이 될 수 있을 것이다. 그렇지 않으면 날마다 퇴보하여 반드시 小人이 될 것이니 너는 너의 이름이 함유한 뜻을 공경하고 이를 실현하고자 노력하라.5)

이는 河崙(1347~1416)이 아들의 이름을 '久'라 짓고 그렇게 지은 이유를 설명하고 평생동안 항시 顧名思義하면서 수양에 힘써 훌륭한 人格者가 될 것을 당부한 것이다.

이렇게 우리의 先人들은 이름을 매우 소중히 여겨 成人의 이름을 함부로 부르지 못하였고, 成人의 이름은 君·師·父만이 부를 수 있었을 뿐이요 그 外의 사람이 名을 부르면 그를 모독하는 것으로 생각하였다. 他人을 부를 때 官職이나 封爵이나 號나 字를 덧붙이지 않고 맨 이름만을 부르거나 기록하는 것은 그 사람을 멸시하는 것으로 여겼다. 예를 들면, '諸侯가 失政을 하여 관할하던 영지를 잃으면 이름으로 부르고 人倫을 그르쳐서 同族을 滅한 경우에도 이름을 부른다'6) 하여 제후의 이름을 부르는 것은 그를 중죄인으로 취급함을 의미하는 것으로 보았다.

또한 비록 윗사람이라 하더라도 각별히 예우를 할 아랫사람에게는 함부로 이름을 부리지 않았다. 禮記에,

---

5) 河崙, 「名字說」(徐居正 『東文選』 권98)
　木之生久則必聳于巖壑 水之流久則必達于溟渤 人之於學亦然 久而不已則必至于有成 名汝曰久 汝其顧名而思義 毋敢放肆 毋敢逸遊 今日格一物 明日格一物 今日行一善 明日行一善 日愼一日 雖休物休 則可至于成人矣 不然則日損日退 必爲小人之歸矣 汝其敬之 汝其勉之.
6) 『禮記』2. 「曲禮 下」. 諸侯失地 名 滅同姓 名

上卿과 兩媵(夫人보다는 아래이지만 諸妾보다는 위에 있는 여인)은 國
君도 이름으로 부르지 않고, 大夫는 父代부터 부리던 老臣이나 姪娣(姪
은 妻의 兄의 딸이고 娣는 妻의 妹로 妻가 시집올 때 따라와 妾이 된 여
인들임)는 이름으로 부르지 않으며, 士는 家事를 맡은 사람들의 우두머리
와 長妾(妾으로 자식을 낳은 여인)을 이름으로 부르지 않는다.[7]

하여, 아랫사람이라도 권위를 인정해야 할 사람은 名으로 부르지 않는
다고 하였다.

이러한 敬名思想은 자기가 자신의 이름을 부르는 경우에도 그대로
적용되어, 특별히 자기를 낮추는 겸손의 표시로 보아 아무 경우에나 함
부로 자신의 이름을 부르지는 않았다. 禮記에, '자식이 부모 앞에서는
자신을 이름으로 부른다.'[8] '아버지 앞에서는 자식이 이름을 부르고, 임
금 앞에서는 신하가 이름을 부른다.'[9]고 하였다. 즉 집안에 가장 존귀한
사람이 둘이 있을 수 없으므로 아버지(家君) 앞에서는 가족 모두가 이
름을 부르고, 나라에 至尊은 國君 한사람뿐이므로, 임금 앞에서는 모든
신하가 이름을 부른다고 한 것이다. 이렇게 소중한 것이 名이고 出生
한 후 3개월 되었을 때 父가 命名한 것이 名이므로 '君子는 父가 死亡
한 후에는 名을 바꾸지 않는다'[10]하여 父母 死後의 改名은 자식으로서
차마 할 수 없는 것으로 생각하였다.

名을 존귀하게 여기는 관념 때문에 名을 함부로 부르지 못하고 避諱
하게 되었다. 名을 諱하는 법을 보면, '春秋에서는 지위가 높은 사람,
부모, 덕행이 훌륭한 사람의 名을 諱하였다.'[11]하여, 孔子가 지은 「春

---

7)『禮記』2.「曲禮 下」. 國君不名卿老世婦 大夫不名世臣姪娣 士不名家相長妾

8)『禮記』2.「曲禮 下」. 子於父母 則自名也

9)『禮記』2.「曲禮 下」. 父前子名 君前臣名

10)『禮記』2.「曲禮 下」. 君子已孤 不更名

秋」에 어떤 사람이 名을 부르거나 쓰지 못하였는가를 밝혀 놓았고, 禮
記에는 '卒哭後에는 生時에 쓰던 名을 諱하고, 글자가 다르면 音이 같
아도 諱하지 않으며, 두 자로 된 名은 그 字가 한 字씩 나올 때는 諱하
지 않는다고 하였다.'12) 例를 들면 孔子의 母名이 徵在인데 '徵'을 써
야 할 일이 있을 때 '在'를 잇달아 쓰지 않고, '在'를 써야 할 일이 있을
때 '徵'을 잇달아 쓰지 않았으며 한 字씩 부르거나 읽을 일이 있을 경우
에는 이를 諱하지 않았다는 것이다.13) 우리 풍습에 子가 父名을 말할
때 이름 두 자를 붙여 함께 말하지 않고 한 자씩 떼어서 'ㅇ字 ㅇ字'라고
말하는 것도 바로 이 二名不偏諱의 관념에서 나온 것이다.

　諱해야 할 사람의 名을 諱할 수 없는 경우도 있다. 王 앞에서는 私
人의 名을 諱할 수 없고, 詩經, 書經 등의 文章 속에 諱해야 할 字가
나오는 경우도 諱하지 않으며, 사실을 기록한 글에 나온 名字도 諱하
지 않았으며, 사당에 모셔놓은 신주는 제일 높은 조상 一人外에는 諱
하지 않았다.14) 이 것은 國無二尊·家無二尊 사상과 경전이나 史書의
뜻을 잘못 이해하는 일을 막기 위해서이었다.

　이러한 諱法은 周代부터 시작되었으며,15) 名을 지을 때 흔히 常用하
는 字로 지으면 諱하기가 어려워서, 자식의 名을 지을 때 흔히 常用하
는 字로 지으면 諱하기가 어려워서, 자식의 名을 지을 때 國名·官
名·山川名·病名·家畜名·器物名·日月名 등으로는 짓지 않는다고
하였으니,16)이런 用語는 일상생활에 흔히 사용되는 것이기 때문에 諱

---

11)『春秋 公洋傳』,「閔公 元年」春秋 爲尊者諱 爲親者諱 爲賢者諱.
12)『禮記』1,「曲禮 上」, 卒哭乃諱 禮不諱嫌名 二名不偏諱.
13)『禮記』4,「檀弓 下」, 二名不偏諱 夫子之母名徵在 言在不稱徵 言徵不稱在.
14)『禮記』1,「曲禮 上」, 君所無私諱 …… 詩書不諱 臨文不諱 廟中不諱.
15)『春秋 左氏傳』,「桓公 六年」, 自殷以往未有諱法 諱始於周.
16) 같은 책, 같은 곳, 不以國 不以官 不以山川 不以隱疾 不以畜牲 不以器幣『禮

하기가 어렵기 때문이었다.

이러한 敬名사상과 尊貴한 人物의 名을 避諱하는 관습이 우리나라에도 일찍부터 들어와서,

> …太宗大王이 즉위했을 때 唐나라 使臣이 詔書를 가지고 왔는데 그 가운데 뜻을 알 수 없는 곳이 있어 王이 불러 물어보니 王앞에서 한번 보고는 지체없이 해석하고 설명하였다. 王이 놀라고 기뻐하여 늦게 만난 것을 한으로 여기며 성명을 물으니 "臣은 본시 任那가야 사람으로 이름을 牛頭라 합니다."하였다. 王이 "경의 두골을 보니 强首先生이라 부르는 것이 좋겠소." 하고 唐皇帝가 보낸 詔書의 答書를 짓게 하였는데 문장이 세련되고 뜻이 지극하여 王이 더욱 기이하게 여기며 이름을 부르지 않고 先生이라 불렀다.[17]

하였는데, 이는 신라 태종무열왕이 强首의 학식과 文筆의 능력에 탄복하여 그의 이름을 부르지 않고 先生이라 불렀다는 것이다. 이로 보아 늦어도 7世紀頃에는 名을 避諱하는 사상이 우리나라에 들어왔음을 알 수 있다.

高麗時代에는 刊行된 각종 典籍에는 '武'字나 '堯'字가 없다. '武'를 써야 할 곳에는 '虎'를 써서 新羅 文武王을 文虎王으로 표기하였고, '堯'를 써야 할 곳에는 '高'를 써서 檀君이 건국한 시기가 中國 堯의 통치 시기와 같다는 기록은 '與堯同時'라 하지 않고 '與高同時'라고 기록

記』1, 「曲禮 상』, 名子者 不以國 不以日月 不以隱疾 不以山川.
17) 金富軾, 『三國史記』46, 列傳6.
　　…… 及太宗大王卽位 唐使者至 傳詔書 其中有難讀處 王召問之 王前一見 說釋無凝滯 王驚喜 恨相見之晩 問其姓名 對曰 臣本任那加良人 名牛頭 王曰 見卿頭骨 可稱强首先生 使製回謝唐皇帝詔書 文工而意盡 王益奇之 不稱名 但言先生而已.

하였다. 이는 高麗 惠宗의 名이 武이고 定宗의 名이 堯이기 때문에
이를 諱해서 쓰지 못하고 의미가 유사한 다른 자를 대신 쓴 것이다.

옛사람들은 對話時에나 作文時에 본의 아니게 觸諱의 罪를 犯하여
困厄을 당하는 경우도 있었으므로 여행중 숙식을 위하여 남의 집에 들
어갈 때는 먼저 諱해야 할 字를 물었다 한다.[18] 이는 主人에게 觸諱의
罪를 犯하지 않기 위해서였다. 이렇게 諱法이 文字生活을 制約하자
조선조의 王族들은 名을 지을 때 일상생활에는 거의 쓰이지 않는 僻字
로 짓거나 새로 造字하여 짓게 되었으니, 백성들이 觸諱의 죄를 범하
지 않고 文字生活을 불편없이 하도록 하기 위해서였다.

지금까지 詳述한 바와 같이 名을 尊貴하게 여겨서 諱하고 함부로
부르지 못하게 되자, 누구나 普遍的으로 부를 수 있는 다른 稱號가 필
요하게 되어 字를 짓게 된 것이다. 中國에서는 字가 周代부터 宋初까
지 가장 普遍的인 成人의 稱號로서 누구나 制約없이 부를 수 있었다.
子思가 지었다는 中庸에 '仲尼曰君子中庸 小人反中庸'이라 하여 祖父
인 孔子의 字 '仲尼'를 그대로 쓴 것으로 보아도 字를 弟子나 子孫들
도 부를 수 있었음을 알 수 있다. 孔子의 弟子 子游의 門人들이 지었
다는 禮記 禮運篇에도, '昔者仲尼與於석蜡賓……'이라 하여, 스승의
스승인 孔子의 字를 쓰고 있다.

이렇게 普遍的으로 불리어지던 字가 號의 使用이 一般化된 宋代부
터는 普遍的인 호칭으로서의 위치를 상실하여 손아랫사람은 字까지 諱
하게 되었고, 그 대신 號가 누구나 자유롭게 부를 수 있는 보편적인 칭
호로 다시 등장하였다(本攷에서는 號는 考究하지 않았음).

字는 成年禮인 冠禮를 行할 때에 짓게 되는 바 古代에는 관례를 婚
禮보다도 중시하였다. 관례란 인생살이에서 어른이 된다는 것이 얼마

---

18) 『禮記』「曲禮 上」入境而問禁 入國而問俗 入門而問諱

나 중요한 의미를 지니는가를 일깨워주는 의식이다.

전통사회에서는 어른과 아이를 구분할 필요가 있었고, 그 기준을 '머리'에다 두었다. 그래서 '머리만 크지 소견은 아이' '머리 큰 철부지'라는 속담도 있다.

成年儀式도 중점은 머리에 있었다. 남자의 冠禮(元服)는 머리를 가다듬어 冠을 쓰는 의식이고, 여자의 笄禮는 머리를 꾸며서 비녀를 꽂는 의식이다. 머리에 변화를 가함으로써 아이에서 벗어나 어른이 되는 것이라 생각했다. 바꿔 말하면 人格의 변화를 '머리'에다 그린 것이다.

이유는 간단하다. 머리는 외모(신체)를 대표하는 동시에 생각(정신)이 담긴 곳이기 때문이다. 인간에게 있어 더할 수 없는 靈妙處인 머리는 다른 통과의례에서도 그렇지만 특히 관례에서는 중심적인 역할을 한다. ……관례에서 주례(賓)는 成年이 된 젊은이(冠者)에게 세번 각각 다른 관을 씌워준다. 평생 쓸 수 있는 관을 한번씩 선 보이는 것인데 그때마다 축사(祝)을 해서 성년이 된 의미와 성년이 된 후 마땅히 지녀야 할 마음가짐 몸가짐을 일깨워주는 것이다.[19]

이렇게 의미있고 엄숙한 의식을 거행하면서 成年이 된 사람으로서 항시 마음에 새기고 행동으로 실천해야 할 德目이 含有된 字를 지어주는 것이다. 字속에는 成人으로서의 의무와 책임이 담겨져 있는 것이다. 三加禮를 끝낸 후 賓이 冠者에게 字를 지어주고 다음과 같은 祝辭(祝)를 읽는다.

> 이미 예의를 갖추고 좋은 달 좋은 날에 그대에게 자를 분명히 알려주노라. 이 字는 매우 아름다워 훌륭한 선비에게 합당하고 축복받기에 마땅하니 받아드려 길이 보존하라[20]

---

19) 崔根德, 「17번째 '成年의 날'에」(조선일보 1989. 5. 16)

이 축사 속에 字가 함유하고 있는 뜻이 어떤 것인가가 잘 드러나 있
다. 즉 成人으로서 훌륭한 선비가 되기 위한 人生의 指標가 字의 의미
속에 들어있는 것이다. 이렇게 字를 중시하였으므로 字는 대부분 일생
의 지표로 삼을 만한 德目이 함유된 자로 지었던 것이다.

지금까지 서술한 바와 같이 敬名사상으로 成人의 名을 諱하여 함부
로 부를 수 없게 되자 名대신 누구나 부를 수 있는 새로운 호칭이 필요
하게 되어 字를 지었고, 좋은 德目이 함유된 字를 항시 돌이켜보면서
成人으로서의 사명과 책임을 명심하도록 하려는 것도 字를 짓게된 원
인이 되었던 것이다.

Ⅲ. 作字의 傾向

字를 지을 때 일반적으로 이미 지어진 名과 연관을 지어 지었고, 名
과 무관하게 字를 짓는 경우는 드물었다. 淵鑑類涵 262卷에는 '字依乎
名 名字之本也 字名之末也'라 하여 '字는 名에 의거하여 짓는 것이니
名은 字의 本이고 字는 名의 末이다'라고 하였다. 이렇게 字가 名의
의미와 有關하게 지어진 경우 그 相關關係를 살펴보면 대략 다음과 같
은 몇 가지 유형을 추출할 수 있다.

첫째, 字가 名과 글자는 다르나 意味는 동일한 경우가 많다.(字而意同)

> 나의 이름이 '子粹'이기 때문에 나의 字를 '純仲'이라 하였다. ……대체
> 로 剛健中正함이 純粹, 精一한 것이 하늘의 德이기 때문이었다.……[21]

---

20) 高麗大 民研『韓國民俗大觀』1.「字祝」禮儀旣備 令月告日 昭古爾字 爰字孔
嘉 髦士攸宜 宜之于蝦 永受保之
21) 李穡「純仲說」(徐居正『東文選』97) ……吾名子粹 故吾字曰 純仲 ……蓋剛

하여 金子粹가 字를 純仲이라 한 것은 剛健中正한 乾德이 純·粹·精함을 본받아 生의 指標로 삼고자 해서였다는 것이다. 純이나 粹나 모두 邪惡이나 陰柔가 不雜한 것을 의미하므로 名과 字가 글자는 다르나 의미는 동일한 것이다.

이러한 例를 몇 가지 더 들어보면, 金士衡(1333~1407)의 字 平甫는 명에 公平無私를 상징하는 '衡'(저울대)을 썼으므로 字에 同義語인 '平'을 썼고, 安景恭(1347~1421)의 字 遜甫는 名에 쓰인 '恭'과 同義語인 '遜'을 字로 쓴 것이며, 韓致亨(1434~1502)의 字 通之도 名에 쓰인 '亨'과 字에 쓰인 '通'이 同義語이다. 金璿(1465~1532)의 字 玉耳는 名과 똑같이 玉으로 만든 귀고리를 뜻하며, 尹殷輔(1468~1544)의 자 商卿도 名과 동일한 뜻으로 隱나라를 一名 商나라라고도 하며 輔는 輔國者로서 이를 卿이라 하므로 殷輔나 商卿은 완전한 동의어이다. 이렇게 名과 字가 글자는 다르나 의미는 같은 경우는 그 例를 일일이 매거할 수 없을 정도로 빈번히 나타난다.

둘째, 名에 쓰인 글자를 字에도 그대로 쓰는 경우도 있다.(用同字)

韓脩(1333~1384)가 맏아들 尙桓의 字를 伯桓으로, 次男 尙質의 字를 仲質로, 三男 尙敬의 字를 叔敬으로, 四男 尙德의 字를 季德으로 지은 것[22]이 대표적인 例이며, 吉再(1353~1419 字 再父)·李冑(?~1504 字 冑之)·申光漢(1484~1555 子 漢之)·張志淵(1864~1921 字 志尹) 등도 名에 쓰인 文字를 그대로 字로 썼다.

셋째, 名의 의미를 字로 확충한 경우를 들 수 있다.(意味擴充)

健中正純粹精 乾之德也……

22) 李穡, 「韓氏四子名字說」(徐居正『東文選』96) 참조

　　通憲 金景先이 세 아들의 이름을 나에게 지어달라고 청하였다. ……
만아들의 이름을 爾瞻이라 하였으니 너의 字를 子具라고 짓는다. 瞻은
본다는 뜻이요 字를 子具라 한 것은 모든 사람이 본다는 뜻이다. 論語에
'보이는 것을 소중히 하라'하였으니 곧 밖으로 드러나는 動作威儀를 통하
여 兩面을 볼 수 있기 때문이다. 훌륭한 명성이나 널리 알려진 명예를 어
찌 언어나 외모로만 얻을 수 있겠는가. 반드시 內面에 和順함을 함축한
연후에야 꽃다움이 밖으로 발현되는 것이니, ……'瞻'이여! '具'를 명심할
지어다. 詩經에도 '백성들이 모두 너를 보고 있다' 하였느니라.[23]

　이것은 金景先의 세 아들의 名과 字를 지어주고 지은 名說 가운데
長男에 관한 부분이다. 즉 長男의 名을 본다는 뜻인 爾瞻이라 하고 字
를 모든 사람이 본다는 뜻인 子具로 한 것은 衆人이 너의 外貌나 행동
을 보고 너의 內面에 蘊蓄한 和順함을 알 수 있도록 수양에 힘쓰라는
취지에서이었다고 하였다. 즉 衆人이 본다는 뜻과 外貌로 발현된 현상
만 보는 것이 아니라 내면에 함유된 本質·人格을 본다는 의미로 확충
하여 字를 子具라 하였다는 것이다.
　金汝知(1370~1425)의 字 子行은 知에는 실천이 따라야 함으로 字를
子行이라 지은 것이고, 李原(1368~1430)의 字가 次山인 것은 언덕(原)만
큼 이루었으므로 다음에는 산만큼 이루어야 하므로 字를 次山이라 하
였고, 李荇(1352~1431)의 字 周道는 行해야 할 道가 周道이어서였다.
孟思誠(1360~1438)의 字 自明은 생각하기를 정성스럽게 하면(思誠) 뜻
이 스스로 밝아질 것(自明)이므로 字를 이와같이 지었고, 黃致身(1397~

1484)의 字 孟忠은 몸을 바치는 것(致身)이 으뜸가는 충성(孟忠)이므로 字를 이같이 지은 것이다. 名의 의미를 부연하고 확충한 字들도 그 예를 일일이 매거할 수 없을 정도로 빈번하게 보인다.

넷째, 名의 뜻이 한쪽으로 치우쳐 있는 결함을 字로 補完한 경우를 들 수 있다.(缺陷補完)

中國 韓愈의 字가 退之인 것은 名 愈가 '나아간다(過也)'는 뜻이 있으므로 물러설 줄도 알아야 한다는 의미로 字를 退之라 한 것이고, 權近(1352~1409)의 字가 可遠인 것은 가깝기만한 名의 결함을 字 可遠으로 보완한 것이기도 하고 '近'의 시발점으로 하여 성실히 노력하면 遠大한 것에 도달할 수 있다는 뜻으로 字를 可遠으로 했다고도 볼 수 있다. 字로 名의 결함을 보완한 字說을 例로 들어보면,

> 門生인 左副代言 姜隱의 字는 之顯인데 나에게 字說을 지어주기를 청하였다. 내가 말하기를, 隱이라는 것은 볼 수 없는 것을 말한다. 그 이치는 은미하나 사물사이로 발현되면 그 자취가 찬연하게 되니 隱과 顯은 상반되는 것이 아니요, 體와 用으로서 근원이 같은 것이 분명하다.[24]

하여, 姜隱이 字를 之顯이라 한 것은 名'隱'의 뜻이 모든 事物속에 內在한 本質을 나타내는 것이라면 字에 쓰인 '顯'은 그 本質이 外面으로 발현된 것이니 隱이 體라면 顯은 用으로서 그 근원은 하나이기 때문이라고 하였다. 즉 顯을 전제로 하지 않은 隱이나 隱을 바탕으로 하지 않는 顯은 있을 수 없다고 하여, 顯의 所以然과 所有來가 寂然不動한

---

24) 李穡,「之顯說」(徐居正. 『東文選』 97)
　　門生左副代言姜隱 字之顯 請其說 予曰隱不可見之謂也 其理也微 然其著於事物之間者 其迹也粲然 隱也顯也非相反也 蓋體用一源也明矣…….

隱이므로 名에 隱자가 쓰였으면 字에는 당연히 縣자가 쓰여야 한다고
보았으며, 이는 名이 體에 치우쳐 있으므로 字를 用에 해당하는 의미
의 글자로 보완하여 體와 用이 모두 구비되도록 한 것이다.

洪汝方(?~1438)의 字가 子圓인 것도 사람이 모나기만 해서는 안되므
로 원만한 품성을 기르라는 취지로 字를 子圓이라 한 것이고, 安止
(1377~1464)의 字가 子行인 것도 사람이 머물기만 해서는 안 되고 行할
일은 行해야 하므로 字를 子行이라 한 것이다. 安迢(1420~1483)의 경우
名이 멀다는 뜻의 迢이므로 字는 멀리 가는 것은 가까운 곳에서부터
시작된다는 뜻으로 自邇라 하였고, 宋千喜(?~1520)의 名이 천가지 기쁨
을 뜻하므로 字는 每事에 두려워하고 조심해야 기쁨을 누릴 수 있다는
뜻으로 懼夫라 한 것이다.

다섯째, 어떤 사람이 先賢과 名이 같은 경우 字도 그의 字를 그대로
承襲하여 쓰기도 하였다.(先賢名字承襲)

高麗의 金覯(11世紀人)은 송의 蘇洵이 蘇軾·蘇轍 등 文名이 높은
아들을 두었던 것을 선망하여 아들의 이름을 소식·소철의 이름을 따서
金腐軾·富轍이라 짓고 富轍의 字는 소철의 字 子由를 그대로 썼으
며, 李居易(?~1412)가 字를 樂天이라 한 것도 中國 唐代의 詩人 白居
易의 字가 樂天이었던 것을 그대로 사용한 것이다.

한편 매우 많은 人物들이 經書의 同一句 속에 있는 자를 따라가 名
과 字로 삼았다.(摘取經書)

옛적 大禹의 말을 상고하건대 '惠迪吉 從逆凶 惟影響'이라 하였는데
宋代에 이르러 先儒가 이를 해석하기를 '惠는 順의 뜻이요 迪은 道의 뜻
이니 道를 따르는 자는 반드시 吉하고 거스리는 자는 반드시 凶한 것이
마치 형체에는 그림자가 있고 소리에는 메아리가 있는 것과 같다'하였으

니, 이 말이 멋이 있도다. 이것은 典과 謨(經書의 篇名)가 만세에 교훈을 끼친 것이다. 和州 牧使 김군의 이름이 迪인데 字가 없어 나에게 청하므로 내가 元吉이라고 字를 지어주노라……25)

이는 金迪(麗末人)이 書經 大禹謨篇에 있는 ‘惠迪吉’의 迪으로 名을 지었으므로 同句속에 있는 吉로 字를 지어 元吉이라 하였다는 것이다.

安省(?~1421·字 日三)은 論語 學而篇 ‘吾日三省吾身……’에서 名과 字를 따다 쓴 것이고, 丁克仁(1401~1481·字 可宅)은 孟子 離婁 下의 ‘仁 人之安宅也’에서 柳雲(1485~1528·字 從龍)은 周易 乾 文言의 ‘雲從龍’에서 安國光(1415~1528·字 觀卿)은 周易 觀掛의 ‘觀國之光’에서, 邊以中(1456~1611·字 彦時)은 중용 ‘君子之中庸也 君子以時中’에서 각각 名과 字를 따다 지은 것이다. 이런 例는 名과 字를 대부분 이렇게 지었다 해도 지나치지 않을 정도로 빈번히 나타난다.

두 자로 된 字에 흔히 쓰이는 父(보)·甫·士·彦·子 등은 남자들의 名字에 붙이는 敬稱·美稱일 뿐 다른 의미는 없으며, 父·甫·夫 등은 남자들의 뒤에 붙고 (例 平夫『曺備衡』·幹甫『金連柱』·謙夫『卓愼』등) 士·彦·子 등은 앞에 붙는다. (例 士訥『下時敏』·彦施『邊以中』·子行『安止』등) 또 흔히 쓰이는 伯·仲·叔·季 등은 兄弟의 次序를 나타내는 것으로 앞에 붙기도 하고 (例 伯牛·叔讓) 뒤에 붙기도 한다. (例 晦叔·震伯 등)

名과 字에는 그 사람이 指向할 人生觀이나 實踐한 德目이 들어있

---

25) 偰遜,「金元吉名字說」(徐居正『東文選』97)
　　粤若稽古大禹之言 惠迪吉從逆凶惟影響 至宋先儒釋之曰 惠順也 迪道也 蓋順夫道者必吉而逆之者必凶 若影響之應形聲也 旨哉言乎 此典謨之所以垂訓萬歲也歟 和州牧使金君 名迪而未有字 請於予 予字之以元吉……

으므로 字를 짓는 경우 字를 지어준 사람이나 學德이 높은 사람이 字
說을 지어주어 字에 함유된 뜻을 설명하고 그 덕목을 일상생활속에서
항상 실현할 것을 권면하였다.

中國에서는 女子들도 笄禮時에 字를 짓는 것이 일반적인 경향이어
서, 禮記에 '笄亦成人之道也 故字之'라 하였고, 春秋 左傳을 비롯한
수많은 典籍에 女子의 字가 나오고 있다. 그러나 우리나라에서는 女子
에게 字를 지어주는 일이 거의 없었다. 단 許蘭雪軒만은 字를 가지고
있었으니, '蘭雪軒의 名은 楚姬이고 字는 景樊이며 草堂 曄의 딸이고
西堂 金誠立의 부인이다.[26]라 한 난설헌의 아우 許筠의 글을 통하여
이를 확인할 수 있다.

Ⅳ. 時代別 字使用 推移

1. 三國 및 統一新羅時代

中國에서 周代부터 普遍的으로 使用되던 字를 三國時代末부터 我
國人 一部도 지어 쓰기 시작하였다.

三國史記 列傳에 수록된 人物 62名中에 字를 지어 쓴 기록이 있는
인물은 다음에 열거하는 5名이다. 金仁問[27](629~694)의 字는 仁壽이었
고 淵男生(?~697)[28]의 字는 元德이었으며, 薛聰(西紀 700年代人)[29]의

---

26) 許筠, 『鶴山樵談』蘭雪軒 名楚姬 字景樊 草堂曄之女 西堂金誠立之妻.

27) 新羅 29代 太宗武烈王의 第二子로 入唐하여 唐朝에 宿衛

28) 高句麗末의 權臣 淵蓋蘇文의 長子·父位를 계승하여 莫離支가 되었다가 兄弟
間의 政爭으로 唐에 亡命하여 唐에서 死亡

29) 新羅高僧 元曉의 아들. 花王戒를 짓고 吏讀로 九經을 訓讀하여 國學生을 가

字는 聰智이었다. 金陽(808~857)[30]의 字는 魏昕이었고, 崔致遠(857~
?)[31]은 字를 孤雲 또는 海雲이라 하였다.

字를 사용하였던 上記 5名中 金仁問, 淵男生, 崔致遠 등은 唐에서
長期間 생활했던 사람들로 그곳의 관습을 따라서 字를 지었고, 薛聰과
金陽은 唐에 往來한 기록은 없지만 중국의 영향을 받아서 字를 지어
사용하였던 것으로 보여진다. 5名中 신라의 金仁問과 고구려의 淵男生
이 거의 비슷한 시대의 人物들이나 金仁問의 渡唐은 651년이었고 淵
男生의 入唐은 667년으로 金仁問이 16년 빠르며, 入唐시의 年齡은 김
인문이 22세, 연남생이 40여세이었다.(연남생은 입당시 장성한 두 아들이
있었던 것으로 보아 40대는 되었으리라고 추측된다.) 이들이 入唐한 후 中
國의 관습에 따라 字를 지었을 것으로 본다면 우리나라 사람 중 최초
로 字를 가졌던 사람을 金仁問으로 보아야 할 것이다. 또한 이들 5명
을 年代順으로 나누어 보면 600年代 人物이 2名, 700年代 人物 1名,
800年代 人物 1名, 900年代 人物이 1名이다.(沒年中心으로 본 것임) 이
로 보아 三國時代 및 統一新羅時代 人物中에는 極히 一部만이 中國
의 영향을 받아 字를 지어 썼음을 알 수 있다.

2. 高麗時代

高麗時代의 字 使用者에 관한 조사는 金春東저 『韓國漢文學史』
(上)[32]에 수록된 麗代의 人物 155名과 『高麗史』[33] 列傳 50卷中 后妃

르쳤음.

30) 新羅의 王族으로 神武王과 文聖王 擁立에 공을 세움
31) 新羅의 文人·學者, 12세에 入唐 18세에 科擧及第. 唐에서 官職에 있다가 28세
   에 귀국. 侍讀兼翰林學士·大山太守 등을 지냄. 桂苑筆耕 등을 지음

列傳·宗室列傳·方技宦者酷吏列傳·嬖幸列傳·奸臣列傳·反逆列傳·辛禑列傳 등 20卷을 제외한 나머지 30卷에 수록된 人物 519名中 두 책에 중복 등재된 인물 83名을 제한 591名을 대상으로 하였으며 이들 가운데 人名事典34)을 통하여 조사가 가능한 507名을 時代別(沒年을 기준으로 하였음)35)로 분류하여 그들의 字에 대하여 조사하여 보았다.

建國初인 10세기의 人物 23名中에는 王儒(太祖代人. 字 文行)와 서희(942~998 廉允) 2人의 字만 보일 뿐이고, 11世紀의 人物 49名中에는 金猛(?~1030 字 貞固), 崔思諒(?~1092. 字 益甫), 朴仁亮(?~1096 字 代天), 崔冲(984~1068 字 浩然) 등 4名의 字가 보이며, 11世紀 後半부터 12世紀 前半까지(11代 文宗~17代 仁宗) 약 1世紀동안은 사회가 안정되고 문화가 발달한 시기로 그 가운데 12世紀 前半에 해당되는 肅宗·睿宗·仁宗代에는 調査者 68名中 약 半數인 32名(47.5%)이 字를 가져서 字의 사용이 이 시기부터 一般化하기 시작하였다.

그후 武臣亂(1170) 이후부터 蒙古侵略時代(1231~1258)까지 곧 12世紀 後半부터 13世紀 前半에 해당하는 약 1世紀間에 활약한 인물 가운데에는 字를 지어 가졌던 사람의 수가 현저히 감소되어 조사자 105名中 23명(21.9%)으로 줄었다. 이것은 국가가 혼란기에 처하여 사회의 분위기가 冠禮를 行하고 字를 지을 겨를이 없었음을 나타내는 것이고 또한 社會의 主導權을 文臣이 아닌 武臣들이 장악하여 이들이 字를 짓는데 관심이 없었기 때문이기도 하였다.

蒙古와 講和하고 文臣들이 國政의 主導權을 되찾은 13世紀 後半부

32) 金春東『韓國漢文學史』上. 高大出版部
33) 金宗瑞(外)『高麗史』
34)『韓國人名大事典』1972. 新丘文化社
35) 생년이 불확실한 인물이 많기 때문에 沒年을 기준으로 하였음

터 字를 지어 쓰는 사람이 차츰 증가하여 14世紀 後半에 이르면 조사자 115名中 字를 가졌던 사람이 51名(44.3%)으로 증가하면, 性理學이 도입되고 朱文公家禮가 冠婚喪祭 의식의 準據가 되면서 字의 사용은 더욱 普遍化하게 되었다.

3. 朝鮮時代

近世朝鮮時代 士類들의 字 使用에 관한 調査는 韓國人名大事典[36] 附錄 韓國人物年表에 수록된 1401年부터 1600年까지 200年 사이에 활약한 인물 1019名을 대상으로 하였다.(沒年中心으로 調査하였음) 17世紀 以後의 추세는 17世紀 以前과 類似하리라고 보아 1600년까지의 人物들로 조사를 종결하였다.

調査結果를 보면 15世紀 前半期의 人物 208名 中 字 使用者가 114名(54.8%)이고 後半期 人物 262名 中 211名(80.5%)이 字를 지어썼고, 16世紀 前半期의 人物 283名 中에는 字 使用者가 276名(97.5%) 이며 後半의 人物 356名 中에는 字 使用者가 346名(97.2%)이었다. 이로 보아 16世紀가 되면 典籍에 이름이 남을만한 사람들은 거의 全員이 字를 가지고 있었음을 알 수 있으며, 이 시기는 우리나라에 性理學이 크게 발달하여 退溪 栗谷같은 위대한 학자들이 다수 배출되기도 한 시기이다.

지금까지 살펴 본 바와 같이 三國時代 末期인 7世紀頃부터 部分的으로 갖기 시작한 字를 고려시대말기인 14世紀에 이르면 歷史에 등장하는 人物의 半 정도가 사용하게 되며 조선시대 전기에 이르면 조사대상자 대부분이 사용할 정도로 보편화되었다. 年代別 字 使用者數의

---

36) 註 34)와 같음

變化 推移를 表로 표시해 보면 다음과 같다.

年代別 字 使用者 調查表

年代	調查者數	字使用者數	(%)	備考
901~950	15	1	6.7	
951~1000	8	1	12.5	
1001~1050	27	1	3.7	
1051~1100	22	3	13.6	
1101~1150	68	32	47.1	
1151~1200	5	16	29.6	
1201~1250	51	7	13.7	
1251~1300	60	23	38.3	
1301~1350	87	41	47.1	
1351~1400	115	51	44.3	
1401~1450	208	114	54.8	
1451~1500	262	211	80.5	
1501~1550	283	276	97.5	
1551~1600	356	346	97.2	
計	1616	1123		

Ⅴ. 結 語

지금까지 本攷의 各章에서 考察한 바를 요약하면 다음과 같다.

漢文文化圈 속에서 生活하는 사람들은 일찍부터 한 人間의 상징인 個個人의 이름을 존중하는 敬名思想을 가지고 있어서 남의 이름을 함부로 부르지 못하고 避諱하게 되자 成年式때에 名에 대신하여 누구나 자유롭게 부를 수 있는 字를 짓게 되었다. 즉 字는 敬名思想때문에 생겨난 第二의 呼稱이다.

男子는 冠禮時에, 女子는 笄禮時에 字를 짓는 것이 原則이었으나, 반드시 그런 것은 아니어서 兄弟들의 字를 한꺼번에 짓기도 하고 추후에 字를 바꾸는 경우도 있었다.

成人의 名을 避諱하는 관습이 中國에서는 周代부터 보편화되었고, 이런 관습이 우리나라에 전래된 것은 三國時代末이전으로서 신라 太宗武烈王이 强首를 높여서 名을 부르지 않고 先生이라 불렀다는 것이 그 예이다.

字로 쓴 글자 속에는 훌륭한 선비가 되기 위한 人生의 指標가 함유되어 있으므로 字에는 號처럼 風流的·諧謔的인 성격을 띤 것은 全無하고 근엄하게 평생동안 실천할 德目으로 되어 있으며, 스승이나 유명한 文人이 字說을 지어주어 字에 함유된 덕목의 실천을 권면하기도 하였다.

字는 一般的으로 名의 뜻과 연관이 되도록 지었다. 즉 字는 名과 글자는 다르나 의미는 동일하게 짓기도 하고, 名에 쓰인 글자를 그대로 쓰기도 하였으며, 名이 함유하고 있는 의미를 字로 부연·확충하기도 하였다. 名의 뜻이 한쪽으로 편중된 경우에는 字로 그 결함을 보완하기도 하고, 先賢과 名이 같은 경우 字까지도 先賢의 것을 그대로 承襲하기도 하였다.

名과 字를 經書 속의 座右銘이 될만한 同一句에서 따다가 짓는 것이 一般的인 경향이었고, 字에 흔히 쓰이는 父·甫·夫·士·子·彦 등은 男子의 美稱으로 다른 의미는 없고, 伯·仲·叔·季 등은 兄弟의 次序를 나타내는 것으로 個人의 字에 兄弟의 次序가 표시된다는 것은 個人을 독립된 個體로 보지 않고 家族을 구성하는 한 成員으로 생각하는 集團主義 사상의 발로로 볼 수 있다.

中國에서는 女子도 笄禮를 行하고 字를 짓는 것이 보편화되었으나

우리나라에서는 여자가 字를 짓는 경우가 극히 드물어 許蘭雪軒의 字
만이 기록에 보일뿐이다. 이는 女子를 독립된 人格體로 보지 않고 어
릴 때는 父母에게, 출가하면 남편에게 예속되어 獨自的인 名字가 필요
없는 존재로 보아서였다.

우리나라 사람들이 字를 지어 쓰기 시작한 것은 서기 600年代末부터
이며, 中國文化의 영향이 점차 커지면서 字를 지어 쓰는 사람도 증가
하다가, 朱文公家禮가 우리나라 冠婚喪祭의 기준이 되면서 字 사용자
가 급격히 증가하여 16世紀에 이르르면 조사자의 거의 전원이 字를 지
을 정도로 보편화되었다.

個個人이 사용하였던 字는 各自의 人生觀을 상징적으로 나타내고
있고, 時代別로 字를 모아 분석해보면 그 시대의 풍조도 알 수 있으므
로 人物研究나 時代相研究에 도움이 될 수 있으리라고 믿으나, 이 분
야에 관한 연구가 현재로서는 극히 미진한 형편이고, 本攷에서도 字研
究의 總論에 해당되는 부분의 고찰에 그치고 있으므로 各論에 해당하
는 연구는 후고로 미루는 바이다.

號의 研究

Ⅰ. 序

　우리의 先賢들은 名 외에 字・號 및 諡號를 가지고 있었고, 王들은
이밖에 廟號와 陵號까지 있어서 한 인간을 지칭하는 칭호가 실로 다양
하였다. 이들은 이름을 자신의 인격을 상징하는 것으로 생각하여 매우
소중히 여기고 높이고 敬名意識을 가지고 있었고, 顧名思義라 하여 자
신의 이름이 지닌 뜻을 돌아보고 그 의미에 맞게 처신하였는가를 항시
반성하였다. 윗사람의 이름은 在下者가 함부로 부를 수 없고, 冠禮를
행하고 字를 지은 이후에는 名은 君・師・父만이 부를 수 있었으며, 그
밖의 사람이 名을 부르는 것은 그를 멸시하는 것으로 생각하였다. 唐代
부터 일부 文人들이 지어 쓰기 시작한 號가 宋代부터는 字도 높여서
在下者는 부를 수 없게 되자 字 외에 누구나 허물없이 부를 수 있는
유일한 칭호로 변하여 널리 지어서 사용하기 시작하였다.
　號는 名이나 字 외에 누구나 거리낌 없이 부를 수 있도록 지은 이름
을 말하며, 英語의 pen name 이나 pseudonym이 號와 유사한 뜻을 가진
말이다. 號라는 말 이외에 雅號나 堂號라고도 쓰는데, 雅號란 本名 외
의 風雅한 號라는 뜻이며, 堂號는 본래 堂宇에 붙인 이름이지만 그 堂

宇를 사용하는 주인공을 상징하므로 후세에는 모두 같은 의미로 쓰여
졌으며, 本攷에서는 이를 일괄하여 號라 칭하고 고찰해 보고자 한다.

Ⅱ. 作號傾向

中國에서 唐代부터 일부 인사들이 지어 쓰기 시작한 號를 우리나라
사람으로서 최초로 사용한 사람이 元曉(617-686)이다. 그가 계율을 어기
고 薛聰을 낳은 이후 俗服으로 갈아입고 스스로 號를 小性居士라 하
였다.[1]는 기록이 보이며, 그 후 간헐적으로 號를 지어 쓰는 사람이 이
어지다가 性理學이 전래된 14世紀부터 號를 짓는 일이 士人層 사이에
보편화되었다.

先人들의 作號경향은 그 유형을 몇 종류로 나누어 볼 수 있으며, 我
國人中에 作號경향에 대하여 최초로 언급한 사람은 李奎報(1168-1241)
이었다.

> 옛사람 중에 號로써 名을 대신한 사람이 많았다. 거처하는 바를 따라서
> 號로 한 사람도 있고, 그가 간직한 것을 근거로 하거나 혹은 얻는 바의 실
> 상을 號로 한 자들도 있었다. 王績의 東皐子, 杜子美의 草堂先生, 賀知
> 章의 四明狂客, 白樂天의 香山居士 같은 것은 그들이 거처하는 곳을 따
> 라서 이를 號로 삼은 것이고, 陶潛의 五柳先生, 鄭熏의 七松居士, 歐陽
> 子의 六一居士는 모두 그들이 가진 것을 근거로 한 것이며, 張志和의 玄
> 眞子, 元結의 漫浪叟는 얻은 바의 실상(도달한 경지)들이다.[2]

---

1) 『三國史記』 46, 「列傳」 6 및 『三國遺事』 4, 「元曉不羈」 참조
2) 李奎報, 『東國李相國集』 20, 「白雲居士語錄」: "古之人 以號代名者多矣 有就
   其所居而號之者 有因其所畜 或以其所得之實而號之者 若王績之東皐子 杜子
   美之草堂先生 賀知章之四明狂客 白樂天之香山居士 是則就其所居而號之者

하여, 號에는 居處하는 곳을 號로 삼은 것, 所有한 物을 號로 삼은 것, 도달한 경지를 號로 삼은 것 등이 있다고 하였다. 본고에서는 就其所居而號之者를 所處以號로, 因其所畜而號之者를 所畜以號로, 以其所得之實而號之者를 所得한 실상뿐 아니라 도달하고자 하는 경지까지 포괄할 수 있는 所志以號로 命名하고, 그가 처한 처지를 號로 한 所遇以號를 추가하여 作號傾向을 4개 항으로 나누어 검토해 보고자 한다.

1. 所處以號

所處以號는 作號者가 거주하였거나 인연이 있는 마을 이름(村·里·洞·洲·郊 등)이나, 山 혹은 골짜기 이름(山·峰·巖·岡·嶽·谷 등)이나, 물 또는 이와 관련이 있는 지명(溪·海·江·湖·浦·洲·川·潭 등) 등을 號로 정한 것이다.

例를 들어보면, 鄭道傳의 號 三峰은 丹陽의 島潭三峰을, 李滉의 號 退溪나 陶山老人은 安東의 陶山과 退溪라는 地名을 號로 한 것이다. 李珥의 號 栗谷과 石潭, 柳聲遠의 號 磻溪, 朴趾源의 號 燕巖, 丁若鏞의 號 茶山 등도 모두 所處로 號를 삼은 것이다.

2. 所志以號

所志以號는 자신이 목표로 삼아 이루고자 하는 뜻이나 혹은 이미 이루어진 뜻을 號로 한 것이다.

也 其或陶潛之五柳先生 鄭熏之七松居士, 歐陽子之六一居士皆因其所蓄也 張知和之玄眞子 元結之漫浪叟 則所得之實也

先人들의 號 가운데 다수가 所志를 號로 한 것이며, 이런 유의 호에
는 修身의 뜻을 나타낸 것이 대부분이고 隱遁이나 풍류 또는 諧謔的
인 성격을 띤 것들도 있다.

所志以號의 예를 들어보면, 李奎報는 자신의 號를 白雲居士라 한
이유를,

> 白雲은 내가 본받고 싶은 것이다. 본받고자 하여 배운다면 비록 그 實
> 相을 얻지 못한다 해도 유사하게는 될 수 있을 것이다. 대저 구름이라는
> 것은 뭉실뭉실 한가히 떠서 산에도 막히지 않고 하늘에도 매이지 않으며
> 표표히 동서로 떠다니면서 행적이 구애받음이 없고 경각으로 변화해서
> 그 始終을 알 수가 없다. 油然이 퍼지는 것은 君子가 나타나서 그 德化가
> 온누리에 퍼지는 것과 같고, 斂然히 걷히는 것은 높은 뜻을 가진 사람이
> 세상에서 숨는 기상이며, 비를 내려서 마른 생물을 소생시킴은 仁이요, 와
> 서도 집착하는 바가 없고 가면서도 미련을 두는 바가 없음은 通이다. 구
> 름의 靑黃赤黑色은 그 正色이 아니요, 華彩없는 白色만이 正色이다. 그
> 德과 色이 이와 같으니 그를 본받아 배워서 세상에 나아가면 萬物에 恩
> 澤을 입히고 들어와서는 마음을 비워서 그 결백을 지키고 正常에 처하여,
> 보아도 보이지 않고 들어도 들리지 않는 무어라 이름붙일 수 없는 仙境에
> 들어가게 된다면 구름이 나인지 내가 구름인지 알 수 없을 것이며, 이렇
> 게 된다면 옛 성인이 얻은 실상에 거의 가깝게 되지 않겠는가. 或人이 묻
> 기를 "居士란 칭호는 무엇인가?" 하기에 대답하기를 "혹 山에 居하기도 하
> 고 或 집에 居하기도 하는데, 오직 道를 즐길 수 있게 된 이후에야 號로
> 할 수 있는데, 나는 집에 머물면서 道를 즐기는 자이다." 하였다.[3]

---

3) 같은책, 같은 곳 : "……白雲吾所慕也 慕而居之 則雖不得其實 亦庶幾矣 夫雲
之爲物也 溶溶焉 洩洩焉 不帶於山 不繫於川 飄飄乎東西 形迹無所拘也 變化
於頃刻 端倪莫可涯也 油然而舒 君子之出也 斂然而卷 高人之殷也 作雨而蘇
旱仁也 來無所著居無所戀通也 色之靑黃赤黑非雲之正也 惟白無華雲之常也
德旣如彼 色又如此 若慕而居之 出則澤物 入則處心 守其白 處其常 希希夷夷

하여 流麗한 散文으로 自號를 白雲居士라 한 이유를 밝혀 놓았다. 즉 구름의 자유롭고 얽매이지 않음, 변화에 자유자재함, 만물에 은택을 입힘, 세상에 초연함, 집착하는 바가 없음 등을 연모하고, 華彩없는 白色이 구름의 正色이므로 號를 白雲이라 하고, 자신은 居家하며 道를 즐기는 사람이므로 이에 居士를 덧붙여 白雲居士라 하였다는 것이다.

所志로 號를 삼은 例는 일일이 枚擧할 수 없을 정도로 많다. 歲寒堂(安宗道), 後凋堂(金富弼), 寒松堂(尹晢) 등은 論語의 "歲寒然後 知松柏之後凋也."[4]에서 따서 號로 삼은 것이고, 三省齋(鄭崇祖)는 論語의 "曾子曰 吾一三省吾身……"[5]에서, 訥齋(張沆・李芮・朴詳), 訥菴(金瓚), 訥軒(金思鈞), 毅齋(金悌甲) 등은 論語의 '剛毅木訥近仁'[6]에서, 蟲齋(崔淑生), 遜齋(成世昌), 頤齋(車軾・崔來吉), 艮齋(朴應南・田愚), 巽菴(朴致和) 등은 周易의 卦名에서, 日新堂(李天慶)은 大學에서, 澹簡溫齋(金鐘厚)는 中庸의 末章에서 따다 지은 號로서 그 文句가 상징하는 뜻을 수양의 지표로 정한 것이다.

隱逸이나 風流的인 뜻으로 지은 號로는 逍遙堂(權綸・朴世茂), 撫松軒(孫天佑), 悠然堂(金大賢), 忘憂堂(郭再佑), 忘機堂(曺漢輔), 無閔堂(林瑋・朴細), 逸休堂(李翻), 醉菴(李洽), 忘世亭(沈璿), 風月亭(月山大君), 風詠亭(金彦居), 無愁亭(兪崔其), 下鷗亭(趙應卿) 등을 열거할 수 있으며, 大笑軒(趙宗道), 醉夢軒(吳泰周) 등은 諧謔的 風流的인 뜻을 지닌 號로 볼 수 있다. 이러한 號에는 世俗의 風塵에서 초탈하여 處士

入於無何有之鄕 不知雲爲我耶我爲雲耶 若是則其不幾於古人所得之實   耶
或曰 居士之稱何哉 曰 或居山 或居家 惟能樂道者而後號之也 予則居家而樂
道者也."

4) 『論語』「子罕」.
5) 『論語』「學而」.
6) 『論語』「子路」.

나 禪家的인 생활을 하고자 하는 의지가 담겨져 있다.

3. 所遇以號

號를 짓는 사람이 처한 환경이나 여건을 號로 정한 것이 所遇以號
로, 貴해졌거나 부자가 되었거나 건강해진 것을 나타내는 號는 드물고,
늙음·괴로움·가난함·병들음·외로움·허무함 등을 나타내는 號들이
대부분이다. 이러한 號들은 대체로 隱(碧山淸隱 金時習, 猊山農隱 崔瀣,
樵隱 李仁復, 漁隱 閔霽, 醉殷 宋世林 등), 翁(痼翁 朴世堅, 病翁 申弼貞,
棄翁 兪彦民 등), 叟(薄田耕叟 安繼宋, 樵叟 郭鏡 등), 老(野老 李淳 등),
夫(漁夫 成孝元 등), 居士(雲水居士 金光燦 등), 散人(江湖散人 金叔滋
등), 山人 (淸平山人 李資玄 등), 布衣(直峰布衣 金宇顒 등), 野人(蔡藿野
人 安應世 등) 등의 字가 붙은 號들이다.

4. 所畜以號

所畜以號는 간직하고 있는 物 가운데 특히 玩好하는 것으로 號를
삼은 것이다. 전술한「白雲居士語錄」에서는 中國 陶潛의 五柳先生,
鄭熏의 七松處士, 歐陽脩의 六一居士 등을 예시하였는데, 我國人의
號 가운데도 자신이 완호하는 物을 號로 삼은 例가 號譜에 散見된다.
그 가운데 몇 가지를 예로 들어보면 다음과 같다.
許震은 居所에 우거진 대숲이 있었는데 壬辰亂時에 불타 없어지자
이를 그림으로 그리고 시로 짓고 號로 삼아 竹村이라 하였고,7) 玄若昊

---

7)『號譜』地, p. 1.「竹村許震」(國立圖書館) 一山文庫本 : "所居多竹樹 壬辰之

는 몸소 常綠樹인 松·栢·竹을 심고 自號를 三碧堂이라 하였으며,[8] 文益周는 집안 연못의 붉은 蓮꽃이 白色으로 변하였으므로 號를 白蓮堂이라하였다[9] 한다. 崔濱은 집안에 연못이 셋이 있어서 號를 三池先生이라 하였고,[10] 權言止는 그의 儒城 村舍를 솔숲이 에워싸고 있어서 사람들이 號를 萬松處士라고 불렀다[11] 한다.

한편 어떤 인물의 居住地(所處)가 바뀌었거나 뜻하는 바(所志)나 처한 상황(所遇)이나 玩好하는 物(所蓄)이 바뀐 경우 그에 맞는 號를 새로 지어서 쓰는 일도 있게 되어 一人이 여러 종류의 號를 갖는 일도 있었다. 金正喜는 阮堂·秋史·禮堂·詩菴·果坡·老果·潭揅齋 등 500여 종의 號를 사용하였다 한다. 이와는 반대로 같은 號를 衆人이 共用하는 일도 있었다. 이런 예를 一山文庫所藏本『號譜』에서 찾아보면, 默齋라는 號는 13人이, 東皐·松坡·松齋 등은 각각 11人이, 竹溪·竹窓·孤山·謙齋·敬齋 등은 9人이 공용하고 있다. 이는 어느 특정인의 號를 모방해서 그렇게 된 것이라기보다는 所志나 所遇가 같고, 다른 사람이 이미 그런 호를 썼다는 것을 모르는 경우도 있었을 것이다. 역사상 저명한 인물이 사용하여 세인이 공지하게 된 號를 후세인이 自號로 하는 例는 극히 드문 것으로 보아 이를 알 수 있다.

後 蕩爲火燼 爲圖詩以自感."
8)『號譜』人, p.22.「三碧堂 玄若昊」참조
9) 같은책, p.13.「白蓮堂 文益周」.
10) 같은 책. p.76「三池 崔濱」.
11)『號譜』天, p.91.「萬松 權言止」

Ⅲ. 號의 分類 -『號譜』를 중심으로 -

1.『號譜』

我國人의 號를 모아 놓은『號譜』가 몇 개 도서관에 소장되어 있는데 모두 筆寫本인 것으로 보아 印刊된 일은 없었던 듯하다. 現傳하는『號譜』들은 수록된 인물이나 책의 체재가 모두 비슷하며, 각기 독자적으로 따로 만든 것이 아니라 서로 보고 筆寫한 것으로 추정된다.

『號譜』의 내용을 보면 堂字號는 堂字號끼리, 齋字號는 齋字號끼리 모아 놓았으며, 한 사람이 여러 종의 號를 사용한 경우에는 해당 屬에 모두 기록해 놓았고 事跡은 가장 널리 알려진 號 밑에만 기재하였다.

2. 號의 分類

본고에서 號 분류의 기본 자료로 한 것은 국립도서관 一山文庫所藏本『號譜』이다. (以下에서『號譜』라 한 것은 모두 一山文庫本을 稱한다. 그곳에는 3,736名의 號를 齋字號·堂字號·亭字號 등 295種의 號로 분류하여 천지인 3冊에 수록하여 놓았다.

본고에서는 이 295種의 號를 유사한 類別로 묶어서 屋廬之屬·山陵巖石之屬·村里田野之屬·河海泉淵之屬·天日陰陽之屬·草木禽獸之屬·器用之屬·隱逸之屬·厭世諧謔之屬·雜號 등 10개의 屬으로 나누어 고찰하고자 한다.

1) 屋廬之屬

屋廬之屬에는 堂字名이나 건물과 관련된 名稱을 使用한 號들(齋·

堂·菴·軒·亭·窩·樓·室·窓·門 등 25종)을 모았으며『號譜』에 기재
된 人員의 38%인 1,416名이 이 屬에 속한 號를 가졌었다.

그 가운데 齋·堂·菴·軒·亭·窩字號의 사용자가 절대 다수인
1,332名이다.

齋字號의 사용자는 442名으로 三字齋號가 1名(澹簡溫재 金宗厚),
二字齋號가 雙明齋 崔讜, 保閑齋 申叔舟, 佔畢齋 金宗直 등 138명,
一字齋號가 益齋 李齊賢, 企齋 申光漢, 晦齋 李彦迪 등 303명이다.
齋字號는 우리나라 사람들이 가장 널리 사용하던 號이다.

堂字號는 梅月堂 金時習 등 287명이 二字堂號를, 松堂 趙浚 등 40
명이 一字堂號를 사용하여 총 327명이 썼으며, 菴字號는 退修菴 趙聖
復 등 13명이 二字堂號를, 靜菴 趙光祖 등 210명이 一字菴號를 사용
하여 총 223명이 이 호를 사용하였다.

軒字號의 사용자는 止止軒 李奎報, 桐軒 尹紹宗 등 164명이고, 亭
字號의 사용자는 二樂亭 申用漑, 春亭 卞季良 등 120명이며, 窩字號
의 사용자는 梅竹窩 盧克誠, 夢窩 金昌集 등 56명으로, 屋廬之屬에
속하는 호가『號譜』에 수록된 총원의 약 4할에 달한다.

2) 山陵巖石之屬

山을 뜻하는 山·峰·嶽 등의 號와 고개나 산길을 뜻하는 峴·嶠,
언덕을 뜻하는 皐·坡·陵, 암석을 뜻하는 巖·石 등 28個字를 쓴 호들
을 모아 山陵巖石之屬이라 하였으며, 그 가운데 巖·峰·山·坡字號
의 사용자가 다수이다.

巖字號는 農巖 金昌協 등 105명이, 峰字號는 三峰 鄭道傳 등 101명
이, 山字號는 孤山 尹善道 등 83명이, 坡字號는 陽坡 鄭太和 등 39명
이 사용하였고, 이 屬에 해당되는 호를 쓴 사람이 493명이다.

3) 村里田野之屬

居住地域을 나타내는 村·谷·里·洞·港·洲·郊 등과, 農園과 관련이 있는 園·圃·田·畦 등 25個字를 모아 村里田野之屬이라 하였다. 그 가운데 村字號의 사용자가 陽村 權近 등 113명, 谷字號의 사용자가 大谷 成運 등 188명으로 비교적 많은 편이며 이 속에 해당되는 호의 사용자가 총 416명이다.

4) 河海泉淵之屬

물과 관계가 있는 海·溟·江·湖·灘·洲·川·溪·潭 등 40個字의 號를 모아 河海泉淵之屬이라 하였다. 그 가운데 溪·湖·洲·川·潭 字號의 사용자가 비교적 많으며, 溪字號는 丹溪 河緯地 등 169명이, 湖字號는 梅湖 陳澕 등 69名이, 洲字號는 石洲 權韠 등 47名이, 川字號는 遲川 崔鳴吉 등 64名이, 潭字號는 花潭 徐敬德 등 45명이 사용하였으며, 이 屬의 號를 쓴 사람이 총 675명이다.

5) 天日陰陽之屬

天體(天·日·星·奎 등) 陰陽 空間 (東·西·南·北·上·下·陰·陽 등) 氣候(雨·雲·霞·嵐 등) 등과 관련이 있는 號를 모은 屬으로 총 20個字에 107名이 이 屬의 號를 사용하였다.

6) 草木禽獸之屬

松·竹·梧·林·菊 등 草木과 鳳·鶴·馬·鹿 등 禽獸에 관련된 26個字의 號를 모아 놓은 屬으로 사용자가 72명에 불과하여 설명을 略한다.

7) 器用之屬

琴·瓢·屛·舟 등 일상생활용품에 해당되는 字로 號를 삼은 것들 17個字를 모아 놓은 屬으로 총 사용자가 29명에 불과하다.

8) 隱逸之屬

은퇴한 老人, 世俗을 등진 사람, 在野에서 수양하는 사람 등의 의미를 지닌 41個字의 號를 모아 놓은 屬으로, 이 가운데 翁·隱·子字號의 사용자가 비교적 많다. 翁字號는 天放翁 劉好仁 등 105명이, 隱字號는 圃隱 鄭夢周 등 78명이, 子字號는 玄洞子 安堅 등 52명이 사용하였고, 이 屬의 號를 사용한 총원은 410명이다.

9) 厭世諧謔之屬

厭世的·自虐的·諧謔的인 뜻을 지닌 字로 號를 삼은 30個字를 모아 놓았으며, 총 사용자 수가 60명에 불과하다.

10) 雜號

雜號는 어느 屬에도 포함시키기 어려운 分類上의 곤란 때문에 雜號라 하였을 뿐이요, 號 자체가 雜된다는 뜻은 아니다. 心·德·輔·床 등 上記 9個 屬에 속하지 않은 48個字를 이 속에 모아 놓았으며 총 사용자 수도 58명에 불과하다.

本章에서 號를 분류하여 고찰한 바를 재정리하여 보면 『號譜』에 수록된 3,736명이 295종의 號를 사용하였는데, 295종 가운데 齋·堂·菴·

谷·溪·軒·亭·村·巖·翁·峰·山·隱·湖·川·窩·子·洲·潭·坡 등 20個字를 號로 사용한 사람이 총원의 약 7할인 2,950명이고 나머지 786명이 275종의 號를 사용하였으므로, 이 20종의 號 外에는 모두 雜號로 보아도 可하다. 이 20종의 號는 건물을 표시한 것이 6종, 거주지와 관계있는 것이 11종, 隱逸의 뜻을 함유한 것이 3종으로 이를 통하여도 作號의 경향을 파악할 수 있다.

Ⅳ. 結 語

우리 先人들의 稱號中에 연령·성별·지위 등의 제약이 없이 자유롭게 지을 수 있고, 누구나 거리낌 없이 부를 수 있는 것이 號이다.

本玫에서는 『號譜』에 수록된 號의 作號 경향을 귀납적으로 귀결시켜 所處以號·所志以號·所遇以號·所畜以號로 分類하였다. 이 가운데 作號者의 개성과 독창성이 가장 뚜렷하게 나타난 것이 所志以號이고, 몰개성적인 것이 所處以號이며, 一人이 여러 종류의 號를 지어 쓴 일도 있고 다수인이 동일한 號를 공용한 경우도 있었다.

본고에서는 國立中央圖書館 一山文庫에 所藏된 『號譜』에 수록된 295종의 號를 10個의 屬으로 나누고 그 가운데 20個鍾의 號 소유자가 총 수록인원 3,736명의 7할인 2,950명으로 이 20종의 號 外에는 모두 雜號로 보아도 무리가 없음을 밝혀 놓았다.

先人들의 號에 관한 考究는 그들의 의식세계·가치관 등을 연구하는데 기초가 되는 것이므로 앞으로도 더욱 깊은 천착이 있어야 하리라고 본다.

先賢들의 諡號 研究

Ⅰ. 序言

오랜 세월이 지나 시대가 바뀌게 되면, 과거에는 누구나 다 아는 상식에 속했던 것들 중에도 전문적인 연구가 없이는 後代人들이 이해 할 수 없는 일이 허다하게 발생한다. 이런 문제들도 누군가가 체계를 세워 정리해 놓지 않는다면 우리의 선인들이 큰 가치를 부여하고 소중하게 여겼던 과거 문화의 한 부분을 제대로 전승하지 못하는 것은 물론 이해조차도 못하는 경우도 생기게 된다.

우리의 先賢들의 이름 外에 字·號·諡號 등을 지은 이유가 무엇이고, 이를 짓는 데는 어떤 법칙이나 경향이 있었는가 하는 문제도 바로 이런 범주에 속한다.

이에 本考에서는 우리 國學分野中 과거의 人物 연구에 기초가 되고 人物의 행적을 포괄적 집약적으로 표현한 先人들의 諡號에 대하여 考究하고자 시도하여, 諡號의 意義·諡號를 처음 쓰기 시작한 후부터의 변천과정·시호를 짓는 법·私諡 등에 관하여 고찰하였다.

歷史的 人物들의 행적을 대부분 1個~3個字로 집약하여 표현한 시호는(王이나 王妃는 수십 자로 표현한 경우도 있음) 個個人物의 一生을 상

징하는 것으로 各分野 人物研究의 기초를 제공하는 의의 있는 일이라
고 본다.

Ⅱ. 諡號의 意義

諡號는 넓은 의미의 號의 一種이나 一般的인 號와 달리 死後에 生
時의 行蹟을 참작하여 國家에서 死者에게 내려준 稱號이다. 즉 諡號
란 王을 비롯하여 國家에 큰 功을 세운 高官이나 儒賢에게 國王이 死
後에 붙여준 칭호로서 死後에는 生時에 불리어지던 名을 諱하게 되는
까닭에 諡號를 지어 生時의 名 代身 부르게 되며(死則諱墓名 故爲之諱
所以代其名也), 王으로부터 諡號를 받는 것을 이름을 바꾸어주는 은전
즉 易名之典이라 하여 당사자가 자손의 큰 영광으로 생각하였다.

과거에는 살아있을 때나 사망한 후에나 他人이 어떤 사람을 지칭할
때에 字나 號나 諡號 등을 붙여서 부르지 않고 이름만을 부르면 그를
멸시하는 것으로 생각하였다. '諸侯가 영토를 잃으면 이름을 부르고,
동족을 멸하면, 이름으로 부른다.[1]하여, 諸侯를 다른 호칭을 붙이지 않
고 名만으로 부르는 경우는 크게 멸시받을 일을 행하였을 때에 한한다
고 하였다.

또한,

公叔文子가 죽자 그의 아들 戍이 王에게 諡號를 지어주기를 請하며
말하기를, "일월이 때가 있어서 장례를 지내게 되었으나 그 이름을 바꾸어
줄 것을 바랍니다." 하니, 王이, 과거 우리 衛나라에서 흉년이 들었을 때

---

1)『禮記』 2. 曲禮 下.
    諸侯失地名 滅同姓名

기분이 국내의 굶주린 사람들에게 죽을 쑤어 주어 살려 주었으니 이를 어찌 은혜롭다 「惠」하지 않으랴. 과거 衛國에 어려운 일이 있을 때 그분이 목숨을 걸고 寡人을 보호하여 주었으니 어찌 곧다 「貞」하지 않으랴. 구분이 衛國의 정치를 맡아 尊卑의 次序와 제도를 정비하여 사방의 이웃나라들과 친선을 도모하고 사직을 욕되게 하지 않았으니 어찌 문체 있다 「文」하지 않으랴. 그 때문에 그분을 貞惠文子라 이르노라[2)]

하였다. 이것은 衛의 大夫 公叔拔이 죽은 후 장례를 지낼 때 그의 아들 公叔戍이 父의 諡號를 衛나라의 王인 靈公은 그의 諡號를 내려주기를 衛나라의 王인 靈公에게 요청하였고, 이에 靈公은 그의 시호를 살아있을 때의 대표적인 업적을 參酌 集約하여 貞惠文子라 지어 주었다는 것이다(시호 끝에 붙는) 「子」나 「公」은 男子의 美稱겸 尊稱임). 이 引用文에서 公叔拔을 公叔貞惠文子라 부르지 않고 公叔文子라 略稱한 것을 漢의 鄭玄은 「文」字가 貞·惠 두 字의 의미까지 포괄하고 있기 때문이라고 하였다.[3)]

論語에도,

子貢이 묻기를 "孔文子의 시호를 무엇 때문에 文이라 했습니까?"하니, 孔子께서, "민첩하면서도 배우기를 좋아하고 아랫사람에게 묻는 것도 부끄러워하지 않아 이 때문에 그를 文이라 하였다."라고 대답하였다.[4)]

---

2) 『禮記』 4. 檀弓 下.
公叔文子卒 其子戍請諡於君曰 日月有時 將葬矣 請所以易其名者 君曰 昔者 衛國凶饑 父子爲粥與國之饑者 是不亦惠乎昔者衛國有難 夫子聽衛國之政 修其班制以與四隣交 衛國之社稷不辱 不亦文乎故夫子謂貞惠文子

3) 『禮記』 4. 檀弓 下. 鄭玄 註
…比三者爲諡 而惟稱文字者 鄭云 文足以兼之.

4) 『論語』 公冶長 第五

하여, 衛나라 孔圉가 행실이 方正하지 못하여 善人이 못되는데도 좋은 諡號를 얻는 데 의문을 품은 子貢의 질문에 孔子는 敏而好學 不恥下問한 장점이 있기 때문에 「文」이라는 시호를 주었다고 대답한 것이다. 대체로 민첩한 사람은 대부분이 배우기를 좋아하지 않고 지위가 높은 사람은 대부분이 아랫사람에게 묻기를 싫어하므로 諡法에 勤學好問하는 사람에게 「文」字 시호를 준다고 하였으니, 이 또한 보통사람이 하기 어려운 일이기 때문이다.

이상에 열거한 例를 통하여 시호란 무엇이며 어떻게 짓는 것인가를 推察할 수 있다.

즉 시호란 死後에 그의 名을 諱하게되는 까닭에 死者가 평생 동안 활동한 업적을 평가하여 몇 자로 집약하여 王이 지어준 칭호로서 死者의 一生동안의 행적을 객관적으로 나타내는 他稱이다. 예를 들면 李舜臣의 一生의 업적을 忠과 武 두 자로 집약할 수 있기 때문에 그의 시호를 忠武라 한 것이다.

諡號는 善한 업적을 쌓는 사람에게는 좋은 시호를 주고 惡業을 쌓는 사람에게는 나쁜 시호를 주어 善한 사람을 고무시키고 惡한 사람도 死後에 惡名이 남는 것을 두려워하여 조심하도록 하게 하려는 태도 뜻이 있었다.5) 唐 王彦威의 『贈太保子頔諡議』에, "옛날 성스러운 제왕이 세운 뜻은 善惡을 드러내어 勤勉과 警戒를 드리우고자 한 것으로, 시호에 쓰인 한 字의 찬양이 紱冕(고관의 지위)를 하사하는 것보다 낫고 片言의 凌辱 市朝에 효수 하는 형벌보다 더함을 드러낸 것이다." 한 것이 이를 표현한 것이다. 그러므로 시호는 美諡·平諡·惡諡의 三類로 나눌 수 있으며, 이로써 死者에 대한 襃揚이나 哀矜이나 貶斥을 나

---

5) 徐師曾. 『文體明辯』56. 『諡議』
　　夫善者勸 而惡者懼也.

타내는 것이다. 만약 死者가 一生동안 善行이나 功德을 행하였으면
神·聖·賢·文·舞·昭·莊·恭·烈·忠 등의 美諡를 지어 주고,
王位에 올랐다가 夭折하였거나 뜻을 펴지 못하였으면 悼·愍·哀·
幽·殤 등의 乎諡를 지어주며, 품행이 단정하지 않았거나 패륜을 범하
였으면 靈·厲·戾·煬 등의 惡諡를 지어주었다.

Ⅲ. 諡號使用의 史的 考察

1. 中國에서의 諡號使用

諡號도 中國에서 처음 사용하기 시작한 것으로 始原이 될 만한 기
록을 문헌에서 찾아보면 다음과 같다.

① 3월 16일에 周公 旦과 太師 望이 嗣王 發을 도와 제도를 정비하고 牧
野에서 殷나라 紂王을 멸하였다. 王 發이 死亡하여 장례를 행할 때 諡
號를 짓는 제도를 정하였으니, 諡란 행위의 자취요 號란 功을 드러내는
것이요 車服이란 지위를 나타내는 것이다. 이 때문에 큰 행적이 있으면
큰 이름을 얻고 작은 행적이 있으면 작은 이름을 얻는다. 행적은 본인
이 한 것이고 이름(시호)은 다른 사람이 지어 준 것이다.6)
② 先王이 諡號를 지어 주어 이름(시호)을 높인 것은 행적 가운데 뚜렷한
것을 節取하여 그 美名이 한결같이 지속되도록 한 것이다.……지금 周
公이 諡法이 전해오고 文王 武王 이래로 비로소 시호가 되었으며 周公

---

6) 『逸周書』『諡法解』
維三月旣生魄 周公旦太師望 相嗣王發旣憲 受臚于牧之野 將葬乃制作諡
諡者行之迹也 號者功之表也 車服者位之章也 是以大行受大名 細行受細名
行出於己 名生於人

이 정치에 文을 숭상하였음이 여기에서 증명되며, 堯·舜·禹·湯 등을 모두 名이다.(시호가 아니다)[7]

첫째, 諡法은 周公旦과 太公望이 文治를 숭상하여 제정하였다.

둘째, 諡號는 周西伯을 文王이라고 하고 그 아들(周公의 兄)發을 武王이라 칭한 것이 최초이고, 周代 以前, 즉 五帝 시대나 夏·殷代에는 시호가 없어서 堯·舞·禹·湯 등은 모두 名을 그대로 부른 것이고 諡號가 아니다.

셋째, 諡號는 行之迹 功之表이므로 大行이 있는 者에게는 大名을 細行이 있는 자에게 細名을 지어 주었다.

넷째 시호를 지어 주어 名譽를 높이고 行迹의 큰 것을 節取하여 시호로 지어 주어 훌륭한 이름이 한결같이 지속되게 하려는 것이 목적이었다.

諡法은 殷王朝가 周王朝로 교체된 B.C 13世紀부터 시행되었고, 周公과 太公이 제정하였으며, 死者의 명예를 길이 보존하려는 것이 목적이었고, 文王·武王이라는 名稱이 최초의 諡號라는 것이다.

이렇게 定해진 諡法이 어떤 변천과정을 거쳤는가 살펴보면 다음과 같다.

殷代 以上은 살았을 때 쓰던 이름을 죽은 후의 칭호로 그대로 쓰고 별도의 시호가 없었으니 堯舜禹湯의 예가 이런 것이다. 周나라는 死後에 별도로 시호를 정하였다.[8]

---

7) 洪邁, 『容齋續筆』
   先王諡以尊名 節以壹惠 …… 今世傳周公諡法 故自文王武王以來始有諡 周公政尙文 斯可險矣 如堯舜禹湯皆名
8) 『禮記』3. 檀弓 上.
   殷以上有生號 仍爲死後之稱 更無別諡 堯舜禹湯之例是也 周則死後別立諡

하여 周代부터 시호를 짓기 시작하였다고 하였다. 그러나 최근의 연구에 의하면 死者에게 별도의 名稱을 붙여 부르는 일은 殷代부터 이미 있었다한다. 尊長의 名을 避諱하는 풍습은 殷代때부터 이미 있어서, 존장의 생존시에는 祖·父·天子·王 등으로 부르면 되므로 불편할 것이 없었으나 死後에도 이렇게 부른다면 다시 祖나 父가 된 사람이나 王이 된 사람과 구별이 안되어 死者에게 별도의 칭호를 붙이게 되었다.

이에 殷代人들이 한 방법을 찾아냈으나, 祖上에게 제사를 지낼 때에 그 조상의 生日의 天干(甲·乙·丙·丁)을 붙여서 祖가 甲日에 태어났으면 祖甲이라고 부르고 父가 乙日에 태어났으면 父乙이라고 불렀다. 그러나 이 방법도 시대가 지나면서 生日의 天干이 같은 사람이 있게 되어 遠祖와 近祖를 구별할 수 없게 되었다. 즉 殷의 始祖인 湯과 그의 七代孫의 生日이 모두 乙日이므로 湯을 大乙·七代孫을 小乙이라 구별하고, 大乙의 子와 小乙의 兄이 모두 辛日에 태어났으므로 이들을 각각 祖辛과 小辛으로 부르기도 하였다.

生日의 天干으로 조상을 追稱하는 外에 다른 방법을 쓰기도 하였으니, 祖乙의 손자가 庇에서 奄으로 도읍을 옮겼는데, 奄은 南方에 있으므로 자손들이 그를 南庚이라 追稱하여 居住地를 나타내기도 하였고, 武功이나 文治로 치적이 있는 사람은 武丁·武乙·文丁 등으로 부르기도 하였다.

초기에는 諡法도 一定한 규정이 없었다. 前述한 바와 같이 論語에 子貢이 孔子에게, "孔文子의 시호를 무엇 때문에 文이라 하였습니까?" 라고 한 것은 시호를 짓는 固定된 恒規가 없었다는 증거이니, 고정된 규정이 있었다면 이런 질문을 할 필요가 없었을 것이다.

그 후 전국시대 말경에 어떤 사람이 과거의 시호들을 귀납적으로 정리하여 「諡法」一篇을 이루었는데, 이것이 逸周書에 수록되었으니, 이로부터 '배우기를 부지런히 하고 묻기를 좋아하는 이의 시호를 文이라 한다.(勤學好問曰文)' '굳세고 강하고 사리가 바른 이를 武라 한다.(剛彊理直曰武)' '일을 정성껏 처리하고 윗분을 높이는 이를 恭이라 한다.(敬事尊上曰恭)' 등 95字가 있게 되어, '포악, 거만하고 친족을 무시하는 이를 厲라 한다.(暴慢無親曰厲)' '여인에게 빠져서 정치를 게을리 한 이를 煬이라 한다.(好內怠政曰煬)'하여 厲·煬 등의 惡諡도 있게 되었다. 周代 以後 春秋·戰國時代를 거쳐 寒代에 이르기까지는 어려서는 名을 부르고, 冠禮 後에는 字를 부르고, 50代 以後에는 큰 어른 둘째 어른 등으로 부르며, 사망하면 諡號로 불렀다.[9]그러나 이러한 諡法도 시대가 지나면서 변화한다.

太古에는 이름만 있고 시호가 없었는데 中古에는 이름도 있고 죽으면 行迹에 따라 시호를 짓게 되었다. 이렇게 되면 자식이 아비를 평가하고 신하가 왕을 평가하는 것이니 심히 부당하여 朕은 이 제도를 취하지 않고 이제부터는 諡法을 없애겠다.[10]

하여, 秦始皇이 六國을 統一한 후에, 父가 死亡한 후 자식이 업적을 평가하여 諡號를 의논하고 王이 死亡한 후 신하가 王의 업적을 평가하여 시호를 의논하는 것은 무엄한 일이라 하여 諡法을 폐지하였다.

그 후 寒帶에 諡法이 부활되어 시대가 지날수록 시호를 주는 제도도 더욱 정교하게 변천하였다.

---

9)「禮記」3. 檀弓 上.
  幼名 冠字 五十而伯仲 死諡 周之道也
10) 司馬遷.『史記』6.「秦始皇本紀」
  太古有號無諡 中古有號 死而以行爲諡 如此則子議父 臣議君也 甚無謂
  朕不取焉 自今以來除諡法

天子가 죽으면 신하들이 諡號를 南郊(天際지내는 곳)에서 정하는데 하늘에서 받았음을 밝히는 것이다. 諸侯가 죽으면 太子가 天子에게 訃音을 告하고 諡號를 받는데 天子에게서 받았음을 밝히는 것이다. 子가 父를 평가 할 수 없고 臣이 君을 평가할 수 없으므로 하늘에서 받고 天子에게 받는 것이다. 卿이나 大夫는 담당관서에서 의론하여 시호를 정해준다. 그러므로 周의 제도에는 太史가 小喪에 시호 주는 일을 관장하고 小事는 卿이나 大夫의 喪에 시호 주는 일을 관장하였다. 賑貸에 諡法이 폐지되었다가 寒帶에 회복되었으나 君侯에게만 주고 公卿大夫는 받지 못하였으니 과거의 제도가 간략하게 된 것이다. 唐의 제도는 太常博士가 王公以下의 시호를 주는 의론을 관장하고, 宋의 제도는 太常에서 시호 정하는 의론을 하고 공적에 대한 심사를 거듭한 후 상서성에 모여 의론하게 하였으니 그 법이 점차 엄밀해진 것이다. 그 때문에 역대 이래로 諸侯의 시호를 의론한 글·臣僚에게 美諡를 줄 것인가 惡諡를 줄 것인가 등을 의론한 글들이 있어 지금도 전해오며, 그 내용이 4種이 있으니 諡議·改議·駁議·答駁議 등이다. 그 往復하여 論辯한 것을 관찰하건대 어찌 이런 일을 그만둘 수 있으랴. 이는 是非의 公正을 기하려는데 있을 따름이다. 현재(明)의 제도는 비록 太常博士가 있으나 諡議를 관장하지 않고 大臣이 죽었을 때 그 집에서 시호를 요청하면 禮部에서 살펴보고 보고를 하면 지어주기도 하고 거절하기도 하는 바 오직 황제의 명령대로 할 뿐이며, 지어주기로 한 경우 內閣에서 4字를 의론하여 請하면 皇帝가 정해주는데 모두 美諡만 주고 惡諡는 없게 되어, 드디어 惡諡를 지어 주어 징계를 표시하는 일이 없어지고 시호를 주기 위한 의론도 폐지되었다[11].

---

11) 徐師曾. 『文體明辯』57. 『諡議』

…天子崩則臣 下制諡于南郊 明受之於天也 諸侯薨則太子赴告于天子 明受之於君也 蓋子不得議父 臣不得議君 故受之於天於君 若卿大夫則有司議而諡之 故周制 太史掌小喪賜諡 小史掌卿大夫之賜諡 秦廢諡法 漢乃復之 然僅施於君侯 而公卿大夫皆不得與 蓋亦略也 唐制太常 博士掌王公卿以不議諡 宋制擬諡定於太常 覆於考功 集議於尙書省 其法漸密 故歷代君以來 有帝后諡議 臣寮美惡諡議 傳於今而其體有四 一曰諡議 二曰改議 三曰駁議 四曰答駁

이 글을 통하여 周代부터 明代까지의 諡號授與제도의 略史를 알 수 있다. 이를 다시 정리하여 보면 다음과 같다.

周代 : 王·諸侯·卿·大夫 모두에게 諡號를 주었다.
秦代 : 諡號수여제도를 폐지하였다.
漢代 : 諡號수여제도가 부활되었으나 君侯에 限하고 公卿大夫는 제외하였다.
唐代 : 王公以下에게도 시호를 주었다.
宋代 : 시호수여의 절차가 더욱 엄밀 복잡해졌고, 공정하고 적절한 시호를 주기 위한 의론이 활발히 이루어져서 시호에 관하여 논의한 文體도 諡議·改議·駁議· 答駁議 등 4종이 있게 되었다.
明代 : 시호를 주기 위한 의론이 폐지되어 生前에 惡行을 한 사람에게 주는 惡諡는 없어지고 美諡만을 주었으며, 禮部의 주청이 있으면 皇帝가 수여여부를 결정하고, 수여하기로 한 경우 내각에서 4個字를 올리면 황제가 낙점 하여 정하였다.

한편, 淸代 諡號수여제도를 보면,

史館에서도 벼슬을 했다 해도 시호를 받았거나 나라를 위하여 죽은 사람이 아닌 면 列傳에 올릴 수 없으므로 乾隆40년에 一品官에게는 시호를 주기로 정하였다.[12]

하여, 一品官 以上에게만 시호를 주어 淸代에는 시호를 받은 사람의 수가 매우 적게 되었다.

議 觀其復復論辯 豈得已哉 不過欲歸於是非之公而已 今制雖設太常博士 然不掌諡議 大臣沒 其家請諡 則禮部覆奏 或與或否 唯上所命 與則內閣擬四字以請 以欽定之 皆得美名 其餘則否 初無惡諡以示懲戒 而諡議逐廢不作矣
12) 姚鼐,『古文辭類纂』『序目』傳狀類.
史館凡仕 非賜諡及死事者 不得爲傳 乾隆四十年正一品官乃賜諡

2. 我國에서의 諡號使用

우리나라에서는 中國의 영향을 받아 中國보다 천여년 늦은 三國時代부터 비로소 諡號를 사용하기 시작하였으며 이 시대에는 王만이 시호를 가질 수 있었다. 三國의 시호사용을 국가별로 고찰해 보면 다음과 같다.

  ① 시조 東明聖王은 姓이 高氏이고 諱는 朱蒙이다.(雛牟라고도 하고, 中解라고도 부른다.)……十九年 九月에 王이 昇遐하였는데 그때 나이가 四十歲였고 龍山에 장례를 지냈으며 號를 東明聖王이라 하였다.13)
  ② 琉璃明王이 즉위하였다. 諱는 類利이며 孺留라고도 한다. 朱蒙의 元子이다.……37年10月에 豆谷 離宮에서 薨하여 豆谷 동쪽 언덕에 장례를 지냈다. 號를 琉璃明王이라고 하였다.14)

한 것으로 보아 고구려는 建國初부터 諡號를 使用하였으며, 始祖 東明聖王(諱 朱蒙·在位B·C 19~A·D 17)이라는 칭호가 곧 諡號임을 알 수 있다. 그러나 東明이나 琉璃라는 諡號에 쓰여진 『東』·『琉』·『璃』등은 諡法에 없는 字들로서 이것이 과연 諡法에 맞추어 지은 諡號인지 의문이 생긴다. 특히 琉璃王은 名도 類利 또는 孺留라 하였으므로 名과 音이 相似한 字를 골라 諡號로 정하였을 뿐이다. 이로 보아 이들의 시호가 中國의 諡法대로 生時의 業績을 토대로 그에 맞는 字를 골라

---

13) 金富軾,『三國史記』13.『高句麗本紀』1. 始祖東明聖王.
始祖東明聖王 姓高氏 諱朱蒙 一云雛牟 一云衆解……十九年九月王昇遐時年四
　　十歲 葬龍山 號東明聖王
14) 上揭書 同卷 琉璃王
琉璃明王立 諱類利 或云孺留 朱蒙元子……三十七年冬十月 薨於豆谷離宮 葬於
　　豆谷東原 號爲琉璃明王.

정한 것이라고는 보기가 어려우며, 生時의 업적과 연관을 지어 시호를 지었다고 보이는 것은 19代 廣開土王 및 20代 長壽王부터이다.

百濟의 諡號 사용에 관하여 살펴보면 建國以後 23代 三斤王까지는 시호를 사용하지 않았다. 始祖 溫祚王·二代 多婁王 3代 己婁王 등의 溫組·多婁·己婁라는 칭호는 生時에 사용하던 名으로 死後에도 諡號를 정하지 않고 生時에 썼던 名을 그대로 썼으며, 24代 東城王(在位 478~501)부터 비로소 諡號 가지게 되었으니,

> 東城王의 이름은 牟大이며, 摩牟라고도 부른다.……22年 12月에 薨하자 諡號를 東城王이라 하였다.15)

한 것이 史書에 나타나는 百濟 최초의 諡號이며 그 以後 歷代王들은 모두 아래에 例示한 바와 같이 死後에 諡號가 주어졌다.

① 武寧王의 이름은 斯摩이고 隆이라고도 한다. 牟大王의 둘째아들이다. ……23年 여름 5月에 王이 죽자 諡號를 武寧이라 하였다.16)
② 聖王의 이름은 明穠이고 武寧王의 아들이다. …… 32年 가을 7月에 新羅의 伏兵과 싸우다가 亂兵에게 해를 입어 薨하자 시호를 聖이라 하였다.17)
③ 威德王이 名은 昌이고 聖王의 元子이다.……45年 겨울 12月에 薨하자 여러 신하들이 시호를 의론하여 威德이라 정하였다.18)

---

15) 上揭書 26. 『百濟本紀』4. 東城王
東城王 諱牟大 或云摩牟……二十二年十二月乃薨 諡曰東城王.
16) 上揭書 同卷. 武寧王
武寧王諱斯摩 或云隆 牟大王之第二子也……二十三年夏月 王薨 諡曰 武寧
17) 上揭書 同卷. 聖王
聖王諱明穠 武寧王之子也……三十二年秋 七月 新羅伏兵發 與戰 爲亂兵 所害薨 諡曰聖

위에 예시한 24代 東城王, 25代 武寧王(在位501~523), 26代 聖王(523
~554), 27代 威德王(554~598) 등을 비롯하여 28代 惠王(598~599), 法王(599
~600), 30代 武王(600~641), 31代 義慈王(641~660) 歷代王 모두에게 諡號
가 주어졌다. 이들의 諡號가운데 24代 東城王의 諡號 東城은 諡法과
는 無關하게 지은 것이며, 25代 武寧王부터 末王 義慈王까지는 諡號
가 諡法에 맞게 지어졌다.

新羅 역시 建國初에는 諡號를 지을 줄 모르다가 17代 奈勿麻立干
(356~402)때부터 高句麗를 통하여 비로소 中國의 前秦과 通交하고, 中
國의 文物을 본격적으로 도입하기 시작하였으며, 22代 智證王(500~514)
代부터 모든 제도를 中國式으로 고치면서 바로 그 智證王의 死後부터
諡號를 짓기 시작하였으니,

① 15年 가을 7월……王이 죽자 諡號를 智證이라 하였으니 신라의 諡法
   은 이에서부터 시작되었다[19]

② 제22대 智哲老王은 姓이 金氏이고 이름은 智大路 또는 智度路라 하
   였으며, 諡號눈 智證이다. 諡號는 이에서 시작되었다.[20]

한 것으로 보아 新羅의 王에게 시호를 지어 준 것은 智證王이 최초이
어서 '新羅諡法始於此' 諡號始于此'라고 삼국사기 및 삼국유사에 명시
하였다. 그 후 23代 法興王(諱原宗 514~576) 등 歷代王에게 모두 諡號
를 지어 주었다.

---

18) 上揭書 27. 威德王.
    威德王諱昌 聖王之元子也……四十五年冬十二月薨 群臣議諡曰威德
19) 上揭書 4. 新羅本紀 4. 智證麻立干.
    十五年 秋七月……王薨 諡曰智證 新羅諡法始於此
20) 一然『三國史記』1.『奇異』智度路王
    第二十二代智老王 姓金氏 名智大路又智度路 諡號始于此

신라 최초로 시호를 지은 22代 智證王은 시호를 智哲老 또는 眞德女王까지의 諡號 法興·眞興·眞智·眞平·善德·眞德 등은 불교식으로 시호를 지은 것이며, 29代 太宗武烈王부터 56代 敬順王때까지는 諡法에 맞추어 시호를 지었던 것으로 보인다.

지금까지의 考察로 보아 高句麗는 시조 東明聖王이 死亡한 B·C 19년부터, 百濟는 24代 東成王이 死亡한 501年부터, 新羅는 22代 智證王이 死亡한 514年부터 諡號를 지었고, 中國大陸과 陸續되어있는 高句麗가 百濟나 新羅보다 500여년 앞서 諡號를 사용하였으며, 諡法에 맞서 諡號를 짓기 시작한 것은 廣開土大王 死後(491)부터로 보아야 할 것이다.

高麗時代(918~1392)에 이르러서는 王뿐만 아니라 國家에 有功한 臣下들에게도 諡號를 下賜하였다. 高麗의 建國功臣들인 申崇謙에게는 壯節, 裵玄慶에게는 武烈, 卜智謙에게는 武恭, 洪儒에게는 忠烈이라는 諡號를 내린 것이 그 例이며, 顯宗代에는 新羅으 崔致遠에게 文昌侯, 薛聰에게 弘儒侯라고 追贈하기까지 하였다. 그 후 이러한 諡法은 朝鮮時代(1392~1910)까지 계속 이어져 내려왔다.

한편 歷代 以後의 王들은 諡號 外에 따로 廟號 및 陵號도 가져서 死後에 지어진 칭호가 세 가지였다. 高麗建國의 시조 王建의 諡號는 神聖·廟號는 太祖·陵號는 顯陵이고, 朝鮮 건국의 시조 李成桂(즉위 후의 名은 旦)의 諡號는 康憲至仁啓運聖文神武이고 廟號는 太祖이며 陵號는 健元陵이다.

우리나라 사람의 시호는 대부분이 二字諡號인데 王만은 數十字로 된 경우도 있으며 조선조 高宗의 시호는 무려 58字나 된다. 그러나 王의 시호도 특별한 의식을 행할 때 외에는 첫 두자만으로 호칭하고 나머지는 생략하는 것이 일반적인 경향으로 조선조 太祖를 康憲大王, 太宗

을 恭定大王, 世宗을 莊憲大王 등으로 부른 것이 그 例이다. 參考로
조선조 歷代 王의 廟號・諡號・陵號 등을 표로 만들어 보면 다음과
같다.

『朝鮮朝 歷代王의 廟號・諡號・陵號』

姓名	廟號	諡號	陵號	字	號
李成桂 改名(旦)	太祖	康憲至仁啓運文神武	健元陵	仲潔(改) 君晉	松軒
芳果 改名(敬)	定宗	恭靖	厚陵	光遠	
芳遠	太宗	恭定聖德神功文武光孝	獻陵	遺德	
裪	世宗	莊憲英文睿武仁聖明孝	英陵	元正	
珦	文宗	恭順欽明仁肅光文聖孝	顯陵	輝之	
弘暐	端宗	純定安莊景順敦孝	莊陵		
瑈	世祖	惠莊承天體道烈文英武至德隆功聖神明 睿欽肅仁孝	光陵	粹之	
晄	睿宗	襄悼欽文聖武懿仁昭孝	昌陵	平甫	
娎	成宗	康靖仁文憲武欽聖恭孝	宣陵		
㦕	燕山				
懌	中宗	恭僖徽文昭武欽仁誠孝	靖陵	樂天	
崎	仁宗	榮靖獻文懿武章肅欽孝	孝陵	天胤	
峘	明宗	恭憲	康陵	對陽	
鈞 改名 (日公)	宣祖	昭敬正倫立極盛德洪烈至誠大義格天 熙運顯文毅武聖睿達孝	穆陵		
琿	光海				
倧	仁祖	憲文烈武明敬仁彰孝	長陵	和伯	松窓
淏	孝宗	宣文章武神聖顯仁	寧陵	靜淵	竹梧
棩	顯宗	純文肅武敬仁彰孝	崇陵	景直	
焞	肅宗	顯義光倫睿聖英烈文章武敬明元孝	明陵	明晉	
昀	景宗	德文翼武純仁宣孝	懿陵	輝瑞	
昑	英祖	至行純德英謨毅烈章義弘倫光仁敦僖 體天建極聖功神化大成廣運開泰基永 堯明舜哲乾健坤寧翼文宣武熙敬顯孝	元陵	光叔	養性軒
祘	正祖	文成武烈聖仁莊孝	健陵	亨運	弘齋
王公	純祖	淵德顯道景仁純僖 文安武靖憲敬成孝	仁陵	公寶	純齋

姓名	廟號	諡 號	陵號	字	號
奐	憲宗	經文緯武明仁哲孝	景陵	文應	元軒
元範 改名 (昇)	哲宗	熙倫正極粹德純聖文顯武成獻仁英孝	睿陵	道升	大勇齋
命福 載晃 改名 (熙)	高宗	統天隆運肇極敦倫正聖光義明功大德 堯峻純徽禹謨湯敬應命立紀至化神烈 巍勳洪業啓宣曆乾行坤定英毅弘休 壽康文憲敦仁翼貞孝	洪陵	明夫 (改) 聖臨	誠軒 珠淵
上石	純宗	文溫武寧敦仁誠敬孝	裕陵	君邦	靖軒

IV. 諡 法

1. 諡號의 制定節次

諡號는 君王을 비롯하여 國家에 有功한 臣僚나 儒賢에게 國家에서 死後에 定해준 칭호로서 朝鮮時代에 諡號를 지어 주던 절차를 살펴보면 다음과 같다.

原則的으로 王과 王后를 비롯한 二品以上의 臣僚中 학식과 덕망이 특출하거나, 국가에 大功을 세운 사람에게만 諡號를 내리게 되는데, 禮記에 '生無爵則死無諡'[21]라 하여, 生時에 官爵이 없던 사람은 死後에 諡號가 없게 된다고 한 것이 이것을 뜻한다. 그러나 爵位가 낮거나 一生동안 전혀 벼슬을 하지 않았던 處士들에게도 諡號를 내릴 필요가 있으면 贈職한 후에 諡號를 지어주게 된다. 벼슬을 한 일이 없는 南孝溫 (1454~1492)에게 吏曹判書를 追贈하고 諡號를 文貞이라 지어 주고, 徐敬德(1489~1546)에게도 領議政을 追贈하고 文貞이라 諡號를 지어 준

---

21) 『禮記』 『檀弓』上.

것 등이 이런 例이다. 더욱 특별한 경우에는 贈職의 절차를 거치지 않고 곧바로 시호를 지어 주기도 하였는데 증직의 절차를 略하고 諡號를 내리면 더욱 영광으로 생각하였다.

諡號를 지어 주는 절차를 보면,

첫째, 諡號를 받을만한 사람이 死亡한 후 後孫이나 親知들이 亡者의 遺事나 行錄을 參照해서 家狀이나 行狀을 作成하고, 家狀이나 行狀을 參照하여 諡狀을 짓는다.

둘째, 이렇게 作成한 諡狀을 地方에서는 守領과 觀察使를 경유하여, 서울에서는 직접 朝廷에 올려 시호를 지어 줄 것을 上奏한다.

셋째, 諡狀을 中央의 奉常寺22)에서 접수하면 봉상시의 관원들이 協議를 하는데 諡號를 정하기 위하여 모인 자리를 諡座라고 한다. 여기서 論難이 벌어져 決定이 원만하게 이루어지지 않으면 廟議에 올려 그곳에서 諡號 授與 與否와 上奏 諡號名을 정한다.

넷째, 奉常寺에서는 諡座에서 결정된 諡號案을 王에게 上奏하게 되는데 이것을 諡望이라 하며 이때 單一案을 上奏하는 것이 아니라 세 가지 案을 上奏하므로 이를 備三望이라 한다.(三望은 首望·副望·末望을 稱한다.) 王이 三望 가운데 하나를 落點을 하면(首望落點·副望落點·末望落點이라 함)諡號로 確定된다.

例로 壬辰倭亂時에 義兵을 일으켜 錦山에서 倭敵과 싸우다가 아들 因厚와 함께 戰死한 霽峯 高敬命이 諡號를 받게 되기까지의 과정을 살펴보면 다음과 같다. 李明漢이 尹根壽가 지든 高敬命의 神道碑文을 參照하여 『贈議政府左贊成霽峯高公諡狀』을 지어 公의 家系, 出生時부터 死亡時까지의 行蹟, 壬亂時 義兵을 일으켜 왜적과 싸우다 전사

22) 國家의 祭禮나 諡號 등에 관한 사무를 관장하는 기관으로 正三品인 奉常寺正이 長이다.

한 과정과 그 때문에 贈職되고 褒賞받은 내력 등을 적은 후, '公의 文章과 節義는 古今에 貞絶하여 해나 별처럼 밝게 드리워서 온 나라 사람들이 昴仰할 뿐 아니라 실로 天下사람들이 함께 아름답게 여기고 흠모하고 있으니 마땅히 易名의 은전을 베풀어서 무궁하게 전할 수 있도록 해주셔야 합니다.23) 라고 건의하였다. 이 謚狀이 조정에 올라오자 廟議에서 工曹判書 尹暉가 "贈謚의 은전은 예부터 있어온 것인데 高敬命·李舜臣·趙憲은 謚號의 은전을 입지 못하여 진실로 은전을 내리는 일이 欠缺이 되고 있습니다."하니, 王이 禮曹에 명하여 稟申하도록 조치하라.24)하여, 절차를 거쳐 謚號를 忠烈이라 지어 주고, 顯宗代에는 禮官을 파견하여 祭를 지내주고 祭壇(殉義壇)에 賜額을 하였다.25) 이를 통하여 시호가 어떤 절차를 거쳐 지어지는가를 대략 알 수 있다.

지금까지 설명한 것은 謚號를 지어 주는 一般的인 절차이며, 例外로 死亡한 人物이 特出한 사람이면 謚狀이 올라오기를 기다리지 않고 王命에 依하여 곧바로 奉常寺에서 謚望을 作成하여 올리게 하며 이것을 不待狀謚議라 하고, 더욱 특별한 경우에는 死亡後 銘旌도 세우기 전에 王命에 의해서 謚號를 내릴 것을 상의하기도 하는데 이르러 立旌前謚議라 한다. 不待狀謚議나 立旌前謚議로 謚號가 내려지면 통상적인

---

23) 李明漢,『白洲集』18.『贈議政府左贊成霽峯高公謚狀』
……公文章節義貞絶古今 照揭日星 不但一國之所景仰 實天下之共艶
宣有易名之典 以傳示無極
24)『仁祖實錄』34. 20年壬午5月
辛巳……工曹判書尹暉曰 贈謚之典 自古有之 而至於高敬命李舜臣趙憲尙未蒙贈謚 是誠欠典也 上曰 令禮曹稟處
25)『顯宗實錄』7. 4年 癸卯7月.
戊辰……遣禮官致祭於忠烈公高敬命文烈公趙憲博士柳彭老 且賜額殉義…

절차를 거쳐 諡號를 받은 것보다 더욱 큰 영예로 알았다.

王이나 王妃의 諡號는 文衡에서 맡은 官吏들이 諡望과 諡冊文[26]을 지어 새로 登位한 王에게 裁決을 받아 定하며, 王은 諡號 外에 따로 廟號도 짓는데 그 절차는 諡號를 짓는 절차와 같으며 그 例는 이미 前節에서 例擧하였다.

諡號를 지을 때는 어떻게 하면 그의 生時의 행적과 일치하는 시호를 지어서 훌륭한 업적을 남긴 사람에게는 美諡를 지어주고 惡行이 있는 사람에게는 惡諡를 지어주어 諡號를 통하여 勸善懲惡을 할 수 있는 것인가가 끊임없이 論難의 대상이 되었다. 朝鮮王朝實錄에 기록된 諡號에 관한 論難의 數例를 살펴보면 다음과 같다.

> 甲子日 使司에서 건의하기를, '諡法은 국가 중대사이므로 奉常博士 단독으로 의론하여 定하게 하는 것은 不可합니다. 奉常判事 및 그 아랫사람들로 하여금 시호를 의론하여 使司에 보고하게 하고 使司에서 다시 왕께 보고하도록 하는 것으로 제도화하기를 바랍니다.'하였다.[27]

이는 下位職인 奉常博士에게 諡號의 議定을 專擅시킬 것이 아니라 奉常判事(禮曹判書가 兼職하는 것이 원칙임)이하 衆人이 의론하여 그 결과를 使司에 보고하고 使司에서는 이를 王에게 보고하고 결재를 받도록 제도화할 것을 건의한 것이다.

즉 국가의 중대사인 諡法의 시행을 보다 신중히 하기 위하여 더욱 정교한 절차를 밟도록 한 것이다.

---

26) 王, 王妃의 諡號를 올릴 때 生前의 공적을 칭송하기 위하여 지은 글.

27) 『太祖實錄』 10. 五年 丙子 十月. 甲子 使司上言 諡法國家重事 不可獨令奉常博士議定 乞令奉常判事已下 擬議傳報使司 使司啓聞 以爲成法

癸亥日에 (王이) 옛 尙書이 李挺을 위하여 시호를 청하자 上께서 이를 禮曹에 命한 것이다. 또 이르기를 挺은 儒臣이니 『文』字 諡號가 마땅하다 하였다.

司諫院에서 上疏하였는데 요약해 보면, '當代의 신하로 省宰의 지위에 있던 자가 歿하면 公論으로 실제 있었던 德行을 기록하여 시호를 내려서 권장과 경계를 드리우는 것입니다. 省宰가 아니거나 다른 시대의 臣下는 비록 子孫이 功이 있다 해도 시호를 추증하지 않는 것이 옛 제도입니다. 지금 李挺은 죽은 지 이미 오래되었고, 또 前代의 신하로 지위가 刑部上書에 그쳤는데 이제 시호를 추증하고자 하니 古制에 맞지 않습니다. 그러나 그 子孫이 王室에 功이 있기 때문에 特旨를 내려서 古制에 의거하여 시호를 추증하는 일이 없도록 하십시오. 禮曹 및 奉常寺에서는 挺이 비록 文科出身이나 시호에 「文」字를 넣을 수는 없다고 생각하였는데, 佇가 다시 上께 請해서 『文簡』이라는 시호를 얻자 사람들이 모두 이를 비난하였다.[28]

이것은 太宗이 총애하는 신하 李佇의 祖 李挺에게 시호를 지어주도록 강요하여 文簡이라는 시호를 내리게 한 시말이다. 李挺은 前代(高麗代)의 사람이고, 지위도 시호를 받을 만큼 높지 못하며 시호에 『文』字가 들어간 시호를 지어주도록 강요하여 司諫院, 禮曹, 奉常寺 등에

---

28) 『太宗實錄』10. 三年 癸未 十月

癸亥 命禮曹追諡故尙書李挺 李佇爲朝挺請諡 上以命禮曹 且曰 挺儒也 宜諡文字

司諫院上疏略曰 當代之臣 位省宰者歿 則以公論記實德 賜諡以垂勸戒 非省宰與異代臣子

雖子孫有功 不得追贈 是故制也 今李挺身歿已久 且前代之臣 職止於刑部尙書 今欲追贈

不合古制 然其子孫有功王室 故特下旨 不拘古制 姑且追諡 顯自今位至省宰及功臣外 其餘臣子一依古制 毋令追諡 禮曹及奉常寺以爲挺雖出身文科 然不可得諡以文字也 佇復請於上 人皆非之.

서 반대하다가 어쩔 수 없이 지으면서 앞으로는 이런 일이 재발하지 않도록 해주기를 건의하였으며, 이런 사건을 야기한 李佇를 여론이 비난하였다는 것이다. 이는 諡法이 王의 特命에 의하여 규정대로 最格 公正하게 행해지지 않은 하나의 例이다.

빈번하지 않으나 이미 지어 준 諡號가 生時의 行蹟과 一致하지 않아 世人들을 勸戒할 수 없다하여 諡號를 改定하는 일도 있었다. 太祖代에 鄭照啓의 諡號를 安荒으로 定하자, 太祖가, "照啓는 元勳인데 그의 過失만 論하고 功績은 논의하지 않았으니 무엇 때문인가."하고 諡官들을 곤장을 쳐 流配한 후 特命으로 良景으로 改諡한 일이 있으며, 中國에서도 漢·晋·唐·宋代에 改諡한 일이 있었다.

諡號가 生時의 實德과 일치하지 않아 論難이 된 또 하나의 예를 들어 보면, 洪順孫은 하찮은 一武夫에 불과한데 奉常寺에서 因事有功했다는 뜻의 襄과 克定禍亂했다는 뜻의 武를 넣어 시호를 襄武라 지어주자 실제행적과 맞지 않는 과분한 시호라는 비난이 일면서 이럴 바에는 차라리 시호제도를 없애자는 주장까지 대두하기도 하였다.[29]

祖上의 억울하게 惡諡를 받았다고 생각될 때 子孫들이 改諡를 위한 노력은 처절할 정도로 집요하여 王과 조정을 난처하게 하는 일도 있었다. 金國光[30]이 죽자, 뜻을 펴는데 無能했다는 의미의 丁(述義不克曰丁)과 겸손하고 말이 적었다는 뜻의 靖(恭己鮮言曰靖)을 따서 시호를 丁靖이라 지어 주었는데, 아들 金克忸가 시호로 쓰인 丁字가 父의 生時의 實德과는 不合하는 惡諡라 하여 여러 차례 改諡 해줄 것을 上疏하였고, 조정에서도 이의 처리에 고심하였으며, 그 전말을 살펴보면 다음과 같다.

---

29) 『成宗實錄』 115. 11年 3月 및 148. 13年 11月壬寅條참조
30) 金國光(1415~1480). 文科及第. 李施愛의 亂을 평정한 공로로 敵愾功臣2等. 成宗즉위후 左議政·佑理功臣 1等. 經國大典 편찬에 有功.

金克忸가 上疏하기를……臣의 父는 살아서는 직무에는 성실하였는
데 죽어서 惡諡라 하여 臣은 애통하고 답답함을 감내할 수가 없습니다.
史傳에서에서 改施한 例를 두루 상고해 보니 帝王이 策命을 바로잡기도
하고, 廷議에서 反駁해서 고치기도 하며, 子孫의 호소를 들어주기도 하였
습니다……臣父는 述議不克한 일이 없으니 고쳐서 바로잡아 주십시
오……하자, 王이 승정원에 의견을 제출하도록 명하였다. 都承旨 金承卿
등은, "처음 검토했던 3종의 시호 중에서 한 字를 골라 고쳐주는 것이 어
떻습니까."하였고, 左部承旨 李世佑는, "고쳐서는 안됩니다. 시호를 논의
했던 관원들을 불러 물어 보십시오."하였다.

(관원들에게 묻자)奉常寺正은, "金國光이 다시 재상이 될 때 臺諫에서
佐相으로 끝을 잘 맺지 못한 例로 논박할 일이 있으므로 丁이라 하였습
니다."하였고, 副正은, "大臣으로 善始善終을 못했고, 대간에서 누차 다시
재상이 되는 것을 탄핵하였으므로 丁이라 하였습니다."하였으며, 檢正은,
"그의 사위 李垶이 稷山郡守 때에 不正을 행하자 대간에서 글을 올려,
'부정한 관리가 金氏門中에서 많이 나왔다.'하였는데, 그를 지목한 말이므
로 丁이라 하였습니다."…하였다.

이에 王이 傳旨를 내리기를, "宰相은 비록 과실이 있다 해도 사람들이
그 위세가 두려워서 이를 말하지 못하다가 죽어서 諡號를 議定한 이후에
야 그 인간됨을 알게 된다. 시호를 幽·厲라 정했어도 아무리 훌륭한 자
손도 百世後에도 고칠 수 없는 것이다. 더구나 죽은 후에 某公(丁靖公)이
라 부르면서 그 무덤에 제사까지 지냈을 터인데 어찌 고칠 수 있겠는가.
만약 그의 請을 들어준다면 후에 이를 본받아 고치고자 하는 자가 있게
될 것이니 어찌 일일이 들어줄 수 있겠는가. 王은 私가 있을 수 없으니 그
아들이 애통히 여긴다 해도 나는 고칠 수가 없다."하였다.[31]

31) 『成宗實錄』131. 12年辛丑 7月·辛丑.
　　金克忸上疏曰……臣父 生而奉職惟勤 死而橫被惡諡 臣不勝痛悶 歷考司 傳
　　改諡之例 帝王或策而正之 廷議或駁而正之 子孫或訴而正之……如臣父 無述
　　義不克之實 其改而正之 有何不何……命示承政院 都承旨金升卿……曰初擬
　　三諡內 擇一諡改之何如 左副承旨李世佐 曰 不可改也 命召議諡員問之 奉常

金克愃는 이에 승복하지 않고 거듭 上疏하여 네 번째 上疏에서는, '臣父는 生時에 丁字에 해당되는 행위를 한 일이 없는데 죽어서 丁字 諡號를 가지게 되어 臣父의 魂이 九泉之下에서 원한이 맺혀 있습니다.' 하면서, 復相時에 대간에서 탄핵한 것은 뜬소문을 믿고 한 것으로 이는 主相께서도 인정한 일이다.

사위와 아우의 不正이 本人의 시호에 영향을 줄 수 없다. 周公같은 聖人도 兄弟들의 惡行을 감화시키지 못하였는데 臣父에게만 이를 요구하는 것은 부당하다.

잘못된 것은 바로잡는 것이 바로 王者의 公이다. 잘못된 시호라면 몇 번이라도 고쳐서 바로잡는 것이 公正한 일이다.

知人에 밝은 世祖가 특별히 인정했던 분에게 惡諡를 주는 것은 世祖(당시의 王인 成宗의 祖)의 知人之明에 누를 끼치는 것이다.

李施愛의 亂이 일어났을 때 忠義를 분발하여 大功을 세웠는데 述義不克者가 이런 일을 할 수 있겠는가. 王의 睿謀를 받들어 經國大典을 選定하여 萬世의 法程이 되게 하였는데 述義不克者가 이런 일을 할 수 있겠는가.

善諡字인 靖과 惡諡字인 丁은 서로 相反되는데 이 두 字를 모아 諡號로 定한 것은 모순이다. 名과 實을 합치한다면 비록 幽나 厲의 諡號

寺正 崔灝原曰 金國光復相時 臺諫論駁非佐相克終之例 故謂之丁 副正崔悌
男曰 以大臣不能善始善終 臺諫累次憚劾復相 而臺諫改之 故謂之丁 僉正朴
衡文曰 其婿李坤 爲稷山守時犯贓 臺諫上書曰 贓史多出於金氏門中 意必有
所指以言 故謂之丁 傳曰 帝相雖有過失 人畏其威勢 不能言之 至於身死議諡
後 知其爲人 名之曰幽厲 雖孝子慈孫 百世不能改也 況死後稱某公以祭其廟
安可改乎 若從其請 則後有效此而欲改者 安可一一從之乎 王者無私 其子雖
痛 子不能改也

를 받더라도 어찌 감히 자손이 改諡를 요청하겠는가. 中國에도 我國에도 名과 實이 不合한 시호를 고친 예가 있는데 어찌 臣父만 이것이 不可한가. 라고 奉常寺員들의 주장과 王의 傳旨를 하나하나 반박하며 거듭 改諡를 요청하였다.[32]

王을 위시하여 대부분의 대신들도 金國光이 丁字 諡號를 받을 만한 과실은 없었다는 것을 인정하면서도, 시호를 바꾸어주면 선조의 시호에 불만을 품은 후손들이 너도 나도 바꾸어 주기를 요구하여 복잡한 사단이 일어날 염려가 있으므로 진퇴양난의 곤혹스런 입장에 처하여, 시호를 議定한 奉常寺員들의 자질과 시호의 공정성이 논란의 대상이 되기도 하고, 金國光의 諡號議正時 首望이었던 丁靖 外에 副望이나 末望 中에서 한字를 擇하여 丁字와 바꾸어주자는 의견도 강력히 대두되었다. 그러나 王은 副望이나 末望에도 善字가 없고, 改諡를 주장하는 측과 반대하는 측으로 나뉘어 통일되지 않았다.

이런 가운데 金克愊의 上疏는 집요하게 계속되어 아홉 번째 상소가 올라오자 領敦寧에게 命하여 의론하여 보고하도록 하였으며, 대부분이 金克愊의 人子로서의 親愛之情을 높이 評價하면서 改諡가 무방하겠다고 하였으나 一部는 金國光이 비록 정도 이상의 惡諡를 받았지만 그이 집안에서 犯贓者가 많이 나와 齊家를 잘못한 것이 사실이고 史書에 전해오는 改諡의 예들이 오히려 私恩으로 公正을 해친 것이 많다고 주장하여 역시 의견이 일치하지 않았다. 王도 子息의 孝誠을 이유로 改諡를 허용한다면 不善之人이 惡諡를 받았어도 자식이 이를 고치려 시도하는 일이 빈발할 것이고, 과거의 개시는 이것이 恒例가 될 수 없다고 改諡에 반대하였다.[33]

---

32) 『成宗實錄』137. 13年 壬寅 正月甲午 참조.

33) 『成宗實錄』179. 16年 5月戊寅 참조.

金克忸는 이에 또다시 疏를 올려 父의 改諡를 거듭 요청하였고, 廟議에서 克忸가 至尊의 權威를 犯했다는 비난도 있었던 듯하다. 이에 王은 政丞들에게 傳旨를 내려, '자식이 아비의 일 때문에 여러 차례 상소한 것이 어찌 허물이 되겠는가. 그러나 시호를 의론하여 정하는 일은 전적으로 봉상시에게 맡긴 것인데 이제 만약 봉상시에서 정한 시호를 잘못되었다고 고친다면 후에 반드시 이 예를 빌미로 모두 시호를 고치려 하여 장차 그 폐해를 감당 할 수 없을 것이고 국가의 법이 이 때문에 무너질 것이니 단연코 고칠 수는 없다. 내가 이런 뜻으로 교서를 지어 克忸에게 내려서. 한편으로는 국가의 法도 무너뜨리지 않고 한편으로는 國光이 허물이 없음도 밝혀주고 한편으로는 克忸의 원통함도 풀어주려 하는데 여러분의 의견은 어떠한가.'하자, 모두 찬성하여, 成宗16年 6月에 金克忸에게 教書를 내려주어 改諡는 않으면서도 金國光이 과실이 없었음을 王의 이름으로 釋明해주는 절충안으로만 4년 간 논란의 대상이 되었던 金國光의 改諡문제는 일단락되었다.[34]

本考에서 金國光의 改諡문제를 장황할 정도로 소상히 언급한 것은 이 사건의 전말 속에 諡號를 지은 이유는 무엇이고, 당시 사회에서 시호를 얼마나 중히 여겼으며, 나라에서 시호를 지어주는 일이 얼마나 중대사로 생각하고 명실이 상부한 시호를 지어주기 위하여 노력하였는가, 후손들이 조상의 시호에 대하여 얼마나 큰 관심을 가졌고, 善諡를 얼마나 영예롭게 여겼으며 惡諡를 얼마나 부드럽게 여겼는가 등 諡號에 전반에 관한 문제들이 극명하게 드러나 있기 때문이다.

34) 『成宗實錄』180.16年 6月 癸未 참조

2. 諡法

諡號를 지을 때 쓸 수 있는 文字와 그 文字를 시호에 넣을 수 있는 행적을 정해 놓은 조항을 諡法이라 한다. 이 시법은 前述한 바와 같이 周公 旦과 太公 望에 의하여 최초로 제정되었으며(이를 周公諡法이라 함) 그 후 시법의 條項이 점차 증가한 듯하다.

史記 附錄으로 실려있는 周公諡法解에는 195條에 103個 諡字가 수록되어 있으며 藏書閣 所藏의 諡法帖[35]에는 362條에 150個의 諡字가 수록되어 周公諡法보다 311條168個諡字 수록되어 있어 그후 歷代에 걸쳐 이것으로 시호를 議定하는 준칙으로 삼았다한다. 그 가운데 일부를 例示해 보면 다음과 같다.

照臨四方曰明 讒訴不行曰明 思慮果遠曰明 任賢致遠曰明 招集殊異曰明 獨見先織曰明 察色見情曰明 能揚側陋曰明 經天緯地曰文 道德博聞曰文 學勤好問曰文 慈惠哀愍曰文 愍民惠禮曰文 賜民爵位曰文 修德來遠曰文 忠信接禮曰文 修治班制曰文 敏而好學曰文 施而中禮曰文 剛彊直理曰文 威彊敵德曰文 克定禍亂曰武 刑民克服曰武 夸志多窮曰武 折衝禦侮曰武 闢土境曰武 剛强以順曰武 保大定功曰武 危身奉上曰忠 盛衰純固曰忠 推能盡忠曰忠 臨難不忘國曰忠 廉方公正曰忠 慮國忘家曰忠 事君盡節曰忠 險不避難曰忠[36]

이상으로 『明』字諡 8條, 『文』字諡 11條, 『武』字諡 9條, 『忠』字諡 8條를 例로 들어 보았다. 百數十種의 文字로 많은 사람들의 諡號를 짓다 보니 同一한 諡號를 衆人이 共有하는 경우가 많게 되었다.

---

35) 『諡法帖』, 精神文化研究院 藏書閣圖書. 筆寫本一冊. 篇者 刊年 未詳.

36) 前揭書 參照.

韓國人人名大事典[37) 諡號一覽表를 보면, 總收錄人員 2245名의 諡號가운데『文』字를 넣어 지은 諡號가 627名(27.8%)이며, 그 가운데『文貞』이라는 같은 시호를 가진 사람이 85名,『文簡』이 69명,『文公』이 58名이나 된다.

한편『忠』字가 들어간 시호를 가진 사람이 398名(17.7%)으로 그 가운데『忠貞』이 41名,『忠武』가 9名이다.

諡號 中에는『文』字가 들어간 諡號를 더욱 영예롭게 생각하였는데 이것은 武보다 文을 숭상하던 社會風潮의 한 단면을 드러낸 것이라고 볼 수 있다.『文』字가 들어간 諡號 中에도 특히『文』字한 자만으로 된 시호가 없으나 中國에서는 唐의 韓愈·宋의 王安石과 朱熹 등에게 이런 시호가 내려졌으므로 이런 관점으로 본다면 韓文公·王文公·朱文公 등이 가장 영예로운 시호를 가진 사람이라 할 것이다.

諡號에 쓰이는 字들은 대부분이 좋은 뜻을 함유하고 있으나 나쁜 뜻을 함유하고 있는 字도 있다. 文·武·忠·孝 등의 字들이 美諡에 쓰이는 代表的인 字들이고, 막혀서 트이지 못한 사람에게는 幽(壅遏不通曰幽)·무고한 사람을 살육한 자에게는 厲(殺戮無辜曰厲)·前過를 뉘우치지 않은 者에게는 醜(怙威肆行曰醜)·女人을 좋아하고 政治를 게을리 한 자에게는 荒(好樂怠政曰荒)字 시호를 주었으며, 이런 字가 들어간 시호들이 代表的인 惡諡들이다. 善行者에게는 美諡를 지어 주고 惡行者에게는 惡諡를 지어주어 후세 사람들을 勸勉하고 警戒하게 하려는 것이 시호를 짓는 목적의 하나이었으나 時代가 후대로 내려올수록 惡諡를 짓는 일이 줄어들고 美諡만 짓게 되었다. 특히 後孫이 지은 行狀을 토대로 諡狀이 지어지고 이를 토대로 시호가 내리게 되면서, 어느 후손도 자기 조상의 악행을 드러내는 일이 없으므로 惡諡를 짓는

---

37)『韓國人名大事典』. 1972. 新丘文化院. 附錄

일이 거의 없게 되었으며, 우리나라 사람의 시호 중에는 악시가 거의
없는 이유도 바로 이 때문이었다.

諡號는 死者의 業績을 評價해서 지어주는 것이므로 子孫이 顯達하
게 되었다. 해서 祖上에게 시호를 지어 주지는 않았다. 禮記에, '살아서
벼슬이 없었으면 죽은 뒤에 시호가 없다.'[38]하였고, '자식이 갑자기 지
위가 높아졌어도 아비를 위하여 시호를 짓지 않는다.'[39]한 것이 이를
의미한다. 禮記 註에도,

> 文王이 西伯이 되었어도 古公亶父나 公季(季歷)의 시호를 지은 일이
> 없고, 周公이 文武의 德을 이루었지만 또한 太王(古公)이나 王季(公季)
> 에게 시호를 지어 준 일이 없다. 呂氏는, "父가 士이었는데 子가 天子나
> 諸侯가 되었으면 제사는 天子·諸侯로 지내고 喪服을 士服을 입는다. 이
> 것은 자기의 祿으로 父母를 봉양할 수 있지만 감히 자기의 벼슬로 부모에
> 게 붙여 줄 수는 없어서이다. 父의 벼슬이 낮아 시호를 줄 수 없는데도 자
> 신의 지위가 시호를 받을 만하다 하여 지어 준다면 이는 자기의 벼슬을
> 부모에게 加하는 것이라 높이고자 하다가 도리어 낮추는 것이 되니 그 부
> 모를 공경하는 소이가 아니다."하였다[40].

하여, 자신의 爵位로 祖上을 높이려 하는 것은 도리어 祖上을 辱되게

---

38) 『禮記』3. 檀弓 上.
   生無爵則死無諡

39) 『禮記』 2. 曲禮 下.
   已孤暴貴 不爲父作諡

40) 『禮記』2.「曲禮 下」. 陳澔의 註
   文王雖爲西伯 不爲古公公季諡 周公成文武之德 亦不敢加大王王季以諡也 呂
   氏曰 父爲士子爲天子諸侯 則祭以天子諸侯 其尸服以士服 是可以已之祿養其
   親 不敢以己之爵加親也 父之爵卑不當諡 而己爵當諡而作之 是以已爵加其父
   欲尊而反卑之 非所以敬其親也

하는 것이기 때문에 文王이나 周公도 그들의 祖上인 古公亶父(太王·文王의 祖, 周公의 曾祖)나 公季(王季, 季歷·文王의 父, 周公의 祖)에게 諡號를 지어 올리지 않았다는 것이다.

그러나 後代에 이르러 이러한 경향도 바뀌어서, 朝鮮 太宗 11年(1411)에 太祖의 先代 四代를 追尊하여 穆祖·翼祖·度祖·桓祖라는 廟號에 올리고, 桓祖에게 淵武聖桓大王이라는 시호를 追贈하기도 하였다.

V. 私 諡

諡號는 前述한 바와 같이 王이나 王后를 비롯하여 原則的으로 生時에 二品以上의 벼슬을 하였거나 功臣의 칭호를 받은 사람에게 死後에 국가에서 내려주는 것이므로 學德과 功績이 뛰어난 사람이 死亡하였는데도 諡號가 없는 경우도 있을 수 있다. 이러한 경우 死亡者의 門徒나 親知들이나 鄕人이 死者에 대한 追慕의 情으로 사사로이 그분의 공덕을 기리기 위하여 諡號를 지어 亡人의 死後의 名稱으로 쓰는 일이 있었으며, 이러한 諡號를 나라에서 지어 준 시호와 구별하여 私諡라 하였다. 조정에서 死者에게 수여한 시호인 官諡에 對比하여, 親友·門人·故史 등이 死者에게 지어 올린 시호를 私諡라 칭하는 것으로, 私諡를 얻은 사람들은 文人·學者·賢士 등이 대부분이므로 私諡에는 惡諡가 없다. 私諡도 中國에서 緣由되었다.

名臣이나 處士 중에도 法규정 때문에 시호를 얻지 못하는 일이 있다. 그렇게 되면 門生이나 그분 밑에 있던 故史들이 의론하여 私諡를 지어주었는데 그런 일은 東漢시대에 시작되었으나 기록이 별로 없고 유독 察

邕의 문집에만 남아있으며, 唐 宋을 거쳐 지금까지 이어져오고 있어서 이 것이 비록 國典은 아니지만 또한 古法이 지금도 폐지 된 것은 아님을 알 수 있다.[41]

하여 어떤 사람에게 누가 私諡를 지어 주었는가를 밝히고, 私諡의 시 작이 東漢(後漢)때부터이며, 그 후 唐·宋을 거쳐 明代에까지 이어져 왔고, 私諡에 관한 최초의 기록은 蔡邕集에 남아 있다고 하였다. 蔡邕 集에는,

> 漢 益州克史 南陽 朱公이 卒하자 門人 陳季珪 등이 諡號를 지어 드릴 것을 의론하고 이르기를, "忠文子라 하는 것이 마땅하다."하였다.[42]

하여 後漢代 益州刺史를 지낸 朱叔에게 門人 陳季珪 등이 忠文子라 는 私諡를 지어 주었음을 밝히고 있으며, 지금까지 확인할 수 있는 기 록으로는 이것이 최초의 私諡이다. 後漢代에는 朱叔外에도 陳寔에게 文範先生·法眞에게 玄德先生·魯峻에게 忠惠父라고 私諡를 지어주 었고, 隋代의 王通에게는 文中子라는 私諡를 지어 주었으며, 그 후 빈 번하지는 않았지만 私諡를 지어주는 습속은 明代까지 계속되었다.

우리나라에서 私諡를 지은 例는,

> ①…내가 그분과 종유한 것이 겨우 3년뿐이어서 비록 난초같이 꽃다운 향기를 다 이어 받지는 못하였으나 그분에게 감화 받은 것이 또한 많았

---

41) 徐師曾,『文體明辯』57.「諡議」
…至於名臣處士 法不得諡 則門生故吏相與作議 而加私諡焉 其事起於東漢 而文不多見獨蔡邕集有之 唐宋至今相沿不絶 雖非國典 亦可見古法之不盡廢 於今也
42) 蔡邕,「朱公叔私諡議」(『文體明辯』57).
漢益州刺史南陽朱公卒 門人陳季珪等議所諡云 宜曰忠文子…

다. 옛적에 陶潛이 죽자 그 門人들이 사사로이 諡號를 증정하여 靖節
先生이라하였는데, 나도 어릴 때부터 선생의 지도를 받은 것이 도잠의
門人에 뒤질 것이 없으므로 이에 사사로이 시호를 지어 드리기를 玄靜
先生이라 하노라.[43)

② 吳世才는 어려서 학문에 힘써서 손수 六經을 베껴서 읽었고 날마다
周易을 암송하였다. 明宗 때에 과거에 합격하였으나 성격이 성글고 억
제력이 부족해서 세상에 용납되지 못하여 李仁老가 三次나 上書하여
추천하였으나 끝내 벼슬을 얻지 못하였다. 慶州 外家에 寓居하다가 窮
困하게 죽었다. 李奎報와 忘年交를 맺었었음으로 私諡를 玄靜先生이
라 지어 주었다.[44)

우리나라에서 私諡를 받은 사람은 上記 東國李相國集과 高麗史에
수록된 吳世才(1100年代人)가 처음이다. 吳世才가 35歲나 年下인 李奎
報와 忘年之交를 맺고 文人으로 大成할 수 있도록 이끌어 준 후 窮困
한 생활을 하다가 慶州에서 客死하자 中國東晉의 陶淵明이 죽은 후
門人들이 靖節先生이라 私諡를 지어 주었다는 것이다.

한편 鄭云敬(?~1366. 鄭道傳의 父)이 恭愍王代에 刑部尙書·寶文閣
提學(三品官)으로 致仕後 사망하자, 친구들이 그가 지방수령으로 있을
때 선정을 베풀었으며 청렴하고 정의감이 강했음을 기려 『廉義』라는
私諡를 지어 주었다 한다.

---

43) 李奎報, 『東國李相國集』 37. 「吳先生德全哀詞幷序」
   …從遊僅三稔 雖不能盡襲蘭芳 其潰餘膏亦多矣 昔陶潛死 門人私贈諡 曰 靖
   節先生 子之以稚齒被先生齗塈 不啻若門人 以是私贈諡 曰玄靜先生
44) 鄭麟趾, 『高麗史』 102. 列傳 15. 吳世才
   吳世才小力學 手寫六經以讀 日誦周易 明宗時登第 性疎雋少檢 不容於世 仁
   老三上書薦之 竟未得
   僑寓東京 僑人而卒 與奎報忘年交 奎報私諡曰玄靜先生

그 후 朝鮮시대에도 간간이 私諡를 지은 일이 있으나, 이런 일은 극히 희소하였다. 諡號에는 일반적으로 公·子 등의 尊稱이 붙어서 忠武公·惠文公 등으로 호칭되었는데, 私諡에는 公이 붙이지 않고 先生·父·子 등의 칭호가 붙어서 玄德先生·忠惠父·貞文子 등으로 불렀다.

VI. 結語

本考에서 考察한 바를 要約하는 것으로 結語를 대신하고자 한다.

諡號란 王을 비롯한 高官이나 功臣에게 死後에 生時의 業績을 評價해서 몇 개 字로 集約하여 나라에서 지어 준 칭호로서 死者의 平生 行迹을 객관적으로 나타내는 他稱이다.

諡號를 짓는 目的은 生前에 善業을 쌓은 사람에게는 美諡를 지어주고 惡業을 쌓은 사람에게는 惡諡를 지어 주어 善人들을 勸勉하고 惡人도 두려워서 조심하도록 하는 勸戒에 있었다.

中國에서는 殷代부터 王에게 生日의 天干을 붙여서 시호를 지어주다가 殷周交遞期인 B.C 13世紀傾에 周公 旦과 太公 望이 이를 제도화하여 諡法을 定한 후 春秋·戰國時代까지 이어 내려오다가 秦代 잠시 중단되었으며, 漢代에 부활되어 淸代까지 계속 시행되었고, 主管은 太常寺에서 하였다.

我國은 高句麗 始祖 朱蒙死後(B.C 19)에 諡號를 東明聖王이라 한데서 시작하여 모든 王의 死後에 시호를 지었고, 百濟는 24代 東城王 死後(501)부터, 新羅는 22代 智證王 死後(514)부터 시호를 짓기 시작하였으며, 高麗代부터는 王 外 高官과 功臣들에게도 시호를 지어주었다.

生無爵則死無諡라 하여 生時에 高官이 아니었던 사람에게는 諡號

를 지어주지 않는 것이 원칙이었으며, 高官은 아니었으나 學德이 出衆했거나 국가에 大功을 세운 사람에게는 벼슬을 追贈한 후에 시호를 지어주기도 하였다.

諡號는 諡狀을 근거로 奉常寺의 官員들이 議定하여 王의 落點을 받아 정하였으며, 公正을 기하기 위하여 議諡時 史官을 참여시킨 일도 있었다.

我國人 諡號는 二字諡號가 대부분이고, 王만은 數十字의 시호를 짓기도 하였으며, 시호가 生時의 行迹과 一致하지 않는다 하여 後에 王의 策命이나 廟議로 또는 子孫의 請으로 改諡한 일도 있었으나 흔히 있는 일은 아니었다.

諡號를 지을 때 쓸 수 있는 字와 그에 해당하는 행적을 정해 놓은 것이 諡法으로, 周公이 이를 定한 후 그 조항이 점차 증가하였고, 시호 가운데도 『文』字가 들어간 것을 더욱 명예롭게 여겼는데, 이는 崇文輕武의 사회풍조 때문이다.

학덕과 공적이 뛰어난 인물 가운데도 生時에 벼슬을 한 일이 없어서 시호가 없을 때에는 門徒나 鄕人들이 사사로이 시호를 지어주는 일도 있었으며, 中國 陶潛에게 玄靜先生, 高麗의 吳世才에게 玄靜先生이라 私諡를 지어준 것이 그 例이다.

제5부
漢文科 敎育論

『高校漢文(上)』 교과서에 수록된 近體詩攷

Ⅰ.

本攷에서는 現行 高等學校 漢文 교과서 가운데 「漢文(上)」에 수록된 近體詩만을 대상으로 그 詩 形式을 고찰하였다. 考究의 동기는 詩 形式으로 보아 近體詩로 보기 곤란한 몇 首의 詩가 近體詩로 소개된 것이 있어서 이것이 학생들에게 漢詩 形式을 가르치는 데 혼란을 초래하지 않을까 염려되어 이를 규명해보고자 함에서였다.

『高校漢文(上)』은 7種으로 이들 교과서에 近體詩라 하여 소개된 詩 가운데 斷句나 斷聯을 제하고 한 首 전부를 完形으로 수록해 놓은 것은 五言絶句가 10首, 七言絶句가 10首, 五言律詩가 4首, 七言律詩가 5首로 모두 29首이고 長篇詩인 排律은 수록한 교과서가 없다.

이를 모아 표로 만들어 보면 다음과 같다.

『高校漢文(上)』에 收錄된 近體詩

시형식	제목	작가	수록교과서수	비고
五言絶句	秋夜雨中 絶句 春興 春曉 偶吟 閑山島夜吟 男妹和答詩 男妹和答詩 山中 舟中夜吟	崔致遠 杜甫 鄭夢周 孟浩然 宋翰弼 李舜臣 明溫公主 翼宗 王勃 朴寅亮	1(甲) 2(甲·戊) 4(乙·丁·戊·己) 2(乙·庚) 1(乙) 1(己) 1(己) 1(己) 1(丙) 1(丙)	範例 甲:교학사 乙:교학연구사 丙:금성교과서 丁:동아출판사 戊:웅진교과서 己:지학사 庚:태림출판사 　(가나다順) 10首(누계 15)
七言絶句	送人(大同江) 山行 過松江墓 山亭夏日 山中雪夜 山中答俗人 訪金居士野居 泣別慈母 夢魂 秋思	鄭知常 杜牧 權韠 高騈 李齊賢 李白 鄭道傳 申師任堂 李玉峰 張籍	4(甲·乙·丁·己) 2(甲·戊) 1(乙) 1(乙) 1(戊) 1(己) 1(庚) 1(丙) 1(丙) 1(庚)	 10首(누계 14)
五言律詩	花石亭 送友人 獨坐 甘露寺次韻	李珥 李白 徐居正 金富軾	5(甲·乙·戊·己·庚) 1(乙) 1(丁) 1(丙)	 4首(누계 8)
七言律詩	思親 江村 秋日偶成 滿月臺 讀書	申師任堂 杜甫 程顥 李慶民 徐敬德	1(乙) 3(乙·丙·丁) 1(戊) 1(己) 1(庚)	 5首(누계 7)
合計				29首(누계 44)

　　上記 29首의 詩 가운데 我國人의 詩가 19首, 中國人의 詩가 10首이
고 李栗谷의「花石亭」은 5개 교과서에, 鄭圃隱의「春興」과 鄭知常의
「送人」은 4개 교과서에 수록되어 있는 등 수록 누계가 44수이므로 1개

교과서당 평균 6.3수의 근체시가 수록되어 있는 셈이다.

II.

근체시라 하여 수록해 놓은 이들 29首의 詩 가운데 宋翰弼의「偶吟」, 明溫公主의「男妹和答詩」, 李白의「山中答俗人」, 申師任堂의「泣別慈母」, 李慶民의「滿月臺」 등은 筆者의 見解로는 근체시로 볼 수 없다.

근체시란 盛唐代에 확립된 詩形式으로 押韻·平仄·對仗(對偶) 등을 엄격한 格律에 맞추어 지어야 하는 시이므로 一名 律詩라고도 한다. 그 가운데 押韻에 관한 格律은, 平聲韻으로 押韻함이 원칙이고 仄聲韻으로 압운하는 것은 예외에 속하며, 絶句·律詩·排律 어느 것이나를 막론하고 반드시 一韻到底이어야 하고 換韻이나 通韻이 허용되지 않으며, 모두가 隔句有韻이다.

平仄格律을 보면, 每句의 平仄格律은 제2·4·6자는 平聲字를 쓸 곳은 반드시 平聲字를, 仄聲字를 쓸 곳은 반드시 仄聲字를 써야 한다.(二四六分明) 그리고 제2자와 제4자는 平仄이 反對이어야 하고(二四不同), 제2자와 제6자는 平仄이 同一하여야 하며(二六對), 제1·3·5자의 平仄은 융통성이 있어서 平聲字를 써야 할 곳에 仄聲字를 쓰거나 仄聲字를 써야 할 곳에 平聲字를 써도 특별한 경우를 제외하고는 허용이 된다.(一三五不論) 但 孤平(양쪽 仄聲字 사이에 平聲字 한 字가 끼어 있는 것)이나 三平調(句末 3個字가 모두 平聲인 것, 下三平이라고도 함)는 피해야 한다. 上記 一三五不論이나 二四六分明은 七言句를 기준으로 한 말이므로 이를 五言句에 적용하면 '一三不論', '二四分明'이 될 것이며, 七言句의 제7자(末字)나 五言句의 제5자의 平仄은 너무나도 분명하기 때문에 오히려 一三五不論이나 二四六分明이라는 律에서 제외된 것이다.

　一個聯 속의 出句와 對句는 같은 位置에 있는 每字마다 平仄이 서로 反對가 되는 것이 원칙이나 경우에 따라서는 이 격률을 엄격히 준수할 수 없는 상황도 생긴다. 그러나 第2字의 平仄만은 어떤 경우라도 서로 反對가 되어야 한다. 즉 같은 聯 出句와 對句 第2字의 平仄은 反對가 되어야 한다. 이를 「對」라 하며 이를 위배하면 '失對'가 된다.

　上聯과 下聯의 平仄 관계를 보면, 上聯 對句 제2자와 下聯 出句 제2자의 平仄은 同一하여야 하며 이를 「粘」이라 하고 이를 어기면 「失粘」이 된다.

　지금까지 서술한 한 句 안에서의 平仄格律(句中平仄相間), 한 聯 안에서의 出句와 對句 사이의 平仄格律(對), 上聯과 下聯 사이의 平仄格律(粘) 및 孤平과 三平調 등을 피해야 하는 일 등은 近體詩에서 준수해야 할 格律이며, 이 격률이 바로 古體詩와 近體詩를 구분하는 기준이 되는 것이다.

　한편 근체시에서는 對仗(對偶)을 중시하여 律詩와 排律의 首兩句와 末兩句를 제외하고는 每聯 出句와 對句가 對仗을 이루는 것이 원칙이다.

　즉 押韻·平仄·對仗 등이 近體詩의 격률대로 이루어진 詩만이 近體詩인 것이다.

Ⅲ.

　本章에서는 교과서에서 近體詩라 하여 수록된 詩 가운데 近體詩로 보기 어려운 몇 수를 분석하여 近體詩로 볼 수 없는 이유를 설명하고자 한다.

① 偶吟
　　　　宋翰弼
花開昨夜雨
(平平仄仄仄)
花落今朝風
(平仄平平平)
可憐一春事
(仄平仄平仄)
往來風雨中
(仄平平仄平)

　이 詩는 承句와 結句의 句脚「風」과「中」이「東」韻으로 押韻된 平韻詩로 首聯 出句와 對句는 對仗도 工整하게 되어 있어 一見 近體詩처럼 보인다. 그러나 承句의 平仄을 보면 句末 3個字「今朝風」이 三平調(下三平)를 이루어 格律을 어기었고, 承句와 轉句 제2자「落」과「憐」은 平仄이 같아야 하는데 落은 仄聲이고 憐은 平聲이어서 粘이 맞지 않으며(失粘), 轉句는 2回나 孤平을 犯하였고(憐과 春이 孤平임), 句中의 제2자와 4자는 平仄이 달라야 하는데(二四不同) 轉句에서는 모두 平聲으로 되어 있다.
　이렇게 五言四句의 短詩 속에 三平調 1회, 失粘 1회, 失對 1회, 孤平 2회, 二四不同 위배 1회 등 近體詩에서 禁忌視하는 것들을 거의 모두 위배하고 있으므로 이를 近體詩로 보는 것은 무리이다. 이 詩는 五言古詩로 보아야 한다.

② 男妹和答詩
　　　　　明溫公主
九秋霜長夜
(仄平平仄平)

獨對燈火輕
(仄仄平仄平)
低頭遙思鄕
(平平平仄平)
隔窓聽雁聲
(仄平仄仄平)

이 詩는 每句 脚節(句末) 4개자가 모두 平聲으로 되어 있다. 近體詩에서 平仄格式을 가장 엄격히 준수해야 할 곳이 脚節이다. 首聯을 제외하고는(首句入韻時를 제외하고는) 每聯 出句와 對句의 脚節은 平仄이 반드시 反對가 되어야 한다. 그런데 이 詩는 모두 平聲으로 되어 있으며, 起句와 轉句의 脚節(長과 鄕)도 陽韻으로 押韻이 되어 있고 承句와 結句의 脚節(輕과 聲)은 庚韻으로 押韻이 되어 있어서 每句有韻의 雙韻詩라는 독특한 형식을 이루고 있다. 近體詩에 隔句有韻이 아닌 每句有韻의 詩는 절대로 있을 수 없으므로 이 시는 다른 조건은 따질 것도 없이 近體詩가 아니다. 이 시는 古體詩이다.

이 시도 孤平을 2회, 失粘을 1회 범하였음도 첨언하는 바이다.

③ 山中答俗人
李白
問余何事棲碧山
(仄平平仄平仄平)
笑而不答心自閑
(仄平仄仄平仄平)
桃花流水杳然去
(平平平仄仄平仄)
別有天地非人間
(仄仄平仄平平平)

이 詩의 原 題名은 「山中問答」이고 「山中答俗人」이라는 題名은 繆書에 기록된 것이므로 교과서에도 원 제명대로 「山中問答」이라 써야 할 것이다.

日本의 久保天隨는, '과거부터 이 시를 七言絶句의 變體(拗體絶句)로 보는 견해도 있었으나 이는 七言四句의 古詩로 보는 것이 합당하다'고 하였으며,(久保天隨 譯註,『李白 全詩集(中)』, 日本圖書センター, 東京, 昭和 53년, pp. 10~11참조) 筆者도 그의 說에 찬동하면서 그 이유를 설명하고자 한다.

起句 第2字 「余」는 平聲이고 第6字 「碧」은 仄聲이어서 '二六對'의 格律을 어겼고 第5字 「棲」가 孤平이며, 承句 역시 '二六對'의 格律에 위배되고 第2字 「而」와 第5字 「心」이 孤平을 犯하였다.

轉句 第6字 「然」이 孤平이고, 結句 第3字 「天」도 孤平이며 結句 句末 3個字가 三平調를 犯하였다.

起句와 承句의 第2字 「余」와 「而」가 모두 平聲이어서 失對도 범하였다.

七言 四句로 이루어진 이 詩가 孤平을 5회, 三平調를 1회, 失對를 1회 범하여 한 句도 近體詩의 격률에 맞는 것이 없으므로 이는 당연히 古體詩로 보아야 하며 이를 근체시로 보는 것은 무리이다.

④ 泣別慈母

申師任堂

慈親鶴髮在臨瀛

(平仄仄仄仄平平)

身向長安獨去情

(平仄平平仄仄平)

回水北坪時一望

(平仄仄平平仄平)

白雲飛下暮山靑
(仄平平仄仄平平)

이 시의 起·承句 句脚 「瀛」과 「情」은 庚韻에 속하고, 轉句 句脚 「望」은 陽韻에 속하며, 結句 句脚 「靑」은 靑韻에 속하여, 韻目表에 인접해 있는 陽·庚·靑 三個韻을 通押한 每句有韻의 通韻詩이다.

隔句有韻이 아닌 每句有韻의 詩, 一韻到底가 아닌 通韻詩 등은 다른 격률은 따질 것도 없이 古體詩로 보아야 한다. 즉 押韻을 제외하고는 근체시로서의 조건을 모두 갖추었다 해도 근체시가 될 수 없으므로 이 시도 근체시일 수 없다.

더구나 이 시의 起句는 二四六分明의 格律에도 위배되고, 起·承句 사이에는 失對를 범하고 있어서 平仄格式으로 보아도 近體詩라 할 수가 없다.

⑤ 滿月臺
李慶民

五百年來王業休
(仄仄平平平仄平)
繁華無跡只松楸
(平仄平仄仄平平)
落花舊院凄凉色
(仄平仄仄仄平仄)
杜宇空城寂寞愁
(仄仄平平仄仄平)
惟見野田侵殿陞
(平仄仄平平仄仄)
不禁春草上螭頭
(仄仄平仄仄平平)

悠悠總是傷心處
(平平仄仄平平仄)
故國興亡水自流
(仄仄平平仄仄平)

　이 詩는 首聯 및 頸聯에서 失對를 범하였고, 首聯과 頷聯·頸聯과 尾聯 사이에 失粘을 범하였으며, 首聯 對句와 頷聯 對句 등은 二四六 分明의 格律에도 不合하며, 首聯 對句의「無」·頸聯 出句의「花」와「凉」·頸聯 對句의「春」등은 孤平을 犯하였다.

　그러나 押韻이나 對仗은 近體詩의 格律에 완전히 부합하고, 平仄도 首聯 對句·頷聯 出句·頸聯 對句 등 3個句를 제외한 5個句가 近體詩 平仄格律에 합치된다.

　이 시를 一部 平仄格式이 近體詩의 平仄格律에 不合한 拗體의 律詩로 보아야 할지 近體詩 格律의 영향을 받은 律化된 古體詩로 보아야 할지 모호한 형편이나 詩形式面에서 典型的인 近體詩로 보기는 어려운 詩이다.

IV.

　지금까지『高校漢文(上)』교과서에 近體詩라 하여 수록된 시 가운데 근체시로 보기에는 문제가 있는 몇 수의 詩를 고찰하여 近體詩 格律에 不合하는 古體詩임을 밝혀 놓았다.

　한시를 지을 때 내용과 형식을 모두 갖추기 어려운 경우에는 내용을 살리고 형식을 희생시킴이 원칙이므로, 근체시 가운데도 근체시의 모든 격률을 완벽하게 갖춘 시보다는 부분적으로 결함이 있는 시가 오히려 더욱 많은 형편이다. 프리즘에 햇빛을 통과시키면 순수한 三元色 사이에 무수한 間色이 나오듯이 완벽한 근체시나 고체시 외에도 고체시의 요소를 어느 정도 지닌 근체시나 근체시의 요소를 어느 정도 지닌 고체시가 무수히 많으며 그 정도도 각양각색이어서 어느 수준까지를 근체시로 보고 어느 수준까지를 고체시로 보아야 할 것인가가 모호한 것도 사실이다.

또한 고등학교 학생들에게 漢詩形式에 대하여 지나치게 자세히 가르치는 것은 한문 교육과정의 취지에도 어긋나고, 한시의 聲調나 音樂性을 따지는 것이 현대에는 어려운 일임도 부정할 수 없다. 그러나 교과서에 古體詩와 近體詩를 구별하여 수록하고 있다면 그 形式上의 차이점을 전혀 가르치지 않을 수도 없으며, 4句나 8句로 이루어진 詩라 하여 무조건 絶句나 律詩 속에 넣는다면 시 형식을 그릇되게 가르치는 결과가 되어 문제는 심각해진다.

적어도 교과서에 수록하는 한시만이라도 平仄·對仗·押韻 등의 형식을 엄밀히 고찰하여 形式이 完整한 시를 수록하도록 해야 학생들에게 각종 漢詩 형식의 특징을 지도하는데 착오가 없게 될 것이다.

중등학교 '한문'의 변천 과정과 문제점[*]

I.

교육과정연구위원회에서는 제6차 초·중·고등학교 교육과정 개정을 위한 시안에 중학교의 '한문'교과를 폐지하고 한자 교육으로 성격을 바꾸어 '국어과'에 통합하는 방안을 제시하였다.

본인은 이 발표에 앞서 먼저 결론부터 말하겠다. '한문'은 독립과목으로 존속되어야 하며, 현재보다는 더욱 강화되어야 한다.

이 발표에서는 지금까지 중등학교에서 한문 교육이 어떻게 이루어져 왔고, 현재 중등학교에서 이루어지고 있는 한문 교육의 문제점은 무엇이며, 이를 어떻게 개선해야 할 것인가에 초점을 맞추어 말씀드리면서, 한문 교과 폐지 시도의 부당성을 지적하고자 한다.

우리나라의 어문 정책이 많은 시행착오와 우여곡절을 겪으며 변천을 거듭하면서 그 와중에서 한문교과도 많은 수난과 부침을 겪었다.

---

* 이 글은 한국한문교육연구회, 한국한문학연구회, 한글학회가 공동 주최한 '정부의 어문정책에 대한 비판대회'에서 발표한 것임.

Ⅱ.

중등학교 한문 교육의 기본 틀이라고 할 수 있는 '한문과'교육과정이 광복이후 현재가지 어떻게 변천해 왔는가를 살펴보면 다음과 같다.

1. 교수요목기 (1946~54)

· 남자중학교(6년제) : '한문'을 '국어과'의 한 분야로 하여 1~4학년은 주당 1시간, 5~6학년은 문과만 주당 2시간 이수.
· 여자중학교(6년제) : '한문'을 독립 과목으로 하여 1~5학년은 주당 1 시간, 6학년은 문과만 주당 1시간 이수.
* 이것이 모든 학교에 일률적으로 적용된 규정이었는지는 확실하지 않음.

2. 제1차 교육과정기(1954~63)

· 중학교 : '한자 및 한문 학습'을 '국어'에 포함.
· 고등학교 : '한자 및 한문 지도'를 '국어 Ⅱ'(현대문, 고전, 문법, 어학 사, 문학사, 한문)에 포함.

3. 제 2차 교육과정기(1963~73)

· 중학교 : 제1차와 같음.
· 고등학교 : '국어Ⅱ'이 일부인 '한문 이수 단위를 4단위로 명시.
* 69년에 중·고교 국어과에서 '한자·한문 지도' 규정 삭제. '국어'교과 서 국한문 혼용(66~69)에서 한글 전용으로 개편. 고교 '국어Ⅱ'의 '한문' 을 6단위로 늘림.

* 71년 교육과정 부분 개정. '한문'을 독립 교과로 신설. 72년부터 '한문' 을 독립 교과로 교육.
 - 독립 교과로 신설한 이유 : "한문 학습을 통하여 전통문화의 바탕 위 에 새로운 민족 문화를 창조하기 위하여 한문 해독의 필요성을 느껴, 고전 문화의 계승과 한자 문화권의 조화를 이루기 위한 목적하에 이 교과를 신설"
* 72년 8월 한문교육용 기초한자 1800자 제정, 중·고교에서 각각 900자 씩 한문과 교육을 통하여 필수적으로 지도하도록 함.

4. 제3차 교육과정기(1973-81)

· 중학교 : 독립 교과로 1학년 주당 1시간, 2·3학년 주당 1~2시간 이수.
· 고등학교 : '한문Ⅰ'을 필수선택으로 하여 4~6단위 이수. '한문Ⅱ'를 인문과정 선택으로 하여 4~6단위 이수.

5. 제4차 교육과정기(1981~87)

· 중학교 : 제3차와 동일.
· 고등학교 : 일반계고교 인문·사회과정은 '한문Ⅰ'및 '한문Ⅱ'를 8~ 14단위이수. 그 밖의 고교는 '한문Ⅰ'을 4~6단위 이수.

6. 제5차 교육과정기(1987~현재)

'국어·수학·영어·한문'을 도구 교과로 하여 중학교는 이수 시간의 35%, 고등학교는 30% 배당.
· 중학교 : 제3·4차와 동일

· 고등학교 : 일반고 인문 · 사회 과정 8단위 이수. 그 밖의 고교는 4
단위 이수.

이를 다시 살펴보면 1946~54년은 모든 학교에 적용된 교육과정의 내
용을 알 수가 없고, 54~68년에는 '한문'년에는 '한문'이 '국어과'에 포함되
어 있었으며, 69~72년에는 한문 교육이 중단되었다가 72년에 '한문'교과
가 신설되고 교육용 한자 1800자가 제정되었으며, 87년부터는 '한문'이
도구과목임을 교육과정해설서에 명시하였다.

72년에 '한문과'가 신설될 때 문교부에서 밝힌, 위에 적어 놓은 이유
는 현재도 그대로 타당하며, 교육용 한자 공포 시에 이를, '한문과 교육
을 통하여 필수적으로 지도'하도록 한 것도 현재도 타당한 말이다. 이
는 한문은 물론이오 한자의 교육도 '한문과'에서 담당해야 함을 늦게나
마 깨달은 결과인데 이제 다시 '국어과'에서 맡도록 하는 것은 사리에도
맞지 않고 국어교육조차도 망치게 될 것이다.

어느 글자이든 글을 통하여 글 속에서 읽히도록 해야 함에는 누구도
이의가 없다. 한자도 원칙적으로 한문 속에서 익히도록 해야한다. 그런
데 한문을 빼고 한자만 가르친다는 것은 어째서 용납할 수 있는지 알
수가 없다. 우리말 속에 한자어가 많으니까 한자를 '국어과'에서 가르쳐
야 한다면 "텔레비전, 라디오, 컴퓨터" 등의 말이 우리말 속에 들어왔다
고 '국어과' 교육 내용 속에 영어 단어 교육도 포함시킬 것인가, 영어 단
어 중 다수가 희랍어나 라틴어에서 유래되었다 하여 '영어과'에 희랍어
나 라틴어 단어의 교육이 포함되어 있는 나라가 있는가 묻지 않을 수가
없다.

한자 자체도 자형 · 자음 · 자의를 체계적으로 가르쳐서 언어생활에
활용하게 하려면 문자학 · 성운학 · 훈고학의 지식을 갖춘 한문 전공자

가 가르쳐야 한다. 한문교사는 대학에서 한문 분야를 80학점 이상 이수하였지만, 국어교사는 그들 중 일부만이 전공 선택으로 개설된 한문 분야를 한두 강좌(3~6학점) 이수하였을 뿐이다. 만약 '한문'과목을 없애고 한자만을 '국어'에 포함시켜 가르친다면, 과거의 예로 보아 현재의 한문교사가 국어 교사로 바뀔 것이다. 그렇게 되면 한문과 출신은 국어교육을 부실하게 하고, 국어과 출신은 한자 교육을 부실하게 하여, 언어문화수준이 총체적으로 현저히 저하될 것이 명약관화하므로 국가의 백년대계를 위하여 이는 절대로 용납해서는 안된다.

'한문과'는 한문교과만의 독특한 교과 체계와 고유한 교육 목표가 따로 있으며, '국어·수학·영어'와 함께 다른 모든 교과 학습의 기본이 되는 도구 과목이라고 현행(제5차) 교육과정 해설서(문교부 발행)에도 명시하였고, 이는 지극히 타당한 견해인데, 어떻게 갑자기 "교과서 분류 체계상 적합성이 낮은 교과목"(1991. 9. 27. 공청회 자료 30쪽)으로 전락할 수 있으며, "한문 교과를 폐지하고 한자교육으로 바꾼 후 '국어과'에 귀속시키면 실효성과 효율성이 제고되고"(70쪽) "한자활용의 효과가 높아진다."(64쪽)할 수가 있겠는가. 아무리 생각해도 이해할 수가 없다. 또한 아예 없애는 것이 아니고 다른 교과에 통합시키는 것이라면 학생들의 교과목 부담을 줄인다는 명분도 충족시킬 수 없으며, '국어·한문'의 수준을 모두 떨어뜨리는 결과만 초래할 것이다.

Ⅲ.

'한문과'를 '국어과'에 통합하고자 하는 측의 주장 가운데는 20년 가까이 '한문'이 독립 과목으로 존속하는 동안에도 한자·한문 교육이 기대한 수준에 미치지 못하였고, 중학교 한문 교육은 한자 교육에 치중하였으며, 한자 교육 자체도 부수·획수·필순·조자 법칙(육서) 등의 지엽적인 교육에 치우쳐서 소기의 성과를 거두지 못했으니 '국어과'에 통합하여 한자만 가르치는 것이 더 낫다고 보는 견해도 있는 듯하다. 솔직히 본인도 한자·한문 교육이 기대하는 성과를 거두지 못했음을 인정한다. 그러나 '한문과'가 독립되기 이전보다는 더 나아졌고 점차 나아지고 있으며, 기대한 성과를 거두지 못했던 원인의 대부분도 교육정책과 행정을 담당한 당국에 있음을 지적하지 않을 수가 없다.

76년부터 각 대학에서 한문 전공자를 졸업시키기 시작하여 현재 5300여 명의 졸업자가 배출되었으나 (〈표1〉 참조) 한문 교사중 반 정도가 비전공 과목상치 교사인 것이 현 중등교육계의 현실이다.

현재 중등학교 학생들의 반 정도가 비전공자로부터 한문 교육을 받고 있다. (〈표2〉 참조).

〈표1〉 한문 전공자 수

	학과 수	졸업자 수	재학생 수	비고
한문교육과	10	4275	1758	'90년도분('91. 2. 졸업자)은 추정 숫자임
한문학과	11	1077	1780	
계	21	5352	3583	한문교사 자격증 소지자 약 4600명

〈표2〉 시도별 중등학교 한문교사 필요 인원과 자격증 소지자 수('90. 4. 1현재)

		계	서울	부산	대구	인천	광주	대전	경기	강원	충북	충남	전북	전남	경북	경남	제주
중학교	필요인원	2291	529	196	139	76	61	55	239	102	81	129	133	159	166	197	29
	자격증소지인원	1116	401	20	85	58	12	20	129	86	17	78	53	34	93	25	5
	전공자확보율(%)	48.7	75.8	10.2	62.9	62.9	19.7	36.4	54.0	84.3	21.0	21.0	39.8	21.4	56.0	12.7	17.2

고등학교	필요인원	1923	466	166	96	62	80	50	195	83	63	96	115	124	147	154	26
	자격증소지인원	1244	323	47	73	46	54	21	173	65	22	73	77	48	155	59	8
	전공자확보율(%)	64.7	69.3	28.3	76.0	74.2	67.5	42.0	88.7	78.3	34.9	76.0	66.9	38.7	105.4	38.3	30.8
계	필요인원	4214	995	362	235	138	141	105	434	185	144	225	248	283	313	351	55
	자격증소지인원	2360	724	67	158	104	66	41	302	151	39	151	130	82	248	84	13
	전공자확보율(%)	56.0	72.8	18.5	67.2	75.4	46.8	39.0	69.6	81.6	27.1	67.1	52.4	29.0	79.2	23.9	23.6

· 『1990 문교 통계 연보』를 근거로 하였음.
· 중학교 한문교사 필요 인원은 매학년 매학급 주당 1시간 수업(최소 이수 시간임), 교사 1인이 주당 20시간을 담당함을 기준으로 산정하였음.
· 고등학교 한문교사 필요인원은 일반고교 인문·사회 계열은 8단위, 자연 계열 및 실업고교는 4단위 이수를 기준으로 하고, 교사 1인이 주당 20시 간을 담당함을 기준으로 하여 산정하였음.

　그동안 한문 수업의 대부분을 비전공자가 맡다 보니 깊은 연구 없이 도 가르칠 수 있는 부수·획수 등의 교육에 시간을 허비하게 되었으며, 이런 상황을 야기한 원인이 바로 충분히 양성해 놓은 인적 자원(전공 자)을 임용하지 않고 비전공자에게 한문 교육을 맡긴 데에 기인하는 것 이다. 이런 점을 시정하고 자 본 연구회에서는 기회있을 때마다 과목 상치 교사의 정리를 촉구했고, 현행 교육과정 '한문과'의 지도·평가상 의 유의점에, "부수·획수'필순…이를 매 글자의 지도에서 지나치게 강 조하지 않도록 한다."라고 명시하고 이런 방향으로 교육을 유도하여 점 차 바로잡혀가고 있는 중이다.
　우리나라의 어문정책을 제대로 세우고 한자·한문 교육을 정상화한 다면 '한문'을 독립과목으로 두고 우선 교육담당자를 한문 교사 자격증 소지자로 전원 대체해야 한다. 이를 실현하지 않고 어문 교육이 바로잡 히기를 기대하는 것은 연목구어일 뿐이다.
　한편, 현행 교육과정을 보면 중학교 1학년 주당 1시간, 2~3학년은 1~2

시간 한문을 가르치도록 되어 있으나, 고교 입시 문제의 배점 기준이 낮아 모든 중학교가 최소한의 시간인 매학년 1시간씩만 이수시키고 있다. 3년동안 총 90시간 정도의 한문 교육을 통하여 교육용 한자 900자를 익히고 한문 독해력을 기르며 한자어를 생활에 활용할 수 있게 되기를 기대하는 것 자체가 과욕이고 억지이다. 이런 실정은 고교의 경우에도 동일하다. 모든 교과의 도구 과목인 '한문'을 제대로 가르치려고 한다면 차제에 중학교에서는 매학년 최소한 주당 2시간, 고등학교에서는 공통필수과목으로 하여 6단위 이상 이수하도록 하여야 한다. 이것이 실현되지 않으면 중·고교 교육용 한자 1800자를 제대로 가르치고 언어생활에 활용하게 하며, 간이한 한문을 이해하게 할 수 없다.

IV.

지금까지 '한문과'교육과정의 변천과정과 '한문과'의 현안에 대하여 살펴보았다. 1972년 이후 어문교육의 방향만은 올바르게 설정하고 20년 가까이 한문교육을 실시하여 제자리를 잡아가고 있는데, 이제 다시 우리의 어문 교육 체제를 뒤흔들어 놓으려고 하고 있으니 그 저의를 알 수가 없다.

학생들의 교과목 부담을 줄여 주려는 목표를 세우고, 과거의 교육과정을 검토하다가 '한문'이 '국어'에 포함되어 있었던 50·60년대 교육과정에서 암시를 얻어 케케묵고 모순투성이인 당시의 교육과정으로 회귀하면서 번드레한 이론으로 분식 호도한 것이 아닌가 하는 의문이 생긴다. 그렇지 않다면 '국어과'에도 '한문과'에도 모두 무익하고 다른 모든 교과 학습의 수준도 저하시킬 백해무익한, 죽었던 제도를 다시 살리려

할 이유가 없다.

제6차 교육과정시안에는 청소년들에게 국제이해 교육 · 진로교육 · 환경교육 · 컴퓨터교육 등을 강화하겠다 하였는데, 모두 좋은 일이다. 그러나 기능이나 능률만을 강조하고 국학분야 과목은 위상을 약화시키거나 없애 버리려한 의도가 엿보이는데, 그렇다면 그들을 어느 민족, 어느 나라 사람으로 교육시킬 것이며, 어떤 인격을 갖춘 인물로 기를 것이며, 우리 문화를 어떤 방향으로 발전시킬 것인가는 고려하지 않아도 되는지 묻고 싶다. 우리의 고전문화를 계승하고 한문 문화권 안에서 주체적이며 조화적인 문화 발전을 기하기 위하여 한문 교육을 실시하려 했던 목적은 이제 폐기해도 되는 것인지 묻고 싶다.(1991년 10월 5일)

漢文教師들의 資格證 所持實態와 問題點 *

Ⅰ. 序 言

우리나라의 어문 교육 정책이 방황을 거듭하다가 1972년에 중등학교
에서 한문교육이 부활되고, 한문이 독립 과목이 되어 해당 자격증 소지
자가 한문 교육을 담당하도록 제도화되었으므로 중등학교에서 한문 교
육이 정상화된 지도 이제 15년이 되었다.

그동안 우리나라 중등학교에서의 한문 교육은 어떻게 이루어져 왔으
며, 이를 담당한 교사들은 어떤 사람이었나를 한번 돌이켜 보고, 앞으
로 고쳐야할 점은 무엇인지 찾아보아야 할 시기가 되었다고 본다. 흔히
교사의 수준이 교육의 수준을 좌우한다고 말한다. 그렇다면, 한문 교육
수준의 향상을 위하여 현재 한문 교육을 담당하고 있는 교사들이 과연
한문 교육을 전공한 사람들이냐의 여부가 우선 고려되어야 할 것이다.
발표자의 조사에 의하면 유감스럽게도 중등학교 한문 교사 자격증을
가진 유자격 교사가 한문 교육을 담당하는 경우는 아직도 매우 드물고,
다른 과목의 교사 자격증을 가진 과목 상치 교사가 한문 교육을 담당하
는 경우가 오히려 상례화한 것이 오늘의 현실이다.

---

* 87. 4 "한국한문교육의 방향" 주제하에 프레스센타에서 발표한 원고이다.

이러한 현상이 계속되고 있는 실상을 밝히고 그렇게 된 원인은 무엇이며, 어떤 방향으로 시정되어야 할 것인가를 찾아보는 것이 이 발표의 목적이다.

Ⅱ. 한문 담당 교사들의 자격증 소지실태

현행 중학교 교육 과정 시간 배당기준에 의하면 한문 교과를 1학년에서 주당 1시간, 2・3학년에서 주당 1~2시간씩 이수하도록 되어있으나, 현재 대부분의 학교가 1・2・3학년에서 하한인 주당 1시간씩만 이수하고 있어서 상한 규정은 유명무실한 형편이다. 고등학교 교육 과정 시간 배당 기준에는 일반고등학교 인문・사회계열은 「한문1」 및 「2」를 8~14단위 이수하고, 일반 고교 자연계열 및 실업고교에서는 「한문1」을 4~6단위 이수하도록 되어있다. 그러나 고등학교에서도 대부분의 학교가 최소단위만을 이수하고 있는 실정이다.

86년에 한국 교육개발원에서 표본 조사를 한 바에 의하면 조사 대상 중학교 가운데 1개교만이 2학년에서 주당 2시간을 이수하였고, 그 외의 학교는 모두 매학년 주당 1시간씩 이수하여 교육과정 시간 배당기준의 최하한만을 이수한 것으로 나타났다.[1] 이렇게 한문 교육을 소홀히 취급하는 이유는 여러 가지가 있겠으나, 본고의 제목과 관계있는 것만을 지적한다면 한문 교육을 담당할 유자격 전공 교사가 없다는 것을 들 수 있다. 담당할 전공 교사가 없으므로 최소한만 이수시키고, 최소한만을 이수시키다보니 규모가 영세한 학교에서는 한문 전공자를 두지 않게 된 것이다.

---

1) 한국교육개발원, 「제5차 중학교 한문과 교육과정시안 연구개발」, 1986. 참조.

본고에서는 이러한 현실을 일단 그대로 받아들여 최소한의 시간만을 이수할 때 한문 교사가 얼마나 필요한가를 산정하여(중학교는 주당 22시간에 한문교사 1인이 필요한 것으로 기준을 정하고, 고등학교는 주당 20시간에 1인이 필요한 것으로 기준을 정하였음) 필요 인원과 실제로 한문 교사 자격증을 소지한 교사의 수를 5년간 연도별로 비교해 보았는 바 그 내용은 〈표1〉, 〈표2〉, 〈표3〉과 같다.

〈표1〉 연도별 중학교 한문 교사 필요 인원과 한문 자격증 소지자수 비교(82~86)

구분 / 연도	학교수	학급수	필요한 한문교사수	한문자격증 소지자수	전공자 확보율(%)	비고
82	2,213	40,608	1,846	288	15.60	· 1학년 주당 1시간, 2 · 3학년 주당 1~2시간이수
83	2,254	41,852	1.902	342	17.98	
84	2,325	43,258	1,966	420	21.36	· 최소시간만을 이수하는 것으로 기준하여 필요한 교사수 산정
85	2,371	45,082	2,049	542	26.45	
86	2,412	46,343	2,106	626	29.72	· 1인당 주당 22시간으로 기준 설정

※학교수 · 학급수 · 자격증 소지자수는 문교통계연보에서 전재. (이하 동일)

〈표1〉에 의하면 전국 중학교의 1986년 4월 1일 현재 필요한 한문 교사수가 2,106명인데 한문 자격증을 소지한 유자격 교사는 626명으로 전공자 확보는 30%에도 미치지 못하는 실정이다.

「漢文擔當敎師의 專攻別 分布(대상 : 강원도, 1981년도)」

지역 / 전공분야	시지역	군지역	합계	%
한문	5	4	9	9.09
국어	32	41	73	73.73
임학	2	0	2	2.02
미술	1	2	3	3.03
행정	1	0	1	1.01

전공분야＼지역	시지역	군지역	합계	%
법학	1	0	1	1.01
중국어	1	1	2	2.02
농업	0	2	2	2.02
가정	0	2	2	2.02
역사	0	1	1	1.01
화학	0	1	1	1.01
경제학	0	1	1	1.01
음악	0	1	1	1.01
합계	44	55	99	100

고등학교의 경우도 〈표2〉와 같이 1986년 현재 필요한 한문교사수가 1803명인데 비하여 유자격 교사는 670명으로 유자격 교사 확보율은 37.16%로써, 중학교보다는 확보율이 높으나 유자격 교사가 현저히 부족한 형편은 동일하다. 특히 일반고교의 전공자 확보율이 46.98%인데 반하여 실업계고교 확보율은 23.49%에 불과하다. 즉 현재 필요한 한문 교사수에 비하여 한문 자격증 소지자가 태부족이어서 전국 중학생 중 29.72%만이 한문 교육 전공자로부터 한문 교육을 받고 나머지 70.28%는 전공 과목과 상치되는 무자격 교사에게 한문 교육을 받고 있음을 알 수 있으며, 1년이 지난 현재에도 이런 현상이 크게 개선되지는 못했다고 본다. 이러한 현실은 과거 강동엽 교수의 논문이나,[2] 교육개발원의 조사[3]에서도 이미 지적된 일이 있었다.

---

2) 姜東曄,「中等學校 漢文敎育實態에 관한 硏究 - 江原道地域을 中心으로 - 」
   江原大 「人文學研究」 20輯, 1984, p.83.

3) 한국교육개발원,「제5차 중학교 한문과 교육과정시안 연구개발」
   한문담당교사의 자격증 교과목 조사(85개교 표본조사)(1986년도)

자격증교과목	전공	부전공	국어	기타	계	비고
비율	14.1%	5.9%	65.9%	14.1%	100%	

〈표2〉 연도별 고등학교 한문교사 필요인원과 한문자격증 소지자수 비교(82~86)

연도	구분	학교수	학급수 (1학년)	필요한 한문교사수	한문자격증 소지자수	전공자 확보율 (%)	비고
82	일반 고교	810	6,441	966	258	26.71	· 일반고교인문·사회계열은 8~14단 위 이수
	계	1,436	11,658	1,487	314	21.12	· 일반고교 자연계열 및 실업고교는 4~6단위 이수
	실업 고교	626	5,217	521	56	10.75	
83	일반	855	6,810	1,021	330	32.32	· 최소단위만을 이수하는 것으로 기 준하여 필요한 교사수 산정
	계	1,494	12,150	1,555	410	26.37	· 1인당 주당 20시간으로 기준을 삼 았음
	실업	639	5,340	534	80	14.98	
84	일반	905	7,333	1,100	419	38.09	· 일반고교 인문사회계열과 자연계 열 학급수를 동일한 것으로 보고 계산하였음.
	계	1,549	12,808	1,648	508	30.82	
	실업	644	5,475	548	89	16.24	
85	일반	967	7,837	1,176	470	39.97	
	계	1,602	13,247	1,717	583	33.95	
	실업	635	5,410	541	113	20.89	
86	일반	996	8,271	1,241	538	46.98	
	계	1,627	13,895	1,803	670	37.16	
	실업	631	5,624	562	132	23.49	

　　전공 자격증 소지자는 연평균 85명 정도씩 증가하여 82년의 288명에서 86년에는 626명이 되었으며, 전공자 확보율은 연평균 3.53%씩 증가하여 82년의 15.60%에서 86년에는 29.72%가 되었다. 전공 자격증 소지자수와 전공자 확보율이 매년 증가하고는 있지만 증가속도는 지지부진한 실정이다.

　　일반고교 인문·사회계열 학생들이 이수해야 할 「고교한문2」의 내용이 비전공자로서는 도저히 담당할 수 없을 정도로 수준이 높기 때문인 것으로 보여진다. 고등학교의 한문 자격증 소지자는 연평균 89명씩 증가하고 있고, 전공자 확보율은 연평균 4%씩 증가하고 있다.

〈표3〉 연도별 중·고교 한문교사 필요인원과 한문자격증 소지자수

구분 연도	학교수	필요한 한문교사수	한문자격증 소지자수	전공자 확보율(%)	비고
82	3,645	3,333	602	18.06	
83	3,746	3,457	752	21.20	
84	3,874	3,614	926	25.62	
85	3,973	3,766	1,125	29.87	
86	4,035	3,909	1,296	33.15	

〈표3〉은 〈표1〉과 〈표2〉를 종합한 것이다. 이를 근거로 중·고교를 합하여 고찰해보면, 86년 현재 필요한 한문교사수가 3,909명인데 비하여 한문 자격증 소지자수는 1,296명에 불과하므로 2,613명의 한문 전공자를 더 채용해야 한문과의 과목 상치 교사 문제가 해소될 수 있는 실정이다. 즉 86년 현재 한문 전공자에게서 한문수업을 받은 학생은 전국 중고교 학생의 33.15%에 불과하고, 2/3가 넘는 66.85%는 무자격 교사로부터 한문수업을 받고 있으며, 한문 전공자는 연평균 173.5명씩 증가하여 전공자 확보율도 연평균 3.77%씩 증가하고는 있으나 이렇게 증가율이 지지부진하다면 앞으로 18년 후인 서기 2005년 이후에나 무자격 교사 문제가 해결될 전망이다.

이를 다시 세분하여 86년 4월 현재 각 시도별 중학교 및 고등학교의 한문교사 필요인원과 전공 자격증 소지자 확보율을 살펴보면 〈표4〉 및 〈표5〉, 〈표6〉과 같다.

〈표4〉 86년도 시도별 고등학교 한문전공자 확보현황(86. 4. 1 현재)

구분	시·도	서울	부산	대구	인천	경기	강원
학교수	일반고교	151	53	39	23	88	68
	계	213	90	57	40	192	106
	실업고교	62	37	18	17	104	38
1학년 학급수	일반고교	2030	589	462	212	641	369
	계	3039	1177	740	412	1348	579
	실업고교	1009	588	278	200	707	210
필요한한 문교사수	일반고교	305	88	69	32	96	55
	계	407	147	97	52	166	76
	실업고교	101	59	28	20	70	21
한문 자격증 소지자수	일반고교	170	12	43	16	51	18
	계	202	16	47	22	73	24
	실업고교	32	4	4	6	22	6
전공자확 보율(%)	일반고교	55.74	13.64	62.32	50.00	53.13	32.73
	계	49.63	10.88	48.45	42.31	43.98	31.58
	실업고교	31.68	6.78	14.29	30.00	31.43	28.57

충북	충남	전북	전남	경북	경남	제주	계(평균)
40	101	85	121	130	82	15	996
67	144	129	190	206	166	27	1627
27	43	44	69	76	84	12	38
289	746	569	945	721	585	110	8271
497	1131	895	1532	1148	1194	200	13895
208	385	326	587	427	609	90	5624
43	112	86	142	108	88	17	1241
64	150	118	201	151	149	26	1803
21	38	32	59	43	61	9	562
14	29	42	51	66	23	3	538
17	34	54	58	86	32	5	670
3	5	12	7	20	9	2	132
32.56	25.89	48.84	35.92	61.11	26.14	17.65	46.98
26.56	22.67	45.76	28.86	56.95	21.48	19.23	37.16
14.29	13.16	37.50	11.86	46.51	14.75	22.22	23.49

〈표5〉 86학년도 시도별 중학교 한문전공 교사 확보현황(86. 4. 1현재)

구분 \ 시·도	서울	부산	대구	인천	경기	강원	충북	충남	전북	전남	경북	경남	제주	계 (평균)
학교수	289	123	71	48	261	162	108	226	193	315	288	280	39	2,412
학급수	11066	3683	2,099	1,281	4,156	2,285	1,733	3,890	3,128	5,327	3,759	4,181	1,655	46,343
필요한한문교사수	462	167	95	58	189	104	79	177	142	242	171	190	30	2,106
한문자격증소지자수	264	8	42	34	44	36	15	41	36	36	64	20	6	626
전공자확보율(%)	57.14	4.79	44.21	58.62	23.28	34.62	18.99	23.16	25.35	14.88	37.43	10.53	20.00	29.72

　　고등학교의 경우 〈표4〉전공자 확보율이 경북이 56.95%로 가장 높고, 서울·대구·전북·경기·인천 등이 40%대로 전국 평균 확보율보다 높으며, 강원이 30%대이고, 전남·충북·충남·경남이 20%대이고 제주와 부산이 10%대이다.

　　중학교의 경우 〈표5〉 전공자 확보율이 50%를 초과하는 곳은 서울과 인천뿐이고, 대구가 40%대이며, 경북·강원이 30%대로 이들 5개 시도가 전국 평균 확보율보다 높으며, 전북·경기·충남·제주가 20%대이고, 충북·전남·경남은 10%대이며, 부산은 필요인원이 167명인데 비하여 한문 자격증 소지자는 4.79%에 불과한 8명뿐인 실정이다.

〈표6〉 86년도 시도별 중·고교 한문전공 교사 확보현황(86. 4. 1 현재)

시·도 구분	서울	부산	대구	인천	경기	강원	충북	충남	전북	전남	경북	경남	제주	계 (평균)
필요한한문교사수	869	314	192	110	355	180	143	327	260	443	322	335	56	3,905
한문자격증소지자수	466	24	89	56	117	60	32	75	90	94	150	52	11	12.96
전공자확보율(%)	53.62	7.64	46.35	50.91	32.96	33.33	22.38	22.94	34.62	21.22	46.58	15.52	19.64	33.19

　　〈표6〉은 〈표4〉와 〈표5〉를 종합한 것이다. 이를 통하여 중·고교를 합쳐서 시도별 전공자 확보율을 살펴보면 서울·인천이 50%대이고, 경

북·대구가 40%대로 평균확보율 33.16%보다 높은 편이고 전북·강원
·경기가 30%대이며 충남·충북·전남이 20%대, 제주·경남이 10%대
이며, 부산은 필요인원 314명에 전공자는 7.64%에 불과한 24명에 지나
지 않는다. 즉 부산에는 중고교 학생 중 7.64%만이 한문을 전공한 교사
에게 한문 교육을 받고, 92.36%는 과목 상치교사에게 한문교육을 받고
있는 것이다.

이렇게 시도별로 한문 전공 교사 확보율에 큰 차이가 나는 것은 당
해 시도교육행정담당자들의 한문과목에 대한 관심과 이해의 차이 때문
으로 볼 수밖에 없다. 이 표를 통하여 알 수 있는 또 하나의 사실은 확
보율이 가장 낮은 부산을 비롯하여 경남·제주·전남 등 하위 4개 시
도는 모두 당해 시도내의 대학에 한문 교육과가 없다는 것이다. 특히
부산의 경우 정부의 대도시 인구유입 억제책 때문에 타지방 국립사대
출신 한문 전공자를 받아들이지 않고 있는 데도 원인이 있다고 보여지
므로 인구 유입 억제 정책도 탄력적으로 적용하고, 전공자 확보율을 높
이려는 적극적인 試圖도 있어야 할 것이다.

Ⅲ. 과목 상치교사가 한문 교육을 담당함으로 해서 야기되는 문제점

전국 중고교생의 한문 시간 중 66.85%를 과목 상치 무자격 교사가 담
당하고 있다는 현실은 실로 통탄을 금할 수 없는 일이며, 이로 인하여
야기되는 문제점을 열거해 보면 다음과 같다.

첫째, 한문 교육의 질적 저하를 들 수 있다. 한문 비전공 교사들 중
에도 예외적으로 한문 수업을 잘하는 사람이 있을 수 있지만, 예외가

일반 원칙을 무시하고 보편화한다는 것은 있을 수 없는 일이다. 아무리 명의라 해도 종합병원에서 내과 과목을 외과 의사가 치료하는 일은 없듯이, 학교에서도 교육의 전문성 제고를 위하여도 이런 일은 용납되지 않아야 한다.

과목 상치교사가 한문 수업을 담당하는 경우 한문만을 전담하는 경우는 극히 드물고 자기의 전공 과목을 담당하면서 덤으로 한문을 담당하는 경우가 대부분이다. 심지어는 교사들의 수업시수의 평준화를 위하여 전공 과목 수업만으로는 평균 수업 시수에 미달하는 교사들에게 한문을 몇 시간씩 떼어 맡기는 일도 있고, 각반 담임교사들에게 해당 학급의 한문 수업을 맡기는 사례도 있다고 한다. 이럴 경우 교사로 재직하는 동안은 계속 담당해야 할 자신의 전공과목과 언제 전공자에게 넘겨주고 그만둘지 모를 한문 과목 중 어느 쪽의 교재 연구에 주력할 것인가는 불문가지이다. 전공 과목이 아니어서 잘 알지도 못하는 것을 교재연구도 않고 가르친다면 그런 교육의 성과가 어떠하리라는 것도 불문가지이다. 한문 과목은 적당히 시간이나 때우면서 전공이 아니기 때문에 제대로 가르칠 수 없다고 주장해도 감독자도 할 말이 없게 된다. 이러한 과목 상치교사가 전국 중등학교 한문 수업의 2/3이상을 담당하고 있는 현실을 그대로 두고서 한문 교육이 제대로 이루어지기를 기대하는 것은 연목구어격이고, 이 문제가 시정되지 않는 한 중등학교 한문 교육의 수준은 백년하청일 것이다.

둘째, 현재 한문 교사의 반 이상이 국어 전공자인 바 (강동엽 교수의 81년도 강원지역 표본조사에는 국어 전공자가 73.73%로 나타났고[4] 86년 교육 개발원의 전국 표본조사에는 65.9%로 나타났음[5]) 국어와 한문은 학문영

---

4) 주2) 참조.
5) 주3) 참조.

역이 인접하고 있고 영역의 일부는 서로 중복되기도 한다. 이러한 이유 때문에 국어 전공자가 한문을 담당하는 것을 당연한 것으로 보는 사람이 아직도 많은 실정이다. 그러나 이것은 한문은 국어의 일부가 아니고 독립과목이며, 독립과목은 이를 전공한 자격증 소지자가 가르치도록 되어 있는 법 정신에도 위배된다. 더구나 사범대학 국어교육과와 한문교육과의 교과과정을 대조해 보면, 그 부당성이 확연히 드러난다. 국어교육과에서는 한문분야를 2~3개 과목(6~9학점) 이수하고 졸업하며, 한문교육과에서는 24~28과목(72~82학점)을 이수하고 졸업하게 된다. 또한 중등학교 한문 교과서에는 동양과 한국의 文·史·哲에 관한 내용이 모두 포함되어 있는데 한문학분야 2~3개 과목을 이수했다하여 중등학교 한문을 담당할 수 있다고 보는 것은 큰 오산이다. 이렇게 이수 학점과 교과 내용에 큰 차이가 나므로 한문수업을 국어 교사에게 맡기는 일도 교육의 전문성 제고를 위하여 지양되어야 하며, 국어교사가 한문을 담당하는 것도 분명히 과목상치인 점을 인식하여야 한다. 국어교사가 한문을 담당하는 경우의 한문과목에 대한 애착심이나 사명감이 전공자가 맡는 경우와 비교하여 현저한 차이가 있을 것임은 이미 첫째 항에서 지적한 바이다.

셋째, 한문 교육의 질적 저하는 다른 모든 교과 교육의 질적 저하를 초래하여 교육 전체의 수준을 떨어뜨리게 된다는 점을 들 수 있다.

국어와 수학을 도구과목이라고 한다. 국어·수학실력이 없이는 다른 모든 교과목의 실력향상이 불가능하므로 국어와 수학이 모든 교과를 배우는 도구가 된다는 의미이다. 그런데 우리말의 70%정도가 한자어라 한다. 이는 바로 국어의 도구과목이 한문이라는 뜻도 된다. 한자·한자어·한문을 이해하지 못하고는 국어 실력이 향상될 수 없고, 국어 실력이 향상되지 않고는 다른 모든 과목 실력이 향상될 수 없다. 지금까지 초·중등학교에서 많은 사례연구를 통해 한자·한문교육이 다른 모든 과목 성적 향상에 큰 효과가 있었다는 발표가 있었으므로 이곳에서는 이에 대하여 부연하지 않겠다.

이로 보아 과목 상치 무자격 교사가 한문 교육을 담당하고 있는 현실을 시정하지 않고 방치하고 있는 것은 우리나라 중등교육의 수준이 전반적으로 저하되는 것을 수수방관하는 것이다.

Ⅳ. 과목 상치 교사 문제가 시정되지 않는 이유

한문교육의 질적 저하를 초래하는 과목 상치 교사의 해소문제가 해결되지 않고 현재까지도 계속되고 있는 이유는 어디에 있는가?

첫째, 교육 행정 기관의 한문교육에 대한 인식의 부족을 들 수 있다. 중등학교 한문은 전공자가 아니라도 담당할 수 있다는 잘못된 인식 때문에 모순의 시정이 지연되고 있는 것이다. 교육행정을 담당하고 있는 인사들 중에서도 신문을 읽을만한 한문 실력만 있으면 중등학교 한문을 가르칠 수 있는 것으로 착각하고 있는 경우가 허다하며, 이는 한글을 아는 사람이면 국어교사가 될 수 있다고 생각하는 것과 같은 것으로 이런 의식이 불식되지 않기 때문에 과목 상치 교사의 정리가 지연되고 있다.

둘째, 교육 정책 및 행정을 담당한 기관의 시정을 위한 의지의 부족을 들 수 있다. 문교부의 각종 통계로 보아 한문 수업 시간의 대부분을 과목 상치 무자격교사가 담당하고 있음이 확연히 드러나는데도, 「한국한문교육연구회」가 문교부에 건의한, 『한문교육정상화방안건의문』(1984.6) 제5항에서, '중고등학교 한문과목을 유자격 교사가 담당하도록 적극 유

도할 것'이라고 건의한데 대하여, 문교부에서는, '중고등학교에서는 한
문과목을 무자격 교사가 담당하는 경우는 없습니다.'라고 회신하였다.
(문교부 학무 1020-1289, 1984.8.20) 이것은 과목 상치 교사를 한문 전공
교사로 대체하려는 의지가 없음을 나타내는 것으로서 한문 교육의 정
상화를 위하여 반드시 시정되어야 한다. 각 학교에서도 과목 상치교사
의 한문담당을 그대로 용인하고 이를 시정하려는 의지가 없으므로 전
공자의 배치를 상급기관에 요청하지 않고 상급기간은 요청 받은 숫자
만 집계해 보니 무자격교사가 담당하는 일이 없는 것으로 나타났기 때
문에 이러한 상황이 야기된 것으로 보인다. 이런 추측이 가능한 것은
문교부에서 사범계 대학의 정원을 감축할 때 감축 근거로 제시한 공문
에 1990년도에 전국 중등학교에 필요한 한문 교사 정원을 1,057명으로
산정한데서도 찾아볼 수 있다.6) 86년 현재 중학교가 2,412개교, 고등학
교가 1,672개교로 합계 4,039개교이며, 매년 평균 80여 개교씩 증설되는
추세로 보아 90년도에는 4,300여 개교로 늘어날 것으로 추산된다. 한문
교사도 86년 현재 3,905명이 필요하고 90년도에는 4,400명 정도가 필요
하다고 추정되는데 어떻게 90년도에 1,057명만으로 한문 교육을 담당할
수 있겠는가. 문교부의 산정 근거가 사실과 부합한다면 90년에 필요한
한문교사 정원보다 많은 교원을 85년에 이미 확보하고 있고 86년에는
90년의 정원보다 239명이나 초과하여 보유하고 있는 것이 되므로 90년
까지 일체 한문교원을 채용하지 말고 오히려 239명을 감원해야 한다는
이야기가 된다. 이러한 정책의 과오가 시정되지 않는 한 과목상치 교사
는 줄어들지 않을 것이다.

　셋째, 일부 시·도 교육위원회의 교원 인사정책의 모순을 들 수 있

---

　6) 86학년도 사범계대학 학생정원조정지침 통보(문교부 양성 25413-546, 1985.4.8),
　　p.17. 「90년도 중등교원 과목별 수급전망」 참조.

다. 일부 시도 교육위원회에서는 배정 받은 사대졸업자를 발령할 때 현재까지도 국어전공자와 한문전공자를 구별하지 않고 통합하여 성적순으로 학교에 배치하고 있다. 이 때문에 가뜩이나 부족한 한문 전공자를 규모가 작은 학교에 두 명씩 배치하기도 하여 다른 과목을 맡기기도 하고, 한문 전공자가 1명뿐인 학교에서도 한문은 맡기지 않고 국어를 맡기는 경우도 있다. 또한 일부 시도에서는 초임 발령자는 도시에 배치하지 않고 군 이하의 지역에만 배치하여 규모가 작은 학교에만 한문전공자를 배치하는 경우도 있다.

넷째, 국립사대 졸업자의 발령 적체 현상이 과목 상치 교사의 대체를 어렵게 하기도 한다. 사대 졸업자의 발령 적체 현상이 사회 문제화하자 각 시도교육위원회에서는 이미 배정된 졸업자의 발령을 최우선으로 고려하게 되고, 한문전공자가 부족해도 채용 순위고사를 보지 않고 적체되어 있는 국어전공자로 충원하는 경우가 많은 실정이다.

이러한 몇 가지 이유 때문에 과목 상치 교사를 한문 전공자로 교체하는 일은 지지부진한 상태이고, 이러한 문제점들이 시정되니 않는 한 2000년대에 이르러도 한문과의 과목 상치교사 문제는 해소되지 않을 것이며, 이로 인하여 한문교육 수준의 저하는 물론 교육 전반의 질적 저하를 초래하게 될 것이다.

V. 提 言

지금까지 과목 상치교사가 한문 교육의 대부분을 담당함으로 해서 야기되는 문제점과 이러한 문제점이 시정되지 않는 이유를 밝혔으며, 그 속에 이 문제를 어떤 방향으로 시정해야 하는가도 대부분 포함되어 있다. 이곳에서 다시 결론을 겸하여 시정해야 할 점을 정리하여 교육

행정 당국에 제의하는 바이다.

첫째, 교육 행정을 담당한 인사들은 중등학교 한문 과목이 독립 교과목임을 명심하고 전공 자격증 소지자가 가르쳐야 한다는 확고한 신념을 가져야 하겠다. 1950, 60년대에 한문이 국어 교과 속에 포함되어 있던 것이 전문성 제고와 교육의 내실화를 위하여 독립 과목이 되었는데도 아직까지도 그 전문성을 인정하지 않는 듯한 처사를 하고 있다는 것은 시대의 추이에 역행하는 것이다.

둘째, 문교부와 각 시도 교육위원회에서는 한문과의 과목 상치 교사를 전공자격증 소지자로 교체할 연도별 계획을 수립하고 이를 강력히 실천해야 한다. 〈표7〉에서 보는 바와 같이 대학 한문 교육과 및 한문학과에서 77년도부터 졸업생을 배출하기 시작하여 현재까지 3,024명의 전공자가 배출되었고, 한문을 부전공으로 이수하여 자격증을 취득한 자, 중등학교 교사 자격검정고시 한문과 합격자, 현직교사 중 70년대 초에 재교육을 받고 한문 부전공 자격증을 취득한 자 등을 합치면 이제 전공자격증 소지자는 3,300~3,400명 정도는 될 것이므로 현재 소요 인원의 80%정도는 확보된 셈이므로 과목 상치 교사를 전공 자격증 소지자로 교체하는 데 박차를 가할 적기가 도래하였다고 본다. 그러나 과목 상치 교사를 일거에 교체한다는 것은 현실적으로 불가능할 것이므로, 5개년 계획을 수립하여 88년부터 매년 20%씩 교체한다면 1992년에는 과목 상치 교사가 해소될 것이다.

〈표7〉 연도별 한문전공자 배출현황

구분 \ 연도	76	77	78	79	80	81	82	83	84	85	86	계	비고
한문교육과 졸업자	22	93	91	134	124	186	216	283	403	489	566	2,607	86년도분은 추정숫자임
한문학과 졸업자		8	15	20		17	50	37	44	98	128	417	
계	22	101	106	154	124	203	266	320	447	587	694	3,024	

셋째, 대학에 한문 교육과를 증설하거나 기설 한문 교육과의 정원을 증원하여 한문 교육 전공자를 늘려야 한다. 현재 한문을 전공한 인력이 3,300~3,400명 정도가 된다 해도 그 중에 교직에 흡수할 수 있는 인력을 70%정도로 잡는다면 2,300~2,400명에 불과하며 86년 현재 필요 인력의 61%에 지나지 않는다. 부족한 39%는 1,500명 정도이고, 92년까지는 학급수의 증가 등의 이유로 500명 정도는 신규로 필요하다고 보므로, 2,000명의 전공자를 확보하자면 5년간에 2,500명 정도는 양성해야(양성자의 80%를 교직에 흡수하는 것으로 보았음) 5년 후에 수요와 공급의 균형이 비로소 가능해진다. 그러나 전국 11개 대학의 한문 교육과 졸업정원은 84년 현재 370명이고, 86년부터는 355명에 불과하므로 현 추세대로 간다면 앞으로 5년간 양성할 수 있는 인력이 1,800명 정도이므로 700명 정도가 부족하게 된다. 이를 해결하기 위해서는 사범계 대학의 증과나 증원을 일체 불허하는 현 방침을 탄력적으로 적용하여 한문 교육과만은 기설과의 정원을 증원하거나 과를 증설해야 할 것이다. 이미 언급한 바와 같이 부산·경남·전남·제주 등 4개 시도가 한문 전공자 확보율이 가장 낮으며, 그 이유의 하나가 이들 시도 내의 대학에 한문 교육과가 없어서이므로 이 지역에 최우선적으로 한문 교육과 설치를 허용하는 문제도 진지하게 고려해야 할 것이다.

넷째, 전술한 바와 같이 교육전반의 수준 향상을 위하여 절대적으로 필요한 과목이 한문이므로 모든 중등학교에서 교육 과정 시간 배당 기준의 상한을 이수하도록 노력하고, 교육 행정기관에서도 이를 적극 종용해야 할 것이다.

다섯째, 학급수가 적은 학교는 한문 전공 교사가 인접한 2개교의 한문 수업을 담당하도록 하여 규모가 영세한 학교의 학생들도 모두 명실상부하나 교육기회의 균등한 혜택을 받도록 배려하는 방안도 시도해 볼 만하다고 본다.

漢文教育與件 얼마나 改善되었는가

I. 序

　지난 1897년 3월 서울 프레스센터에서 한문교육 특별 공개 발표회가
열렸을 때 본인은 「한문교사들의 자격증 소지실태와 문제점」이라는 제
목의 발표를 한 일이 있고, 그 원고가 〈한문교육연구〉 2호(88. 6)에 수록
되어 있다. 오늘 발표하는 내용은 당시 86년 4월의 통계를 기준으로 제
기했던 문제점들이 3년이 지난 89년 4월 현재(금년 통계는 아직 나와 있
지 않음으로 작년 4월을 기준으로 할 수밖에 없음.) 어느 정도 개선되었으
며, 앞으로의 과제는 무엇인가 하는 것이다.

　우리나라의 어문 정책이 혼선과 시행착오를 거듭하다가 1972년에 중
등학교에서 한문이 독립 과목이 되어 한문교사 자격증 소지자가 한문
교육을 담당하도록 제도화되었음으로, 교육과정상으로는 한문교육이
정상화된 것이 18년이 되는 셈이며, 18년이 지난 지금까지 한문담당 교
사들의 자격증 소지실태가 한문교육연구회 총회에서 발표내용이 되어
야 한다는 현실 자체가 한심스러운 일이다.

　흔히 교사의 수준이 교육의 수준을 결정한다고 말한다. 교직을 전문
직이라고 부르고 교직에 종사하려면 해당 과목의 교사자격증을 소지해

야 한다는 것은 국민이 다 아는 상식인데, 한문교과에서만은 너무나도 당연한 이 상식이 적용되지 않고 있으며, 일부 지역 중학교에서는 아직도 90% 이상의 한문교사가 한문교사 자격증이 없는 과목 상치교사인 것이 오늘의 현실이다. 이 발표에서는 지난 86년의 통계와 89년의 통계를 대조해 가면서 오늘의 문제를 살펴보려 한다.

Ⅱ. 한문교사들의 전공자격증 소지현황 비교

교육과정 시간배당 기준에 의하면 중학교에서는 한문을 1학년에서 주당 1시간, 2·3학년에서 각각 주당 1~2시간씩 이수하게 되어 있고, 일반 고등학교 인문·사회계열은 「한문 1」 및 「2」를 8~14단위 이수하고, 일반 고교 자연계열 및 실업고교에서는 「한문 1」만을 4~6단위 이수하도록 되어 있다. 그러나 대부분의 중·고교가 최소시간 ·최소단위만을 이수하고 있고 일부 실업고교에서는 한문을 아예 이수하지 않는 경우도 있다. 지난번 발표에서는 많은 문제를 내포한 이러한 현실을 일단 그대로 받아들여, 최소한의 시간만을 이수할 때 한문교사가 얼마나 필요한가를 산정하여(중학교는 주당 22시간에 1인이 필요한 것으로 기준을 정하고, 고등학교는 주당 20시간에 1인이 필요한 것으로 기준을 정하였음.) 필요 인원과 실제로 한문교사 자격증을 소지한 교사수를 조사하였으므로 이번 발표에서도 그 기준을 그대로 적용하여 86년과 89년 사이 3년간의 변화를 고찰해 보고자 한다. 그동안 국립사대 졸업자의 발령 적체가 사회문제화되어 중등학교 교원이 매년 대폭 증가하여 교사 1인의 주당 수업시수가 이 기준보다는 경감되었으나, 비교의 일관성 유지를 위한 편의상 86년의 통계에 설정한 기준을 그대로 적용하려 하므로 이곳에서 정한

「필요한 한문 교사수」는 실제보다 훨씬 줄여 잡은 것임을 밝혀둔다.

전국 중학교 수는 80년대 전반에는 매년 50 여개교씩 증가하다가 후반에는 10 여개교씩 증가하여 증가율이 현저히 둔화되었고, 총 학급수는 87년 46538 학급을 피크로 그 이후는 오히려 감소하여 89년에는 45301 학급이 되었다.

〈표1〉 중학교 한문교사 필요인원과 한문 자격증 소지자수 비교(86 : 89)

연도＼구분	학교수	학급수	필요한 한문교사수	한문자격증 소지자수	전공자 확보율(%)
1986	2412	46343	2106	626	29.72
1989	2450	45301	2059	946	45.94
비교	+38	-1042	-47	+320	+16.22

〈표1〉에 나타난 바와 같이 86년도보다 89년에는 학교수는 증가하였으나 학급수는 1042학급이 감소하여 필요한 한문교사수도 47명을 줄여 정하였다. 자격증 소지자 수는 626명에서 946명으로 320명이 증가하였고, 전공자 확보율도 29.72%에서 45.94%로 16.22% 증가하여 매년 약 5.4%씩 전공자 확보율이 증가한 셈으로 80년대 전반에 매년 약 3%씩 증가한데 비하여는 증가속도가 빨라진 셈이다. 그러나 한문이 독립과목이 된 지 18년이 지났어도 전공교사 확보율이 50%에도 미달하고 무자격교사가 54%나 남아 있다는 현실에 유의해야 한다.

〈표2〉 4고등학교 한문교사 필요인원 자격증 소지자수 비교(86 : 89)

연도	구분	학교수	학급수 (1학년)	필요한 한문교사수	한문자격증 소지자수	전공자 확보율(%)	비고
1986	일반고교	996	8271	1241	538	43.35	
	실업고교	631	5624	562	132	23.49	
	계(평균)	1627	13895	1803	670	37.16	
1989	일반고교	1084	9220	1383	891	64.43	
	실업고교	588	5282	528	228	43.37	
	계(평균)	1672	14502	1911	1119	58.36	
비고	일반고교	+88	+949	+142	+353	+21.08	
	실업고교	-43	-342	-34	+97	+19.88	
	계(평균)	+45	+607	108	+449	21.40	

고등학교의 경우도 〈표2〉와 같이 3년 사이에 늘어난 자격증 소지자가 450명으로 매년 150 명씩 증가하여 80년도 전반기에 평균 71명씩 증가하던 것에 비하면 증가율이 현저히 상승하였다. (전반기 연평균 증가율 3.21%, 86~89년 사이 연평균 증가율 7.15%.) 필요한 한문교사수 1911 명에 자격증 소지자수가 1119 명으로 3년 사이에 전공자 확보율이 37.16%에서 58.56%로 21.40%나 증가하였으나 아직도 전공자가 800명 가까이 모자란다.

중·고교를 합쳐서 필요인원과 자격증 소지자의 변화 추이를 살펴보면 〈표3〉과 같다.

〈표3〉 한문교사 필요인원과 한문 자격증 소지자수 비교 (86 : 89)

연도	구분 중·고교 학교수	필요한 한문교사수	한문자격증 소지자수	전공자 확보율(%)	비고
1986	4035	3909	1296	33.15	
1989	4096	3970	2065	52.02	
비교	+61	+61	+769	+18.87	

이 표와 같이 한문교사 자격증 소지자가 최근 3년 사이에 매년 257 명씩 증가하여 3년 사이에 769명이 증가하였다. 그러나 아직도 전공자 확보율은 52.02%에 불과하고 모자라는 자격증 소지자 수는 무려 1905 명이나 된다.

3년 사이의 변화를 각 시도별로 나누어 살펴보면 〈표4〉와 같다.

〈표4〉 시·도별 한문 전공교사 확보 현황 비교 (86 : 89)

구분	필요한 한문교사수			한문자격증 소지자수			부족한 자격증 소지자수			전공교사 확보율(%)		
시도	86년도	89년도	증감	86년도	89년도	증감	86년도	89년도	증감	86년도	89년도	증감
서울	869	934	+65	466	669	+203	403	265	-138	53.6	71.6	+18.0
부산	314	338	+24	24	53	+29	290	285	-5	7.6	15.7	+8.1
대구	192	197	+5	89	140	+51	103	57	-46	46.4	71.1	+24.7
인천	110	126	+16	56	87	+31	54	39	-15	50.9	69.0	+18.1
광주	·	135	·	·	59	·	·	76	·	·	43.7	·
대전	·	98	·	·	28	·	·	70	·	·	28.6	·
경기	335	399	+64	117	221	+104	218	178	-40	32.0	55.1	+22.2
강원	180	179	-1	60	109	+49	120	70	-50	33.3	60.9	+27.6
충북	143	138	-5	32	38	+6	111	100	-11	22.4	27.5	+5.1
충남	327	216	(-13)	75	135	(+88)	252	81	(-101)	22.9	62.5	+29.0
전북	260	240	-20	90	121	+31	170	119	-51	34.6	50.4	+15.8
전남	443	284	(-24)	94	78	(+43)	349	206	(-67)	21.2	27.5	+11.4
경북	322	304	-18	150	234	+84	172	70	-102	46.6	76.9	+30.3
경남	335	329	-6	52	77	+25	283	252	-31	15.5	23.4	+7.9
제주	56	53	-3	11	16	+5	45	37	-8	19.6	30.2	+10.6
계	3905	3970	+65	1296	2065	+769	2609	1905	·	33.2	52.0	+18.8

그동안에 경북은 전공자 확보율이 30.3%나 상승하여 76.9%가 되었고, 서울·대구·인천·강원·충남 등도 많이 개선되어 경북·서울·대 구가 70%대이고 인천·강원·충남이 60%대에 이르렀다. 전공자 확보 율이 가장 떨어지는 곳이 3년 전이나 이제나 변함없이 부산직할시로

7.6%에서 15.7%로 8.1% 향상되는 데 그쳤으며, 130개 중학교 3807학급에 한문자격증을 소지한 교사가 14명에 불과하고 89개의 공립중학교에는 단 1명뿐이며, 고등학교는 국·공립학교에 한문자격증 소지자가 한 사람도 없다. 유자격 한문교사 확보율이 전국 평균에 현저히 미달하는 시·도는 경남(23.4%), 충북(27.5%), 전남(27.5%), 대전(28.6%), 제주(30.2%) 등으로 부산을 비롯한 이들 시·도는 교원인사에 한문을 국어와 통합하여 운영하고 있는 곳들로서, 이들 시도도 하루속히 한문이 독립 교과목임을 명심하고 한문과목을 담당할 교사도 국어와는 별도로 충원계획을 세워서 이를 집행해야 할 것이다.

Ⅲ. 結

지금까지 살펴본 바로는 80년대 후반에 들어와 80년대 전반에 비하여 상당히 빠른 속도로 한문교사 자격증 소지자 수가 증가하고 있음을 알 수 있다. 그러나 그 증가율이나 전공자 확보율이 지역 간에 심한 차이를 보이고 있으며, 독립과목은 그 분야를 전공한 자격증 소지자에게 맡겨야 한다는 대전제를 무시하고 교원 수급을 국어과와 한문과를 통합하여 운영하는 부산을 비롯한 일부 시도가 전공자 확보율이 지극히 낮고, 이들 시·도 대부분이 그 지역대학에 한문교육과가 없는 것도 공통된다.

80년대 후반에 이르러 전에 비하여는 빠른 속도로 한문전공교사가 늘고 있다 해서 우리는 이에 만족할 수 없다. 70년대 후반부터 배출되기 시작한 한문 전공자가 5000명에 육박하는 현재, 중등학교에서 필요로 하는 4000명 정도의 한문교사 중 약 반에 해당하는 1900여명이 아직도 한문교사 자격증이 없는 과목 상치교사라는 데 유의해야 한다.

중등학교에 개설된 많은 과목 중 국어와 수학을 도구과목이라고 한다. 국어와 수학의 실력이 없이는 다른 모든 과목의 실력향상이 불가능하므로 국어·수학이 모든 과목을 배우는 도구가 된다는 의미이다. 그런데 우리 국어의 70%가 한자어이므로 이는 바로 도구과목인 국어의 도구과목이 한문이라는 뜻도 된다. 지금까지 초·중등학교에서 많은 사례연구를 통하여 한문교육이 다른 모든 과목의 성적향상에 큰 효과가 있었다는 발표가 있었으므로 이곳에서는 이에 대하여 부연하지 않겠다. 이렇게 중요한 과목이요, 도구과목 중의 도구과목인 한문이 지금까지 교육행정가나 학교운영자들에게 어떻게 취급되어져 왔는가. 전공자 확보를 위한 노력은 고사하고 평균수업시수에 미달하는 각 과목 교사들에게 한문시간을 배당하여 수업시수 평준화를 위한 수단으로 이용하였고, 현재 부산에서는 국립사대졸업자 중 발령이 잘 나지 않는 과목의 발령적체를 해소하기 위한 수단으로 한문과목을 이용하려는 작업이 진행 중이라 한다.

이제 수요를 충족시킬 수 있을 만큼 전공자도 양성되었으므로 교육정책이나 행정을 담당한 사람들이 한문교육을 정당화하겠다는 의지만 있다면 파행적으로 진행되어 온 한문교육은 바로 잡힐 수 있다고 본다. 교육행정담당자들에게 다시 한 번 간곡히 충언하노니, 중등교육을 정상화하기 위하여 한문교사를 어떻게 충원할 것인가를 순수한 입장에서 생각하고, 한문 전공자가 부족한 교육현장의 현실을 이용하여 다른 문제도 곁들여 해결하려는 편법을 쓰지 말고 한문교육 자체를 목적으로 보는 관점으로 돌아가서 한문교육 정상화를 위한 교사 충원계획을 수립하고 이를 과감하고 신속하게 추진하여 무자격 과목상치교사를 전공자로 대체시키기 바란다.

중·고등학교 교육과정과 한문교과

Ⅰ.

현재 교육부에서는 초등학교는 2000년, 중학교는 2001년, 고등학교는 2002년부터 적용할 제 7차 교육과정 개정작업을 진행하고 있다고 한다.

한문교육계에서는 1972년 중등학교의 한문이 독립교과로 결정된 이후 교육과정이 개정될 때마다 한문교과의 위상이 어떻게 변하는가에 지대한 관심을 가지고 지켜보면서 각계에 한문교육의 중요성을 역설하였고, 특히 제 6차 교육과정 개정시에는 중학교에서 한문과목을 없애고 국어시간에 한자만을 가르치기로 결정한 안을, 격렬한 투쟁을 통하여 철회하게 하고, 중학교에는 매 학년 1-2시간씩 이수하도록 되어 있는 선택교과중의 하나로, 고등학교에서는 한문(1)과 (2)를 시·도교육청에서 이수여부를 결정하도록 되어 있는 과정별 필수교과로 정하도록 하여 현재 중등학교 교육에 적용하고 있다. 비록 중학교 교육과정에서 한문을 완전히 배제하려는 시도는 저지하였지만 한문이 선택과목으로 전락하여 그 위상이 현저하게 저하되었고, 한문을 선택하지 않는 중학교에서는 법령으로 제정된 중학교 교육용 한자 900자를 익히지 못하는 경우도 생길 수 있게 되었다.

한편 현재 개편작업이 진행중인 7차 교육과정의 교육부 안을 보면, 초등학교는 현재 3-6학년에 매 학년 주당 0-1시간씩 설정되어 있는 〈학교재량시간〉을 1-6학년으로 확대하고 명칭을 〈재량시간〉으로 변경하고 시간은 주당 2시간씩으로 늘려서 통합적인 범교과학습을 시행하고 3-6학년은 통합적인 범교과학습 외에 컴퓨터, 한자, 영어 등도 교육할 수 있도록 하였다.

중학교는 현재 〈선택교과〉라 하여 매 학년 주당 1-2시간을 설정하여 한문, 컴퓨터, 환경 기타 과목을 선택하여 이수하도록 되어 있는 것을, 매 학년 주당 4시간씩 이수하는 〈재량시간〉으로 명칭을 변경하여 그 가운데 교과자율활용 및 선택교과 3시간, 범교과학습 및 자기주도학습 1시간씩을 이수하도록 하였으며, 재량시간에 가르치는 선택교과에는 한문, 컴퓨터, 환경 외에 제2외국어를 추가하였는 바, 실제로는 3개년간 도합 3시간만을 위에 기재한 한문, 컴퓨터, 환경, 제2외국어에 배정하여 그 가운데 일부를 이수하도록 하였다.

고등학교 1학년에도 초·중학교와 같이 〈재량시간〉을 두어 매 학기 6단위(계 12단위)를 이수하도록 하여 학교장의 경영관, 학교의 특색 등을 반영하여 운용하고 학생의 교과선택권을 보장하여 학교의 교육과정 편성과 운영에 자율성을 신장하도록 한다고만 하였을 뿐, 국민공통교육 기간의 최종연도인 10학년(고교 1학년)의 재량시간에 무슨 과목을 가르칠 것인가는 명시하지 않았다. 그리고 11-12학년(고교 2-3학년)에 〈한문〉 6단위를 총 24단위 이상 이수해야하는 일반선택교과중의 한 과목으로 설정하고, 〈한문고전〉 6단위를 총 122단위 이하를 이수해야하는 심화선택교과중의 한 과목으로 설정하였다.

즉 현재 각 시·도교육청에 선택권이 부여된 〈한문1〉 6단위와 〈한문2〉 4단위가 일반선택교과에 포함된 〈한문〉 6단위와 심화선택교과에 포함된 〈한문고전〉6단위로 바뀐 것이다.

여기에서 문제가 되는 것은 고등학교 1학년에서 한문을 이수할 수 있는 방법이 없다는 것이다. 이에 대하여 [한문과 교육과정 공동 연구진]의 협의에서는 한문교육의 특수성을 고려하여 국민 공통 교육 기간 중 최종연도인 10학년(고교 1학년)에 일반선택으로 개설된 고등학교 한문을 선택하여 이수할 수 있도록 교육과정편성 운영지침에 명시하도록 추진하기로 결정하였다 한다. 그러나 고교 1학년에서 이수하도록 되어 있는 국민공통교과 10개 과목 중 일부를 2-3학년에서 이수하도록 옮기지 않는 한 이것이 불가능하도록 교육과정이 짜여져 있어서 그 실현이 극히 의심스러운 상황이다.

만약 고등학교 1학년에서 한문과목의 이수가 불가능하게 된다면 〈한문〉과 〈한문고전〉 각 6단위씩을 2-3학년에서 선택하여 이수할 수밖에 없으며, 이렇게 되면 진로를 인문사회분야로 결정한 학생들만이 두 과목을 선택하고 자연, 예체능, 외국어, 실업분야 등으로 진로를 정한 학생들은 〈한문고전〉은 물론이고 〈한문〉조차도 선택하지 않을 가능성이 농후하다. 즉 한문교과가 2개 과목으로 분화되어 이수단위가 늘어난 듯하지만 사실은 현재 주로 1학년에서 고교생 전원이 이수하고 있는 〈한문 1〉(과정별 필수) 6단위가 〈한문〉 6단위로 바뀌어 인문사회분야로 진로를 정한 일부 학생만 이수하게 될 가능성이 크다는 것이다. 이렇게 된다면 다른 획기적인 방안이 제시되지 않는 한 고등학교 교육용한자 900자도 많은 고교생이 배우지 못하는 현상이 야기될 수도 있다. 즉 고교 한문교과가 6차교육과정보다 단위수로는 늘어났으나 실제로는 그 위상이 저하되고 한문교육이 파행적으로 이루어질 가능성이 농후하다

Ⅱ.

앞으로도 사회의 변화에 따라 교육과정은 주기적으로 계속 개정될 것이고, 현재 한문과가 처한 상황이 변화되지 않는 한 그때마다 한문과의 존폐문제가 대두되고, 비록 계속 존속된다 해도 그 위상이 논의의 대상이 될 것이며, 특별한 이변이 없는 한 교육과정의 개정은 앞으로도 한문에 대한 이해가 부족한 서구에서 교육받은 교육학자들이 주도하게 될 것이다. 이런 상황에 한문교육계와 학계에서는 어떻게 대처해야 할 것인가.

첫째, 교육과정 개정작업 때마다 한문과가 문제로 대두되는 근본 원인은 우리나라의 어문정책이 확정되지 않았기 때문이다. 각급학교 교육과정에서 준수해야할 어문정책이 국가 백년 대계로 확정되면 한문교과의 위상은 자연히 거기에 맞추어 설정될 것이다. 즉 각급학교 교육과정 속에서의 한문교과의 위상은 어문정책의 종속변수라고 볼 수 있다.

현재 우리나라의 어문정책은 국가에서 일정한 목표를 정하고 이끌어 나가는 정책이 없는, 그야말로 무정책이라 할 수 있기 때문에 교육과정이 개정될 때마다 한문교과가 문제가 되는 것이다. 국민들의 언어 문자 생활에서 한글만을 전용할 것인가, 국한문을 혼용할 것인가, 한글만을 전용한다면 우리말 어휘의 70% 이상을 점하고 있는 한자어는 어떻게 가르칠 것인가, 국민의 모든 생활과 의식의 기초가 되는 우리말을 어떻게 갈고 다듬어서 품위 있는 문화언어로 발전시킬 것이며 그러기 위하여 한자·한문교육은 필요한가 불필요한가, 필요하다면 어떻게 해야 하는가 등의 방안이 국가 어문정책의 방향에 맞추어 설정되고 그것이 학교 교육에 적용되게 되면 초·중등학교의 한문교과에 대한 논란은 끝나게 될 것이다. 이재전씨가 소개한 서양의 어느 언어학자의 연구에 의하면 언어의 표기는 표음문자와 표의문자를 적절히 배합하여 사용하는 것이 가장 이상적이고, 일본이 이에 맞는 어문정책을 시행하여 빠른 기간 내에 선진국 반열에 진입하였고 앞으로도 세계문화를 주도하게 될 것이라고 하였는데, 우리도 일본의 이러한 어문정책에서 배울 점은 없는지 심도 있게 검토해 보아야 할 것이다.

둘째, 흔히 한문을 도구교과라고 한다. 다른 모든 교과학습의 도구가 되는 것이 한문교과에서 가르치는 한자, 한자어이므로 한문교육은 다른 모든 교과의 교육효과를 제고시키는 역할을 하고 있고 이 때문에 한문교육이 필요하다는 논리이다. 그러나 이를 실증적으로 증명할 수 있는 것은 과문의 탓인지는 모르나 한글학회에서 간행한 〈우리말 큰사전〉에 수록된 어휘의 70% 이상이 한자어라는 것 외에는 없는 것으로 알고 있다.

한문이 모든 교과의 도구교과임을 설득력있게 주장하려면 적어도 초·중·고교의 각종 교과서에 수록된 내용의 핵심을 이루는 어휘 중에 한자어의 비중이 얼마가 되며 중·고교 한문교육용 기초한자 각각 900자씩이 합성되어 이루어진 것은 각종 교과서의 한자어 중 얼마나 되는가. 교육용 한자 900자중 각종 교과서에 쓰인 일이 없는 자는 없는가. 900자 속에 포함되어 있지 않으면서 빈번히 쓰여진 한자는 없는가. 각 교과 내용의 핵심용어로 쓰여진 한자어의 이해와 한문교육은 어떤 상관관계가 있는가. 20여년 전에 제정된 중·고교 교육용 한자들은 지금도 실생활과 밀접한 관계가 있는가. 교육용 한자 자체를 개정할 필요는 없는가 등을 본 학회가 주축이 되어 심도 있게 연구해보아야 할 것이다. 이렇게 해서 도출된 결론을 가지고 한문이 모든 교과 학습의 도구교과임을 주장하고 한문교과의 중요성을 강조해야 강한 설득력을 가지게 될 것이다.

셋째, 현행 중·고교의 한문과 교육과정에 명시된 한문과의 목표를 보면, 한문과 만의 고유영역을 교육하기 위한, 다른 교과에는 없는 고유한 목표가 명확하지 않는다는 것이 문제이다.

언어생활과 문장독해는 국어과의 목표와 중복되고, 선인들의 사상 감정의 이해나 전통문화의 계승 발전은 사회(국사)과 등의 목표와 중복되며, 올바른 가치관의 함양은 윤리과의 목표와 중복이 된다. 굳이 중복이 안되는 부분을 찾는다면 한문 독해력 양성을 들 수 있으나 중·고교의 한정된 한문시간 내에서의 수업을 통하여 과연 이 목표의 달성이 가능할 것인가 의문이 앞선다. 즉 고유영역이 모호한 한문을 독립교과로 선정하고, 필수교과로 하고, 시간을 많이 배정해달라는 것이 교육과정 개정작업을 주도하고 있는 학자들에게 과연 설득력을 가질 수 있는가를 냉엄하게 되돌아보아야 한다. 한문은 분명히 독립교과로 존속되어야 하고, 그 중요성으로 보아 필수교과 속에 포함되어야 하며 현재보다 훨씬 더 많은 시간이 배정되어야 할 교과임을 이 학회에 참석한 모든 사람들이 절실하게 공감하고 있지만, 이를 만인이 수긍할 수 있는 정연한 논리로 설명할 이론을 개발하고 체계화하여 적극 홍보하지 못한 책임은 우리 스스로가 져야 할 것이다.

Ⅲ.

이러한 문제가 야기되고 있는 상황하에서 우리 한문교육연구회를 비롯한 관련 학회와 교육계에서는 어떻게 대처하여야 할 것인가.

첫째, 우리의 언어를 형성하는 각종 어휘의 대부분이 한자어이므로 국민의 원활한 언어생활을 위하여 한자와 한자어의 교육이 필수적임을 인정하고 국가에서 모든 국민이 익혀야 할 한자를 정하여 각급 학교에서 이를 단계별로 체계 있게 교육하도록 어문정책을 확정하고 이를 강력히 시행하여야 하며, (현재 중·고교에서 가르치고 있는 각각 900자씩의 한자들은 〈한문교육용기초한자〉라는 애매모호한 명칭에서 볼 수 있듯이 모든 국민이 의무적으로 익히도록 하는 데는 문제가 있고, 그 때문에 이를 가르치지 않는 학교가 있다 해도 제재를 가하거나 강제할 수 있는 방법이 없다.) 우리는 하루 빨리 이렇게 되도록 모든 역량을 총동원하여 촉구하여야 한다.

우리민족이 수천년간 사용해 온 한자, 한문을 다른 외국어와 똑같이 남의 나라 글자나 글로 보는 것은 온당하지 않다. 한자의 음이 중국의 음과는 다른 우리 고유의 음이고 한문에 토를 달아서 우리의 어법에 맞추어 읽고 있는 것 등은 한자, 한문이 우리말화 했음을 증명하는 것이다. 흔히 한문을 서양의 라틴어에 비교하기도 하지만 서양의 라틴어는 여러 서구어의 어원이 되었으나 현재는 쓰여지지 않지만, 한자어는 현재도 원형 그대로 살아서 우리 언어의 골간을 이루고 있고 앞으로 새로이 만들어질 신조어의 대부분이 한자어일 수밖에 없으며, 우리의 언어생활에서 한자어를 제외하면 숫자는 아흔 아홉까지밖에 셀 수가 없고 얼굴의 큰 부분인 눈, 코, 입은 말할 수 있으나 눈의 동자, 시력 등은 한자어가 아니면 표현할 수 없는 것이 현실일 정도로 속속들이 우리말화한 한자어의 바탕이 되는 한자의 교육은 원활한 언어생활을 위하여 필요불가결하므로 모든 국민이 익혀야 할 한자를 조속히 선정하여 공포하고 이를 각급학교에서 체계적으로 반드시 가르치도록 하여야 한다.

둘째, 한문교과의 학습이 여타 모든 교과의 학습에 절대적인 도움을 주는 범교과적 성격을 지닌 도구교과임을 실증적으로 보여주는 노력을 계속하여야한다. 모든 학문은 그 내용을 거의 대부분 문장으로 표현하고 그 문장에 쓰여진 어휘의 정확한 이해가 해당 학문 이해의 필수임을 생각할 때 대부분이 한자어로 이루어진 용어의 이해를 위하여 한자 한문의 교육이 반드시 필요함을 만인이 공감하도록 적극적으로 노력하여야 한다.

셋째, 중·고교 한문과 교육과정에서 한문과의 목표와 기대하는 학습성과 등을 이원화하여 주가 되는 목표를 원활한 언어생활과 한문 독해력 함양에 한정하고, 선인들의 생활 감정이해, 전통문화의 계승발전, 올바른 가치관 확립, 한자문화권 국민들과의 협력과 의사소통 등은 부수적인 목표 및 기대하는 학습성과에 넣도록 하는 것이 바람직하다고 본다. 이렇게 해도 주가 되는 목표 및 학습성과가 국어과의 영역과 중복되는 문제가 남게 되나, 우리 언어 발달의 역사적 특수성과 한자 및 한자어 교육의 효율성 및 체계성을 중심으로 한문교과의 독자성을 강조한다면 원만한 해결책이 도출될 수 있을 것이다.

지금까지의 한문과 교육과정에 국어, 사회, 윤리 등 여러 교과의 목표와 중복되는 목표들이 포함된 것은 한문교과가 도구교과로서 범교과적 성격을 띠고 있음을 역설적으로 증명하기도 하지만, 앞으로 한문과의 시간이 획기적으로 증대하기는 기대하기 어려우므로, 한문교과라는 작은 그릇에 이렇게 많은 목표를 다 담으려 하면 한문교과의 고유성이 저상될 우려도 있고, 이로 인하여 한문교과의 위상이 흔들릴 우려도 있으므로 한문교과에 의해서만 성취될 수 있는 주가 되는 목표를 부수적인 목표와 구별하여 교육과정에 명시하는 것이 필요하다고 본다.

아울러 초등학교도 재량시간에 한자를 배울 수 있도록 되었으므로 초등교육용 기초한자도 제정할 필요가 있고, 그렇게 되면 중·고교 교육용 한자도 재조정이 불가피해질 것이므로 이런 일도 우리 학계가 주도적으로 이끌어 나가야 할 것이다.

이러한 몇 가지 방안의 실현을 통하여 국가 백년대계인 우리나라의

어문정책이 바람직한 방향으로 확정되고, 아울러 중등학교 한문교과의
위상도 확립되어 이 문제가 더 이상 논란의 대상이 되지 않게 되기를
기대하는 바이다.

漢字·漢文學界, 앞으로의 과제

I.

　지금까지 우리나라의 한자 한문학계는 韓國漢文學會, 韓國漢文敎育
學會, 韓國漢字漢文敎育學會 등 세 학회가 상호 부족한 분야를 보완
하면서 솟발처럼 鼎立하여 발전해왔다. 특히 본 한국한자한문교육학회
는 1993년 창립되어 지금까지 이어오면서, 학회 창립을 주도하시고 물
심양면으로 학회의 발전에 크게 기여하신 정우상 교수님을 비롯하여
역대 회장단과 임원진의 헌신적인 노력으로 창립 10년만에 전국 유수
의 학회로 그 위상이 크게 향상 된데 대하여 같은 분야를 연구하는 한
사람으로서 삼가 경의를 표하는 바이다.

　우리나라의 한자 한문학계가 지금까지 많은 연구 업적을 축적하여
왔지만 아직까지 해결이 되지 않았거나 미진한 점이 많이 남아있다. 특
히 우리 사회에서는 한자교육의 필요성을 절감하여, 기업체에서 사원을
채용할 때에 한자능력의 이해정도나 한자급수시험의 성적을 참작하는
경우가 점차 늘어나고 있고, 서울대학교에서도 한자의 학습이 모든 학
문연구의 기초가 됨을 감안하여 신입생들의 한자 이해능력을 측정하고
일정한 수준에 이르도록 교육시키기로 했다 한다.

이와 같이 사회나 학계에서 한자 한문교육의 필요성에 대한 인식이 점차 확산되고 있으나, 정작 초, 중등학교 교육에서는 제6차 교육과정이 시행되면서부터 한자 한문교육의 위상이 오히려 저하된 것이 현실이다.

이러한 사회 현실을 바탕으로 우리 학계가 앞으로 해야할 과제를 다시 한 번 짚어보는 것도 의미가 있으리라고 본다.

Ⅱ.

초, 중등학교에 개설된 모든 교과 과목의 이해에 필요한 핵심 용어들의 대부분이 한자어로 되어 있으므로, 한자와 한문에 대하여 이해가 깊거나 조금이라도 관심을 가지고 있는 사람이면 한문과목이 초, 중등학교에 개설된 모든 과목의 이해에 도움을 주는 도구과목임을 모르는 사람이 없다.

그러나 한문교육에 종사하는 한 사람으로서 부끄러움을 느끼는 것이, 초 중등학교에서의 한자 한문 교육이 다른 교과목 이해에 어느 정도의 도움을 주고 있는지를 연구한 연구물이 너무도 부족하기 때문이다. 중등학교 한문과가 제5차 교육과정이 시행될 때까지는 필수과목이었던 것이 6차부터 선택과목으로 그 위상이 현저하게 저하되었다. 제6차 교육과정 개정작업이 진행될 때에, 애초에는 중학교에서 한문과를 완전히 폐지하고 국어과에서 언어생활에 필요한 실용한자만 가르치는 것으로 원안이 짜여져 있었다. 이를 안 한문교육학계에서 한문과가 도구과목으로 다른 모든 과목의 실력향상에 결정적으로 기여하고 있음을 강조하면서 한문과목의 존속을 주장하자, 교육과정 개정작업을 담당한 팀에서 한문과가 도구과목임을 객관적으로 입증하는 논문이나 연구보고서를 제시해줄 것을 요청한 일이 있었다. 그러나 그때까지 부끄럽게도 그들에게 자신 있게 제시할만한 적절한 논문이나 보고서가 없어서 이를 제시하지 못하였고, 한자 한문교육학계의 강력한 투쟁으로 한문과가 존속하게는 되었으나 선택과목으로 바뀌어 그 위상이 현저하게 저하되었으며, 이러한 현상은 7차교육과정이 시행되고 있는 현금까지도 그대로 이어져오고 있다.

　한자 한문학계에서 한자 한문교육이 초 중등학교의 모든 교과성적 향상에 도움을 주고 있음을 입증하는 작업은 극히 부분적인 연구성과를 제외하고는 포괄적인 연구가 거의 이루어지지 않고 있으며 그 성과가 너무도 미미한 것이 현실이다. 초 중등학교에 개설된 과목별로 그 과목을 이해하는데 필요한 핵심이 되는 학술어휘를 추출하고 그 가운데 한자어가 얼마나 되며 또 그 가운데 교육용 한자 1800자에 속한 자로 이루어진 것은 얼마나 되고, 1800자를 벗어난 한자로 구성된 한자어는 얼마나 되며, 1800자만 이해하면 별도의 어휘설명이 없이도 이해할 수 있는 핵심용어가 얼마나 되는지 등을 많은 연구자들이 심도있게 연구하여, 이러한 객관적인 연구업적을 통하여 한문과가 도구과목임을 입증하고 이를 만인이 공감하게 될 때에 한문과의 위상은 저절로 확립될 수 있으리라고 본다. 이러한 연구가 진척이 되면 각 학년별 과목별 핵심용어사전도 만들어질 수 있을 것이고, 그렇게 되면 학생들의 자기주도적 학습에도 크게 기여하게 되어 우리나라 학생들의 성적 수준을 전체적으로 향상시키는데 크게 기여하게 될 것이다. 또 그렇게 되면 각 과목의 핵심용어에 쓰여진 한자 한 자 한 자의 사용 빈도수도 추출할 수 있게 되어 현재 쓰여지고 있는 교육용한자 1800자가 적절히 선정된 것인가도 검증이 가능하게 되어 앞으로 교육용 한자를 재조정할 때에 매우 유용한 자료로 활용할 수 있게 될 것이다.

Ⅲ.

중등학교에서 한문이 독립교과가 된 이후 현재에 이르기까지 중, 고교 한문의 문법은 국문 문법을 준용하고, 지나치게 문법에 치중하여 교육하지 말 것을 요구하고 있다. 한편 7차 교육과정에서는 한문을 쉽고 재미있게, 그리고 위계성과 체계성에 유의하여 가르칠 것을 강조하고 있다.

그런데 한문은 국문과 그 문법적 체계가 다르므로 국문 문법을 한문 교육에 준용하는 것은 적절하지 못한 부분이 있다. 그런데도 한문 교육에 국문 문법을 준용하도록 한 것은 학계와 교육계가 공인할만한 통일되고 보편화된 한문 문법서가 없기 때문에 어쩔 수 없이 편법으로 준용하도록 한 것이다.

그러면 우리 학계는 언제까지 이런 현상을 좌시하고 있어야 할 것인가. 하루 속히 개별 연구가들의 연구를 종합 정리하여 초등한문문법, 중등한문문법 등의 문법서가 나오고, 많은 전문가들의 검토와 토론을 거쳐 학계에서 공인하는 단일한 문법체계를 확정하고 이를 한문교육에 원용하여야 할 것이다.

한편 교육과정에서 한문을 문법에 치중하여 가르치지 말 것을 요구하고 있는 것은 문법에 치중하면 쉽고 재미있게 가르칠 수가 없다고 보기 때문이다. 그런데 교육과정에서 요구하는 대로 위계적, 체계적으로 가르치려면 문법적으로 가르칠 수밖에 없다. 이렇게 전후가 모순되는 요구가 교육과정에 지도상의 유의점으로 명시된 것은 과거 다수의 비

전공 교사가 한문을 가르칠 때에 한자어 하나 하나를 주술관계니 술목
관계니 하는 문법용어로 설명하는데 시간의 대부분을 허비하여 한문은
어렵고 재미없는 과목이라는 인식을 갖게 한 데에 기인하는 것으로, 이
제는 비전공 교사가 한문 수업을 담당하는 경우가 현저하게 줄어들었
으므로 이런 우려는 하지 않아도 되리라고 본다. 한문 문법 자체를 쉽
고 재미있게 서술하여 문법은 어렵고 재미없다는 편견을 해소시키고,
한문의 독해를 한문문법을 바탕으로 하여 쉽고 재미있고 체계있게 지
도할 수 있도록 하는 것도 우리 한자 한문학계가 긴급히 해결해야할 하
나의 과제라고 본다.

Ⅳ.

만약 학교에서 가르치는 한자와 사회에서 통용되는 한자가 같은 자
이면서도 자형이 서로 다르다면 학교에서 아무리 많은 한자를 가르쳐
도 사회에서 통용되는 한자를 알 수가 없게 되어 학교에서의 한자 교육
은 쓸데없이 시간만 낭비하는 결과가 되고 말 것이다. 그런데 안타깝게
도 이러한 우려할만한 현상이 실제로 야기되고 있다.

거리에나 관광지에 세워 놓은 안내판을 보면 중국인 관광객을 배려
해서 인 듯, 한 예를 들어보면 서울 강변북로 곳곳에 월드컵 운동장을
[世界杯]이라 써 놓았는데 이를 우리나라 청소년들이 제대로 읽고 이해
할 수 있겠는가. 예술이라 할 때 쓰이는 [재주예 藝]자를 중국 簡字로
[艺]로 써 놓거나 일본 약자로 [芸]라 써 놓으면 藝로 배운 우리 청소년
들이 이를 알 수 있겠는가. 그런데 전국 각지의 사적지나 관광지에 漢
語나 日語로 써 놓은 안내문이나 설명서에 중국 간자와 일본 약자와

繁體字를 뒤섞어서 써 놓아 혼란을 야기하고 있는 것이 오늘의 현실이다. 그렇다고 중, 고교 교육용 기초한자 1800자를 正體인 번체로 가르치기에도 시간이 부족한데 簡字體나 略字體까지 가르칠 수는 없지 않은가. 또 그렇다고 중국이나 일본에 앞으로 간자나 약자를 쓰지 말고 번체로 되돌아가라고 할 수도 없지 않은가. 특히 중국은 간체자를 씀으로 해서 다수 국민이 문맹상태에서 해방되게 되었는데, 한자의 종주국 격인 중국이 우리 한국이 번체자를 쓰고 있으니 한자문화권 삼국의 문자통일을 위하여 한국에서 쓰이고 있는 번체로 되돌아가겠다는 생각을 만에 하나라도 할 리가 있겠는가. 그렇다면 지금까지 동양 삼국이 비록 한자의 독음은 다르다 해도 字形과 字意는 동일하여 같은 문화 같은 정서를 공유하고 상호 교류와 이해증진에 기여하였던 한자가 이제 字源만 동일할 뿐 자형과 자음이 각기 다르게 되어 서구의 언어가 고대 그리스어나 라틴어에 근원하였으면서도 영어, 독어, 불어가 다르듯이 변하게 되면 이것이 상호 이해와 교류증진에 어떤 악영향을 끼칠 것인가에 대하여도 심도 있는 천착이 이루어져야 할 것이다.

한편 우리나라가 복잡한 번체자를 그대로 쓰고 있는 것이 어떤 철학이나 소신에 근거한 것이 아니요 이를 연구하는 학자가 거의 없다보니 옛날 쓰던 자를 관성적으로 그대로 쓰고 있을 따름이라고 보는 것이 부끄럽지만 솔직한 현실 고백일 것이다.

V.

한문과 교육과정에는 한자와 한문을 익혀서 우리의 언어생활에 활용하게 하는 것이 중요한 목표의 하나로 되어 있다. 우리 국어 어휘의 약

70%가 한자어이므로 그 어휘들의 뜻을 정확히 이해하여 언어생활에 바르게 활용하기 위해서는 한자 한문교육이 절대적으로 필요함은 췌언을 요치 않는다. 그런데 일부 다른 과목 교과서에 한자어의 독음이나 의미가 그릇되게 기술된 부분이 산견되며 이를 바로잡는 일도 우리 한자 한문학계의 임무의 하나라고 본다. 예를 들어보면 어느 고전 교과서에 단군신화를 기술하면서 하느님의 아들인 환웅천왕이, '자주 천하에 관심을 가졌다'는 뜻으로 쓰인 [數意天下]의 독음을 [삭의천하]라 하지 않고 [수의천하]라고 써 놓았으며, 거북이와 토끼의 이야기인 [龜兔說話]를 [귀토설화]라 하지 않고 [구토설화]라고 표기해 놓았다 한다. 국어 고전 교과서가 이런 상황이라면 초, 중, 고교의 다른 과목 교과서는 더 말할 것도 없을 것이다. 초, 중, 고교의 모든 교과서를 검토하여 한자어의 독음이 그릇된 것이나 어의가 왜곡된 것들을 바로잡아 주어 올바른 언어생활을 할 수 있도록 선도하는 일도 우리 한자 한문학계에 주어진 의무의 하나라고 본다.

심지어는 국어순화 차원에서 국가 기관에서 바꾸어 놓고 국민들에게 바뀐 어휘를 쓰도록 권장하는 것 가운데도 한자 한문학계에서 재검토하고 바로잡아주어야 할 것들이 산견된다. 예를 들면, 1992년 총무처에서 '계층 간, 직종 간 갈등을 초래하는 용어는 중립적이고 편견 없는 우리말로 바꾸어 쓰도록 한다.' 하고 〈보기〉로 들어 놓은 것 가운데는, [관용차--공무차]가 있다. 관용차라는 용어가 계층간 갈등을 초래할 염려가 있으니 공무차로 바꾸어 쓰라는 것이다. 그러나 공무차는 주식회사에서 공무로 쓰이는 차나 사립대학에서 공무로 쓰이는 차도 개인 용무로 쓰이는 것이 아니므로 공무차라 할 수 있으므로 이는 관용차의 의미를 중립적이고 편견 없는 우리말로 바꾸어 놓은 것이 아니요 어의를 왜곡해 놓은 것이므로 재검토가 필요하고, 1997년 문교부에서 제시한 '국어 순화 자료' 사례 가운데 [통찰-살피다, 살핌]도 통찰의 찰(察)만을 옮겨 놓은 것으로, 통찰(通察 또는 洞察)이란 그냥 단순히 살피는 것이 아니라 그 원인 경과 결과 파급효과 등을 모두 꿰뚫어 살피는 것이므로 바꾸어 놓은 용어가 통찰을 [순화]한 용어라 할 수가 없다. 이런 것들을 바로잡아 국민들이 우리말의 품위와 정확성을 유지하며 의사소통을 하도록 하는 일은 우리 한자 한문학계가 선도하지 않으면 안 될 것이다.

한편 정신을 차릴 수 없을 정도로 급격히 발전하는 21세기에는 무수히 생겨나는 새로운 개념과 의미의 대부분을 縮約性과 簡潔性이 뛰어난 한자어로 造語할 수밖에 없다. 그런데 지금까지 한자어로 조어한 어휘의 대부분이 중국이나 일본에서 조어한 것을 우리는 그대로 가져다가 썼을 뿐 우리가 조어한 것을 중국이나 일본에서 그대로 쓰는 예는 거의 찾아볼 수가 없다. 우리가 현재 쓰고 있는 대부분의 과학 기술 용어들이 일본식 한자어라 하여 이를 배격만 할 수는 없지 않은가. 일본인들이 서구 언어인 [philosophy]를 온갖 전적을 다 뒤져가며 유사한 개념의 한자어를 찾아 [哲學]이라고 바꾸어 놓았는데 이러한 노력을 우리는 해본 일이나 있는가. 서구 언어인 [unit]를 [單元]으로 바꾸어 놓고는 unit와 單元의 개념이 완전히 일치하지 않는다고 고민을 하고 있다 하는데, 우리는 이를 그대로 가져다 썼을 뿐 고민이나마 해본 일이 있는가.

지금까지 새로운 개념을 한자어로 조어하여 사용하는 경우 일본이나 중국에서 이미 만들어진 것을 우리는 거의 몰비판적으로 도입하여 한동안 사용하다가 그런 어휘 가운데 어떤 것은 지나친 일본어투로 조어되었거나 지나치게 생경하거나 우리 정서와 합치되지 않음을 발견하게 되면 그제서야 국어순화차원에서 새로운 말로 조어하거나 적절한 우리말로 바꾸는 경우가 많이 있었다. 예를 들면 일본어투인 [高水敷地]를 한동안 그대로 쓰다가 뒤늦게 [둔치]로, [路肩]을 [갓길]로 바꾼 것이 그런 예이며, 국어 순화 운동 협의회에서 1970년대부터 현재까지 순화한 23000여 어휘 가운데 상당한 어휘가 바로 이런 것들이다. 이런 상황이 계속된다면 앞으로도 중국이나 일본에서 조어한 한자어들을 계속 도입하여 한동안 쓰다가 한참 후에야 부적절함을 발견하고 국어순화 차원에서 이를 바로잡는, 중국이나 일본은 저만큼 앞서가는데 우리는 뒤따라가며 계속 뒷북이나 치는 한심한 일을 계속할 수밖에 없을 것이다. 이런 현실에서 벗어나려면 날마다 수도 없이 생겨나는 새로운 개념을 적절하고 새로운 우리말(전술한 바와 같이 그 가운데 상당 부분이 한자어일 수밖에 없음)로 바꾸기 위한 상설 전문기관이 필요하며, 그 기관 요원의 상당수는 한자 한문을 전공한 전문가로 충원되어야 할 것이다. 그런데 지금 우리나라에서는 예를 들어 [텔레비전]이나 [컴퓨터]를 우리어휘로 바꾸려는 시도조차 한 일이 없다. 그러면 중국에서 [텔레비전]을 [電視]로, [컴퓨터]를 [電腦]로 쓰고 있는 것을 그대로 받아드려 써야 할 것인가. 이를 받아드린다면 [켄터키치킨]을 [肯德鷄]로, [코카콜라]를 [可口可樂]으로, [피자헛]을 [必勝客]으로 쓰는 것도 받아드려야 할 것인가. 여기까지 생각하면 머리가 어지러워진다. 하루 속히 이런 분야를 연구하는 학자가 다수 배출되어 남이 만들어놓은 어휘를 한동안 사용하다가 뒤늦게 국어순화차원에서 이를 바꾸는 전철에서 벗어나도록 해야 할 것이다.

한자문화권 3국이 앞으로도 상호 이해증진과 협력강화 및 문화적 동질성의 유지를 위하여 새로운 개념을 한자어로 조어할 때에 공동으로 협의하여 정하기 위한 기구의 설립도 필요하리라고 본다. 그렇게 되어야 뒤늦게 이미 다수가 쓰고 있는 용어를 우리 실정에 맞게 순화하려고 달려드는 낭비도 어느 정도 해소될 수 있을 것이다. 그런데 앞으로 한

자로 조어를 할 때 한, 중, 일 한자문화권 삼국의 학자가 협의하여 정하
고 일상생활에 함께 쓰는 일이 실현된다면 중국, 일본 학자와 대등하게
우리의 주장을 논리적으로 전개하여 이를 관철시킬 전문가가 현재 우
리나라에 몇이나 되는가. 과학 기술의 낙후는 비교적 따라잡기가 쉽지
만 인문학의 낙후는 만회하기가 훨씬 어려운 것이다. 문화적 종속에서
벗어나려면 이런 문제를 심도 있게 연구하는 학자가 다수 배출되어야
할 것이고, 이것도 우리 한자 한문학계가 해결해야 할 앞으로의 과제라
고 보며, 문화대국으로 나아가기 위하여 국가에서도 이런 문제의 해결
을 핵심 과제로 설정하여 독립적인 연구기관을 설치하고 지원을 아끼
지 않아야 하리라고 본다.

VI.

지난 1999년 12월 한국어문회에서 [敎育漢字 代表音訓]을 선정하여
발표한 바 있다. 그 결과 중등학교 학생들에게 가르칠 한자의 준거로
삼을만한 자음과 자의가 결정되어 교과서마다 심지어는 선생님마다 각
기 상이하게 가르치던 폐단이 상당히 줄어들게 되었다. 그러나 이 [교
육한자 대표음훈]도 완벽한 것이 아니므로 끊임없는 연구를 통한 보완
이 이루어져야 하리라고 본다. [교육한자 대표음훈표]에는 한자의 독음
다음에 그 한자를 쓰고 그 다음에 뜻 즉 [訓]을 표기하여 놓았는데, [반
半 반], [방 房 방], [법 法 법], [벽 壁 벽], [병 病 병], [성 城
성], [약 藥 약], [역 驛 역], [옥 獄 옥], 운 韻 운], [점 點 점],
[탑 塔 탑], [표 票 표] 등이 훈을 학생들이 쉽게 이해할 수 있도록
쉽게 표기해놓은 것으로 볼 수 있는지 이것을 과연 훈이라고 할 수 있

는지 의문이 생기며, [면 免 면할], [멸 滅 멸할], [묘 妙 묘할], [미 迷 미혹할], [봉 封 봉할], [부 符 병부], [상 傷 상할], [송 訟 송사], [왈 曰 가로], [사 史 사기] 등에 표기된 훈도 훈만 가르쳐서는 학생들이 그 의미를 제대로 파악하기 어려울 것이다. 이런 字들의 가장 널리 쓰이는 字意를 어떻게 학생들이 쉽게 이해할 수 있도록 바꾸느냐에 관한 연구가 지속적으로 이루어져야 할 것이다.

현재 우리가 사용하는 컴퓨터 자판에서 어느 자를 한자로 변환하고자 할 때에 [한자]를 누르면 그 음에 해당하는 자들 가운데 상단에는 검은색으로 쓰인 한자들이 나오고 하단에는 푸른색으로 쓰인 한자들이 나온다. 그 가운데 상단에 있는 검은색의 한자들은 우리나라 표준연구소로부터 [한국 공업규격 정보교환용 부호]로 ks마크를 획득한 ks 5601에 해당하는 총 4888자의 한자들이라 한다. 이 4888자는 사회에서 반드시 이 규격품에 해당하는 字形을 써야 하도록 국가에서 정한 것인데 이 가운데 중 고교에서 가르치는 교육용 한자와 자형이 다른 것도 일부 있다. 예를 들면 중학교 한문교과서에서는 [고기육 肉]자를 강희자전에 쓰인 자체대로 [ ]으로 쓰기를 요구하는데 ks 5601에는 肉으로 쓰여 있고(한, 중, 일의 공업규격은 [肉]으로 되어 있고 대만만 [肉]으로 되어 있음) 部首 초두(艹)도 ks 5601에는 3획인 [艹]로 되어 있고 교과서에는 4획인 [艸]로 되어 있다. 한, 중, 일, 대만 등 한자문화권의 모든 국가가 이렇게 흔히 쓰이는 한자들의 규격을 정하여 쓰고 있는데 우리 한문 교과서에서 수 백년 전에 나온 강희자전의 자형을 그대로 따르고 국가에서 정한 표준 규격을 외면하고 있는 것은 시대의 변화를 제대로 따라가지 못하는 것이 아닌가. 교과서에 쓰인 자형과 ks인증을 받은 자형을 면밀히 대조하여 하나로 통일하도록 하는 연구도 우리 학계에서 주도적으로 진행하여 결론을 도출해야 하리라고 본다. 이런 연구를 통하여 학교에서 가르치는 한자와 사회에서 쓰고 있는 한자가 자형이 서로 달라서 혼란을 야기하는 일도 사전에 막아야 할 것이다.

한문을 가르칠 때에 토를 달아서 가르칠 것이냐, 군더더기를 덧붙일 필요가 없는 하나의 완전한 글로 보아 토를 달지 말고 가르칠 것이냐의 문제도 앞으로 심도 있는 연구가 필요하리라고 본다. 만약 토를 달아 가르쳐야 한다고 하면 懸吐를 할 때에 고어로 쓰인 토를 그대로 달 것인가 현대어로 바꾸어 달 것인가에 대하여도 많은 연구가 필요하리라고 본다.

VII.

지금까지 우리 한자 한문학계가 연구해야 할 과제 가운데 일부를 두서없이 나열하고 약간의 검토를 가해 보았다. 한문학에 관한 연구는 한국 한자 한문학회 외에 다른 학회에서도 활발히 진행하고 있기 때문에 주로 어학분야와 어문정책 분야에 초점을 맞추어 살펴보았다.

나 개인적으로는 지금까지 20여 년간 한문교육과에 재직하고 있으면서 위에 제시한 과제를 하나도 해결하지 못하고 곧 퇴임을 하게 되어 부끄러움을 금할 수가 없으며, 앞으로 동학 여러분들의 분발과 심도 있는 연구를 통하여 우리 한자 한문학계가 당면한 과제들이 모두 해결되고, 이를 통하여 한자와 한문의 학습이 다른 모든 교과 학습의 길잡이 역할을 하게 되고, 품위 있고 바른 언어생활이 이루어지며, 한자 문화권 여러 나라 사이의 문화적 동질성이 유지되고 상호 이해와 교류 증진에도 크게 기여하며, 국민들의 도덕심 함양과 올바른 가치관의 확립에도 기여하게 되기를 기대하는 바이다.

제6부

漢字와 經書의 世界

漢字의 東來 研究

I. 序

우리나라의 文學史를 敍述하려면 한글創製以前, 固有文字가 없었던 長久한 期間동안 不可避하게 借用하였고, 한글創製以後 20世紀初까지도 우리民族이 使用한 文字의 主潮를 이루었던 中國文字(漢字)에 關한 論議를 빼어 놓을 수가 없다. 古代의 國文學 作品을 비롯한 諸書가 漢字로 記錄되어 있다는 事實은 國文學의 硏究를 爲해서도 漢字의 東傳時期에 對한 糾明이 必要하지만 아직까지는 이 分野를 取扱한 論著들의 主張이 相異하고, 더러는 模糊하게 表現되어 있어, 本論攷에서는 이 問題를 밝혀 보고자 試圖하였다.

漢字傳來의 時期測定은 將次 古代史 硏究가 活潑해지고 韓中關係史가 더욱 考究될 때까지는 確實한 考證이 어려울 정도로 至難한 作業이며, 이제까지의 通說은 漢字가 韓氏朝鮮(箕子朝鮮) 後期에 傳來되어 漢四郡 設置 以後 널리 普及되었다고 보고 있지만, 本 論攷에서 考古學·歷史學 등 引接科學分野의 學說을 援用하여 古朝鮮 및 新羅의 漢字傳來 時期를 다시 한번 糾明해 보고자 한다.

Ⅱ. 從來의 漢字傳來에 關한 諸說

現在까지 刊行된 漢文學史에 關한 論著들 가운데 漢字傳來에 關한 部分을 살펴보면, 天台山人은 「朝鮮漢文學史」에서

> ……그러나 後人의 憑據할 만한 文獻으로는 「漢書」에 이른바 '漢武때에 四郡을 둔데서' 시작하지만은 '陳項이 起, 天下亂, 燕齊趙民이 愁苦하야 稍稍亡歸韓'이라고 한 것과, 燕亡命 衛滿의 來朝鮮의 大大的 移民에서 文化的 交涉이 出發한 듯 하며……[1]

라 하여 漢字傳來의 時期를 秦漢 交替期의 衛滿을 비롯한 中國 流移民의 東來에서 漢四郡設置 사이의 大大的인 文化的 交涉期(B.C. 2世紀경)에 漢字가 傳來된 것으로 보고 있으며, 李秉岐敎授는

> 中國의 文字가 우리나라에는 어느 時代에 들어왔을까? 明 王圻撰인 「三才圖會」에는 '箕子率中國五千人 入朝鮮 其詩書禮樂醫藥卜筮 皆從而往 敎而詩書 使知中國禮樂之制'라 하였는바…… 이 說을 그대로 믿을 수는 없으나 箕子가 우리 半島까지는 들어오지 않았더라도 古朝鮮이던 滿洲地域에는 들어 왔을 것이다……. 그러면 箕子가 와서 그 文字를 傳하였을 것이 아닌가. 그리고 그 뒤 衛滿朝鮮 漢四郡 때에는 文字가 버쩍 普及되었을 것이다.[2]

라 하여 箕子의 朝鮮(滿洲地方)入國과 그에 依한 漢字의 傳來를 認定하고 그 後 衛滿朝鮮·漢四郡 時代에 널리 普及되었다고 보아, 傳來는 B.C. 2世紀 前後로 推定하고 있다.

---

1) 金台俊, 『朝鮮漢文學史』, 1931, p.17.
2) 李秉岐, 『國文學全史』, 1976. 新丘文化社, P.457.

文璇奎教授는

　三國이 建立되기 前 中國 漢의 武帝가 元封 3年(B.C. 108年)에 우리나
라 北方에 樂浪 懸吐 臨屯 眞番의 四郡을 設置한 後로 漢字 및 先秦文
學(中國秦以前의 文學)이 들어와 비로소 우리민족이 文字와 中國文學에
대한 애착심을 갖게 했다…….3)

하여 漢四郡의 設置前後(B.C. 2世紀)에 漢字가 傳來했다가 다시

　우리 民族과 中國民族과의 交流關係를 생각하건대, 中國에서 群雄이
爭覇한 春秋時代부터는 中國民族移動이 活發한 것이었던 바, 이 時代에
는 北方의 우리 地域과 隣接한 中國地域間에 彼此 交通이 있어서 漢字
는 들어오고, 그것은 차차 南方에까지 傳派된 것이었다고 推斷하는 것에
는 아무런 矛盾도 없는 것이라 여겨진다. 그러나 漢字가 大大的으로 이
땅에 들어와서 大衆社會에 普及되고 浸透되어진 것은 衛滿朝鮮 以後였
을 것이고, 特히 漢武帝의 四郡設置 以後부터 더하였다고 본다.4)

하여 春秋時代(B.C.8世紀~B.C.5世紀)에는 漢字가 傳來하였으리라고
보아서, 漢四郡設置時期(B.C. 2世紀末)에 傳來했다는 說과 春秋時代
(B.C. 8世紀~B.C. 5世紀)에 傳來하여 衛滿朝鮮 以後 漢四郡時代에 大
衆化하였다는 時期的으로 相異한 두 說을 주장하고 있다.

　徐首生教授는 漢字傳來의 時期를 세 가지 方法으로 考察하여, 첫
째 最近에 樂浪遺跡에서 發見된 秦戈와 博 등을 通하여 보면 從來의
主張인 漢四郡때라는 說보다는 以前인 韓氏朝鮮最末葉으로 推斷할

---

3) 文璇奎, 『韓國漢文學史』, 1977. 正音社, P.17.
4) 前揭書, p.65.

수 있다고 하였고, 둘째, 古代社會의 歷史的 地理的 環境을 中心으로
推定하여 中國文化圈에 陸續 隣接한 우리나라는 韓氏朝鮮때 이미 漢
字가 流入되어 우리의 土着語를 表記 또는 漢譯하였으리라고 보았고,
셋째, 우리民族과 漢民族의 交流 移動關係를 상고해 보면 春秋戰國
時代부터는 漢族의 移動이 활발해졌으리라 推定되므로 中國과 隣接
한 우리 彊域이 漢文勢力圈內로 들어갔으리라고 推測하고서, 이 세가
지 考察을 綜合하여 漢字의 傳來를 漢四郡보다 훨씬 以前, 韓氏朝鮮
때(B.C.1122~B.C.194)라고 보는 것이 妥當하다고 主張하고 있다.5)

위에 列擧한 분들의 漢字傳來에 關한 諸說을 綜合하여 보면, 箕子
東來時期(B.C.1122年?)부터 漢四郡設置(B.C.108年) 前後까지 무려 1000
餘年의 差異가 나고 있으며, 대체로 春秋時代라든가 韓氏朝鮮時代라
고 記述하고 있는바, 春秋時代도 300餘年이나 되고, 韓氏朝鮮은 建國
年代도 不確實한데(所謂 箕子東來로부터 準王때까지 存續된 것으로 計
算한다면 存續期間은 929年이 된다) 漠然히 韓氏朝鮮時代에 傳來되었
다고 하는 것도 모호하다고 생각된다.

Ⅲ. 古朝鮮의 漢字傳來

前記한 바와 같이 이제까지의 漢字傳來時期에 關한 考察에는 文獻
에 依한 推定과 遺物에 依한 推定方法만이 主로 援用되었으나 本論
攷에서는 金石文과 社會的 性格에 依한 推定까지 더하여 漢字傳來의
時期를 더듬어 보고, 이 모든 方法에 依한 推定時期를 綜合하여 古朝
鮮의 漢字傳來時期를 밝혀 보고자 한다.

---

5) 徐首生, 「古代漢文學硏究」, (常山 李在秀博士 還曆記念論文集). pp.2~4

1. 文獻에 依한 推定

漢字傳來의 根據가 될만한 文獻 數例를 살펴보면 다음과 같다.

箕子 率中國五千人 入朝鮮 其詩書禮樂醫藥卜筮 皆從而往 敎而詩書 使知中國禮樂之制[6]

라 하여 中國에서 殷과 周가 交替되던 時期(B.C.1122年)에 箕子가 中國人 五千人을 引率하고 朝鮮에 入國하여 詩書禮樂卜筮 등을 가르쳐서 中國의 禮樂之制를 알게 하였다고 했는데, 많은 史學者들이 비록 箕子의 東來說은 否認하고 있지만, 中國에서 新舊勢力이 交替되던 大政治變革期를 맞이하여 權座에서 밀려난 舊貴族(殷貴族)들이 政治的인 亡命處를 東方으로 定하여 移入했을 可能性은 배제할 수 없으며, 이들은 모두 漢字文化에 익숙해진 知識階級이었을 것이므로 이들을 通한 漢字의 傳來는 充分히 可能하였으리라고 본다. 한편 魏略에는

昔箕子之後朝鮮 見周衰 燕自尊爲王 欲東略之 朝鮮候亦自稱爲王 欲興兵逆擊燕 以尊周室 其大夫禮諫之 乃止 使禮西說燕 燕止之不攻 時子孫稍驕虐 燕乃遣將秦開 攻其西方 取地二千餘里 至滿潘汗爲界 朝鮮遂弱[7]

이라 하여 戰國時代에 이르러 朝鮮과 隣接하고 있던 中國 燕나라 諸候가 스스로를 높여 王이라 하니 朝鮮候도 王이라 自稱하였으며 兩國이 서로 對立하다가 大夫 禮의 建議로 和親하였고, 그 後 朝鮮은 燕

6) 王圻, 「三才圖會」, 李秉岐, 「國文學全史」 P.457에서 再引.
7) 陳壽, 「三國志」 魏志 東夷傳 裵松之註 所引의 「魏略」

의 侵入을 받아 二千餘里의 領土를 빼앗겨 드디어 國力이 약화되었다고 하였는데, 周室은 받들던 中國의 諸侯들이 스스로 王이라 稱한 것은 B.C. 4世紀의 일로(秦은 B.C.337年 惠文王부터, 齊는 B.C.357年 威王부터, 燕은 B.C.332年 易王부터 王이라 稱함) 이 時期의 古朝鮮 역시 王·大夫 등 中國式 稱號나 官職名을 使用하고 있었고, 國土가 廣大하여 燕의 侵入으로 2千餘里의 領土를 喪失하고도 國力이 弱化되는 程度에 그쳤다 하였으므로 그 當時에 이미 매우 長久한 歷史를 가진 國家이었음이 證明되고, 이렇게 廣大한 領域을 支配하려면 文字의 使用이 必需的으로 要求되며, 上記 引用文과 같이 中國 諸侯國들과 使臣의 往來가 있었다면 方物과 國書의 交換도 이루어졌을 것이므로 當時 이 地域에 唯一하게 存在했던 文字인 漢字가 使用되었으리라고 믿을 수 있다.

前記 魏略에는 또

……及秦幷天下 使蒙恬築長城 時朝王否立 畏秦襲之 略服屬秦 不肯朝會 否死箕子準立 二十餘年而陳項起 天下亂 燕齊趙氏愁苦 稍稍亡往準 準乃置於西方…[8].

이라 하였고, 史記에는

朝鮮王滿者 故燕人也 (中略) 燕王盧綰 反入匈奴 滿亡命 聚黨千餘人 魋結蠻夷服 而東走出塞 渡浿水 居秦故 空地上下鄣 稍役屬眞番朝鮮蠻夷 及燕齊亡命者 王之 都王儉城[9]

이라는 記事가 보이는데 上記 두 事實을 通하여 보면, 中國의 秦漢交

---

8) 前揭書.
9) 司馬遷,「史記」朝鮮傳.

替期에도 상당히 많은 數의 中國 流移民이 東來하였고, 이들은 古朝鮮의 西北界에 두었던 中國과 古朝鮮間의 緩衝地帶인 空地(上下部)에 대거 流入하여 이를 無力化시켰고 이러한 流移民들이 하나의 集團勢力을 形成하고, 그 代表格인 衛滿은 드디어 韓氏朝鮮의 準王을 逐出하고 政權을 掌握하여 衛滿朝鮮을 建國하기에 이르렀다. 이러한 事實을 通하여 中國에 政治的 混亂이 있을 때마다 수많은 中國流移民이 東流하였음을 알 수 있고, 流移民과 土着民과의 접촉을 통하여 各種 中國 文物이 土着社會에 傳來되었을 것이므로 漢字도 같이 傳來되었으리라고 본다.

위에 列擧한 기록들을 通해 보면 殷周의 交替期인 B.C.12世紀부터 中國의 流移民이 대거 東來하였고, 이들 流移民이 전혀 未知인 生疎한 땅으로 移住했다고 보기보다는 前부터 잘 알고 있는 땅으로 移入해 들어왔다고 보는 것이 合理的이므로 그들의 移入以前에 中國과 우리 민족 사이의 交涉이 이루어지고 있었다고 보아야 하며, 이러한 推理를 根據로 본다면 中國 殷代(B.C.1766~B.C.1122)에 이미 漢字가 들어왔을 可能性도 배제할 수 없다. 殷代는 甲骨文과 金文이 널리 쓰여졌던 時期이고, 滿洲 北方에 있던 扶餘에서도 殷의 日曆이 使用되었으며,[10] 殷의 甲骨占法에 影響을 받은 듯한 牛蹄占法이 行하여진 것으로 보나[11] 殷이 崇尙하던 白色을 扶餘에서도 崇尙하여 白衣를 많이 입었다는 事實 등으로 보아 殷代에 使用되던 漢字가 傳來되었을 可能性도 있으며, 이를 土臺로 傳來의 時期를 測定한다면 B.C.12世紀 以前으로

---

10) 「三國志」 魏志 東夷傳에 「以殷正月祭天 國中大會…」라 하여 殷曆으로 正月에 祭天하였다 하였으므로 扶餘가 殷曆을 使用하였음을 알 수 있다.

11) 前揭書에 「有軍事亦祭天 殺牛觀蹄以占吉凶 蹄解者爲凶 合者爲吉」이라 하였음.

까지 遡及할 수도 있다고 본다.

2. 遺物에 依한 推定

過去 우리 民族이 活動했던 領域에서 出土된 遺物들 가운데 漢字의 傳來를 暗示할 만한 遺物을 考察해 보고 이를 通하여 漢字의 傳來時期를 살펴보는 것도 한 方法이 되리라고 생각된다.

우리나라에서 出土되는 中國의 遺物중 春秋時代 이전의 유물은 별로 없지만, 춘추시대에 중국 각지에서 널리 통용되었던 명도전을 비롯한 이 시대의 유물은 반도의 서북지방에서 다량으로 출토되고 있으며 그 출토지를 열거해 보면 다음과 같다.

1) 鴨綠江 流域

渭原郡 崇正面 龍淵洞 積石塚~明刀錢, 銅鏃, 銅製帶鉤 등 出土

江界郡 前川面 仲巖里~明刀錢 出土.

江界郡 化京面 吉多里~明刀錢 出土.

昌城郡 東倉面 梨川里~明刀錢 出土.

2) 靑川江 流域

寧邊郡 南薪峴面 都館里~明刀錢 出土.

寧邊郡 五里面 細竹里~明刀錢 出土.

价川郡 中西面 龍興里~銅劍. 銅小刀 出土.

3) 大同江 流域

寧邊郡 溫和面 溫陽里~明刀錢, 布錢 出土.

大同郡 大同江面 東大院洞~銅劍, 銅容器. 管形銅製品 出土.

大同郡 大同江面 貞柏洞~銅柄付鐵劍. 크리스式銅戈 및 多數의 銅器
　　　出土.

大同郡 龍岳面 上里~銅劍. 銅鐸 出土.

平壤市~銅戈. 銅鉾 出土.[12]

위에 列擧한 遺物出土地를 通하여 鴨綠江 中流 流域을 지나서 靑
川江과 大同江 上流로 빠지는 交通路가 當時의 重要한 文化傳派 經
路였음이 明刀錢을 비롯한 많은 戰國時代의 遺物이 主로 이 地域에
서만 集中的으로 出土되는 것을 보아 確認된다.

이들 半島의 西北地方은 中國大陸과 陸續되어 있고, 地理的으로
보아 中國과 韓半島 사이의 通路가 될 만한 地域이어서 戰國時代부
터 秦代 사이의 많은 遺物이 出土된다고 보며, 이를 通하여 當時에 이
地域과 中國과의 頻繁한 交流가 있었음을 알 수 있고, 이러한 交流를
通하여 漢字文化도 흘러 들어왔을 것이다.

한편 1925年 平壤에서 出土된 秦戈는 그 表面과 背面에 刻銘이 있
는 것으로, 戈의 背面에는 「廿五年上郡守廟□造高奴工師竈丞申工薪
註」라고 小篆體로 陽刻되어 있고, 그 正面에는 「洛都武上郡庫」라고
陰刻되어 있는데 이곳에 刻字된 廿五年은 秦始皇 25年을, 上郡은 現
陝西省 延安府 一帶를 말하고, 高奴는 延安府治를 일컫는 것이며, 이
銘文의 大意는 秦始皇 25年에 上郡의 高奴工人이 製作하였다는 것으
로 이 해는 秦이 燕을 滅하던 B.C.222年(이듬해에 秦이 六國統一을 完了
하였음)에 해당된다.[13]

---

12) 李丙燾, 「韓國史(古代篇)」, 震檀學會 p.50 및 pp.111~112에서 拔萃.

13) 徐首生, 「古代漢文學硏究」, 常山 李在秀博士 還曆記念論文集. pp.2~3참조.

秦戈의 發見은 秦이 燕을 滅한 餘派가 즉각 韓半島에 派及되어 秦의 東侵勢力의 最尖端이 大洞江 沿岸까지 미쳤다는 證據이며, 이는 中國大陸의 政治狀況이 얼마나 빨리 우리 韓半島에 影響을 끼쳤는가를 보여 주는 證據物로, 中國과 韓半島가 이토록 密接한 關係에 있었다면, 漢字文化도 매우 廣範하게 韓半島에 普及되었으리라고 생각된다.

위에 열거한 바와 같이 韓半島에서 出土되는 몇 가지 遺物을 通하여 漢字의 傳來時期를 測定하여 본다면 아무리 늦게 잡아도 戰國時代 以後로는 내려갈 수 없게 된다.

3. 金石文에 依한 推定

現傳하는 金石文은 漢字의 傳來를 證明하는 가장 確實한 物證이며 漢字는 時代에 따라 널리 쓰여진 字體가 각기 다르기 때문에 碑文의 字體를 考察해 보면 中國 어느 時代 漢字의 影響을 받았는지가 確認되므로 金石文을 通한 漢字 傳來의 時期 測定도 試圖해 볼만하다고 생각한다.

中國에서의 漢字의 字體變遷을 略記하여 보면, 殷代 以前에는 圖書文字와 陶文이 약간 보이지만 이들 文字들이 각기 音을 가지고 있었는지도 의심스럽다.

하나의 整齊된 文字로서 널리 流通된 것은 殷代(B.C.1766~1121)의 甲骨文과 鐘鼎文이 最初이다. 이 時代의 文字로 確認된 甲骨文字만도 三千數百字에 達한다 하며, 各種 銅器에 새겨진 銘文인 金文도 三千餘字가 있다. 周代(春秋戰國時代 포함, B.C.1122~222)에는 古文과 籒文이 널리 通用되었고 六國을 統一한 秦代에 李斯가 倉頡篇을 刊行함

으로써 小篆體가 완성되었고, 程邈에 의하여 隷書가 만들어져서 漢代
부터는 隷書가 널리 通用되었으며, 後漢代 王次中이 만들었다는 楷書
體는 六朝時代부터 널리 普及되었다.

　中國에서의 各 時代別 字體의 變遷을 염두에 두고 우리나라에 傳
해오는 古代金石文의 字體를 考察하여 보면 우리나라에 漢字가 傳來
된 時期를 推定하는 資料가 되리라고 본다.

　그러나 이 方法은 많은 缺點을 內包하고 있다. 文字가 傳來하였다
하여 卽時 金石에 刻하는 것도 아니요, 古代의 金石文은 漢字의 發祥
地인 中國에도 零星한 形便이므로 金石에 새겨진 字體가 漢字傳來의
上限을 意味한다고 볼 수 없다. 이러한 缺點을 勘案하더라도 漢字가
刻字된 金石文은 當時代의 漢字傳來 및 普及狀을 알 수 있는 가장
確實한 資料이므로 이를 度外視할 수는 없다. 우리나라에 現傳하는
統一新羅 以前 金石文의 種類와 字體를 살펴보면 다음과 같다.

『統一新羅 以前에 建立된 碑文의 字體』[14)

碑銘	字體	建立年代	所在(또는 發見場所)	備考
秥蟬縣神祠碑	隷書	後漢章帝元和 2年(85)	平南龍岡郡海雲面龍井里	
母丘儉紀功碑	隷書	魏正始 7年(246)	滿洲輯安縣小板岔嶺	
廣開土王碑	隷書	長壽王 2年(414)	滿洲輯安縣東崗碑石街	
武寧王陵誌石	楷書	聖王元年(523)	忠南公州郡公州邑松山里	
眞興王拓境碑	楷書	眞興王22年(561)	慶南昌寧郡邑內面末屹里	
眞興王巡狩碑	楷書	眞興王時(553~576)	京畿道高陽郡北漢山碑峯	
眞興王巡狩碑	楷書	眞興王時(553~576)	咸南咸興郡岐川面黃草嶺	
平壤高句麗城壁刻石	楷書	平原王 8年(566)	平壤鏡齊里	
平壤高句麗城壁刻石	楷書	平原王11年(569)	(吳世昌氏所藏)	
唐平百濟碑	楷書	武烈王 3年(660)	忠南扶餘郡縣內面東南里	題額은 篆書
唐劉仁願紀功碑	楷書	文武王 3年(663)	忠南扶餘郡縣內面宮北里	〃

---

14) 「朝鮮金石總覽(上)」(影印本), 景仁文化社, 1969, pp.1~23에서 拔萃.

위의 표로 보아 金石文의 字體를 通한 漢字使用 年代의 測定은 隸書가 普遍的으로 使用되었던 漢代(B.C.206~A.D.221) 以前으로는 遡及할 수가 없으며, 5世紀 以前에 刻石된 秥蟬縣神祠碑, 毋丘儉紀功碑, 廣開土王碑 등의 書體는 모두 隸書體이고, 6世紀 以後에 刻石된 武寧王陵誌石, 眞興王巡狩碑, 砂宅知積碑(義慈王時 641~660에 建立) 등의 書體는 모두 楷書인 점으로 보아 400年代 以前에는 隸書, 500年代 以後에는 楷書體가 널리 쓰여졌음을 알 수 있고, 中國에서 時代別로 널리 쓰여지던 字體가 거의 같은 時期에 우리나라에서도 쓰여졌음이 確認되며, 이는 中國과의 文化交流가 매우 활발하였음을 立證하는 것이라 하겠다.

한편 平壤志에 「平壤法首橋有古碑 非諺非梵非篆」이라 하고, 또한 「癸未(1183) 二月 掘覔石碑之埋于法首橋者 出而視之 則折爲三段 碑文非隸如梵書樣 或謂此是檀君時 神誌所書云 歲久遺失」15)이라 하여, 平壤 法首橋에 있던 古碑는 그 碑文의 字體가 諺도 梵도 篆도 아니었다고 한 것으로 보아 秦篆以前 即 先秦時代의 字體로 記錄되었던 碑가 아닐까 推測할 수도 있으나, 그 碑가 遺失되었다 하므로 現在는 詳考할 方途가 없다.

또한 慶南 南海郡 二東面 良河里 海岸 岩壁에 있는 左圖의 이른바 「徐市題名刻石」16)이 만일 文字임이 확인된다면 先秦時代의

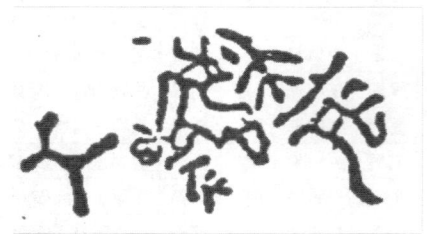

---

15) 朴炳采,「韓國文字發達史」(高大 民族文化研究所, 韓國文化史大系 Ⅴ). p.418 에서 轉載.
16) 秦의 方士 徐市가 秦始皇의 命을 받아 仙藥을 求하러 童男童女 數千을 거느리고 그곳에 이르러 刻字해 놓은 것이라고 傳하고 있다.

字體로 된 金石文의 貴重한 證據가 될 수 있고, 金石文의 字體를 通한 漢字의 傳來年代 測定도 先秦時代로 遡及할 수 있을 것이나, 이것 역시 現在는 文字로 보는 見解보다는 오랜 海風의 侵蝕으로 因하여 저절로 文字를 刻한 것처럼 보이는 文樣이 생긴 것이라는 견해가 지배적이므로 本攷에서는 論外로 한다.

4. 社會的 性格에 依한 推定

C.J.Thomsen은 人類의 歷史發展段階를 石器時代, 青銅器時代, 鐵器時代로 區分하였다.

人類社會가 數十萬年의 石器時代 生活을 清算하고 Mesopotamia地方에서는 B.C.30世紀頃부터 青銅器를 使用하기 始作하였으며, B.C.10世紀頃에는 Scytho Siberian계통의 青銅器가 匈奴族을 通하여 韓半島 西北部地方에도 移入되게 된다.

青銅器時代의 到來는 人類 社會를 一變시켰으니, 이를 Golden Childe는

銅이나 青銅器의 正常的인 使用은 新石器時代의 終焉으로 볼 수 있는 것이다. 왜냐하면 얼마 안 있어서 누구나 青銅製 武器를 갖지 않을 수 없고, 오늘날에 있어서의 우라늄과 같이 銅은 이미 必要不可缺의 것이기 때문이며, 또 그 銅을 抽出하고 加工하는 專門的인 技術者가 必要하게 되었고, 銅鑛이 있는 곳에 살지 않으면 原鑛을 輸入할 수밖에 없는 것이다. 그리하여 銅의 正常的인 供給을 얻기 爲하여서는 自己들의 土着社會의 밖에 있는 技術者에 依存하지 않을 수 없고, 그 技術者의 要求를 滿足시키기 위하여서는 土着社會의 經濟가 再編되지 않으면 안 된다. 이리하여 新石器時代의 自給自足은 이미 끝난 것이다.[17]

라고 표현하였다. 靑銅器時代에 이르르면 銅鑛을 가진 社會거나, 原鑛石을 輸入하는 社會거나, 그 製品을 輸入하는 社會이거나를 莫論하고 靑銅器의 製作과 所有로 因하여 일어나는 社會的 變動이 커지게 되고, 部族間에 征服과 被征服의 關係가 成立되어 部族國家時代의 支配勢力이 擡頭하게 된다. 卽 靑銅製 武器로 武裝하고 말을 탄 騎馬部族이 周邊의 劣勢部族을 征服하여 支配와 被支配의 새로운 社會가 成立되고, 처음으로 政治勢力이 成長하게 된다.

　이러한 部族國家의 形成은 넓은 領域과 많은 住民의 統治라는 새로운 社會樣相을 招來하고, 이러한 社會에 到達하면 意思傳達의 手段으로 文字를 必要로 하게 된다. 이러한 時代的 狀況에 對하여 金載元 敎授는

　　金屬文化의 導入과 함께 文字가 들어왔을 것이고, 얼마 後의 武帝의 四郡設置는 漸次로 韓半島를 完全한 歷史時代로 이끌어 넣었던 것이다.[18)

라고 표현하였다. 古朝鮮 社會가 靑銅器時代에 到達한 時期가 B.C.10世紀頃(所謂箕子朝鮮時代)이고, 이 時期에 이르르면 古朝鮮과 陸續한 中國(周王朝)에서는 籒文이 널리 쓰이던 시기로 周代의 籒文이 東來하였을 것이다.

　當時의 社會 性格이 社會 運營上 文字의 必要性이 切實히 要請되는 時代에 이른 때이므로, 스스로 文字를 創製하거나 周邊社會의 文字를 빌어 쓰거나 하여 文字生活을 시작하였을 것이며 우리 민족에게도 上古부터 固有文字가 있었다는 說은 證憑할 수 없는 限 당시에 使

17) 高大 民族文化研究所, 「韓國文化史大系 I 」, pp.458~459.
18) 震檀學會, 「韓國史(古代篇)」, 乙酉文化社, p.64.

用되었던 文字가 漢字였다고 보아야 할 것이다.

以上 四個分野로 나누어 考察해 본 漢字傳來의 時期를 하나의 表로 만들어 보면 다음과 같다.

「漢字傳來關係年表」

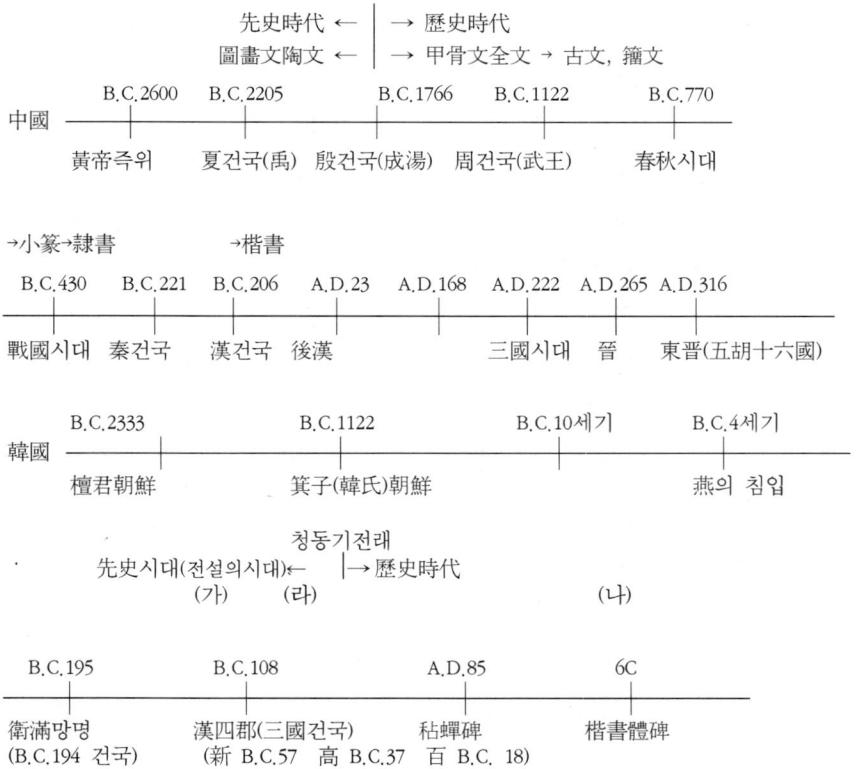

위의 年表와 上記 4個項을 종합하여 보면, 비록 遺物이나 金石文에 依한 漢字 傳來時期의 推定(표(나)와 (다))은 B.C.5世紀 以前으로 거슬러 올라 갈 수 없으나, 朝鮮社會의 與件이 B.C.10世紀頃부터는 意思傳

達手段으로서의 文字의 必要性을 느끼게 되고, 朝鮮社會 가까이에 漢字를 使用하는 나라가 連接해 있었으며, 特히 그때의 中國은 殷이 亡하고 周가 일어나는 新舊勢力의 交替期를 맞아 支配層에 屬했던 많은 流移民이 東流하여 文物을 傳하였으므로 B.C.10世紀 前後에는 漢字가 傳來되었으리라고 본다.

그 後 中國의 春秋戰國時代(B.C.770~B.C.222)에 이르면 中國과의 交涉은 더욱 긴밀해졌고, 특히 B.C. 4世紀頃에는 前引 魏略의 所記와 같이 古朝鮮이 中國의 諸國을 포함한 國際社會에서 一役을 擔當하고 能動的인 活動을 展開할 程度로 國力이 强力하였다 하므로 이 時期의 朝鮮社會에는 漢字가 널리 普及되었을 것이며, 바로 이 時期에 我國 現傳 最古의 漢文學 作品인 箜篌引이 나오게 된다.

霍里子高의 妻 麗玉이 지었다는 箜篌引의 詩形에 對하여 詩經體로 보는 견해[19]와 樂府體로 보는 견해[20] 및 樂府體이면서 詩經文學의 亞類로 보는 見解[21]가 있는바, 詩經體로 본다면 春秋戰國時代의 作品으로 인정할 수 있고, 樂府體로 본다면 漢武帝代 以後로 보아야 하므로 B.C 2世紀末 以前으로는 올라갈 수가 없다. 箜篌引은「每句에 韻이 있어 詩經詩中 가장 간단하고도 原始的인 詩形을 따르고 있으며, 朴辭에 있어서도 아주 素朴하게 되어 있어서, 四言을 中心措辭法으로 하고 있는 詩經文學의 亞類」[22]라 할 수 있으므로 春秋戰國時代인 B.C. 8~2世紀 사이의 作品으로 보는 것이 妥當하며,[23] 이를 通하여 漢

---

19) 金春東,「韓國漢文學史」(油印本), 高大出版部, p.12.
   彭國棟,「漢中詩史」, 公報室. pp.38~40.
20) 金台俊,「朝鮮漢文學史」, p.15.
   李家源,「韓國漢文學史」, 民衆書館, p.13.
21) 文璇奎,「韓國漢文學史」, 正音社, p.70.
22) 註 ② 參照.

文學 作品의 創作도 매우 오래되었음을 알 수 있다.

그 後 衛滿의 亡命과 建國(B.C. 194)을 前後하여 漢字使用人口가 顯著히 增加하였을 것이며, 漢 武帝의 東侵으로 半島中央에 四郡이 設置되면서 漢字使用 人口는 더욱 擴大되었을 것이다.

이미 傳來된 文字가 意思疏通의 道具로서의 구실을 하자면 一定한 社會 階層에 屬하는 多數의 人員이 그 文字를 理解해야 한다는 點을 考慮할 때 漢字가 처음 傳來되었으리라고 推定되는 B.C. 10世紀頃에도 상당히 넓은 範圍의 漢字使用人口가 東土에 있었을 것이다. 즉 어느 文字가 意思의 傳達手段으로서의 구실을 하자면, 傳하는 쪽이나 傳達받는 쪽이 똑같이 文字를 理解하고 있어야 文字로서의 기능을 발휘할 수 있으며, 당시의 社會性格으로 보아 統治階層과 司祭者들 정도는 傳來初期부터 漢字를 理解하고 있었을 것이다.

Ⅳ. 新羅의 漢字傳來

三國 가운데 高句麗는 漢四郡中 玄菟郡 地域에서 中國勢力을 몰아내고 建國한 나라이므로 그 住民들이 建國 以前부터 漢字를 이해하고 있었고, 百濟도 漢의 支配下에 있던 北方으로부터 流移民이 中心이 되어 形成된 國家이므로 역시 建國 以前부터 漢字를 이해하고 있

---

23) 彭國棟의 前揭書 p.40에 箜篌引에 대하여 「至韓國詩篇之最古者 當推箜篌引 崔豹古今注云(中略) 蓋崔豹晉人 所記自屬漢魏以前詩 此作爲四言 類春秋戰國時語 足見詩敎漸染之深」……」이라 하여 箜篌引은 古今註에 記載해 놓은 崔豹가 晉人이었던 것으로 보아 漢魏 以前의 詩이고, 四言으로 된 것도 春秋戰國時代의 詩體(詩經體)임을 증명하는 것으로, 詩敎의 東方流入이 일찍부터 이루어졌음을 증명하는 사례로 보았다.

었다는 諸家의 見解가 一致하므로 再論의 필요가 없다.

　그러나 新羅만은 國初에 漢字를 使用하지 않다가 17代 奈勿王代(4世紀)에 이르러 비로소 漢字를 接하게 되고, 22代 智證王때부터 本格的으로 使用하였다고 보는 것이 從來의 통설이므로 이 問題만을 本論攷에서 다시 糾明해 보고자 한다.

　從來의 主張의 根據로

　　　無文字 刻木爲信 語言待百濟而後通焉[24]
　　　……遣衛頭入符秦 貢方物 符堅問衛 頭曰 卿言海東之事 與古不同何也 答曰 亦有中國時代變革 名號改易 今焉得同[25]
　　　四年冬十月 群臣上言 始祖創業已來 國名未定 或稱新羅 或稱斯羅 或言斯盧 臣等以爲新字德業日新 羅者網羅四方之義 具其爲國號宜矣 又觀自古有國家者 皆稱帝稱王 自始祖立國 至今二十二世 但稱方言 未定國號 今群臣一意 謹上號新羅國王 王從之[26]

등을 들어 建國初에는 文字가 없이「刻木爲信」하였으므로 百濟人의 通譯이 있어야만 中國人과의 意思疏通이 可能하였고, 奈勿王代에 비로소 中國 前秦과 通交하여 그때쯤에야 漢字를 接하게 되었을 것이고 智證王代에 이르러서야 國號와 王稱을 中國式으로 고쳐 本格的으로 漢字를 使用하기 始作하였다고 보고, 新羅가 半島의 東南方에 遍在해 있고 小白山脈이 大陸과의 往來를 가로막고 있어서 三國中 漢字의 傳來가 가장 늦었다고 보았다.

　그러나 新羅 建國의 主體가 된 六部의 部族中 일부는 北方으로부

---

24)「梁書」列傳 48. 新羅.
　　「南史」夷貊傳 東夷(新羅).
25) 金富軾,「三國史記」卷第三 奈勿王.
26) 前揭書, 卷第四 智證王.

터의 流移民集團이었고 小白山脈이 히말라야山脈처럼 人間의 往來를
不能케할 만큼 險峻한 山脈도 아니며, 梁書의 說도 新羅와 對立되어
있던 百濟人의 宣傳을 批判없이 引用한 것으로 보여 論據가 박약하
다. 바로 그 梁書에

> 新羅者 其先本辰韓種也 辰韓亦日秦韓 相去萬里 傳言 秦世亡人 避役來
> 適馬韓 馬韓亦割其東界居之 以秦人故 其言語名物有似中國人……27)

라 하여 新羅 建國 以前인 辰韓代부터 秦에서 亡命한 사람들이 原住
民과 雜居하여 그 言語 名物이 中國人과 類似하여 邦·弧·寇·行
觴 등의 漢字語가 쓰여졌고, 住民中 많은 數가 中國으로부터의 流移
民이었으므로 獨自的으로 王을 세우지 못하고 항시 馬韓의 規制를 받
았다는 것으로 보아 오히려 馬韓地域보다 먼저 漢字를 使用했을 可能
性도 있다.

그 外에도 辰韓代부터 中國人이 移住해서 土着民과 雜居하여 일찍
이 漢字가 傳來되었을 것임을 시사해 주는 中國側史料로는

> 辰韓耆老自言 秦之亡人 避苦役適韓國 馬韓割東界地與之 其名國爲
> 邦 弓爲弧 賊爲寇 行酒爲行觴 相呼爲徒 有似秦語 故或名之爲秦
> 韓……28)

> 辰韓 在馬韓之東 自言秦之亡人 避役入韓 韓割東界以居之 立城柵
> 言語有類秦人 由是或謂之秦韓29)

> ……故其人雜 有華夏高麗百濟之屬 兼有沃沮而耐韓濊之地……其文
> 字甲兵同於中國……30)

---

27) 「梁書」列傳 48. 新羅.
28) 「後漢書」東夷傳.
29) 「晉書」四夷傳 東夷(辰韓).

등을 들 수 있으며, 我國側 史料에

前此中國之人 苦秦亂 東來者衆 多處馬韓東 與辰韓雜居[31]

漢鴻嘉元年 新羅始祖三十八年 高句麗始祖十八年 春二月 新羅遺瓠
公 聘於馬韓 馬韓王曰 辰卞二韓 爲我屬國 比年不輸職貢 事大之禮其
若是乎 對曰 我國自二聖肇興 人事修天時和 倉庾充實 人民敬讓 辰韓
卞韓樂浪倭人 無不畏懷而吾王謙虛 遺下臣修聘 可謂過於禮矣 而大王
反怒 劫之以兵 何也 馬韓王愈怒欲殺之 左右諫之 乃聽還 先是 中國之
人 苦秦亂 東來馬韓者頗多 與辰韓雜居 至是寢盛 故馬韓忌之[32]

祗摩尼師今(或云祗味) 十四年 正月(A.D. 125) 靺鞨大入此境 殺掠吏
民 秋七月 又襲大嶺柵 過於泥河 王移書百濟 請求 百濟遺五將軍助之
賊聞而退[33]

阿達羅尼師今 十二年(A.D.157) 冬十月 阿湌吉宣叛 發覺 懼誅亡入百
濟 王移書求之 百濟不許 王怒出師伐之 百濟嬰城守不出 我軍糧盡乃
歸[34]

라 한 것을 보아도 秦亂時 많은 中國人이 東來하여 辰韓에 居住하였
다는 사실은 中國側 史料와 一致하며, 新羅 始祖 38年(B.C. 20)條에
기재된 瓠公의 對馬韓王書 속에 나타나 있는 中國式 職貢事大 등의
강조, 人事修 天時和 등 儒教的 統治理念의 表示 등은 中國의 影響

---

30)「隋書」卷 81. 東夷傳(新羅).
31) 金富軾,「三國史記」卷第一. 新羅始祖 朴赫居世 38年條.
32) 徐居正,「東國通鑑」卷一. 三國記 新羅.
33) 金富軾,「三國史記」卷二. 祗摩泥師今.
34) 前揭書, 阿達羅泥師今.

이 紀元前부터 매우 濃厚하였음을 보여 준다. 百濟王에게 移書(公文)를 보낸 祇摩泥師今 14年(A.D. 125)과 阿達羅泥師今 12年(A.D.157)도 奈勿王代 보다는 200餘年 앞선 時期로, 奈勿王때 衛頭가 前秦에 使臣으로 가서 中國과 비로소 通交하였고 이 以後에 漢字가 傳來되었다는 주장은 成立될 수가 없다.

梁書의 이른바 「無文字 刻木爲信」이라는 記錄에 대하여는 三鐘의 見解가 있다. 첫째, 이 記錄을 그대로 信賴하고 新羅에는 國初에 文字가 없었다는 見解,[35] 둘째, 이러한 記錄은 新羅와 對立하고 있던 百濟人이 梁에 傳한 말을 그대로 收錄한 것으로 信憑性이 없으며 이것이 新羅初에 文字가 없었다는 證據가 될 수 없다는 견해,[36] 셋째, 新羅人이 刻木해서 썼던 符號가 新羅의 固有文字였을 것이라는 견해[37] 등이 있다.

筆者는 이 세 見解中 原則的으로 둘째의 주장에 贊同하고 그 理由를 敍述하고자 한다. 梁書의 記錄이 新羅에 漢字가 使用되지 않았다는 證據가 될 수 없음은 同書에 新羅의 建國 以前 辰韓時代부터 中國의 亡命人들이 土着民들과 混在하여 살아서 中國式 習俗이 流行하였다고 기재해 놓은 것으로 보아도 證明된다. 筆者는 刻木爲信이라는 말을 이제까지의 見解들과는 달리 六朝時代 中國에서 普遍的으로 通用되던 楷書體의 漢字와는 다른, 보다 古體의 漢字를 刻하여 使用했던 것이라고 생각한다. 中國에서도 殷代부터 木簡이나 獸骨에 송곳이나 칼끝으로 刻字하다가 後代에 붓과 종이를 쓰게 되었으므로 붓으로 書寫하기 以前에 漢字가 新羅에 傳來되어 刻木爲信하고 있는 것을,

---

35) 從來의 通說.

36) 徐首生,「上代漢文學의 史的研究」(油印本). pp.49~51.

37) 權德奎,「朝鮮語文經緯」. pp.162~171. (朴炳采,「韓國文字發達史」高大民研 韓國文化史大系 Ⅴ, pp.417~418에서 再引)

이미 楷書를 종이 위에 붓으로 쓰는 段階에 이른 中國人이 보고 無文字刻木爲信이라 한 것이 아닐까. 中國에서도 甲骨文을 文字로 理解하고 硏究가 進行되기 시작한 것이 淸末(19世紀)부터이므로 梁人들이 刻木爲信한 「文字」를 이해하지 못한 것은 당연한 일이다.

以上의 諸記錄으로 보아 奈勿王 以前에 漢字가 傳來되었다는 설은 修正되어야 하며, 新羅 역시 國初부터 漢字를 사용하다가 智證王代부터 버쩍 보급되어 國號·王稱·諡號 등이 中國式으로 바뀌어지고, 眞興王代에는 廣集文士하여 國史를 修撰할 정도로 漢字使用이 普遍化한다.

그러나 우리 민족은 漢族과 言語의 體系가 다르기 때문에 漢字라는 外國文字를 借用하는데서 생기는 限界와 困難을 克服하기 爲하여 鄕札이라는 獨特한 體系를 갖추게 되었다.

V. 結 語

지금까지 敍述한 內容을 土臺로 結論을 내린다면 古朝鮮의 漢字傳來時期는 韓氏朝鮮末(B.C. 3~2世紀)보다는 훨씬 以前 즉 中國 殷周交替期인 B.C. 10世紀 前後로 보아야 하며, 新羅의 漢字傳來時期도 奈勿王代(4世紀) 以後에 傳來했다는 說보다는 遡及해서 高句麗나 百濟와 같이 建國以前(辰韓時代)부터 漢字가 傳來 流通되었다고 보아야 할 것이다.

周易序說

Ⅰ. 序 言

周易은 上古時代의 占筮的 요구에 부응하여 人事의 吉凶을 예측하기 위한 筮書였던 것이, 후에 많은 사람의 주석이 첨가되어 哲學書, 修養書의 기능도 갖게 된 것이다.

周易은 그 내용이 신비하고 난해한 부분이 많으므로 이해하기가 매우 어려운 책이다. 이에 주역을 이해하고자 처음 시도하는 사람들에게 초보적인 길잡이가 될 만한 내용을 가급적 평이하게 기술하여 도움을 주고자 한 것이 본 고를 기술하게 된 동기이다.

우리의 선인들은 周易이 四聖(伏羲, 文王, 周公, 孔子)이 지은 것이고 宋代의 二賢(程顥, 朱熹)에 의하여 주석이 이루어진 경전이라 하여 이를 매우 尊崇하였으나, 周易을 四聖이 지은 것이라는 설은 淸代의 考證學者들에 의하여 신빙성이 없어졌음이 밝혀졌다.

이에 본고에서는 周易의 本經에 속하는 六十四卦와 그 卦辭 및 爻辭에 대하여 살펴본 후 大傳에 속하는 十翼에 대하여 고찰하여 주역 독자들에게 주역을 개괄적으로 파악하는데 기여하고자 한다.

아울러 本攷는 현대 중국 주역 연구의 대가인 高亨의『周易古經通

說』과『周易大傳今注』를 底本으로 하였음을 밝혀둔다.

II. 周易의 八卦 및 六十四卦

周易 本經을 簡稱으로 易經이라 하는데 총 六十四卦이고 卦마다 六爻가 있으며, 卦에는 卦名 卦辭가 있고 爻에는 爻題와 爻辭가 있다.

본래는 筮書로서 卦辭와 爻辭로 人事의 吉凶을 알리는 것이 핵심이다. 또한 상고사회의 여러 정황을 객관적으로 반영하고 작자의 단편적인 思想認識을 기록하여 지극히 간단한 哲學的 因素도 함유하고 있으며, 일상적으로 쓰인 形象化된 語句는 소박하나마 文學的 色彩도 띠고 있다. 그러므로 이 책은 매우 큰 가치를 지닌 上古時代의 史料이기도 하다.

上古에는 점치는 책[筮書]을 통틀어 易이라 하였다. 〈周禮〉 '大卜'에, "大卜이 三易의 法을 관장하는데, 三易이란 連山(夏代의 筮書) 歸藏(殷代의 筮書) 周易을 말한다."한 것이 그 증거이다. 周易은 周代의 筮書로, 周禮, 또는 左傳, 國語 등에도 그 명칭이 나오는 것으로 보아 그 명칭이 쓰인 역사가 매우 오래 되었음을 알 수 있다. 주역을 簡稱으로 易이라고도 하며, 이렇게 간칭이 쓰인 역사도 매우 오래되었다. 左傳, 論語, 禮記, 大戴禮, 管子, 莊子, 荀子, 呂氏春秋, 全國策 등에도 周易을 易이라 칭한 곳이 있는 것이 그 예이다.

'易'자는 도마뱀[蜥易]을 象形한 것이라고도 하고, '日'과 '月'이 합쳐진 자로 陰陽을 상징한다고 하였대(이는 說文의 풀이이다). 그러나 高亨의 견해는, '易'이 처음에는 점치는 일을 관장하는 官名이었다가 이 관청에서 쓰는 筮書의 명칭으로 바뀐 것이라고 하면서, 易의 本字는 '覲'이었는데 후대에 '易'으로 바뀐 것으로 보았다.

周易 古經이 본래 하나의 筮書로 西周 초년에 지어진 것으로, 당시
에도 분명히 이에 대한 해설이 있었을 것이나 애석하게도 후세에 전해
오지 않고 있다. 左傳이나 國語 가운데 春秋時代 사람들이 周易으로
점을 치거나 論事한 기록이 많이 있으므로, 이것으로 춘추시대의 周易
說을 엿볼 수 있을 뿐이다.

周易의 근원은 八卦이다. 八卦란 ☰이 乾이고, ☷이 坤이며, ☳이 震이
고, ☴이 巽이며, ☵이 坎이고, ☲이 離이며, ☶이 艮이고, ☱이 兌이다.
〈易〉'繫辭傳' 下에,

古者 包犧氏之王天下也 仰則觀象於天 俯則觀象於地 觀鳥獸之文與
地之宜 近取諸身 遠取諸物 於是始作八卦 以通神明之德 以類萬物之情
(옛적 포희씨가 천하에 왕 노릇을 할 때에 우러러 하늘의 상을 살피고 굽
어 땅의 상을 살피며, 조수의 무늬와 땅의 합당함을 관찰하여 가까이는
몸에서 취하고 멀리는 외물에서 취하여, 이에 처음으로 8괘를 만들어 이
로써 신명의 덕에 통하고 만물의 정을 분별하였다.)

하여 八卦를 包犧가 지었다고 하였는데, 이는 곧 선진 이래로 전해오
는 설이다.

包犧는 원시시대의 인물이고, 당시에는 문자가 없었으며 史籍도 없
었으니 전해오는 말이 옳은지 그른지 論定할 수가 없다. 우리는 八卦
가 遠古시대부터 있었으며, 包犧가 지었다고 전해오고 있다는 것만 알
뿐이다. 다만 우리가 감히 단언할 수 있는 것은 ☰, ☷, ☳, ☴, ☵, ☲,
☶, ☱ 등은 遠古時代에 그어 놓은 것이지만 이에 乾, 坤, 震, 巽, 坎,
離, 艮, 兌 등의 이름을 붙인 것은 훨씬 후대의 일이라는 것뿐이다.

八卦가 重疊되어 六十四卦를 이루는데, 이것이 古筮의 용도로 쓰였
으며, 어느 시대에 누가 重卦하여 64卦로 하였는지는 알 수 없다. 司馬

遷과 班固는 文王이 한 것이라 하였고, 王弼은 伏犧가 했다 했으며, 鄭玄은 神農이 했다 하였고, 孫盛은 夏禹가 했다 하였으나 확인할 수가 없다. 다만 아무리 늦게 잡아도 殷代부터는 重卦하여 이루어진 64卦가 있었다고 보아야 한다.

六十四卦 각 卦 밑에는 卦의 이름인 卦名과 이를 설명한 卦辭 및 爻辭가 실려있다. 卦辭와 爻辭는 文辭로 作者의 世界觀을 드러낸 것으로, 卦象에 비하여 敍寫가 主體的이고 言語가 명확하며 내용이 광범하고 意義가 深奧해졌다. 司馬遷과 班固는 卦辭와 爻辭를 文王이 지은 것으로 보았고, 馬融, 陸績 등은 文王이 卦辭를 짓고 周公이 爻辭를 지었다고 보았는데, 先秦時代 사람 중에는 이런 말을 한 기록이 없으므로 믿을 수가 없다.

64卦(別卦)는 각기 두 개의 經卦가 겹쳐서 이루어진 것이다. 別卦를 이루는 두 經卦 가운데, 下卦를 內卦라 하는데, 옛날에는 이를 '貞'이라 하였고, 上卦를 外卦라 하는데, 옛날에는 이를 '悔'라 하였다. 한편 貞과 悔에는 다른 의미도 있으니, 점을 칠 때에 얻은 卦를 本卦라 하고 변화하여 이루어진 卦를 之卦라 하는데, 古人들은 또한 本卦를 貞이라 하고 之卦를 悔라 하기도 하였다.

Ⅲ. 周易의 卦名 卦辭 및 爻題 爻辭

周易의 通例가 卦마다 먼저 卦形을 그려 놓고, 그 다음에 卦名을 기입하고 그 다음에 卦辭를 등재해 놓았다.

周易 64卦는 卦마다 각기 이름이 있는데, 卦名이 먼저 있었는지 筮辭인 卦辭가 먼저 있었는지는 알 수 없다. 古人의 저서들은 모두 처음에는 篇의 이름을 붙인 일이 없었으니, 篇名은 대체로 後人이 각 편의 내용을 좇아서 제목을 달은 것으로, 詩經, 書經, 論語, 孟子 같은 책들이 모두 그러하였다.

周易의 卦名은 詩經 書經의 篇名과 같은 것이니, 아마도 筮辭[후에 이것이 卦辭가 되었다.]가 먼저 있고, 卦名은 뒤에 붙인 것으로, 처음에는 다만 64卦의 卦形만으로 구분하였고, 64卦의 卦名으로 부르는 일이 없었다가 後人들이 筮辭에 맞추어 卦名을 짓게 된 것으로 보아야 한다.

周易의 卦가 이름을 얻게 된 義例는 아래에 열거한 七種으로 나누어 볼 수 있으니, 筮辭中에 상견되는 중요한 字로 卦名을 삼은 것이 乾 屯 등 47個卦이고, 筮辭中에 常見되는 중요한 두 字를 취하여 卦名으로 한 것이 同人 无妄 등 4個卦이며, 筮辭中에 상견되는 중요한 한 字에 다른 한 字를 덧붙여서 卦名으로 한 것이 噬嗑 大壯 등 2個卦이고, 筮辭의 내용 중에 나오는 사물로 괘명을 삼은 것이 大畜괘이며, 筮辭 중에 상견되는 字와 내용에 나오는 사물로 괘명을 삼은 것이 家人 未濟괘이고, 筮辭 중에 나오는 중요한 한 字나 내용에 나오는 사물 중의 한 字에 다른 한 字를 덧붙여서 괘명으로 한 것이 大過 旣濟괘이며, 괘명과 筮辭가 무관하고 命名한 所以를 알 수 없는 것이 坤 小畜 등 5개괘이다.

이를 總合하여 보면, 64괘의 괘명은 분명히 後人이 追題한 것으로, 대다수의 괘명이 卦象의 意義를 축약하여 대표하고 있지만 그렇지 않은 괘명도 약간 있음에 유의하여 주역을 연구할 때에 괘명에 지나치게 얽매일 필요는 없다고 본다.

周易 古經은 卦마다 6개의 爻가 있고, 각각의 爻가 자리잡은 차례[次位]를 '初', '二', '三', '四', '五', '上'으로 표시하는데, 이는 아래로부터

차례로 올라가며 붙인 이름이다. 또한 '九'와 '六'으로 그 爻의 성질을
표시하여 九를 陽爻를, 六을 陰爻로 나타내었다.

즉 爻位를 표시한 一個字와 爻性을 표시한 一個字가 結合하여 이
루어진 每爻의 명칭이 爻題이다. 예를 들면 泰卦(䷊)의 6爻를 '初九',
'九二', '九三', '六四', '六五', '上六'이라 한 것이 모두 爻題이다.

周易에 처음에는 爻題가 없었다가 周代 後期에 爻題를 붙여서 各
爻의 爻位와 爻性을 표시하게 되었으니 이는 周易 組織上의 一大 進
步라 할 것이다.

周易 各 卦 밑에 卦名을 붙이고 그 아래에 이를 설명한 卦辭를 기
재한 후 初爻부터 차례로 爻題와 爻辭를 기재해 놓았는데, 이 卦辭와
爻辭를 先秦人들은 모두 '繇'라 칭하였다. 주역뿐 아니라 고대의 卜書
는 모두 每種의 兆下에 兆辭가 있었는데 이것도 '繇'라 칭하였다. 이를
'卜籒'라 하기도 하고, '頌'이라 하기도 하였는데, '繇'는 '謠'의 假借로,
卜辭가 대부분 韻文으로 되어 있었기 때문에 이렇게 부른 것이다.

Ⅳ. 周易의 大傳〔十翼〕

周易의 卦形 卦名 卦辭와 爻題 爻辭를 經이라 하고, 彖, 象, 文言,
繫辭, 說卦, 序卦, 雜卦를 傳이라 하며, 傳은 곧 經의 가장 오래된 註
解이다. 西漢人들이 이미 이를 '易大傳'이라 칭하였으니, 〈史記〉 '太史
公 自序'에 司馬談의 六家要旨를 인용하여, "易大傳에 '天下一致而百
慮 同歸而殊途' …"라 하였는데, 이곳에 인용한 二句는 繫辭에 등재된
것으로, 司馬談이 易 大傳이라 한 것은 易傳의 總稱이지 繫辭만의 全
稱이 아니다.

易 大傳은 위에 열거한 바와 같이 모두 7種으로 '象'은 上下 兩篇이고, '象'도 上下 兩篇이며, '文言'이 一篇, '繫辭'가 上下 兩篇, '說卦'가 一篇, '序卦'가 一篇, '雜卦'가 一篇으로 모두 十篇인데, 漢人들은 이를 '十翼'이라 칭하였으니, 그것이 易經의 十篇의 羽翼임을 말한 것이다.

이 十翼을 簡稱으로 易傳이라 말하는데 이 7種의 易傳을 간략하게 설명하면, 1) 象은 64卦의 卦名 卦義 및 卦辭를 해석한 것이다. 2) 象은 64卦의 卦名 卦義 및 爻辭를 해석한 것이다. 3) 文言은 乾 坤 두 卦의 卦辭와 爻辭를 해석한 것이다. 4) 繫辭는 易經에 관한 通說이다. 5) 說卦는 八卦가 상징하는 事物을 記述한 것이다. 6) 序卦는 64卦의 순서를 해설한 것이다. 7) 雜卦는 64卦의 卦義를 雜論한 것이다.

易傳 十篇 즉 十翼은 원래 모두 單行으로 經의 뒤에 나열하여 애초에는 經文과 서로 섞여 있지 않았던 것이, 今本 周易에는 象傳과 象傳을 모두 64卦에 나누어 배열하고, 文言은 乾, 坤 二卦에 나누어 놓았으며, 繫辭, 說卦, 序卦, 雜卦는 여전히 독립된 篇을 이루어 經의 뒤에 登載하였다. 이런 編纂 방법을, 或人은 東漢 鄭玄에서 시작되었다고 하고, 或人은 西漢 費直에서 시작되었다고 하는데, 어느 說이 옳은지 詳考할 길이 없다.

易傳 十翼은 모두 戰國時代에 지어진 것으로 一人의 作이 아니며, 이들 作者들은 易經의 의미를 擴大 敷衍하거나 심지어는 歪曲 府會하여 그들의 世界觀을 드러내었다. 易傳이 비록 筮書에 불과하지만, 筮書의 範疇를 뛰어넘어서 哲學的 領域에 進入하였고, 作者가 一人은 아니지만 그 世界觀에는 전혀 矛盾이 없으며, 상호 보충을 통하여 獨特한 思想體系를 形成하고 있다. 그러므로 이는 先秦時代의 매우 중요한 思想 史料의 하나이다.

1. 十翼

周易 古經의 가장 오래된 註解인 大傳 즉 十翼에 대하여 보다 구체적으로 詳述해 보면 다음과 같다.

1) 彖傳 ; 彖傳은 經에 따라 上下 兩篇으로 나뉘어져 있고, 모두 64條로 64卦의 卦名(卦義까지 포괄, 이하 모두 같음)과 卦辭를 해석하였으나, 爻辭에 대한 해석은 없다.

李鼎祚의 〈周易集解〉에는 劉巘의 說을 인용하여, '彖者 斷也'라 하였고, 孔穎達의 〈周易正義〉에도 楮氏와 庄氏가, '彖 斷也 斷定一卦之義 所以名彖也'라 하였다 하였으니, 이는 3인이 모두 彖을 斷의 뜻으로 보았음을 나타내는 것으로, 彖傳은 모두 64卦의 卦名과 卦辭의 意義를 論斷한 것이므로 명칭을 彖이라 하였다는 것이다.

2) 象傳 ; 象傳도 經을 따라 上下 兩篇으로 나뉘어져 있고, 총 450條로 되어 있다. 그 가운데 64卦의 卦名과 卦義를 해석해 놓은 것이 386條이다. 卦名과 卦義의 해석은 모두 卦象으로 근거를 삼았으며, 爻辭의 해석도 대부분 爻象(爻義를 포괄)으로 근거를 삼았으므로 그 篇의 제목을 '象'이라 한 것이다.

3) 文言 ; 文言은 乾, 坤 兩卦의 해설로 乾, 坤 兩章에만 있으며, 乾卦의 卦辭와 爻辭를 해설한 것을 通稱 '乾文言'이라 하고, 坤卦의 卦辭와 爻辭를 해설한 것을 通稱 '坤文言'이라 한다. 文言이라는 名稱은, 〈左傳〉 襄公 25年條에 '言以足之 文以足言 … 言之無文 行而不遠'이라 하였으니, 이로써 보면 文言이란 文字로 그 말을 기록한다는 의미이며, 乾, 坤 兩卦를 해석한 말을 기록해 놓은 것이므로 文言이라 稱한 것이다.

4) 繫辭 ; 繫辭는 易經의 通論으로 篇幅이 비교적 길어서 上下 兩篇으로 나누어 놓았으며, 易經의 義蘊과 機能을 論述한 것 위주로 되어 있고, 이에 주역의 筮法 및 八卦의 起源에 대하여도 언급하고, 아울러 易經의 爻辭 19條도 골라 해석해 놓았다. 그 名稱을 繫辭라 하는 것은 作者가 論述한 것을 역경의 아래에 매어 놓았기[繫하였기] 때문이다.

5) 說卦 ; 說卦는 乾, 坤, 震, 巽, 坎, 離, 艮, 兌 등 八經卦가 象徵하는 事物을 記述한 것이 핵심이므로 명칭을 '說卦'라 한 것이다. 說卦는 八經卦의 象을 설명한 것이지 64卦를 설명한 것은 아니다. 八卦를 가지고 事物을 象徵함으로써 事物이 含有한 성질을 분석한 뜻이 진실로 맞는다 해도, 易經이 원래는 筮書이므로 八卦가 筮人의 입장에서는 筮術의 工具가 되는 것이고, 그것들이 상징하는 事物에는 기본적인 說法 및 傳統的인 說法이 있으니, 說卦에 이르기를, '乾은 하늘이고 坤은 땅이며 震은 우뢰이고 巽은 바람이며 坎은 물이고 離는 불이며 艮은 산이고 兌는 연못이다.'한 것 같은 것이 이것이다. 그 나머지는 筮人들이 자유롭게 운용할 수 있고 심지어는 임에서 나오는 대로 添削을 가하여 巫術을 운용하기도 하였다.

이 때문에 八卦가 상징하는 事物에 대한 先秦人들의 說法에도 異說이 많이 나타났으니, 첫째, 說卦에서 설명한 八卦의 象과 汲塚 竹書 가운데 〈卦下易經〉 一篇에서 설명한 것에 差異가 있다. 이로써 說卦에서 설명한 八卦의 象과 左傳 및 國語의 설명과는 다른 점이 있다. 이를 통하여 說卦에서 설명한 八卦의 象 가운데는 易學의 通例에 해당하는 것도 있고, 一家의 私見에 해당하는 것도 있음을 알 수 있다.

周易을 읽을 때에 說卦를 분명히 이해하는 것이 매우 중요하다. 說卦 一篇은 本經 및 彖 象 등 6種의 易傳을 이해하는데 큰 도움이 되기 때문이다. 우리는 마땅히 說卦에 의거하여 64卦의 象을 해석하여야 하며 함부로 자신의 穿鑿을 가해서는 안된다.

6) 序卦 ; 序卦는 易經 64卦의 순서를 해설한 것이므로 명칭을 '序卦'라 한 것이다. 長沙 馬王堆에서 새로 출토된 漢 帛書 〈易經〉의 64卦 卦名은 今本 易經과 같지만 字는 다른 것이 있으며, 八經卦의 順序와 64卦의 순서는 今本과 전혀 다르다. 이는 古代 易經 64卦의 순서는 몇 종류의 서로 다른 編次가 있었음을 증명한다.

今本 易經 64卦의 순서는 누가 編次한 것인지 알 수가 없으나, 序卦 一篇은 곧 作者가 今本 易經 64卦의 순서의 원리를 해설한 것으로, 그 해설은 대부분 各卦의 名義에 근거하고 있고, 때로는 事物의 正面을 향한 發展이나 反面을 향한 轉化에 대한 소박한 辨證法的인 觀點도 나타나 있어, 哲學的인 意義도 어느 정도 具有하고 있다. 그러나 各卦의 名義에 대한 이해는 역경의 原義와 합치되지 않는 곳도 더러 있다.

7) 雜卦 ; 雜卦는 64卦의 卦義를 해설한 것으로 易經 64卦의 순서에 의거하지 않고 뒤섞여서 記述하였으므로 雜卦라 이름한 것이다. 그 해설은 卦象을 근거로 한 것도 있고, 卦名을 근거로 한 것도 있으며(易傳을 근거로 論한다면 卦象과 卦名은 밀접하게 連繫되어 있다.), 이 또한 易經의 原義와 합치되지 않는 부분이 더러 있다.

2. 十翼의 作者와 時代

周易 大傳 7種을 漢代 사람들은 孔子의 所作으로 여겼으나(〈史記〉 孔子世家, 〈漢書〉 藝文志 등에 보인다), 先秦人들에게서는 이런 주장을 찾아볼 수가 없다. 乾文言에 '子曰'이라고 쓴 곳이 6個條, 繫辭에 '子

曰'이라는 쓴 곳이 23個條로서 이는 모두 孔子의 말씀을 인용한 것이다. 공자의 弟子나 再傳弟子들이 공자의 말씀을 인용하게 되면 冒頭에 '子曰' 두 字를 썼는데, 만약 文言과 繫辭가 공자의 自著라면 全篇이 모두 공자의 말씀인데 어찌 다시 그 일부에만 '子曰' 두 자를 쓸 수 있겠는가? 彖傳, 象傳, 說卦, 序卦, 雜卦 등 5篇에는 비록 '子曰' 두 자가 없으나 이들도 공자의 所作이 아님을 斷言할 수 있다.

十翼이 비록 孔子의 所作이 아니라 해도 공자가 일찍이 易經을 읽었고(〈論語〉述而篇, 子路篇과 〈史記〉孔子世家에, '孔子 … 讀易 韋編三絶'이라 한 것이 그 근거이다), 아울러 이를 弟子들에게 敎授(〈史記〉仲尼弟子列傳, 〈漢書〉儒林傳에 보인다.) 한 것이 확실하며, 文言과 繫辭에 공자의 말을 인용한 것으로 되어 있는 29개조가 他書에 보이지 않는 것으로 보아, 사실의 기록이 아니고 작자가 허위로 공자의 말씀에 假託한 것으로 봄이 妥當하다.

易傳의 作者와 時代의 문제에 관해서는 두 가지 점을 論定해야 한다고 보는데, 하나는 易傳 7種이 모두 戰國時代의 作이라는 것이요, 둘은 易傳 7種은 1人의 손에서 나온 것이 아니라는 점이다.

易傳 가운데 彖傳이 가장 일찍 지어진 것으로 보아야 한다. 彖傳은 64卦의 卦名 卦義 및 卦辭만을 해설하였을 뿐이고 爻辭의 해설은 없다. 象傳의 64卦의 卦名 卦義 및 386爻의 爻辭를 해설했으나 卦辭는 해설하지 않았다. 象傳은 왜 爻辭만을 해설하고 卦辭는 해설하지 않았는가? 그 이유는 彖傳에서 이미 卦辭를 해설하였기 때문에 거듭 기술할 필요가 없어서이었음이 분명하다. 이는 彖傳이 象傳보다 앞서서 지어졌음을 증명하는 것이다.

象傳이 戰國時代의 作임은 의심할 여지가 없다. 坤卦 六二에 '直方大不習 无不利'라 하였고, 象傳에 '六二之動 直以方也'라 하였는데,

〈禮記〉 深衣篇에 '故易曰 六二之動 直以方也'라 하였으니, 이는 象傳
이 深衣보다는 먼저 지어졌음을 증명하는 것이고, 深衣篇은 戰國時代
의 儒家가 편찬한 것이므로 象傳도 전국시대에 편찬된 것으로 보아야
한다.

象傳에는 韻語가 많고 象傳中의 爻象傳도 대부분 韻語로 되어 있
으며, 그 韻字들이 先秦時代의 北方詩歌인 易經의 卦爻辭 및 詩經
등의 범주를 벗어나서 南方詩歌인 楚辭中의 屈·宋賦 및 老莊書 중의
운어의 영역과 서로 일치한다. 先秦時代에는 아직 韻書가 없어서 작자
들이 문장에 押韻할 때는 모두 方言의 讀法을 근거로 하여 自然에서
나왔으니, 이를 근거로 살펴본다면 象傳과 象傳의 작자는 모두 南方人
으로 보아야 한다. 〈史記〉 仲尼弟子列傳에는 孔丘가 〈易〉을 商瞿에
게 傳했고 瞿는 楚人 馯臂子弘에게 전했으며 子弘은 江東人 矯疵에
게 전했다 하였으니, 이를 근거로 본다면 象傳은 馯臂子弘이 지은 것
일 가능성이 있고, 象傳은 矯疵의 所作일 가능성이 있다.

文言도 戰國時代의 作으로 보아야 한다. 〈左傳〉 襄公 9年條에 魯
穆姜이 易經 隨卦의 卦辭인 '元亨利貞'에 대하여 한 말을 기록해 놓았
는데, 文言에 이를 襲用하여 이로써 乾卦 卦辭의 '元亨利貞'을 해석하
면서 약간의 增補를 加하였으니, 이것이 文言이 左傳보다 뒤에 나왔다
는 확실한 증거이다.

繫辭 또한 戰國時代의 작으로 보아야 한다. 陸賈의 〈新語〉 辨惑篇
에 '易曰 二人同心 其義斷金'이라 하고, 明誡篇에 '易曰 天垂象 見吉
凶 聖人 則之'라 하였는데, 이들 인용문이 모두 繫辭 上篇에 보이며(今
本은 義를 利라 쓰고 則을 象이라 써 놓았음), 이것이 繫辭가 西漢 이전
에 쓰여졌다는 확실한 증거이고, 이때 이미 易이라 칭하였던 것이다.
繫辭篇 앞머리의 '天尊地卑 乾坤定矣 …' 등 22句는 〈禮記〉 樂記篇에

도 수록되어 있으며, 대체로 서로 같다. 양쪽을 校勘해 보면, 樂記의 作者가 繫辭를 따라 쓰면서 약간을 고쳐 놓았음을 알 수 있으며, 樂記는 孔子의 再傳弟子 公孫尼子가 지은 것으로, 이를 근거로 한다면, 繫辭가 戰國時代에 지어진 것이고 公孫尼子 이전에 이루어진 것임이 분명하다.

說卦, 序卦, 雜卦 등 3편도 戰國時代의 作인 듯하나 확실한 증거가 없으며, 或人은 이를 西漢 初의 作으로 보는데, 이 또한 확실한 증거가 없다.

晉代에 출토된 汲塚竹書는 戰國 中期 魏 襄王의 무덤에 殉葬했던 것으로 기 가운데에 있는 易經에는 今本의 易傳은 없어서 論者들이 易傳 7種이 魏 襄王이 죽을 때까지는 모두 寫成된 일이 없었다는 근거로 삼고 있다. 易傳 7種이 一人의 所作이 아니고 寫成된 시기도 차이가 있으므로, 彖傳 象傳 文言 등은 襄王 이전에 지어졌고 說卦 序卦 雜卦 등은 魏 襄王 이후에 지어졌을 가능성이 있다고 본다. 汲塚竹書 가운데 易傳이 없음을 근거로 하여 위 양왕 때 까지는 易傳이 없었다고 論定하는 것은 옳지 않다. 先秦時代에는 서적의 유통이 매우 어려웠으므로 襄王이 수집해서 순장했던 서적에도 한계가 있었다고 보아야 하기 때문이다.

V. 周易의 象數와 義理

歷代로 周易을 설명한 사람들은 周易의 象數를 설명하였거나 周易의 義理를 설명한데서 벗어나지 않는다. 象數와 義理는 周易을 설명하는 兩個角度, 兩個方法 및 兩個範疇로서, 이 두 가지를 결합하여 설명하기도 하였다.

이른바 周易의 象數란 무엇인가? 〈左傳〉 僖公 15年條에, '龜 象也 筮數也'라 하여 龜甲으로 점을 쳐서 龜甲이 갈라져 생긴 무늬의 象으로 吉凶을 표현하였고, 蓍草에 점을 쳐서 蓍草에 형성된 卦가 얻은 數로 吉凶을 표현하였다 하였는데, 이것이 象과 數의 含意를 나타내는 것이기는 하나, 이것이 곧 周易의 象數는 아니다.

周易의 象에는 卦象과 爻象이 있다. 주역 64卦(64別卦)는 8經卦가 중복되어 이루어진 것으로, 〈周易〉 說卦에 '乾爲天 坤爲之 震爲雷 巽爲風 坎爲水 離爲火 艮爲山 兌爲澤'이라 하였는데, 이것이 8경괘의 기본이 되는 象이다. 이로써 각종 동물을 상징하기도 하고, 인체의 각 기관을 상징하기도 하며, 男女 兩性을 상징하기도 하는데 이런 상징은 이루 다 열거할 수 없을 정도로 많다.

두 개의 經卦가 겹쳐서 형성된 64卦를 예를 들면, 〈屯〉(䷂)의 下卦는 震이고 上卦는 坎이다. 震은 雷를 상징하고 坎은 水와 雲을 상징하므로 〈屯〉은 '雲中有雷之象'이 되어 周易 象傳에, '雲雷가 屯이니 君子以하야 經綸하나니라'라 하였고, 〈晉〉(䷢)의 下卦는 坤으로 地를 상징하고 上卦는 離로 日을 상징하므로 〈晉〉은 '日出地上地象'이 되어, 周易 象傳에 '日出地上이 晉이니 君子以하야 自昭明德하나니라'하였는데, 이는 곧 雲中有雷가 屯卦의 卦象이고 日出地上이 곧 晉卦의 卦象으로, 이외의 諸卦도 모두 이와 같으며, 이런 것들이 곧 卦象이다.

周易의 64卦의 가장 기본이 되는 부호는 '—' 과 '--'으로, '—'을 陽爻라 하고, '--'을 陰爻라 하며, 每卦의 6爻가 모두 陽爻 또는 陰爻로 造成된 것이다. 陽爻는 '九'字로 표시하고 陰爻는 '六'字로 표시하며, 陽爻는 陽, 男性, 剛 등을 象徵하고 陰爻는 陰, 女性, 柔 등을 상징하는데, 이런 것들이 곧 '爻象'이다.

周易의 數에는 爻數만 있을 뿐이요, 이른바 卦數란 존재하지 않는다. 주역 每卦의 6爻는 모두 初, 二, 三, 四, 五, 上 등 字로 각 爻의 位次를 표시하며, 밑으로부터 올라가서 初는 첫째 爻를, 二는 둘째 爻를, 三은 셋째 爻를, 四는 넷째 爻를, 五는 다섯째 爻를, 上은 여섯째 爻를 나타낸다. 數는 奇數가 陽이 되므로 初, 三, 五爻가 陽位가 되고, 二, 四, 上爻가 陰位가 되며, 陽爻가 陽位에 있거나 陰爻가 陰位에 있는 것을 제자리를 얻었다(得位하였다) 하고, 陽爻가 陰位에 있거나 陰爻가 陽位에 있는 것을 제자리를 얻지 못했다(失位하였다) 한다. 또한 初爻는 下位가 되고 上爻는 高位가 되며 二爻와 五爻는 中位가 되는데, 이같은 類를 總稱하여 '爻數'라 한다.

卦象 및 그 변화에 근거하거나 爻象과 爻數 및 그 結合에 근거하여 周易의 卦名, 卦辭 및 爻辭를 설명하고 이를 근거로 吉凶을 論斷한 것은 象數의 範圍에 속하고, 象數를 근거로 하지 않고 卦名, 卦辭 및 爻辭의 義蘊을 설명하고 이에 입각하여 吉凶을 論斷한 것은 義理의 範疇에 속하는 것이다.

周易 大傳은 戰國時代에 매우 중요한 思想史料이지만 讀解가 쉽지 않은데, 그 이유는 易傳이 항상 象數로 易經을 해석하고 있고, 彖傳과 象傳에는 易經의 卦名 卦辭 및 爻辭를 象數를 근거로 하여 해석해 놓은 곳이 매우 많아서 이며, 이것이 독해를 어렵게 하는 가장 큰 이유이다. 易傳의 象數說은 번쇄하고 복잡하며 全書의 依例를 꿰뚫은 내용은 극히 적지만 이들을 종합하여 분석하면 그 요령을 터득할 수 있고, 그 依例를 알게 되면 傳文의 이해에 크게 도움이 된다.

1. 卦象과 卦位

1) 卦象

前述한 바와 같이 八經卦는 곧 8종의 사물을 상징하며, 이들이 겹쳐서 이루어진 64괘 가운데 同卦가 겹쳐진 것은 한 가지 사물을 상징하거나 혹은 중복된 뜻을 함유하기도 하며, 異卦가 겹쳐진 것은 양종 사물의 連繫를 상징한다. 그러므로 64괘의 卦象은 모두 8卦의 卦象을 근거로 하여 구성된 것이라 할 수 있다.

먼저 지적할 것은 易傳에서는 八卦를 陰陽 兩類로 나누어 乾, 震, 坎, 艮을 陽卦라 하고, 坤, 巽, 離, 兌를 陰卦라 하였다. 乾(☰)은 세 陽爻로 組成된 純陽의 卦이고, 坤(☷)은 세 陰爻로 組成된 純陰의 卦이며, 震(☳), 坎(☵), 艮(☶) 세 卦는 모두 한 陽爻와 두 陰爻로 組成되어 그 爻劃이 모두 5가 되어 奇數로 陽數가 되므로 이 3卦 또한 陽卦가 되고, 巽(☴), 離(☲), 兌(☱) 세 卦는 하나의 陰爻와 두 陽爻로 組成되어 그 爻劃이 모두 4가 되어 偶數로 陰數가 되므로 이 3卦 또한 陰卦가 된다.

易傳에서는 또한 宇宙 萬物을 陰陽 兩類로 나누고 陽物의 본성은 剛하고 陰物의 본성은 柔하며, 陽卦로 陽物을 상징하여 剛性之物을 나타내고, 陰卦로 陰物을 상징하여 柔性之物을 나타내는데, 이런 종류의 依例는 彖傳에는 늘상 썼으나 象傳에는 쓰지 않았다.

易傳의 作者들은 생각하기를, 八卦로 宇宙의 事物 一切를 나타낼 수 있고 卦마다 多種의 事物을 나타낼 수 있으며, 어느 卦가 어떤 종류의 事物을 상징하느냐에 대하여는 說卦에 具體的인 記述이 있고, 象傳과 彖傳 등에서 설명한 卦象은 說卦의 설명밖으로 벗어난 것도 많이 있다.

이제 易傳 全書를 종합하여 要點만 따서 그 依例를 간략히 들어보
면 다음과 같다.

　　乾(☰)의 卦象 ; 天, 朝廷, 天과 共通點이 있는 것들, 君, 君子, 陽
　　　　氣, 剛健, 衣, 金(쇠)
　　坤(☷)의 卦象 ; 地, 人, 臣民, 地와 共通點이 있는 것들, 小人, 陰
　　　　氣, 柔順, 裳
　　震(☳)의 卦象 ; 雷, 刑, 鵠, 剛, 動, 長男, 車
　　巽(☴)의 卦象 ; 風, 君上之敎令, 木, 人之美德, 柔, 遜, 入
　　坎(☵)의 卦象 ; 水, 群衆, 美德, 水와 공통점이 있는 것들, 雨, 恩賞,
　　　　雲 및 未降之恩賞, 剛, 險
　　離(☲)의 卦象 ; 火, 人之明察, 火와 공통점이 있는 것들, 日(人之明
　　　　德), 女, 柔, 文(文明), 繩
　　麗(依附),
　　艮(☶)의 卦象 ; 山, 貴族, 賢人, 山과 공통점이 있는 것들, 男, 陽氣,
　　　　剛, 止, 穀實
　　兌(☱)의 卦象 ; 澤, 民, 澤과 공통점이 있는 것들, 女, 陰氣, 柔, 說
　　　　(悅), 畜牲, 竹

2) 卦位

上述한 八經卦의 象은 64別卦의 象의 기초가 되는 것이다. 두 經卦
의 形이 중복될 때마다 64別卦의 形을 구성하고 이에 따라 두 經卦의
象이 서로 連繫되어 64別卦의 象을 구성하게 되며, 서로 連繫되는 情
況에 따라 卦位가 결정되는데, 卦位란 別卦에 重複되어 있는 두 經卦
의 위치를 말한다. 두 經卦가 重複되어 한 別卦를 이루게 되면, 한 經
卦는 위에 있게 되고 다른 한 經卦는 아래에 있게 되므로 64卦를 형성

하는 經卦들이 본시 모두 上下의 자리가 있게 된다. 다만 上下의 位만
으로 포괄적으로 해석하게 되면, 때로는 설명이 막히거나 원만하지 않
게 되기도 하며, 이것이 卦位를 6種으로 나누어 설명하게 된 所以이니,
1) 異卦가 서로 중복되어 上下의 位가 되기도 하고, 2) 異卦가 서로 중
복되어 內外의 位가 되기도 하며, 3) 異卦가 서로 중복되어 前後의 位
가 되기도 하며, 4) 異卦가 서로 중복되어 平列의 位가 되기도 하며, 5)
同卦가 서로 중복되어 重複의 位가 되기도 하며, 6) 同卦가 서로 중복
되어 그 位를 나눌 수 없게 되기도 한다. 앞의 4種이 모두 64卦이고,
뒤의 2種이 八卦이다.

요컨대 64別卦는 各各 두 經卦를 包括하고 있고, 每 別卦 속의 두
經卦는 각각 그 卦象과 卦位를 가지고 있으며, 卦象과 卦位가 서로 結
合해서 그 卦象과 整體를 構成하는데, 卦位는 卦象에 속하고, 卦象은
卦位를 포괄한 것이다. 彖傳과 象傳에는 습관적으로 卦象과 卦位로 經
을 해설하고 있고, 이런 현상은 繫辭, 序卦, 雜卦에도 가끔 나타난다.

2. 爻象과 爻數

爻象이란 〈易〉各 卦를 구성하고 있는 爻가 象徵하는 사물로, 이에
는 陽과 陰의 兩種이 있을 뿐이다. 〈易〉卦의 기본 부호는 '一'과 '--'
의 두 가지로, 8經卦도 이 兩種의 符號로 組成되어 있고, 64別卦도 이
兩種의 符號로 組成되어 있으며, '一'은 陽을 象徵하므로 陽爻라 하고,
'--'은 陰을 상징하므로 陰爻라 한다. 故人들이 '一'으로 陽을, '--'으로
陰을 상징한 것은 무엇인가? 아마도 최초에는 '一'으로 天을 상징하고, '
--'으로 地를 상징하였을 것이다. 天體를 보면 混然히 하나로 되어 있

고 푸르디푸른 단일색으로 되어 있으므로 '━'이라는 整畫으로 이를 나타내었고, 地體는 水陸 兩部分으로 나뉘어져 있으므로 '--'이라는 두 개의 끊긴 획으로 나타낸 것이다.

　繫辭 上에 天地의 數에 대하여 論하기를, '天一地二…'라 하였는데, 天數가 一이 된 所以는 天體가 一이 되기 때문이며, 天을 象徵하는 爻, 또한 一畫이 되었고, 地數가 二가 된 所以는 地體가 水陸 두 부분으로 나뉘어져 있기 때문이며, 地를 상징하는 爻, 또한 두 획이 된 것이니, 이로써 '━'이 본래 天體를 상징하고, '--'가 地體를 상징하는 것임이 증명된다.

　古人들은 또 天을 陽類의 으뜸으로 地를 陰類의 으뜸으로 보고, 이를 근거로 '━'로써 陽類의 物을 나타내고, '--'로써 陰類의 物을 나타내었으며, 이 때문에 '━'이 陽性을 대표하는 概念의 符號가 되었고, '--'이 陰性의 개념을 대표하는 부호가 되었다. 爻象에는 이 陰陽 兩種만이 있을 뿐이고, 易經의 爻題는 '九'字로 陽爻를 표시하고, '六'字로 陰爻를 표시하였다.

　陽爻는 矛盾 對立的인 兩種의 符號이고, 陽性과 陰性은 矛盾 對立的인 兩種의 事物이다. 天下에 矛盾 대립하는 兩種의 사물이 한 쪽은 陽性이 되고 한 쪽은 陰性이 된 것만은 아닐 터인데도, 易傳의 作家는 천하의 모든 사물을 陰陽 兩種으로 나누고, 이어서 陰陽 兩性 事物의 矛盾 對立이 事物의 普遍的인 規律이라고 생각하고, 또 이어서 陰爻[혹 陰卦]와 陽爻[혹 陽卦]의 兩種 符號가 陰性과 陽性의 兩種 事物을 象徵한다고 보았으며, 이것이 普遍法則이었다.

　易傳이 易經을 해설할 때에 陽爻는 陽性의 物, 즉 剛性의 物을 象徵하고, 陰爻는 陰性의 物, 즉 柔性의 物을 象徵한다고 생각하였다. 구체적으로 말하면, 易傳은 陽爻로 男子, 權力있는 君上, 才德있는 君

子, 剛하고 힘이 많은 사람, 剛健한 德, 堅剛한 物 등을 나타내고, 陰
爻로 女子, 統治를 받는 臣民, 才德이 없는 小人, 弱하고 힘이 없는
사람, 柔順한 德, 柔軟한 物 등을 나타낸다고 보았다.

이를 요약하면 그 劃分한 陰陽剛柔는 어느 것은 自然性에 속하고,
어느 것은 社會性에 속한다고 할 수 있다.

爻數란 〈易〉 每卦의 各爻가 자리잡고 있는 位次, 곧 爻位를 말한
다. 64卦 每卦는 6爻씩으로 이루어져 있고, 6爻의 位次의 順序는 아래
로부터 위로 올라가며, 易經의 爻題는 第1爻는 '初'字로, 第2爻는 '二'
字로, 第3爻는 '三'字로, 第4爻는 '四'字로, 第5爻는 '五'字로, 第6爻는
'上'字로 표시한다.

64卦는 모두 두 개의 經卦가 겹쳐져 있으므로 6개의 爻로 구성되어
있는데, 易傳에는 이에 대한 새로운 주장이 있다. 說卦에, '立天之道曰
陰與陽 立地之道曰 柔與剛 立人之道曰 仁與義 兼三才而兩之 故易
六畫而成卦 分陰分陽 迭用剛柔 故易 六位而成章(하늘의 도를 세워서
음과 양이라 하고, 땅의 도를 세워서 유와 강이라 하며, 사람의 도를 세워서
인과 의라 한다. 三才를 겸하여 둘로 하였으므로 역은 6획으로 괘를 이루고,
음으로 나누고 양으로 나누어 剛과 柔를 교대로 썼기 때문에 역은 6위로 文
章을 이룬다.)'이라 했고, 繫辭 下에도 대체로 이와 유사한 설이 있다.
이는 6爻가 三才之道를 象徵하며 上 兩爻는 天道의 陰陽을, 下 兩爻
는 地道의 剛柔를, 中 兩爻는 人道의 仁義를 象徵한다고 말한 것으로,
이 說은 易經의 原意와는 다른 것이다.

易傳을 살펴보면 爻位의 정황에 관한 설명으로 아래에 나열한 4종이
있다.

1) 天位, 地位, 人位 ; 易傳에서는 易卦의 '五'爻를 天位로, '二'爻를

地位로, '三'爻를 人位로 보았다. 이는 易卦 6爻가 天地人 三才를 象徵하는데, '上', '五' 兩爻가 모두 天을 상징하나 사람이 볼 수 있는 부분은 天의 下面이므로 '五'爻가 天位가 되고, '二', '初' 兩爻가 地를 상징하나 사람이 사는 곳은 地의 上面이므로 '二'爻가 地位가 되고, '三', '四' 兩爻가 人을 상징하나 人은 지상에서 삶으로 '三'爻가 人位가 된다고 보았으며, 이를 확대하여 天位, 또한 君位, 夫位도 되고, 地位는 또한 臣位, 妻位도 된다고 보았다.

2) 陽位, 陰位 ; 易傳에서는 易卦의 제 1爻, 제 3爻, 제 5爻를 모두 陽位로 보았는데, 이는 그 爻位의 序數가 奇數이고, 奇數는 陽數가 되므로, 그 爻位를 陽位로 본 것이고, 제 2爻, 제 4爻, 제 6爻를 모두 陰位로 보았는데, 이는 그 爻位의 序數가 偶數이고, 陰數가 되므로, 그 爻位를 陰位로 본 것이다.

3) 上位, 中位, 下位 ; 易傳에서는 易卦의 上爻가 上位, 上卦와 下卦의 中爻가 中位, 初爻가 下位가 된다고 보았다.

4) 同位 ; 64卦 上下 兩卦에는 모두 上, 中, 下 三爻가 있는데, 初爻는 下卦의 下位에 있고, 4爻는 上卦의 下位에 있어서, 이것(初爻와 4爻)이 同位이니, 곧 함께 下位에 있는 것이다. 2爻는 下卦의 中位에 있고, 5爻는 上卦의 中位에 있어서 이것이 同位이니, 곧 함께 中位에 있는 것이다. 3爻는 下卦의 上位에 있고, 上爻는 上卦의 上位에 있어서, 이것이 同位이니, 곧 함께 上位에 있는 것이다.

64卦는 每卦가 6爻이고, 每爻가 각기 그 象과 位를 가지고 있어서 爻象과 爻位가 서로 결합되어 있으며, 이는 분할할 수가 없다. 象傳은 항상 一卦 六爻의 爻象과 爻位의 결합, 또는 어느 한 爻 爻象과 爻位의 결합을 가지고 卦名, 卦義, 또는 두 爻의 爻象과 爻位의 결합으로

그 爻辭를 해석하고 있고, 象傳도 한 卦의 한 爻, 또는 두 爻의 爻象
과 爻位의 결합으로 그 爻辭를 해석하고 있는데, 그 依例를 略述해 보
면 다음과 같다.

1) 剛柔相應 ; 이는 一卦의 剛爻와 柔爻의 位次가 서로 應和하는 형태
   로 구성된 것으로, 象傳은 때때로 이런 형태를 가지고, 그 卦名, 卦義,
   卦辭를 해석하기도 하는데, 이를 분석해 보면 下記 5종이 있다.
   ① 五柔應一剛(예 比䷇), ② 五剛應一柔(예 小畜䷈), ③ 三雙同
   位爻 剛柔相應(예 恒䷟), ④ 三雙同位爻 剛柔敵應(예 艮䷳), ⑤
   兩中爻 剛柔相應(예 同人䷌)

2) 剛柔相勝 ; ① 剛勝柔[下 五爻가 剛하고 上 一爻가 柔하여 剛의
   勢力이 衆剛하고, 柔의 세력이 孤弱하여 剛이 柔를 이길 수 있게
   된 것](예 夬䷪), ② 柔勝剛[1)의 반대](예 剝䷖)

3) 剛柔位當과 位不當 ; ① 剛柔位當(예 旣濟䷾), ② 剛柔位不當
   (예 未濟䷿), 象傳과 象傳에 剛柔位當을 말한 곳이 23個條이고,
   位不當을 말한 곳이 24個條가 있다.

4) 剛柔得中 ; 中은 2爻와 5爻를 稱하며, 中을 얻었다 함은 곧 사람
   이 中正한 道德을 가졌음을 상징하며, 이는 偏邪함이 없고, 過나
   不及이 없는 것을 말한다. 象傳은 항상 得中으로 卦名, 卦義, 卦
   辭를 해석하고, 象傳도 늘 得中으로 爻辭를 해석하고 있으며, 이
   러한 剛柔得中에는 5종이 있다. ① 一剛得中(예 漸䷴), ② 一柔
   得中(예 同人䷌), ③ 雙剛得中(예 中孚䷼), ④ 雙柔得中(예 小
   過䷽), ⑤ 剛柔分中(예 觀䷓) 등이다.
   易傳에서 剛과 柔가 中을 얻었다는 說은 作者의 中道思想을 반
   영한 것이며, 易傳의 작자들이 戰國時代의 儒家였기 때문에 中庸
   之道로 易經을 풀은 것이다.

5) 剛柔 居尊位, 또는 居上位, 또는 居下位 ; 앞에서 이미 지적하였
듯이 每卦의 제 5爻는 天位, 君位, 尊位가 되고, 제 6爻는 上位이
고, 제 1爻는 下位가 되며, 易傳에서는 陽爻(剛)나 陰爻(柔)가 이
三個의 爻位에 있게 되면 각기 그에 해당되는 意義를 가지게 된
다고 보았다. ① 剛柔 居尊位 - 한 卦의 제 5爻가 乾卦의 위에 있
거나, 乾卦의 가운데 있게 되면 이 爻가 尊位가 된다. 이 爻가 陽
爻이면 剛이 尊位에 居한 것이 되고, 이 爻가 陰爻이면 柔가 尊
位에 居한 것이 되며, 易傳에서는 尊位에 居하는 것을 사람이 帝
王의 자리에 居함을 상징하는 것으로 보았다.(剛居尊位의 例 需
☷, 柔居尊位의 예 大有☰), ② 剛柔居上位 - 上位는 제 6爻, 곧
上爻를 지칭한다. 제 6爻가 陽爻이면 剛居上位가 되고, 陰爻이면
柔居上位가 되는데, 上位는 세 가지 意義를 가지고 있으니, 첫째
는, 一卦의 최고의 位이므로, 사람이 高貴한 上位에 居함을 상징
하고(예 ☰履 上九曰 元吉, 象傳曰 元吉在上 大有慶也), 둘째는,
一卦의 맨 끝에 居해서 사람이 困窮한 지경에 다달았음을 상징하
고(예 ☱節 上六曰 苦節貞凶, 象傳曰 其道窮也), 셋째는, 한 卦가
가득 찬 것이므로 사람이 極盛한 勢位에 處해서 驕傲自滿함을 상
징한다(예 ☰乾 上九曰 亢龍有悔, 象傳曰 盈不可久也). ③ 剛柔
居下位 - 下位는 제 1爻, 즉 初爻를 지칭한다. 初爻가 陽爻이면
陽居下位가 되고, 陰爻이면 陰居下位가 되어, 사람이나 사물이
낮은 지위에 있게 됨을 상징한다(예 ☰乾初九曰 潛龍勿龍, 象傳
曰 陽在下也. ☱大過 初六曰 籍用白茅, 象傳曰 柔在下也).

6) 柔從剛과 柔乘剛 ; ① 柔從剛(柔順剛) - 陰爻(柔)가 陽爻(剛)의
아래에 있어서 柔者가 剛者에게 順從하는 모습을 이룬 것이다.
彖傳은 이로써 卦名, 卦義, 또는 卦辭를 해석하고, 象傳은 이로써

爻辭를 해석하여, 臣民이 君上에게 順從하거나, 女子가 男子에게 順從함을 가리키기도 하는데, 요컨대 柔로써 剛에 순종하면 吉利가 있다하여 이를 긍정한 것이다(예 ䷸巽 象傳曰 柔皆順乎剛).
② 柔乘剛 - 陰爻(柔)가 陽爻(剛)의 위에 있어서 柔者가 剛者를 깔보고, 올라타고 있는 모습을 이룬 것이다. 象傳은 이로써 卦名, 卦義, 또는 卦辭를 해석하고, 象傳은 爻辭를 해석하였고, 더러는 臣民이 君上을 깔보거나, 女子가 男子를 깔봄을 가리키기도 하는데, 이는 모두 柔가 剛을 타고 있는 것은 不吉, 不利한 것으로 보아, 그런 일들에 대하여는 否定的인 견해를 나타낸 것이다(예 ䷔噬嗑六二曰 噬嗑滅鼻, 象傳曰 乘剛也)

Ⅵ. 結 語

本攷는 周易에 대하여 관심은 있으나, 이를 깊이 穿鑿한 일이 없는 初學者들에게, '周易이 어떤 책이고, 本經과 大傳이 어떤 경로로 지어졌고, 어떤 성격을 띠고 있는가'에 대하여 基礎的이고, 槪括的인 길잡이 역할을 하고자 하여 記述한 것이다.

本章에서는 本攷의 本論에 해당되는 각 章의 내용을 요약하여 기술하는 것으로 結語에 대신하고자 한다.

本攷의 第 2章에서는, 上古時代에는 各 時代別로 筮書가 있었고, 그 가운데 周易은 周나라 시대의 筮書를 일컫는 것이며, 周易의 八經卦는 8種의 事物을 象徵하는 것으로 이 八經卦가 중복되어 이루어진 64別卦를 통하여 당시인들이 吉凶을 판단하였음을 밝혀 놓았다.

第 3章에서는 64卦의 卦名이 지어진 경위를 탐구하고, 卦象과 卦名

을 설명한 卦辭와 每 卦를 형성하는 6個 爻의 爻位(爻數)와 爻性에
대하여도 설명하였다.

第 4章에서는 周易 古經의 가장 오래된 註解書인 彖傳, 象傳, 文言,
繫辭, 序卦, 說卦, 雜卦 등 大傳 十翼의 내용과 이것이 지어진 시기와
작자 등을 살펴보았으며, 戰國時代에 지어진 十翼이 筮書인 周易을
哲學書, 思想書의 領域으로 끌어 올려서, 中國 古代의 독특한 思想體
系와 世界觀을 나타내었음을 설명하였다.

第 5章에서는 周易을 해석하고, 이를 통하여 吉凶을 판단하는 兩個
角度, 兩個方法이 '象數'와 '義理'임을 설명하면서, 특히 象數의 설명에
중점을 두어 8經卦가 象徵하는 象과 每卦의 各爻, 爻象과 爻數 및 기
結合과 작용에 근거하여 周易의 卦名과 卦辭 및 爻辭를 설명하고, 이
를 근거로 吉凶을 論斷하였음을 詳述하고, 주역을 공부하는 사람들은
古人이 밝혀 놓은 象과 數에 기초하여 탐구하는데 그쳐야 하고, 이 象
과 數에 자신의 견해를 添加하는 일은 매우 신중을 기하여야 할 것임
을 강조하였다.

本攷는 周易에 관심을 가지고, 이를 연구하고자 하는 初學者들이 周
易을 어떤 각도로 연구할 것인가를 결정하는데, 하나의 참고가 되기를
기대하는 바이다.

春秋時代의 周易筮法

Ⅰ. 序

本攷는 中國 高亨의 『周易古經通說』(中華書局. 1983)에 收錄된 「周易筮法新考」를 거의 그대로 따른 것이다. 다만 그곳에서는 變卦法을 설명하면서 四營의 숫자가 9(老陽)는 6(老陰)으로 變하고 6(老陰)은 9(老陽)로 變한다고 하였는데, 필자는 이것이 錯誤라고 생각하여 9(老陽)는 8(少陰)로 變하고 6(老陰)은 7(少陽)로 變한다고 보고, 이에 근거하여 論旨를 전개한 것이 高亨의 견해와의 차이점임을 밝혀두는 바이다.

司馬遷은, '三王의 占法이 동일하지 않고 四方의 異民族들도 각기 다른 占法이 있었다.' 하였으며, '蠻夷와 氐羌들이 비록 君臣의 차서는 없었지만 의심나는 일을 결정하는 占法은 있었으니, 金石으로 점을 치거나 草木으로 점을 치기도 하여 나라마다 풍속이 동일하지 않았다.' 하였으니, 이는 卜筮의 法이 시대에 따라 변하였고 지역에 따라서도 차이가 있었음을 나타내는 것이다.

『周禮』 「大卜」에도, '大卜이 세 가지 易法을 관장하였으니, 첫째를 連山이라 하고 둘째를 歸藏이라 하며 셋째를 周易이라 한다. 그 經卦가 모두 여덟이고 別卦는 모두 예순 넷이다.' 하였는데, 連山과 歸藏은 이미 오래 전에 그 글이 없어졌고, 經卦와 別卦가 비록 周易과 같았다 해도 占치는 법 즉 筮法은 周易과 같았는지 달랐는지는 알 수가 없으며, 옛부터 점치는 책 즉 筮書는 한 가지가 아니었고 筮法도 여러 방법이 있었음은 틀림없는 사실이었다.

卜筮의 도구도 처음에는 竹을 쓰다가 후대에 이르러 蓍草를 쓰게 되었으니, 옛날의 占筮에 대나무를 쓰고 이를 巫가 관장하였으므로, 점친다는 뜻의 글자인 「筮」자가 대나무를 뜻하는 「竹」과 점치는 사람이라는 뜻의 「巫」로 이루어진 것이다.

周易의 筮法을 살펴보면 최초에는 64卦만으로 占을 쳤으므로 64種의 占卦만 있었다. 그 후 384爻를 아울러 써서 점을 쳤으므로 64卦와 384爻를 합친 448種의 占卦가 있게 되었다. 다시 그 후에 乾卦의 「用九」와 坤卦의 「用六」이 더해져서 450種의 占卦가 있게 되었으니, 春秋時代의 周易은 곧 450種의 占卦를 알아볼 수 있는 筮書가 된 것이다.

筮法은 간략하고 쉬운 방법에서 점차 번잡하고 어려운 방법으로 발전하였다. 周易이 가장 오래된 筮法인지 周易 이전에 다른 筮法이 있었는지는 알 수가 없으나 春秋時代에 周易을 통하여 吉凶을 판별한 방법은 『春秋·左氏傳』의 기록을 통하여 대략 알 수가 있다. 周易이 생긴 이래로부터 그 筮法은 계속 전해지면서 점차로 변화 발전하였다. 그러므로 근세의 筮法 중에는 당연히 고대부터 전해온 법칙이 남아있지만 그 일부는 바뀌거나 중간에 빠진 것도 있고 잘못 전해진 것도 있게 되었다. 그러므로 춘추시대의 筮法을 연구하려면 근대의 筮法을 참고하면서 周易 繫辭의 筮法과 『春秋·左氏傳』에 수록된 筮辭를 모두 참고하여 판단해보아야 한다. 繫辭에 실려있는 筮法은 너무 간략해서 『春秋·左氏傳』을 참작하지 않으면 그 변화를 알 수가 없고, 『左氏傳』에 기록된 筮辭는 일관성이 없으며 繫辭와 다른 부분도 있어서 이를 분명하게 밝히기가 어렵다. 그러므로 近代의 筮法과 繫辭와 『春秋』의 기록을 종합적으로 고찰하여야 春秋時代의 筮法을 窺知할 수 있으리라고 본다. 이와 같은 종합적 검토를 통하여 춘추시대의 成卦法과 變卦法을 살펴보고, 이와 같은 成卦法과 變卦法이 『春秋 · 左氏傳』에 어떻게 반영되었는가를 고찰해보고자 한다.

Ⅱ. 成卦法

『周易』「繫辭傳 上」에,

　　大衍之數五十　其用四十有九　分而爲二以象兩　掛一以象三　揲之以四以象四時　歸奇於扐以象閏　五歲再閏　故再扐而後卦　天一　地二　天三　地四　天五　地六　天七　地八　天九　地十　天數五　地數五　五位相得而各有合　天數二十有五　地數三十　凡天地之數五十有五　此所以成變化而行鬼神也　乾之策二百一十有六　坤之策百四十有四　凡三百六十當期之日　二篇之策萬有一千五百二十　當萬物之數也　是故四營而成易　十有八變而成卦　八卦而小成　引而伸之　觸類而長之　天下之能事畢矣

라 하였는데 이것이 바로 筮法의 대략을 밝혀 놓은 것이다. 이 繫辭의 내용을 근거로 하여 成卦의 방법을 설명해보면 다음과 같다.

　　筮人이 50策의 蓍草를 이를 보관하는 櫝에 채워 놓고 점을 칠 때에는 그 가운데 49策만을 쓴다. 이것이 이른바 '大衍之數五十　其用四十有九'이다. 49策으로 卦를 이루는 과정은 다음과 같다.

1變 ; 49策을 가지고 다음과 같이 펼친다.
1演 : 49策을 임의로 두 부분으로 나눈다. 이것이 이른바 '分而爲二

以象兩'이다.

2演 : 두 부분으로 나눈 것 가운데 한 부분을 취하여 그 가운데 1策
을 떼어 걸어놓는다. 이것이 '掛一以象三'이다.

3演 : 하나를 떼어낸 나머지 策 가운데 4策씩을 1組로 하여 이를 헤
아린다. 이것이 '揲之以四以象四時'이다.

4演 : 4策을 一組씩으로 하여 헤아리고 마지막으로 남은 策이 혹 1策일
수도 있고 2策일 수도 있고 3策일 수도 있고 4策일 수도 있다. 이렇게
남은 책을 손가락 사이에 낀다. 이것이 '歸奇於扐以象閏'이다.

5演 : 1演에서 나누어 놓았던 두 부분 가운데 나머지 한 부분을 取하
여 4策을 1組로 하여 이를 헤아린다. 이것이 '再揲之以四'이다.

6演 : 헤아리고 남은 것이 혹 1策이거나 2策이거니 3策이거니 4策이
되는데, 이것을 손가락 사이에 끼운다. 이것이 '再歸奇於扐'이다.

7演 : 손가락 사이에 끼워 놓았던 策을 取하여 걸어놓는다. 이것이 이른
바 '再扐而後掛'로서 上記 5演, 6演, 7演을 包括해서 말한 것이다.
　지금까지가 1變으로, 그 결과 4策을 1組씩으로 하여 떼어 놓은
策數가 二種이 있을 수 있으니,

1. 44策인 경우와
2. 40策인 경우이다.

2變 ; 1變을 거치면서 남아있는 策(44策, 혹은 40策)을 가지고 다음과
같이 펼친다.

8演 : 1演과 같이 한다.

9演 : 2演과 같이 한다.

10演 : 3演과 같이 한다.

11演 : 4演과 같이 한다.

12演 : 5演과 같이 한다.

13演 : 6演과 같이 한다.

14演 : 7演과 같이 한다.

지금까지가 2變으로, 그 결과 4策을 1組로 하여 떼어놓은 策數가 三種이 있을 수 있으니,

1. 40策인 경우와

2. 36策인 경우와

3. 32策인 경우이다.

3變 ; 2變을 거치면서 남아있는 策(40策, 혹은 36策, 혹은 32策)을 가지고 다음과 같이 펼친다.

15演 : 1演과 같이 한다.

16演 : 2演과 같이 한다.

17演 : 3演과 같이 한다.

18演 : 4演과 같이 한다.

19演 : 5演과 같이 한다.

20演 : 6演과 같이 한다.

21演 : 7演과 같이 한다.

지금까지가 3變으로, 그 결과 4策을 1組로 하여 떼어놓은 策數가 四種이 있을 수 있으니,

1. 36策이 남아 있는 경우(4策을 1組로 하여 9組가 남아있는 것으로) 이는 九揲의 數로서 老陽이 되며, 이는 可變的인 陽爻이다.

2. 32策이 남아있는 경우(4策을 1組로 하여 8組가 남아있는 것으로) 이는 八揲의 數로서 少陰이 되며, 이는 不變하는 陰爻이다.

3. 28策이 남아있는 경우(4策을 1組로 하여 7組가 남아있는 것으로) 이는 七揲의 數로서 少陽이 되며, 이는 不變하는 陽爻이다.

4. 24策이 남아있는 경우(4策을 1組로 하여 6組가 남아있는 것으로) 이
   는 六撰의 數로서 老陰이 되며, 이는 可變的인 陰爻이다.

이와 같이 3變 21演을 거쳐서 한 爻가 이루어지니, 이것이 이른바
'三變而成爻'인 것이다. 이렇게 하여 이루어진 爻가 陽爻이면 「一」로
표시하고, 陽爻 중에서도 老陽이면(4×9 즉 36策이 남아있으면) 그 곁에
「9」字를 쓰고, 少陽이면(4×7 즉 28策이 남아 있으면) 「7」字를 써서 표시
한다. 이루어진 爻가 陰爻이면 「--」로 표시하고, 陰爻 중에서도 老陰
이면(4×6 즉 24策이 남아있으면) 그 곁에 「6」字를 쓰고, 少陰이면(4×8 즉
32策이 남아있으면) 「8」字를 써서 표시한다. 「9」와 「7」은 奇數이기 때
문에 陽이 되고, 「8」과 「6」은 偶數이기 때문에 陰이 되는 것이며, 이
「9」 「8」 「7」 「6」을 「四營」이라고도 한다. 易은 四營으로 成卦도 되고
變卦도 되므로, '四營而成易'이라 한 것이다.

이와 같은 과정을 6次 反復하여 初爻, 二爻, 三爻, 四爻, 五爻, 上爻
등 六爻가 이루어지면 하나의 卦가 완성되는 것이며, 每卦가 六爻이고
每爻가 三變을 거쳐 이루어지므로 18變을 거쳐서 한 卦가 이루어지는
것이니, 그 때문에 '十有八變而成卦'라 한 것이다.

周易 筮法에서 「7」과 「8」을 變하지 않는 爻 즉 不變之爻라 하고
「9」와 「6」을 變해야 할 爻 즉 可變之爻라 하는 것은 무엇 때문인가.
筮法에서는 四營으로 四時를 상징한다. 즉 「7」로 봄을, 「9」로 여름을,
「8」로 가을을, 「6」으로 겨울을 상징한다. 봄에는 陽氣가 점차 盛해지
므로 봄을 상징하는 「7」이 少陽이 되고, 여름에는 陽氣가 極에 달했다
가 점차 衰해질 조짐을 보이므로 여름을 상징하는 「9」가 老陽이 되는
것이다. 가을에는 陰氣가 점차 盛해지므로 가을을 상징하는 「8」이 少
陰이 되고, 겨울에는 陰氣가 極에 달했다가 점차 衰해질 조짐을 보이

므로 겨울을 상징하는 「6」이 老陰이 되는 것이다.

봄이 여름으로 바뀌는 것은 陽에서 陽으로 옮겨가는 것이므로 계절은 비록 바뀌지만 陽氣는 變하지 않으므로 「7」은 변하지 않는 陽爻 즉 '不變之陽爻'가 되는 것이다. 그러나 여름이 가을로 바뀌는 것은 陽에서 陰으로 옮겨가는 것이므로 계절이 바뀌게 되면 陽氣도 또한 陰氣로 변하게 되므로 「9」는 변해야 할 陽爻 즉 '可變之陽爻'가 되는 것이다. 上記 설명과 같은 이치로 가을이 겨울로 바뀌는 것은 陰에서 陰으로 옮겨가는 것이므로 계절은 비록 바뀌지만 陰氣는 변하지 않으므로 「8」은 변하지 않는 陰爻 즉 '不變之陰爻'가 되는 것이다. 그러나 겨울이 봄으로 바뀌는 것은 陰에서 陽으로 옮겨가는 것이므로 계절이 바뀌게 되면 陰氣도 또한 陽氣로 변하게 되므로 「6」은 변해야 할 陰爻 즉 '可變之陰爻'가 되는 것이다.

周易 筮法에서 「7」로 봄을, 「9」로 여름을, 「8」로 가을을, 「6」으로 겨울을 상징하는 것은 무엇 때문인가? 易卦의 基本觀念은 奇數로 陽을 상징하고 偶數로 陰을 상징하기 때문에, 한 획으로 이루어진 「─」이 陽이 되고 두 획으로 이루어진 「--」이 陰이 되며, 그 때문에 '天一地二天三地四天五地六天七地八天九地十'이라 한 것이다. 하늘은 陽을 상징하는 것이므로 奇數로 이를 표시하고, 땅은 陰을 상징하는 것이므로 偶數로 이를 표시하는 것이다. 四營의 數 가운데 「7」과 「9」가 奇數이고 「8」과 「6」이 偶數이며, 四時의 節序 중에 春과 夏는 陽氣가 秋와 冬은 陰氣가 주도하는 계절이므로, 筮法에서 「7」과 「9」로 春과 夏를, 「8」과 「6」으로 秋와 冬을 상징하게 된 것이다. 春에서 夏로 바뀌면 기온이 점차 상승하고 식물들은 점차 성장하므로 「7」로 春을 「9」로 夏를 상징하여, 「7」에서 「9」로 그 숫자가 증가하는 것으로 이에 맞춘 것이다. 夏에서 秋로 秋에서 冬으로 바뀌면 氣溫이 점차 下降하고

植物은 점차 衰落해지므로 「8」로 秋를 「6」으로 冬을 상징하여, 「8」에서 「6」으로 그 숫자가 점차 減殺하는 것으로 이에 맞춘 것이다. 冬에서 다시 春으로 바뀌면 氣溫은 다시 上昇하고 植物은 다시 成長하기 시작하므로 「6」에서 「7」로 그 숫자도 증가하게 한 것이다. 즉 四營 숫자의 消長循環은 四時 氣溫의 消長循環 및 植物生命의 消長循環에 맞춘 것이다.

Ⅲ. 變卦法

『周易』「繫辭傳 上」에,

> 天一 地二 天三 地四 天五 地六 天七 地八 天九 地十 天數五 地數五 五位相得而各有合 天數二十有五 地數三十 凡天地之數五十有五 此所以成變化而行鬼神也

라 하였는데, 이는 天數인 1, 3, 5, 7, 9를 합하면 25가 되고, 地數인 2, 4, 6, 8, 10,을 합하면 30이 되며, 天數와 地數를 모두 합하면 55가 되는데, 이 55라는 數가 '變化를 이루고 鬼神을 움직이게 하는 根源'(此所以成變化而行鬼神也)이 된다고 한 것으로, 이는 55라는 숫자가 卦의 變化를 결정하는, 즉 變卦를 이루는 基準이 된다는 것이다.

每卦가 六爻이고, 每爻의 營數가 「9」이거나 「8」이거나 「7」이거나 「6」이 되어 이것을 四營이라 하며, 모든 爻는 이 4種의 營數에서 벗어나지 않는다. 每爻가 각기 一種의 營數를 가지고 있고, 六爻의 營數를 모두 합한 것이 그 卦의 營數가 된다. 만약 六爻의 營數가 모두 「6」이면 그 卦의 營數는 36(6爻 營數의 總合, 즉 6×6)이 되며 이것이 營數 가

운데 가장 적은 數이다. 만약 六爻의 營數가 모두 「9」이면 그 卦의 營
數는 54(6爻 營數의 총합, 즉 6×9)가 되며 이것이 營數 가운데 가장 많은
수이다. 만약 六爻의 營數에 「9」와 「8」과 「7」과 「6」이 뒤섞여 있으면
그 卦의 營數는 36과 54의 사이에 있게 되며, 天地之數가 55이므로 이
는 營數中 가장 많은 것보다 1이 많게 된다. 그러므로 옛 성인이 天地
之數와 卦의 營數를 이와 같이 설정한 것은 매우 隱微한 뜻이 함유되
어 있는 것이라고 할 수 있다.

즉 變卦를 결정하려면 天地之數인 55에서 卦의 營數를 뺀 나머지의
수「餘數」를 初爻부터 하나씩 세어 올라가서 上爻에 이르고, 다시 上
爻부터 세어 내려와 初爻에 이르며, 이와 같이 헤아리기를 반복하여
餘數가 다 끝나면 그 끝난 곳의 爻가 마땅히 변해야 할 爻 즉 宜變之
爻가 되는 것이다. 이를 하나의 표로 만들어 제시해보면 다음과 같다.

宜變之爻를 찾는 方法 (表)

天地之數	卦之營數	餘數	計算法 및 計算을 끝내는 곳						宜變之爻
			初爻	二爻	三爻	四爻	五爻	上爻	
55	- 54	= 1	1						初爻
55	- 53	= 2	1	2					二爻
55	- 52	= 3	1	2	3				三爻
55	- 51	= 4	1	2	3	4			四爻
55	- 50	= 5	1	2	3	4	5		五爻
55	- 49	= 6	1	2	3	4	5	6	上爻
55	- 48	= 7	1	2	3	4	5	6 7	上爻
55	- 47	= 8	1	2	3	4	5 8	6 7	五爻
55	- 46	= 9	1	2	3	4 9	5 8	6 7	四爻
55	- 45	= 10	1	2	3 10	4 9	5 8	6 7	三爻
55	- 44	= 11	1	2 11	3 10	4 9	5 8	6 7	二爻
55	- 43	= 12	1 12	2 11	3 10	4 9	5 8	6 7	初爻
55	- 42	= 13	1 12 13	2 11	3 10	4 9	5 8	6 7	初爻
55	- 41	= 14	1 12 13	2 11 14	3 10	4 9	5 8	6 7	二爻
55	- 40	= 15	1 12 13	2 11 14	3 10 15	4 9	5 8	6 7	三爻
55	- 39	= 16	1 12 13	2 11 14	3 10 15	4 9 16	5 8	6 7	四爻
55	- 38	= 17	1 12 13	2 11 14	3 10 15	4 9 16	5 8 17	6 7	五爻
55	- 37	= 18	1 12 13	2 11 14	3 10 15	4 9 16	5 8 17	6 7 18	上爻
55	- 36	= 19	1 12 13	2 11 14	3 10 15	4 9 16	5 8 17	6 7 18 19	上爻

占을 칠 때에 上記 成卦法에 의하여 얻은 卦를 「本卦」라 하고 이것이 變化한 卦를 「之卦」라 한다. 四營의 수 가운데 「9」와 「6」은 바뀔 수 있는 爻 즉 可變之爻이고 「7」과 「8」은 바뀌지 않는 爻 즉 不變之爻이므로 「本卦」의 6爻가 모두 「7」과 「8」로 이루어졌으면 이는 바뀌지 않는 卦 즉 不變之卦이다. 成卦法에 의하여 이루어진 卦가 不變之卦이면 「本卦」의 卦辭로 점을 치고, 이런 卦에는 宜變之爻가 없으므로 이를 찾을 필요가 없다. 「本卦」 六爻가 모두 「9」와 「6」으로 이루어졌으면 이는 六爻 모두가 바뀌어야 하는 全變之卦로서, 이런 경우 乾卦는 「用九」의 爻辭로 占을 치고 坤卦는 「用六」의 爻辭로 占을 치며 그 외의 모든 卦(즉 62卦)는 「之卦」의 卦辭로 占을 치므로 이런 경우에도 宜變之爻를 찾을 필요가 없다. 이 두 경우 즉 不變之卦와 全變之卦를 얻은 경우 外에는 모두 宜變之爻를 찾아야 한다. 宜變之爻가 「9」(老陽)이면 「8」(少陰)로 변하고, 「6」(老陰)이면 「7」(少陽)로 변하여 「之卦」를 얻게 되는데, 이런 경우에는 「本卦」 變爻의 爻辭로 占을 치고, 그 外의 各 爻는 「9」이건 「8」이건 「7」이건 「6」이건 이를 따지지 않는다. 宜變之爻가 「7」이거나 「8」이 되면 不變하므로 그 占法이 복잡하게 되는데 이에 관하여 아래에 詳述하고자 한다.

1) 六爻가 모두 7과 8인 경우

이는 不變之卦이므로 宜變之爻를 찾을 필요가 없고, 「本卦」 卦辭로 점을 치면 된다. 예를 들어 占을 쳐서 「䷭」의 升卦를 얻었으면 六爻 모두가 不變之爻이므로 升卦의 卦辭로 점을 치면 되는 것이다.

2) 一爻가 9 또는 6인 경우

(1) 「9」나 「6」인 爻를 上記 計算法에 의하여 헤아리기를 마친 곳에

서 만나게 되면 그 爻가 宜變之爻가 되는 것이고, 그 宜變之爻가
「9」(老陽)이면 變하여 「8」(少陰)이 되고, 「6」(老陰)이면 變하여 「7」
(少陽)이 되어 「之卦」를 얻게 되며, 이때에는 「本卦」 變爻의 爻辭
로 점을 친다. 예를 들어 점을 쳐서 「䷯」 井卦가 나왔으면 그 營
數가 47이 되므로 55에서 47을 뺀 8을 上記 表의 計算法에 따라
헤아리면 五爻에 이르러 8이 끝나게 되므로 五爻가 宜變之爻가
되는 것이다. 五爻의 營數가 바로 「9」이므로 이것이 변하여 「8」
이 되면 「䷭」의 升卦가 된다. 이는 井卦가 升卦로 바뀐 것이므로
'井卦가 升卦로 옮겨감을 만났다' 하여 '遇井之升'이라 하며, 이런
경우 井卦 九五의 爻辭로 점을 치는 것이다. 즉 헤아리기를 마친
곳에서 만난 爻의 營數가 「9」(老陽) 또는 「6」(老陰)인 變爻이면
本卦 變爻의 爻辭로 점을 친다.

(2) 上記 表의 계산법에 의하여 계산을 마친 곳의 爻가 宜變之爻가
아니면 本卦의 卦辭로 점을 친다. 예를 들어 점을 쳐서 「䷥」睽卦
가 나왔으면 그 營數가 46이 되므로 55에서 46을 뺀 9를 上記 表
의 계산법에 따라 세어나가면 4爻에 이르러 9가 끝나게 되므로 4
爻가 宜變之爻가 되지만 4爻의 營數가 「7」(少陽)로서 不變하는
爻이므로 이른바 '遇睽之七'이 되며, 이런 경우 睽卦의 卦辭로 점
을 친다.

3) 兩爻가 9 또는 6인 경우

(1) 「9」나 「6」인 두 爻 가운데 한 爻가 계산을 마친 곳과 만나게 되
어 宜變之爻가 되면, 그 宜變之爻가 「9」면 「8」로 변하고 「6」이면
「7」로 변하여 「之卦」를 얻게 된다. 이런 경우에는 本卦 變爻의
爻辭로 점을 친다. 예를 들어 점을 쳐서 「䷪」姤卦가 나왔으면 그

卦의 營數가 43이 되고, 55에서 43을 뺀 12를 상기 계산법으로 세어나가면 初爻에 이르러 끝나게 되므로 初爻가 宜變之爻가 되는데, 이곳 初爻의 營數가 「6」(老陰)이므로 이것이 변하여 「7」(少陽)이 되어 「☰」乾卦를 이루게 되며, 이것이 이른바 '遇姤之乾'으로서 이런 경우에는 姤卦의 初爻 爻辭로 점을 친다.

(2) 兩爻가 모두 宜變之爻가 아니면 「本卦」의 卦辭로 점을 친다. 이는 可變之爻가 不變之爻보다 그 수가 적기 때문이다. 예를 들어 점을 쳐서 「☱」困卦가 나왔으면 그 營數가 49가 된다. 55에서 49를 뺀 6을 상기 계산법으로 세어나가면 上爻에 이르러 끝나게되는데, 上爻의 營數가 「8」(少陰)이어서 不變하는 爻이므로 이를 '遇困之八'이라 하며, 이런 경우 困卦의 卦辭로 점을 친다.

4) 三爻가 9 또는 6인 경우

(1) 三爻 가운데 한 爻가 宜變之爻이면, 그 爻가 「9」(老陽)면 「8」(少陰)로 변하고 「6」(老陰)이면 「7」(少陽)로 변하여 「之卦」를 얻게 된다. 이런 경우 「本卦」 變爻의 爻辭로 점을 친다.

(2) 만약 三爻가 모두 宜變之爻에 해당되지 않으면, 세 爻 가운데 營數가 「9」인 것은 「8」로 「6」인 것은 「7」로 모두 변하여 「之卦」를 얻게 된다. 이런 경우 「本卦」와 「之卦」의 卦辭를 합하여 점을 친다. 이는 可變之爻와 不變之爻의 수가 동일하여 「本卦」(이를 「貞」이라 함)와 「之卦」(이를 「悔」라 함)가 서로 다투는 즉 '貞悔相爭之卦'이기 때문에 兩卦의 卦辭를 합하여 점을 치는 것이다.

5) 四爻가 9 또는 6인 경우

(1) 四爻 가운데 한 爻가 宜變之爻이면, 그 爻의 營數가 「9」(老陽)

면 「8」(少陰)로 變하고 「6」(老陰)이면 「7」(少陽)로 변하여 「之卦」
를 얻게 된다. 이런 경우 「本卦」變爻의 爻辭로 점을 친다.

(2) 만약 四爻가 모두 宜變之爻가 아니면, 네 爻 가운데 營數가 「9」
인 것은 「8」로 「6」인 것은 「7」로 모두 變하여 「之卦」를 얻게 된
다. 이런 경우 「之卦」의 卦辭로 점을 치는데, 이는 可變之爻가 不
變之爻보다 그 수가 많기 때문이다.

6) 五爻가 9 또는 6인 경우

(1) 五爻 가운데 한 爻가 宜變之爻이면, 그 爻의 營數가 「9」면 「8」
로 「6」이면 「7」로 변하여 「之卦」를 얻게 된다. 이런 경우 本卦 變
爻의 爻辭로 점을 친다.

(2) 만약 五爻가 모두 宜變之爻가 아니면, 五爻 가운데 營數가 「9」
인 것은 「8」로 「6」인 것은 「7」로 모두 變하여 「之卦」를 얻게 된
다. 이런 경우 「之卦」의 卦辭로 점을 치게 되는데, 이는 可變之爻
가 不變之爻보다 많기 때문이다.

7) 六爻가 모두 9 또는 6인 경우

이는 全變之卦로서 宜變之爻를 찾을 필요가 없다. 즉 모든 爻의 營
數가 「9」 또는 「6」이므로, 「9」인 것은 「8」로 「6」인 것은 「7」로 바꾸어
「之卦」를 얻으면 된다. 이런 경우 乾卦와 坤卦를 제외한 모든 卦는 「
之卦」의 卦辭로 점을 치는데 이는 여섯 爻 모두가 變하여 全變之卦가
되었기 때문이다. 但 乾卦가 坤卦로 變하여 '遇乾之坤'이 된 경우에는
乾卦 用九의 爻辭로 점을 치고, 坤卦가 乾卦로 변하여 '遇坤之乾'이
된 경우에는 坤卦 用六의 爻辭로 점을 친다.

지금까지 變卦法에 대하여 살펴본 내용을 요약해보면 다음과 같다.

天地之數와 卦의 營數를 가지고 變爻를 定하는 기준으로 삼는다.

不變之卦는 「本卦」의 卦辭로 점을 치고, 全變之卦는 「之卦」의 卦辭로 점을 친다.(但 乾卦와 坤卦는 例外)

不變之卦와 全變之卦 外의 卦들은 宜變之爻와 可變之爻가 서로 만나면 「本卦」 變爻 爻辭로 점을 친다.

만약 宜變之爻와 可變之爻가 서로 만나지 못하는 경우, 可變之爻가 不變之爻보다 적으면 「本卦」 卦辭로 점을 치고, 可變之爻가 不變之爻보다 많으면 「之卦」 卦辭로 점을 치며, 可變之爻와 不變之爻의 수가 같으면 「本卦」와 「之卦」의 卦辭를 合하여 점을 친다.

이와 같은 筮法은 『春秋·左氏傳』에 그 증거가 있는 것도 있고 없는 것도 있다. 증거가 있는 것은 그 증거를 통하여 확인할 수가 있고, 없는 것은 증거가 있는 것을 근거로 하여 추정할 수 있으므로, 지금까지 기술한 내용에 큰 오류는 없으리라고 본다.

Ⅳ. 『春秋·左氏傳』 筮法의 實證

『左傳』에 수록된 筮事를 통하여 上記 筮法을 실증할 수 있으니, 이를 분류하여 기술하면 다음과 같다.

1) 六爻가 모두 不變인 경우

(1) 『左傳』 「僖公 15年」條

秦伯이 晋을 치고자하여 卜徒父에게 점을 치게 하였는데 吉하다 하였다. 그런데 河水를 건너다가 수레가 엎어졌으므로 占卦와 다르지 않으냐고 꾸짖었다. 그러자 대답하기를, "곧 크게 吉하게 될 것입니다. 세 차례 패배시킨 후에 반드시 晉君을 사로잡게 될 것입니다. 그 괘가 蠱卦「☶☴」를 만났는데 그 卦辭에, '千乘의 君主가 세 차례 달아나고, 그런 후에 그 雄狐를 사로잡는다.'하였는데, 이곳의 狐와 蠱는 반드시 그 君主일 것입니다. 蠱卦의 內卦(下卦)는 風이고 外卦(上卦)는 山이며, 季節은 가을이니 우리가 그 열매를 떨어뜨리고 그 재목을 취할 것이니, 이것이 이기는 所以입니다. 열매가 떨어지고 재목이 없어지면 敗하지 않을 수 있겠습니까?"하였다.…壬戌日에 韓原에서 싸웠는데,…秦이 晉侯를 사로잡아 가지고 돌아갔다. (秦伯伐晉 卜徒父筮之 吉 涉河 侯車敗 詰之 對曰 乃大吉也 三敗必獲晉君 其卦遇蠱「☶☴」曰 千乘三去 三去之餘 獲其雄狐 夫狐蠱 必其君也 蠱之貞 風也 其悔 山也 歲云秋矣 我落其實而取其材 所以克也 實落材亡 不敗何待 …壬戌戰於韓原 … 秦獲晉侯以歸)

(2) 『左傳』「成公 16年」條

六月에 晉과 楚가 鄢陵에서 조우하였다. … 甲午日인 그믐날 楚軍이 새벽에 晉軍에 바짝 접근하여 陣을 쳤다. … 苗賁皇이 晉侯에게 말하기를, "楚軍의 精銳는 中軍에 있는 王族 뿐입니다. 청컨대 精銳軍隊를 나누어 그 좌우를 공격하고 三軍이 王卒을 집중 공격하면 반드시 크게 패배시킬 수 있을 것입니다." 하였다. 이에 晉公이 占을 치게 하자 史가 말하기를, "吉합니다. 復卦「☷☳」를 얻었는데 卦辭에, '南國의 國土가 萎縮될 것이고 그 우두머리인 王을 쏘아서 그 눈을 맞힌다.' 하였으니, 나라의 영토가 위축되고 왕이 부상당한다면 敗北하지 않을 수 있겠습니까?" 하였다. 이에 公이 이를 따랐다. (六月 晉楚遇於鄢陵 … 甲午晦 楚晨壓晉軍而陳 … 苗賁皇言於晉君曰 楚之良在其中軍王族而已 請分良以擊其左右 而三軍萃於王卒 必大敗之 公筮之 史曰 吉 其卦遇復「☷☳」曰 南國蹙 射其元王 中厥目 國蹙王傷 不敗待何)

이 두 조항은 六爻의 營數가 모두 「7」 또는 「8」로서 不變之卦를 얻은 것이다. 1)의 蠱卦는 「䷑」이고, 2)의 復卦는 「䷗」로서 이 두 卦는 上記 三章 1의 類(六爻가 모두 「7」 또는 「8」인 경우)에 해당하는 것이다. 단 두 卦의 卦辭는 모두 현재의 周易에는 없는 내용이므로 아마도 別種의 筮 書에 근거하여 말한 것인 듯하다. 그러나 그 卦名이 周易과 동일하므로 이를 周易 筮法의 證據로 提示하는데는 문제가 없다고 본다.

2) 한 爻가 變한 경우

(1) 『左傳』 「昭公 12年」條

南蒯가 叛亂을 일으키고자 하였다. … 南蒯가 蓍草로 점을 쳐서 坤卦 「䷁」가 比卦「䷇」로 變한 것(즉 坤의 五爻가 변한 것)을 얻었는데, 爻辭 에, '黃裳元吉䷇이라 하였으므로 크게 吉한 徵兆로 여겼다. 이를 子服惠 伯에게 보이며 말하기를, "곧 큰일을 결행하고자 하는데 어떻겠는가?" 하 니 惠伯이, "내가 일찍이 이에 대하여 배운 일이 있습니다. 忠과 信에 합 당한 일이라면 可하지만 그렇지 않은 일이라면 반드시 실패할 것입니다. 밖이 굳세고 속이 따뜻한 것이 忠이고, 화합으로 점친 일을 행하는 것이 信이기 때문에 「黃裳元吉」이라 한 것입니다. 黃은 속옷의 색깔이고 裳은 아래에 입는 것이며, 元은 착한 일 가운데 으뜸인 것입니다. 속마음이 不 忠하면 그 色을 얻을 수 없고, 아래에 있으면서 공손하지 않으면 그 下衣 의 역할을 할 수가 없으며, 착한 일이 아니면 그 法度가 될 수 없습니다. 밖과 안이 부르고 화답하는 것이 忠이 되고 일을 신의로써 행하는 것이 共이 되며, 忠과 信과 極의 三德을 도와 기르는 것이 善이므로, 이 세 가 지에 맞지 않으면 안됩니다. 또한 易은 陰險한 일을 위하여 점을 쳐서는 안 되는 것인데, 하고자 하는 일이 무슨 일이며 그것이 또한 공손한 것입 니까? 中이 아름다워야 黃이 될 수 있고, 上이 아름다워야 元이 될 수 있 고, 下가 아름다워야 裳이 될 수 있는 것이며, 이 세 가지가 갖추어졌을 때에야 점을 칠 수 있는 것입니다. 만약 그 가운데 빠진 것이 있다면 점괘가 비록 吉하다 해도 안됩니다." 하였다. (南蒯之將叛也 … 南蒯枚筮之 遇坤「☷」之比「☵」曰「黃裳元吉」以爲大吉也 示子服惠伯曰 卽欲有事 何如 惠伯曰 吾嘗學此矣 忠信之事則可 不然 必敗 外彊內溫 忠也 和以率貞信也 故曰「黃裳元吉」黃中之色也 裳下之飾也 元善之長也 中不忠 不得其色 下不共 不得其飾 事不善 不得其極 外內倡和爲忠 率事以信 爲共 供養三德爲善 非此三者不當 且夫易 不可以占險 將何事也 且可飾乎 中美能黃 上美爲元 下美則裳 參成可筮 猶有闕也 筮雖吉 未也)

(2)『左傳』「哀公9年」條

晋나라 趙鞅이 鄭나라를 구제해주는 일에 대하여 점을 치게 하였다. … 陽虎가 周易으로 점을 쳐서 泰卦「☷」가 需卦「☵」로 변한 것을 얻고서 말하기를, "宋나라가 바야흐로 吉하게 될 것이니 이를 당할 수가 없습니다. 微子啓는 帝乙의 長子이고 宋나라와 鄭나라는 査頓관계입니다. 泰卦 六五 爻辭에 '帝乙歸妹 以祉 元吉'이라 하였는데, 이곳에 있는 「祉」는 吉한 福祿을 뜻합니다. 만약 帝乙의 元子가 젊은 여인을 鄭나라에 시집보내고 吉祿을 이미 차지했다면 우리나라가 어찌 吉함을 얻을 수 있겠습니까?" 하여, 이에 중지하였다. (晋趙鞅卜救鄭 … 陽虎以周易筮之 遇泰「☷」之需「☵」曰 宋方吉 不可與也 微子啓 帝乙之元子也 宋鄭甥舅也 祉 祿也 若帝乙之元子歸妹以有吉祿 我安得吉焉 乃止)

上記 두 事例는 모두 점을 쳐서 한 爻가 可變之爻가 되었고, 그 可變之爻가 바로 宜變之爻가 되었으며, 바로 그 爻의「本卦」爻辭로 점을 친 것이다. 즉 1)의 事例는 坤卦의 六五爻가 宜變之爻가 되어「之卦」가 比卦로 되었으므로「本卦」인 坤卦 六五爻의 爻辭로 점을 친 것이고, 2)의 사례는 泰卦의 六五爻가 宜變之爻가 되어「之卦」가 需卦로 되었으므로「本卦」인 泰卦 六五爻의 爻辭로 점을 친 것이다. 이

외에도 『春秋·左氏傳』에는 「僖公 15年」條, 「僖公 25年」條, 「莊公 22
年」條, 「昭公 5年」條, 「襄公 25年」條, 「閔公 元年」條, 「閔公 2年」條,
등에도 점을 쳐서 하나의 可變之爻가 宜變之爻로 變한 경우를 기술하
였는데, 그 가운데 「僖公 15年」條에서는 「本卦」 變爻의 爻辭로 점을
치지 않고 「之卦」의 變爻 爻辭로 점을 쳤고, 「閔公 元年」條에서는 卦
辭나 爻辭를 인용하지 않고 卦象만으로 점을 쳤으며, 「昭公 7年」條에
서는 「本卦」 卦辭와 「本卦」 變爻 爻辭와 「之卦」 卦辭를 合用하여
점을 쳤는바 이런 筮法은 매우 희귀한 예라 할 수 있다.

3) 다섯 爻가 變한 경우

『春秋 左傳』에는 두 爻나 세 爻나 네 爻가 可變之爻가 된 경우를
기술한 기록이 없고, 다만 『國語』에 세 爻가 변한 경우를 기술한 것이
두 건이 있을 뿐이다. 다섯 爻가 可變之爻가 된 경우를 기술한 예는
『春秋 左傳』 「襄公 9年」條에 다음과 같은 내용이 실려 있는 것을 들
수 있다.

　穆姜이 東宮에서 薨하였다. 처음에 東宮에 가서 점을 쳤을 때에 艮괘
「☶」의 之八을 만났다. 이에 史가 말하기를, "이는 艮卦가 隨卦 「☱」로 變
한 것을 이릅니다. 隨卦는 나가야 한다는 뜻이니 君께서는 반드시 빨리
나가셔야 합니다." 하였다. 穆姜이 말하기를, "그만두어라. 이 때문에 周
易에 '隨 元亨 利貞 无咎'라 한 것이다. 元은 본 바탕의 으뜸이요, 亨은
아름다움이 모인 것이요, 利는 義가 조화를 이룬 것이요, 貞은 일의 큰 줄
기이다. 仁을 본바탕으로 하면 이로써 사람들의 長이 되기에 足하고, 德
을 아름답게 하면 이로써 禮에 합치되기에 족하고, 萬物을 利롭게 하면
이로써 義를 調和시키기에 족하며, 貞을 굳건히 하면 이로써 일을 主幹
하기에 족하게 되는 것이니, 그런 까닭으로 속일 수가 없는 것이며, 이렇

기 때문에 비록 隨卦를 만나도 허물이 없게 되는 것이다. 지금 나는 婦人
으로서 亂에 참여하였고, 본시 아랫자리에 있으면서 어질지를 못하였으니
元이라 이를 수가 없고, 국가를 평안하게 하지 못하였으니 亨이라 할 수
없고, 일을 일으켜 몸을 해쳤으니 利라 이를 수 없으며, 직분을 포기하고
음탕한 짓을 하였으니 貞이라 이를 수가 없다. 元亨利貞 四德을 갖춘 사
람이라야 隨卦를 만나도 无咎할 수 있는 것인데 나는 이 가운데 하나도
가진 것이 없으니 어찌 여기서 나갈 수 있겠느냐. 내가 惡을 取하였으니
无咎할 수 있겠느냐. 반드시 여기에서 죽게 되고 나갈 수가 없을 것이다."
하였다.(穆姜薨於東宮 始往而筮之 遇艮「☶」之八 史曰 是謂艮之隨「☱」
隨其出也 君必速出 姜曰 亡 是於周易曰 隨 元亨利貞无咎 元 體之長也
亨 嘉之會也 利 義之和也 貞 事之幹也 體仁足以長人 嘉德足以合禮 利
物足以和義 貞固足以幹事 然故不可誣也 是以雖隨无咎 今我婦人 而與
於亂 固在下位 而有不仁 不可謂元 不靖國家 不可謂亨 作而害身 不可
謂利 棄位而姣 不可謂貞 有四德者 隨而无咎 我皆無之 豈隨也哉 我則
取惡 能無咎乎 必死於此 弗得出矣)

이것은 艮卦의 二爻를 제외한 初爻, 三爻, 四爻, 五爻, 上爻가 모두
變한 것이다. 이는 점을 칠 때에 艮卦「☶」를 얻었는데 그 영수가 44가
된 것이다. 55에서 44를 빼면 11이 남는다. 상기 방법에 따라 이를 세어
나가면 二爻에 이르러 11이 끝나므로 二爻가 宜變之爻가 된다. 그런데
二爻가 8(少陰)로서 不變之爻이므로 '遇艮之八'이라 한 것이다. 이런
경우 艮卦의 六二 爻辭로 점을 칠 수가 없으며, 艮卦의 5個爻가 9(老
陽)는 8(少陰)로, 6(老陰)은 7(少陽)로 變하게 되어 隨卦「☱」로 바뀌었으
므로 '是謂艮之隨'라 한 것이다. 그리고 之卦인 隨卦의 卦辭에 '元亨利
貞无咎'라 하였으므로 바로 그 卦辭로 점을 친 것이다. 이는 上記 變
卦法中 第6의 2)에 해당하는 類이다. 이런 경우 上記 變卦法으로 설명
하지 않는다면 이곳에 기술한 '遇艮之八 是謂艮之隨'라는 말의 해석이

불가능해지며, 이를 통하여도 上記 變卦法의 이해가 春秋時代의 占法을 이해하는데 必須不可缺한 것임을 알 수 있게 된다.

　지금까지 살펴 본 『春秋·左氏傳』에 收錄된 筮事를 통하여 春秋時代의 筮法을 대략 알 수 있게 되었다. 이를 요약하여 말한다면 筮法의 근거로 삼는 기준에 6種이 있었으니, 첫째는 成卦로, 이는 「本卦」를 얻은 것이고, 둘째는 變卦로, 이는 「之卦」를 얻은 것이다. 셋째는 그 筮辭를 관찰하는 것으로, 이는 그 卦辭와 爻辭를 보는 것이다. 넷째는 그 卦象을 보는 것으로, 이는 그 貞과 悔의 象을 보는 것이니, 즉 『左傳』에서 이른바 '變之貞風也 其悔山也'라 한 것이 이 예이다. 다섯째는 卦名을 보는 것으로, 『國語』에서 이른바 '屯厚也 豫樂也'라 한 것이 이 예이다. 여섯째는 人事와 연관지어 보는 것으로, 『左傳』에서 南蒯가 坤卦의 「黃裳元吉」을 만났지만 不吉하다고 본 것과, 穆姜이 隨卦의 「元亨利貞 无咎」를 만났지만 災患이 있을 것이라고 본 것이 이 예이다. 이 筮法의 근거 6種 가운데 셋째부터 여섯째까지의 근거는 점차 複雜多端해져서 한 가지 規則으로 규정할 수가 없게 되었다. 대체로 卜筮의 방법은 어떤 일에 대하여 鬼神에게 의탁하여 그 吉凶과 休咎를 알아보는 것인데, 筮人의 입장에 따라 이렇게 해석할 수도 있고 저렇게 해석할 수도 있어서 一定不變한 규칙이 있는 것이 아니기 때문이었다.

　이와 같은 春秋時代의 筮法을 제대로 이해하지 못하면 周易古經 및 周易大傳과 左傳 등의 文意와 蘊蓄된 뜻을 제대로 이해하지 못하게 될 것이므로 이에 관한 연구가 필요한 것이다.

Ⅴ. 結 語

지금까지 春秋時代의 周易 筮法에 대하여 살펴보았다. 이를 통하여 春秋時代의 周易 筮法이 宋代 이후의 周易 筮法과 일부 차이가 있었음을 알 수 있게 된다. 즉 變卦를 찾는 법, 天地之數와 해당 卦의 營數를 통하여 宜變之爻를 찾는 법 등이 宋代 이후의 周易 筮法과는 달랐음을 알 수 있게 되었다.

占이라는 것이 어떤 일을 결행하려 하면서 그 결과에 대하여 神에게 吉凶과 休咎를 물어보는 것이므로 그것이 맞는지 틀리는지는 알 수가 없다. 그러나 當代의 筮法이나 筮事를 정확하게 이해하여야 옛 사람들의 意識世界를 推察할 수가 있고, 周易과 春秋 등 古代에 쓰여진 典籍의 내용도 제대로 알 수 있게 될 것이므로 그 연구를 소홀히 할 수는 없는 것이다.

周易은 筮書일 뿐만이 아니라 일종의 哲學書요 修養書이기도 하므로, 現代에도 이를 自己修養의 방편으로 크게 활용할 수 있으리라고 본 것도 본고를 쓰게 된 하나의 동기가 되었음을 첨언하는 바이다.

제7부

地域社會와 文化

錦江을 題材로 한 漢詩考

Ⅰ. 序

흔히 우리나라를 錦繡江山이라 부른다. 가는 곳마다 山水의 景槪가 빼어나기 때문이다. 全北·忠北·忠南 등 三道를 貫流하여 西海로 들어가는 錦江도 굽이마다 名山과 高樓를 낀 絶景이라 이를 직접 읊거나 배경으로 한 詩歌가 매우 많다. 그 가운데 公州 일원의 錦江을 주제로 한 漢詩만을 골라 몇 회에 나누어 살펴보고자 한다.

本回에서는 지금은 없어져서 그 위치조차 未詳인 錦江樓(고려때부터 조선조 중엽까지 錦江岸上에 있던 樓로서 公山舊誌 등에 渡人이 爭涉했다는 기록이 있는 것으로 보아 前日 渡船場이었던 拱北樓부근으로 추정하고 있다)에 관계된 詩 4首를 考究해보고자 한다.

Ⅱ. 錦江樓 詩考

1) 題公主錦江樓

鄭道傳

그대는 보지 않았는가.

賈誼가 湘水에서 弔屈原賦를 짓고
李白이 취해서 黃鶴樓詩를 지은 것을
평생의 불행은 근심할 것이 없나니
뛰어난 뜻 늠름하게 천추에 전해오도다.
또 보지 않았는가.
병든 몸으로 삼년동안 남녘 고을에서 귀양살다가
돌아와 다시 금강 가에 이르른 것을.
강물이 유유히 흘러가는 것만 보일뿐
세월 또한 머물지 않았음을 어찌 알리오
이몸 이미 가을 구름과 같이 떠도니
부귀공명을 어찌 다시 구하랴.
흐르는 세월을 생각하며 휘파람 길게 부니
노래소리 격렬하고 바람소리 소슬한데
한 쌍의 흰 갈매기 홀연히 날아오네

君不見
賈傳投書湘水流
翰林醉賦黃鶴樓
生前轗軻無足憂
逸意凜凜橫千秋
又不見
病夫三年滯炎州
歸來又到錦江頭
但見江水去悠悠
那知歲月亦不留
此身已與秋雲浮
功名富貴復何求
感今思古一長吁
歌聲激烈風颼颼
忽有飛來雙白鷗

이 詩의 작자 鄭道傳(?~1398)은 조선 건국의 공신이요 혁명가로 字는
宗之, 號는 三峯이라 하며 牧隱의 門人으로 文章과 性理學에 조예가
깊었다. 그는 李太祖를 도와 조선의 개국에 큰 역할을 하였고, 당대 제
일의 경세가로 성리학을 국가의 지도이념으로 세우고 불교를 논리적으
로 철저히 배격하였으며, 왕자들의 정권다툼의 와중에서 李芳遠에게
살해되었다.

이 詩는 우왕 원년에 정몽주 등과 함께 親元政策에 반대하다 羅州
居平部曲으로 유배되었다가 2년후에 귀양이 풀려 丁巳年(1377) 7월 24
일 공주 금강루에 이르러 지은 것으로 三峰集과 公州郡誌에 몸을 수
록되어 있다.

이 詩의 首句에서는 漢 文帝時 賈誼(200~168 B.C) 가 太中大夫가 되
어 正朔과 服色을 개정하고 禮樂을 일으켜 제도를 일신하려 하다가 奸
臣들의 모함으로 長沙王의 太傅로 貶官되어 가다가 湘水에 이르러,
역시 楚나라의 大夫로 간신의 모함으로 쫓겨나 漁父辭를 짓고 湘水에
몸을 던져 자살한 굴원을 애도하는 弔屈原賦를 지은 것을 말하고, 第
二句에서는 李太白이 황학루에서 친구 맹호연이 광릉으로 떠나는 것
을 전송한 시를 상기하였다. 그 시에는,

　　동으로 떠나는 친구 황학루에서 하직하니
　　춘삼월 호시절에 양주로 간다네
　　외로운 돛배 먼 그림자 푸른 산 사이로 사라지고
　　하늘과 맞닿아 흐르는 양자강만 보일 뿐이네.

黃鶴樓送孟浩然之廣陵
故人西辭黃鶴樓
烟花三月下揚州
孤帆遠景碧山盡
惟見長江天際流

라 하였는데, 이 시에서는 금강루를 신선 子安이 황학을 타고 놀던 곳에 지었다는 중국 호북성 武昌縣에 있는 황학루에 比擬하고 금강을 양자 강에 比擬하였다.

第三, 四句에서는 이들(가의·굴원·이백)이 평생을 불행하고 곤궁하게 지내었으나 憂國衷情과 詩名은 천년 후인 지금도 사람들을 감동시킨다고 하였다.

「又不見」以下에서는 삼봉 자신의 처지를 직접 언급하여, 3년간의 귀양살이를 끝내고 귀양갈 때 지났던 금강루에 다시 돌아와, 오늘의 자신의 처지가 옛날의 가의나 이백과 같다고 비장하게 읊으면서 末二句에서는 격렬한 노래와 스산한 가을바람으로 파란만장한 자신의 처지를 비유하고, 이에서 초탈하여 자연속에 은둔하고 싶은 심정을 갑자기 날아온 한 쌍의 백구와 함께 노닐고자 하는 뜻으로 표현하였다.

이 詩는 深遠한 經綸과 높은 포부를 한껏 발휘하며 나라를 바로 잡으려는 뜻이 이루어지지 않는데 대하여 慷慨하면서 옛날 큰 뜻을 지녔던 위인들의 일생도 그와 같았다는 것에 위안을 얻고, 부귀공명에 연연하지 않겠다는 결의를 나타낸 것으로, 시 전편에 혁명가의 격정과 비장감이 끝까지 이어지다가 最末句에서는 이에서도 초탈하고자 하는 소망을 표시하였다.

이 詩 어디에도 금강루나 樓에서 내려다 본 경치의 아름다움을 직접적으로 표현한 말은 찾을 수가 없다. 그러나 금강루에 올라서 中國 第一의 絶景인 황학루를 연상하고 금강을 굽어보면서 양자강을 생각하였다는 것은 금강루의 경치가 양자강 가에 있는 황학루에 비견할만한 절경임을 간접적으로 나타낸 것이다.

한편 公州郡誌 錦江樓條에는 이 詩를 轉載하고 末尾에 '恐疑七字缺'이라 써놓아 七字가 缺落된 듯 하다고 하였는데 이는 漢詩는 詩句

의 數가 대부분 偶數이고 奇數로 된 시는 극히 드문데 이 시는 13個句로 이루어졌기 때문에 一句가 빠진 것으로 본 듯하다 ('君不見' '又不見' 등은 算外句이므로 句의 숫자에 넣지 않음) 그러나 每句有韻詩는 반드시 偶數句로 끝날 필요가 없으며, 이 詩도 每句有韻詩이므로 지금 남아 있는 詩가 缺落된 부분이 없는 完整한 시로 보아야 한다. 이러한 每句有韻의 七言詩는 中國 漢武帝時에 지었다는 柏梁臺聯句에서 유래하는 七言古詩體의 일종이다.

2) 公州錦江樓

朴彭年

어찌 유독 동정호만을 강남의 으뜸이라 하는가
금강의 기이한 경관도 모두가 손꼽는 바라네
객을 전송하는 강가엔 물새를 새겨놓은 배가 떠 있으니
滄浪 물가에 朝服을 걸어 놓으리라
물결에는 만고의 둥근 달이 잠겨있고
산에는 천추의 이내가 어리었네
이곳이 해동의 명승지이니
나그네들 절경을 감상하느라 수레 얼마나 멈추었을까

洞庭奚獨擅江南
錦水奇觀世共談
送客江頭浮綠鷁
濯纓州上掛靑衫
波含萬古孤輪月
山帶千秋一片嵐
此是海東佳麗地
征人遊賞幾停驂

이 詩의 作者 朴彭年(1417~1456)은 字가 仁叟, 號가 醉琴軒이며, 端宗의 복위를 꾀하다가 처형당한 死六臣의 一人이다. 처형당하기 1년전인 1445년(世祖卽位年)에 잠시동안 忠淸道 觀察使를 지낸 일이 있는데 그때에 任所인 公州에 이르러 錦江樓에 올라 이 시를 지은 듯하다.

三峰은 금강루를 보고 양자강과 황학루를 연상하였는데, 醉琴軒은 동정호를 연상하였으며(동정호 호반에 있는 岳陽樓를 연상하였을 듯), 양인이 공히 굴원의 어부사를 회상하였다.

首聯에서는 錦江樓에 올라, 中國 洞庭湖 湖畔에 있는 岳陽樓에 올라

> 동정호의 경치 소문으로만 듣다가
> 오늘 악양루에 올랐네
> 吳땅 楚땅 동남으로 트여있고
> 乾坤이 밤낮으로 이 호수에 떠있는 듯
> (後略)

> 昔聞洞庭水
> 今上岳陽樓
> 吳楚東南坼
> 乾坤日夜浮
> (後略)

라 읊은 杜甫의 登岳陽樓詩를 그리며 그에 못지않은 海東第一의 絶景이 錦江가의 錦江樓라 주장하고, 頷聯에서는 뱃머리에 鷁鳥를 아로새겨놓은 배가 강가에 떠 있는 것을 보고, '창랑의 물 맑음이여, 나의 갓끈을 씻을만 하도다(滄浪之水淸兮 可以濯吾纓)'라고 노래한 굴원의 어부사를 연상하면서, 벼슬을 버리고 이곳에 은거하여 어부가 되고 싶다고 하였다.

頸聯에서는 만고에 변함없이 둥근 달을 ·머금고 있는 강과 천추에 변함없이 嵐氣를 띠고 있는 산을 보며 자연의 무궁함·불변함과 人事의 변화를 생각하였고 尾聯에서는 이곳이 海東第一의 勝景이어서 나그네들의 걸음을 멈추게 한다는 말로 結束하였다.

3) 公州錦江樓

李承召

봄날의 금강물 이끼처럼 푸르고
양쪽의 청산은 그림을 펼쳐놓은 듯
물가에 가득한 갈대는 푸른 색 일색이고
길가에 싸라기처럼 흩어진 버들솜은 무더기를 이루었네
석양에 옛 나루를 다투어 건너는데
이슬비 내리는 해자에는 기러기만 한 마리 날아오네
역마들 분망하게 돌아가기에 급한데
물결위의 백구들도 서로 다투네

錦江春水碧於苔
挾岸靑山畵畵開
莎草滿汀靑一抹
楊花糝逕白千堆
夕陽古渡人爭涉
細雨空壕鴈獨來
馹騎忙忙歸去急
白鷗波相也相猜

이 시의 작자 李承召(1422~1484)는 字가 胤甫, 號가 三灘으로 당대의 대표적인 文人이었고, 世祖3년(1457)에 충청도 관찰사를 지내었는데 이 때에 지은 시인 듯하다.

이 시는 순수한 敍景詩로 首聯부터 尾聯까지 眼前에 전개된 경치를 사진으로 찍은 듯이 객관적으로 읊었으며 작자의 감정이나 주관은 거의 배제되어 있다. 한편 이 시에 錦江樓와 錦江渡의 위치를 예측할 수 있는 중요한 단서가 나타난다. 頸聯 出句의 '人爭涉'과 尾聯 出句의 '馹騎忙忙'이란 기록을 통하여 금강나루가 사람들이 왕래가 끊이지 않는 매우 번화한 나루이었음을 알 수 있고, 頸聯 對句에 있는 '壕'字는 城밑에 파놓은 못(城下池)인 해자를 뜻하므로 금강루가 公山城과 맞닿은 금강가에 있었음을 알 수 있으며, 그런 곳은 현재의 拱北樓 자리이거나 그 주변뿐이므로, 公州郡誌에 금강루가 현 공북루 부근이라고 한 것이 정확한 추론임을 확인할 수 있다. 이 시가 쓰여진 15세기 경에는 금강루 주변에 여러 그루의 버드나무가 있었음도 알 수 있으며, 이러한 기록들은 앞으로 이 지역을 옛날의 정취에 어울리게 복원할 때도 중요한 근거자료가 될 수 있을 것이다.

4) 題錦江樓

林億齡

나그네 처자를 거느리고
멀리 해남 땅을 향하다가
황혼녘에 옛 나루에 이르르니
푸른 물 쪽빛으로 물들인 듯하네
땅에 가득한 버들솜 펄펄 날고
솔솔 부는 바람이 소매에 스미는데
항상 세인 놀라게 할 시구찾는 일이
성벽이 되어 지금까지 헤어나지 못하네

有客携妻子
遙遙指海南

黃昏來古渡
碧水染新藍
撲撲柳飛絮
蕭蕭風滿衫
平生驚世句
性癖至今耽

　林億齡(1496~1568)은 字가 大樹이고 號는 石川이며 당대의 대표적인
文人이다. 仁宗 元年(1545) 乙巳士禍가 일어나 尹元衡 일파(小尹派)가
尹任(大尹派)일파를 처형할 때에 그의 아우 百齡도 小尹派에 가담하여
불의를 자행하자, 나라의 혼란과 아우의 비행에 상심하여 금산군수의
직을 사임하고 서울에 있던 가족들을 이끌고 고향인 해남으로 가 은거
하였다가 小尹派가 숙청된 후 다시 관직에 복직하였다.
　이 詩는 해남으로 은거하러 갈 때 錦江樓를 지나면서 지은 것이다.
詩에 쓰여진 客·携妻子·遙遙·黃昏·蕭蕭 등의 詩語로 인하여 나른
하고 염세적인 분위기를 느끼게 되며, 이는 당시 이 작가가 처한 상황
과도 관계가 있을 것이다. 벼슬을 버리고 낙향하면서 평소에 연마한 作
詩실력으로 世人을 놀라게 할 名詩나 지으면서 소일하리라 결심하고,
尾聯에서는 국가의 상황에 실망하여 낙향하면서도 勝景을 만나면 詩
句를 읊조리기를 멈출 수 없는 자신의 詩癖을 역설적으로 자랑하고 있
다. 杜甫가 '詩로 사람들을 놀라게 하지 않고는 죽을 때까지 쉴 수가
없다.(詩不驚人 死不休)'한 말을 그리면서, 일생을 불우하게 마친 두보
이지만 詩名은 천년후에도 남아 있듯이 자신도 벼슬에 연연하지 않고
驚世句나 지으며 살겠다고 한 것이다.
　이 시에는 금강의 푸른 물이 쪽(藍)으로 새로 물을 들인 듯하다는 말
외에는 금강루와 주변의 승경을 나타낸 말을 찾을 수가 없다. 이는 당

시의 자신의 처지가 絶景을 감상할만한 마음의 여유가 없어서가 아니 었을까 생각된다.

Ⅲ. 結

지금까지 금강루와 주변의 경치를 읊은 4首의 詩를 지어진 연대순으로 살펴보았다. 정도전의 시는 고려 우왕 3년(1377)에 지은 七言古詩이고, 박팽년의 시는 조선조 세조 원년(1455)에 지은 七言律詩이며, 이승소의 시는 세조 3년(1457)에 지은 七言律詩이고, 임억령의 시는 인종 원년(1545)에 지은 五言律詩이다.

정도전의 시는 전반부는 詠史詩의 성격을 띠고 있고 후반부는 자신의 처지와 소망을 읊었으며 매우 격렬한 시어를 구사하여 비장감을 자아내며, 박팽년의 시는 금강루 일원의 절경을 찬양하면서 이곳에 은거하고 싶은 뜻을 표하여 세조의 찬위에 대한 불만을 寓意的으로 나타낸 것으로 추측된다.

이승소의 시는 錦江渡 주변의 아름다운 경치를 객관적인 필치로 풍경화를 그리듯 敍景詩로 읊어서 詩中有畵라는 말이 虛言이 아님을 실감하게 하며, 이 시의 詩語들을 통하여 錦江樓와 錦江渡의 위치를 추찰할 수 있는 단서를 제공하고 있고, 임억령의 시는 시대상황에 실망하여 가솔들을 이끌고 낙향하는 중에 금강 나루를 건너면서 주변의 풍경을 읊고 驚世句를 짓는 일을 평생의 목표로 할 것임을 표명하였다.

이들 14~16세기에 긍하여 지어진 네 수의 금강루 시를 통하여 금강루에 대한 古人들이 情緖를 현세인들도 함께 느껴보고, 금강루와 금강나루의 위치를 고증하여 이를 복원하는 일도 의의가 있으리라고 본다.

公州 前十景詩 考釋

Ⅰ. 序 言

公州十景詩에는 四佳 徐居正(1426~1488)이 지은 前十景詩와 竹堂 申濡(1610~1665)가 지은 後十景詩의 二種이 있다. 그 가운데 本攷에서 는 前十景詩만을 考究의 대상으로 삼았다.

前十景詩는 公州地方의 十大勝景을 客觀的으로 서술한 敍景詩라 기보다는 勝景을 빌어서 作者의 뜻을 나타낸 借景寄意한 것이 대부분 이다. 이곳에 設定한 十景도 단순히 自然의 景槪만을 나타낸 것이 아 니고 「錦江春遊」「月城秋興」「東樓送客」「西寺尋僧」 등의 제목에 나타난 바와 같이 景致를 나타내는 錦江·月城·東樓·西寺 등이 人 事를 나타내는 春遊·秋興·送客·尋僧등과 어우러져 있다. 즉 自然 과 人事가 融和하여 한 景을 이루도록 되어 있으며, 이는 순수한 十大 勝景만을 詩題로 한 後十景詩와는 다른 一面이기도 하다. 더구나 自 然의 背景과는 상관이 없는 순수한 人造物인 石甕과 그곳에 심은 菖 蒲를 十景 속에 넣은 것은 독특하고 기발한 착상으로 생각된다.

前十景詩의 作者 徐居正은 15世紀의 代表的인 官閣文人으로 26年 間 文柄을 잡고 23榜을 掌選하였고, 四佳集·東人詩話·筆苑雜記·滑

稽傳 등을 짓고 동문선·三國史節要·東國通鑑·餘地勝覽 등의 官撰事
業을 主導하였으며, 雄放豪健한 詩文으로 一世를 영도한 巨手이었다.

　徐居正이 公州地方을 여행한 일이 있는데1), 이때에 十景詩를 지은
것인지 後에 要請을 받고 지은 것인지는 분명하지 않으며, 公州十景詩
가 餘地勝覽에는 수록되어 있으나 四佳詩集에는 수록되어있지 않다.
四佳는 前述한 바와 같이 당시 長期間 文衡을 專擅하고 있었으므로 각
지방에서 다투어 그 고장의 勝景을 찬양하는 詩를 지어주도록 청하여
漢陽詩詠·驪州八詠·通津八詠·庇仁八景·慶州十二詠·大邱十詠·密
陽十景·平海八詠·豊川八景詩 등 많은 시를 지었다.2)

　本攷에서는 公州前十景詩를 原文의 순서대로 해석하고 약간의 주
석을 가하여 考究해 보고자 한다.

Ⅱ. 公州前十景詩 考釋

1) 錦江春遊 : 錦江의 뱃놀이

濯錦江邊天地春　씻은듯한 금강가 봄 기운 무르녹아
二月三月天氣新　이삼월 날씨가 화창하도다
玉壺沽酒尋芳菲　옥항아리에 술을 담아 꽃동산 찾아가니
遲日暖風惱殺人　늦은 햇살 따사로운 바람에 매혹이 되네.
晴江新漲金葡萄　맑은 강물이 넘쳐 금포도빛 띠었는데
蘭橈隨意移畫舮　난목삿대 천천히 저어 작은 배 옮겨가네.

---

1) 四佳集 卷4에「到公州與金判官……會客館蓮亭宴集醉後有作」「翼日李淸甫
　奉宥旨來會蓮亭同飲卽席有作」등 公州와 그 일원을 여행하고 지은 5首의 시
　가 수록되어 있다.
2) 四佳詩集補遺 卷 8 참조.

杏花疎景醉扶歸　살구꽃 성긴 그림자 밑으로 취한 몸 의지해 돌아오는데
玉笛一聲山月高　옥피리 한 소리에 산 높이 달이 떴네.

어젯밤 내린 봄비로 강물은 황금 포도빛으로 넘쳐 흐르고 풀과 꽃들
은 더욱 청신한 春色을 자랑하는데 옥항아리에 술을 사 넣고 봄놀이를
가는 風流人의 한적이 배어있는 春興의 詩이다. 뱃놀이의 淸遊를 마음
껏 즐기고 陶然히 취한 몸으로 돌아오니 산 높이 뜬 달빛이 살구꽃을
비추어 성긴 그림자가 어른거리고 저 멀리 어느 곳에선가 옥을 굴리듯
낭랑한 피리소리가 들려온다. 武陵桃源 仙境이 바로 이런 곳이리라.
　이 詩에는 생활의 고달픔도, 世俗的인 욕망도 전혀 없다. 오직 아름
다운 자연과 내가 하나가 되어 和風暖陽·百花芳菲를 즐길 뿐이다.

2) 月城秋興 : 月城의 가을 흥취

秋風嫋嫋江自波　산들산들 가을 바람에 강물결 일렁이고
山南山北紅葉多　남쪽 북쪽 모든 산엔 단풍이 한창이네
登臨有興濃於酥　등산의 홍취가 우락보다 농밀함은
十千美酒金叵羅　萬金짜리 美酒를 金술잔으로 마셔서이네
黃花滿揷帽欲欹　국화꽃 가득 꽂아 모자는 기우뚱한데
鯨呑虹吐安足辭　고래처럼 마시고 고운 시 읊기를 어찌 사양하랴
請君莫學宋生酸[3]　그대여 宋生[3]의 辛酸을 본받지 말라
一生謾作悲秋詞　그는 평생 부질없이 슬픈 가을 노래만 지었다오.

청명한 가을 날 코발트빛보다도 더 푸른 가을 하늘과 하늘빛 그대로
의 맑고 푸른 강물이 햇빛에 반짝이며 흘러가고 四方 山을 곱게 물들

---

3) 이곳의 宋生은 屈原의 弟子로 屈原이 放逐되어 湘江에 투신한 것을 슬퍼하여
九辯 招魂 등의 辭를 지은 宋玉을 稱하는 듯 함.

인 단풍은 손에 잡힐 듯이 가까이 다가선다. 이런 계절에 菊香 그윽한 月城山(봉화대가 있었으므로 一名 봉화산이라고도 함)에서 菊花酒마시고 詩를 짓는데 어찌 世俗의 고뇌가 끼어들 자리가 있으랴. 더구나 지금 은 태평성세이니 가을을 슬퍼했던 宋生을 흉내낼 필요는 없다고 한 것 이다. 즉 단풍이 아롱진 산이 있고 푸른하늘과 맑은 강이 있으며 맛있 는 술 향기로운 국화가 있으니 이 사이에 있는 인간도 이런 주변의 아 름다움을 마음껏 즐길 뿐 속된 世事를 근심할 것이 없다고 한 것이다.

3) 熊津明月 : 熊津의 밝은 달

熊津之水淸且漪　　웅진의 맑은 물 일렁이는데
熊津有月來何時　　어느사이 밝은달이 떠올랐는가
百濟王事如鳥過　　백제의 옛 역사 날으는 새처럼 지나갔으나
我問明月月應知　　달에게 물어보면 달은 응당 알리라.
一自樓船駕鶴來　　한번 누선위로 학을 타고 오고부터
國社已墟唐府開　　백제사직 황폐하여 당나라 영역으로 변하였네
落花岩前春正愁　　낙화암 앞 봄경치보고 탄식하는데
釣龍臺下潮自回　　조룡대 아래로 물결이 돌아드네

이 시는 웅진에 뜬 달을 보고 옛 백제시대를 회고하고 백제의 멸망 을 그린 것으로 十景詩 中 유일한 詠史詩이다.

人物과 事件은 시대의 흐름을 따라 옛일로 변하였으나 달은 예나 이 제나 변함없이 떠서 역사의 변이를 지켜보고 있다. 이렇게 세월의 흐름 을 통관할 수 있는 달을 빌어 詩想이 熊津이라는 한 地點에서 멸망당 시의 百濟로 확산되고, 백제의 멸망을 낙화암으로, 소정방의 침입을 조 룡대로 상징하면서 唐軍의 침입으로 꽃다운 청춘을 낙화암에 던져버린

百濟女人들을 통하여 亡國의 恨을 슬퍼하고 있다. 그러나 이러한 恨을 아는지 모르는지 웅진의 달은 어김없이 뜨고, 봄이 되면 낙화암엔 어김없이 꽃이 피고, 조룡대의 물결도 예나 다름없이 일렁이는 것을 보고 人事의 허무함을 詩化한 것이다. 이 詩 속에서 字眼을 찾는다면 '墟'를 지적할 수 있으리라.

   4) 鷄嶽閑雲 : 계룡산의 한가한 구름

      鷄嶽嵒嶢挿層壁   층층절벽 우뚝하게 솟아있는 계룡산
      淑氣蜿蜒自長白   맑은 기상 장백산에서 이어져온 것이네
      山有湫兮龍則拌   산에는 못이 있어 용이 숨어있고[4]
      山有雲兮物可澤   산에는 구름있어 만물을 적셔주네
      我昔試遊於其中   내 지난날 그 사이에 노닐어보니
      靈異不與他山同   신령하고 기이함이 다른 산과 달랐었네
      會作霖雨澤天下   구름모여 비가 되어 천하를 적셔주니
      龍使雲兮雲從龍   용이 구름을 부린 것이요 구름이 용을 따른 것이네

滿洲와 韓半島는 白頭山 (長白山)을 최고봉으로 그 脈이 함경산맥 태백산맥으로 이어지고 다시 소백산맥으로 이어져서 西南쪽으로 비스듬히 뻗어오다가 公州땅에 蟠踞하여 神靈함을 발하며 絶景을 이루고 있는 산이 계룡산이다. 계룡산 허리에 유유히 감도는 한가로운 白雲은 훌륭한 風致로 우리의 心身을 즐겁게 해 주는데 그치지 않고 龍湫속에 있는 용의 조화로 비로 化하여 萬物을 生養하고 天下에 恩澤을 입힘을 찬양하고 있다.

---

  4) 이 곳이 湫는 國師奉 남쪽 계곡에 있는 龍淵을 말한 것으로 一名 龍湫 · 潛淵이라고도 부르며, 용이 살고 있다는 전설이 있고, 길이가 30尺 폭이 28尺이고 깊이는 알 수 없다고 한다. (公州郡誌 p.32 참조)

山이 靈山이므로 계곡에 있는 龍湫에 靈物인 용이 깃들어 구름으로
하여금 비가 되게 하여 天下를 적셔준다고 한 이곳의 龍은 鷄嶽의 정
기를 타고난 위대한 人物로 平素에는 潛龍처럼 산속에 묻혀 獨修其身
하고 있다가 세상에 나아가 활약할 시기가 오게 되면 兼濟天下하여 그
恩澤이 天下萬人에 미치게 할 수 있는 學德이 높은 위인을 상징적으
로 假託한 것으로도 볼 수 있다.

5) 東樓送客 : 東樓에서 客을 보내며

錦江江上錦江樓	금강위의 금강루
黃鶴一去雲悠悠	황학 떠난 후에는 구름만 오락가락
宦遊南北知幾人	관리로 떠도는 몸 그 누가 알 것이며
芳草別恨何年休	꽃다운 봄에 이별하는 한이 언제나 그칠가
去年相別髮如漆	지난해 작별할 땐 검은 머리이더니
今年相別白於雪	금년에 작별할 땐 눈보다도 희어졌네
江流別恨誰淺深	강물과 이별의 한 어느쪽이 더 깊은가
一曲陽關愁斷絶	양관삼첩 한곡조에 애간장이 끊어지네

이 詩의 前半部는 금강 가에 있던 東樓(錦江樓)[5]를 中國 湖北省 武
昌縣에 있는 黃鶴樓에 比擬하고 唐代 崔顥가 지은 「黃鶴樓詩」[6]와
유사한 詩想과 詩語로 구성하였고, 後半部는 王維의 「宋元二使安西
詩」[7]를 效倣하였으며, 이 詩는 結句를 三回 반복하여 읊게 되어 있으

---

5) 錦江樓는 拱北樓 부근에 있었던 듯하며, 鄭道傳 · 朴彭年 · 李承召 등의 錦江樓
   詩가 現傳하고 있다.(公州郡誌 p.38 참조)
6) 昔人已乘黃鶴去 此地空餘黃鶴樓 黃鶴一去不復返 白雲千載空悠悠 晴川歷歷
   漢陽樹 芳草處處鸚鵡洲 日暮鄕關何處是 煙波江上使人愁
7) 渭城朝雨浥輕塵 客舍靑靑柳色新 勸君更進一盃酒 西出陽關無故人

므로 陽關三疊이라고도 한다.

이곳에서는 금강루에서 떠나가는 客을 전송하며 느끼게 된 이별의 恨과 人生의 덧없음을 읊으면서, 금강루에서 노닐던 신선은 자기가 그려놓았던 학을 타고 떠났어도 구름은 예나 다름없이 유유히 떠 있고, 이 樓에서 만나고 헤어지는 일은 恨없이 지속되는데 그러한 가운데 덧없이 늙어가는 人生無常을 슬퍼하고 있다. 특히 不變하는 自然과 人生의 對比가 돋보이는 作品이다.

6) 西寺尋僧 : 西寺로 스님을 찾아가며

艇止山中古招提	정지산 속의 옛사원
緣江一路高復低	강을 따라 난 길이 높았다 낮았다 하네
十載尋僧閑往還	십년을 스님찾아 한가히 왕래할 때
靑藤白襪雙草鞋	등넝쿨 지팡이 흰 버선에 짚신 신고서였네
我亦平生志許徒	나 또한 평소에 뜻이 통하는 사이이니
結社有弱何曾辜	결사를 맺는 것이 허물될 게 없도다
會倩龍眼老居士	만났을 때 용안의 늙은 스님은 엄전한 자세로
畵出虎溪三笑圖	호계삼소도[8]를 그리고 있었네

艇止山은 공주 북쪽 금강의 舟艇을 매어놓는 곳에 있어서 붙여진 이름이라고도 하고, 公州의 地形이 舟形이라 鎭山을 艇止山이라 했다고도 한다. 이 山에 있는 西寺(艇止寺)에 安居하고 있는 高僧을 藤杖 짚고 芒鞋신고 찾아가 中國 晉代에 慧遠 · 陶潛 · 陸修靜 등 三人이 道

---

8) 晉, 慧遠法師가 廬山의 東林寺에 있을 때, 앞에 있는 시내를 건너면 호랑이가 포효하여, 安居禁足을 맹세하고 이 시내(이름을 虎溪라 하였음)를 건너는 일이 없었는데, 陶淵明 · 陸修靜의 내방을 받고 淸談을 나누다가 헤어질때 호계를 건너가서 전송을 하니 포효하여 三人이 웃었다는 故事를 그린 것으로, 世俗을 초월한 道友들의 交遊를 상징한다.(廬山記)

友가 되어 淸談을 즐긴 것처럼 結社를 맺고 道友가 되어 10年 동안 交遊하고 있음을 그린 詩로 雜態가 없는 脫俗한 경지를 나타내고 있다.

7) 三江漲綠 : 三江이 넘쳐 푸르름

三江元從銀河來　삼강9)이 은하수에서 발원하여서
合爲錦水碧於苔　합쳐서 금강이 되어 이끼보다도 더 푸르네
昨夜小雨漲半篙　어젯밤 봄비로 삿대 반쯤 잠기고
葡萄之酒初釀醅　물빛은 포도주가 발효될 때 같도다.10)
誰家日暮三兩舫　저물녘 어느 집의 두서너 사공들
蘭檣截彼桃花浪　난목 삿대를 복사꽃 뜬 물결에 부러뜨렸나
簑衣篛笠玄眞子　도롱이 입고 삿갓 쓴 현진자11)
我歌滄浪欲相訪　나도 어부사12) 부르며 그대를 찾아가리라

黃河의 발원지가 하늘의 은하수라는 중국의 전설을 원용하여 그 강의 상류인 삼강의 발원지도 은하수라고 보고, 봄비로 불어난 물에 복사꽃이 떠오르는 것으로 보아 上流에는 분명히 武陵桃源이 있을 것이니 唐代의 道士 玄眞子처럼 漁父歌 부르며 仙景을 찾아가겠다는 뜻을 詩化하였다. 이 詩에 나타난 銀河·桃花·蘭檣·玄眞子·滄浪 등의 詩語들이 모두 仙界를 상징하는 것들로 錦江 上流에 理想鄕인 仙境이 있다고 상상하고 仙界를 그리워하는 심정을 表露하였다.

---

9) 이곳의 三江은 現 연기군 남면 羅城里 앞의 三枝江을 稱하는 듯 함
10) 李白의 詩의 「恰似葡萄初釀醅」라는 句를 원용한 것으로 비가 와서 불은 강물이 흘러가는 모습을 그린 것임.
11) 玄眞子는 唐의 道士 張志和의 號
12) 屈原의 漁父辭에 「滄浪之水淸兮 可以濯吾纓 滄浪之水濁兮 可以濯吾足」이라 하였다.

8) 金池菡萏 : 金池의 연꽃

天孫爲織雲錦機	직녀가 운금베틀로 비단을 짜서
綠爲裳兮紅爲衣	푸른 치마를 만들고 붉은 저고리를 만드니
宜風宜雨又宜月	바람불 때 비올 때 달 뜰 때 모두 좋아
輕煙細霧香霏霏	가벼운 안개에 향기를 흩날리네
何年移自泰華巓	어느 해에 태화산에서 옮겨왔기에
密雲入口沈痼痊	달고 찬것이 입에 넣으면 고질병을 낫게 하네
雖然才大難爲用	재주가 훌륭해도 쓰기가 어려우니
何用藕大大於船	어째서 연근을 배보다 크게 할 수 있을까

華山記에 의하면 연꽃은 애초에 華山頂上에 있는 玉井에서 난 것으로 꽃 크기가 10丈이고 뿌리는 배만한 千葉蓮花에 근원을 두고 있으며, 눈서리 같이 찬 연근이 달기는 꿀과 같은데 한 조각만 입에 넣으면 고질병이 치유된다고 하였다. 이 시는 후반부는 이 화산기와 韓愈의 「古意」[13] 시의 내용을 따다가 金池에 있는 연꽃을 노래하고 있으며 第6句 第1字의 密은 蜜의 誤記인 듯하다.

이 詩의 首聯에서는 연잎을 織女星이 짠 비단으로 지은 푸른 치마로 비유하고 연꽃을 붉은 저고리로 비유하였으며, 頷聯에서는 연꽃이 향기를 발하며 바람에 일렁이는 모습·함초롬히 비를 맞고 구슬같은 물방울을 이고 다소곳이 피어있는 모습·은은한 달빛에 비추인 모습 등을 읊고 있다. 연은 꽃 중의 君子로서 향기는 멀리서 맡을수록 더욱 맑고, 멀리서 완상하기는 좋지만 가까이에서 함부로 다룰 수는 없는 꽃이라고 周茂叔도 말한 바가 있다.[14] 尾聯에서는 蓮根을 배만큼 크게 하여 이

---

13) 韓愈 「古意」太華峯頭玉井蓮 開花十丈藕如船 冷比雪霜甘比蜜 一片入口沈痊痾 (후략)

14) 周惇頤 「愛蓮說」

를 타고 蓮花世界(極樂世界)에 노닐고 싶다는 뜻을 표하여, 全池에 핀
연꽃을 감상하다가 작자의 정신세계는 理想鄕을 向하고 있는 것이다.[15]

9) 石甕菖蒲 : 石甕의 창포

百濟古物惟石甕　　백제의 옛 것으로 석옹만이 남았으나
復大漢落將底用　　배가 크게 비었으니 장차 어디에 쓰랴
誰知菖陽天地精　　누가 창포가 천지의 정기임을 알아서[16]
開雲斷石比移種　　구름을 헤치고 숭산의 석창포 잘라서 옮겨심었는가
根盤九節蛇龍老　　뿌리의 아홉마디는 늙은 용과 뱀이 서린듯하고
性通神靈天下小　　성품은 신령스러워 天下를 작게 여기네
餌之可以延修齡　　이를 먹으면 불로장생할 수 있나니
何用區區拾瑤草　　어찌 구구하게 불로초를 찾으랴[17]

이곳의 石甕은 현재 공주박물관 뜰에 있으며 원래는 大通寺 (공주시
반죽동)에 있던 것을 옮겨 놓은 것으로, 직경이 1.85m 높이가 1.10m인
大石槽이다. 대통사의 창건연대를 聖王 5년 (527)으로 보고 있으므로
石甕도 이 시기에 만든 것인듯 하다.

이 석옹에 물을 담고 天地의 精氣가 百草中 제일 먼저 발현된다는
菖蒲를 심어, 너무 크고 넓어서 쓸모가 없을 듯한 석옹에 天地의 정기
를 모으고, 이를 복용하여 不老長壽할 것을 기대하고 있다. 이는 莊子
에 나오는 大用小用之辨[18]을 원용하여 世人들이 너무 커서 쓸모없다

---

15) 四佳가 公州 客館 앞에 있던 蓮池와 그 곁에 있던 蓮亭 (現 중동국민학교자리)
　　에 대하여 읊은 詩 3首가 四佳詩集 卷4에 수록되어 있다.
16) 葡萄는 百草之先生者이므로 天地精이라 한 것임 (『本草』「菖蒲」)
17) 단오에 菖蒲酒를 마시면 瘟氣를 쫓고 長壽할 수 있다 함 (荊草歲時記)
18) 『莊子』「逍遙遊」에 대한 大用小用之辨이 나온다.

고 생각하는 石甕을 유용하게 활용하는 지혜를 찬양한 것이며, 이 시는
중국 中岳인 嵩山에 石菖蒲가 있는데 그 뿌리는 一寸이 아홉마디로
되어 있고 이를 먹으면 장수할 수 있다고 한 神仙記[19]의 기록을 바탕
으로 하며 석옹속의 창포를 詩化한 것으로 仙界를 그리워하는 마음이
발로되어 있다.

10) 五峴積翠 : 五峴의 푸른 봉우리들

公山之勝天下甲	공산의 훌륭한 경치 천하의 으뜸이요
五峴嵯峨鎭四角	五峴[20]이 우뚝 솟아 사방을 진무하네
遙看翠積連溘濠	멀리 푸른 봉우리 바라보니 자욱하게 안개와 연해있고
松檜森森聳霄壑	소나무 전나무 빽빽하게 골짜기에 솟아있네
人間幾番換炎寒	인간세계 몇 번이나 계절이 바뀌었는데도
四時不老惟蒼顔	사계절 한결같이 검푸른 모습이네
我欲山中斷黃精	나 또한 산중에서 世欲을 끊고
鸞輿鶴賀閑往還	학과 난새가 끄는 수레타고 한가히 왕래하리라

이 시의 전반부에서는 안개 속에 아련히 비치는 公州 일원에 있는
五峴의 그림같은 경치를 그리고, 後半部에서는 세월 따라 변하는 人事
와는 달리 불변하는 산악의 모습에서 진리를 발견하고, 그러한 산 속에
들어가 神仙이 되어 살고 싶다는 願望을 나타내고 있다. 이곳의 五峴
은 外地에서 公州로 들어올 때나 공주에서 외지로 나갈 때 넘어야 할
公州 주변에 있는 고개들로서 五峴을 포괄하여 十景中의 一景으로 한
것은 類例를 찾아보기 어려운 특이한 발상이다.

---

19)『神仙傳』漢武上嵩高 忽見仙人 曰吾九疑人也 聞中岳有石菖蒲 一寸九節 食
　　之可以長生 故來採之 忽然不見
20) 이곳의 五峴은 車峴·板峴·馬峴·火峴·狹躁현을 稱함 (公州郡誌 p. 250)

Ⅲ. 結 語

以上으로 公州前十景詩를 一瞥하여 보았다. 어느 고장 사람들이나 자기 고장의 훌륭한 경치를 스스로도 알고 다른 고장 사람들에게도 자랑하고 싶은 마음은 일반이다. 특히 山紫水明한 自然景槪속에 忠孝로 이름난 偉人들을 유난히 많이 배출한 公州地方에 손꼽을만한 十景이 있고 그 勝景을 자랑한 十景詩가 전해옴은 너무나 당연한 일이다.

다만 公州前十景詩의 대부분이 險僻한 用事를 頻用한 觀念的인 詩로서 독자로 하여금 十景을 직접 목도하지 않았어도 이 시만 읽으면 훌륭한 景觀이 선연히 떠오르도록 寫實的으로 直敍한 敍景詩가 아니기 때문에 친근감을 느낄 수 없는 것이 아쉬운 점이다.

이 十景詩에 나타난 亭子·寺院·蓮池 등 일부는 이미 없어져서 볼 수 없다고 해도, 先人들의 詩를 통하여 당시의 모습을 그려볼 수 있고, 先人들이 즐겼던 風流의 세계에 時空을 초월하여 참여해 보는 것도 의의있는 일이다.

이고장 사람들은 누구나 이고장 山水의 精氣를 받고 태어나 이고장의 공기를 호흡하고 山川을 목도하며 살고 있으므로 옛 先人들이 公州의 勝景을 아끼며 가꾸고 그 곳에서 기쁨을 찾은 것처럼 現世사람들도 아끼고 더욱 훌륭하게 가꾸는데 힘을 모아 노력할 책무가 있다. 그러므로 이 公州十景詩가 단순히 15世紀 公州의 十景을 그림 化石化된 과거의 詩로 머물지 않고, 내 고장 공주를 더욱 아끼고 아름답게 꾸미려는 공주인들의 자부심과 향토애의 바탕이 될 때 현재도 살아서 영향력을 발휘하는 시가 될 수 있을 것이다.

公州 後十景詩 考釋

Ⅰ. 序

　本攷는「熊津文化」第一輯에 등재된「公州前十景詩 考釋」의 續編
에 해당된다.

　公州十景에는 二種이 있어 이를 읊은 詩도 前十景詩와 後十景詩가
있으며, 前十景과 後十景은 그 위치가 熊津과 西寺(艇止寺) 등 二個所
를 除外하고는 서로 상이하다.

　山紫水明한 錦繡江山 韓半島의 어느 고장인들 勝景이 없으리오만
江과 山이 오묘한 조화를 이루며 어우러진 公州에 특히 絶勝이 많아
한 번의 十景詩로는 모두 표현할 수 없어 前十景詩와 後十景詩가 있
게 되었을 것이다.

　徐居正(1426~1488)이 公州十景詩를 지은 후 200年쯤 지난 1647年 丁
亥에 公州縣監으로 와 있던 申濡(1610~1655)가 公州 一圓의 名勝 十景
을 詩化하자 徐居正의 十景詩와 區別하기 위하여 이를 後十景詩라
명명한 것이다.

　後十景詩의 作者 申濡의 字는 君澤이고 號는 竹堂, 泥翁 등이며,
本貫이 高靈으로 歸來亭 申末舟의 7世孫이다. 그는 1630年(仁祖 8)에

進士가 되고 1636年에 別試 文科에 壯元으로 及第하여 正言 持平 吏曹正郎 등을 역임하였고, 1643年(仁祖21)에는 通信使 尹順之의 從事官으로 日本에 다녀왔으며, 官이 都承旨, 副提學을 거쳐 禮曹參判에 이르렀었고, 丙子胡亂 後에는 昭顯世子를 모시고 瀋陽에 다녀오기도 하였다. 그는 詩文과 글씨로 당대에 명성을 드날렸고, 그의 詩文集인 竹堂集이 現在 전해오고 있다.

本攷에서는 申濡가 지은 公州後十景詩를 해석하고 감상하며 약간의 註釋을 加하고, 그 價値와 意義를 살펴보고자 한다.

II. 公州 後十景詩 考釋

1) 東月明臺

城畔靑山山畔臺　城은 靑山 곁에 있고 山은 돈대곁에 있으며
山開東北大江回　山이 트인 동북쪽엔 大江이 굽이도네
遊人共待江邊月　遊客들 江邊의 달을 함께 기다리는데
先點西頭上客盃　서쪽 봉우리를 먼저 비춘 후 客의 술잔에 떠오르네

흙을 쌓아 西方을 바라볼 수 있도록 높여놓은 곳을 臺라 한다. 東月明臺는 公州市 中洞 天主敎會堂 자리이거나 博物館 뒷산일 것으로 보고 있다. 이곳에 올라 술잔을 기울이며 錦江邊으로 떠오르는 달을 기다리는데 이곳보다 더 높은 西峰을 먼저 비춘 후 客의 술잔위로 달이 떠오른다는 것이다. 起句와 承句에서 臺위에서 바라본 경치를 읊고, 轉句와 結句에서는 누대위에서 술잔을 기울이며 달이 뜨기를 기다리는 遊客의 모습과 달이 떠오르는 풍경을 읊고 있다. 作者는 하늘을

보고 달이 뜬 것을 깨달은 것이 아니라 잔 속에 비친 달을 보고 알았다
하여 풍류로운 운치를 나타내고 있다.

2) 西月明臺

東臺昏黑已無暉   東臺 어두워져 이미 광채 없는데
猶是西臺映舞衣   西臺엔 아직도 춤추는 옷자락을 비추네
不及半輪沈碧派   반달이 푸른 나루에 잠기기 전에
煩車怠馬從須歸   둔한 말이 끄는 수레타고 돌아가리라

　마주보고 있는 東臺엔 이미 달이 졌는데 西臺에는 아직도 빗긴 달빛
이 남아있어 춤추는 옷자락을 비추고 있다. 그러나 이 반달도 푸른 나
루 지나서 곧 질 것이니 달이 지기 전에 노둔한 말이 끄는 수레타고 돌
아가겠다는 것이다. 이곳의 西月明臺는 校洞 남쪽, 鄕校의 맞은편에
있는 山으로, 이 시는 그곳에서 웅진나루 푸른 물 속으로 스러져가는
반달을 보고 지은 詩이다.
　달은 흔히 맑고 고요하고 無慾한 경지를 상징한다. 邑內 東西 양쪽에
있는 月明臺에 올라 달이 뜨고 지는 것을 바라보며 풍류를 즐기고 詩想
을 가다듬던 先賢들의 낭만을 이 두편의 詩를 통하여 엿볼 수 있다.

3) 艇止寺

誰向玆山築梵宮   누가 이 산에 寺院을 지었는가
却將題扁與山同   절이름 扁額이 山 이름과 같도다
如來濟度無虛日   석가여래가 중생을 인도하는데 쉬는 날이 없으리니
何得慈航止此中   어찌 자비로 중생을 구하는 일을 이곳에서 멈추리오

艇止寺는 艇止山에 있던 절이고, 艇止山은 곰나루와 濟民川 사이고 뻗은 산줄기가 王陵을 지나 錦江가에 盤居해 있는 山으로 舟艇을 매어놓던 곳이므로 山名을 이렇게 지었다고도 하고, 公州의 地形이 舟形으로 되어 있어 山名을 艇止라 하였다고도 하며, 절의 위치는 현 공주중학교 주변으로 추정된다.

이 詩의 起句와 承句에서는 山名과 寺名이 다 함께 艇止임을 말하고, 轉・結句에서는 釋迦如來가 衆生을 濟度함에는 쉬는 때가 없으므로 寺名은 비록 艇止이지만 慈悲로운 航海 즉 衆生을 苦海로부터 極樂의 彼岸으로 건너주는 일은 멈춤이 없으리라고, 無限하게 永續되는 佛德을 찬양하고 있다.

4) 舟尾寺

寺從山號問何由 절이 山이름을 따른 것이 어인 이유인가 물으니
人道舟名象此州 이 고을을 상징하여 배이름을 붙인 것이라 대답을 하네
自笑使君眞得所 수령이 진실로 제 자리를 얻은 것이 스스로도 우스우니
一生元是泛虛舟 인생의 일생이 본래 떠있는 빈 배 같은 것이라오

艇止山이 公州 治所에서 北으로 5里인데 反하여 舟尾山은 南으로 5里되는 곳으로 金鶴洞과 舟尾洞 사이에 있다. 公州의 地形이 舟形이라면 이곳이 배의 꼬리에 해당되므로 山名을 舟尾山이라 하였고 寺名도 山名을 그대로 따른 것이다.

人生이란 파도에 이리 밀리고 저리 밀리며 떠 있는 빈배와 같이 世態에 따라 밀려다니다가 그치는 것이므로, 이 고을 지형이 배와 같다면 고을의 수령은 배의 주인인 셈이니 제자리를 바로 얻은 것이라고 하였는데, 이 詩에서 말한 使君은 당시 公州縣監이었던 作者自身을 指稱

하는 것이라고 본다.

5) 靈隱寺

天竺高峰寶殿開　　天竺 높은 봉우리에 사원이 펼쳐졌는데
桂花如雨滿香臺　　계수 꽃이 비처럼 내려 佛殿에 가득하네
霜鐘吼罷千林靜　　싸늘한 종소리 그치자 온 숲이 고요한데
白馬潮聲半夜來　　백마강 물결소리만 한 밤에 들려오네

靈隱寺는 公山城 北麓 陷谷地에 위치한 절이다. 寺院은 慈悲를 상징하므로 桂花가 香臺에 가득한 것으로 부처의 자비심이 넘쳐 흐름을 나타내고, 寺院은 또한 靜寂을 상징하기도 하므로 고요한 사원에서 부처의 자비심을 전파하는 종소리마저 그치자 우주가 정지한 듯한 정적을 느끼다가, 한밤에 금강의 물결소리를 듣고 정지와 고요 속에서 微動하는 우주의 숨결을 느끼며 숙연해지는 것으로 結句를 收束하였다.

6) 鳳凰山

山頭梧竹共靑蒼　　산 봉우리에 오동과 대가 함께 짙푸르고
結子離離土幹長　　무성한 열매가 긴 줄기에 달려있네
縣吏若同黃覇政　　고을 관리가 만약 黃覇처럼 善政을 베푼다면
佇看千仞下翶翔　　천길 대나무에서 내려와 飛翔함을 보리라

鳳凰山은 現 公州師大附高의 뒷산으로 鳳凰洞, 班竹洞, 金鶴洞, 校洞의 鎭山이다. 山名을 鳳凰山이라 한 것은 이 詩에 쓰여진대로 梧桐과 대나무가 무성하였기 때문인지 고을에 善政이 베풀어져서 鳳凰이 來儀하기를 期待하여 鎭山을 鳳凰山이라 하였는지 알 수 없다.

鳳凰은 四靈(龍, 鳳, 麟, 龜)의 하나인 羽蟲之靈으로 丹山에 살면서
오동나무가 아니면 깃들지 않고 千길 되는 長竹의 竹實이 아니면 먹지
않으면서 德있는 통치자가 다스리는 太平聖代에는 그곳에 내려와 飛
翔한다고 한다.(括地圖曰……鳳凰止於丹山 此山多竹 長千仞 鳳凰食竹
實, 後魏書曰……鳳凰非梧桐不棲 非竹實不食……鳳凰應德而來. 『淵鑑
類函』 418卷 '鳳' 參照) 作者는 鳳凰山이라는 山名을 통하여 이 傳說을
상기하면서 中國 漢 武帝~宣帝代의 名官인 黃覇와 같은 人物이 고을
을 다스린다면 鳳凰이 來儀하여 飛翔함을 보게 될 것이라고 地方官의
善政을 希願하고 있다.

7) 拱北樓

麗譙飛出大江干   아름다운 高樓 날아갈듯이 大江가에 솟아 있어
江北群山倚檻看   난간에 의지하여 江北의 산들을 바라보노라
一色浮雲千里外   한 빛 뜬 구름은 千里밖에 있는데
不知何處是長安   어느 곳이 장안인지 알 수가 없네

拱北樓는 公山城 북쪽 水門 위에 세운 二層으로 된 北門樓로서 錦
江과의 거리가 10步도 안될만큼 강가에 바짝 다가서 있다. 이 樓에 올
라 금강 북쪽 건너편에 높고 낮게 드리운 여러 山들과 멀리 떠있는 구
름을 바라보다가 長安에 계신 임금님을 그리워하는 것으로 結句를 꾸
몄다. 樓의 이름이 北을 向하여 손을 맞잡고 禮를 표한다는 의미이므
로 北쪽 대궐에 계신 國王에 대한 戀慕의 情과 忠誠心을 표하는 것으
로 詩를 끝맺은 것이다. 樓의 이름을 拱北이라 한 것을 高麗 顯宗과
朝鮮 仁祖 등이 국가에 危難이 있을 때 公州를 거쳐 播遷하였거나 公
州에 蒙塵해 있다가 國難이 평정된 후에 歸京하였으므로 公州 住民들

이 國王에 대하여 각별히 忠誠과 戀慕의 情을 간직하고 있어서 서울 쪽으로 向한 이 樓를 拱北樓라 命名하였으리라고 본다.

8) 按舞亭

孤亭東畔盡沙洲	외로운 정자 동쪽가엔 모래섬이 펼쳐있는데
按使華筵狎白鷗	안렴사 잔치열어 흰 갈매기와 함께 놀았다네
一曲柘枝回舞袖	노래 곡조에 뽕나무 가지처럼 춤추는 소매 돌아드니
古今人道是風流	古今人들 이분이 바로 풍류남아라고 말하네

按舞亭은 錦江邊에 있었고 州에서의 거리가 二里라고 輿地勝覽에 기록되어 있는 것으로 보아 邑內에서 至近한 거리에 있었음이 분명하며, 公州郡誌에는 그 位置가 未詳이라고 하였으나, 尹汝憲 교수는 그 위치를, '公州中學 後편 艇止山의 陵線을 北으로 따라 가다가 錦江에 臨한 丘陵의 頂上'이라고 밝혀 놓았다. (熊津文化 1輯 p.14)

옛적에 按廉使가 이 정자에 올라 훌륭한 경치를 眺望하다가 술에 취하여 자기도 모르게 춤을 추었다 해서, '按廉使가 춤을 춘 정자'라 하여 亭名을 按舞亭이라 하였다한다. 申濡가 十景詩를 짓던 17世紀까지는 이 정자가 남아있어 亭子에 얽힌 故事를 회상하면서 그의 풍류를 찬양한 것이다.

일찍이 徐居正도 按舞亭詩를 지어,

按舞亭前江山好	안무정앞 경치 아름다워
按舞亭中風月老	안무정 속에서 풍월로 늙어갔네
當夜按廉眞豪英	그날밤 안렴사 진실로 영웅호걸이라
酒酣起舞玉山倒	술취해 춤을 추니 아름다운 얼굴 붉으레 했네
風流跌宕天下先	질탕한 풍류 天下에 으뜸이어서

盛名自與亭相傳　盛名이 정자와 함께 전하여 오네
(後略)

라고 읊기도 하였다. (『公州郡誌』 p.41 參照)

9) 錦江津

江沙白白浩無邊　새하얀 강모래 끝없이 펼쳐져 있고
葭菼蒼蒼杳際天　짙푸른 갈대숲 아득히 하늘과 맞닿았네
傖父似閑還有事　사공은 한가한 듯하나 사실은 바빠서
裸身終日剌津船　벌거벗은 몸으로 종일토록 나룻배를 젓는다네

錦江津의 正確한 위치는 현재 알 수 없으나 湖南에서 漢陽을 往來할 때 거쳐가던 나루로 拱北樓에서 동쪽으로 금강을 거슬러 올라간 곳에 錦江樓와 錦江津이 있었으리라고 본다. 鄭道傳 朴彭年 등의 錦江樓詩를 통하여 이렇게 유추할 수 있다. (『公州郡誌』 p.38 參照)

이 詩의 起·承句에서는 푸른 물가에 흰 모래가 널리 펼쳐져 있고 갈대숲이 하늘과 맞닿은 풍경을 그리고, 轉·結句에서는 한가한 듯 하면서도 바쁘게 나룻배를 젓는 가난한 사공의 고생하는 모습을 그리고 있어, 百姓들의 困苦에 憐憫의 情을 드러내는 治者의 모습을 엿볼 수 있다.

10) 熊津渡

一片荒城枕渡頭　한 조각 거친 城이 나룻가에 펼쳐져 있고
長江不斷古今流　긴 강 끊임없이 예나 이제나 흘러가네
無人說與興亡事　흥망의 역사 함께 이야기할 사람은 없고
惟見東風草滿洲　沙洲에 무성한 풀 위로 봄바람 부는 것만 보일 뿐이네

곰과 인간 사이의 애틋한 설화가 깃들어 있는 熊津渡는 公州의 代表的인 나루로서 水深이 매우 깊으며, 고을의 西北 七里쯤 되는 곳에 있다.

이 詩는 起句에서 歲月의 變化에는 아랑곳없이 변함없이 펼쳐져 있는 公山城을 그리고, 承句에서는 不斷히 흘러가는 長江을 그려서 靜的인 모습과 動的인 모습을 對比시킨 후 轉句와 結句에서는 熊津에 얽힌 歷史를 회고하며 百濟가 亡하고 唐의 熊津都督部가 설치되었다가 다시 新羅로 병합된 과거 흥망의 歷史를 아는 이 없음을 슬퍼하는데, 보이는 것은 봄바람에 물결치는 沙洲의 풀 뿐이라 하여, 다함이 없고 불변하는 自然과 泡沫처럼 한순간에 일어났다가 스러지는 人事를 비교하며 허무한 감정을 토로하고 있다.

Ⅲ. 結 語

以上으로 公州後十景詩를 살펴보았다. 後十景詩 가운데 「東月明臺」「西月明臺」「按舞亭」 등에서는 風流를,「艇止寺」「靈隱寺」에서는 부처의 공덕을,「舟尾寺」에서는 人生의 虛無를,「鳳凰山」에서는 地方官의 善政을,「拱北樓」에서는 國王에 대한 忠誠을,「錦江津」에서는 百姓의 困苦를,「熊津渡」에서는 歷史의 變異를 主題로 하여 詩를 썼으면서도, 全體的으로는 主觀과 感情을 節制하고 實景의 誠實한 描寫에 努力한 것이 그 特徵이다.

徐居正의 前十景詩가 雄渾하고 華麗하다면 申濡의 後十景詩는 典雅하고 素朴하다고 할 수 있고, 前十景詩가 현 公州郡과 燕岐郡 一部까지 包括하는 廣範한 지역의 勝景을 노래한데 反하여 後十景詩는 公

州 治所에서 10里 以內에 있는 勝景만을 대상으로 하였으며, 前十景
詩가 全首 共히 八句로 된 七言古詩로 中半에서 轉韻을 한데 比하여
後十景詩는 全首 共히 一韻到底의 七言絶句로 되어 있으며, 前十景
詩의 詩題가 自然과 人事가 結合되어 있는데 비하여 後十景詩는 地
名이나 寺樓名만으로 되어 있는 것도 대조적이다. 前十景詩가 該博한
지식과 풍부한 상상력을 동원하고 故事를 빈번히 引用한데 비하여 後
十景詩는 實景의 描寫에 충실하였다.

　이렇게 前十景詩와 後十景詩가 대조적인 것은 作者인 徐居正과 申
濡의 作詩傾向이 다르고 兩人의 處地와 生存했던 시기의 時代氣風이
달랐던 데에서 그 이유를 찾아야 할 것이다.

　지금까지 考究하여 본 前十景詩와 後十景詩의 題材가 된 公州 前
十景과 後十景은 公州地方에 居住하는 사람이면 굳이 觀光을 위해
찾아다니지 않더라도 日常生活中에 항시 다니면서 목도하게 되는 곳
들이다. 이런 곳을 지날 때는 과거 先人들이 지었던 詩를 상기해 보고
그 詩와 現在의 景觀을 대조해 보며 그 詩의 作者들과 時代를 超越하
여 交感을 갖게 된다면 내 고장의 勝景을 감상하는 안목은 더욱 높아
지고 내 고장을 사랑하는 마음은 더욱 독실해질 것이다.

　『追記』
　「熊津文化」第一輯에 登載되었던 拙稿「公州前十景詩考釋」이 公
州消息誌 (公州文化院刊)에 轉載된 後 天安警察署 金基汪署長님께서
이를 보시고 鶴洲 金弘郁公(1602~1654)이 忠靑道觀察使로 있을 때인
辛卯年(1651)에 지은, 徐四佳의 前十景詩와 同一한 十景을 賦한,「公
州十景詩」가「鶴洲先生集」卷5에 수록되어 있음을 알려주었다. 거듭
감사를 드리면서 이에 관한 考究는 後攷로 미루고자 한다.

『朝鮮名勝詩選』에 수록된 公州關聯詩攷(1)

Ⅰ. 序 言

『朝鮮名勝詩選』은 朝鮮 總督府의 高位 官僚(警察官)로 10년 간 재직하였던 日本人 鷺村成島가 1915년에 편찬한 것이다.

鷺村成島는 당시 일본의 학자요 문인이었던 全無津久井의 조카로 학식이 廣博하고 漢詩에 능하였으며, 아울러 武術에도 一家를 이루었던 사람으로 公務의 여가에 우리나라의 古書를 두루 열람하고 名勝古蹟을 두루 답사하면서, 人情 風俗과 名勝 古蹟에 관련된 詩歌들을 널리 수집하고 그 가운데 뛰어난 漢詩 2000여 篇을 골라서 이를 『朝鮮名勝詩選』이라는 제목으로 발간하였다.

『朝鮮名勝詩選』의 편찬 동기는 한반도의 찬연한 文華가 湮滅되어 후세에 전해지지 않을까 염려해서 편찬에 착수하게 되었다고 하였으며, 이를 통하여 地理 沿革과 傳說 등도 아울러 이해할 수 있게 되고, 이를 읽는 사람은 가슴이 시원하게 트이고 韓半島의 風土와 人情의 一端도 이해할 수 있게 될 것이라고 하였다.

『朝鮮名勝詩選』의 體裁를 보면, 京畿道에서 시작하여 당시의 지방 행정 단위인 13個道를 총망라하여 기술하였고, 각 道의 항목 아래에 각 고을별로 세분하여 기술하였으며, 모든 紙面을 上下 二段으로 나누어

上段에는 각 지역의 槪況 및 그 특징과 명승에 대하여 설명하고 下段
에는 명승고적과 관계된 詩를 수록해 놓았다.

忠淸南道를 예로 들어보면 公州, 扶蘇, 舒川, 保寧, 洪城, 瑞山, 牙
山, 天安, 燕岐, 論山 등으로 나누어 각 지역의 특징과 명승지를 126쪽
에서 128쪽 上段에 기술하고, 이들 각 지역의 명승과 관계된 詩는 162
쪽에서 202쪽의 下段에 수록해 놓았다.

그 가운데 公州에 관련된 것을 살펴보면 126쪽에서 131쪽의 上段에
公州 지방에 관한 槪況과 명승에 대하여 기록해 놓았고, 163쪽에서 170
쪽의 하단에 공주와 유관한 漢詩 19首를 수록해 놓았다.

本攷에서는 그 가운데 126쪽에서 131쪽의 상단에 기술된 공주지방의
槪況과 名勝古蹟에 관한 기록을 소개하면서 이를 통하여 앞으로 규명
해야할 문제점들을 살펴보고, 하단에 수록된 시 19首는 추후에 다루고
자 한다.

Ⅱ. 公州와 勝景

이 부분은 상기 126쪽에서 131쪽에 수록된 日語로 쓰여진 내용을 우
리말로 옮긴 것이다. 우리는 이를 통하여 1910년대의 公州의 모습도 대
강 推察할 수 있게 된다.

〈公州〉; 忠淸南道의 동남방에 위치해 있고, 京釜鐵道의 西方에 가
로놓여 있는 큰 고을로 西南部에 鷄龍山脈이 중첩되어 비단 같은 구
릉의 기복을 볼 수 있으며, 그 밖은 대체로 평야가 많고 錦江의 本流가
郡內를 횡단하고 있어서 水運에 편리하며, 육로의 교통도 불편함이 없

다. 이 땅은 본래 馬韓시대의 熊川縣으로서 百濟時代에 이르러 國都로 정해지기도 하였으며, 新羅에 소속되고서는 熊川으로 개칭하였다가, 高麗 太祖 때에 이르러 지금의 이름으로 불려졌으며, 그 후 縣이 되었다가 얼마 아니 되어 郡으로 바뀌어 현재에 이르고 있다. 道廳 소재지인 公州邑은 小井里驛에서 8里 5丁의 거리이고, 鳥致院驛에서는 겨우 6里 26丁에 불과하며, 道路가 잘 닦여 있고 車馬의 왕래가 빈번하고 자동차도 편리하게 다닐 수 있다.

邑은 車嶺의 남쪽 錦江 가에 있는데, 名山인 鷄龍山이 그 동쪽에 우뚝 솟아있는 絶勝의 땅이다. 옛 周 文王이 遷都하였다는 熊津城이 바로 지금의 읍내이고(이곳의 주 문왕은 백제 文周王의 오기인 듯 함), 당시에 唐의 樂工도 따라 왔었다 하며 그 이후 이 고을 사람 가운데 음악에 능한 사람이 다수 배출되었다. 그 후 朝鮮朝의 仁祖 2년에 平安兵使 李适이 論功에 불만을 품고 謀叛을 하여 部兵 一萬여명과 降倭 30여명을 거느리고 남쪽으로 진격하여 京城을 함락시키자 仁祖가 이곳으로 難을 피해왔는데, 이곳에 雙樹가 있어서 인조가 날마다 그 나무에 기대어 북쪽을 바라보았는데 어느 날 騎兵이 나는 듯이 달려와 勝捷을 아뢰니 인조가 크게 기뻐서 이 雙樹를 通政大夫로 封하였다 한다.

*公州山城 ; 一名 雙樹山城이라고도 한다. 이 城은 원래 周의 文王이 쌓은 것이라고 전해오며, 三國이 鼎立되었던 시대에는 百濟王의 居城이었던 곳이다. 壬辰倭亂시에 小西行長이 이 성을 포위하였다가 성과를 거두지 못한 일이 있었는데, 이 사실을 과장하여 碑石에 새겨 놓았다가 1906년경에 이를 파괴해버려서 지금은 없어졌다. 城址는 邑의 北端 東西로 뻗쳐 있는 산 위에 있고, 성 밖에는 지금도 廢殘된 두 개

의 堂이 있으며, 성 위에서 公州 市街를 굽어보면 한 쪽으로 錦江에
臨한 風光이 매우 아름다우며 지금은 公園으로 되어 있다. 郡內에는
里仁山城, 浪仙山城, 新豊山城, 儒城山城, 德津山城 등의 廢址가 남
아 있다.

   *錦江樓 ; 錦江의 남쪽 언덕에 있는데 樓 위에서의 眺望이 매우 莊
豁하다.

   *錦江 ; 赤登津의 下流에서 白馬江의 上流 사이를 錦江이라 하며,
朝鮮 六大江의 하나로서 全長이 37里이고, 그 가운데 30里는 水運이
매우 편리하다. 금강을 거슬러 약 2里 정도를 올라가면 奇巖 絶壁으로
되어 있고 단풍나무와 杜鵑花 등이 빽빽하게 자라고 그 밑을 에워싸고
흐르는 碧淵 등이 中國의 赤壁과 방불하여 옛부터 蒼壁이라 부르고
있으며 그 이름이 널리 알려져 있다.

   *三江 ; 三歧江이라고도 한다. 南秀文이 지은 [獨樂亭記]에, "우리
집안이 대대로 錦江 가에 살았고, 慶尙, 全羅, 忠淸의 河川이 여기에
이르러 합쳐지기 때문에 그 지명을 三歧라고도 한다." 하였다.

   *熊津渡 ; 公州邑의 西方 半里 지점으로 赤登川의 하류에 해당된
다. 高麗의 顯宗이 契丹의 來侵을 피하여 이곳으로 蒙塵하자 節度使
金殷甫 등이 이 나루 입구에서 왕을 맞이하였으며, '曾聞南地在公州'
云云한 七言絶句가 바로 그때에 읊은 것이라 한다. 〈高麗史〉에 거란
이 高麗의 장군 康兆를 사로잡아 죽이고 계속 南進하자 顯宗이 平州
로 蒙塵했다고 한 평주가 바로 이곳을 말하는 것이다.

*月城山 ; 公州邑의 東方 半里 되는 곳에 있다.

*鷄龍山 ; 公州邑의 東南 4里 되는 곳에 있다. 全羅北道 馬耳山의 脈이 이곳에 이르러 끝나며, 날씨가 좋은 날 山上에 올라가면 여덟 고을이 한 눈에 내려다보인다. 朝鮮朝 末 興宣大院君이 國政을 專擅할 때에 民間에, '李朝의 社稷은 500年만에 亡하고 鄭氏가 王이 되어 鷄龍山에 都邑할 것이다.' 하는 소문이 떠도니, 大院君이 이 소문을 매우 꺼려서 크게 工役을 일으키어 이 산의 石礎들을 모두 파내어 버렸다. 그랬더니 다시 민간에, '이 땅은 鄭氏의 천년전의 宅址인데 이를 犯하면 반드시 큰 재앙을 받을 것이다.' 라는 소문이 났다. 대원군이 그 妄誕한 迷夢에 빠져서 工役을 일으켰다가 財政이 궁핍하여 중단하였다 한다. 鷄龍山에는 많은 寺院이 있는데, 그 가운데 東鶴寺와 岬寺가 대표적이고, 岬寺에는 높이 50餘尺이 되는 銘塔이 있다.

*麻谷寺 ; 公州邑의 西方 5里 되는 寺谷面에 있으며, 150年 전에 창건한 것이다. 二層으로 된 石鐵塔이 유명하고, 산봉우리가 莊嚴하게 솟아 있고 樹木이 울창한 絶勝의 땅이다.

*五峴山 ; 五峴山은 狄踰峴, 板峴, 車峴, 馬峴, 火峴 등의 總稱으로 高麗 太祖의 [訓要十條]에, '車峴 以南 公州城 밖은 山形과 地勢가 서로 등지고 뻗어 있다.' 한 것이 바로 이곳을 지칭한 것이다.

*孝家里院 ; 公州邑의 東方 1里에 있다. 新羅 시대에 院內에 向德이라는 사람이 살았는데 흉년이 들고 疫病이 만연하여 向德의 부모도 굶주리고 병이 들어 죽게 되었다. 이에 향덕은 밤낮 없이 지극한 정성으로 간호하였으나 차도가 없자 자신의 넓적다리를 베어 고아 드리니 비로소 병이 나았다 한다. 이 소문이 조정에 알려져 왕이 전답을 하사

하고 조세를 면제해주고 향덕의 事績을 기록한 碑를 세우게 하였으며, 이때부터 그 마을을 孝家里라 하였다 한다.

　*杜陵山城 ; 公州邑의 西南쪽 定山에 있으며, 이를 杜陵平城이라고도 한다. 百濟시대에 築城한 것으로 지금도 그 遺址가 남아있다.

Ⅲ. 結 語

　우리는 이 『朝鮮名勝詩選』의 公州에 관한 기록을 통하여 1910년대 공주의 모습 일부를 推察할 수 있게 되고, 아울러 앞으로 규명해야 할 몇 가지 사실을 발견하게 된다.

　첫째, 熊津이 中國 周 文王이 천도하여 세운 곳이라는 전설이 어디에 근거하여 전해와서 이 책의 저자가 수록해 놓았는지를 현재에는 알 수가 없다.

　둘째, 唐나라의 樂工들이 公州에 來居하였으므로 그 이후 공주에서 음악을 잘하는 사람이 많이 배출되었다는 것도 앞으로 규명해볼 필요가 있는 흥미 있는 부분이다.

　셋째, 公州山城에 1906년경까지 壬辰倭亂時에 小西行長을 물리쳤던 事績碑가 있었는데, 乙巳條約이 체결되어 일본의 지배를 받게 되자 이를 파괴하여 없애버린 듯한데, 이는 歷史 硏究에도 중요한 자료가 될 것이므로 앞으로 그 殘碑라도 찾아보려는 노력을 해야 하리라고 본다.

　넷째, 갑사에 있었다는 높이 50餘尺의 銘塔, 麻谷寺에 있었다는 二層의 石鐵塔 등도 이것이 현재는 어떻게 되었는가 규명할 필요가 있다고 본다.

『朝鮮名勝詩選』에 수록된 公州關聯詩攷(2)

Ⅰ. 序 言

本攷는 〈熊津文化〉 제14집에 수록된 [『朝鮮名勝詩選』의 公州關聯 記錄考(1)]의 續篇이다. 前揭 논문에서는 上記 朝鮮名勝詩選에 수록 된 공주에 관한 개관과 공주의 명승인 公州山城, 錦江樓, 錦江, 三江, 熊津渡, 月城山, 鷄龍山, 磨谷寺, 五峴山, 孝家院里, 杜陵山城 등에 대하여 日語로 간략히 기술한 것을 번역하여 놓았는데, 이 기술 가운 데는 誤記도 더러 보인다. 예를 들면, 熊津으로 천도한 왕을 周文王으 로 기록해 놓았는데, 이는 文周王을 잘못 기록한 것으로 보아야 할 것 이다.

산문으로 쓰여진 공주 일원에 관한 기록은 前揭 논문에 이미 소개하 였으므로, 본고에서는 조선명승시선 163쪽에서 170쪽 사이에 수록해 놓 은 公山城詩 5首(이 詩選에서는 公州山城과 公山城을 별개의 城으로 오 해하여, 公州山城詩 3수와 公山城詩 2수로 나누어 놓았음.), 錦江樓詩 4 수, 錦江詩 2수, 三江詩 1수, 熊津渡詩 3수, 月城山詩 1수, 鷄龍山詩 1 수, 五峴山詩 1수, 孝家里院詩 1수 등 총 19首의 漢詩를 번역하고 약 간의 주석을 가하여 소개하고자 한다.

II. 『朝鮮名勝詩選』에 收錄된 公州關聯 漢詩攷

公州山城

李朝 金履氷

熊津自古大邦藩	웅진은 예부터 지방의 큰 도시
復有樓臺得地尊	그곳에 누대가 있어 더욱 귀하게 되었네
五夜江聲吹錦席	온밤 내내 강물 소리가 비단 자리 위에 불어오고
千年石氣瀉轅門	일천년 바위 기운이 원문에 쏟아지네
天南奉使梅花早	사명(使命) 받들고 남녘 땅으로 가니 매화 일찍 피었고
湖上褰簾柳絮飛	호수 위에서 발을 걷으니 버들솜이 흩날리네
雲去水流人事感	지나가는 구름과 흐르는 물 보고 옛일은 회고하는데
且將簫鼓但黃昏	피리와 북소리 속에 황혼이 깃드네

이 시의 首聯에서는 熊津(公州)이 오랜 역사를 지닌 큰 도시로서 城樓가 있어 운치를 더하게 되었다고 하고, 頷聯에서는 客館에서 머무는데 강물소리는 온밤 내내 들려오고 옛 백제 때부터 이어오는 굳센 기상이 軍陣의 轅門에 어려 있다고 하였다. 頸聯에서는 왕의 使命을 띠고 웅진으로 오니 봄기운이 무르녹아 매화가 피고 버들솜이 흩날린다고 하고, 尾聯에서는 이런 경치를 보고 웅진과 관련된 옛일을 회상하는데 자신의 이런 심정을 아는지 모르는지 황혼녁에 피리와 북소리만 들려온다고 하였다.

이 시의 작가 金履氷은 金履永의 誤記가 아닌가 의심이 든다. 인명사전 어디에도 金履氷은 보이지 않으며, 名字에 [어름빙(氷)]자를 쓰는 경우가 거의 없는 것으로 보아 [永]을 [氷]으로 오기한 것으로 보인다. 金履永은 一名 金履陽이라고도 하며, 正祖 19년에 문과에 급제한 후 純祖代에 吏曹, 戶曹, 兵曹判書를 거쳐 知中樞府事에 이르렀던 인물이다.

이 시의 頸聯 對句 末字가 [飛]로 되어 있어 韻이 맞지 않는데, 혹 내용을 살리기 위하여 운을 희생시킨 것인지 또는 편자가 오기한 것인지 알 수가 없으며, 어쨌든 한시에서는 큰 疵失을 범한 것으로 보아야 할 것이다.

公州山城

作者不詳

山下襟帶古熊津	산 아래엔 띠를 두른 듯한 옛 웅진이 그대로인데
雙樹猶傳駐蹕辰	쌍수는 아직도 임금님 머물렀던 일을 전하고 있네
拱北樓稱天下勝	공북루를 천하의 절경이라 칭하는데
湖西使是意中人	호서지방 관찰사는 뜻에 맞는 사람일세
旌旗晚拂譙華日	성문에는 지는 햇살에 정기가 펄럭이고
羅綺晴嬌錦水春	비단결같은 금강물은 봄이오니 더욱 맑고 곱도다
千里相逢如夢寐	천리 밖에서 만나보니 꿈만 같은데
前年岐路更傷神	지난해의 갈랫길에 마음 더욱 상하네

작자 미상의 이 시는 수련에서 오랜 역사를 지닌 곰나루와 쌍수정의 내력을 말하고, 함련에서는 천하의 절경을 볼 수 있게 된 관찰사는 평소의 뜻을 이룬 것이라 하였다. 경련에서는 공산성 성문에 펄럭이는 깃발과 비단같이 맑고 고운 금강 물을 대비해 놓았고, 미련에서는 이런 절경을 만난 것이 꿈만 같고 지난해에 네가 옳으니 내가 옳으니 다투었던 일이 마음을 아프게 한다고 하였다.

公州山城

南秀文

一抹熊津靑繞地	곰나루는 붓으로 칠한 듯한 푸른 물에 둘려 있고
千重鷄嶽翠浮天	계룡산 뭇 봉우리가 푸르게 하늘에 솟아 있네

煙籠老樹分官道　　안개어린 늙은 나무 아래로 관도가 나누이고
草遠長堤護水田　　풀 우거진 긴 둑이 논밭을 에워쌌네

　이 시의 작가 남수문(1408~1443)은 세종대의 문인으로 〈高麗史節要〉
를 편찬했던 인물이다. 이 시에는 작가의 주관이 전혀 드러나 있지 않
으며, 사진을 찍듯이 眼界에 전개되는 경치만을 서술한 敍景詩이다.

公山城

新羅 崔致遠

襟帶山河似畫成　　띠를 두른 듯한 산과 강은 그림같이 아름다운데
可憐今日靜消兵　　오늘날엔 가련하게도 전쟁에 패망하여 고요할 뿐이네
陰風忽捲驚濤起　　홀연히 음산한 바람 불어와 놀란 파도 일어나니
猶想當時戰鼓聲　　당시의 전쟁 북소리가 들리는 듯하네

　이 시는 羅末의 東國 文宗 崔致遠(857~?)의 작으로 되어 있다. 최치
원이 공주에서 가까운 大山의 군수를 지낸 일이 있으므로, 아마도 그때
에 공주를 지나다가 지은 것인 듯 하다. 이 시는 起句에서 眼前에 전
개된 경치를 읊고, 承句와 結句에서는 羅唐 연합군에게 패망한 옛 백
제의 일을 회고하고 있으며, 哀傷的인 분위기를 자아내는 晩唐風의 시
이다.

公山城

作者不詳

長江曲曲繞平沙　　긴 강 굽이돌아 평사를 에워싸고
城舍蕭條愴物華　　옛날 화려했던 자취 쓸쓸하게 성과 건물에 남아있네
山色接天青不斷　　산 빛은 푸른 하늘과 잇닿아 있고
松陰滿地綠無涯　　솔 그늘은 끝없이 땅에 가득 푸르르네
纔經箕子千年國　　기자의 천년국 한 순간에 지나가자

更泛張騫萬里槎	장건이 다시 만리 떼배를 띠웠네
日下五雲何處是	하늘 아래 임금 계신 곳 어드메인고
危樓徒倚夕陽斜	높은 누대에 의지하여 지는 해를 바라보네

이 시는 전반 4구에서 안전에 전개된 경치를 서술하고, 頸聯에서는 箕子朝鮮을 創國한 기자와 漢代에 西域을 개척한 張騫에 대하여 읊고 있는데 공산성이 기자나 장건과 어떤 관계가 있는지 알 수가 없다. 結句에서는 작자의 뜻과는 어긋나게 지방으로 유배된 신하가 변함없이 임금을 연모하는 충의심을 드러내고 있다.

지금까지 살펴본 5수의 시가 공산성을 읊은 것으로서 신라의 최치원을 위시한 3명의 작가가 지은 3수와 작가 미상의 시 2수로 되어 있다.

錦江樓

李朝　鄭道傳

君不見	그대는 보지 않았는가
賈傅投書湘水流	가의(賈誼)가 상수에 弔屈原賦를 지어 던진 것과
翰林醉賦黃鶴樓	李太白이 술에 취해 黃鶴樓를 읊은 것을
生前轗軻無足憂	생전의 고생은 근심할 바가 못되나니
逸氣凜凜橫千秋	빼어난 기상 늠름하게 천추에 빗겨있네
又不見	또 보지 않았는가
病夫三年滯炎州	병든 늙은이 삼년동안 남녘 고을에서 귀양살이 하다가
歸來又到錦江頭	돌아와 다시 금강 가에 이르른 것을
但見江水去悠悠	강물이 유유히 흘러감만 보일뿐
那知歲月亦不留	세월이 머물러주지 않음을 어찌 알 수 있으랴
此身已與秋雲浮	이 몸이 이미 가을 구름처럼 떠돌고 있으니
功名富貴復何求	공명과 부귀를 어찌 다시 구하랴
感今思古一長吁	현실에 느껴워 옛 일을 회상하며 길게 탄식하는데
歌聲激烈風颼颼	노래 소리 격렬하고 바람 쓸쓸히 일며
忽有飛來雙白鷗	홀연히 한 쌍의 흰 갈매기가 날아오네

이 시는 고려 말 親元派와 親明派, 改革勢力과 守舊勢力이 대립하는 과정에서 전라도 羅州로 귀양갔다가 귀양이 풀려 되돌아오면서 공주 금강루에 이르러 지은 것이다. 혁명적인 개혁을 주장하던 정도전이 금강루에 이르러 자신이 실현하고자 하는 이상을 격렬하게 읊은 것일 뿐이요 금강루에서 바라본 경치나 지역적 특징은 시에 드러나 있지 않다. 국가의 개혁을 주도하다가 쫓겨난 漢나라 賈誼에 자신을 비유하면서 어떤 역경이 닥쳐와도 이를 극복하고 정치적 이상을 실현하려는 포부를 드러내고 있다.

錦江樓

同　朴彭年(號　醉琴軒)

洞庭奚獨擅江南	어째서 동정호만이 강남의 최고라 하는가
錦水奇觀世共談	금강의 뛰어난 경치도 모두들 찬양하는데
送客江頭浮綵鷁	나그네 전송하는 강가에는 오색의 물새 떠있고
濯纓洲上掛靑衫	갓끈 씻는 물가에는 내 푸른 옷을 걸어 놓았네
波含萬古孤輪月	물결은 만고에 변함없는 둥근 달을 머금고 있고
山帶千秋一片嵐	산에는 천추부터 이어진 산아지랑이가 어려 있네
此是海東佳麗地	이곳이 해동에서 가장 아름다운 곳이라
征人遊賞幾停驂	이를 감상하는 나그네 몇 차례나 수레를 멈추네

이 시는 조선조 死六臣의 一人이었던 박팽년이 지은 것이다. 금강루의 절경을 중국 강남의 동정호에 있는 악양루에 비기기도 하고, 굴원의 어부사에 나오는 滄浪에 비유하기도 하면서, 우리 해동 제일의 佳麗地가 錦江樓라고 격찬하고 있다.

錦江樓

同　李承召

錦江春水碧於苔	금강 푸른 물은 이끼빛보다도 더 짙고

挾岸青山叠畫開　언덕 양쪽 푸른 산은 채색 그림을 펼쳐 놓은 듯하네
莎草滿沙青一抹　잔디는 모랫가에 푸른 빛을 바른듯하고
楊花糝逕白千堆　버들솜은 쌀가루처럼 흩날리며 무더기를 이루었네
夕陽古渡人爭涉　옛 나루터에 석양이 깃들자 사람들 다투어 건너고
細雨空濛雁獨來　이슬비 자욱이 내리는 곳에 오리가 홀로 날아오네
馹騎忙忙歸去急　역말은 부지런히 돌아가기에 급한데
白鷗波上也相猜　흰 갈매기 물결 위에서 서로 희롱하네

이 시의 작자 이승소(1422~1484)는 당대 제일의 문장가였던 사람으로 諡號를 文簡公이라 하였다. 이 시는 금강루에서 바라본 봄 경치를 그림처럼 그려 낸 敍景詩로서 경치의 아름다움과 나루 주변의 번화함을 잘 그려내었다.

錦江樓

作者 不詳

西風木落錦江秋　서풍에 낙엽 지는 금강의 가을
煙霧蘋洲一望秋　안개 자욱하고 마름이 우거진 물가가 아득히 보이네
日暮酒醒人去遠　해 저물고 술이 깨자 사람들 멀리 떠나니
不堪離思滿江樓　작별을 아쉬워하는 마음 강루에 가득 어리었네

이 시의 기구와 승구에서는 금강루 주변의 가을 경치를 그리고, 전구와 결구에서는 금강루에서의 잔치가 파한 후 아쉬움 속에 서로 작별하는 모습을 그려 놓았다.

錦江

高麗 鄭地

隋家賀若弼　수나라 조정에서는 약필을 축하하고
晋室祖將軍　진나라 황실에서는 장군을 전송하였네

杖劎過江水   칼을 짚고 강물을 건넜고
歸來誓掃雲   돌아오며 구름을 쓸고 맹세하였네

이 시의 작자 鄭地(1347~1391)는 고려 말의 무신으로 왜구의 격멸에 공을 세운 사람이다. 기구와 승구는 故事를 用事한 것인데 필자로서는 그 고사를 알 수가 없어서 의미를 정확히 이해할 수가 없다. 단 轉句는 아마도 전라도 남원에 침입한 왜구를 치러 갈때의 모습을 그린 듯하고 결구는 왜구를 격파하고 돌아올 때에 다시 금강을 건너면서 충성을 맹세한 것으로 보이나 단언할 수는 없다.

錦江

李朝   徐居正

濯江邊天地春   금강가 노저어가니 봄기운 무르녹아
二月三月天氣新   이월 삼월 날씨가 화창하도다
玉壺賣酒尋芳菲   옥 항아리에 술을 담아 꽃동산 찾아가니
遲日暖風惱殺人   늦은 햇살 따사로은 바람에 매혹이되네
晴江新漲金葡萄   맑은 강 물이 넘쳐 금포도빛 띠었는데
蘭橈隨意移畵舫   난목 삿대 천천히 저어 작은 배 옮겨가네
杏花疎影醉扶歸   살구꽃 성긴 그림자 밑으로 취해서 돌아오니
玉笛一聲山月高   옥 피리 한 소리에 산 높이 달이 떴네

이 시는 徐居正의 [公州十景詩] 가운데 [錦江春遊]를 옮겨놓은 것이다. 단 옮기기를 잘못하여 誤字와 脫字가 있어서 上記 시를 보면 韻도 맞지 않게 되었고 七言句가 六言句로 변하기도 하였다. 아마도 編者가 日本人이었으므로 이런 실수를 범한 것이 아닌가 한다. 즉 제1구는 [櫂錦江邊天地春]을 잘못 옮겨놓은 것이고 제3구의 [賣]는 [沽]의 誤記이며 제6구의 末字 [舫]은 [舢]의 오기로서 [舢]로 해야 韻도 맞게 된다.

이 시는 아름다운 금강의 자연과 작자가 하나가 되어 和風暖陽 百花芳
菲를 즐긴 것을 그린 것이다.

三江

同

三江六從銀河來	삼강은 원래 은하수에서 발원하여
合爲錦水靑於苔	합쳐서 금강이 되니 이끼보다도 더 푸르네
昨夜小雨漲半篙	어젯밤 봄비로 삿대 반쯤 잠기고
葡萄之酒初釀醅	물빛은 포도주가 발효될 때 같도다
誰家日暮三兩舫	저물녁 어느 집의 두서너 사공들
蘭檣截彼桃花浪	난목 삿대를 복사꽃 뜬 물결에 띄워 놓았나
蓑衣篛笠玄眞子	도롱이 입고 삿갓 쓴 현진자여
我歌滄溟欲相訪	나도 어부사 부르며 그대 찾아 가리라

이 시도 서거정의 [公州十景詩] 중 [三江漲綠]을 轉載한 것이다. 이
시의 제1구에 쓰인 [六]은 [元]의 誤記이다. 字形이 유사하여 오기한 듯
하다. 이 시에서는 黃河의 발원지가 하늘의 은하수라는 중국의 전설을
원용하여 금강의 상류인 삼강의 발원지도 은하수로 보고, 봄비로 불어
난 물에 복사꽃이 떠내려 오는 것으로 보아 상류에는 반드시 武陵桃源
이 있을 것이니, 唐代의 道士 玄眞子처럼 漁父歌를 부르며 仙境을 찾
아 가겠다는 뜻을 그린 것이다.

熊津渡

高麗 顯宗

曾聞南地在公州	일찍이 남쪽 명승지로 공주가 있다 들었는데
仙境玲瓏永幸休	영롱한 선경으로 오래도록 와서 쉴만하네
到此心情歡樂處	이곳에 이르니 마음과 뜻이 기뻐지고
群臣共會放千愁	뭇 신하들 함께 모이니 온갖 시름 사라지네

이 시는 고려 8대 顯宗(在位 1010~1031)이 지은 것으로 되어 있다. 아마도 현종이 契丹의 침입으로 공주로 蒙塵했을 때에 지은 시인 듯하다. 비록 난을 피하여 공주로 왔으나 경치가 절경인 이곳에 머물면서 잠시 시름을 잊을 수 있었던 듯하다.

熊津渡

高麗　康好文

江水茫茫入海流	강물은 아득히 바다로 흘러드는데
靑山影裏一片舟	푸른 산 그림자 속에 조각배 떠 있네
百年南北人多事	일평생을 남북으로 떠돌며 바쁘게 살았는데
只有沙鷗得自由	모래 위의 갈매기만이 자유를 얻은 듯하네

이 시의 작자 강호문은 고려말의 문신으로 왕명을 받들고자 전국 각지를 다니다가, 곰나루에 이르러 아름다운 경치를 보고, 일생을 바삐 떠돌아다닌 자신을 돌이켜보고 자유를 누리는 갈매기를 부러워하며 지은 것이다.

熊津渡

高麗　鄭樞

完山迢遞道阻長	완산은 멀리 길이 막혀 있고
熊川蕩漭雲蒼茫	웅진 앞 강물은 아득히 일렁이며 흐르네
揭其淺兮石齧足	그 얕은 곳을 건너려니 돌이 발을 찌르고
厲其深兮水漸裳	그 깊은 곳을 건너려니 물이 下衣를 적시네
漁翁借我沙棠舟	어부는 나의 사당주를 빌리고
桂爲櫂兮蘭爲檣	계수나무로 노를 만들고 蘭木으로 삿대를 만들었네
回首出日泛中流	고개 돌려 바라보니 해가 중류에서 떠오르는데
俄然已艤西岸傍	잠시 사이에 서쪽 언덕에 배가 닿았네
我行登岸嘶馬去	내가 내려 언덕에 오르니 말은 울며 지나가고

翁卽扣枻歌蒼浪   어부는 뱃전을 두드리며 어부사를 부르네
翁乎吾道比汝楫   어부여! 나의 道는 그대의 노와 같으니
用則行兮捨則藏   써 주면 행하고 안 써주면 간직하고 있을 뿐이네

이 시의 작자 정추(?~1382)는 名을 公權이라고도 하며, 공민왕대에 신
돈을 탄핵했다가 죽을 고비를 넘기고 남쪽지방에 좌천당한 일이 있는
데 이때에 곰나루를 건너다가 지은 것이 바로 이 시인 듯 하다. 얕은
곳을 건너려 하면 돌이 발을 찌르고 깊은 곳을 건너려 하면 물이 옷을
적신다는 것은, 인생살이의 어려움을 물에 빗대어 말한 것으로 볼 수
있으며, 써주면 행하고 버리면 간직할 뿐이라 한 것은, 나를 알아주는
통치자가 있어 나를 등용해주면 내 경륜을 펼치고 그런 통치자를 만나
지 못하면 마음속에 간직하고 있으면서 수양에만 힘쓰겠다는 자신의
처세관을 드러낸 것으로, 난세를 만나 좋은 향목인 사당나무로 만든 배
를 타고 桂樹로 만든 노와 蘭木으로 만든 삿대를 저으면서 강가에 은
둔하고 싶은 소망을 노래하고 있다.

月城山

李朝   徐居正

秋風嫋嫋江自波   산들산들 가을바람에 강물결 일렁이고
山南山北紅葉多   남쪽 북쪽 모든 산엔 단풍이 한창이네
登臨有興濃於酥   登山臨水의 흥취가 乳酪보다 농밀함은
十千美酒金叵羅   만금짜리 미주를 황금술잔으로 마셔서이네
黃花滿揷帽欲欹   국화꽃 가득 꽂아 모자는 기우뚱한데
鯨呑虹吐安足辭   고래처럼 마시고 고운 시 짓기를 어찌 사양하랴
諸君莫學宋生酸   그대들은 宋玉의 辛酸을 본받지 말라
一生枉作悲秋詞   그는 평생 부질없이 슬픈 가을 노래만 지었다네

이 시도 서거정의 [公州十景詩]중 [月城秋興]을 轉載한 것이다. 제7

구의 [諸]가 〈公州郡志〉에는 [請]으로 되어 있는데 이곳에서는 [諸]로
오기한 것이다. 이 시는 푸른 가을하늘과 푸른 강물이 조화를 이루고
국화가 만발한 월성산에서 국화주를 마시며 세속의 고뇌에서 해방되어
仙遊를 즐기면서, 가을을 슬프게 노래한 漢나라의 楚辭作家 宋玉을
따를 필요가 없이 즐겁게 지내자고 한 것이다.

鷄龍山

同

鷄嶽岂嶢揷層碧	층층이 푸르게 우뚝 솟아있는 계룡산
淑氣蜒蜿自長白	맑은 기상은 장백산으로부터 면면히 이어져온 것이네
山有湫兮龍則蟠	산에는 못이 있어 용이 숨어 있고
山有雲兮物可澤	산에는 구름이 있어 만물을 적셔주네
我昔試遊於其中	내가 지난날 그 사이에서 노닐어보니
靈異不與他山同	신령하고 기이함이 다른 산과 달랐네
會作霖雨澤天下	구름모여 비가 되어 천하를 적셔주니
龍使雲兮雲從龍	용이 구름을 부린 것이요 구름이 용을 따른 것이네

이 시도 서거정의 [公州十景詩]중 [鷄嶽閑雲]을 전재한 것이다. 계룡
산은 백두산으로부터 그 맥이 이어져 오다가 공주에 이르러 겹겹이 푸
른 봉우리가 서려서 이루어진 명산이다. 이 산이 靈山이므로 龍湫에
용이 깃들어 구름으로 하여금 비가 되어 내리게 하여 만물을 生養하는
은택을 입힌다고 찬양하고 있다.

五峴山

同

| 公城之勝天下勝 | 공주의 아름다운 경치 천하의 으뜸이요 |
| 五峴嵯峨鎭四角 | 오현이 우뚝 솟아 사방을 진무하네 |

遙看積翠連澄濛　멀리 푸른 봉우리 바라보니 아스라히 연이어 있고
松檜森森聳宵壑　소나무 전나무 빽빽하게 골짜기에 솟아 있네
人間幾番換炎寒　인간세계 몇 번이나 계절이 바뀌었는데도
四時不老唯蒼顔　사계절 한결같이 검푸른 모습이네
我欲山中斸黃精　나 또한 이 산중에서 선약을 캐어 먹고
鸞輿鶴駕閑往還　학과 난새가 끄는 수레를 타고 한가히 왕래하리라

이 시도 서거정의 [公州十景詩] 중 [五峴積翠]를 전재한 것이다. 단
第1句 末字가 五峴積翠에는 [甲]으로 되어 있는데 이곳에는 [勝]으로
誤記하여 놓았다. 이 시는 공주를 에워싸고 있는 五峴 즉 車峴, 板峴,
馬峴, 火峴, 狹踰峴이 아름답게 펼쳐져 있어 仙界를 방불하게 한다고
하면서, 이런 仙境에서 작자 자신도 仙藥인 黃精을 캐어 먹고 신선이
되어 永生不死하면서 鶴과 鸞새가 끄는 수레를 타고 노닐고 싶다고 한
것이다.

孝家里院

高麗　鄭樞

一道澄江侵碧空　한 줄기 맑은 강에 푸른 하늘이 잠겨 있고
兩山紅樹戰金風　양쪽 산의 단풍들은 가을바람에 일렁이네
孝家院落知何處　효가원 마을 어느 곳에 있는가
鳥影秋光沉碭中　가을빛 일렁이는 물결 속에 새 그림자가 비치네

이 시 역시 고려조 정추의 작으로 자신의 허벅지 살을 베어 모친의
병환을 낫게 했다는 신라시대의 효자 尙得이 살던 마을인 孝家里院을
지나면서 옛 일을 회고해보고 주변의 아름다운 경치를 읊은 것이다.

Ⅲ. 結 語

前述한 바와 같이 본고는 日本人 玄堂 鷺村成島가 우리나라 각 지방 명승을 읊은 시들을 모아 편찬한 『朝鮮名勝詩選』 가운데 公州에 해당하는 부분의 詩만을 뽑아서 이를 번역하고 약간의 주석을 가한 것이다. 그곳에는 공주의 명승을 읊은 시 19수가 수록되어 있는바, 이는 다른 지방의 명승을 그린 시에 비하여 매우 많은 숫자이며, 문학성도 탁월하여, 공주가 뛰어난 명승지임이 이를 통하여도 증명이 된다.

공주에 거주하는 사람이라면 이 고장 명승을 읊은 시들을 암기하고 이를 다른 사람에게 소개할 수 있으면 좋을 듯하고, 특히 관광업에 종사하는 사람에게는 이런 소양을 쌓아두는 것이 이 고장 명승의 소개에 크게 도움이 될 수 있으리라고 본다.

[朝鮮名勝詩選] 公州條에 수록된 詩 가운데 최치원의 [公山城詩], 이승소와 박팽년의 [錦江樓詩], 고려 顯宗과 정추의 [熊津渡詩], 정추의 [孝家里院詩] 등은 다른 典籍에서는 볼 수 없는 것으로, 이들 작가의 연구와 지역 문학의 연구에도 중요한 참고가 되리라고 본다.

『今古實記』에 收錄된 公州人物攷(1)

I. 序 言

　『今古實記』는 1905년경에 忠淸道 觀察使였던 李乾夏의 후원을 받아
張世五·尹大榮 등이 충청도 관내 各郡으로부터 修單을 수합하여 元·
亨·利·貞 4冊으로 편찬한 것으로, 各 部門別로 歷代의 著名한 인물
들을 儒賢·學行·忠勳·孝·烈·儒林·友睦(出義 포함) 등으로 나누어
姓名·字·號·本貫·世系·官爵·行蹟 등을 略述한 것이다.

　그 가운데 公州의 人物은 首卷인 「元」의 첫머리에 儒賢 10人, 學行
9人, 忠勳 43人, 孝 92人, 烈 32人, 儒林 8人, 友睦 및 出義 4인 등 198
인의 행적이 수록되었다. 이들 중에는 公州에서 출생하였거나 생활하
였던 人物은 勿論이요, 後孫들이 公州에 世居한 경우에도 수록하여
놓았으므로 선정 收錄 경위가 모호한 점도 있으나, 本攷에서는 전혀
添削을 加하지 않고 原文을 충실히 國譯하고자 노력하였으며 독자의
편의를 위하여 生沒年만을 첨가하였을 뿐이다.

　本攷에서는 『今古實記』가 印刊될 당시 충청도 관찰사였던 李乾夏
의 今古實記序와 凡例 및 公州條에 망라된 人物 198人 中 儒賢 10人
에 관한 기록만을 國譯하고 나머지는 後攷로 미루고자 한다. 序와 凡

例를 원문대로 번역 수록한 것은 이를 통하여 『今古實記』의 편찬동기·내용·체재 등을 이해할 수 있기 때문이다.

한편 『今古實記』 公州條를 통하여 各 分野의 有名人物이 他 地域에 比하여 公州 地方에서 월등히 많이 배출되었음을 알 수 있고, 公州를 '班鄕'이라 부르기도 하고 '忠孝의 고장'이라 부르기도 하는 것이 절대로 虛言이 아님을 歷史的으로 확인할 수 있었으며, 이를 國譯하여 廣布하면 愛鄕心 고취와 祖上崇慕思想 앙양에도 크게 기여하리라고 본다.

Ⅱ. 今古實記序(國譯)

우리나라 풍습이 禮敎를 높이고 節義를 숭상하는 것은 대체로 天性에서 우러나온 것이다. 신라·고려 이래로부터 有爲한 王이 나오면 곧 忠信之士 및 孝子 順孫 節婦 義夫를 찾아서 歷史書에 밝혀 놓았으며, 本朝(조선왕조)에 이르러 聖君이 연이었고 名碩한 신하가 이를 보필해서 백성을 禮로 가지런히 하고 仁으로 이끌었으며, 儒臣들을 시켜서 三綱과 五倫에 모범이 될 사례를 수집하여 三綱行實과 五倫行實을 간행하여 널리 반포하도록 하였다. 綱紀가 이로써 유지되었고 基業이 이로써 悠久하게 되었으니, 아아! 훌륭한 일이로다.

그런데 대저 어찌하여 근래에 이르러 풍습이 점차 천박함을 숭상하고 學問에 갈래가 많아져서 仁義를 말하는 자는 모두 허황하고 高遠한 쪽으로만 달리고 실제로 행하는 행실은 소홀히 하며, 고장에서 드러난 자들도 모두 虛名을 추구하는 데는 힘쓰나 실제 행적은 볼 것이 없으니 風氣가 어찌 이 지경에 이르도록 변하게 되었는가?

이해 봄에 내가 못난 재주로 충청도 관찰사가 되어 임무를 시작하면서 먼저 道內의 學問이 깊고 뜻이 높은 선비를 찾으니 張世五 君과 尹大榮 君이 곧 그들이었는데, 慨然히 무너진 綱紀를 바로잡고 그릇된 풍습을 회복함에 뜻을 두고 있었다. 그들이 말하기를 "빈말로 풍속을 바로잡는 것이 문헌으로 증거할 수 있게 하는 것만 못합니다."하고, 一部의 글을 모아 발간하여 전파할 계획을 세웠다.

책을 만들 때에 先正(先代의 어진 분) 이하 儒賢·道德 名節이 밝게 드러난 자·조정 및 향당에서 忠·孝·烈行이 확실한 자들을 널리 채록하고 『今古實記』라 이름을 붙였다. 대체로 道統을 論하였으되 中國에까지는 미치지 않았으니, 이는 新進後學들로 하여금 그 趣向의 실마리로 하여 우리나라의 典故에 익숙하도록 하게 하고자 함이요, 人紀를 닦고 三綱의 모범이 될 일들을 모은 것은 愚夫 愚婦들로 하여금 常性을 가지고 마땅히 행해야 할 도리를 쉽게 알게 하고자 해서이니, 이 책의 世敎에 도움됨이 어찌 얕고 적다고 할 수 있으랴.

두 분(張·尹氏)이 내가 道民을 흥기 고무시키는 이 일에 一助를 하였다고 해서 책 머리에 序言을 한 마디 써 주기를 청하니, 내 어찌 감히 글을 짓지 못한다는 핑계로 사양할 수 있으랴. 이에 그 경위를 간략히 기록하여 序를 삼노라.

從一品 崇祿大夫 行判敦寧院事 原任奎章閣學士 經筵日講官 完山 李乾夏 序.

Ⅲ. 今古實記凡例(國譯)

1. 먼저 儒賢으로부터 忠勳·孝烈·儒林·義士·友睦에 이르기까지 同類別로 기록하였다.

1. 각기 그 出身郡別로 차례대로 엮었으며, 비록 거주하였거나 生長했던 고장이 아니라해도 그 후손들이 이어 살아온 곳이면 수록하였다.

1. 編次는 각 郡마다 儒賢을 첫번째로 실었고 유현이 없는 郡은 그 다음 순서를 앞에 놓았다.

1. 儒賢中 文廟에 배향된 분은 반드시 先生이라 稱하였다.

1. 各郡에서 정리하여 보낸 名單中 이름난 조상도 기록하였으면 그대로 싣고, 조상에 관한 기록이 없으면 姓과 本貫만 기록하였다. 婦人은 먼저 그 本貫을 적고 다음에 남편의 姓啣을 적은 후 사실을 기록하였다.

1. 年代에 얽매이지 않고 특히 저명한 행적이 있으면 맨 앞에 실었으며, 단 前代人(朝鮮朝 以前人)은 먼저 실었다.

1. 포상을 받은 행적은 年代의 멀고 가까움·地閥의 높고 낮음에 구애받지 않고 먼저 싣고, 포상을 받지 않았으면 특출한 행적이 있어도 다음에 실었다.

1. 事蹟의 기록 중 實蹟만 싣고 번잡한 글은 모두 삭제하였다.

1. 생존해 있는 사람이라도 기록할만한 實蹟이 있는 사람은 附錄하였다.

1. 이 책이 옛 「三綱行實」을 본받았으나 더욱 광범하게 採錄하였으므로 제목을 『今古實記』라 하였다.

1. 만약 후일에 옮겨 적은 것이 있으면 그 郡名을 적어서 식별할 수 있게 하였다.

IV. 公州의 儒賢(國譯)

o 趙光祖(1482~1519)

號 靜菴 · 漢陽人 · 文科 · 大司憲. 우리나라 道學의 으뜸으로 벼슬할 때는 堯舜시대의 王과 백성이 되게 하는데 목표를 두었다.

己卯士禍가 일어나자 諸賢들이 반드시 죽게 될 것임을 알고 서로 술잔을 나누며 永訣하고 從容子得하였으나, 先生만은 통곡을 계속하면서 "우리 임금님을 뵙고 싶다."하자, 諸賢들이 면려하기를 "조용히 義를 지키며 죽을 따름이지 어찌 哭泣을 하는가?"하였다. 이에 선생이 "내 어찌 그것을 모르리오. 다만 우리 임금님을 뵙고 싶을 따름이오. 우리 임금님이 어찌 이에 이르실 수 있소."하고 밤새도록 통곡하였다. 그러나 죽게 되었음을 듣고는 裕如(너그러운 모습)하였고 죽음에 임하여,

愛君如愛父　임금을 사랑하기를 어버이 사랑하듯 하였고
憂國如憂家　나라 근심하기를 집안 근심하듯 하였었네
白日臨下土　밝은 태양이 下土를 굽어보듯
昭昭照丹衷　나의 丹衷도 밝게 비추리

라고 시를 지었다.

죽게 되자 벼슬한 사람이나 百姓들이나 失聲長號하지 않는 이가 없었다. 諡號는 文正이고, 文廟에 배향하였다.

o 徐起(1523~1591)

號 孤青 · 利川人. 8歲에 어머니가 병을 앓자 손가락을 베어 피를 먹였고, 7歲에 詩를 짓기를,

庭前獨立老梧桐　뜰 앞에 우뚝 선 늙은 오동

虛抱南薰解溫風　　성난 마음 풀어줄 따뜻한 남풍을 품고 있네
若使伯牙將此樹　　伯牙에게 이 나무를 갖게 한다면
高山流水運胸中　　거문고 만들어서 高山流水를 그려내리

하였고, 10歲에 지은 竹屛(대 그림이 있는 병풍) 詩에,

昔年曾見澗邊生　　옛적에 일찍이 시냇가에 난 것을 보았는데
底事移來紙上靑　　어인 일로 종이 위로 옮겨왔는가
疎枝勁節皆依舊　　성긴 가지 굳센 마디 예나 변함없는데
只欠淸風吹葉聲　　맑은 바람 댓잎소리는 들리지 않네

하였다. 重峯 趙先生과 가까이 사귀었고 名山을 두루 유람하였으며, 만년에 孤靑峯 아래에 살면서 북경에서 朱子肖像을 구입하여 立屋奉安하고 18年間 매일 새벽에 배알하였다.

天像·地理·人事에 끝까지 궁구하지 않은 것이 없었고, 璿璣玉衡(천체관측기구)을 만들어 天地의 度數와 日月 운행의 표준을 정하였는데 터럭만큼의 착오도 없었다.

持平에 추증되었고, 祠堂에 모셨다.

○ 李石亨(1415~1477)

字 伯玉·號 樗軒·延安人·文科·判書. 많은 선비를 양성하고 감화시켰으며, 六臣이 사형당하였음을 듣고,

虞時二女竹　　舜 임금이 죽자 二女(아황과 여영)竹이 생겼고
秦日大夫松　　秦에는 大夫松이 있었네
縱是哀榮異　　비록 지금의 哀와 榮과는 다르지만
寧爲冷熱容　　어찌 時勢에 아첨할 수 있으리오

라는 시를 지었다.

공신에 冊錄되었고, 君에 봉해졌으며, 諡號는 文康이고, 書院에 배
향하였다. 祧遷하지 않았다.(조상의 位牌를 親이 다하면 옮기는 것이 원
칙이다. 특별히 有功有德했던 先祖의 位牌는 親이 다해도 옮기지 않는 것
은 不祧라 한다.)

○ 李恒福(1556~1618)

字 子常 · 號 白沙 · 參贊 夢亮의 子 · 文科 · 領議政. 태어나서 3일간
젖을 먹지 않고 울지도 않았다. 8歲에,

　　釰有丈夫氣　　칼날에는 장부의 기상이 어리었고
　　琴藏千古音　　거문고는 千古의 音을 간직하고 있네

라고 읊었으며, 어릴 때 해진 옷을 입은 사람을 보면 자기의 옷을 벗어
주었다. 壬亂時 西狩策을 정하고 왕이 출발하려 할 때 칠흙같이 어두
운 밤에 비까지 내리자 公이 촛불을 들고 先導하였으며, 內附문제를
의논할 때 여러 신하들이 대응을 못하자 公이 울면서 자원하였고, 博
川에 이르러 적침이 급박해지자 公이 말을 달려 王을 前導하였으므로
護從一等功臣에 冊勳 되었다.

光海時에 永昌大君을 구하고자 힘썼고, 廢母論이 일어나자 이에 극
력 반대하다가 北靑에 유배되었다. 유배되어 고개를 넘을 때, '夕陽回
望穆陵寒(석양에 돌아보니 穆陵-宣祖의 陵-이 싸늘하네)'이라는 詩句를
남겼으며, 오로지 經傳과 儒學의 진흥에 뜻을 두었고, 適所에서 宣祖
의 召命을 받는 꿈을 꾸고 卒하였다.

鰲城府院君에 封하였고, 諡號는 文忠이며, 書院에 배향되었고, 祧
遷하지 않았다.

○ 李惟泰(1607~1684)

字 泰之·號 草廬·慶州人·靖順公 誠中의 후손·遺逸·吏曹參判.
沙溪 金先生과 愼齋先生을 師事하여 「疑禮問解」와 「家禮輯覽」을 배
웠고, 「四書辨疑」를 지었다.

明이 亡한 이후 벼슬에 임명되어도 나아가지 않았고, 萬言疏를 올렸
으며, 文字에 반드시 明나라 崇禎年號를 써서 尊攘大義를 드러내었다.

諡號는 文憲이고, 祠堂에 모셨다.

○ 權諰(1495~1549)

號 炭翁·安東人·晩悔 得己의 子·遺逸·漢城左尹.

遺逸로써 여러 王의 禮遇를 입었다. 祠堂에 모셨다.

○ 尹忭(1495~1549)

號 知足菴·海平人·府院君 碩의 후손·文科·寺正.

靜菴 趙先生을 師事하였고, 천성이 仁厚하고 행실이 恭謙하며 학문
을 닦는데 敬과 信으로 근본을 삼고, 禮書를 編輯하고 家訓을 지었다.
집이 몹시 가난하여 양식이 자주 떨어졌으나 그 道를 닦는 즐거움을
바꾸지 않았다.

領議政에 추증되었고, 祠堂에 모셨다.

○ 鮮于浹(1588~1653)

湖 遯菴·父는 師·箕子의 後孫·遺逸·成均司業.

먼 고장(平壤)에서 우뚝하게 일어나서 師承을 거치지 않고 스스로 학
문을 할 줄 알아 經史에 博通하였고, 性理를 궁구하여 門徒들을 가르
쳐서 弓戈만 익히던 이들에게 예법을 알게 하고, 거칠고 사나운 이들에
게 仁義를 알게 하였다.

누차 관직을 제수하였으나 취임하지 않았다.

○ 劉好仁(1445~1494)

字 克己 · 號 天放 · 文僖公 敞의 후손 · 進士.

栗谷 李先生을 師事하였고, 天姿가 純厚하고 經史에 博通하였으며, 性理에 沈潛하여 식사하기를 잊을 정도였고, 「大學」을 특히 좋아하여 손에서 잠시도 놓지를 않았다.

參奉에 제수되었으나 나아가지 않았고, 尤菴 宋先生은 그를 기리기를 "실로 正學을 계승한 사람이다."하였다.

書院에 모셨고, 「大學圖」「中庸箚義」「敬義編說」 등을 지었다.

○ 周世鵬(1495~1554)

號 愼齋 · 尙州人 · 判書.

道德과 文章으로 한 시대의 師表가 되었다.

書院을 創始하였다.

祠宇에 모셨다.

V. 結 語

上記 序言에서 밝힌 바와 같이 本攷는 『今古實記』元의 序 및 凡例와 公州條 가운데 儒賢 10人에 관한 내용만을 번역하고 주석을 붙인 것으로, 公州條의 나머지 부분은 後攷에서 다룰 것을 기약하는 바이다.

本攷를 통하여 우리 先祖들이 자기고장 출신으로 각 분야에서 두각을 나타낸 인물들을 인멸됨이 없이 영구히 전할 수 있도록 하기 위하여 각별히 노력했던 점을 확인할 수 있고, 公州地方이 예로부터 수많은 위대한 인물을 배출하였으며, 주민들도 이런 사실에 대하여 큰 긍지를 가지고 있었음도 알 수 있다.

앞으로『今古實記』가 국역되어 지역주민들에게 널리 알려진다면 청소년 선도와 애향심 고취 및 조상숭모사상 앙양에 크게 기여하리라고 본다.

『今古實記』에 收錄된 公州人物攷(2)

I. 序 言

本攷는「웅진문화」第 6輯『『今古實記』에 收錄된 公州人物攷(1)』의 속편이다.

本攷에서는『今古實記』에 수록된 公州의 人物 가운데 '學行' 9人과 '忠勳' 43人 등 52人의 기록을 번역하고 ( )속에 事件의 해설이나 人物의 生沒年 등을 添記하여 독자가 쉽게 이해할 수 있도록 배려하였다.

本攷를 통하여 公州出身 歷代 人物들에 관하여 보다 많은 사람들이 보다 깊이 이해하여 先賢崇慕 사상과 鄕土愛 고취에 기여할 수 있게 되기를 기대해 본다.

II. 學 行

○ 金叔良

禮安人으로 文科에 급제하고 吏曹參判을 지냈으며, 文學으로 世人들에게 이름이 알려졌다. 아들(비)도 文科에 급제하여 大司憲을 지냈고, 손자 首孫도 文科에 급제하여 參判을 지냈고, 曾孫 磧 역시 文科

에 급제하여 翰林을 지냈으며, 이들이 모두 학술이 뛰어났다.

○ 金(비)

吏曹參判 叔良의 아들로 經行과 學術로 一世에 이름을 떨쳤다. 文宗代에 여러 차례 徵召되었고, 遺逸로서 掌令에 제수되었다.

○ 金演

叔良의 玄孫으로 經術에 밝았으며, 遺逸로서 軍資正에 제수되었다.

○ 徐宗華

字는 士鎭, 號는 藥軒으로 大邱人이다. 忠肅公 省(1558·명종13~1631·인조9)의 玄孫으로 벼슬은 別提를 지냈다.

孤山 禹世一(1670·현종11~1722·경종2)과 弄丸 南道振을 師事하고 陶菴 李縡(1680·숙종6~1746·영조22)公을 從遊하여 經學이 高邁하고 德行을 兼備하였다.

부친이 병을 앓자 嘗糞(환자의 대변을 맛보아 병을 진담함)을 하며 하늘에 기도하였고, 親喪을 당하자 몹시 슬퍼하여 몸이 쇠약해졌다.

○ 劉尙建

字는 仁元, 號는 安樂窩이며, 忠臣 碩의 孫이다. 市南 俞棨(1607·선조40~1664·현종5)公을 從遊하여 道德과 行誼로 世人들의 존경을 받았다. 監役·都正 등에 제수되었으나 취임하지 않았으며, 「心學撮要」를 지었다.

○ 劉萬成

字는 就叔, 號는 三好齋로 尙建의 子이다.

進士에 급제하고 陶菴 李縡·松石 李奎福 兩公을 師事하며 禮設을 講明하고 性理를 窮究하였다. 戊申亂(李麟佐 등이 密豊君을 추대하고 일으킨 반란)에 倡義하여 공로가 있었으므로 吏曹參判에 追贈되었다.

○ 劉燮

字는 穉國, 號는 學潭이다. 孝子 匡振의 曾孫으로「心經」과「近思錄」을 窮究하고『四物箴』을 준수하였으며,「周易」에 능통하여「八卦圖說」과「易林續補」를 저술하였다.

○ 康時進

字는 退夫로 信川人이며, 判書 允和의 후손이다. 生員·進士·文科에 급제하고 벼슬은 正字를 지냈으며, 經學과 文章으로 世人의 推重을 받았고, 芬華한 일에 뜻을 두지 않고 聖學에 潛心하였다. 忠賢書院을 세우고 그 長이 되었다.

○ 李世淵

號는 丹臺이고 全州人이다. 學問의 淵源과 經義에 博通하였으며, 執義에 追贈되었다.

Ⅲ. 忠 勳

○ 中國人 片碣頌

字는 景修, 號는 慕軒이며 浙江人이다. 壬辰亂時에 兵部尚書로 우리나라를 구원하고자 平壤에 이르러 倭兵을 공격하여 敵首 1285級을 얻었고, 이어 서울에 머물고 있는 왜적을 공격하여 이를 내쫓고, 1천여

리의 故地를 수복하였다. 그후 다시 援軍을 동원하여 素沙에 있던 적
을 격파하여 흐르는 피가 시내를 이루었고, 天子의 威嚴을 三次나 떨
치며 南下하여 향하는 곳 어디에서나 勝捷을 하니 宣祖께서 두 차례나
御札을 보내어 謝意를 표하였다.

그후 丁應泰의 誣告(丁應泰가 壬亂時에 朝鮮이 日本과 연합하여 明을
치려한다고 明皇帝에게 誣告한 사건)에 걸려 慶州 金鰲山에 숨어살다가
生을 마쳤다.

蔚山과 稷山 등지에 破敵碑가 있고 大報壇에 配享하였으며 書院에
모셨다.

ㅇ 李明誠

公山人으로 知制誥를 지냈다. 高麗가 亡하자 관직을 버리고 利川에
隱居하여 벼슬에 나가지 않았다.

ㅇ 林蘭秀

扶安人이다. 高麗末에 耽羅(제주도)를 쳐서 평정하고 돌아오다가 太
祖(李成桂)가 王位에 올랐다는 것을 알고 公州羅城에 숨어 亭子를 짓
고 살며 절의를 지켰다. 太祖가 여러 차례 불렀으나 나아가지 않자 그
의 절의를 가상히 여겨 羅城 한 구역을 하사하고, 그 아들 興을 불러
벼슬을 주려하니 興이 "저도 高麗 朝廷에 末職이나마 벼슬을 한 일이
있습니다."하고 취임하지 않았다.

ㅇ 鄭以吾(1530·공민왕3~1434·세종16)

號는 郊隱이고 晋州人이며 贊成 臣重의 아들이다. 大提學을 지냈
고, 功臣에 策錄되었으며 諡號는 文定이다.

(以上 三人은 高麗朝의 忠勳임)

○ 兪應孚(?~1456 · 세조2)

杞溪人이다. 활을 잘 쏘고 勇敢하였으며 母親을 극진한 효성으로 섬기었다. 丙子의 擧事(世祖 2年 6月 死六臣 등이 上王 端宗을 복위시키려다 실패한 사건)에 실패하자 世祖가 문초하기를 "네가 무슨 일을 하려 하였느냐?"하니, 公이 答하기를 "三尺되는 칼날로 足下(세조 당신)를 폐위시키고 옛 군주(단종)를 복위시키려 하였을 뿐이오."하였다. 王이 大怒하여 벌겋게 달군 쇠를 가져다 그의 배 밑에 두게 하니 기름과 불이 함께 탔지만 안색도 변하지 않았으며, 쇠가 식자 이를 땅에 집어던지며 다시 달구어 오라고 외치면서 끝까지 굴복하지 않고 죽었다.

처음 거사를 도모하였을 때에 팔을 걷어붙이며, "韓明澮와 權擥은 이 주먹으로 足하니 어찌 창이나 칼을 쓸 수 있으리오."하였고, 북방의 兵使로 있을 때에

駿馬五千嘶柳下　　준마 오천필이 버드나무 아래에서 울고
豪鷹三百坐樓前　　사나운 매 삼백이 다락 앞에 앉아 있네

라는 詩句를 남기기도 하였다.

謚號는 忠穆이며, 祠宇에 모셨고, 祧遷하지 않았다.

○ 鄭苯(?~1454 · 단종2)

號는 愛日堂이고 晋州人이며 文定公 以吾의 아들이다. 文科에 급제하여 左相을 역임하였으며 文宗의 顧命을 받들어 幼主(端宗)를 보필하였다. 世祖가 篡位하자 全羅 · 慶尙 體察使로 있으면서 이 변고를 듣고 급히 돌아오다가 忠州에 이르러 金宗瑞를 梟首한 것을 보고 통곡하며 배례하였다. 樂安에 유배되었다가 光陽으로 移配된 후 賜藥을 먹고 죽었다.

諡號는 忠莊이고 祭壇에 모셨으며 祧遷하지 않았다.

○ 金文起(?~1456·세조2)

號는 白村이고 金海人이다. 文科에 급제하여 吏曹判書를 지냈다. 부모를 효성으로 섬겼고, 端宗遜位時에 死六臣과 함께 부자가 모두 禍를 당하였다. 諡號는 忠毅이고, 祭壇에 모셨다.

○ 李貴(1557·명종12~1633·인조11)

字는 玉汝, 號는 墨齋이고 樗軒 石亨의 五代孫이다.

栗谷 李珥와 牛溪 成渾 兩先生을 師事하였고, 壬辰亂에 御駕를 龍灣까지 扈從하였으며, 光海君이 人倫을 어지럽히자(北人의 건의를 들어 西人을 몰아내고 仁穆大妃를 廢하고 아우 永昌大君을 殺害한 사건 : 殺弟廢母事件) 仁穆大妃를 받들어 復位시키고 大妃의 命을 받아 仁祖를 맞이하여 大統을 바로잡았다. (仁祖反正)

延平府院君에 封하였고, 諡號는 忠定이며 宗廟에 配享하였다.

○ 曹漢英(?~1670·현종11)

號는 晦谷이고 昌寧人이다. 文科에 급제하여 判書를 지냈다. 澤堂 李植先生을 師事하였고, 丁丑年에 下城(仁祖가 丙子胡亂時에 淸에 降服한 일)한 후 淸나라로 잡혀갔는데 淸人들이 兵威를 盛히 진열하고 詰問하였으나 公은 무릎도 꿇지 않고 꼿꼿이 서서 "내가 내 나라 일을 도모한 것뿐인데 무엇을 물을 것이 있는가?"하니 淸人들이 더욱 성을 내었지만 公이 조금도 위축되지 않자, 그들이 서로 돌아보며 "爽爾! 爽爾!"라 하였는데, 이는 매우 훌륭하다고 감탄하는 말이었다.

諡號는 文忠이고, 書院에 모셨다.

○ 柳珩(1566·명종21~1615·광해군7)

號는 石潭이고 晋州人이다. 武科에 급제하여 統使를 지냈다. 忠義
와 智略이 탁월하였고, 등에 '盡忠報國' 四字를 문신하고 壬亂時에 적
을 쳐서 크게 이겼다.

領議政에 追贈되었고, 諡號는 忠景이다.

○ 申硈

平山人으로 忠壯公 砬의 아우이다. 武科에 급제하여 守禦使를 지냈
다. 壬亂時에 敵愾心을 奮發하여 孤軍으로 臨津에서 矢石을 무릅쓰
고 力戰하다가 殉死하였다.

兵判에 追贈하고 旌閭에 모셨으며 祧遷하지 않았다.

○ 朱夢龍

字는 雲仲이고 新安人이며 戶曹判書 浩의 아들이다. 武科에 급제
하여 水使를 지냈다. 父親이 용꿈을 꾸고 낳았으므로 夢龍이라 이름을
지었다. 집 뒤에 이무기가 있어 활을 한껏 당겨 이를 쏘고서 다시 보니
곧 寶劒이었다.

壬亂時에 金山의 수령으로 郭再佑(1552·명종7~1619·광해군11)와 함
께 힘을 다해 적을 토멸하여 여러 차례 勝捷을 아뢰었다.

功臣에 策錄되었고, 刑判에 追贈되었으며, 諡號는 武烈이고 祠宇에
모셨다.

○ 劉遲

字는 日進, 號는 松菴이며, 江陵人이다. 文僖公 敬의 六世孫으로
監察을 지냈다. 鄭汝立의 亂에 功을 세워 功臣에 올랐고, 壬亂時에

義兵을 모아 蛟龍山城에 屯守하고 있을 때 賊兵이 이를 포위하였는데 城主가 피해 달아나려 하거늘 公이 칼을 빼어들고 크게 외치기를 "南原은 湖南의 要衝으로 이 城을 한번 빼앗기면 嶺南·湖南지방이 국가의 소유로 남아있지 않게 될 것이다. 亂에 임하여 義롭게 죽는 것이 臣子의 직분이니 만약 딴 마음을 가진 자가 있다면 목을 베겠다."하자 무리들이 모두 두려워하며 굴복하였다. 아우와 죽기를 맹세하고 안개가 자욱하게 낀 기회를 틈타 갑자기 돌격하여 적을 크게 격파하였다. 그후 과로로 병을 얻어 사망하였으며, 吏曹判書에 追贈되었다.

○ 劉碩

字는 大哉, 號는 苗谷이다. 贇의 아들로 同知敦寧府事를 지냈다. 母親을 효성으로 섬겼고, 「春秋」에 밝았으며, 孝立의 亂에 공을 세워 勳臣에 策錄 되었다.

丙子胡亂이 일어나자 義兵을 일으켜 勤王하려 하였으나 이미 講和가 이루어졌음을 듣고 탄식하기를 "한갓 國祿만 허비하고 君主를 危險에서 救하지 못하였으니 어찌 세상에 살 수 있으리오."하고 스스로 목을 찔러 자살하려 하다가 주변 사람들의 구원으로 뜻을 이루지 못하다 은둔해 살면서 수양에 힘썼다.

○ 金澥

號는 雪松이고 禮安人이며 판서 半千의 孫이다. 文科에 급제하여 牧使를 지냈다. 壬亂時에 尙州의 守領으로 있었는데 義軍을 모아 敵首 300餘級을 베었고, 외로이 城을 지키면서 奇計를 設하여 火攻으로 다시 300餘級을 베어 적의 간담을 서늘하게 하였다.

이듬해 적들이 대거 공격하였고, 援兵마저 끊겨서 사로잡히게 되었으나 끝내 굴하지 않고 殉國하였다.

功臣에 策錄되었고, 吏曹參判에 추증되었으며 旌閭를 세웠다.

○ 李之詩(?~1592·선조25)

字는 詠而이고 丹山人이다. 武科에 급제하여 府使를 지냈다. 壬亂時에 助防將으로 敵을 토멸하여 많은 적병을 죽이거나 사로잡았다. 金山에서 敵勢가 매우 盛하였는데도 公이 單騎로 돌격하여 격파하였다. 이때에 完山伯 李洸이 군사들을 철수시켜 兩湖地方이 敵의 웅거지가 되게 하려하자, 달려가 군사를 출동시키라고 꾸짖으며 公이 선봉이 되어 振威에 이르자 李洸이 앙심을 품고 公에게 극소수의 병력만으로 적을 정탐하게 하여, 수많은 적병에게 수십겹으로 포위당하였는데도 구해주지 않았다. 公은 무기가 떨어지자 몽둥이를 들고 돌격하였고, 맨손으로 싸우다가 왼손가락이 잘렸으나 피를 흘리며 끝까지 싸우다가 죽었지만 顔色이 평상시와 같았으며 怒氣가 勃勃하였다.

兵曹判書에 追贈되었고, 謚號는 景毅이며 祠宇에 모셨다.

○ 李之禮

字는 漫兮이고 之詩의 아우이다. 武科에 급제하여 牧使를 지냈다. 壬亂時에 御駕를 扈從하고 平壤까지 갔다가, 兄이 敵에게 포위되었다는 말을 듣고 도보로 3일만에 龍仁에 이르러 兄과 함께 血戰을 하며 무수한 적을 무찌르다가 오른팔이 잘려 죽으면서도 오히려 長劍을 쥐고 있었으며 體貌가 凜然하였다.

兵曹判書에 追贈되었고, 謚號는 莊憲이며 祠宇에 모셨다.

○ 鄭之産

號는 逋翁이고 忠莊公 苯의 繼子이며 正郎을 지냈다. 莊陵(端宗)이

遜位하자 晋州로 은둔하였고, 生父의 命으로 忠莊公의 繼子가 되어 제사를 받들었다. 公州에 은거하면서 梅月堂(金時習) 등 諸賢들과 3年間 方喪(臣下가 王의 喪에 服을 입을 때 父母의 喪에 準하는 것)을 하고 東鶴寺에서 上王(端宗)에게 제사를 지냈다. 벼슬을 내리고자 여러 차례 불렀으나 응하지 않았고, 內大에 추증되었으며 書院에 모셨다.

　ㅇ 李勵(? ~1592 · 선조25)

全義人으로 領相 鐸의 孫이다. 重峯(趙憲)先生을 師事하였고, 뛰어나게 영리하고 奇節이 있었으며, 壬辰亂에 重峯先生을 따라 殉國하였다. 持平에 추증되었고, 旌閭에 모셨다.

　ㅇ 全德潤

天安人으로 文孝公 信(1276 · 충렬2~1339 · 충숙 복위8)의 後孫이다. 武科에 급제하여 萬戶를 지냈다. 壬亂時에 孤軍으로 奮身力戰하다가 殉國하자 公이 타고 다니던 말이 公의 머리를 물고 故鄕으로 돌아와 울부짖다 죽었다.

兵曹判書에 추증되었다.

　ㅇ 僧 靈圭(? ~1592 · 선조25)

壬亂時 重峯 趙憲先生과 함께 진격하여 淸州에서 大勝하고 錦山에서 만나기로 약속하였는데, 重峯이 敗死하였다는 소식을 듣고 탄식하며, "義士와 약속한 일을 어찌 배반하리오."하고 적진으로 뛰어들어 力戰하다가 전사하였다.

旌閭에 모셨다.

○ 愚尙中(?~1636·인조14)

字는 一之이고 武科에 급제하여 兵使를 지냈다. 仁祖反正에 宣傳官으로 功을 세워 功臣이 되었고, 李适의 亂이 일어나자 御駕를 扈從하여 漢江에 이르러 聖躬을 등에 업고 얼음을 깨어가며 강을 건너다가 얼음에 부딪쳐 피가 흐르자 王이 곤룡포를 찢어 싸매어 주었으며, 丁卯胡亂이 일어나자 守禦大將이 되었다.

兵曹判書에 추증되었고, 諡號는 忠莊이며 旌閭에 모셨다.

○ 禹鼎(?~1637·인조15)

號는 葛溪이고 丹陽人이다. 進士로 學問이 정밀 해박하였고, 丙子胡亂이 일어나자 成均館에 있던 모든 儒生들이 별처럼 흩어졌으나 公은 홀로 聖廟의 位牌를 모시고 江都(江華島)로 갔다가 城이 함락되자 적을 꾸짖으며 물에 투신하여 자살하였다.

持平에 추증되었고 旌閭에 모셨다.

○ 李齊杜

號는 忠潭이고 全州人이다. 敏厚의 子로 監司를 지냈다. 加平의 수령으로 있을 때 毅皇帝(明나라 최후의 황제)의 御筆과 宣祖·孝宗의 御筆을 새긴 壇을 축조하고 제사를 지냈으며,

一區乾淨中　양지바르고 깨끗한 한 구역에서
少寓陪臣恫　잠시 우거하심을 陪臣은 슬퍼합니다

라는 詩句를 남겼다.

兩皇(명나라 皇帝로 壬亂時 援軍을 보낸 神宗과 마지막 皇帝인 毅宗)과 孝宗의 祭日이면 壇에 나아가 통곡을 하니 郡民들이 연못을 忠潭이라

하고 壇을 大統壇이라 불렀다.

吏曹判書에 추증되었고, 諡號는 孝憲이며 旌閭에 모셨다.

ㅇ 片成大

號는 慕軒이고 碣頌의 孫이다. 丙子胡亂時에 大駕가 播遷했다는 소식을 듣고 曹守誠의 陣營으로 나아가 召募하는 檄文을 전하고자 淸州에 이르러 逆賊 9人의 목을 베었다. 그후 城下之猛(仁祖가 淸 太宗에게 항복한 일)이 맺어졌다는 소식을 듣고 통곡하며 돌아가 벽 위에 '大明日月' 넉자를 써놓고 杜門不出하다가 생을 마쳤다. 吏曹判書에 추증되었다.

ㅇ 趙聖復(1681·숙종7~1723·경종3)

號는 退修堂이고 豊壤人이다. 文科에 급제하여 執義를 지냈다. 辛壬士禍(辛丑『1721·경종1』 壬寅『1722·경종2』 兩年에 王位계승문제로 老論과 小論 사이에 일어난 黨爭의 禍獄, 老論四大臣등이 처형당했음)時에 世弟(延礽君, 後의 英祖)의 代理政治를 疏請하였다가 三次나 獄에 갇혔고, 아홉 차례나 刑訊을 당하여 다리뼈가 부서져 밖으로 드러났으나 끝까지 주장을 굽히지 않고 獄中에서 말라죽었다.

吏曹判書에 추증되었고, 諡號는 忠簡이며 旌閭에 모셨다.

ㅇ 尹賀

海平人으로 知足菴 抃의 후손이다. 李麟佐의 亂이 일어나자 南海縣令으로서 군사를 거느리고 賊을 토벌하여 賊의 魁首를 사로잡아 압송하였다. 해마다 晋州將廳에서 그의 제사를 지내고 있다.

(以下는 勳臣이다.)

○ 劉敞(?~1421·세종3)

字는 太和, 號는 仙菴이고 江陵人이다. 벼슬은 輔國을 지냈고, 圃隱·牧隱 兩先生을 從遊하였으며 剛正純粹하고 謹愼恭謙하였다. 開國功臣에 策錄되었고 玉川府院君에 被封되었다.

諡號는 文僖이고 書院에 모셨으며 桃遷하지 않았다. 王이 御筆 '公心一視' 四字를 下賜하였다.

○ 李承召(1422·세종4~1484·성종15)

號는 三灘이고 陽城人이다. 文科에 급제하여 吏曹判書를 지냈다. 勳臣에 策錄되었고 陽城君에 被封되었으며 諡號는 文簡이다.

○ 李明德(1373·공민왕22~1444·세종26)

號는 沙峯이고 公山人이다. 判中樞院事를 지냈고 네 王을 섬겼으며 勳臣에 책록되었고 諡號는 恭肅이고 書院에 모셨다.

○ 李時白

字는 詩敎, 號는 釣巖이며 默齋 貴의 子이다. 領相을 지냈고 牛溪(成渾) 沙溪(金長生) 두 先生을 師事하였고, 癸亥年 仁祖反正에 勳臣으로 策錄되었다. 丙子胡亂에 御駕를 南漢山城에 扈從하고 城에 이르러 飮血하고(盟誓의 의식) 三軍을 격려하니 모두 순종하였다.

延陽府院君에 책봉되었고, 諡號는 忠翼이며 桃遷하지 않았다.

○ 李時昉(1594·선조27~1660·현종1)

字는 季明, 號는 西峯이며 釣巖 時白의 아우이다. 癸亥年에 勳臣에 책록되었다. 丙子亂後 燕京에 使臣으로 갔을 때 我國을 무고하는 流言 때문에 사태의 기미를 헤아릴 수 없었으며, 그들이 刑具를 앞에 늘어놓고 온갖 방법으로 위협 공갈하였으나 拘問에 죽음으로 항거하여 끝까지 굴복하지 않았다.

延城君에 책봉되었고, 諡號는 忠靖이며 祧遷하지 않았다.

○ 李海壽(1553·중종31~1598·선조31)

號는 藥圃이고 全義人이며 領相 鐸의 아들이다. 文科에 급제하여 副提學을 지냈고 文學과 德行으로 世人의 推重을 받았으며 壬亂時에 御駕를 扈從하여 勳臣에 策錄 되었다.

吏曹判書에 추증되었다.

○ 李勸(1555·명종10~1635·인조13)

號는 杜谷이고 海壽의 子이며 蔭敍로 樂正을 지냈다. 壬亂에 御駕를 扈從하여 勳臣에 策錄되었고, 右議政에 추증되었다.

○ 李省身(1580·선조13~1651·효종2)

杜谷의 아들로 文科에 급제하여 承旨를 지냈다. 沙溪 金長生 先生을 師事하였고, 光海君이 廢母할 때에 高官으로 있으면서 이런 일을 꾸민 무리들을 斬하도록 疎를 올렸으며, 丙子亂에 御駕를 扈從하여 勳臣에 策錄되었고, 領相에 追贈되었다.

○ 吳大麟

寶城人으로 副元帥 延寵의 후손이다. 摠官을 지냈고 壬亂時에 공이 있어 勳臣에 策錄되었다.

○ 鄭天卿

號는 茂東이고 忠莊公 笨의 후손이다. 郡守를 지냈고, 經學에 高邁

하였으며 孝誠과 友愛를 兼備하였다. 壬亂時에 御駕를 扈從하였고 義
兵을 일윽U 功을 세웠으므로 勳臣에 策錄되었다. 吏曹判書를 追贈하
고 書院에 모셨다.

○ 李敏厚

讓寧大君의 後孫으로 吏曹參判을 지냈다. 才器를 갖추어 器局이
遠大하였고, 亂을 平定한 功으로 勳臣에 策錄되었다.

○ 周命天

判書 世鵬의 후손으로 縣令을 지냈다. 戊申亂(1728·李麟佐의 亂)에
공을 세워 勳臣에 策錄되었다.

○ 金景祿

叔良의 後孫으로 李适의 亂에 白衣로 御駕를 公州까지 扈從하며
노고가 많았으므로 營將을 除授하고 勳臣에 策錄되었으며 判決事에
추증되었다.

○ 朴廷濟

文肅公 錫命의 後孫이며 蔭敍로 參軍을 지냈다. 李适의 亂에 御駕
를 扈從하여 公州에 이르렀을 때 舟楫이 없자 裸身으로 얼음을 깨고
건널 수 있도록 하여 勳臣에 策錄되었다.

○ 鄭碩立

逋翁의 後孫으로 奉事를 지냈고, 李适의 亂에 二等功臣으로 策錄
되었다.

○ 吳夢星

海州人으로 縣令을 지냈다. 戊申亂에 吳命恒(當時의 兵判)이 忠義의 人物로 천거하여, 敵과 素沙에서 싸워 큰 勝捷을 거두었으므로 通政大夫로 승진되었고, 勳臣에 策錄되었다.

Ⅳ. 結 言

本攷에서는 前述한 바와 같이 『今古實記』에 수록된 公州의 人物中 學行과 忠勳에 속하는 52人의 행적을 譯註하였는 바, 이들이 公州地方과 어떤 연고가 있어서 公州條에 수록되어 있는지는 미처 살펴보지 못하였으므로 이 부분은 後考를 요한다.

本攷에서 살펴 본 바와 같이 歷代로 公州에 學行과 忠勳에 뛰어난 인물들이 다른 지방에 비하여 월등히 많아 이 때문에 公州를 '班鄉' 또는 '忠節의 고장'이라 칭하는 것이 아닌가 생각된다.

『今古實記』에 收錄된 公州人物攷(3)

Ⅰ. 序

이 글은 「熊津文化」 제 6집과 7집에 수록된 公州人物攷의 속편이다. 본고에서는 통일신라시대부터 근세조선시대까지 공주 지방에서 孝로 이름이 나서 『今古實記』에 등재된 92人의 행적을 번역하였다.

孝子나 孝婦로 이름을 남긴 사람들의 대부분이 신분이 한미하고 가난한 사람들이었으며, 부모의 병환이 위독하면 손가락을 잘라(斷指) 피를 입에 넣어드려 소생하도록 한 일이나, 부모의 대변을 맛보아(甞糞) 병환을 진단한 일이 무수히 수록되어 있고, 후세에 그 뜻을 기리기 위하여 정려(旌閭)를 세워주거나 벼슬을 추증한 사례도 다수 수록되어 있다.

인륜이 극도로 타락한 오늘날 이들의 행적을 그대로 실천할 수는 없다해도 우리 고장 옛 선인들의 報本의 정신만은 길이 계승해야 할 것이다.

Ⅱ. 公州의 孝子, 孝婦

- 향덕(向德)

부모를 지극한 효성으로 섬겨서, 부모의 병이 위독한데도 고기를 드
릴 수 없자 넓적다리 살을 베어 드렸고, 종기가 나자 입으로 고름을 빨
아드리니 차도가 있었다. 정려(旌閭)를 세웠고 그 마을 이름을 효가리
(孝家里)라 하였다.

- 이복(李福)

공주 고을의 아전이었으며 효자비가 남아 있다.

(이상은 신라와 고려시대 사람이다)

- 경연(慶延)

호는 남계(南溪)라고도 하고 징군(徵君)이라고도 하며, 청주인(淸州
人 : 청주 慶氏)이다. 부친이 병이 들어 물고기를 드시고 싶어하자 엄
동설한에 물속에 들어가 잉어 두 마리를 잡아드리니 효험이 있었다. 친
상을 당하자 묘 곁에 여막(廬幕)을 짓고 지냈으며, 성종(成宗)이 우역(郵
驛)을 통하여 불러보시고 주부(主簿)에 임명하였다. 이산(尼山)의 원을
지내다가 사망하자 고을 사람들이 부조를 하니, 그 부인이 "어찌 감히
남편의 청덕(淸德)에 누를 끼칠 수 있으리오."하고 받지 않았다. 서원에
모셨다.

- 윤빈(尹彬)

칠원인(柒原人)으로 진사(進士)를 지냈다. 효종(孝宗)이 태자로 계실
때에 고감록(古鑑錄)을 편찬하여 바쳤고, 효행으로 정려를 세웠다.

● 정이재(鄭以載)

동래인(東來人)으로 문익공(文翼公) 광필(光弼)의 후손이다. 효행이
뛰어나서 정려를 세웠다.

● 유광진(劉匡鎭)

호를 만취헌(晚翠軒)이라 하였고, 만성(萬成)의 손자이다. 친상을 당
하여 묘 곁에 여막을 짓고 늘 꿇어앉아 있어서 무릎 부분에 구덩이가
파였고 눈물이 흘러내린 곳은 풀이 말랐으며 용맹한 호랑이가 항시 호
위하고 흰 제비가 날아와 둥지를 틀었다.

아들 한검(漢儉)과 손자 완주(完柱)도 효성이 지극하여 대를 이어 정
려를 세웠다.

● 신유천(愼惟天)

거창인(居昌人)으로 찬성 이충(以衷)의 후손이다. 3세에 모친을 잃고
60일간 추복(追服)하였고, 부친의 병환에 들 가운데서 사슴을 얻어 고아
드리니 효험이 있었으며, 친상을 달하여 묘 곁에 여막을 짓고 지내자
호랑이가 호위하였다. 정려를 세웠다.

● 장성중(張性中)

울진인(蔚珍人)으로 판서 연(績)의 후손이다. 부친의 병환에 하늘에
기도하고 손가락의 피를 내어드렸으며, 친상을 당하자 여막을 짓고 기
거하였다. 정려를 세웠다.

● 황춘억(黃春檍)

장수인(長水人)으로 방촌(尨村) 희(喜)의 후손이다. 부친이 병이 위독하
자 손가락에 피를 내어드리자 소생하였고, 상을 당하자 피눈물을 흘렸다.

모친이 병들어 물고기 생각이 난다고 하자 낚시로 잡아드렸고, 상을 당하자 가슴을 치며 슬퍼하여 몹시 수척해졌다. 지평(持平)에 추증되었다.

- 서유형(徐有泂)

대구인(大邱人)으로 종화(宗華)의 증손이다. 부친의 병환에 대변을 맛보고 손가락을 잘라 피를 드렸으며, 상을 당하자 몹시 슬퍼하여 몸이 쇠약해졌고, 날마다 묘에 찾아뵙기를 늙어서도 중단하지 않았으며, 학행(學行)이 있었다. 대를 이어 정려를 세웠다.

- 김용근(金龍根)

안동인(安東人)으로 찬성(贊成) 상준(尙寯)의 후손이다. 부친이 이질에 걸리자 단을 쌓고 하늘에 기도를 드렸고, 몸소 음식을 지어드려 9년을 더 사시게 하였다. 모친이 병이 나자 하늘에 기도를 드렸는데 신인(神人)이 개를 그려주는 꿈을 꾸고는 시험삼아 개를 고아드리자 효험이 있었다. 대를 이어 정려를 세웠다.

- 김병두(金炳斗)

상준(尙寯)의 후손이다. 부친이 이질에 걸려 물고기를 생각하시자 얼음을 두드려 잉어를 고아드리니 효험이 있었다. 대를 이어 정려를 세웠다.

- 김인균(金仁均)

용근(龍根)의 손자이다. 모친이 학질에 걸리자 엄동에 목욕재계하고 하늘에 빌어 병을 낫게 하였다. 대를 이어 정려를 세웠다.

- 서유협(徐有協)

대구인(大邱人)으로 소윤(小尹) 한(開)의 후손이며 진사였다. 부친의

병이 깊어지자 무더위를 무릅쓰고 금강산에 들어가 정성껏 기도하고
산삼을 얻어 바치니 효험이 있었다. 친상을 당하자 묘 곁에 여막을 짓
고 기거하였으며, 모친이 병이 나자 지성으로 산제를 지냈다. 승지(承
旨)에 증직되었고 정려를 세웠다.

- 강협(康協)

정자(正字) 시진(時進)의 증손이다. 어려서 말을 배울 때 제일 먼저
륜(倫)자의 뜻을 물었으며 13세에 부친상을 당하여 목욕을 하지 않고
옷도 갈아입지 않고 3년동안 여막에 기거하기를 노성(老成)한 사람과
같이 하였다. 정려를 세웠다.

- 김응신(金應信)

김해인(金海人)으로 금령군(金寧君) 진(晋)의 후손이다. 통정대부를
지냈고, 부친의 병이 위독하자 손가락을 자르고, 모친의 병이 위독할
때도 손가락을 잘라 피를 드리니 효험이 있었다. 정려를 세웠다.

- 김성일(金成逸)

응신(應信)의 아들로 가선대부(嘉善大夫)를 지냈다. 부모를 효성으로
섬겼으며, 부친상을 당하여 여막에서 지내면서 너무 슬퍼하여 몸이 쇠
약해졌다. 정려를 세웠다.

- 김희길(金熙佶)

성일(成逸)의 아들로 모친이 병들자 손가락을 찢어 피를 입에 넣어드
리니 절명하였다가 다시 소생하였다. 정려를 세웠다.

- 김희택(金熙澤)

희길(熙佶)의 아우로 모친이 병들자 대변의 맛을 보았고 하늘에 기도하며 손가락에 피를 내어 입에 넣어드리니 회생하였다. 정려를 세웠다.

- 김희식(金熙湜)

희택(熙澤)의 아우로 통훈대부를 지냈다. 모친이 병들자 대변을 맛보고 하늘에 기도하며 손가락에 피를 내어드리니 회생하였다. 정려를 세웠다.

- 김난휘(金鸞輝)

희식(熙湜)의 손자이다. 부친상을 당하여 여막에서 기거하며 너무 슬퍼하여 몸이 쇠약해졌다. 나라에서 조세와 부역을 면제해 주었다.

- 김국진(金國璡)

희식(熙湜)의 증손이다. 모친이 이질에 걸리자 대변을 맛보고 손가락의 피를 드렸으며, 부친상을 당한 후 날마다 무덤을 보살폈다. 정려를 세웠다.

- 정동신(鄭東臣)

진주인(晋州人)으로 충장공(忠莊公) 발(莈)의 후손이며 진사를 지냈다. 부모가 병들자 손가락을 잘라 피를 드려서 생존 시일을 연장하였고, 한겨울에 동쪽 산골짜기에 가서 배를 따서 품고와 바쳤는데 먼 거리를 다녀왔지만 얼지도 않고 문드러지지도 않았다. 부친상을 당하자 너무 슬퍼하여 몸이 쇠약해졌다. 정려를 세웠다.

- 전한로(田漢老)

담양인(潭陽人)으로 서은(墅隱) 록생(祿生)의 후손이며 사용(司勇) 벼슬을 지냈다. 9세에 부친이 이질에 걸리자 대변을 맛보았고, 상을 당하자 묘 곁에 여막을 짓고 지냈으며, 모친상을 당하였을 때도 그와 같이 하였다. 좌승지에 추증되었고, 정려를 세웠으며 사우(祠宇)에 모셨다.

- 이기원(李基遠)

덕천군(德泉君)의 후손으로 진사를 지냈다. 늙어서도 부모를 효성으로 봉양하니 사람들이 '노래기(老萊耆)'라 칭하였으며, 언행록을 남겼다. 대를 이어 정려를 세웠다.

- 오협(吳峽)

보성인(寶城人)으로 부총관(副摠官) 대붕(大鵬)의 후손이다. 효성과 학문으로 유명하였고, 친상을 당하자 묘 곁에 여막을 짓고 지냈으며, 승지에 추증되었다.

- 강제신(姜濟身)

진주인(晋州人)으로 호군(護軍) 벼슬을 지냈으며, 부친의 병환에 손가락에 피를 내어드리자 다시 소생하였고, 친상을 당하자 지나치게 슬퍼하여 몸이 쇠약해졌다. 정려를 세웠다.

- 장형식(張亨植)

인동인(仁同人)으로 호군(護軍) 벼슬을 지냈으며, 부친의 병환에 손가락에 피를 내어드리자 다시 소생하였고, 친상을 당하자 지나치게 슬퍼하여 몸이 쇠약해졌다. 정려를 세웠다.

- 오명채(吳命采)

보성인(寶城人)으로 모친의 병환에 두 차례나 손가락에 피를 내어 회생하게 하였으며, 열손가락을 모두 몹시 깨물어 피를 내어 입안에 넣어드리니 효험이 있었다. 친상을 당하자 묘 곁에 여막을 짓고 지냈으며, 효성으로 조세와 부역을 면제받고 벼슬이 추증되었다.

- 임명동(林命東)

부안인(扶安人)으로 전서(典書) 난수(蘭秀)의 후손이다. 모친이 병들자 메추라기가 날아가다 떨어지기에 이를 고아드리니 효험이 있었고, 손가락을 몹시 깨물어 피를 내어드리니 소생하였다. 어느 날 계모가 병이 들어 위독하자 메추라기 세 마리가 날아들거늘 이를 고아드리니 효험이 있었고, 부친이 병들자 손가락을 잘라 피를 드렸다. 교관(教官)에 추증되었다.

- 이면주(李勉疇)

덕천군(德泉君)의 후손으로 부친의 병환에 대변을 맛보고, 하늘에 기도하며 살을 찔러 피를 내어 입에 넣어드렸고, 꿩이 뜰에 날아든 꿈을 꾸었는데 이튿날 과연 꿩이 날아들어서 이를 고아드리니 효험이 있었다. 대를 이어 정려를 세웠다.

- 이벽득(李璧得)

공산인(公山人)으로 어려서 모친을 잃고, 장성하여 묘 곁에 여막을 짓고 기거하니 호랑이가 보호하였고 큰 눈이 내리자 바람이 묘의 눈을 쓸어주었다. 죽을 때까지 집으로 돌아오지 않고 여막에서 지냈으며, 묘 앞 꿇어앉았던 자리는 구덩이가 파였다. 교관에 증직되었다.

● 윤직(尹稷)

파평인(坡平人)으로 소정공(昭靖公) 곤(坤)의 후손이다. 의관(議官) 벼슬을 지냈고, 6세에 모친이 병을 앓자 눈을 헤치고 봉채(蓬菜)를 뜯어 삶아드리니 효험이 있었다. 부친이 병이 위독하자 정성을 다하여 기도를 드리고 꿈에 본 도사의 말을 따라 눈이 쌓인 뜰에서 뱀을 얻어 고아드리니 소생하였다. 정려를 세웠다.

● 임노규(林魯珪)

부안인(扶安人)으로 난수(蘭秀)의 후손이다. 부친이 병들자 대변을 맛보고 손가락을 찔러 피를 드렸고, 다섯 차례나 특이한 약과 빙어(氷魚)를 얻어 고아드렸다. 모친의 병환에 비둘기를 얻어 고아드리니 효험이 있었으며, 부친상을 당하여 묘 곁에 여막을 짓고 살았고 무릎을 꿇었던 곳이 구덩이를 이루었다.

● 조광(趙桄)

한양인(漢陽人)으로 문목공(文穆公) 극선(克善)의 손자이다. 부친이 병들자 대변을 맛보고 손가락을 갈라 피를 드렸으며, 친상을 당하자 묘 곁에 여막을 짓고 지내며 슬퍼함이 지나쳐서 병을 이루어 생을 마쳤다.

● 김린상(金麟祥)

선산인(善山人)으로 문대공(文戴公) 응기(應箕)의 후손이며, 주부(主簿) 벼슬을 지냈다. 부모의 병환에 대변을 맛보았고 친상을 당하자 여막을 짓고 시묘(侍墓)하였으며, 임진왜란이 일어나자 이충무공(李忠武公)을 따라 전투에 참여하여 전사하였다.

- 오심(吳橨)

해주인(海州人)으로 호군 벼슬을 지냈다. 부친이 병들자 8년 동안 울부짖으며 검은 바탕에 흰 무늬가 있는 뱀을 찾아 헤매다가 얼음과 암석사이에서 찾아 고아드리니 효험이 있었고, 운명하려 할 때 손가락에 피를 내어 입에 넣어드리니 3일 동안 소생하였으며, 친상을 당하여 묘 곁에 여막을 짓고 모시니 호랑이가 와서 보호하였다.

- 오준(吳濬)

해주인(海州人)으로 사계(沙溪) 김장생(金長生)선생을 41년간 스승으로 모시며 약시중을 들고 대변을 맛보았고 임종시에 손가락에 피를 내어드렸다. 친상을 당하여 묘 곁에 여막을 짓고 지냈으며 자손들에게 이를 자랑하지 말도록 경계하였다.

- 오주혁(吳周赫)

해주인(海州人)으로 호군 벼슬을 지냈다. 강개하고 기상이 씩씩하였으며, 날마다 부모님께 닭 3마리를 바쳤고, 낮에는 20리 밖에서 직무를 보고 밤에는 돌아와 혼정신성(昏定晨省)하기를 비가 오나 눈이 오나 중단하지 않았다. 부친의 병환이 위독하자 손가락에 피를 내어드렸고 상을 당하여 슬픔으로 건강을 해쳐서 생을 마쳤다.

- 박사고(朴師皐)

반남인(潘南人)으로 야천(冶川) 소(紹)의 후손이다. 어려서 모친을 잃고 장성하여 추복(追服)하며 피눈물을 흘려 오동나무 지팡이가 얼룩이졌고, 부친의 병환이 위독하자 대변을 맛보고 손가락에 피를 내어드려 7년을 더 사셨다.

- 김경로(金慶鑪)

숙량(叔良)의 후손으로 가선대부(嘉善大夫)를 지냈다. 부친의 병환에 하늘에 기도를 드리니 신묘한 의원이 스스로 찾아왔으며, 친상을 당하자 여막을 짓고 지냈다.

- 김영진(金永晋)

경로의 증손으로 흉년이 들자 쌀을 지고 가서 부모를 봉양하였고, 부친의 병환에 하늘에 기도한 후 꿈을 꾸었는데 꿈에 일러 준대로 하여 신약을 얻어 이를 다려드리니 효험이 있었다. 상을 당하자 여막을 짓고 지냈으며, 학술에 뛰어났다.

- 김의규(金義圭)

인균(仁均)의 아우이다. 부친이 병이 들자 단을 쌓고 하늘에 기도하였는데, 꿈에 신인(神人)이 병이 낳을 것이라고 일러주었으며, 그 후 말대로 쾌유되었다.

- 이용언(李用彦)

충정공(忠定公) 귀(貴)의 후손으로 부친의 병환에 손가락에 피를 내어드렸고, 모친의 병환에도 그대로 하였다. 종가(宗家)가 퇴락하자 자재를 모아 수리하였으며, 고장 사람들이 위급함에 처하면 이를 구제해주고 후진들을 권면하였다.

- 이행권(李行權)

고성인(固城人)이다. 모친의 병환에 대변을 맛보고 손가락에 피를 내어드렸으며, 친상을 당하자 날마다 묘에 올라 살펴보기를 비가 오나 눈이 오나 중단하지 않으니 마을 사람들이 감탄하여 지나다니는 다리 위를 쓸고 '이(李) 효자가 성묘하는 길'이라고 불렀다.

- 김근원(金謹源)・홍원(弘遠)

의성인(義城人)으로 효자 한준(漢俊)의 아들이다. 부친의 병환에 형제
가 대변을 맛보고 하늘에 기도를 드렸으며, 혹한에 생선을 원하자 두
차례나 정성을 다하여 구해드렸고, 홍원이 손가락을 베어 피를 내어드
려 목숨을 구하였다.

- 김상후(金相厚)

한준의 손자이며, 음서(蔭敍)로 참봉을 지냈다. 지극한 정성으로 효성
을 다함이 2대를 이었고 문학에 독실하여 거듭 벼슬에 추천되었다.

- 신호희(申鎬熙)

수어사(守御使) 할(硈)의 후손이다. 부친이 운명하려하자 하늘에 기도
하고 손가락을 잘라 피를 드려 열흘 동안 수명이 연장되었다. 부친의
병환에 겨울에 은어가 샘에서 튀어나오고 붉은 뱀이 또아리를 틀었으
며 신동(神童)이 가져온 기이한 과일과 푸른 고사리를 드릴 수 있게 되
어 효험이 있었으니, 이는 모두 지극한 정성이 하늘을 감동하게 하여
일어난 일이었다.

- 윤정(尹禎)

파평인(坡平人)으로 집의(執義) 사석(師晳)의 후손이다. 모친의 병환
에 하늘과 신에게 기도를 드리고 손가락을 잘라 피를 드렸으며, 친상을
당하자 여막을 짓고 기거하였다.

- 송문헌(宋文憲)

은진인(恩津人)으로 송담(松潭) 남수(柟壽)의 후손이다. 부친이 종기

가 나자 곪은 곳을 입으로 빨아드리니 효험이 있었고, 친상을 당하자
여막을 짓고 기거하였다.

- 김석균(金錫均)

김해인(金海人)으로 양무공(襄武公) 완(完)의 후손이다. 가난하였으나
맛있는 음식 봉양을 끊이지 않았고, 부친이 위독하자 하늘에 대신 앓게
해달라고 빌었으며, 상을 당하자 여막을 짓고 시묘하였다. 모친 봉양을
더욱 효성스럽게 하고 상을 당하자 또한 여막을 짓고 시묘하였다.

- 전태중(全泰重)

충신 덕윤(德潤)의 증손이다. 부친의 병환에 하늘에 기도하니 호랑이가
호위하였고, 병이 위독해지자 대변을 맛보고 손가락에 피를 내어드렸다.

- 전시찬(全時燦)

덕윤의 후손이다. 부친의 병환에 삼시(三時)를 외치고 울부짖고 운명
하려하자 손가락을 잘라 피를 드리니 소생하였다.

- 이병절(李秉哲)

양성인(陽城人)으로 양성군(陽城君) 승소(承召)의 후손이다. 효행이
뛰어나서 고장 사람들이 감탄하였다.

- 노석현(盧碩鉉)

만경인(萬頃人)으로 충신(숙)의 후손이다. 친상을 당한 후 50년 동안
성묘하기를 중단하지 않았고 무릎을 꿇었던 자리가 구덩이를 이루니
마을 사람들이 감동하여 그가 다니는 길을 쓸었으며 학문도 깊었다.

- 오응섭(吳膺燮)

해주인(海州人)이다. 부친의 병환에 대변을 맛보고 손가락을 잘라 피를 드렸으며 상을 당하자 3년간 이를 닦지 않았다.

- 이운승(李雲承)

연안인(延安人)으로 판서 종실(宗實)의 후손이다. 가난하면서도 맛있는 음식 봉양을 끊이지 않았고, 모친의 병환이 위독하자 손가락을 잘라 피를 내어드려 7일을 더 살았다.

- 전만영(田萬英)

호(號)는 오계(梧溪)이고 서은(墅隱)의 후손이다. 어려서 고아가 되어 기일(忌日)을 당하면 밤을 새워 눈물을 흘렸다. 예법에 밝고 학식이 깊었다.

- 전효순(田孝淳)

서은의 후손이다. 몸소 농사를 지으며 부모님 봉양하기를 50년 동안 게을리한 일이 없었고, 친상을 당하자 3년간 웃는 일이 없었다.

- 정종환(鄭琮煥)

충장공(忠莊公) 발(箁)의 후손이다. 어버이를 극진한 효성으로 섬겼고 친상을 당하자 여막을 짓고 시묘하였다.

- 서유갑(徐有甲)

대구인(大邱人)으로 호조참판(戶曹參判)에 추증되었다. 모친을 효성을 다하여 모시며 가난하면서도 맛있는 음식 봉양을 중단한 일이 없었고 병환이 위독하자 대변을 맛보고 하늘에 기도하였다. 친상을 당하자 여막을 짓고 기거하였고 80세에 이르도록 날마다 성묘하기를 끊이지 않았다.

- 박사영(朴師永)

무안인(務安人)이다. 가난하였지만 맛있는 음식 봉양을 중단한 일이 없고, 부친이 위독하자 하늘에 기도하였고, 친상을 당하자 슬픔으로 몸이 여위었다. 덕행이 있었다.

- 임하청(林河淸)

선산인(善山人)이다. 가난하였지만 맛있는 음식 봉양을 중단한 일이 없고, 부친이 술을 좋아하였으므로 날마다 술을 사다 드렸다.

- 김인태(金仁泰)

나주인(羅州人)으로 사과(司果) 벼슬을 지냈다. 모친이 위독하자 대변을 맛보았고 얼음 속에서 잉어를 얻어 고아드리니 효험이 있었으며, 단을 쌓고 하늘에 기도하니 10년을 더 살았다. 손자 부연(溥淵)도 효성이 지극하였다.

- 심상무(沈相懋)

청송인(靑松人)으로 참판(參判) 기택(琦澤)의 아들이며 음직으로 좌랑(佐郞)을 지냈다. 계모를 지극한 효성으로 섬겼고, 친상을 당하자 슬픔으로 몸이 야위어 뼈만 남게 되었으며, 3년 동안 여막을 짓고 시묘하였다.

- 류석기(柳奭基)

고흥인(高興人)으로 감역(監役) 벼슬을 지냈다. 효행이 천성에 바탕하였고, 모친이 위독하자 손가락을 끊어 피를 드리니 소생하였으며, 흉년이 들자 곡식을 내어 이웃 사람들을 구휼하였다.

● 윤기룡(尹基龍)

파평인(坡平人)이다. 부친이 반신불수가 되자 형제가 밤낮으로 곁에서 모시며 몸소 대소변 수발을 하였다.

● 신영만(愼寧萬)

거창인(居昌人)으로 양열공(襄烈公) 이충(李衷)의 후손이며 감찰(監察)을 지냈다. 천성이 어질고 효성이 있었으며 16세에 부친의 병환이 위독하자 하늘에 기도하고 대변을 맛보았고, 부친상을 당하자 매우 슬퍼하며 여막에 기거하였으며 모친상을 당해서도 그대로 하였다. 부친의 묘가 파헤쳐지는 변고를 당하자 죽음을 무릅쓰고 복수하였고, 비적(匪賊)의 난이 일어나자 대의(大義)를 외치며 의병을 일으켜서 부(府)와 군(郡)에서 여러 차례 표창을 상신하였다.

● 장익수(張益秀)

인동인(仁同人)으로 여헌(旅軒) 현광(顯光)의 후손이다. 여러해동안 부모를 모시면서 종기의 고름을 입으로 빨아내고 대변을 맛보았으며, 위독하자 손가락에 피를 내어드려 수명이 2일간 연장되었다. 친상을 당하자 날마다 성묘를 하였고 꿇어앉았던 자리에 구덩이가 파였다.

● 전순천(全順天)

옥천인(沃川人)이다. 가난하면서도 맛있는 음식 봉양을 그치지 않았고, 부친이 병들자 대변을 맛보았으며, 위독하자 손가락에 피를 내어드려 수명이 3일간 연장되었다.

● 이건식(李建植)

덕천군(德泉君)의 후손이다. 모친의 병환에 손가락을 갈라 피를 내어 드렸고, 부친을 효성으로 모시면서 구걸하거나 품팔이를 해서라도 맛있는 음식 봉양을 끊은 일이 없으며 부친이 좋아하는 것은 먼 곳에 있어도 반드시 사다 드렸다. 부친상을 당하자 묘 곁에 여막을 짓고 지냈다.

● 신현상(申鉉祥)

평산인(平山人)이다. 열심히 농사를 지어 맛있는 음식을 끊이지 않고 드렸으며 부친이 술을 좋아하므로 먼 시장에 나무를 팔면서 지게에 술병을 매달고 가서 사다 드렸다.

● 임학준(任學準)

풍천인(豊川人)이다. 부모의 뜻에 잘 따랐고 친상을 당하자 묘 곁에 여막을 짓고 지냈으며 슬퍼하고 연모하는 마음을 종신할 때까지 간직하였다.

● 김휘집(金輝楫)

영진(永晋)의 손자이다. 부친이 위독하자 손가락을 갈라 피를 내어드렸고, 모친의 병환에 얼음 속에서 잉어를 얻어 고아드리니 효험이 있었다.

● 오재하(吳在河)

보성인(寶城人)으로 양무공(襄武公) 자경(子慶)의 후손이다. 어려서 모친을 잃고 계모를 효성으로 섬겼으며 좋아하는 음식은 먼 곳에 가서라도 반드시 구해다 드렸고 몸소 나무를 해다가 따뜻하게 해 드렸다. 친상을 당한 후 날마다 성묘하였다.

- 박명환(朴明煥)

사영(師永)의 손자이다. 40년간 부친께 순종하면서, 부친이 술을 좋아
하므로 가난하면서도 술을 빚어 항상 풍족하게 마실 수 있게 해드렸다.

- 정인희(鄭仁喜)

충장공(忠莊公) 발(筏)의 후손으로 주사(主事)를 지냈다. 몸소 고기를
잡고 나무를 하여 맛있는 음식을 해 드리고 친상을 당하자 예를 극진히
하였다.

- 임명래(林明來)

부안인(扶安人)으로 효자 양문(養文)의 손자이다. 부모를 효성으로
모셨고 몸에 병이 들어서도 혼정신성(昏定晨省)을 폐하지 않았다.

- 서병석(徐丙奭)

대구인(大邱人)이다. 조모를 봉양하며 늘 맛있는 새 음식을 사다 드
렸고, 50년간 부모 봉양을 게을리 하지 않았다.

- 안병철(安秉哲)

안산인(安山人)이다. 어려서 모친을 잃고 부친을 효성으로 봉양하여
가난하면서도 맛있는 음식 드리기를 중단하지 않았고, 부친이 남과 다
투면 찾아가 거적을 깔고 엎드려 빌었다.

- 편영구(片永九)

명나라 도독(都督) 갈송(碣頌)의 후손이다. 부친상을 당하여 죽을 먹
으며 묘 곁에 여막을 짓고 지내었고, 모친상을 당해서도 그와 같이 하
니 고장 사람들이 효자라 칭송하였다.

- 정창문(鄭昌文)

경주인(慶州人)이다. 모친과 함께 걸인의 장막에 우거하면서도 날마다 품팔이를 한 후 밥을 얻어다 봉양하고 약을 구걸하여 병을 치료하며 하늘에 기도하여 수명이 10일 연장되었다. 이에 이웃마을 사람 정지호(鄭之好)가 효성에 감동하여 입관하여 장례를 치르도록 비용을 대 주었다.

- 김태순(金兌順)

부안인(扶安人)으로 옹천(甕泉) 석홍(錫弘)의 후손이다. 힘써 농사를 지어 부모를 봉양하였는데 분가해 살면서도 농사를 지으면 모두 부모에게 바치었다.

- 박오성(朴五成)

순천인(順天人)이다. 부친이 7년간 깊은 병을 앓았는데 곁을 떠난 일이 없으며, 위독해지자 손가락을 잘라 피를 드렸다.

- 성씨(成氏)

창녕인(昌寧人)으로 오몽열(吳夢說)의 부인이다. 시아버지를 호랑이가 물고 가자 등불을 들고 쫓아가 가로막고 하늘에 외치고 손으로 두드리며 자신을 대신 잡아가라고 하자 호랑이가 사나운 짓을 중지하고 버리고 갔다. 이에 시아버지를 업고 돌아왔는데도 등불이 아직 꺼지지 않았으며, 그 후 함정을 파서 호랑이를 잡았다.

- 류씨(柳氏)

진주인(晋州人)으로 오시원(吳始元)의 부인이다. 효행이 뛰어났다.

- 곽씨(郭氏)

현풍인(玄風人)으로 오연영(吳淵英)의 부인이다. 시어머니가 깊은 병

으로 음식을 손수 먹지 못하자 6~7년을 몸소 살피면서 이 일을 자식이
나 조카에게도 맡기지 않고 밤낮으로 곁을 떠나지 않았으며 상을 당하
자 정성과 예절을 극진히 하였다.

- 한씨(韓氏)

청주인(淸州人)으로 문봉한(文鳳漢)의 부인이다. 남편이 위독하자 손
가락에 피를 내어 먹여 소생하게 하였고, 시아버지가 중풍이 들어 닭고
기를 원하자 매가 꿩을 채어가다가 떨어뜨려주어 이를 고아 드렸으며,
뱀장어를 원하자 얼음을 깨고 잡아다 드렸다. 상을 당하여 슬픔으로 몸
이 여위었다.

- 박씨(朴氏)

반남인(潘南人)으로 김우능(金祐能)의 부인이다. 시아버지가 이질에
걸려 생선을 원하자 우물에 가서 경건하게 기도를 하니 잉어가 뛰어올
라와 이를 고아 드리니 효험이 있었다.

- 손씨(孫氏)

밀양인(密陽人)이다. 무남독녀로 부친의 병이 위독하자 손가락에 피
를 내어 드렸고, 상을 당하자 장례를 유감이 없도록 치렀다. 모친을 지
극한 정성으로 봉양하였고 중병을 여러 해 앓았으나 지성껏 모셨고, 상
을 당하자 부친의 묘에 합장하고 날마다 무덤에 올라 호곡하였다. 그
후 조부모의 묘도 같은 곳으로 이장하고 각각 위토를 마련하였다.

- 이씨(李氏)

경주인(慶州人)으로 박칠용(朴七龍)의 부인이다. 효성으로 시부모를
섬기고 몸소 길쌈과 품팔이를 하면서 20년을 한결같이 맛있는 음식을
해 드렸다.

『今古實記』에 收錄된 公州人物攷 (4)

Ⅰ. 序

이 글은 「熊津文化」 제6·7·8집에 수록된 公州人物攷의 속편이다. 본고에서는 공주지방에서 배출한 烈女 32人과 儒林 8人 및 友睦 4人의 행적을 번역하여 수록하였다.

烈女 32人 가운데는 남편이 사망하자 스스로 목숨을 끊어 남편을 따라 간 여인도 있고, 남편의 병이 위중해지자 斷指·嘗糞 등의 방법으로 남편을 소생시킨 여인도 있으며, 남편이 일찍 죽은 후 온갖 유혹과 가난을 극복하고 시부모를 효성으로 봉양하고 자녀를 지성으로 양육하여 成家한 여인도 있다. 이들의 행적 가운데는 현대적 윤리에 不合하는 면이 있기도 하지만, 타산적인 부부관계, 번번한 이혼, 불륜과 기아 등이 만연한 현 세태에 경종을 울리고 부부간의 至高至純한 사랑과 여인의 貞節이 어떤 것인가를 이곳에 수록한 여인들의 행적을 통하여 살펴보는 것도 의의있는 일이라고 생각한다. 儒林으로 수록한 8人은 學行이 뛰어난 분들이면서도 세속적인 영달에는 관심이 없이 학문연구와 후진양성에 힘쓴 處士들로써 修身에 모범을 보인 분들이고, 友睦으로 수록된 4人은 형제 및 친족들과 화목하고 가난하고 어려움에 처한 이웃들을 구휼하여 人間愛를 실천한 분들이다. 이들의 행적을 통하여 어

떤 자세로 心身을 수양하고 지역사회를 위하여 봉사할 것인가를 배울
수 있다면 개인의 수양은 물론 향토사회의 발전에도 도움이 되리라고
본다.

Ⅱ. 公州의 烈女

- 윤씨(尹氏) : 해평(海平) 윤씨로 진사 정우영(鄭祐榮)의 부인이다. 남
  편이 죽자 예법을 다해 장례를 치르고 3년상이 끝나는 날 바늘 묶음
  을 삼키고 자진하였다. 정려(旌閭)가 있다.
- 이씨(李氏) : 김원발(金源發)의 부인이다. 정렬(貞烈)한 행적이 뛰어나
  서 정려를 세웠다.
- 민씨(閔氏) : 여흥(驪興) 민씨로 진철규(陳喆圭)의 부인이다. 남편의
  병이 깊어지자 하늘에 대신 앓게 해달라고 1년을 하루같이 기도하였
  고, 남편이 죽자 예를 갖추어 빈렴(殯斂)을 하고 3개월이 지난 후 영연
  (靈筵)에 들어가 유서를 남겨놓고 약을 마시고 남편을 따랐다. 정려가
  있다.
- 이씨(李氏) : 강제신(姜濟信)의 부인으로 남편이 죽자 약을 마시고 남
  편을 따랐다. 정려가 있다.
- 송씨(宋氏) : 여산(礪山) 송씨로 김성찬(金城燦)의 부인이다. 남편이
  일찍 사망하자 합장해달라는 유언을 하고 자결하였다. 정려가 있다.
- 정씨(丁氏) : 나주(羅州) 정씨로 한기(韓頎)의 부인이다. 임진왜란 때
  에 남편과 함께 적을 피하다가 길이 막히자 낭떠러지로 떨어져서 스
  스로 목을 찔러 피가 얼굴을 덮었으며 적이 죽은 줄 알고 버리고 갔
  다. 그 후 다시 산골짜기로 피했다가 남편이 잡히자 스스로 목을 찔러

자결하였고 며느리와 두 딸도 모두 목을 찔러 자결하였다.

- 강씨(姜氏) : 진주(晋州) 강씨로 오용석(吳庸錫)의 부인이다. 남편이 채독(菜毒)에 걸리자 허벅지 살을 베어 몰래 국을 끓여 드리니 효험이 있었고, 그 후 남편이 늙어서 또 병이 심하자 손가락에 피를 내어 먹이니 소생하였다.
- 윤씨(尹氏) : 남원(南原) 윤씨로 찬성(贊成) 오횡(吳竤)의 부인이다. 열행(烈行)이 뛰어났다.
- 정씨(鄭氏) : 해주(海州) 정씨로 오정창(吳挺昌)의 부인이다. 열행이 뛰어났다.
- 황씨(黃氏) : 창원(昌原) 황씨로 박사고(朴師皐)의 부인이다. 남편이 사망하자 염을 한 후 약을 먹고 자결하였는데, 이튿날 남편이 회생하였다.
- 임씨(林氏) : 나주(羅州) 임씨로 양유(梁柔)의 부인이다. 남편이 사망하니 나흘을 굶고 거미를 삼켰으나 죽지 못하자 자는 체하며 기회를 엿보다가 수건으로 목을 매어 자결하였다.
- 양씨(梁氏) : 남원(南原) 양씨로 장형식(張亨植)의 부인이다. 효성을 다해 시부모를 섬겼고 남편이 죽자 예를 극진히 하여 3년상을 치렀다. 남편이 효자로 정문을 세우던 날 자녀들을 불러 당부를 하고 음식을 끊고 자결하였다.
- 윤씨(尹氏) : 파평(坡平) 윤씨로 민흥식(閔興植)의 부인이다. 어린 나이로 부모를 효성을 다해 봉양하였고, 출가하여서는 지성을 다해 시부모를 섬겼으며, 남편이 사망하자 7일 동안 식음을 폐하여 사망하였다.
- 나씨(羅氏) : 안정(安定) 나씨로 이석표(李錫豹)의 부인이다. 남편이 병들자 손가락을 베어 피를 먹이고 대변을 맛보았고, 하늘과 북두에

516 제7부 地域社會와 文化

기도를 드렸다. 남편이 사망하자 뱃속에 있는 핏덩이가 염려되어 차마 남편을 따라 죽지 못했다가 분만한 후 제삿날에 자결하였다.

• 정씨(鄭氏) : 진주(晋州) 정씨로 김상필(金商弼)의 부인이다. 남편이 병들자 두 차례나 손가락을 잘라 피를 먹였으며, 상을 당하자 남편을 따라 죽었다.

• 최씨(崔氏) : 경주(慶州) 최씨로 이인창(李寅暢)의 부인이다. 남편이 병들자 허벅지 살을 베어 약과 함께 고아먹이니 수명이 7일간 연장되었다. 남편이 죽자 죽으려 하였으나 시어머니가 염려되어 죽지를 못했다. 시어머니가 사망하자 장례를 마친 후 자결하였다.

• 김씨(金氏) : 경주(慶州) 김씨로 박제기(朴齊璣)의 부인이다. 남편이 죽자 예를 다해 염을 마친 후 집안사람들을 불러 뒷일을 부탁하고 곧 뒤따라 죽었다.

• 곽씨(郭氏) : 현풍(玄風) 곽씨로 이규용(李奎容)의 부인이다. 일찍 남편이 죽자 딸 죽는 것을 참고 부지런히 길쌈을 하여 혼백을 받든 후 대상날에 음식을 성대하게 갖추어 종족과 친지들을 먹인 후 가만히 궤연(机筵)으로 들어가 약을 마시고 자결하였다.

• 이씨(李氏) : 경주(慶州) 이씨로 오진형(吳晋亨)의 부인이다. 일찍이 남편이 죽자 뒤를 따르려 하였으나 시부모 봉양이 염려되고 핏덩이가 뱃속에 있어 죽지를 못하였다. 아이 또한 일찍 죽자 자결하려 하였는데 주변 사람들의 구원으로 실패한 후 남편의 무덤에 이르러 통곡하였으며 그 때문에 병을 얻어 사망하였다.

• 이씨(李氏) : 전주(全州) 이씨로 조종선(趙鍾善)의 부인이다. 부모가 병들자 손가락에 피를 내어 드렸고, 남편이 사망한 후 죽을 때까지 곧은 절개를 지켰다.

• 김씨(金氏) : 영산(永山) 김씨로 김도연(金道淵)의 부인이다. 남편이
위독하자 손가락을 깨물어 피를 먹이니 3일간 수명이 연장되었다. 남
편이 사망한 후 따라 죽고자 하였으나 시부모를 봉양할 사람이 없고
아이들이 어려 차마 죽지를 못하였으며, 시부모가 병이 들자 대변을
맛보고 하늘에 쾌유를 빌었다.

• 신씨(申氏) : 평산(平山) 신씨로 서의수(徐義修)의 부인이다. 일찍 남
편을 사별한 후 자녀들이 모두 성장하자 집안일을 당부한 후 온화한
모습으로 자결하였다. 숙부인(淑夫人)에 추증되었다.

• 나씨(羅氏) : 나주(羅州) 나씨로 박장호(朴長浩)의 부인이다. 남편이
병이 들자 하늘에 대신 앓기를 빌었고, 남편이 죽자 차마 따라 죽지를
못하고 시부모를 효성으로 섬겼으며, 사람들이 개가하기를 권했으나
엄한 말로 이를 거절하고, 양자를 들여서 가통을 이었다.

• 맹씨(孟氏) : 천안(天安) 맹씨로 배국학(裵國學)의 부인이다. 남편의
병이 심하여 염을 하려 할 때에 물을 떠놓고 대신 죽기를 하늘에 비
니 신령한 까치들이 날아 모여들고, 손가락을 찢어 입에 넣어주자 소
생하여 수명이 연장되었다.

• 김씨(金氏) : 안동(安東) 김씨로 박현구(朴顯九)의 부인이다. 일찍 남
편이 죽자 뒤따르고자 하였으나 시부모를 봉양할 사람이 없는 것이
염려되어 이를 참고 구차하게 살면서 절개를 굳게 지키고 시부모를
효성으로 섬겼다.

• 장씨(張氏) : 인동(仁同) 장씨로 엄주만(嚴柱晩)의 부인이다. 일찍 남
편이 죽었으나 아들이 아직 어리고 다른 형제도 없으므로 의연히 행
실을 바르게 하면서 홀로 된 시어머니를 품을 팔아 봉양하면서도 맛
있는 음식을 계속 이었고, 시어머니가 병들자 대신 앓게 해달라고 하

늘에 빌었다.

- 양씨(梁氏) : 남원(南原) 양씨로 정인춘(鄭寅春)의 부인이다. 남편이 병에 걸리자 대소변을 맛보며 하늘에 빌었고, 상을 당하자 단식하여 남편의 뒤를 따랐다.

- 송씨(宋氏) : 여산(礪山) 송씨로 임성회(林性會)의 부인이다. 남편이 죽자 슬픔으로 몸이 수척해졌고, 효성을 다하여 시부모를 섬겼다.

- 김씨(金氏) : 김해(金海) 김씨로 안영수(安永洙)의 부인이다. 일찍 남편이 죽었고 가까운 친족도 없었으며 아들 하나는 어리고 다른 하나는 뱃속에 있어 따라 죽지 못하고 갖은 고생을 다하며 절개를 지키고 품팔이로 생계를 유지하며 가도(家道)를 이루었다.

- 한씨(韓氏) : 청주(淸州) 한씨로 엄익치(嚴翼寘)의 부인이다. 일찍 남편을 여의고 유복자를 기르느라 차마 따라 죽지도 못했으며, 시어머니를 효성으로 봉양하여 품팔이를 하면서도 맛있는 음식을 대었고, 친족들과 화목하고 이웃 사람들을 감화하였다.

- 김씨(金氏) : 경주(慶州) 김씨로 백성수(白聖洙)의 부인이다. 20세에 남편이 사망하자 부모와 고장 사람들이 개가하기를 거듭 청하였으나 죽기를 각오하고 절의를 지키면서 어린 아들을 잘 길러 성가(成家)하였다.

- 김씨(金氏) : 경주(慶州) 김씨로 백락준(白樂駿)의 부인이다. 남편이 괴질에 걸리자 밤낮으로 하늘에 기도하며 정성과 노력을 극진히하여 남편은 회생하였으나 자신은 기력이 고갈되어 사망하였으며, 죽음에 임하여 말하기를, "남편의 명을 내가 대신하게 되었으므로 기쁜 마음으로 눈을 감는다." 하였다.

Ⅲ. 公州의 儒林

- 신명호(申明浩) : 평산인(平山人)으로 문절공(文節公) 상(鐺)의 후손이다. 효성이 지극했고 경전을 궁구하고 부지런히 집안 일을 처리하고 성품이 인후(仁厚)하였으며 베풀기를 좋아하여 고장 사람들의 칭송이 자자하였다.

- 이규원(李圭遠) : 덕천군(德泉君)의 후손으로 학문이 온 고장의 표준이 되었으며, 은거하면서 의로운 일을 행하였고 재능과 덕망이 함께 뛰어났다.

- 이면배(李勉培) : 덕천군의 후손으로 문학에 뛰어났으며 찾아와 배우는 사람들이 매우 많았다. 향약(鄕約)을 강론하고 예설(禮說)을 궁구하여 온 고장의 사표가 되었다. 참판(參判)에 증직되었다.

- 이근중(李根中) : 호가 동산(東山)이고 전의인(全義人)이다. 의관(議官) 벼슬을 지냈고, 견문이 넓고 저술이 많았으며, 배우고자 찾아오는 사람들이 문에 가득하였고 이들을 가르치기를 게을리하지 않았다. 집안에 끼니를 거를 때가 많았으나 편안한 마음으로 지냈다.

- 윤기선(尹岐善) : 호가 석우(石友)이고 해평인(海平人)으로 문정공(文靖公) 두수(斗壽)의 후손이다. 학문을 좋아하였고 가르치기를 게을리하지 않았으며 아울러 필법(筆法)이 공교로웠다.

- 진시영(陳時榮) : 여양인(驪陽人)으로 통정(通政) 벼슬을 지냈다. 효성과 우애가 순수하고 독실하였으며 학문에 힘쓰고 이치를 궁구하였다. 왕의 부름을 받아 여러 차례 대궐에 들어가 왕을 알현하였으나 벼슬을 제수하는 것을 받지 않았다. 왕이 불러 보실 때에 이름을 부르지 않고 처사(處士)라고 칭하였다.

- 정언보(鄭彦輔) : 충장공(忠莊公) 발(茇)의 후손으로 진사(進士)이다. 문장이 일세에 드날렸고, 선조의 벼슬이 회복되어 선조에게 내리는 시호(諡號)를 배명(拜命)하였다.
- 정재진(鄭載鎭) : 충장공의 후손으로 정능령(貞陵令) 벼슬을 지냈다. 갑오년에 난리가 나자 벼슬을 버리고 산으로 들어가 글을 읽으며 지냈다.

Ⅳ. 公州의 友睦

- 정재일(鄭在一) : 충장공의 후손으로 참봉(參奉) 벼슬을 지냈다. 형제간과 친족간의 사이가 좋았고 어려운 사람들을 구제해주어 사람들이 군자라고 칭하였다.
- 오충조(吳忠祚) : 해주인(海州人)으로 참봉 벼슬을 지냈다. 흉년에 곡식을 내어 가난한 사람들을 구제하였으므로 마을에서 비를 세워 주었다.
- 김사훈(金思勳) : 연안인(延安人)으로 연흥부원군(延興府院君) 제남(悌男)의 후손이다. 논밭을 고르게 나누어 주고 가난한 사람에게는 도조를 경감해주어 은혜를 베풀고 흉년이 들면 곡식을 내어 가난한 사람들을 구제해 주었다.
- 신업(申業) : 평산인(平山人)으로 벼슬이 삼품(三品)에 이르렀으며, 흉년이 들면 다른 사람에게서 곡식을 꾸어다가 마을 사람들을 구제해 주었다.

V. 結 語

지금까지 4次에 걸쳐 張世五·尹大榮 등이 편찬한 『今古實記』에 수록된 公州地方의 人物 198人의 行蹟을 번역하여 登載하였다. 본 「熊津文化」 6輯에 儒賢 10人을, 7輯에 學行 9人과 忠勳 43人을, 8輯에 孝子孝婦 92人을, 本書인 10輯에 烈女 32人, 儒林 8人, 友睦 4人을 등재하여 총 인원이 198人에 달하며, 이는 『今古實記』에 수록된 各地方 人物中 最多數이다.

이를 통하여도 公州가 忠節의 고장이요 班鄕이라 부르는 것이 歷史的으로 근거가 있고, 허언이 아님을 알 수 있다. 오늘을 살아가는 우리들은 이러한 사실을 끊임없이 후진들에게 일깨워 주어 선현들의 행적을 귀감으로 하여 향토사회에 어떻게 기여할 것인가와, 가정의 일원이요 국민의 일원으로서 어떻게 처신할 것인가를 깨우칠 수 있도록 한다면, 本書에 수록한 분들의 행적이 단순한 이야기꺼리에 그치지 않고 살아있는 교훈이 되리라고 보고 이를 기대하는 바이다.

牙山의 題詠

  본고(本稿)는 아산지방과 관련이 있는 옛 한시(漢詩)를 동국여지승람 (東國與地勝覽), 아주현지(牙州縣誌), 온양군지(溫陽郡誌), 신창현지(新昌 縣誌) 및 개인의 문집 등에서 찾아내어 이를 국문으로 번역하고 간단한 주석과 해설을 덧붙인 것이다.

  본고를 통하여 아산지방의 옛 모습을 비롯하여 이 고장과 관계있는 선현들의 사상과 그들의 풍류를 살펴보고 그들이 시로 표현했던 곳의 옛 모습과 오늘날의 모습을 대조해 보는 것도 의의있는 일이 될 것이 며, 당시의 시대상황, 주민들의 생활모습, 지방 관리들의 대민의식 등도 엿볼 수 있어 고장의 역사를 이해하고 향토애를 고취하는데도 도움이 되리라고 본다.

  본고에 수록된 시가 4수이다. 그러나 승경을 읊은 시 가운데 56수는 시 전편을 완전히 번역하여 실어놓았고, 4수는 일부분을 번역하여 실어 놓았다. 그 가운데 승경(勝景)을 읊은 시가 26수, 정자(亭子)나 당우(堂 宇)를 읊은 시가 9수, 산·바위·사원 등을 읊은 시가 6수, 군현(郡縣)· 촌(村)·진(津) 등을 읊은 시가 4수이다. 그러나 승경을 읊은 시 가운에 도 정자·산·바위 등을 읊은 시가 대부분이므로 이 구분은 편의상의 분류에 지나지 않음을 밝혀둔다.

I. 勝景을 읊은 시

1. 온양팔영(溫陽八詠)

온양팔영시는 현재의 온양시와 아산군 일원의 명승 여덟곳을 읊은 것으로 1400년대(15세기) 후반에 이숙함(李淑瑊)[1]과 임원준(任元濬)[2]이 함께 온천 행궁(行宮:왕이 거둥할 때 묵던 별궁)의 직려(直廬)에 머물면서 지은 것이다. 그러므로 2인의 팔여시가 전해오고 있으며, 팔영시의 대상이 된 곳 가운데 일부는 현재의 온양시에 속하고 일부는 아산시에 속하고 있으나 이를 현재의 행정구역대로 분리하여 수록하면 옛 선현들이 정해놓은 팔영의 의의가 감쇄되리라고 봉아 전편을 모두 수록하였으며, 이 시들은 동국여지승람에서 전재한 것이다.

① 행전상운(行殿祥雲) : 행궁 위에 어린 상서로운 구름

春鳳駕行湖西路　봄바람 쐬며 어가가 행차하고
溫泉是處輦深駐　온천이 있는 곳에서 보련이 머무르니
殿上靄靄雲葉浮　행궁위에 구름은 뭉게뭉게 피어올라
祥光瑞彩散復聚　상서로운 광채가 모였다 흩어졌다 하네
北連縹緲蓬萊宮　북쪽으로 아득한 신선궁궐이 연해있어
聖主孝思瞻望中　성군께서 효를 생각하며 우러러 보셨네
渠是無情還有情　어쩌면 이것이 무정물을 감동시켜
況復作雨資田功　비로 변하여 농사일을 도우신 듯 하네
(李淑瑊)

---

1) 이숙함(李淑瑊) : 조선초기의 문신으로 자(字)는 차공(次公), 호(號)는 몽암(夢菴) 또는 양원(楊原)이며 시로는 문장(文莊)임. 이조참판(吏曹參判)을 지냈고 신편동국통감(신편동국통감)을 수찬(修撰)하였음.
2) 임원준(任元濬) : 1423(세종5)~1500(연산군6). 문신이고 학자로서 경사에 밝고 문장이 뛰어났음. 자(字)는 子深, 호(號)는 四友堂

岩花溪柳映輦路 바위의 꽃 시내의 버들들이 보련의 행차길을 비추며
溫泉一區春長駐 온천 한 구역에 봄이 오래 깃들었네
鳳駕時從九天下 봉황이 때때로 하늘아래에서 모시고
佳祥異瑞爭來聚 갖가지 상서로운 이변이 다투어 나타났네
卿雲郁郁覆行宮 태평한 구름이 왕성하게 행궁을 덮고
絢爛五朶浮空中 현란한 오색구름이 하늘로 피어 올랐네
從知膚寸澤六合 이로부터 행궁의 구름들이 천지에 은택을 베풀었으니
萬物政仰資生功 만물이 감격하여 우러러 보네
(任元濬)

이곳의 행궁은 세조 14년(1468)봄에 왕이 속리산 복천암에 행차하였
다가 3월에 온양에 머물며 온천욕을 한 곳으로 당시에는 내정전(內正
殿) 16칸. 외정전 12간, 탕실(湯室)12칸으로 되어 있었다 한다.

이 시에서는 왕이 머물렀던 행궁 위에 왕기(王氣)가 오색구름으로
변하여 어리어 있다가 이것이 비가 되어 만물을 길러 주었다고 하여,
왕의 덕화(德化)가 온 누리에 고루 미쳤음을 찬양하고 있다.

② 영천서액(靈泉瑞液) : 신령하고 상서로운 온탕물

火龍窟宅深地底 화룡이 땅 속 깊은 곳에 머물고 있어서
擘開泉服逬淸泚 지하에서 샘이 솟으니 맑디 맑네
暖溜靈液快醫人 따뜻하고 신령한 물은 사람의 병을 낫게 하여
頓令沉痾自去體 오래 묵은 고질병도 쉽게 치료하네
三殿下浴調節宣 삼전에서 목욕함을 허락해 절선을 조절하고
揮弄滑柔烝非煙 매끄럽고 부드러운 물 휘저으니 증기가 되네
一澡洗罷添壽籌 한 번 목욕을 하면 수명이 길어지니
王母奇書靑鳥傳 서왕모[3]가 청조를 통하여 편지를 보내서인가
(李淑瑊)

---

3) 서왕모(西王母) : 중국 전설에 전해오는 여자 신선.

暖若沸湯淸到底　끓인 물처럼 따뜻하고 바닥이 보이도록 맑은 것은
純陽伏地時出泚　순수한 양기가 땅 속에서 맑은 물을 뿜어내서이네
不唯愈痼抹烝黎　오직 고질병만 낫게 할 뿐 아니라
亦能滌煩調聖體　또한 임금님 성체도 씻어드리네
涵雲注玉戞相宜　어려있는 구름이 옥같은 빗방울을 뿌리기도 하네
和氣靄靄爲祥煙　화기가 피어올라 상서로운 구름이 되기도 하네
分將餘潤澆稼穡　넉넉한 윤택함을 나누어 주어 농사일을 풍년들게 하니
屢豊年頌聞相傳　해마다 풍년가를 들을 수 있네
(任元濬)

이 시는 온양 온천의 신령함과 온갖 병을 치유할 수 있는 효험 및 이 곳에서 목욕을 하면 장수할 수 있어 신선에 가까워 질 수 있음을 말하고 왕께서 성체를 이곳에서 씻으셨으므로 그 은택으로 매년 풍년이 들게 되었다고 왕의 덕화(德化)를 찬양한 것이다.

③ 천주분선(天廚分膳) : 임금님의 음식을 나누어 줌

行宮宮中天廚庖　행궁의 부엌에는
盈庖海錯仍溪毛　해산물에서 수조(水藻)까지 가득한데
日頒扈從諸臣僚　날마다 호종하는 신하들에게 베풀으시어
八珍絲絡中使勞　팔진미[4]를 싸서 주며 노고를 위로하네
更賜官壺雨露香　거기다가 맛있는 술까지 주시니
十分宣勤從醉狂　풍성하게 베푸시는 은덕에 취하게 되네
共道恩賜酬無路　은혜를 갚을 길이 없다고 모두들 말하며
但願祝壽如陵岡　임금님 수명이 산과 같기를 축원할 뿐이네
(李淑瑊)

駞峯態掌盈天庖　낙봉과 웅장이 행궁 부엌에 가득하니

---

4) 여덟가지 맛있는 음식. 순모(淳母), 순오(淳驁), 포반(炮胖), 포돈(炮豚), 도진(擣珍), 궤(潰), 간(肝), 오(熬) 등임

不數尋常之血毛　보통의 음식은 헤아릴 것도 없네
承恩日日賜八珍　은혜입어 날마다 팔진미를 하사받으니
感激却暫無寸勞　감격해하며 아무런 공로가 없음을 부끄러워 하네
況復黃封帶御香　하물며 어향을 띠고 있는 술까지 주시어
涌酌金罍喜欲狂　황금 술잔에 이를 따르니 미칠듯이 끼쁘네
扈駕言旋期不遠　어가를 호종하고 돌아갈 날 멀지 않아
欲望雙闕登高岡　높은 언덕에 올라 대궐 좌우를 우러러보네
　(任元濬)

이 시에서는 행궁 주방에 있는 산해진미와 술을 호종한 신하들에게 하사한 것에 감격해하며 왕의 장수를 축원하고 있다.

④ 신정륵석(神井勒石) : 신정에 세운 기념비.

世廟當年此臨行　세조께서 이곳에 행행 하시던 해에
行殿庭心湧神井　행궁 뜰 가운데서 신비한 샘물이 솟아올랐네
從臣才藝眞第一　호종한 신하들의 재예가 참으로 으뜸이라
頌德雄詞信手騁　덕화를 송축하는 웅장한 문장이 붓을 따라 내달렸네
可堪石刻今刓缺　빗돌에 새긴 글 지금은 마멸되었으니 이를 어쩌나
廿世光陰驚一瞥　이십년의 세월이 한 순간에 지난 것이네
慈聖心惻命重新　자애로운 황후께서 슬퍼하시며 다시 쓰라 명하시어
流傳更憑太史筆　태사의 기록이 다시 전해지게 되었네
　(李淑瑊)

生逢聖祖誠萬幸　살아서 성스러운 임금님 만난것 진실로 다행이라
扈從當時到溫井　당시에 호종하고 온정에 이르렀었네
寒泉忽湧兩湯間　찬 샘에 두 온탕 사이에서 홀연히 솟으니
命臣記事蕪詞騁　나에게 기를 짓도록 명하시어 거칠게나마 지었었는데
未二十年字已缺　이십년도 안되어 글자들이 마멸되니
時移事改共驚瞥　시대가 변하고 일도 바뀐 것에 모두 놀랐네
空將耿耿寸草心　부질없이 이 마음도 잠을 이루지 못하고

泚淚磨崖重載筆   눈물 흘리며 다듬는 빗돌에 다시 글을 새겼네
(任元濬)

세조가 온탕에서 목욕을 할 때에 행궁 뜰에서 갑자기 신령한 물이 솟아나왔으므로 왕이 매우 기이하게 여겨 샘을 파게 하니 분출하는 샘물이 차기는 눈과 같고 맑기는 거울과 같았으며 물맛은 달고 부드러웠다. 이에 중추원 부사인 임원준에게 신정기(神井記)를 짓게 하여 이를 비에 새겨 놓았는데 세월이 흘러 마멸되었으므로 왕후의 명으로 비를 다시 세운 것이다. 이들 시에는 성스러운 왕께서 행행하시니 천지도 영이(靈異)함을 발하여 신정이 솟아나온 것이라 하였고, 특히 임원준은 당시 왕명을 받고 신정기를 지었던 감격을 시에 나타내었다.

⑤ 광덕조람(廣德朝嵐) : 광덕산의 아침 이내.

南望廣德橫峩峩   남으로 광덕을 바라보니 우뚝한 산 비껴있고
杳杳鳥道中天過   아득한 조도5)가 하늘 가운데를 지나네
朝朝嵐氣作意浮   아침마다 산에서 이내가 피어오르니
細細如紈復如羅   섬세하기가 흰 깁이나 얇은 비단과 같네
彼美山市森萬像   저 아름다운 산 마을엔 만상이 빽빽한데
愧未靑鞋去遊賞   짚신신고 찾아가 유람하지 못함이 부끄럽네
安得畫手掃一幅   어찌하면 훌륭한 화가 만나 한 폭에 그려
掛君高堂素壁上   그대의 고당 흰 벽에 걸어 놓을 수 있을까.
(李淑瑊)

疊嶂橫空千仞峩   하늘에 겹겹이 비껴있는 산 천 길이나 우뚝하니
猿狖難躋雁難過   원숭이도 오르기 어렵고 기러기도 넘기 어렵네
只有輕嵐冪絶頂   가벼운 이내만이 정상을 덮고 있다가
朝來物色紛森羅   아침이 오니 온갖 모습이 성하게 보이네

---

5) 조도(鳥道) : 새도 넘기 어려운 높은 고개

誰敎無傷作有像　누가 상이 없는 것을 상이 있도록 하였는가
看看變態得幽賞　변화하는 모습을 바라보니 그윽히 감상할만하네
安能一招煙霞侶　어찌하면 한 번 신선과 짝이 되어
冥揷策杖蒼崖上　지팡이 짚고 저 푸르고 높은 곳을 오를 수 있을가.
(任元濬)

이 시는 아산 남쪽 동서로 뻗은 차령산맥 가운데 공주와의 경계가
되는 곳에 우뚝 솟은 광덕산에 아침마다 어렸다가 사라지는 이내[6]를
노래한 것으로 그곳엔 반드시 신선이 살고 있을 것이니 작자도 신선이
되어 그들과 함께 노닐고 싶다고 읊고 있다.

⑥ 공곶춘조(貢串春潮) : 공진의 아침 밀물

湖西鉅物何滔滔　호서의 큰 바다 어찌 이다지도 출렁이는가
鰌送春潮起寒濤　고래가 내뿜은 밀물이 싸늘한 파도를 일으키네
南國轉漕來職職　남쪽지방의 조운선이 수 없이 모여드니
雲帆萬丈兼天高　일만 길의 흰 도폭이 하늘에 닿을 듯 하네
約束風伯使安流　풍신(風神)과 약속하여 위험 없이 항해하게 하고
不宵晝到龍山頭　밤낮으로 항해하여 용산 강가에 이르게 하여
輸萬億稊高我廩　많은 곡식 수송하여 우리 경창(京倉)가득 채우니
已覺世道如西周　세상이 문왕 무왕시대와 같아짐을 알겠네
(李淑瑊)

長江日夜恒滔滔　넓은 바다 주야로 출렁거리며
千里萬里犇洪濤　넓은 파도가 천리만리를 달리네
雷騰雪捲勢何壯　우레를 치듯 흰 물결이 일렁이는 모습 참으로 장관이고
尋常駭浪連空高　몇 길이나 치솟는 풍랑은 하늘에 닿을 듯 하네
湖西此處號安流　호서지방이 이 곳을 안류라 이름하니

6) 이내(山嵐) : 아침 저녁으로 산에 어리는 일종의 안개, 이를 산의 정기(精氣)로
보았음.

南方漕賦京江頭　　남방의 세곡을 경강가로 운반하네
君不聞,　　　　　　그대는 듣지 않았는가
天無風海不波　　　하늘에 바람없으면 바다에 물결 일지 않는다는 것을
聖化豈獨專美周　　임금님 감화가 어찌 유독 주나라 때에만 훌륭했으랴
(任元濬)

　이곳의 공곳은 아산만 백석포 곁에 있는 공진(貢津)으로 남방의 세곡을 서울로 운반하는 대표인 항구이고, 세곡을 쌓아 두는 조창(漕倉)이 있었다.
　이 시에는 이곳의 파도가 잔잔해져서 조운선들이 무사히 세곡을 운반할 수 있게 해주어 서주(西周)시대처럼 평화로운 이상사회가 되기를 기원하고 있다.

⑦ 송령한도(松嶺寒濤) : 송령의 파도

溫井西頭一嶺小　　온정의 서쪽 끝 한 작은 산봉우리
疎松離立拂雲表　　성긴 소나무가 구름을 찌를 듯이 서 있네
萬竅號來翠濤驚　　온갖 구렁에서 바람소리가 들려오고 푸른 파도도 놀라고
陰壑籟生鳴樹杪　　그늘진 골짜기에서 소리가 일어나 나무 끝을 울리네
知有仙鶴此來樓　　신선같은 학이 이곳에 서식함을 알겠는 것은
寒聲夜夜層枝低　　밤마다 층층 가지 밑에서 솔바람소리 들려서이네
我欲一跨尋眞去　　나도 학을 타고 신선을 찾아가고 싶은데
上界官府寧路迷　　하늘나라 궁전 가는 길 찾을 수가 없네
(李淑瑊)

四山回抱洞門小　　사방산으로 에워싸인 작은 골짜기에서 보니
嶺松迴立亭亭表　　저멀리 봉우리에 소나무 우뚝 솟아있네
夜涼不嫌靈籟生　　추운 밤에도 꺼리지 않고 신비한 솔바람소리를 내고
十里波濤響林杪　　십리 파도 소리도 나무 끝에서 들려오네

細搖織葉翠雲樓　솔 잎 가만히 흔들릴 땐 푸른 구름이 어리고
輕珹疎枝寒月低　성긴 가지 가볍게 움직일 땐 싸늘한 달 나직이 떠 있네
須臾風定韻初靜　잠깐동안 바람이 자고 솔바람 소리도 멎게 되면
襟珮冷然詩夢迷　가슴이 서늘해져 시 지을 마음도 혼란해지네
（任元濬）

이 시는 온정의 서쪽 작은 고개에 성글게 서 있는 소나무에서 들려
오는 솔바람 소리가 철석이는 파도소리와 어울려 오묘한 감흥을 자아
내는 마치 신선세계에 있는 듯한 느낌을 갖게 함을 읊은 것이다.

⑧ 맥롱수파(麥隴秀波) : 밭 둔덕의 보리이삭 물결

花睡柳眠春正濃　봄기운 무르녹아 꽃도 졸고 버들도 잠든 듯 한데
多事布穀啼勸農　뻐꾸기는 분주하게 농사를 권하느라 울고 있네
宿麥連雲秀波起　익어가는 보리이삭 구름과 잇닿아 물결을 치고
好雨一夜翠剡重　때맞추어 내린 밤비로 산야가 더욱 푸른데
節序得得秋又來　세월은 계속 흘러 가을이 오려하니
田父待哺喜先摧　농부는 수확을 기대하며 기쁨을 억제하네
千村萬落翠煙遍　천촌만락에 푸른 연기 퍼지는데
大平民物登春臺　백성들은 풍요를 기리며 춘대에 오르는데
（李淑珹）

隴麥青青生意濃　밭 둔덕의 보리 싱싱하게 푸르르니
田父共喜勤三農　농부들 기뻐하며 농사에 힘쓰기를 서로 다짐하네
芃芃苗秀已兩歧　무성하게 돋아난 이삭 두 갈래로 갈라지고
高低翠浪知幾重　높고 낮게 일렁이는 물결 몇 겹이든가
薰風一陣自南來　훈훈한 바람 남녘에서 한바탕 불어오니
萬頃黃雲秋正摧　일만 이랑 누른 구름 물결이 가을을 재촉하네
貽我有年從此始　나에게 이곳에서 더욱 오래 있게 한다면
雲物何須占魯臺　노래를 어찌 구름만이 에워싸게 하리오
（任元濬）

이 시에서 넓은 들녘에 끝없이 펼쳐진 보리밭의 보리들이 바람에 파도처럼 일렁이는 모습과 이를 보고 흐뭇해하는 농부들의 모습을 그리며 풍년을 기원하고 있다.

지금까지 살펴본 이숙함과 임원준이 각기 지은 온양팔영시는 전체적으로 충군애민의식과 자연을 즐기는 풍류를 읊은 것으로, 팔영 가운데 넷이 온양온천과 관계된 것이고 나머지 넷이 아산지방의 승경으로 되어 있으며, 특히 넓은 들판에 한없이 널리 펼쳐진 보리밭을 일경(一景)으로 넣은 것도 특이할 만하며 이는 농본주의 사상을 반영한 것으로 보인다.

2. 포정십영(浦亭十詠)

포정십영시는 16세기말 17세기초에 장기간 아산지방에 은거하고 있던 동주(東洲) 이민구(李敏求)[7]가 이 지방 10개소 명승을 오언절구로 읊은 것으로 그 내용은 다음과 같다.

① 백석어화(白石漁火) : 백석포 고깃배들의 등불

暝色斂長洲　어두운 빛이 넓은 물가를 덮고
風濤已浩漾　바람과 파도가 넓게 일렁이는데
徽芒烟靄間　아득하고 희미한 안개와 노을 사이
一點漁燈小　한 점 고깃배의 등불이 희미하네

---

7) 이민구(李敏求) : 1589(선조22)~1670(현종11). 자(字)는 자시(子時), 호(號)는 동주(東洲)·관해(觀海), 이조참판(吏曹參判)·동지경연사(同知經筵事) 역임. 오랫동안 아산(牙山)에서 유배생활을 하였으며 사부(詞賦)에 능하였음.

② 신평연수(新坪烟樹) : 신평의 안개어린 숲

天西亘赤岸　하늘 서쪽 끝까지 뻗힌 언덕
樹木繞靑蒼　짙푸른 나무들이 울창하네
認是新坪懸　이곳이 신평 고을인 줄 알겠는 것은
林烟報夕陽　석양에 숲 사이에서 연기가 일어서이네

③ 두포귀범(斗浦歸帆) : 두포로 돌아오는 돛단배

艛艓去飄飄　작은 거룻배 흔들리며 가고
雲波百里遙　구름 물결은 멀리까지 뻗어있네
回帆不用楫　돌아오는 돛배 노를 쓰지 않는 것은
長自信風潮　바람과 조수를 믿어서이네

④ 가산낙조(伽山落照) : 가산에 해가 질 때

漠漠西山色　아득한 서쪽의 산빛
長御返照頹　저녁햇살 띄고서 변함 없이 기울어 있네
朱顔日凋換　앳된 얼굴의 젊은이 낙조가 되면
盡向此中催　모두 이를 향해 슬퍼하네

⑤ 용성상화(龍城賞花) : 용성의 꽃구경

春來多苦風　봄이 오자 꽃샘바람 심한데
始出遊花嶼　꽃핀 섬 구경하러 나섰네
不謂一旬間　열흘가는 꽃 없다고 말하지 말라
繁華遽如許　인생의 영화도 저와 같단다

⑥ 작서관조(鵲嶼觀潮) : 까치섬의 밀물

湖吞州勢狹　조수가 좁은 고을을 삼킬 듯 하고
潮泛浪花舒　밀물엔 흰 물결이 피어 퍼지네
盡日群鷗舞　온종일 갈매기떼 춤추는 것은
機心乃在魚　고기를 잡으려는 기심때문이네

⑦ 계양조하(桂陽朝霞) : 계림산의 아침 노을

初日照孤峯　아침 해가 우뚝한 봉우리 비칠 때
憑軒望桂浦　난간에 의지해 계포를 바라보네
閑看亦城霞　성 위의 어린 구름 한가히 보고 있는데
化作滄江雨　구름이 변하여 창강의 비가 되네

⑧ 동림추월(桐林秋月) : 동림산의 가을 달

古寺中秋月　옛 절에 뜬 가을 달
金波夜久澄　밤 깊도록 밝게 비치네
淸光如何掇　맑은 광채 잡을 수 있다면
貯以玉壺冰　얼음 같은 옥항아리에 담고 싶네

⑨ 판교모설(板橋暮雪) : 판교의 저녁 눈

煖閣臨高牖　따뜻한 방 높은 창으로 밖을 보니
江天暮雪寒　저녁 눈이 온 강에 싸늘하게 내리네
誰知驢背客　누가 알랴, 나귀 타고 다니는 나그네가
只好遣人看　친구를 보내며 이를 보고 있는 줄을

⑩ 영암효운(令巖曉雲) : 영암의 새벽구름

巨石水中央　바다 한 가운데 우뚝 솟은 큰 바위에
淸雲淡又濃　맑은 구름이 짙었다 엷었다 하네
霏徵滄海上　푸른 바다 위에 이슬비 내리는데
不肯事從龍　구름은 용을 따르려 하지 않네[8]

3. 그 밖의 제영(題詠)들

이 밖에 온양과 행궁 및 온정 등에 대하여 역대 시인 4인이 지은 시

---

[8] 주역(周易)의 '운종용풍종호(雲從龍風從虎)'에서 따온 것임

한 연(聯)씩이 동국여지승람 온양조에 다음과 같이 전해온다.

鬐沸靈泉涌 　 콸콸 신령한 샘이 솟아
氤氳大德亨 　 큰 덕의 기운이 형통하게 어리었네 (李承孫)

靈泉暖溜淸 　 신령한 샘 따뜻한 물 맑게 흐르고
郊殿祥雲合 　 행궁엔 상서로운 구름이 어리었네 (李叔時)

行宮非繡嶺 　 행궁이 있는 곳, 경치도 좋지 않은데
駕行豈昆明 　 어가가 어찌 곤명지까지 이르렀는가 (李敏求)

陞號天恩重 　 현에서 군으로 승격되어 성은은 무겁고
封疆土德亨 　 봉강의 토덕이 형통하네 (朴元亨)

Ⅱ. 樓亭과 堂宇를 읊은 시

누정과 당우에 관한 시로는 압해정시(壓海亭詩) 4수, 만전당시(晩全堂詩) 1수, 송파당시(松坡堂詩) 1수, 침해당시(枕海堂詩) 2수, 소쇄당시(瀟灑堂詩) 1수, 석우정시(石友亭詩) 2수 등이 전해오고 있다.

1. 압해정시(壓海亭詩)

압해정은 아주(牙州) 관문(官門)에서 북쪽으로 7리쯤 되는 방축리(防築里)에 통판(通判) 성준(成準)이 세운 정자로 석주(石洲) 권필(權韠)9), 희암(希菴) 현덕승(玄德升)10), 이재영(李再榮) 등이 지은 시 3수가 아주

---

9) 권필(權韠) : 1569년(선조 2)~1612(광해 4). 字는 여장(汝章), 호(號)는 石洲, 詩酒
　를 즐기며 가난하게 살았음.

현지(牙州縣誌)에 수록되어 있고, 이민구(李敏求)의 시 1수가 그의 문집
인 동주집(東洲集)에 수록되어 있으며 이를 살펴보면 다음과 같다.

湖西形勝此名亭　호서지방 경기좋은 곳에 있는 이 이름난 정자
高壓鼇頭俯鶴汀　오두산11)에서 학이 노니는 물가를 굽어보고 있네
萬里山河扶東宇　만리에 뻗힌 산하가 정자를 떠받치고
四時風月衛窓欞　계절마자 지은 시판(詩版)들이 난간에 가득하네
寒聲蹴地波濤壯　시원한 소리로 땅을 박차는 파도가 장대하고
秀色浮空島嶼青　빼어난 빛으로 솟아있는 섬들이 푸르르네
更覺天文近南極　다시 천문이 남극에 가까움을 알겠는 것은
樽前長對老人星　술잔을 앞에 놓고 길이 노인성12)을 볼 수 있어서이네
(石洲　權韠)

斷崖佳樹自成亭　끊긴듯한 절벽위 아름다운 나무가 저절로 정자를 이루니
輪奐何煩侈海汀　바닷가의 장엄한 배경에 무엇을 꾸밀게 있으랴
潮作池塘帆作障　조수가 연못을 만들고 돛폭이 병풍을 이루며
風爲簾幕月爲欞　주렴 안으로 바람 불어오고 난간으로 달빛이 스며드네
沙橫極浦依佈白　모래밭은 나루 끝가지 하얗게 이어져있고
山點遙空黯澹青　하늘 가 점점이 있는 산은 아스라이 푸르르네
擬卜西隣分物色　서쪽 중국과 나뉘어진 물색을 헤아려보나
不須商略少微星　소미성13)은 어디에 있는지 헤아리지 못하겠네
(希菴　玄德升)

誰買名區結小亭　누가 이름난 주역을 사서 작은 정자를 세웠는가

---

10) 현덕승(玄德升) : 1564(명종 19)~? 자(字)는 문원(聞遠), 호는 희와(希窩), 천안출
　　신으로 지평(持平)을 역임.
11) 오두산(鼇頭山) : 동해에 있는 신선이 사는 산으로 큰 자라 6마리가 머리로 받치
　　고 있어서 이리 저리 옮겨다닌다 함.
12) 노인성(老人星) : 남극성(南極星)을 칭(稱)함
13) 소미성(少微星) : 태극성(太極星) 서쪽에 있는 사성(四星)

亭前雲物擁回汀　정자 앞의 구름이 물가를 감도네
爭疑海蜃噓成闕　해신(海神)이 기를 불어 정자를 만든 듯 의심해보고
肯羨仙臺玉作欄　신선의 누대 옥으로 난간을 만든 것을 부러워하네
西極咸池通日月　서쪽 끝 함지[14)]까지 해와 달이 통하고
中原分野杳徐靑　아득한 중원의 분야가 서서히 푸르러지네
應知杖屨逍遙處　지팡이에 나막신 신고 소요할 곳인줄 알겠는 것은
太史遙占聚德星　태사가 저 멀리 취덕성을 가리켜서이네
(李再榮)

鰲頭一面駕紅亭　바다쪽으로 튀어나온 곳에 화려한 정자 있으니
地勢憑高控遠汀　지세가 높은데 의지하여 먼 바다를 굽어보네
已挹虛濤浮小檻　파도를 누르며 작은 난간이 떠 있고
還收秀色蒲蒲欄　빼어난 빛 거두어 난간에 부들자리를 깔아 놓았네
階除畫接鹽煙白　뜰 가에는 한낮에 염전의 안개가 희게 어리고
草樹春連蜃氣靑　나무와 풀은 봄이 되자 신기를 띠어 푸르르네
氷夜澄明迷上下　긴 밤 바다도 하늘도 맑디맑아 상하의 분간이 어려운데
今年河漢最多星　금년에 보는 은하수엔 별들이 빽빽하네
(李敏求)

2. 만전당시(晩全堂詩)

　만전당은 대곡(大谷)에 있던 것으로 홍가신(洪可臣)[15)]이 세우고 거쳐
했던 곳이다. 명나라의 문인이요 명필인 주지번(朱之蕃)이 그 편액을
썼으며 이척(李惕)의 시 한 수가 아주현지에 수록되어 있다

---

14) 함지(咸池) : 해가 지는 곳. 서쪽바다
15) 홍가신(洪可臣) : 1541(중종 36)~1615(광해 7). 호는 만전(晩全), 공신(功臣), 만년
　에 고향인 아산(牙山)에서 살았음.

　　　　還山無愧草堂靈　　초당의 신령함은 에워싼 산에 부끄러울 것 없고
　　　　寂寂疎籬半掩扃　　적막하게 성긴 울타리에 사립문은 반쯤 닫혀있네
　　　　花木滿庭春事早　　뜰에 가득한 꽃나무엔 봄기운이 어렸는데
　　　　孤松惟帶去年靑　　외로운 소나무는 지난해의 푸르름 그대로이네
　　　　(李惕)

3. 송파당시(松坡堂詩)

　백암리(白岩里)에 있던 송파당은 처사 이덕민(李德敏)이 살던 곳으로 뜰앞에 대를 심어 숲을 이루어 자신의 뜻을 이 대숲에 붙이고 살았으며, 만전(晚全) 홍가신(洪可臣)의 시 한 수가 아주현지에 수록되어 있다.

　　　　君子堂前竹　　군자당 앞의 대나무
　　　　靑靑度歲寒　　푸르디 푸르게 겨울을 지냈네
　　　　春風度庭樹　　봄바람이 뜰에 있는 나무에 이르렀으나
　　　　榮悴不渠干　　잎이 피고 지는 것 대나무와는 무관하네
　　　　(洪可臣)

4. 침해당시(枕海堂詩)

　공진(貢津)에 있던 침해당은 공진의 부인(富人) 성시망(成時望)이 지은 것으로 이민구(李敏求)와 정두경(鄭斗卿)[16]의 시가 아주현지에 수록되어 있다.

　　　　新構華堂碧水濱　　푸른 파도 일렁이는 곳에 화려한 당우를 새로 세우니
　　　　全家道氣許眞君　　온 당의 도기가 신선같도다

---

16) 정두경(鄭斗卿) : 1597(선조 30)~1674(현종 14) : 자는 군평(君平), 호는 동명(東溟), 참판(參判)을 지내었고 시문(詩文)에 뛰어났음.

瀛洲採藥舟應到　영주로 불로초 캐러 가는 배 이리로 올 것이나
河漢乘槎路不分　은하수에 떼배를 띄운 듯 길을 분간 못하리라
春霽螺岑千點見　봄비 개이니 먼 산이 소라껍질처럼 보이고
月明漁笛數聲聞　달 밝은 밤엔 어부의 피리소리도 들려오네
從來大隱居聲市　예부터 큰 은자(隱者)는 성시에 사는 법이어서
未似山林鳥獸群　산림에서 조수와 짝하는 사람과는 같지 않다네
(李敏求)

湖石魚鹽郡　호서지방 고기와 소금이 생산되는 고을
江邊貢稅船　강가에서 공세선이 떠 있네
惟天形勝設　하늘이 좋은 경치 내려주었고
此地富饒傳　이 땅이 풍요롭다고 전해오네
城郭龍盤裏　성곽은 용이 서린듯하고
樓臺蜃氣前　누대는 신기루가 떠 있는 듯하네
晚來驚物色　늙어가며 계절의 변화에 놀라고
衰謝負詩篇　노쇠를 핑계로 시 짓기도 사양하네
(鄭斗卿)

5. 소쇄당시(瀟灑堂詩)

　소쇄당은 후천(後川)가에 남두원(南斗源)이 세웠던 3간의 정자로, 앞
에는 흰 모래가 펼쳐져 있고 푸른 버들이 병풍처럼 에워싸고, 노송 한
그루가 당 앞에 있었으며 그 앞에 못을 타고 연을 심어 놓았었다. 현종
(顯宗)이 1666년에 온천에 거동하였다가 이 당 앞을 지나면서, '瀟灑哉
堂也'(깨끗하고 말쑥하도다 저 당이여!)라 하였으므로 그 후 당의 이름을
소쇄당이라 하였으며 약천(藥泉) 남구만(南九萬)[17]이 지은 기(記)와 시

---

17) 남구만(南九萬) : 1629(인조 7)~1711(숙종 37). 영의정을 지냈었고 시문(詩文)에
　　뛰어났음. 자는 운로(雲路), 호는 약천(藥泉), 시호는 문충(文忠)이다.

(詩)가 아주현지에 수록되어 있는 바, 그 시는 다음과 같다.

瀟灑名亭子　소쇄라 이름한 정자가
溫泉御路邊　임금님이 지나시던 온천가에 있는데
自天題品後　임금님이 소쇄하다고 평하신 이후
行客拜簷前　지나가는 나그네들 처마 앞에서 절을 하네
（南九萬）

6. 석우정시(石友亭詩)

석우정은 옛 온양군 관아 남쪽 3리쯤 되는 서달산(西達山) 아래에 있던 강학지소(講學之所)로, 시암(時庵) 조상우(趙相禹)[18], 포저(浦渚) 조익(趙翼)[19], 잠야(潛野) 박지계(朴知誡)[20], 신독재(愼獨齋) 김집(金集)[21], 후천(朽淺) 황종해(黃宗海)[22] 등이 제자들을 가르쳤던 곳이며, 은둔하여 후진 양성과 수양에만 힘쓰겠다는 뜻이 담긴 조상우의 시 2수가 온양군지에 전해온다.

水色山光擁弊廬　물빛과 산빛이 퇴락한 초가를 에워싸고
春風芳草滿庭除　봄바람에 꽃다운 풀들이 뜰 가에 가득하네

---

18) 조상우(趙相禹) : 1582(선조 15)~1657(효종 8)자는 하경(夏卿), 호는 시암(時庵), 온양 정량서원(靜廩書院)에 제향(祭享).

19) 조익(趙翼) : 1579(선조 12)~1655(효종 6). 자는 비경(飛卿), 호는 포저(浦渚), 시호는 문효(文孝), 우의정을 지냈고 문장(文章)에 뛰어났음.

20) 박지계(朴知誡) : 1573(선조 6)~1635(인조 13) 자는 인지(仁之), 호는 잠야(潛冶), 시호는 문목(文穆), 아산 인산서원(仁山書院)에 제향(祭享).

21) 김집(金集) : 1574(선조 7)~1656(효종 7) 자는 사강(士剛), 호는 신독재(愼獨齋), 시호는 문경(文敬), 효종 묘종(廟庭)에 배향(配享).

22) 황종해(黃宗海) : 1579(명종 21)~1628(인조 20) 자는 대진(大進), 호는 후천(朽淺), 처사(處士)로 지내었음.

從他雨露看看長　여기에서 비와 이슬 맞고 자라남을 보리니
戒爾兒曹勿用鋤　아이들아 호미로 뽑아 내지 말려므나
道不明天下　도(道)가 천하를 밝히지 못하니
吾將老此林　내 장차 이 숲에서 늙어 가리라
平生腔子裏　일생동안 마음 속에 품고 있는 뜻은
理會孔周心　주공과 공자의 마음을 깨닫는 것이네
(趙相禹)

Ⅲ. 客館을 읊은 시

　아산 객관은 아문 동북쪽에 있던 건물로 출장 온 관리가 유숙하던 곳이며, 신흠(申欽)[23], 조원(趙瑗)[24], 이성중(李誠中)[25], 이안눌(李安訥)[26], 남용익(南龍翼)[27] 등이 지은 11수의 시가 아주현지(亞州縣誌) 등에 수록되어 있고 그 내용은 다음과 같다.

牧丹飄泊艶紅摧　모란 꽃잎 흩날려 예쁜 모습 사라졌는데
忽見薔薇晚朶開　홀연히 늦게 핀 장미꽃이 보이네
却恨光陰鎖道路　나그네로 세월 다 보낸 것 원망하며

---

23) 신흠(申欽) : 1566(명종 21)~1628(인조 20) 자는 경숙(敬叔), 호는 상촌(象村), 시호는 문정(文貞), 영의정을 지냈고, 시문에 능하였음.
24) 조원(趙瑗) : 1544(중종 39)~? 자는 백옥(伯玉), 호는 운강(雲江), 승지를 지내었음.
25) 이성중(李誠中) : 1539(중종 34)~1493(선조 26) 자는 공저(公著), 호는 파곡(波谷), 시호는 충간(忠簡), 영의정에 추종됨.
26) 1571(선조 4)~1637(인조 15) 자는 자민(子敏), 호는 동악(東岳), 시호는 문혜(文惠), 선조대(宣組代)의 대표적(代表的) 시인(詩人)으로 공청도관찰사(公淸道觀察使)·예문관대제학(藝文館大提學)을 지낸 문신임.
27) 남용익(南龍翼) : 1628(인조 6)~1628(숙종 18) 자는 운경(雲卿), 호는 호곡(壺谷), 시호는 문헌(文憲), 예문관대제학(藝文館大提學)을 지낸 문신임.

故園遙望幾時回   고향 동산 멀리 바라보나니 어느 때에나 돌아갈까.
(申欽)

端陽佳節老監司   단오절 좋은 때 늙은 감사가
病臥陰峯意自悲   병들어 음봉에 누워있으니 슬플 뿐이네
老病不歸心有愧   늙고 병들어서도 고향에 못 돌아가 부끄러운데
江東何必待秋時   강동에서 어찌 다시 가을을 맞게 되었는가.
(申欽)

戰蟻方甘畫漏窮   한 낮이 다하도록 약주를 마시고
麻衣鬪雪筆生風   포의(布衣)들이 붓을 휘둘러 흰 종이에 시를 짓네
只怕冬烘欺眼力   머리가 혼미해 판단력이 흐려져서
看雲日下眩靑紅   급제자 뽑을 때 잘못 될까 두려울 뿐이네.
(趙瑗)

霏霏瓊屑落無窮   부슬부슬 흰 눈이 끊임없이 내리는데
炯對水壺玉樹風   밝은 달 마주하니 눈 쌓인 나무에 바람이 이네
只管忽忽朱墨批   답안지 채점을 바삐 끝낸 것은
羽觴辜負艶珠紅   주홍빛 술 마시는 일 저버릴 수 없어서이네.
(趙瑗)

料峭輕寒五夜窮   온 밤 내내 싸늘한 봄바람에 한기를 느끼고
客窓無夢聽蘋風   객관의 나그네 바람소리로 꿈도 이룰 수 없네
却憶故山春寂寂   고향산천 생각하니 봄이 와도 적적한데
可憐園杏爲誰紅   아릿다운 살구꽃은 누구를 위해 피었는가.
(趙瑗)

湖西賦上中   호서지방에서 바칠 세곡은
通漕此攸同   이곳 조창을 통하여 운반하니
摠爲城多苦   이 때문에 성에는 괴로움이 많고
皆言廩易苦   창고가 자주 빈다고 하네

蒼生元有福　백성들은 크게 복이 있어서
碧海本無風　바다엔 본래 바람이 없으나
牖戶須桑土　배의 각 부분을 미리 수리해 놓으면
方成久大功　오래도록 큰공을 이룰 수 있으리라.
(李誠中)

舊契芳隣接　이웃 고을 수령인 옛친구
今來綺席同　이곳 아름다운 자리에 함께 하였네
豫愁弦矢別　잠시 후 작별한 일 미리부터 근심이 되니
休遣酒樽空　술통이 비도록 마심을 용서하게나
雉堞三竿日　성가퀴에 해는 기울고
雲帆萬里風　구름 돛폭은 바람에 펄럭이는데
登盤魚潑刺　소반의 횟감 펄떡이는 것 보고
鮮食愧無功　공도 없이 맛있는 음식 먹게됨을 부끄러워하네.
(李誠中)

馬蹄東去又西廻　말 타고 동으로 서로 떠돌다 보니
玉露成霜節候摧　이슬이 서리로 변하는 계절로 바뀌었네
郵官厭聞桐葉墜　우역(郵驛)에서 오동잎 지는 소리 자주 듣고
縣齋驚見菊花開　객관에선 국화꽃 핀 것보고 놀라네
身衰不復披詩券　몸이 쇠약해 시권을 펼쳐보기도 싫으니
肺病那能擧酒杯　폐병 든 몸으로 어찌 술잔을 들 수 있으랴
京國昔年逢此日　지난날 이 날(9월 9일 중양절)은 서울에서
每携宗族共登臺　종족들 이끌고 누대에 함께 올랐었네.
(李安訥)

行逐東風到海湣　봄바람 따라 바닷가에 이르러
南轅轉野屬斑春　남녘 향한 수레가 들판을 구비도니 봄기운이 완연하네
郊原雨霽鳩聲促　교외에 비 개이자 비둘기 소리 급하고
里落煙沈柳色均　안개 낀 마을엔 버들빛이 푸르르네
吏畏按法先股慄　아전들은 법을 살핌이 두려워 다리를 떨고

民愁供給共眉顰　백성들은 공급을 근심하여 눈썹을 찡그리네
腐儒自顧無佳政　못난 선비 스스로 돌아보아도 선정을 못 베풀어
着見陽和觸處新　화사한 봄날 새로워진 물색을 보기가 부끄럽네.
(李安訥)

天下登高日　높은 언덕에 올라 국화주 마시는 중양절에
湖邊望遠時　호숫가에서 멀리 고향을 바라보노라
衆山連海近　바다에 이어진 뭇 산은 가까이 보이고
孤鴈度雲遲　외로운 기러기 구름을 지나기 더디도다
去國身多病　고향을 떠난 몸 병까지 들어
逢秋意已悲　가을을 만나니 더욱 슬프네
黃菊如相對　국화주 앞에 놓고 마주 앉아도
不復泛金后　다시는 술잔을 기울일 수 없네
(李安訥)

二月江南客未回　2월에 강남의 나그네 돌아가지 못하고
忽驚春事雨中催　비오자 봄빛이 새로워진 것보고 문득 놀라네
多情燕子如相識　다정한 제비는 나를 알아보는 듯하고
不盡桃花欲半開　끝없이 펼쳐진 복사꽃은 반쯤 피었네
招誹且停甕食詠　가혹한 조세로 비방을 초래해 시 읊기를 멈추니
吾行定人佗年夢　이번 행차는 바로 지난날의 꿈이었으니
幾處高樓幾處臺　몇 곳의 누대를 더 거쳐야 하려나.
(南龍翼)

Ⅳ. 山川과 寺院 등을 읊은 시

1. 동림산(桐林山)의 동석(動石)·동림사(桐林寺)·불암(佛巖)시

아주현(牙州縣) 남쪽 7리쯤 되는 곳에 동림산이 있고, 산봉우리에 거

북 모양의 바위가 있어 7~8인이 앉을만 하였으며 이 바위를 밀치면 바위가 움직였으므로 이름을 동석이라 하였고 정호체(鄭好滯)가 이 바위에 대한 시를 남겼다.

이 산에 당나라 현경(顯慶 : 唐 고종의 연호. 656~660)연간에 세웠다고 전해오는 동림사(桐林寺)라는 고찰이 있었으며, 16세기 후반 경에 불전을 중수하다가 오동나무 기둥을 발견하고, 어느 호사가가 이 나무로 거문고를 만들어 신라금(新羅琴)이라 명명하였다 한다. 이 거문고를 처사 허국(許國)이 가지고 있다가 정두경(鄭斗卿)에게 주었으며, 후에 다시 국구(國舅) 김우명(金佑明)[28]이 보관하였다 한다. 이 신라금과 동림사에 대하여 정두경과 이민구가 지은 2수의 시가 전해오고 있다.

한편 동림산 동북에 부처의 모습을 한 불암(佛巖)이라는 바위가 있고, 속설에 이 바위 때문에 많은 수령이 미쳤고 향리들이 간악하다 하여 이 바위를 저주하는 시도 한 수 전해오고 있다.

동석(動石)

問爾胡爲動	너에게 묻노니 어째서 움직이는가
滄津駕已違	창랑의 신선 되기는 이미 어긋났는데
秦亡千載後	진나라 망한 지 천년이 지났는데
猶怵祖龍威	아직도 진시황의 위엄이 두려워서인가.

(鄭好滯)

동림사(桐林寺)

忠淸之道牙山郡	충청도 아산군
郡西有寺名桐林	군 서쪽에 있는 절 이름이 동림사
古老不知創寺歲	옛 노인도 언제 지은 절인지 모르고

---

28) 김우명(金佑明) : 1619(광해 11)~1675(숙종 1) 자는 이정(以定), 시호는 충익(忠翼), 국구(國舅)로 청풍부원군(淸風府院君)에 봉해짐.

新羅所創傳至今　신라때 창건했다고 전해올 뿐이네
萬歷年中寺棟絶　만력[29] 연간에 절 들보가 부러졌는데
棟上刻有唐年月　들보에 당나라 연월이 새겨져 있었네
年月分明記大中　연월이 분명히 대중이라 쓰여져 있었으니
此號乃是唐宣宗　이는 곧 당나라 선종의 연호이네
宣宗皇帝帝大唐　선종황제가 당나라 다스릴 때는
我國正當新羅王　바로 우리나라의 신라 때일세
屈指于今八百年　손꼽아 헤아려보니 지금부터 800년 전이라
聞者驚歎爭奔顚　듣는 자들이 감탄하고 다투어 달려와 보네
況乃此木是梧桐　더구나 이 목재가 오동나무라
好事作琴朱其絃　호사가가 거문고를 만들고 현을 이으니
龍泉獄中掘白壁　용천 옥중의 벽 속에서 나온 거문고
荊山出千年隱見　형산에 천년간 숨겨졌다 드러난 거문고
與此共作三神物　이 거문고와 함께 세가지 신비한 물건이 되었네
新物流傳世間久　신물이 세상에 오랫동안 전해지다가
畢竟今爲許侯有　드디어 이제 허후의 소유가 되었네
許侯有妾善鼓琴　허후의 첩은 거문고를 잘 타서
客來催絃勸客酒　객이 오면 거문고 타며 술을 권하네
高堂酒闌月欲低　고당에서 늦도록 술 마시고 달도 지려 하는데
半夜琴中烏夜啼　한밤에 거문고로 오야제[30] 곡을 타네
流泉三峽動四壁　삼협을 살같이 지나 절벽을 진동시키는 강물 소리 같고
大梅小梅庭前落　매화꽃이 뜰앞에 지는 소리 같을 때도 있네
吾知許侯富超古今　허후의 호기롭고 부유함이 천하에 으뜸임을 아나니
此寶奚啻千黃金　이 보물이 어찌 천금의 값어치만 되겠는가
季倫縱誇珊瑚樹　계륜[31]이 비록 산호수를 자랑하며 부자임을 뽐내었으나
那及君家數尺琴　이것이 어찌 그대 집안의 거문고에 비할 수 있으랴
(鄭斗卿)

---

29) 만력(萬力) : 명(明) 신종(神宗)의 연호(年號).
30) 오야제(烏夜啼) : 전쟁에 나간 남편을 그리워하는 악곡 이름.
31) 계륜(季倫) : 중국(中國) 진(晉)의 거부(巨富)였던 석숭(石崇)의 字.

동림사(桐林寺)

窈窕林麓西	깊숙한 산기슭 서쪽에 있는
寂寞禪庄閉	적막한 사원 문이 닫혔네
冷冷淸井源	시원하고 맑은 샘이 솟고
上蔭淸井源	시원하고 맑은 샘이 솟고
上蔭箸竹細	위에는 가는 대나무로 덥혀있네
千年法王宮	천년동안 부처님의 집이었던
破壁藤蘿翳	허물어진 벽에 등넝쿨이 덮혀있네
丹靑半凋換	단청도 반은 벗겨졌고
衰草沒幽砌	마른 풀엔 계수나무 꽃이 어른거리고
雨林金粟影	비오는 숲엔 계수나무 꽃이 아른거리고
塵昏白毫際	황혼에 부처님 미간의 백호에는 먼지가 끼었네
變滅彈指頃	퇴락해 없어지기는 잠시사이 이지만
眞佛寧住世	참 부처님이 어찌 속세에 머무르시랴
龍象竟冥茫	부처님 모습 끝내 아득하고
山門有興替	산문은 성하고 쇠할 때가 있는 법이나
獨怪僧史妄	유독 괴이한 것은 스님의 기록이 망녕되어
謂創天復帝	아득한 옛날에 창건되었다 하는데
神器屬顚覆	임금자리도 굴러지고 엎어지거늘
黃屋無安稅	왕의 수레인들 어찌 편안히 쉴 수만 있으랴
悲凉紇干雀	슬프고 씁쓸하게 난간에 풍경이 걸려있고
身命付莽羿	신명은 우거진 숲에 부치었네
豈有營道場	어찌 도량만을 경영하였으랴
檀施越海裔	시주가 바다 건너 멀리서도 모여들었네
奇生苟朝暮	덧붙어 사는 인생 아침저녁이 구차하니
何心奉眞諦	어인 마음으로 진체(出世間의 法)를 받들랴
識者付一哂	식자들이야 웃음거리로 치부하지만
虻俗信愚蔽	천한 백성들은 어리석게도 이를 믿는다네
三嘆下坎坷	거듭 탄식하며 험난한 길에 내려오는데
日隱西風厲	해지는 서쪽에서 거센 바람이 불어오네.
(李敏求)	

불암(佛巖)

怪石成奇佛	괴이한 돌이 이상한 부처모습을 하고
三年送五官	삼 년 동안에 다섯 수령을 바꾸게 하였네
江風如有恥	강바람도 마치 부끄러움을 아는 듯
吹雪掩山顏	눈을 불어다 산마루의 불암(佛巖)을 덮어버렸네

2. 신심사(神心寺) 시

신심사는 현 서쪽 10리쯤 되는 곳에 있었으며 동주(東洲) 이민구의 시 한 수가 전해온다.

招堤隔一山	한 산을 격하여 있는 사원
十里崖經轉	십리 절벽 길을 구비 돌아
到門新雨霽	문에 이르자 비 개었는데
零葉擁寒殿	떨어진 잎들이 절을 에워쌌네
石巒旣峭挺	돌산은 비쭉비쭉 빼어났고
雲霞屢蒸變	구름과 노을은 안개로 변하기도 하네
有僧年腦高	연로하고 법력 높은 스님의
雙眉雪覆面	눈같이 흰 두 눈썹이 얼굴을 덮었는데
延我置西院	나를 맞이해 승사에 머물게 하고
慰我鞍馬倦	여행의 피로를 위로하기에
少睡就仙楊	잠깐 눈을 붙인 후 불전에 이르니
窓日煖可噪	창으로 비치는 따스한 햇살이 양생에 알맞네
愧爾緇衆少	승려들이 적어서
辛勤具朝饌	아침상 차리기도 어렵고
苦道秋旱甚	가을 가뭄이 심해
蔬果亦不賤	채소와 과일도 귀하다고 말하는데
久客感至意	오랜 나그네 지극한 정성에 감격하여

忽若飫豊饍　진수성찬 먹은 듯이 고맙게 여기네
荒歲旅食艱　흉년으로 나그네 끼니 때우기 어려운데
窮谷人情見　궁벽한 이곳에선 인정의 후함을 보겠네
是身困經行　이 몸이 피곤하게 여행을 하니
所歷未敢戀　지나온 곳 그리울 것도 없는지라
歎息謂徒侶　탄식하며 스님들에게
胡爲此遊行　어찌 이번 유람에 여기까지 이르렀나 하였네.
(李敏求)

V. 고장을 읊은 시

　고장을 읊은 시로는 아산시(牙山詩) 1수, 백석어촌(白石漁村詩) 1수,
공진시(貢津詩) 2수를 수록하였다. 이들 시에는 아산 관내 고장의 풍습
과 물산, 경치 및 작자의 심정 등이 나타나 있어 지방사(地方史) 연구
에도 도움이 되리라고 본다.

1. 백석어촌(白石漁村)

平湖控西海　평평한 호수가 서해에 이어지고
地迥洲渚長　해안이 멀리까지 길게 뻗어 있네
彌漫斥鹵場　염전의 여기저기 널려있네
自古耕鑿妨　옛부터 농사짓기는 어려운 곳
有山蟠浦口　포구엔 산자락이 서려있어
隱若龜尾藏　거북이 꼬리를 감추고 있는 듯 하네
漁屋類蜂戶　어촌이 벌집처럼 늘어서
櫛櫛枕連岡　산등성이까지 즐비하고
巷陌分向背　길이 갈라진 마을의 골목
門戶異陰陽　대문의 방향도 제각각이네

晝夜再上潮　밤과 낮 두 차례 밀물 때면
舴艋隨風揚　거룻배들이 바람에 흔들리고
牙檣並茅棟　상아 돛대와 깃발 다는 기둥을
緋纜繫籬傍　밧줄로 울타리 곁에 매어 놓았네
朝浦烟在川　아침 포구엔 안개 피어오르는데
酒熟篷底香　봉창아래엔 술 익는 향기가 그윽하네
生涯寄波濤　생애를 파도에 맡기고
巨壑爲倉箱　큰 골짜기를 곳집으로 여기며
丈夫半浮居　남자는 반생을 배 위에서 지내고
婦女實行商　부녀자는 생선 행상을 하는데
魚腥走遠市　생선을 먼 저자까지 가서 파느라
頂戴日奔忙　날마다 바삐 이고 다니네
赤身五歲兒　벌거숭이 어린 아이는
不知室處凉　집안이 추워도 아랑곳 않고
觸熱拾蝦蟹　뙤약볕에서 새우 게를 잡으며
泥水猶康莊　진흙 속에 뒹굴어도 건강하기만 하네
操舟復幾時　배 부리는 일 얼마나 했기에
大小俱肯堂　어른 아이 모두 힘줄이 솟았네
山林跡獸蹄　산림에서는 짐승을 쫓고
列肆謹裝囊　가게에 늘어놓은 것 장식물뿐이네
四民各劬勞　모든 백성들이 각각 노력하여
萬貨通農桑　온갖 재화가 농촌에 통하니
物理庶可齊　만물이 곳곳에 고루 퍼져
貴在事天常　하늘의 상리를 일삼음을 귀하게 여기네
吾衰苦漂迫　늙은 이 몸 괴롭게 떠돌아다니며
拙分甘秕糠　거친 음식도 분수에 맞게 여기고
臨盤愧飣餖　밥상 앞에서 부끄러워 먹지 못하니
素餐中黯傷　소박한 음식에도 마음이 아프네
嗟嗟將奚適　아아! 장차 어디로 가야하나
終老蛟唇鄉　바닷가 고장에서 늙다가 죽어야 하나.
(李敏求)

2. 공진(貢津)

千室民居傍海安	바닷가 편안한 땅 많은 백성 모여 살고
樓臺氣雜蜃光寒	누대의 기상은 신기루 광채와 어우러져 싸늘하네
山形近挹靈峰秀	손에 닿을 듯 가까운 산은 신령한 봉우리가 빼어났고
水勢平吞貢浦寬	공진앞 바닷물 기세는 질펀하게 넓기도 하네
上日魚鹽通小市	해가 뜨면 고기와 소금 시장에서 매매하고
三春舟楫簇長千	온봄내내 배들이 수없이 모여있네
新移客土生涯足	타향으로 새로 이사왔지만 생애가 풍족하여
馮鋏于金不解彈	풍원이 칼을 튕기며 탄협가32)를 부른 까닭 모르겠네.
(李敏求)	

3. 등공진곡성(登貢津曲城)

城下長湖白里通	성 아래 넓은 바다 백 리에 통하고
天西一望浩浮空	서쪽 끝 수평선이 하늘에 떠 있는 듯 하네
纖漪淨拭鮫人市	잔잔한 물결이 어촌을 다투어 씻어주고
秀色晴連瓠子宮	빼어난 경치가 신선의 궁궐과 이어졌네
逗浦魚塩征稅重	두포는 어염이 풍부해 세금도 많이 걷고
上江舟楫轉輸雄	바다에 뜬 조운선도 가장 많은데
請看泛泛輕鷗羽	범범히 떠 있는 갈매기를 보게나
正似飄飄白髮翁	바로 백발을 표표히 흩날리는 이 늙은이 같지 않은가
(李敏求)	

4. 아산(牙山)

牙山亦是古名區	아산 또한 예부터 이름난 고을로
土沃民稠稠冠一隅	땅이 비옥하고 인구 많기로 한 지방의 으뜸이네

---

32)탄협가(彈鋏歌) : 춘추시대(春秋時代) 제인齊人) 풍완(馮緩)이 맹상군(孟嘗君)
의 식객(食客)으로 있을 때 칼의 손잡이를 두드리며 자신의 희망을 노래하였음.
궁핍한 처지에 있으면서 희망하는 바가 있음을 뜻함.

俗尙醇离漓可懼　풍속은 두려웁게도 술마시기를 좋아하니
邑居興替替誰尤　고을이 승격되었다 다시 강등된들 누구를 원망하랴
恨無循吏如龔卓　성실한 관리로 공수(龔遂)[33] 같은 이가 없어서
不見文風擬魯鄒　문풍이 추로(鄒魯)[34] 에 비길만한 일을 볼 수가 없네
客館空餘楹數十　텅 빈 객관엔 기둥만 수십 개 서 있으니
浮雲往事轉悠悠　뜬구름 같은 지난 일이 아련하구나.
(李承召)

　지금까지 아산과 관계가 있는 제영(題詠) 60여 수를 국역하고 이를
살펴보았다. 앞으로 아산과 연고가 있는 많은 선현들의 문집 등을 살펴
본다면 보다 많은 한시들을 발견할 수 있을 것이나, 본고에서는 여러
제약 때문에 아주현지·동국여지승람·동주집(東洲集 : 李敏求의 文集)
등에 수록된 시만을 주로 고찰하였을 뿐이다.
　이 시들을 통하여 아산지방의 옛 정취를 느낄 수 있고, 아산 지방을
유람할 때 이 시들의 내용과 현재의 모습을 대조해 보는 것도 의의있는
일이라고 본다.

---

33) 공수(龔遂) : 한대(漢代) 남평양(南平陽) 사람으로 청백(淸白)하고 백성을 잘 다
　　스렸음.
34) 추로(鄒魯) : 孔子가 태어난 노(魯)와 孟子가 태어난 추(鄒)를 말하며, 유교적(儒
　　教的) 풍습이 잘 이루어진 고장을 뜻함.

參考文獻

詩經 · 書經 · 易經 · 禮記 · 春秋(左氏傳公洋傳) · 論語 · 中庸

「朝鮮金石總覽」(影印本), 景仁文化社, 1969.

『支那史料抄』(影印本), 景仁文化社.

『韓國文化史大系Ⅴ』, 高大民族文化研究所, 4

姜憲圭, 『韓國人의 字 및 雅號에 관한 연구』, 公州教大論文集 7, 1970.

金富軾, 『三國史記』, 大洋書籍, 1972.

金富軾, 『三國史記』.

金相洪, 『漢詩의 理解』, 高麗大學校 出版部, 1997

金允經, 「朝鮮文字의 歷史的 考察」(東光 22, 24, 25號)

金宗瑞(外), 『高麗史』.

金春東, 『韓國漢文學史(上)』(油印本), 高大出版部.

_____, 『韓國漢文學史』 上, 高大出版部.

金台俊, 『朝鮮漢文學史』, 1931.

文璇奎, 『韓國漢文學史』, 正音社, 1977.

司馬遷, 『史記』(影印本), 景仁文化社, 1966.

徐居正, 『東國通鑑』.

_____, 『東文選』.

徐首生, 「古代漢文學研究」(常山 李在秀博士還曆記念論文集).

_____, 『上代漢文學의 史的研究』(油印本).

松浦友久, 『中國詩歌原論』, 大修館書店, 1986, 日本.

申用浩,『先代士類의 字號研究』, 高大 敎育大學院 碩論, 1976.

沈在箕,「漢字語의 傳來와 그 起源的 系譜」(金亨奎博士頌壽記念論叢),
『淵鑑類函』.

王　力,『詩詞格律』, 山東敎育出版社, 中國.

_____ ,『漢語詩律學』, 山東敎育出版社, 中國.

劉若愚저, 李章佑역,『中國詩學』, 同和出版公社, 1984.

劉勰저, 范文瀾주,『文心雕龍주』上, 商務印書館, 1986, 香港.

_____ , 范文瀾주,『文心雕龍주』下, 商務印書館, 1986, 香港.

李家源,『韓國漢文學史』, 民衆書館, 1973.

李萬烈,『韓國史大系(三國)』, 三珍社, 1975.

李秉岐, 白鐵,『國文學全史』, 新丘文化社, 1976.

李瑄根,『大韓國史Ⅰ』, 新太陽社, 1977.

震檀學會,『韓國史(古代篇)』, 乙酉文化社, 1973.

崔根德,『17번째 成年의 날에』, 朝鮮日報, 1989. 5. 16.

彭國棟,「韓中詩史」, 公報室, 1960.

『韓國民俗大觀』, 高大 民研.

『韓國人名大事典』, 新丘文化社, 1976.

許　筠,『鶴山樵談』.

洪瑀欽,『漢詩論』, 嶺南大學校 出版部, 1994.

黃永武,『中國詩學』, 鑑賞・設計篇, 巨流圖書公司, 1980, 臺灣.

_____ ,『中國詩學』, 思想・考據篇, 巨流圖書公司, 1980, 臺灣.

편집 후기

浩然亭 신용호교수님의 정년퇴임에 즈음하여 교수님의 옥고를 정리할 소임이 맡겨졌을 때, 편집위원들 모두 스승님의 크신 은혜에 보답할 기회라고 여겨 흔쾌히 응하였다. 하지만 막상 정리작업에 임하여보니, 선생님의 그 학문적 성취가 넓고 심오하여, 不敏한 제자들로서는 타자조차 녹녹치 않을 정도로 그 깊이를 감당하기 어려웠다. 그리하여 내심 제자들의 용렬함이 혹시라도 선생님의 업적에 흠이 되게 하지는 않을까 염려하기도 하였다.

그럼에도 불구하고 무사히 편집을 마칠 수 있었던 것은 한문학 · 한문교육에 바치신 선생님의 업적이 많은 사람들에게 알려지기를 소망한 제자들의 바람과, 매번 편집위원들을 격려하고 지도해주신 간행위원장 김진두교수님을 비롯한 은사님들이 계셨기 때문이었다.

成書를 눈앞에 두고 기쁨과 허전함이 교차한다. 이 논문집의 완성이 곧 강단에서 선생님을 떠나보내드리는 의식의 하나라고 생각하니 주체할 수 없는 회한이 들지만, 다른 한편으로는 선생님의 학문적 업적이 세상에 알려지고 평가받을 수 있는 계기가 될 것이라고 생각하니 기쁘기 한량없다.

끝으로 많은 시간을 할애하며 타자와 교정의 수고로움을 아끼지 않은 이동재, 이형주, 김국회, 박경식, 허연구, 유현경 등 여러 후배들에게 감사하며 편집의 변을 가름할까 한다.

2004. 1. 30
편집위원을 대표하여 제자 한연석 씀.

漢文學과 漢文敎育 (下)

2004년 2월 10일 인쇄
2004년 2월 20일 발행

저　　자 · 신용호
발　　행 · 김흥국
발행처 · 도서출판 **보고사**
등　　록 · 1990년 12월(제6-0429)
주　　소 · 서울시 성북구 보문동 7가 11번지
전　　화 · 922-5120~1(편집), 922-2246(영업)
팩　　스 · 922-6990
메　　일 · kanapub3@chollian.net
www.bogosabooks.co.kr
ISBN 89-8433-220-8 (93810)
ⓒ 신용호, 2004

정가 25,000원